LES
EXPÉDITIONS FRANÇAISES
AU TONKIN

PIERRE LEHAUTCOURT

LES

EXPÉDITIONS FRANÇAISES

AU TONKIN

TOME SECOND

PARIS

AU JOURNAL "LE SPECTATEUR MILITAIRE"

15, RUE SAINT-BENOIT, 15

1888

Tous droits réservés.

LIVRE IV

FOU-TCHÉOU & TUYEN-QUAN

LIVRE IV

CHAPITRE PREMIER

Effet produit en France par les nouvelles de Bac-Lé. — Attitude de la
Chine — La politique des gages. — Déclaration du 7 juillet à la
Chambre. — Demande d'une indemnité à la Chine. — Conférences
de M. Patenôtre et du vice-roi de Nankin.

Le combat de Bac-Lé eut en France un contre-coup d'autant plus violent, que le gouvernement et l'opinion publique
avaient trop aisément admis la cessation complète de
toutes nos difficultés avec la Chine. Dès le 15 avril, le
président du conseil le proclamait dans un banquet :
« Quant au Tonkin, j'ai le droit de vous dire aujourd'hui
que la période militaire est terminée (1). » Les rapports

____

(1) A Périgueux.

officiels venus d'Indo-Chine n'étaient pas moins optimistes. Après Hong-Hoa, le général Millot écrivait : « L'ennemi n'ignore plus maintenant que nous pouvons occuper Lang-Son, comme Thaï-Nguyen, dans le temps nécessaire pour faire la route (1). »

En affichant un tel excès de confiance, le commandant du corps expéditionnaire, comme le cabinet Ferry, tombait dans un travers familier de tout temps à notre nation. Il y a dix-huit cents ans, César en reconnaissait déjà l'existence chez nos ancêtres les Gaulois. Autant nous sommes prompts à exagérer les résultats d'un événement heureux, autant nous paraissons disposés à l'affolement quand survient un désastre. Nous devions en donner la preuve saisissante moins d'un an après, au moment de l'échec de Lang-Son.

Quoi qu'il en soit, le Parlement, l'opinion partageaient la confiance du général Millot.

On songeait donc à hâter le rapatriement des troupes venues de France, et ce mouvement avait déjà commencé, comme nous l'avons vu, quand survint l'incident de Bac-Lé.

Cette nouvelle, apportée le 26 juin par un télégramme du commandant du corps expéditionnaire, provoqua aussitôt le plus grand émoi. Le ministère parut tout d'abord disposé à recourir, sans tarder, aux mesures les plus énergiques. L'amiral Courbet recevait l'ordre de prendre le commandement des deux divisions navales d'Extrême-Orient, et de s'entendre avec notre représentant en Chine, chargé d'obtenir une réparation solennelle de l'outrage fait

---

(1) *Progrès militaire*, 11 juin 1884.

à la France. De leur côté, MM. Patenôtre et de Semallé étaient informés des événements et recevaient mission de protester avec énergie, en réservant nos droits à des dédommagements, dont on ne spécifiait pas encore la nature (26 juin) (1). M. Jules Ferry adressait même, directement, à Li-Hong-Tchang, une communication conçue en des termes insolites et qui se terminait par une menace de représailles à peine voilée (27 juin) (2).

« En vue d'assurer la paix et le bien de nos deux Pays, nous avons fait un Traité sérieux. L'encre est à peine séchée et il est violé. Un détachement de 800 hommes, qui allait prendre possession de Lang-Son, a été attaqué par 10,000 de vos soldats du Kouang-Si. Vous aviez déclaré que, le 6 juin, Lang-Son serait évacué. Nous avons pleine confiance en votre parole, mais on n'a point exécuté vos ordres. Le Gouvernement Impérial assume une terrible responsabilité. L'amiral Courbet remonte vers le Nord avec les deux divisions de l'escadre. »

Il est à peine nécessaire de faire ressortir quelle « terrible responsabilité » suivant ses propres termes, M. Jules Ferry acceptait, en posant la question sur un pareil terrain, avant d'avoir reçu le moindre renseignement positif sur l'incident de Bac-Lé, et sans même connaître exactement la nature des engagements pris par Li-Hong-Tchang le 17 mai précédent. Dans cette circonstance, le président du conseil laissait trop facilement entrevoir la tendance qu'il avait toujours caressée, et qui le portait à traiter la Chine en quantité négligeable. Nous avions déjà

----

(1) *Livre jaune*, l'amiral Peyron à l'amiral Courbet ; M. J. Ferry à MM. Patenôtre et de Semallé, 26 juin 1884.

(2) *Livre jaune*, M. J. Ferry à Li-Hong-Tchang.

chèrement payé cette erreur d'appréciation, qui devait nous être encore plus préjudiciable à l'avenir.

Aux réclamations de M. de Semallé, le Tsong-li-Yamen répondit d'abord qu'aucun passage de la convention de Tien-Tsin ne stipulait l'évacuation de Lang-Son et ne fixait, à plus forte raison, de date pour cette opération. A l'en croire, les places occupées par les troupes chinoises ne devaient être évacuées qu'après la signature du traité définitif. Ces assertions étaient trop nettement contredites par le texte même de la convention, pour qu'elles pùssent être longtemps défendues (1), mais elles prouvaient que le gouvernement impérial ne songeait point encore à céder devant nos menaces.

A la première nouvelle de l'échec de Bac-Lé, l'amiral Lespès avait envoyé près de Li-Hong-Tchang son aide de camp, M. Jacquemier. Le vice-roi parut consterné de la violation du traité qui était son œuvre. Il semblait qu'on dùt l'attribuer au triomphe, à Pékin, du parti hostile aux étrangers ; l'amiral était d'accord avec M. Patenôtre, pour conseiller au gouvernement « de prendre des gages », afin d'assurer le respect de la convention (2). Cette politique que le gouvernement français devait mettre en pratique avec une persévérance bien mal récompensée, avait déjà été recommandée par l'amiral Lespès et par M. de Freycinet (3). Dans sa dépêche du 28 mai 1884, l'amiral conseillait même l'occupation, à titre de gages, des mines de Kélung et du Nord de Formose, dans le cas où, contre ses

---

(1) *Livre jaune*, M. de Semallé à M. J. Ferry, 29 et 30 juin 1881.

(2) *Livre jaune*, M. Jacquemier à l'amiral Peyron, 30 juin 1884 ; M. Patenôtre à M. J. Ferry, 1er juillet 1884.

(3) *Débats parlementaires*, Sénat, 21 décembre, page 1489.

prévisions, l'accord avec la Chine viendrait à être rompu (1).
Le gouvernement français ne devait pas tarder à exécuter
ce plan, mais, malheureusement pour nous, sans atteindre
les résultats qu'en espérait l'amiral Lespès.

En présence de l'attitude imprévue que prenait le Tsong-
li-Yamen, le ministère français avait prescrit à M. de Semallé de se borner à rectifier les allégations chinoises, et
d'attendre l'arrivée de M. Patenôtre à Shanghaï (2). L'approche de l'escadre française rendait d'ailleurs les dispositions de la Chine plus conciliantes en apparence. Dès le
2 juillet, après avoir affirmé que nos troupes avaient
ouvert le feu sur les Chinois, à Bac-Lé, le Tsong-li-
Yamen revenait sur cette déclaration et admettait que
ce fait n'était pas encore établi. Il niait d'ailleurs toute
intention hostile et protestait, en termes modérés, contre la
concentration de l'escadre française sur les côtes de l'Empire (3).

A la communication de cette dépêche, M. Jules Ferry
répondait le 4 juillet, en réclamant l'envoi immédiat aux
troupes chinoises de l'ordre d'évacuer le Tonkin. Le président du Conseil demandait en outre des garanties formelles, dont il ne spécifiait pas la nature, de l'exécution
loyale du traité de Tien-Tsin (4).

Sur ces entrefaites, M. Patenôtre, à peine arrivé à
Shanghaï, conseillait au gouvernement l'envoi d'un ultimatum à la Chine. A l'en croire, toute tentative de négociation
avec elle serait fâcheuse en ce moment, et il ajoutait que

---

(1) *Documents parlementaires*, Chambre, page 2087, mai 1885.

(2) *Livre jaune*, M. J. Ferry à M. de Semallé, 2 juillet 1884.

(3) *Livre jaune*, le Tsong-li-Yamen à Li-Fong-Pao, 2 juillet 1884.

(4) *Livre jaune*, M. J. Ferry à Li-Fong-Pao, 4 juillet 1884.

les amiraux Courbet et Lespès partageaient sa manière de voir (1).

Cette dépêche parut hâter les résolutions du ministère. Dès le 7 juillet, le président du Conseil faisait, à la Chambre des Députés, une déclaration conçue dans les termes les plus énergiques, au sujet de l'affaire de Bac-Lé, qu'il considérait comme « un véritable guet-apens. »

« Nous avons cru trouver dans cette agression, ajoutait M. Jules Ferry, sans chercher à qui en incombe la responsabilité, des chefs locaux ou du gouvernement central, nous avons cru trouver, dis-je, dans cette violation formelle du traité de Tien-Tsin le fondement d'une réparation nécessaire. (Très bien ! très bien ! et applaudissements.)

« Nous avons pensé qu'ayant donné à la Chine et au monde entier une preuve si éclatante de modération au mois de mai dernier, en renonçant à une indemnité dont le principe n'était ni contesté ni contestable, nous étions aujourd'hui en droit de rappeler, à ceux qui se font un jeu de la foi des traités, que de tels actes se payent et veulent une réparation. (Applaudissements répétés.)

« Nous avons fait connaître cette manière de voir au gouvernement impérial ; nous attendons sa réponse et nous demandons à la Chambre de faire comme nous.

« Dès que cette réponse nous sera parvenue, nous la transmettrons au Parlement ; mais nous pouvons vous assurer, dès à présent, que le Gouvernement se croit en mesure de faire respecter les traités, de les protéger contre des entreprises dont l'imprudence touche au vertige, et qu'il ne sera rien épargné pour sauvegarder avec résolution, avec prudence toujours, mais avec une fermeté que rien n'ébranlera,

____

(1) *Livre jaune*, M. Patenôtre à M. J. Ferry, 6 juillet 1884.

LE CONTRE-AMIRAL LESPÈS

les droits et les intérêts de la France. (Très bien ! très bien !
et applaudissements prolongés) (1).

C'étaient là des paroles graves, qu'une politique plus avisée
aurait conseillé d'éviter, alors que rien ne démontrait la

____

(1) *Débats parlementaires*, Chambre, 8 juillet 1884, page 1601.

complicité du gouvernement chinois dans l'affaire de Bac-Lé et que les négociations avec lui n'étaient pas encore interrompues.

Deux jours après, M. Jules Ferry précisait les exigences du ministère français vis-à-vis de la Chine (1). Il lui semblait nécessaire qu'un décret impérial, portant ordre d'évacuer le Tonkin, parut à bref délai, dans la *Gazette de Pékin*: de plus l'empire devrait nous payer, comme réparation pour la violation du traité, et en dédommagement des frais entraînés par le maintien de notre corps expéditionnaire au Tonkin, une indemnité de deux cent cinquante millions *au moins*, dont le règlement serait arrêté dans des négociations ultérieures.

La réponse du gouvernement impérial sur ces deux points devrait nous parvenir dans la semaine qui suivrait la notification de cette note. M. Jules Ferry espérait que la cour de Pékin considérerait ces exigences « comme une nouvelle preuve de nos dispositions conciliantes envers la Chine ». C'était pousser l'ironie un peu loin, semble-t-il. M. de Semallé avait reçu, dès le 7 juillet, mission de remettre, à bref délai, cet ultimatum au Tsong-li-Yamen.

Tandis que les revendications de la France s'accentuaient ainsi plus qu'il n'eût été nécessaire (2), le langage des représentant de la Chine subissait une modification inverse. Le Tsong-li-Yamen faisait valoir qu'il serait fondé à réclamer une indemnité de la France, en raison des pertes subies par les troupes chinoises à Bac-Lé, mais qu'il y renonçait

----

(1) *Livre jaune*, M. J. Ferry à Li-Fong-Pao, 9 juillet 1884.

(2) *Livre jaune*, M. J. Ferry à Li-Fong-Pao, 9 juillet 1884 ; M. Patenôtre à M. J. Ferry, 13 juillet 1884.

par goût naturel pour la paix. Il ne niait plus d'ailleurs
que les troupes impériales dussent être rappelées sans
délai du Tonkin, et il assurait que cette opération allait se
faire, quand était survenu l'incident de Bac-Lé.

Pour donner un commencement de satisfaction à la
France, ordre avait déjà été donné de ramener les troupes
chinoises à hauteur de Lang-Son. Le Tsong-li-Yamen
faisait remarquer, avec assez de raison, que l'évacuation
totale des provinces tonkinoises et la délimitation de frontières fort mal définies exigeraient un temps beaucoup plus
considérable que celui écoulé depuis le 17 mai, en outre
d'une convention spéciale (1).

De son côté, Li-Hong-Tchang niait formellement d'avoir
conclu un accord de ce genre. Il assurait même n'avoir reçu
aucune communication écrite à ce sujet (2). Le vice-roi
reconnaissait ensuite avoir reçu la note du 17 mai, mais
sous la forme d'un simple projet, couvert de ratures,
et auquel il n'avait jamais donné son adhésion ; M. le commandant Fournier devait opposer une dénégation formelle
à ces assertions intéressées.

Pourtant, en France comme en Chine, les représentants
du gouvernement chinois semblaient animés des dispositions les plus conciliantes. Mais la demande d'indemnité du
ministère français se heurtait, auprès d'eux, à des difficultés
particulières. Pour un gouvernement appauvri comme celui
de la Chine, dont les emprunts se négociaient déjà avec la plus
grande peine, une somme de deux cent cinquante millions
semblait à peu près impossible à réaliser. Si cette indemnité

----

(1) *Livre jaune*, le Tsong-li-Yamen à Li-Fong-Pao, 8 juillet 1884 ;
Li-Fong-Pao à M. J. Ferry, 10 juillet 1884.

(2) A Gervais, *la Diplomatie chinoise :* Li-Hong-Tchang au Tsong-
li-Yamen, 2 juillet 1884.

devait payer le sang des victimes de Bac-Lé, elle était trop faible, car un guet-apens comme celui reproché aux Chinois ne peut se racheter à prix d'or Si le gouvernement évaluait à ce chiffre les secours nécessaires à nos soldats ou à leurs familles, et les dépenses que nous imposerait le maintien prolongé de nos troupes au Tonkin, son évaluation était singulièrement exagérée. Il lui fallut en convenir plus tard, quand il dut ramener successivement à deux cent millions, à quatre-vingts, à cinquante, la somme réclamée des Chinois. Ce marchandage, indigne d'une nation comme la nôtre, se termina même, on le sait, par notre renonciation entière à toute indemnité. Cette exigence du ministère était donc des plus malencontreuses.

Dès la remise de l'ultimatum au Tsong-li-Yamen (12 juillet), le gouvernement français se mit en mesure de prendre possession des gages qu'il convoitait, pour le cas où la Chine refuserait de céder. Le 13 juillet, l'amiral Peyron prescrivait à Courbet d'envoyer à Fou-Tchéou et à Kélung ses bâtiments disponibles, l'intention du cabinet étant de garder ces deux ports, si ses exigences étaient repoussées. L'amiral Courbet devait en outre mettre obstacle à tous les préparatifs hostiles, aussi bien qu'à la contrebande de guerre sur les bâtiments chinois (1); mais il ne recourrait à la force qu'au cas où il serait attaqué.

Ces ordres étaient inexécutables, car la pensée d'occuper, sans troupes de débarquement, un port tel que celui de Fou-Tchéou ou même comme Kélung, ne pouvait être prise au sérieux. Les préparatifs de guerre des Chinois, commencés depuis quelques jours, ne furent même pas interrompus par la présence de nos navires. Si l'on voulait en

____

(1) *Livre jaune*, l'amiral Peyron à l'amiral Courbet, 13 juillet 1884.

venir à des mesures coërcitives vis-à-vis de la Chine, il eut fallu procéder avec plus de précision et d'énergie.

Les pourparlers n'en continuaient pas moins : les représentants du Céleste-Empire revenaient constamment sur la non-existence de l'entente à laquelle avait cru le commandant Fournier, pour les dates de l'évacuation du Tonkin ; ils émettaient la crainte assez fondée de voir la Chine exécuter la convention, sans que la France renonçât à saisir des gages et à exiger une indemnité à laquelle ils refusaient de consentir. Nos exigences à cet égard étaient visiblement le plus grand obstacle à tout arrangement (1). La situation financière de la Chine et son orgueil national semblaient être d'accord pour lui conseiller un refus ; en consentant à payer une indemnité de guerre, le Tsong-li-Yamen aurait reconnu en quelque sorte son impuissance : il eut « perdu la face. »

Pourtant la France obtenait de lui une première et indéniable satisfaction. Le 16 juillet un décret impérial ordonnait l'évacuation, dans le délai d'un mois, de toutes les provinces du Tonkin. Le gouvernement chinois demandait, à titre de compensation, que notre flotte n'entrât pas à Fou-Tchéou (2). Mais M. Jules Ferry exigeait, au préalable, une réponse catégorique au sujet de l'indemnité. Cette fois, il n'était plus question de 250,000 millions au moins ; le montant des sommes à payer par la Chine serait débattu entre M. Patenôtre et les plénipotentiaires impériaux, sur les bases que la France avait précédemment posées : secours aux

---

(1) *Livre jaune*, Li-Fong-Pao à M. J. Ferry, 16 juillet 1884.
(2) *Livre jaune*, Li-Hong-Tchang à M. J. Ferry, 16 et 17 juillet 1884.

familles des victimes de Bac-Lé, frais supplémentaires entraînés par le maintien de nos forces de terre et de mer en
Extrême-Orient. Quant au terme fixé par l'ultimatum du
12 juillet, le gouvernement français consentait à ne pas
s'en prévaloir (1).

Les représentants de la Chine semblèrent d'abord assez
disposés à s'incliner devant nos exigences ainsi amoindries;
ils demandaient simplement que le principe et le montant
de l'indemnité réclamée fussent soumis aux discussions des
plénipotentiaires. Mais, en même temps, le Tsong-li-Yamen
tentait d'obtenir la médiation des Etats-Unis, en s'autorisant
du 1er acticle du traité de 1858, très affirmatif à cet égard.

Le gouvernement de l'Union ayant fait bon accueil à ces
instances, les dispositions de la Chine en recevaient au-
sitôt un contre-coup, et peu à peu elles devenaient moins
conciliantes. Toute la fin du mois de juillet se passait dans
un échange de communications nombreuses entre les deux
gouvernements. A Paris, à Tien-Tsin, à Shanghaï, à Pékin,
nos représentants et ceux de la Chine entretenaient des
négociations simultanées, quelquefois contradictoires (2);
les Chinois s'armaient des moindres divergences relevées
dans le langage de nos agents, pour revenir, sans le moindre
scrupule, sur ce qu'ils avaient d'abord semblé admettre.

Pour M. Jules Ferry, le principe même de notre droit à
une indemnité ne pouvait être discuté : l'attitude prise par
le ministère français, dès la première nouvelle de l'incident
de Bac-Lé, l'interdisait absolument. Quant aux représentants

---

(1) *Livre jaune*, M. J. Ferry à Li-Fong-Pao, 17 et 18 juillet 1884,
Le dernier terme fixé par l'ultimatum était le 19 juillet (*Livre jaune.*
M. Patenôtre à M. J. Ferry, 13 juillet 1884).

(2) *Livre jaune*, M. J. Ferry à M. Patenôtre, 22 juillet 1884; Li-
Fong-Pao à M. J. Ferry, 27 juillet 1884.

de la Chine, ils semblaient d'abord disposés à s'incliner devant cette exigence, mais pour revenir bientôt à leur première thèse : les plénipotentiaires décideraient à la fois du principe et du montant de l'indemnité demandée par la France. Le but de ces difficultés toujours renaissantes n'était évidemment que de permettre aux Chinois de gagner du temps (1).

La date que M. Jules Ferry avait fixée comme dernière limite pour le règlement de l'indemnité, le 1er aou. , approchait et le gouvernement chinois paraissait être de moins en moins disposé à céder. Il envoyait même, à toutes les légations accréditées auprès de lui, la copie de la correspondance échangée avec la France, en réclamant instamment les bons offices des puissances auprès de nous. Le Tsong-li-Yamen annonçait l'attention de ne répondre, au sujet de l'indemnité, qu'après avoir reçu l'avis des gouvernements étrangers sur cette sorte de consultation. Il parut se raviser ensuite et consentit à désigner le vice-roi de Nankin pour ouvrir des négociations avec M. Patenôtre. Mais cette désignation cachait une nouvelle difficulté : les pleins pouvoirs du vice-roi ne s'étendaient qu'à la conclusion du traité définitif, prévu par la convention de Tien-Tsin, et non à la question de l'indemnité (2).

Les conférences entre M. Patenôtre et le vice-roi de Nankin, Tseng, commencèrent le 28 juillet et s'annoncèrent tout d'abord comme devant rester inutiles. Les ins-

---

(1) *Livre jaune*, M. J. Ferry à Li-Fong-Pao, 19 juillet 1884 ; à Li-Hong-Tchang à Li-Fong-Pao, 22 juillet 1884 ; M. Patenôtre M. J. Ferry, 21 juillet 1884, etc.

(2) *Livre jaune*, M. Patenôtre à M. J. Ferry, 25 juillet 1884 ; le Tsong-li-Yamen à Li-Fong-Pao, 26 juillet 1884.

tructions du représentant de la Chine lui prescrivaient évidemment de ne point s'engager au sujet de l'indemnité de guerre. Il ne pouvait donc pas présenter un contre-projet, conciliable, même de loin, avec les propositions françaises. M. Patenôtre dut suspendre les séances dès le lendemain, devant l'impossibilité manifeste d'aboutir. Un malentendu compliquait d'ailleurs des négociations déjà si difficiles : M. Patenôtre avait cru devoir réclamer, de son plein chef, la dégradation de Luu-Vinh-Phuoc comme mandarin chinois, et cette exigence, qui n'entrait nullement dans les vues du gouvernement français, soulevait une opposition énergique de la Chine (1).

Cette difficulté aplanie, sur les ordres de M. Jules Ferry, les négociations reprirent, sans plus de résultat. Les plénipotentiaires chinois en vinrent à nous offrir, « par esprit de conciliation », une indemnité de 3,500,000 francs (500,000 taëls), destinée aux victimes de Bac-Lé (2), et que le président du conseil, comme M. Patenôtre, furent d'accord pour refuser. Cette offre, qu'ils trouvaient dérisoire, ne fut même pas maintenue par le gouvernement chinois et, malgré plusieurs mois de luttes sanglantes entreprises pour arracher une indemnité à la Chine, « les victimes de Bac-Lé » ne devraient jamais la recevoir.

D'ailleurs, malgré l'hésitation qu'éprouvait le gouvernement français à commencer une nouvelle campagne contre la Chine, il était trop engagé, par ses déclarations anté-

---

(1) *Livre jaune*, le Tao-Taï de Shanghaï à Li-Fong-Pao, 29 juillet 1884; M. J. Ferry à Li-Fong-Pao, 30 juillet 1884.

(2) La réalité de cette offre fut ensuite niée par la Chine, mais une lettre de Li-Hong-Tchang à Li-Fong-Pao prouve que les 500,000 taëls furent véritablement offerts (31 juillet 1884).

rieures, pour reculer plus longtemps devant leurs conséquences.

Le ministre de la marine adressait donc à l'amiral
Courbet (31 juillet), ordre d'occuper immédiatement le port
et les mines de Kélung ; une partie de l'escadre demeurerait
à Fou-Tchéou dans l'attente des événements (1). Nous allions tenter d'obtenir, par la force, ce que nos négociations
n'avaient pu arracher des Chinois.

____

(1) *Livre jaune*, M. J. Ferry à M. Patenôtre, 31 juillet 1884.

CHAPITRE II

La division navale à Tché-Fou. — L'amiral Courbet entre dans
la Rivière Min. — Formose. — Kélung et les mines de charbon. —
Bombardement de Kélung. — Echec du 6 août.

Dès les premières nouvelles de Bac-Lé, l'amiral Courbet
avait reçu l'ordre de quitter la baie d'Along, pour se rendre
dans le Nord et y prendre le commandement des deux divisions navales du Tonkin et des mers de Chine. Le ministère arrêtait en même temps l'exécution des ordres donnés
pour la rentrée en France de certains de nos navires. Le
croiseur *Duguay-Trouin* demeurait à Hong-Kong, et on
préparait l'envoi de nouveaux bâtiments en Extrême-
Orient.

Au moment où l'amiral Lespès apprit l'incident de Bac-
Lé, il était à Tché-Fou avec une partie de sa division (1).

---

(1) Composition de la division navale des mers de Chine et du
Japon :
Contre-amiral Lespès, commandant.
Capitaine de vaisseau Fleuriais, chef d'état-major.

Le jour même, la plupart des bâtiments de l'escadre impériale du Peï-Ho, venaient, au nombre de quatorze croiseurs ou canonnières, mouiller sous les canons de l'amiral Lespès. On aurait pu croire à un excès de confiance de la part des Chinois, mais leur attitude devint tout à fait arrogante au bout de quelques jours ; ils adressaient à nos marins des signes expressifs, accompagnés des mots français : « Coupé cou ». L'amiral crut même un instant avoir à craindre une attaque de leur part : le 2 juillet, leur escadre avait allumé ses feux, et semblait faire ses préparatifs de combat : il eût peut-être été d'une bonne politique d'anéantir d'un seul coup toute cette partie de la flotte chinoise. L'attaque déloyale dirigée, quelques jours auparavant, contre nos troupes, à Bac-Lé, justifiait, jusqu'à un certain point, de semblables procédés. Mais l'amiral Lespès, qui n'avait pas d'ordres, ne crut pas devoir prendre sur lui une détermination aussi grave ; le lendemain les bâtiments chinois disparaissaient dans la direction de Port-Arthur et des bouches du Peï-Ho.

Lieutenant de vaisseau Jacquemier, lieutenant de vaisseau Perrin, aides de camp.

La Galissonnière, cuirassé de station, 500 chevaux, 6 canons; capitaine de vaisseau Fleuriais.

Triomphante, cuirassé d'escadre, 575 chevaux, 7 canons; capitaine de vaisseau Baux.

Duguay-Trouin, croiseur à barbette, 875 chevaux, 5 canons; capitaine de vaisseau Muret de Pagnac.

Villars, croiseur à barbette, 650 chevaux, 15 canons; capitaine de vaisseau Vivielle.

D'Estaing, croiseur à barbette, 650 chevaux, 15 canons; capitaine de vaisseau Coulombeaud.

Volta, éclaireur d'escadre, 250 chevaux, 6 canons; capitaine de frégate Fournier.

Lutin, canonnière de station, 100 chevaux, 3 canons; lieutenant de vaisseau Debar.

Le cuirassé *Victorieuse* et le croiseur *Tourville* avaient reçu l'ordre de rentrer en France.   (*Annuaire de la marine*, 1884.)

Le 5 juillet, Courbet arrivait à Shanghaï avec l'éclaireur d'escadre *Hamelin* (1); il y trouvait M. Patenôtre, débarqué depuis peu, et ne tardait pas à se mettre d'accord avec lui sur la nécessité d'une action énergique, déjà réclamée par l'amiral Lespès. Si le ministère lui avait accordé à ce moment la liberté d'action qu'il sollicitait, Courbet eût tenté de frapper la Chine le même jour sur des points différents : Port-Arthur, Nankin, Woo-Sung, Fou-Tchéou, Amoy; ces attaques multipliées auraient surpris l'ennemi, dont les préparatifs de défense étaient à peine ébauchés, et

---

(1) Composition de la division navale du Tonkin :

Contre-amiral Courbet, commandant.

Capitaine de frégate Maigret, chef d'état-major.

Lieutenant de vaisseau Ravel, lieutenant de vaisseau de Jonquières, aides de camp.

Bayard, cuirassé de station, 825 chevaux, 6 canons; capitaine de vaisseau Parrayon.

Atalante, cuirassé de station, 450 chevaux, 6 canons; capitaine de vaisseau Galache.

Château-Renaud, croiseur à barbette, 450 chevaux, 7 canons; capitaine de frégate Boulineau.

Kersaint, éclaireur d'escadre, 230 chevaux, 6 canons; capitaine de frégate de la Bonninière de Beaumont.

Parseval, aviso de station à hélice, 175 chevaux, 4 canons; capitaine de frégate Thounens,

Drac, transport de station à hélice, 175 chevaux, 4 canons; capitaine de frégate Ferrat.

Hamelin, éclaireur d'escadre, 250 chevaux, 6 canons; capitaine de frégate Roustan.

Lynx, canonnière de station, 100 chevaux, 4 canons; lieutenant de vaisseau Blouet.

Vipère, canonnière, 100 chevaux, 4 canons; lieutenant de vaisseau Picard.

Saône, transport à hélice, 175 chevaux, 4 canons; capitaine de frégate Monin.

Aspic, canonnière, 100 chevaux, 4 canons; lieutenant de vaisseau Schlumberger.

Torpilleur n° 45, 100 chevaux; lieutenant de vaisseau Latour.

Torpilleur n° 46, 100 chevaux; lieutenant de vaisseau Douzans.

(*Annuaire de la marine*, 1884.)

qui se confiait dans la mansuétude ou l'indécision ordinaires à notre gouvernement (1).

C'est avec regret que l'amiral renonça à ce plan, dont il attendait avec raison de puissants résultats. Mais le cabinet Ferry jugea préférable de continuer des négociations sans fin, et de retarder les représailles annoncées, jusqu'au jour où elles seraient à peu près inexécutables. Il se borna donc à prescrire d'empêcher la contrebande de guerre, sans réclamer pour nos bâtiments le droit de visite sur les neutres, ce qui rendait ses prescriptions à peu près inutiles.

Le gouvernement français attachait évidemment le plus haut prix à ménager le commerce international, fort important, comme on sait, sur les côtes de Chine. Cette tendance était fort explicable en soi, mais il eut été nécessaire de ne pas l'exagérer, et surtout de ne point sacrifier les intérêts positifs de la France à ceux plus ou moins réels des nations maritimes, si intéressants qu'ils fussent (2). En renonçant à exercer les droits des belligérants dans

---

(1) M. Loir, ouvrage cité.

(2) Nombre de maisons de commerce et de résidents étrangers dans les ports ouverts, en 1883 :

Anglais,	220 maisons,	2,463 résidents.
Allemands,	62 —	532 —
Japonais,	11 —	525 —
Américains,	18 —	423 —
Français,	12 —	332 —
Russes,	15 —	75 —

Tonnage du commerce extérieur de la Chine, en 1883 : 17,590,000 tonnes, dont :

11,000,000	sous pavillon	anglais.
775,000		allemand.
181,000	—	français.
151,000	—	américain.

(L. Simonin, *La Chine contemporaine,*
Revue scientifique, 1885.)

toute leur étendue, le ministère allait prolonger les hostilités à notre détriment, et finalement causer à la marine marchande de l'Europe ou des Etats-Unis des dommages supérieurs à ceux qu'auraient entraînés des résolutions plus énergiques.

Il avait ordonné à l'amiral Courbet, dès le 12 juillet, d'envoyer des navires à Kélung et à Fou-Tchéou, pour préparer l'occupation de ces deux gages. Le 14, l'amiral quitta donc Shang-Haï, où il laissait le croiseur *d'Estaing,* après avoir assigné à ses bâtiments des directions tenues secrètes. Tandis que le *Villars* se rendait à Kélung, les autres bâtiments se réunissaient dans la Rivière Min, à l'entrée des passes étroites qui conduisent à l'arsenal maritime de Fou-Tchéou, et les franchissaient successivement, sans rencontrer aucune difficulté de la part des Célestes.

Pourtant de grands préparatifs de guerre se poursuivaient activement le long des rives; toutes les positions dominantes étaient occupées par des troupes, qui s'y retranchaient et qui étalaient un nombre infini de pavillons, aussi différents de couleurs que de formes. Leurs uniformes bariolés de tons éclatants, les vieux canons d'aspect bizarre qui armaient le plus souvent les ouvrages, les animaux fantastiques qui décoraient leurs entrées, tout donnait l'impression d'un véritable décor d'opéra-comique. Seule, la vue de quelques batteries, soigneusement organisées et armées de grosses pièces Krupp ou Armstrong des modèles les plus récents, montrait que tout n'était pas vaine parade dans les apprêts guerriers des Chinois.

Ils prenaient un innocent plaisir à braquer leurs canons sur nos bâtiments, au moment où ceux-ci passaient à portée, mais cette démonstration leur suffisait encore. D'ailleurs toutes les précautions nécessaires avaient été prises sur les navires de l'escadre : tous étaient en branle-bas de combat, la mâture en bas, les pavois rabattus et les servants armés autour de leurs pièces.

Un coup d'œil faisait pressentir à l'amiral Courbet les moyens de triompher des obstacles si complaisamment étalés sur la Rivière Min. Les nombreuses batteries chinoises étaient toutes dirigées vers l'aval, contre un ennemi qui tenterait de forcer le passage en remontant du large : elles seraient à peu près désarmées vis-à-vis de nos navires, pendant leur descente. Ceux-ci pouvaient donc s'engager, sans trop de danger, dans ces passes étroites.

Un seul accident marquait cette opération délicate : l'*Hamelin* touchait sur un banc de nouvelle formation, dont sa partie médiane occupait le dos d'âne. A marée basse, le banc se découvrait entièrement, laissant le navire se briser peu à peu sous le poids de son avant et de son arrière : déjà sa coque était ouverte par une quantité de fissures. Quand la mer remontait à la fin du jusant, elle envahissait violemment le bâtiment, et l'équipage avait peine à arrêter ses progrès. Un moment le commandant Roustan craignait de ne pouvoir dégager l'*Hamelin*. Heureusement, la mer en continuant de monter, le redressait ; les crevasses diminuaient d'étendue et l'eau baissait enfin dans la cale.

Toutes les précautions usitées en pareil cas avaient été prises : restait à dégager le malheureux navire ; on n'y parvenait qu'avec de grandes difficultés, grâce à l'aide cordiale d'un bâtiment de guerre anglais, le *Merlin*. A peine déséchoué, l'*Hamelin* était abordé par une canonnière chinoise, à la suite d'une fausse manœuvre probablement voulue. Pour se dégager, il avait recours à une manœuvre, pendant laquelle son cabestan dévirait et blessait seize hommes de l'équipage. Mais cet acte d'hostilité discourtoise ne suffisait pas aux Célestes : le 16 juillet,

TONKIN. — 72.   72

l'*Hamelin* était entouré de trois canonnières et d'un croiseur chinois, qui venaient mouiller auprès de lui, avec de mauvaises intentions évidentes. Le commandant Roustan décidait alors d'enlever ces navires à l'abordage et de troquer le sien contre le croiseur. Mais, avant l'exécution de ce plan hardi, l'arrivée du *Volta* changeait l'attitude des bâtiments chinois et ils s'éloignaient bientôt (1). L'équipage de l'*Hamelin* pouvait donc procéder aux réparations les plus urgentes : peu après il se rendait à Hong-Kong et de là à Saïgon : l'énergie de son brave commandant nous avait seule évité un désastre.

La concentration de la flotte à Fou-Tchéou se faisait à partir du 17 juillet. L'amiral avait rappelé de Tché-Fou la canonnière *Lutin* et le cuirassé *Triomphante*, pour concentrer ses forces avant l'action qu'il croyait imminente. La *Triomphante* devait se rendre à Woo-Sung, où étaient réunis douze bâtiments de guerre chinois et un grand nombre de jonques armées en guerre. L'amiral Courbet voulait y agir en même temps qu'à Fou-Tchéou, et ses instructions avaient été données en conséquence (26 juillet). Mais ce projet n'eut pas de suite, le ministère français ayant craint, pour le commerce international de Shang-Haï, le contre-coup d'une attaque sur Woo-Sung.

Tandis que M. Patenôtre et M. Jules Ferry continuaient de négocier inutilement avec les représentants de la Chine, la situation de nos bâtiments devenait de plus en plus délicate. Les Chinois, prenant notre patience, ou plutôt notre indécision, pour de la faiblesse, narguaient sans pitié nos marins ; les étrangers, qui ne s'expliquaient pas notre façon

------

(1) M. Loir.

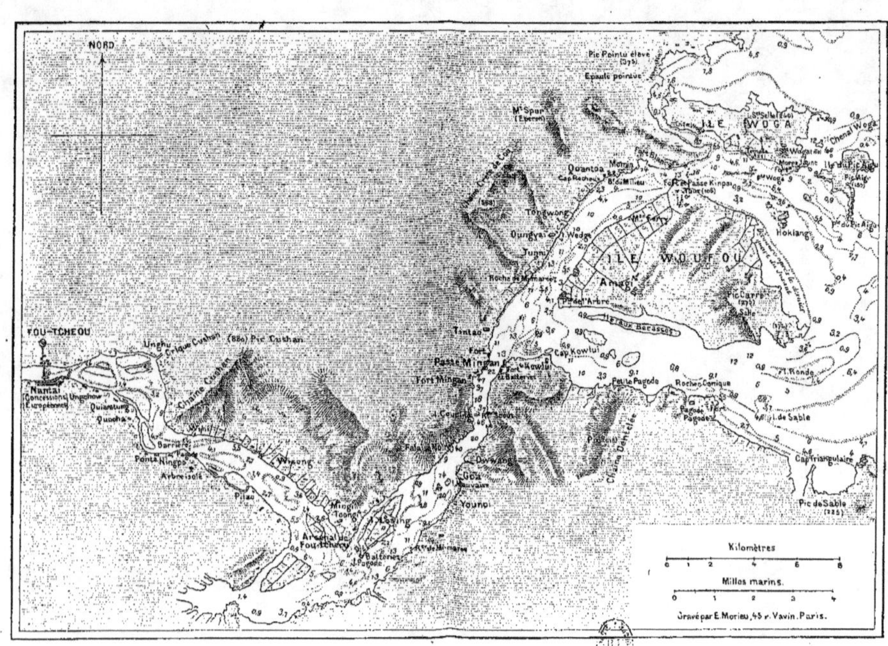

CARTE DE LA RIVIÈRE MIN

d'agir, nous reprochaient de ne vouloir ni la paix ni la guerre ; eux non plus ne nous épargnaient pas les moqueries.

A ce moment, l'amiral Courbet recevait l'ordre, depuis si longtemps attendu, d'ouvrir la période des représailles, en prenant possession de Kélung et des mines de charbon de Formose (1).

Cette grande île (39,000 kilomètres carrés environ) est située à l'Est des côtes méridionales de la Chine, sous la latitude d'Amoy, de Hong-Kong et de Canton. Elle s'étend du Nord-Est au Sud-Ouest, sur une longueur de 370 kilomètres, et une largeur maxima de 130 kilomètres seulement. Sa côte orientale est hérissée de montagnes volcaniques, qui élèvent jusqu'à 3,350 mètres leurs pentes, couvertes de bois épais et d'accès difficile.

Cette partie de l'île, à peu près inexplorée, est habitée par des peuplades d'origine malaise, restées indépendantes malgré tous les efforts des Chinois pour se les assujettir. Nul pays au monde n'offre un aspect plus enchanteur que ces côtes orientales de Formose ; leurs montagnes surgissent du bord même de l'Océan Pacifique et étalent aux yeux charmés une végétation magnifique, où les plantes de la zone tempérée succèdent à celles des régions tropicales. C'est la vue de cette partie de la grande île qui lui valut son nom de « Formosa » (Belle), de la part des navigateurs portugais qui en firent la découverte.

A l'Ouest, au contraire, les montagnes s'abaissent peu

____

(1) Les Chinois interceptaient les communications télégraphiques de l'amiral avec la station du Pic-Aigu, la plus voisine, ce qui fit que l'ordre expédié le 31 juillet de France ne reçut un commencement d'exécution que le 3 août. (*Livre jaune*, M. Jules Ferry à M. Patenôtre, 31 juillet 1884)

à peu et se fondent en une plaine ondulée, fertile, où le grand courant océanique du Kuro-Siwo (1) entretient une humidité constante. En hiver, le ciel y demeure parfois couvert pendant des semaines entières; les brouillards ne sont pas rares. Cet excès d'humidité atmosphérique, sous un climat aussi chaud que celui de Formose, rend les conditions sanitaires fort défectueuses sur cette partie de ses côtes.

En 1878, 1,500 soldats chinois débarquèrent à Kélung au mois de février : en septembre de la même année ils avaient perdu 300 hommes, à la suite d'accès de « fièvre avec prostration. » Malheureusement, nous allions bientôt éprouver les effets de ce climat meurtrier (2).

Les Chinois occupent les côtes occidentales de Formose depuis le xve siècle. Après eux les Hollandais s'y fixèrent un moment, mais ils furent expulsés, en 1683, par les Célestes. Deux siècles après, en 1874, les Japonais tentèrent de s'établir dans la partie orientale, à la suite de mauvais traitements infligés par les habitants à des naufragés des îles Lieou-Kiou. La Chine protesta devant cette usurpation et il s'en suivit des difficultés diplomatiques, qui allaient entraîner une guerre, lorsque le gouvernement anglais intervint. Le Japon consentit à retirer ses troupes contre paiement d'une indemnité entre ses mains; depuis cette époque jusqu'en 1884, les Chinois étaient demeurés paisibles

---

(1) « Fleuve Noir » des Japonais; c'est le courant symétrique du Gulf Stream de l'Atlantique dans l'Océan Pacifique.

En 1875, il tomba plus de 3 mètres d'eau à Takou pendant l'hiver seulement. Dans la même ville, la température mensuelle varie entre 20° (février) et 29° 9 (juillet). (Raoul, pharmacien de la marine, *Formose la Belle*.)

(2) Raoul, ouvrage cité, d'après les rapports chinois.

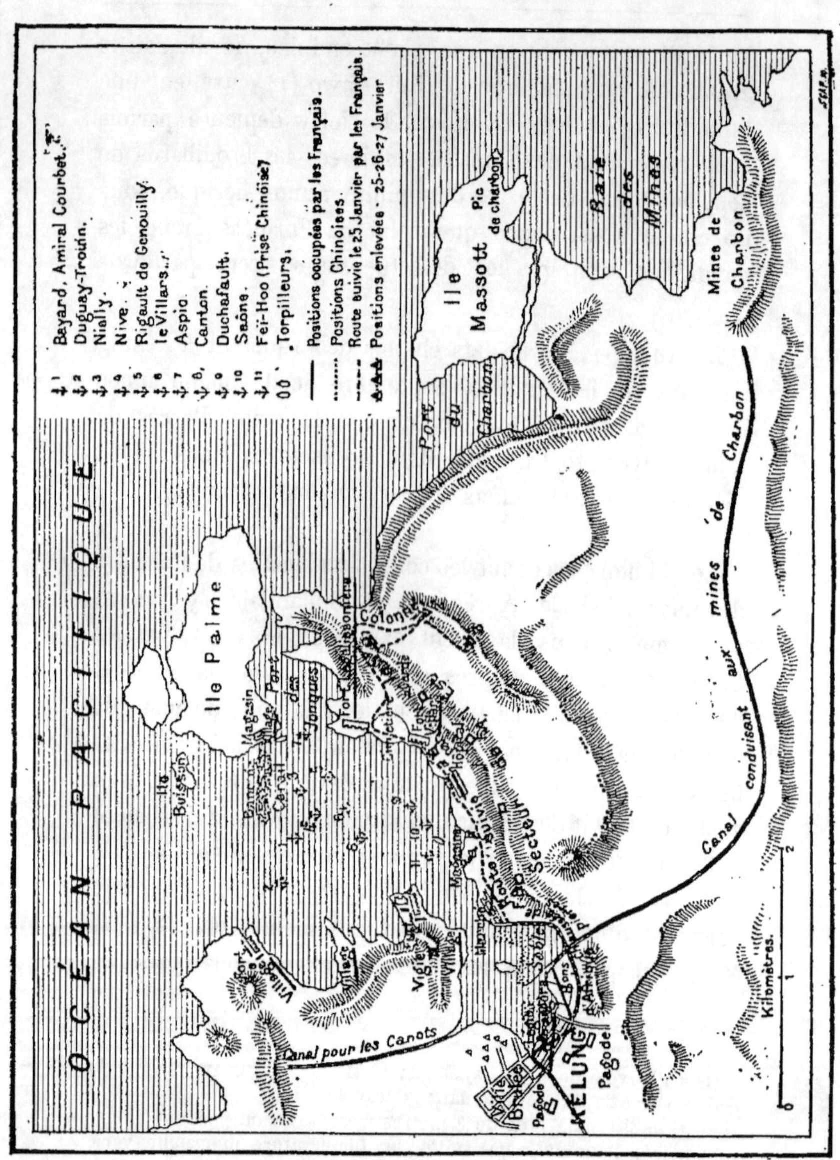

CARTE DE KÉLUNG

Pour l'intelligence des opérations de 1884 et 1885.

possesseurs d'une partie de l'île, quand survinrent leurs difficultés avec la France.

La colonie chinoise établie sur la côte Ouest de Formose, la seule pourvue de quelques ports, compte deux ou trois millions d'habitants, qui font un commerce assez actif avec Hong-Kong, Swatow et Amoy. Les ports ouverts au commerce étranger sont, en remontant du Sud, ceux de Takou, de Taï-Wan-Fou, de Tamsui et de Kélung. Ce dernier, au fond d'une baie de 4 kilomètres et demi de profondeur, est un lieu d'ancrage assez sûr, sauf par la mousson du Nord-Est. Son mouvement commercial a une certaine importance, grâce surtout au voisinage des mines de charbon, à 10 kilomètres dans l'Est. Ces houillères fournissent un combustible d'assez médiocre qualité, qui est pourtant supérieur à celui provenant du Japon (1).

Il y a quelques années le produit total de la vente de ces charbons ou des douanes de Kélung et de Tamsui se montait à un peu plus de trois millions de francs.

Plusieurs motifs décidaient le ministère français à occuper « un gage, » sans arriver à une déclaration de guerre : il croyait laisser ainsi la porte ouverte aux négociations futures ; l'état conventionnel résultant de nos traités avec la Chine continuerait à subsister ; enfin nous pourrions éviter plus facilement, espérait-il, des difficultés avec les puis-

---

(1) Mouvement commercial de Kélung et de Tamsui :
En 1879 : 294 navires jaugeant 88,000 tonnes.
En 1883 : 283 — — 121,847 tonnes.
Valeur des échanges avec les étrangers : 26,868,000 fr. en 1879.
— — 25,099,858 fr. en 1883.
Droits de douane en 1881 : 2,255,000 francs.
— 1882 : 2,139,000 —
— 1883 : 2,053,000 —
Vente de charbon en 1880 : 24,850 tonnes, sur une production totale de 55,000, valant 11 millions de francs. (Raoul, ouvrage cité, etc.)

sances neutres, que nous avions tout intérêt à ménager. La suite de ce récit montrera jusqu'à quel point ces considérations étaient fondées.

Entre tous les gages que notre flotte aurait pu saisir dans les mers de Chine, le ministère avait choisi Formose, qu'il croyait « le meilleur, le plus facile et le moins coûteux à garder (1) ». La situation de cette grande île, à l'Est de l'importante route commerciale qui longe les côtes de la Chine, à portée de Hong-Kong et de Shanghaï, est en effet des plus avantageuses. Il était donc à croire que les Chinois ne renonceraient pas volontiers à sa possession, comme l'indiquait l'incident de 1874. Mais les Japonais avaient eu, pour conquérir Formose, des facilités que nous ne possédions en aucune façon. Au lieu d'y arriver en quelques jours, les troupes envoyées de France devaient n'y parvenir qu'au bout de deux mois de mer. La prise de possession d'une île quatre ou cinq fois plus étendue que la Corse, et beaucoup moins accessible encore, eut d'ailleurs exigé des effectifs considérables, tout à fait hors de proportion avec les résultats à obtenir.

D'autre part, se borner à l'occupation de l'un de ses ports ne serait guère possible, car nos troupes s'y trouveraient assiégées, sans que l'on put tirer le moindre avantage commercial de la possession d'un territoire aussi restreint. Dans ces conditions, les tentatives, que l'on allait diriger sur Formose, nous affaibliraient, en augmentant la dispersion de nos forces ; au lieu de tenir un gage, nous serions tenus par lui et de cruels sacrifices n'aboutiraient qu'à causer aux Chinois un préjudice matériel insignifiant.

____

(1) *Débats parlementaires*, 1884, 27 novembre, page 2487 ; discours de M. J. Ferry.

Ces objections, que l'amiral Courbet et M. Patenôtre devaient bientôt présenter au ministère sous la forme la plus énergique, n'avaient pu encore être faites, quand l'amiral (1) Lespès arriva devant Kélung, le 4 août, avec le *La Galissonnière* et le *Lutin* (2). Le *Villars* s'y trouvait déjà comme nous l'avons dit ; deux jours auparavant, un navire allemand, *le Welle*, avait tenté de débarquer dans le port des canons et des torpilles achetés par le gouvernement chinois. Le commandant du *Villars* y ayant mis obstacle, l'étranger se bornait à porter son chargement à Tamsui, tout en protestant contre la défense irrégulière qui lui était faite. Tels étaient les premiers résultats de la « guerre sans déclaration » qu'inaugurait le gouvernement français.

Le port de Kélung est situé au fond d'un hâvre naturel fermé par deux îles ; il se divise en deux parties : un port extérieur, large d'un kilomètre en moyenne et accessible à tous les bâtiments ; un port intérieur, ou port des jonques, dans lequel la profondeur minima est seulement de 5 m. 5o.

En 1884 les défenses de Kélung étaient assez considérables. A l'Est s'élevait un grand ouvrage, nommé plus tard fort La Galissonnière (3), ou Grand fort, et armé de cinq pièces Krupp de gros calibre (17 c. 3), installées derrière une cuirasse de 2o c. en acier. Le feu de ces canons

---

(1) Le contre-amiral Lespès est né le 13 mars 1828 ; il est entré au service en 1843 : aspirant le 1ᵉʳ août 1846, enseigne le 26 octobre 1850, lieutenant de vaisseau le 2 décembre 1854 et capitaine de frégate le 27 janvier 1864, il a été nommé capitaine de vaisseau le 2o mai 1873 ; il est contre-amiral depuis le 7 décembre 1881.

(*Annuaire de la marine*, 1884.)

(2) L'amiral Lespès amenait avec lui la compagnie de débarquement du *Bayard*.

(3) C'est une vue du fort La Galissonnière, prise de l'intérieur dont nous donnons un croquis en tête de ce chapitre.

battait toute la passe donnant accès dans l'avant-port. Entre cet ouvrage et la ville était une batterie de 3 pièces lisses de 18 livres (fort Villars), qui ne pouvaient en aucune façon lutter avec les nôtres.

A l'Ouest, un ouvrage de la même force, et au Nord duquel était un camp retranché, battait l'avant-port : celui du Morne-Saint-Clément. Un peu au Sud, le fort Lutin, également armé de pièces lisses, commandait le port intérieur et l'entrée du port des jonques. De tous ces ouvrages, le seul à même de lutter avec nos bâtiments était le Grand fort : ses pièces pouvaient aisément traverser à 1,000 mètres la muraille du cuirassé français.

Les Chinois avaient pris récemment les mesures nécessaires pour accroître les défenses de Kélung : un commissaire impérial venait d'arriver du continent avec des troupes assez nombreuses ; elles avaient déjà entrepris quelques travaux de fortification autour du port (1).

L'amiral Lespès prit les dispositions suivantes le 4 août : le *La Galissonnière* vint s'embosser à 900 mètres du Grand fort, le battant de ses pièces de tribord, tandis que celles de bâbord contre-battaient l'ouvrage du Morne-Saint-Clément. Le *Villars*, entre le fort Lutin et le fort Villars, à 120 mètres de ce dernier, devait éteindre rapidement leurs feux et diriger ensuite ses pièces de tribord contre le Grand fort. Enfin le *Lutin*, embossé dans le goulet, à l'abri de toutes les vues, prendrait de flanc les ouvrages des deux côtés du port.

Ces dispositions prises, l'amiral Lespès somme le gou-

---

(1) *Die Unternehmungen der französischen Flotten gegen Formosa*, *Militär Wochenblatt*, 1885, d'après un Allemand habitant l'île en 1884.

verneur de rendre les forts et annonce nos intentions aux étrangers ou aux navires ancrés dans le port. Cette sommation demeure sans réponse et le 5 août, à 8 heures du matin, nos bâtiments ouvrent un feu violent, auquel les Chinois ripostent aussitôt avec la plus grande énergie, causant au *La Galissonnière* de sérieuses avaries.

Au bout de quelques instants, quelques-uns de nos obus de 24 cent. ayant ralenti le feu de l'ennemi, le bombardement des forts peut être continué avec plus de lenteur et de précision. Dès 8 h. 45, le Grand fort est en feu et les Chinois ont cessé leur tir. La compagnie de débarquement du *Villars* est aussitôt mise à terre, sous la protection du *Lutin*, et occupe successivement le fort Villars et le Grand fort. Mais l'explosion d'une poudrière chasse bientôt nos marins de ce dernier ouvrage et les crêtes environnantes se garnissent de Chinois. L'amiral fait débarquer la compagnie du *Bayard*, qui aide celle du *Villars* à les rejetter, et s'installe sur une crête couverte de broussailles au-dessus du fort *La Galissonnière*. Nos fusiliers marins demeurent ensuite à terre, sous les ordres du capitaine de frégate Martin, et nos torpilleurs détruisent les pièces ennemies avec du fulmi-coton.

La nuit se passe sans incident, sous une pluie battante. Dans la matinée du 6 août, le commandant Martin dirige la compagnie du *Villars* sur la ville, qu'elle doit occuper; mais nos marins sont arrêtés par un fort détachement chinois, et se retirent en tiraillant le long de la plage; ils atteignent ainsi un sentier qui descend de la crête occupée par la compagnie du *Bayard*. Celle-ci est déjà en retraite, suivie de très près par de fortes masses chinoises qui l'ont mise en désordre.

Elle a été attaquée à peu près au même instant que les

marins du *Villars* et, malgré ses feux de salve, s'est trouvée bientôt pressée par l'ennemi, qui l'entoure d'un cercle de plus en plus retréci. Un mouvement rétrograde s'impose, et il ne s'opère pas sans confusion pour le gros de nos marins. Le commandant Martin, l'enseigne Barbier qui commande le poste avancé, rallient autour d'eux une quarantaine d'hommes et défendent énergiquement les abords du camp; ils finissent à céder le terrain pied à pied, en couvrant la retraite des blessés et du reste de la compagnie. Grâce à leur bravoure et à leur sang-froid, l'embarquement de nos 200 marins se fait sans trop de difficultés : à 5 heures du soir ils ont regagné le bord.

Au moment de l'évacuation du camp, le quartier-maître du *Bayard*, le brave Jullaude, a voulu enlever à l'ennem le pavillon tricolore que nous avons arboré la veille; il ne peut déraciner la hampe et ne parvient qu'à déchirer l'étoffe en s'y accrochant ; porteur de son précieux trophée, il s'enfuit vers nos compagnies en retraite, au moment où les Chinois accourent de toutes parts; pendant sa fuite il tombe dans un ravin, d'où il ne peut sortir avant l'arrivée de l'ennemi. Il s'y tient dissimulé durant une partie de la soirée, assiste de loin au pillage du camp et parvient enfin à regagner le rivage ; dans la matinée suivante une embarcation vient l'y chercher.

Nos deux compagnies n'ont rejoint le bord qu'avec une perte de 3 morts ou disparus et de 11 blessés. Leur matériel et 3 pièces de 4 de montagne sont restés aux mains des Chinois.

Ce fâcheux incident ne montrait que trop combien était mal venue la pensée d'occuper Kélung avec un si petit nombre d'hommes. Il prouvait en outre que nos marins,

BOMBARDEMENT DE KÉLUNG

si brillants sur leurs bâtiments, étaient à terre de très médiocres soldats d'infanterie. Le combat de Tamsui devait le démontrer encore plus nettement, quelques semaines après.

L'amiral Lespès renonça provisoirement à de nouvelles entreprises et Courbet lui prescrivit de rester à Kélung avec ses bâtiments, en attendant que le gouvernement fît choix d'un objectif, sur lequel il pourrait concentrer ses moyens d'action (1). La tentative des 5 et 6 août avait complètement échoué et la confiance des Chinois, loin d'en être atteinte, était devenue plus grande.

---

(1) *Livre jaune*, télégramme de l'amiral Courbet à M. Patenôtre, 9 août 1884.

CHAPITRE III

Négociations avec la Chine. — Médiation américaine. — Discussion
des nouveaux crédits du Tonkin. — Remise d'un ultimatum au
Tsong-li-Yamen. — Rupture avec la Chine.

Pendant que ces événements se passaient à Formose, les
plénipotentiaires chinois et M. Patenôtre n'en continuaient
pas moins leurs négociations : les premiers semblaient
d'abord inquiets devant les représailles qu'ils pressentaient.
Ils donnaient même à entendre que leur offre de 5oo,ooo
taëls n'était pas définitive (1). De son côté M. Hart,
le directeur général des douanes chinoises, suggérait
au ministre de France un bizarre projet d'arrangement,
La Chine verserait entre nos mains dix millions par an,
pendant huit années, pour contribuer au maintien de la
sécurité commerciale au Tonkin; mais le tribut annamite
continuerait de lui être payé. C'était revenir sur les stipulations essentielles du traité de Tien-Tsin (2) : nous ne
pouvions évidemment y songer.

(1) *Livre jaune*, M. Patenôtre à M. J. Ferry, 2 août 1884.
(2) *Livre jaune*, M Patenôtre à M. J. Ferry, 3 août 1884.

M. Jules Ferry crut alors le moment venu de réduire le chiffre de l'indemnité qu'il réclamait de la Chine ; cette fois, 5o millions et un bon traité de commerce lui paraissaient des conditions équitables : c'était admettre que nos demandes précédentes avaient été singulièrement exagérées. Cette concession n'empêchait pas le président du Conseil de déclarer qu'il fallait « en finir ou se battre. Je suis plus patient que l'opinion et le Parlement, ajoutait-il, mais je suis à bout de patience..... Quant au chiffre, le marchandage ne sert à rien, c'est 5o millions ou la guerre (1) ».

Ces déclarations belliqueuses, presque aussitôt démenties, n'exercèrent aucune influence sur les dispositions des Chinois, pas plus que notre tentative avortée sur Kélung.

Nous avons dit que la Chine sollicitait les bons offices des États-Unis. Ceux-ci se montraient tout disposés à les lui accorder, pour peu que la France acceptât leur intervention pacifique. Le gouvernement de Washington (2) l'offrit donc au nôtre, en faisant remarquer, dans les termes les plus courtois, combien il importait d'éviter des complications fâcheuses pour le commerce international. Il semblait d'abord que le président de l'Union américaine eut en vue une simple médiation entre la Chine et la France. Mais, quelques jours après, ses intentions se précisèrent et il devint évident que sa proposition devait aboutir à un arbitrage. Au lieu de servir de simple intermédiaire entre les deux pays, il aurait eu à décider de la légitimité de nos réclamations vis-à-vis de la Chine (3).

----

(1) *Livre jaune*, M. J. Ferry à M. Patenôtre, 3 août 1884.

(2) *Livre jaune*, M. Frelinghuyzen à M. Morton, 23 juillet 1884.

(3) *Livre jaune*, M. Frelinghuyzen à M. Morton, 1er août 1884 ; M J. Ferry à Li-Fong-Pao, 11 août 1884.

Le ministère français n'était nullement disposé à accepter de pareilles conditions. Mettre en doute le bien fondé de nos exigences si hautement affirmées, s'exposer à voir un arbitre interpréter à notre désavantage les clauses de la convention de Tien-Tsin et les incidents qui avaient suivi sa conclusion, c'était saper par la base toute la politique du cabinet depuis le 24 juin. Il avait toujours assuré que notre bon droit était évident; comment admettre qu'il pût être discuté? M. Jules Ferry déclina donc, dès le 3 août, les bons offices dn gouvernement américain.

Pendant qu'échouait cette première tentative d'entente, les négociations continuaient aussi infructueuses que jamais entre les plénipotentiaires chinois et M. Patenôtre. Li-Hong-Tchang nous offrit alors de les prendre en mains, donnant à entendre qu'il arriverait peut-être à un résultat satisfaisant. M. Jules Ferry crut devoir décliner cette offre courtoise, parce que, d'après son avis personnel, les dispositions du Tsong-li-Yamen n'en devaient pas être modifiées (1). A ce moment, M. Hart soumettait une nouvelle combinaison à M. Patenôtre. La Chine nous aurait concédé pour cinquante ans le droit exclusif de construire des chemins de fer chez elle, en s'obligeant à en créer annuellement une certaine longueur. Cette idée, assurément originale, n'eut pas plus de succès que la précédente auprès du ministère.

M. Patenôtre n'avait pas admis sans protestations la réduction à 50 millions de l'indemnité réclamée aux Chinois. Il faisait justement valoir que cette concession les rendrait encore moins accommodants; désormais, avec un peu de

____

(1) *Livre jaune*, Li-Fong-Pao à M. J. Ferry, 4 août 1884 ; réponse du 5 août 1884.

persévérance, ils pouvaient espérer d'en arracher beaucoup d'autres à notre lassitude. Obéissant à ces préoccupations, M. Jules Ferry crut devoir revenir, une fois de plus, sur le chiffre qu'il venait à peine d'adopter; avec la même énergie qu'il avait mise pour en réclamer 5o, quelques jours auparavant (1), il déclara que nous nous en tiendrions à 8o millions. On devine l'effet que produisait sur les Chinois une semblable indécision.

Les nouvelles de Kélung parvenaient alors à Shanghaï; M. Patenôtre notifiait au Tsong-li-Yamen les résultats de notre opération, et l'informait que le seul moyen d'abréger l'occupation du Nord de Formose serait de donner satisfaction à nos dernières demandes. Le ministère avait sans doute espéré que l'affaire du 5 août déciderait les Chinois à la paix; mais nous avions laissé passer le moment d'en appeler à la force, et le Tsong-li-Yamen parut demeurer à peu près insensible au fait d'armes de l'amiral Lespès; l'échec du lendemain diminuait beaucoup son importance, il faut bien le dire. Le 12 août seulement, le Yamen demandait quelles étaient les intentions de la France à l'égard de Formose, sans paraître autrement s'émouvoir du tour imprévu qu'avaient pris les négociations. Il était visible qu'il attendrait des événements plus décisifs avant d'accepter nos conditions.

Les hésitations continuelles du gouvernement français, ses ménagements vis-à-vis de la Chine, alternant avec l'emploi à son égard des formes les plus blessantes, toute cette singulière politique était sévèrement jugée par les étrangers et les Chinois eux-mêmes. Chose extraordinaire, et qui montre quelle abîme sépare nos idées des leurs,

____

(1) *Livre jaune* M. J. Ferry à M. Patenôtre, 6 août 1884.

ces derniers nous reprochaient, non d'avoir bombardé Kélung, mais d'avoir eu trop tard recours à la force, près d'un
mois après la notification d'un ultimatum, et pendant que
nous continuions des négociations avec eux (1). Rien ne
prouve mieux combien la violence, employée à propos, est
seule en état de se faire respecter dans l'Extrême Orient.
En somme, la démonstration de Kélung aboutissait à rendre
le langage de la Chine plus agressif. Ses représentants semblaient moins disposés que jamais à céder devant nos exigences. Le vice-roi de Nankin était même blâmé par décret
impérial, pour nous avoir offert une indemnité. En outre,
chose plus grave, les Chinois se préparaient activement à
la guerre. L'importance de leurs apprêts, déjà signalée
le 5 août par notre consul à Canton, M. Scherzer, n'avait
fait que s'accroître depuis. Suivant les apparences, notre
politique indécise aurait pour unique résultat de nous obliger à des sacrifices, qu'un coup de vigueur, exécuté à
temps, eût rendu inutile. M. Patenôtre, l'amiral Courbet
ne se faisaient point faute d'en avertir le gouvernement
dans chacune de leurs dépêches (2).

Le ministère persistait d'ailleurs à refuser la médiation
ou l'arbitrage des États-Unis, pour les raisons que nous
avons dites, et malgré l'insistance mise par le gouverne-

---

(1) *Livre jaune*, le prince Yi et les ministres du Tsong-li-Yamen à
M de Semallé, 8 août 1884. « Si M. Patenôtre, s'en tenant strictement
à l'esprit de l'ultimatum, avait fait procéder immédiatement, sans
attendre les négociations, à la saisie du gage, votre pays n'eût pas
failli à sa dignité de grande nation. Mais à ce moment vous nous
avez demandé, d'une part, de négocier, et de l'autre vous mettiez la
main sur Kélung. En Chine, comme ailleurs, il n'y a pas d'exemples
de pareils procédés. »

(2) *Livre jaune*, M. Patenôtre à M. J. Ferry, 12, 13, 14 août
1884, etc.

ment américain ou les Chinois à recommander cette solution. Le cabinet de Washington nous avait pourtant laissé entrevoir que la Chine serait disposée à consentir une indemnité raisonnable, si la France acceptait sa médiation. L'Italie faisait vers la même époque une démarche analogue, tout aussi inutile (1).

M. Jules Ferry avait prescrit le maintien du *statu quo* à Kélung et à Fou-Tchéou, en attendant que les Chambres eussent pris une résolution au sujet de nos affaires avec la Chine (2). Le dépôt d'une nouvelle demande de crédit pour le service du Tonkin, se montant à 38,483,000 francs, une question adressée par M. Blancsubé au président du Conseil et qu'allait suivre une interpellation, devaient permettre au Parlement d'exprimer son opinion sur l'incident de Bac-Lé ou les faits ultérieurs. Le ministère comptait même lui demander un blanc-seing pour les représailles déjà accomplies et celles qui devaient suivre. Mais la malencontreuse réunion du Congrès, motivée par la révision de la constitution et survenue dans les premiers jours d'août, retarda ces grands débats ; ils ne commencèrent que le 14, dix jours après le bombardement de Kélung. Pendant deux longues séances, le président du Conseil tenta d'obtenir de la Chambre un vote de confiance, approuvant sans réserve sa politique antérieure et l'autorisant à « prendre des gages, là où il les croirait les meilleurs et les plus convenables. » Dans un langage qui ne gardait pas toujours la correction des formes diplomatiques, il expliqua les événements de Bac-Lé par la mauvaise foi du gouvernement chinois, donnant à l'indemnité réclamée

---

(1) *Livre jaune*, M. Dubail à M. J. Ferry, 12 août 1884 ; M. Frolinghuyen à M. Morton, 14 août 1884.

(2) *Livre jaune*, M. J. Ferry à M. Patenôtre, 10 août 1884.

M. PROSPER GIQUEL

Fondateur de l'arsenal de Fou-Tchéou

son véritable caractère, celui d'une « amende » qu'il prétendait imposer à la Chine.

TONKIN. — 75.   75

Mais les idées de la Chambre s'étaient visiblement modifiées depuis les dernières discussions. La politique du gouvernement, faiblement soutenue par M. Blancsubé, fut vigoureusement combattue par MM. Georges Périn et Frédéric Passy. M. Goblet, qui représentait visiblement l'opinion d'un grand nombre de ses collègues, conclut à l'approbation des crédits, mais refusa au ministère un vote de confiance. Il était évident que la Chambre donnait à la politique du cabinet une approbation moins entière. Peut-être l'approche des élections n'était-elle pas tout à fait étrangère à ce changement.

Quoiqu'il en soit, l'article 1er du projet de crédits ne fut voté que par 218 voix contre 47, sur 279 votants (1).

L'ordre du jour de confiance ne réunit que 173 voix contre 5o sur 226 votants (2). Cette ombre de victoire ne pouvait guère accroître l'autorité morale du gouvernement, dans un moment où elle aurait dû être entière. Le ministère n'en profita pas moins pour presser la continuation des représailles vis-à-vis de la Chine. Le 16 août, M. Jules Ferry prescrivait à M. de Semallé la remise d'un dernier ultimatum au Tsong-li-Yamen. Faute d'une réponse satisfaisante dans les quarante-huit heures, M. de Semallé quitterait Pékin et l'amiral Courbet aurait toute liberté d'action, pour assurer à la France les réparations qui lui étaient dues.

En même temps l'amiral était informé qu'en cas de

---

(1) Au scrutin public à la tribune. L'ensemble du projet fut voté par 334 voix contre 140, sur 502 votants.

(2) Au scrutin public à la tribune. « La Chambre, confiante dans la fermeté avec laquelle le gouvernement fera exécuter le traité de Tien-Tsin, passe à l'ordre du jour ».

Les crédits furent votés par 193 voix contre 1, au Sénat, le 16 août.

réponse négative il pourrait détruire à Fou-Tchéou les forts et les navires chinois. De là il se rendrait à Kélung, où il préparerait l'occupation des mines, destinées à devenir pour nous un centre de ravitaillement. Quant aux opérations ultérieures, il avait toute latitude pour en faire choix, en évitant le plus possible ce qui pourrait conduire à une occupation permanente. En tous cas, Shanghaï devrait être respecté par nos navires.

Le plan d'occupation de Kélung n'était donc pas abandonné, ce qui suffisait pour anéantir à l'avance tous les résultats de la guerre maritime que nous allions entreprendre.

Au moment d'ouvrir les hostilités avec la Chine, le ministère français nourrissait encore des illusions sur la possibilité d'une entente prochaine (1). Il fut bien vite détrompé : le Tsong-li-Yamen continua plus que jamais de protester, vis-à-vis des autres puissances, contre nos procédés à son endroit. Ses plénipotentiaires quittèrent Shanghaï dès le 18 août, avant la remise de notre ultimatum, qui n'eut lieu que le 19. Enfin le ministre de Chine partit de Paris le 21, en même temps que M. de Semallé quittait Pékin, laissant au ministre de Russie le soin de protéger nos intérêts et nos nationaux. Loin de faire la moindre démarche pour le retenir, le gouvernement chinois avait mis une affectation voulue à faciliter son départ. Nos indécisions perpétuelles, la persistance que nous avions mise à beaucoup exiger en paroles, tout en évitant d'appuyer nos exigences par des actes, le manque de suite dans les vues qui avait si souvent compromis notre situation vis-à-vis de la

---

(1) *Livre jaune*, M. Jules Ferry à M. Patenôtre, 16 août 1884.

Chine, et enfin le peu d'appui que le ministère trouvait au Parlement ou dans l'opinion, toutes ces raisons réunies produisaient, sur les Chinois comme pour les étrangers, le plus fâcheux effet. Tous les gens d'affaires souffraient de l'incertitude qui régnait sur nos projets ; la presse anglaise de Shanghaï, d'abord défavorable à la Chine, nous devenait peu à peu hostile (1). Il était grand temps de donner aux canons de notre escadre le rôle que nos agents politiques n'avaient pas su remplir.

---

(1) *Livre jaune.* M. Patenôtre à M. Jules Ferry, 21 août 1884.

CHAPITRE IV

Pendant les événements de Kélung, tandis que les Chinois mettaient ce temps à profit pour accroître leurs défenses sur la Rivière Min ou renforcer leurs équipages, l'amiral Courbet et ses bâtiments étaient contraints de demeurer inactifs à Fou-Tchéou. Les navires chinois conservaient vis-à-vis des nôtres une attitude si menaçante que les plus grandes précautions devaient être prises. Nos bâtiments étaient constamment tenus sous pression. Leurs mâts de hune calés, les chaînes parées à filer par le bout, les vergues en bas, les pavois rabattus, les filets d'abordage mis en place, les canons et les fusils chargés, la barre et la passerelle protégées par des grelins, des chaînes ou des hamacs, le pont couvert de sacs de charbon au-dessus des machines, les chaînes d'ancre mises en pendant à l'extérieur des canonnières, toutes ces dispositions devaient nous permettre de prendre l'offensive aussitôt qu'il serait nécessaire. Chacun de nos marins couchait à son poste de combat, afin de faire face à une soudaine attaque.

Les Chinois imitaient ces préparatifs et puisaient à cette intention dans les importantes ressources de l'arsenal. Quant à la population de Fou-Tchéou, elle affichait une indifférence complète, prouvant combien la notion du patriotisme est inconnue dans cette partie du Céleste-Empire. La situation bizarre où nous nous trouvions vis-à-vis de lui, et pour laquelle on avait exhumé le nom d'*état de rétorsion*, se traduisait par des faits singuliers. Le 16 août, quelques jours après Kélung, à la date même où M. Jules Ferry se décidait à lancer son second ultimatum, la flotte française se pavoisait à Fou-Tchéou, pour la fête de l'impératrice de Chine. Comme il manquait au *Volta* un pavillon chinois, afin qu'il put arborer le pavois réglementaire, l'amiral Courbet en faisait demander un à son collègue asiatique, qui le lui envoyait aussitôt. A la veille du combat de Pagoda, le commandant du *Yang-Ou* fournissait encore l'escadre de vivres frais; enfin les blanchisseurs et les marchands de glace de Fou-Tchéou ne cessaient d'approvisionner nos navires jusqu'à leur départ pour l'embouchure de la Rivière Min.

Aux yeux de la plupart des Chinois, la guerre que nous avions entreprise concernait uniquement les mandarins; ils y assistaient en simples spectateurs. De plus, cette indifférence pour leurs intérêts nationaux trouvait un puissant auxiliaire dans le fatalisme de ces races orientales. Le soir du 23 août, à la fin de la bataille que nous allons raconter, alors que les balles et la mitraille faisaient rage sur la Rivière Min, un Chinois monté sur un canot vint, à l'heure ordinaire, allumer le petit feu rouge qui signalait un banc placé au centre du mouillage.

Malgré nos bons rapports de commande avec les Célestes, la situation de nos bâtiments devenait chaque jour plus dangereuse : des navires étrangers apportaient constamment aux Chinois des armes et des munitions, sans que l'amiral put y faire obstacle, puisque le gouvernement ne l'autorisait pas encore à exercer le droit de visite sur les neutres (1). Le 23 août, l'un d'eux débarquait même à Mingan 700 soldats chinois, après avoir franchi les passes devant nous (2). L'amiral prévoyait les plus grandes difficultés pour le moment où il quitterait Fou-Tchéou.

Cette grande ville, chef-lieu du Fou-Kien et l'une des plus riches de la Chine, a près d'un million d'habitants. Depuis 1842 et 1844 elle est ouverte au commerce étranger (traités de Nankin et de Wampoa). C'est, avec Shanghaï, le principal lieu d'exportation pour le thé (3). La ville proprement dite est construite sur la rive gauche et à 3 kilomètres de la Rivière Min ; elle est entourée d'anciennes murailles flanquées par des tours. Entre la ville et la rivière s'étalent les faubourgs, qu'un pont célèbre par son étendue, celui des *dix mille âges*, réunit aux concessions européennes de Nantaï. Le Min est couvert de milliers d'habitations flottantes et de jonques.

De Fou-Tchéou, la rivière coule pendant 16 kilomètres au Sud-Est, puis remonte vers le Nord-Est en dessinant un

---

(1) *Livre jaune*, M. Jules Ferry à M. Patenôtre, 18 août 1884.

(2) *Livre jaune*, l'amiral Courbet à l'amiral Peyron, 30 août 1884.

(3) 70,000,000 livres en 1869 : plus de 100,000,000 en 1879. Mouvement du port : plus de 500 navires étrangers (1883). Fou-Tchéou est le 4ᵉ port de la Chine. Voir M. Loir, ouvrage cité ; *Die Kriegerische Ereignisse in Tonkin und China, Militär Wochenblatt*, 1884-1885-1886 ; L. Simonin, *La Chine contemporaine, Revue scientifique*, 1885 ; Rollet de l'Isle, ouvrage cité ; Chabaud-Arnauld, capitaine de frégate, *Les Combats de la Rivière Min, Revue maritime et coloniale*, 1885.

coude brusque, où s'étend la place d'ancrage de Pagoda : c'est le point le plus avancé que puissent atteindre, à marée basse, les navires dont le tirant d'eau dépasse 5 mètres. Le véritable port, les bâtiments de la douane, l'arsenal, sont situés en cet endroit.

Cet arsenal, dont la création remonte à 1867, est l'œuvre d'officiers de la marine française, et notamment du lieutenant de vaisseau Gicquel, mort récemment en France, après avoir été longtemps au service de la Chine. Il renferme un chantier de construction, des fonderies, des fabriques de chaudières, des ateliers de machines et une école de marine. Plus de 1,000 ouvriers y sont employés.

A 10 kilomètres en aval de Pagoda, à hauteur de la petite île Couding, le Min passe, d'une largeur moyenne de 1,000 mètres qu'il avait à Fou-Tchéou, à 600 mètres seulement. Il traverse ainsi la passe Mingan, étroitement encaissée entre ses deux rives, sur une longueur de 3 kilomètres. Au-delà, sa largeur atteint 2,000 mètres, et il se partage en deux bras séparés par l'île Woufou ; un seul est accessible aux grands bâtiments.

Avant d'atteindre la mer, le Min traverse encore une passe étroite, celle de Kimpaï, large de 350 mètres seulement sur une longueur d'un kilomètre, et que ses basfonds rendent difficile. Le bras principal sépare ensuite les deux îles de la Passe et de Salamis, à 500 mètres l'une de l'autre, et arrive à la mer après avoir franchi deux barres, couvertes de 4 mètres d'eau seulement à marée basse. L'accès de l'arsenal de Fou-Tchéou peut donc être regardé comme naturellement difficile ; les Chinois avaient eu peu de peine à le rendre presque impossible, grâce aux batteries qui commandaient tous les points favorables, sur cette longue étendue de vingt kilomètres. Les

LE LIEUTENANT DE VAISSEAU BOUËT-WUILLAUMEZ

abords même de l'arsenal étaient gardés par plusieurs
ouvrages, armés de canons Krupp et qui garnissaient les
hauteurs du Nord, ainsi que la pointe de la Pagode, dans
l'île Losing.

A Pagoda, les bâtiments de guerre chinois étaient au
nombre de onze : un croiseur, cinq transports-avisos, un

aviso de flottille, une canonnière-aviso, trois canonnières (1). Tous ces navires étaient en bois, sans aucun blindage, de formes élégantes, mais de faible échantillon. Ils n'étaient protégés contre les risques de submersion que par des cloisons étanches, d'ailleurs inefficaces. Leur armement, composé de 42 pièces, de modèle récent et de gros calibre en général, était bon, mais ils n'avaient ni canons-revolvers, ni mitrailleuses. Leurs équipages, qui se montaient à 1,220 hommes, étaient munis de fusils à magasin provenant d'Europe ou d'Amérique.

En outre, les Chinois avaient réuni douze grandes jonques de guerre, montées par des équipages de 60 à 150

---

(1) Rapport de l'amiral Courbet, 11 septembre 1883, *Journal officiel*, 23 octobre 1884 ; M. Loir, ouvrage cité ; *Die Kriegerische Ereignisse*, etc.

Le croiseur *Yang-Ou*, 350 h. d'équipage, 1 pièce de 19 c., 2 de 16 c.

Le transport-aviso *Tschen-Hang*, 180 h., 1 pièce de 16 c., 2 de 12 c.

Le transport-aviso *Yong-Pao*, 180 h., 1 pièce de 16 c., 2 de 12 c.

Le transport-aviso *Fou-Po*, 180 h., 1 pièce de 16 c., 4 pièces de 40 livres.

Le transport-aviso *Fey-Yune*, 180 h., 1 pièce de 19 c., 4 pièces de 40 livres.

Le transport-aviso *Tsi-Ngan*, 180 h., 1 pièce de 16 c., 4 pièces de 40 livres.

L'aviso de flotille *I-Sing*, 40 h., 2 pièces de 16 c., 2 de 40 livres.

La canonnière-aviso *Tschen-Oueï*, 80 h., 1 pièce de 7 tonnes, 4 de 40 livres.

La canonnière à hélice *Fou-Sing*, 70 h., 1 pièce de 16 c., 2 de 12 c.

La canonnière à hélice *Fou-Sheng*, 50 h., 1 pièce de 18 tonnes (25 c.), 2 pièces de 9 livres.

La canonnière à hélice *Kiang-Sheng*, 50 h., 1 pièce de 18 tonnes (25 c.), 2 pièces de 9 livres.

Ces deux dernières canonnières construites par sir W. Armstrong, étaient du type dit *alphabétique* et appartenaient aux modèles les plus récents de la construction navale.

En outre deux batteries s'élevaient sur le monticule de la Pagode ; l'une d'elle était armée de 3 pièces Krupp de 8 c. ; deux autres garnissaient la haute colline dominant l'arsenal, dont l'une de trois Krupp également. Enfin 3 batteries de 2 pièces étaient aux abords mêmes de l'arsenal.

hommes et armées de 7 à 8 canons lisses ; 7 canots-torpilles à vapeur, 3 ou 4 canots-torpilles et un certain nombre de brûlots renforçaient notablement leur flottille. Enfin, plusieurs milliers d'hommes avaient été concentrés aux abords de la Rivière Min, pour défendre les sept batteries de l'arsenal et les nombreux ouvrages qui commandaient les passes.

L'amiral Courbet concentrait au mouillage de Pagoda sept bâtiments et deux torpilleurs (1). Ses trois croiseurs, ses trois canonnières et le *Volta* portaient un armement de 53 pièces, sans les canons-revolvers. De plus, un petit vapeur du commerce, le *Nantaï*, avait été acheté par ses ordres et armé en guerre. Avec quatre canots à vapeur, armés également, il formait une petite escadrille de contre-torpilleurs.

---

(1) *Volta*, portant le pavillon de l'amiral, éclaireur d'escadre 159 h., 3 canons.

Duguay-Trouin, croiseur à barbette, 317 h., 5 canons.

Villars, croiseur à barbette, 263 h., 15 canons.

D'Estaing, croiseur à barbette, 266 h., 15 canons.

Lynx, canonnière de station, 77 h., 4 canons.

Vipère, canonnière, 58 h., 4 canons.

Aspic, canonnière, 77 h., 4 canons.

Torpilleur n° 45, 9 hommes.

Torpilleur n° 46, 9 hommes.

Les 53 pièces de l'escadre comptaient 5 canons de 19 c., 42 de 14 c., 7 de 10 c. Nos navires portaient en outre un certain nombre de canons hotchkiss.

La compagnie de débarquement du *La Galissonnière* avait rallié l'amiral Courbet.

La Galissonnière, cuirassé de station, 346 h., 6 canons,

Triomphante, cuirassé d'escadre, 373 h., 7 canons,

Château-Renaud, croiseur à barbette, 208 h., 7 canons,

Saône, transport à hélice, 85 h., 4 canons, rejoignirent plus tard l'escadre ; la *Triomphante* prit seule part au combat de Pagoda : elle était armée de six canons de 24 c. et d'une pièce de moindre calibre.

Une partie de ces détails est empruntée à l'ouvrage de M. Lori-

L'armement et la dimension de nos navires les rendaient supérieurs à ceux des Chinois; mais, comme ces derniers, ils étaient en bois, à l'exception du *Duguay-Trouin*, et aucune cuirasse ne les protégeait. D'ailleurs, la présence des batteries de terre chinoises rétablissait largement l'équilibre.

L'amiral Courbet avait détaché au mouillage de Quan-tao, en amont de la passe de Kimpaï, le *Château-Renaud* et la *Saône*. Ces deux bâtiments devaient empêcher les Chinois d'obstruer les passes sur les derrières de l'escadre. En outre, la *Triomphante*, récemment appelée de Shang-Haï, devait venir le rejoindre, ainsi que le *La Galisson-nière*, qui recevait l'ordre de quitter Kélung.

Telle était la situation sur la Rivière Min, quand, dans la soirée du 22 août, l'amiral Courbet reçut enfin l'autorisation d'ouvrir le feu. Le soir même, le vice-consul de France à Fou-Tchéou et l'amiral Dowel, commandant la station navale anglaise, étaient informés de nos intentions. On n'en avertissait officiellement le vice-roi que le lendemain matin à dix heures; mais chacun savait déjà, à Fou-Tchéou comme à Pagoda, qu'une action était prochaine.

L'amiral avait choisi pour le début de l'opération le commencement du jusant, à 2 heures de l'après-midi; cet instant était tout indiqué par les positions respectives des deux escadres, dans un espace restreint, traversé par des courants violents. A ce moment, quand la marée commencerait à descendre, les navires français présenteraient leurs étraves aux bâtiments ennemis, qui ne pourraient nous faire face qu'après une manœuvre délicate. Ce choix exposait, il est vrai, Courbet à voir les Chinois prendre les devants et l'attaquer durant la matinée, alors que les deux escadres seraient dans des conditions inverses; mais une pareille résolution de leur part lui semblait peu vraisemblable.

L'amiral avait donné les ordres suivants : dès le premier signal, les torpilleurs 45 et 46 s'élanceraient sur le *Fou-Po* et le *Yang-Ou*, avec l'appui des pièces de bâbord du *Volta*. En même temps, ce croiseur canonnerait les jonques de guerre qui l'avoisinaient. Les canonnières *Aspic*, *Vipère*, *Lynx* se porteraient à hauteur de l'arsenal et livreraient combat aux trois canonnières et aux trois transports-avisos qui y étaient réunis. L'escadrille de contre-torpilleurs couvrirait nos quatre bâtiments contre les attaques des canots-torpilles chinois.

Quant au *Duguay-Trouin*, au *Villars* et au *d'Estaing*, ils devaient s'attaquer aux trois bâtiments mouillés près de la Douane, tout en canonnant les jonques de guerre et les batteries qui couvraient la Pagode. Le *d'Estaing* irait ensuite couler des brûlots et des jonques rassemblés dans l'arroyo de la Douane.

Toutes ces instructions avaient été données aux capitaines à huit heures du soir, le 22. La nuit fut à peu près tranquille ; mais, dès la matinée, les bâtiments des deux escadres étaient sous les feux, prêts à filer leurs chaînes. Pendant la durée du flot, de neuf heures et demie à une heure et demie, les Chinois firent ostensiblement des préparatifs de combat ; plusieurs de leurs canots-torpilles vinrent même faire des feintes d'attaque autour du *Volta*, et il fallut diriger sur eux un canon ou un hotchkiss pour les faire disparaître.

Enfin, à une heure quarante-cinq, l'escadre est prête ; à bord du *Volta*, l'amiral, calme comme à l'ordinaire, attend le moment décisif. Vêtu d'un veston d'uniforme, de guêtres blanches, il est coiffé d'un petit chapeau de paille blanche portant le nom du *Bayard*, le cuirassé qui l'a amené de France et qui doit y rapporter son cercueil.

Tout à coup, un canot-torpille chinois se dirige sur le *Volta* d'un air plus menaçant que de coutume. L'amiral croit à une attaque et lance ses torpilleurs en avant. Au même instant un coup d'hotchkiss part du *Lynx* et Courbet fait commencer le feu pour prévenir l'ennemi. Un formidable roulement retentit ; les Chinois ripostent aussitôt au feu de nos canons. L'air est très calme et un épais nuage de fumée, traversé de brusques jets de flamme, cache les combattants. A la première éclaircie, on aperçoit le *Yang-Ou* qui se jette à la côte ; il a été crevé par le torpilleur 46, lieutenant de vaisseau Douzans, qui a dirigé sur lui la plus brillante attaque. Mais, en se retirant, le petit bâtiment est atteint par un projectile chinois qui perce sa chaudière. Le torpilleur 46, désemparé, dérive jusqu'à hauteur des navires neutres.

Le torpilleur 45, lieutenant de vaisseau Latour, a été moins heureux. Pour éviter le canot-torpille chinois, il s'est un peu écarté de sa course et vient frapper le *Fou-Sing* (1) en dehors du point visé. L'effet produit n'est pas suffisant ; de plus l'espars porte-torpille reete engagé dans la muraille du bâtiment. Le torpilleur est criblé de projectiles, qui blessent grièvement le capitaine et l'un de ses hommes.

M. de Lapeyrère, voyant la situation critique du 45, se porte en avant avec son escadrille et oblige le *Fou-Sing* à

---

(1) Le rapport de l'amiral Courbet dit *Fou-Po*, mais il semble résulter de l'ouvrage de M. Loir qu'il y a eu confusion et que le bâtiment attaqué par le 45 était la canonnière *Fou-Sing*, au lieu du transport-aviso *Fou Po*.

exécuter lui-même un mouvement qui dégage le torpilleur : ce dernier va s'amarrer en dehors de l'action.

Avec le canot du *Volta*, M. de Lapeyrère atteint le navire chinois et fait éclater deux torpilles sous son arrière ; le *Fou-Sing*, complètement désemparé, stoppe et part en dérive : il est bientôt entouré de l'escadrille qui s'en empare sans trouver de résistance. Un spectacle affreux attend nos marins à bord du malheureux bâtiment : son pont est couvert de sang et de lambeaux de cadavres ; deux officiers sont étendus, morts, à leur poste sur la passerelle. Quelques hommes de l'équipage vivent encore, mais ils ont été affreusement brûlés par la vapeur des chaudières que nos obus ont crevées : nos marins les recueillent.

Le *Fou-Sing* est trop profondément atteint pour qu'on puisse le sauver de l'incendie ; il faut se résoudre à l'abandonner.

A 2 h. 25, les bâtiments français sont à peu près intacts ; le *Fey-Yune*, le *Tsi-Ngan* et le *Tschen-Oueï*, hors de combat et déjà en flammes, descendent le courant pour aller s'échouer ou couler en aval. Les canonnières alphabétiques, le *Fou-Sheng* et le *Kiang-Sheng* ont résisté plus longtemps, en présentant à nos coups leur étrave armé d'une pièce de 25 c. ; mais elles partagent bientôt le sort des autres navires.

Les jonques nous opposent, durant quelques instants, a plus énergique ré sistance : à bord du *Volta*, un de leurs boulets ronds enfile la passerelle, tue deux hommes placés à la barre et le pilote anglais Thomas, en épargnant par miracle le commandant du navire. Mais nos obus ont bientôt raison de ces bâtiments : leurs équipages se jettent dans la rivière, couverte déjà de fuyards, de débris flottants et d'épaves.

Deux navires ennemis, le *Yong-Pao* et le *I-Sing* ont seuls pu s'échapper en amont, grâce à leur tirant d'eau ; mais leurs avaries sont telles qu'ils s'échouent et coulent au bout de quelques instants. La flottille chinoise est détruite : la plupart de ses navires n'ont pu décharger leurs canons qu'une fois ; la précision de notre tir a tellement effrayé leurs équipages, qu'ils ont aussitôt cherché à fuir ; plusieurs, le capitaine en tête, ont abandonné leurs navires et se sont jetés à la rivière. Tous ces bâtiments, complétement désemparés, couverts de débris sanglants et déjà en proie aux flammes, descendent lentement le courant, en menaçant les nôtres de leur dangereux voisinage. Pourtant, on signale parmi les Célestes de beaux exemples de courage. A bord d'un navire près de couler, le pavillon chinois est rehissé et l'un des servants nous envoie un dernier coup de canon. Mais ces efforts sont isolés.

Après quelques minutes de suspension, le feu de notre division navale reprend : les canonnières concentrent leur feu sur l'arsenal, dont elles peuvent s'approcher, grâce à leur faible tirant d'eau. Les autres bâtiments cherchent à éteindre le feu des sept batteries de terre chinoises. La *Triomphante*, arrivée peu avant deux heures, et mouillée en aval de la Pagode, prend une part importante à cette lutte ; ses projectiles de 24 c., produisent de très grands effets. Il faut pourtant plus d'une heure pour faire taire l'une des batteries, située au-dessus de l'arsenal ; elle a pris le *Volta* pour son objectif et y cause de fortes pertes. Le lieutenant de vaisseau Ravel, aide de camp de l'amiral Courbet, est blessé à ses côtés par l'un des obus de cette batterie ; il enlève presque tous les servants d'une pièce.

La fin de la journée est consacrée à la destruction des

LE LIEUTENANT DE VAISSEAU LATOUR

canots-torpilles réfugiés dans l'arroyo de la Douane ; de
tous les bâtiments chinois rassemblés le matin au mouillage
de Pagoda, il reste seulement des embarcations qui ont pu
remonter en amont : 22 navires ou jonques ont été coulés ou
incendiés ; 44 officiers, 2,000 soldats ou marins sont tués,
blessés ou noyés. Nos pertes ne se montent qu'à 6 tués

et 27 blessés, et l'amiral lance, le soir même, l'ordre suivant, où paraît dans tout son jour sa grande âme de marin et de patriote :

« Il y a aujourd'hui deux mois, nos soldats étaient victimes à Lang-Son d'une infâme trahison. Cet attentat est déjà vengé par la bravoure de nos camarades de Kélung et par la vôtre. Mais la France demande une réparation plus éclatante encore. Avec de vaillants marins comme vous, elle peut tout obtenir. »

L'amiral omet de dire qu'avec un chef tel que lui, l'escadre est invincible. Ses marins l'ont admiré, pendant la bataille, déployant un magnifique sang-froid et se prodiguant aux points les plus exposés : les Chinois ont fait au « terrible Coupa » l'honneur de viser plus particulièrement son navire, et le *Volta* supporte les plus grosses pertes de la journée.

Avant la fin du jour, l'amiral fait prendre à ses bâtiments un mouillage, d'où ils pourront se garer des brûlots, que l'ennemi leur enverra sans doute. La nuit est des plus pénibles. Vers neuf heures, le *Tschen-Hang*, mis en feu pendant le combat, est dirigé vers notre mouillage par deux grandes jonques ; le *d'Estaing* les coule en quelques coups de canon, mais le *Tschen-Hang* menace encore d'autres bâtiments qui doivent appareiller. Cet épisode se renouvelle plusieurs fois durant la nuit, avec des brûlots de moindre dimension.

La première intention de l'amiral est de lancer, le lendemain 24, les 600 hommes de ses compagnies de débarquement sur l'arsenal, de manière à le ruiner complètement ; mais le récent exemple de Kélung montre trop bien le danger d'une pareille opération sans des forces suffisantes.

Il se borne donc à faire détruire les épaves en flammes ou couler des brûlots préparés dans l'arroyo de la douane et en amont de l'arsenal. Le *Volta* et les trois canonnières, qui peuvent seuls s'embosser à la portée de ce dernier, le bombardent avec leurs pièces de 14 centimètres, et y causent d'assez grands dégâts.

Pour obtenir la destruction de l'arsenal il faudrait avoir recours aux grosses pièces de la *Triomphante* ou du *Duguay-Trouin* ; mais le tirant d'eau de ces bâtiments est trop considérable et il faut renoncer à les faire remonter plus avant dans la rivière.

Pendant la nuit du 24 au 25, deux canots-torpilles chinois viennent menacer la *Vipère* et le *Duguay-Trouin* ; ils sont coulés en quelques instants.

Le matin du 25 août, l'amiral fait débarquer les compagnies du *Duguay-Trouin* et de la *Triomphante* au pied de la Pagode ; elles enlèvent les trois canons Krupp d'une batterie que les Chinois ont abandonnée. Mais, à leur vue, un grand nombre d'hommes apparaissent sur les hauteurs voisines ; nos obus les tiennent heureusement à distance et les compagnies regagnent leurs bords, en rapportant les trois pièces chinoises.

Reste la partie la plus dangereuse de la tâche assumée par l'amiral : il faut franchir 20 kilomètres de passes sous le feu de batteries nombreuses et bien armées. Le 25, dans la journée, nos bâtiments appareillent pour descendre la rivière. Le *Duguay-Trouin*, sur lequel Courbet arbore son pavillon, est en tête.

Au sortir du mouillage, la passe principale est tellement encombrée par les épaves chinoises que nos navires doivent passer au milieu des neutres. L'amiral Dowell est là, sur le pont du *Vigilant*, entouré d'un groupe : il nous salue au passage et les officiers des autres nations l'imitent ; les Américains poussent même quelques hourras. Devant les bâtiments étrangers, tenus avec la propreté scrupuleuse particulière à la marine de guerre, les nôtres ont grand air dans leur tenue de combat ; leurs flancs noircis par la poudre étalent fièrement les blessures du combat de l'avant-veille. Nos équipages éprouvent une sensation inoubliable, dans ce moment solennel, en quittant ainsi le théâtre de leurs exploits ; leur fierté est encore accrue par la présence d'un grand bâtiment allemand parmi les navires qui assistent à ce triomphe.

A 1 h. 30, la division mouille en amont de l'île Couding ; le *Duguay-Trouin* et la *Triomphante* prennent à revers la batterie casematée, armée d'un canon Armstrong de 21 centimètres, qui enfile la passe Mingan. Celle de l'île Couding est abandonnée, et nos deux bâtiments mettent rapidement la batterie casematée hors de service. Leurs torpilleurs vont ensuite briser la pièce Armstrong au fulmicoton, sans être gênés par les Chinois.

Le matin du 26 août réserve à nos équipages un lugubre spectacle ; les noyés de la bataille du 23 reviennent à la surface de l'eau et sont promenés, en tous sens, par les courants, le long des navires. Quelques-uns s'engagent sous les coupées ou dans les chaînes, et il faut les en détacher. La vue de ces cadavres affreusement défigurés répand la tristesse sur tous nos navires.

Ils traversent, pendant la matinée, la passe Mingan, toujours précédés par le *Duguay-Trouin* et la *Triomphante*, qui s'attachent à détruire, avec leurs pièces de 24 c., les cinq batteries casematées battant la passe. Prises à revers, elles font très peu de résistance ; tous ces ouvrages sont construits pour battre la rivière en aval et non en amont.

Le fort Mingan résiste un peu plus longuement, mais une escouade de torpilleurs va briser ses pièces, sous la protection d'une compagnie de débarquement. L'opération est à peine inquiétée par l'apparition de nombreux tirailleurs chinois, que nos obus mettent aussitôt en fuite. On va de même détruire les pièces de l'île Couding, dans la soirée du 26 et la matinée du 27 (1).

Le 27, vers le milieu du jour, l'escadre appareille pour descendre vers la passe de Kimpaï, où elle rallie le *Château-Renaud* et la *Saône*, qui ont réussi à empêcher les Chinois de barrer la rivière. L'amiral donne l'ordre de détruire les jonques chargées de pierre, préparées dans ce but.

Les embarcations et les torpilleurs du *Château-Renaud*, sous la conduite du lieutenant de vaisseau Duboc,

----

(1) Les ouvrages battant la passe Mingan étaient les suivants :

1° Sur l'île Couding, 6 pièces de 12 c., et 40 pièces chinoises de petit calibre, en batteries casematées.

2° Sur la rive gauche, la batterie casematée (n° 12) avec 1 canon de 21 c. 5, 2 mortiers de 10 c. et 2 petites pièces lisses.

3° Sur la rive gauche, le fort Mingan, amoncellement de batteries, de murs crénelés, de tranchées : 6 pièces de 14 c., 10 pièces lisses de 10 c,, et 1 pièce de 13 c. 5.

4° A la sortie de la passe, sur la rive droite, un kilomètre était couvert par une série d'ouvrages : fort n° 11 avec 9 pièces de 16 c. lisses, 2 de 12 c. rayées, 3 de 17 c. rayées, 1 de 15 c. rayée, 2 de 12 c. 5 rayées : ces pièces étaient réparties en 4 batteries casematées. Fort n° 10 bis, Nangan, 4 pièces lisses de 16 c. casematées; fort n° 10, 3 pièces rayées de 17 c. en batterie blindée avec plaques de tôle de 30 c.; une pièce barbette sur une colline voisine.

5° Sur la rive gauche, en face de Nangan, le fort Pengan, n° 13; 2 batteries casematées, 1 pièce de 16 c. rayée, 2 pièces rayées de 16 c., 2 de 14 c. rayées et 1 de 14 c. lisse. Une pièce lisse casematée était encore placée en aval. (Voir *Die Kriegerische Ereignisse*, etc. — Les Opérations de l'escadre française dans la Rivière Min, *Revue d'artillerie*, 1885.)

sont chargés de cette opération. La *Vipère* et l'*Aspic* les protégeront.

Les jonques sont aisément détruites, mais les camps retranchés qui dominent le Min se hérissent de drapeaux et d'étendards. En même temps des feux de salve retentissent, couvrant nos marins d'une grêle de balles. Les canonnières répondent énergiquement à coups de canon ou d'hotchkiss, sans parvenir à faire cesser le feu des Chinois : avant que l'embarquement de nos torpilleurs ne soit terminé, nous avons, en quelques instants, un assez grand nombre de blessés ou de tués. Le second de la *Vipère*, lieutenant de vaisseau Bouët-Wuillaumez, est atteint d'une balle à la tête : il tombe le sourire aux lèvres, se sent défaillir et dit à ses marins : « Emportez moi. » Le vaillant officier meurt sans reprendre connaissance, après avoir dignement porté, jusqu'à la fin, un nom célèbre dans l'histoire de la marine française (1).

Le *Duguay-Trouin* et la *Triomphante* reconnaissent la passe et canonnent, sans arriver à les détruire, deux batteries récemment construites. Il faut remettre l'opération au lendemain et aller mouiller en amont, pour la nuit. Tous les préparatifs sont faits en vue de l'attaque projetée : le combat du 27 donne lieu de craindre l'intervention de l'infanterie chinoise dans la journée suivante : la disposition des deux rives du Min y serait très propice.

La division navale est en face d'un entonnoir, dont la largeur n'atteint pas quatre cents mètres et qui est flanqué de hautes collines boisées, le long desquelles s'étendent de nombreux ouvrages.

Sur la rive droite est une batterie demi-circulaire, et un

---

(1) Chabaud-Arnauld, ouvrage cité.

peu au-dessous, le fort Kimpaï tout récemment construit, armé de deux grosses pièces Krupp sous blindage. Entre ces deux ouvrages plusieurs canons lisses ont été mis en batterie derrière des sacs à sable. Un vaste camp entouré de murs crenelés s'étend du fort à la crête de la colline. Une deuxième hauteur, qui domine la première, est également occupée par un campement chinois.

Sur la rive gauche s'élève le fort Blanc, batterie casematée armée de pièces de gros calibre; deux autres ouvrages situés à côté du fort, forment avec lui un ensemble entouré d'une muraille crénelée. Des élévations, qui dominent le tout, sont également couronnées par deux batteries; une autre est située au bord de l'eau. Entre le fort Blanc et l'une des premières s'étendent deux camps retranchés, armés eux-mêmes de quelques pièces lisses.

Le 28, dès la pointe du jour, le *Duguay-Trouin* et la *Triomphante* appareillent et canonnent deux batteries, qui sont rapidement réduites au silence ; mais les Chinois sont établis dans les tranchées et derrière les murs crénelés sur les deux rives ; ils s'abritent également au milieu de broussailles ou dans un village qui se dressent sur les collines de la rive gauche. Il part de ces positions une fusillade très vive.

Nos obus délogent peu à peu les tirailleurs chinois ; un magasin à poudre, qui fait explosion dans un de leurs camps, précipite leur retraite. Le village du fort Blanc est brûlé par nos obus. En même temps le *Duguay-Trouin* et la *Triomphante* continuent la destruction des batteries (1). L'amiral

(1) La passe, dans sa partie la plus étroite, est gardée par le fort Kimpaï et le fort Blanc ; le premier, rive droite, est armé de 2 pièces de 17 c., blindées à 15 c., et de 2 pièces lisses. En aval. les batteries

envoie des torpilleurs pour briser leurs pièces au fulmi-coton ;
mais ils n'y parviennent que sur la rive droite. Les hauteurs
de Kimpaï se couvrent de nouveaux tirailleurs, qui entretiennent un feu très vif. La présence des torpilles le long
de la rive gauche est certaine et il faut renoncer à y aborder
en raison des risques à courir. On se résigne donc à descendre un peu plus loin pour continuer la destruction commencée.

Nos torpilleurs brisent les pièces de la batterie n° 5 sous
la protection d'une section de débarquement du *Duguay-
Trouin*. Mais cette opération est troublée par l'apparition
de nombreux Chinois sortis du fort n° 2. Nos marins sont
obligés de se retirer rapidement. Le commandant Sango,
qui dirige l'opération est blessé ; il est contraint de se réfugier avec le lieutenant de vaisseau Joulia et huit hommes
derrière la carcasse d'un navire échoué. Il faut le tir de nos
bâtiments pour arrêter les Chinois ; le *Lynx* et l'*Aspic* viennent s'embosser près du rivage et enfilent le vallon suivi par
l'ennemi qui vient du fort. Sous leur protection, un canot
va chercher nos marins et les ramène à bord, sans coup
férir. En même temps, on détruit les trois pièces de 14 c.
qui n'avaient pu être démontées la veille.

---

n°s 7, 8. 9, sont armées de 13 pièces lisses. Le camp de Kimpaï est à
400 m. au Sud, couvert de nos vues par une hauteur.

Sur la rive gauche le fort Blanc contient 1 pièce de 21 c. rayée ;
14 pièces de 17 c., rayées battent le passage entre l'île de la Passe
et l'île de Salamis ; elles sont sous casemates en béton ; 6 pièces de
14 c. battent la passe entre Woufou et Salamis. Sur l'île de la Passe,
4 pièces lisses de 14 c. ; la batterie n° 4, armée de 4 pièces lisses ; le fort
n° 3, non armé ; la batterie n° 6, 2 pièces lisses ; le fort n° 2, non
armé.

Sur la rive gauche, en face de l'île de la Passe, la batterie n° 5,
3 pièces lisses ; le fort n° 1, 2 pièces de 14 c. rayées ; 1 de 10 c. rayée.
Entre les deux, le camp retranché n° 1 bis.

LE LIEUTENANT DE VAISSEAU DUBOC

Il reste encore deux ouvrages intacts, mais l'amiral ne
s'en préoccupe point, certain qu'il est de les mettre sans
difficulté hors d'état de nuire : d'après tous les renseignements, un obstacle autrement sérieux se trouve devant
l'escadre. Depuis longtemps l'espace entre l'île de Salamis
et l'île de la Passe est fermé par une file de radeaux, laissant un passage étroit. Des bouées y ont été récemment

placées, et les pilotes assurent que des torpilles électriques garnissent toute la passe. Avant de songer à s'y engager, il faut la reconnaître avec soin. Nos embarcations draguent donc le lit du Min, dans la nuit du 28 au 29, sous la direction des officiers torpilleurs du *Duguay-Trouin* et de la *Triomphante*, MM. Merlin et Campion. On reconnaît que les radeaux portent simplement des chaînes faciles à briser. Aucune trace de torpille n'est découverte.

Le 29, le *Duguay-Trouin* et la *Triomphante* vont mouiller à l'Est des radeaux, à portée des ouvrages n°s 1, 2 et 6. Les autres bâtiments sortent de la rivière et gagnent le mouillage de Matsou, tandis que nos deux cuirassés mettent hors de service les batteries chinoises, par une canonnade de 2 heures; l'ennemi y répond à peine. Sur ces entrefaites arrive le *La Galissonnière*, qui n'a pu partir de Kélung assez tôt pour rallier l'amiral. Le 25, l'amiral Lespès est venu mouiller à Woga, d'où il voulait battre les ouvrages de Kimpaï. Mais il est obligé d'y renoncer devant leur armement supérieur au sien, et le *La Galissonnière* opère sa retraite, quand un obus parti du fort Blanc traverse sa muraille en tôle et tue ou blesse plusieurs hommes. Heureusement, suivant l'habitude des Chinois leur projectile n'est pas chargé : s'il avait éclaté, il aurait mis hors de combat la moitié de l'équipage, alors réuni autour du cabestan.

Devant son impuissance, l'amiral Lespès se résoud à attendre l'escadre.

L'amiral Courbet a terminé la brillante série d'opérations qui se sont succédées du 23 au 30 août, depuis le combat de Pagoda jusqu'à la sortie des passes de Kimpaï.

Elles nous ont coûté 10 tués, dont 1 officier, et 48 bles-

sés (1), dont 6 officiers. Quant aux Chinois leurs pertes ne
peuvent être moindres de 2 à 3,000 hommes. Les dommages
qu'ont subis l'arsenal, la marine impériale et les forts se
montent à 50 millions, d'après des témoignages autorisés (2). C'est donc avec juste raison que l'amiral dit à
l'escadre, dans son ordre du 30 août : « Vous venez
d'accomplir un fait d'armes dont la marine a droit d'être
fière ». Mais si une part du succès revient aux officiers
et aux équipages de nos navires, la meilleure est due à
leur vaillant chef. L'audacieuse pensée qui l'a fait « se
jeter dans la gueule du loup » pour prendre à revers tous
les ouvrages de la Rivière Min, l'énergie et la science
qu'il a déployées dans l'exécution d'un plan habilement
combiné, la netteté parfaite de ses ordres, tout cela donne
aux opérations des 23-29 août le caractère d'une action
militaire de premier ordre. Les étrangers, allemands ou
anglais, ne s'y sont pas trompés (3) et l'admiration dont ils
font preuve vis-à-vis de l'amiral Courbet ne peut être sus-
pecte.

---

(1) Tué : lieutenant de vaisseau Bouët-Wuillaumez ; blessés : capitaine de frégate Sango ; lieutenants de vaisseau Latour, Villaume,
Ravel ; enseignes Charlier et Robaglia.

(2) M. Loir, ouvrage cité.

(3) Voir *Die Kriegerische Ereignisse*, etc. « Les opérations de
l'amiral Courbet sur le Min, qu'on pense ce que l'on voudra sur les
qualités militaires des Chinois, sont une action militaire de premier
ordre. »

CHAPITRE V

Effet du désastre de Fou-Tchéou sur le gouvernement chinois. — Plan de l'amiral Courbet. — Le ministère et les neutres. — Ses exigences vis-à-vis de la Chine.

Malgré toute son étendue, le désastre de Pagoda produisit sur le gouvernement chinois un effet à peu près nul ; Fou-Tchéou était trop loin de Pékin, et la solidarité trop faible entre les différentes parties de cet immense empire, pour que la destruction de la flottille du Min provoquât, de la part du Tsong-li-Yamen, un autre sentiment que celui de la colère. Aucune des forces vitales de la Chine n'était atteinte par le triomphe de l'amiral Courbet. Quant à notre entreprise contre Formose, elle nous promettait des résultats encore moindres. M. de Giers n'était point seul à lui comparer plaisamment « la piqûre d'une guêpe sur le dos d'un éléphant (1). »

Pour obtenir une solution immédiate de nos difficultés avec la Chine, il eût fallu frapper ses ports et sa marine de

---

(1) *Livre jaune*, le général Appert à M. J. Ferry, 9 janvier 1885.

coups redoublés (1). La guerre de représailles que nous avions entreprise aurait eu ainsi quelques chances de réussir, surtout si nous avions porté les hostilités vers le Nord, dans le voisinage immédiat de Tien-Tsin et de Pékin. Ce fut, dès le commencement de juillet, le plan conseillé par l'amiral Lespès ; Courbet et M. Patenôtre l'acceptèrent sans réserves (2).

D'après les vues de l'amiral, il aurait été indispensable de prendre comme gages Port-Arthur et Wai-Hai-Wei. Si elle eût été tentée à ce moment, l'occupation de ces deux ports n'eût pas présenté de difficultés sérieuses, puisqu'aucun préparatif n'avait encore été fait pour leur défense. Avec de pareils points d'appui, le blocus du Pé-Tché-Li pouvait devenir un puissant moyen d'action sur la Chine ; la flotte de Li-Hong-Tchang, prise au dépourvu, n'eût fait aucune résistance ; nous aurions arrêté le transport des immenses quantités de riz, que les provinces du Sud envoient dans le Nord par manière de tribut, et qui servent presque uniquement à l'alimentation de la population de cette partie de l'empire. Le grand canal était alors en trop mauvais état pour qu'on put l'utiliser à ce transport. Survenant à l'approche de l'hiver, le blocus de Pé-Tché-Li aurait donc fait courir au Nord de la Chine le risque d'être affamé, et, selon toutes les vraisemblances, cette circonstance devait décider immédiatement le Tsong-li-Yamen à s'incliner devant nos conditions.

____

(1) *Livre jaune*, M. Patenôtre à M. Jules Ferry, 27 août 1884.
(2) *Livre jaune*, M. Patenôtre à M. Jules Ferry, 29 août 1884. Une dépêche de M. Patenôtre à M. Jules Ferry, du 1er février 1885, donne les détails les plus circonstanciés et les plus intéressants sur les vicissitudes que subit le plan de l'amiral Courbet. Elle est également au *Livre jaune*.

Malheureusement, le gouvernement français ne crut point à l'efficacité du plan de l'amiral Courbet. Il n'admit même pas l'utilité d'un coup de main sur Port-Arthur et Wai-Hai-Wei, deux ports en construction, appartenant aux provinces de Li-Hong-Tchang, qu'il tenait à ménager autant que possible (1). L'action de la flotte française se porta donc sur Kélung et l'arsenal de Fou-Tchéou.

Après les brillantes affaires de la Rivière Min, Courbet et M. Patenôtre insistaient de nouveau pour porter les hostilités dans le Nord. L'amiral demandait à employer, dans une opération contre Port-Arthur, les 2,000 hommes de troupes que le gouvernement destinait alors à occuper Kélung. Tout d'abord, ce plan parut séduire le cabinet Ferry ; il autorisa même, le 7 septembre, Courbet « à agir immédiatement dans le Nord, en gardant simplement la rade de Kélung, s'il jugeait que Port-Arthur et Wai-Hai-Wei fussent des gages meilleurs. » Mais ce consentement ne tardait pas à être retiré, sans doute devant les apparences de négociations auxquelles le gouvernement français se laissait prendre à cette époque. Avant la fin de septembre, l'idée d'occuper le Nord de Formose prévalait définitivement, et nous ajournions encore une fois l'opération contre les ports du Pé-Tché-Li (2).

______

(1) *Livre jaune*, M. Patenôtre à M. Jules Ferry, 1er février 1885 Cette lettre donne la substance de la correspondance du ministère et de M. Patenôtre au sujet de cette question ; le *Livre jaune* n'en renferme pas la totalité.

(2) Tous ces détails sont empruntés à la correspondance échangée entre MM. Patenôtre et Jules Ferry ; après la mort de Courbet, l'amiral Peyron, ministre de la marine, a tenté d'expliquer, de la façon suivante, les divergences qui séparaient le cabinet Ferry du vainqueur de Fou-Tchéou. (*Débats parlementaires*, Sénat, 16 juillet 1885). A nos lecteurs d'apprécier si ces explications sont fondées.

Le ministère ténait à éviter l'occupation permanente de points situés dans la Chine continentale. De plus, le blocus du riz lui paraissait encore une mesure trop grave pour qu'elle put être décrétée sans de mûres réflexions. En effet, il ne s'y décida que de longs mois après, à la veille de notre échec de Lang-Son, et cette décision, que lui imposait alors, pour ainsi dire, l'attitude de l'Angleterre vis-à-vis de nous, devait singulièrement hâter la conclusion des préliminaires de paix.

En ajournant ainsi des mesures indispensables contre la marine et le commerce maritime de la Chine, en ne revendiquant pas l'exercice des droits reconnus aux belligérants, le ministère prolongeait un bizarre état de choses, intermédiaire entre la paix et la guerre, dans lequel toutes les charges étaient pour nous et la plupart des avantages en faveur de nos adversaires.

L'action de Courbet était en effet singulièrement gênée par la liberté, à peu près absolue, laissée au commerce des neutres, sur les ordres formels du ministère. Nous avons déjà dit que les navires étrangers débarquaient devant nos bâtiments des armes, des munitions et même des renforts en hommes destinés aux troupes chinoises. On sait que, peu avant le combat naval de Pagoda, l'amiral

---

• L'amiral Courbet voulait nous entraîner dans une grande expédition sur terre et sur mer à Pékin. Il nous demandait l'autorisation d'aller prendre Port-Arthur; mais il nous disait en même temps : • Donnez-moi 10,000 hommes ». Et je lui répondais : • Faites à l'ennemi, avec vos bâtiments, tout le mal que vous pourrez, mais rappelez-vous que le but de la France c'est de garder le Tonkin; nous ne voulons pas de conquêtes en Chine ; nous voulons faire rétablir le traité qu'elle avait signé et qu'elle a déchiré d'une façon violente. »

LE LIEUTENANT DE VAISSEAU RAVEL

avait dû renoncer à un projet d'opérations contre la flottille
et les forts de Woo-Sung, par égard pour le commerce
de Shang-Haï. Malgré ces ménagements, les événements de
la Rivière Min donnèrent lieu, dans tous les grands centres
du commerce européen, à une vive agitation. A Hambourg,

par exemple, on signait des pétitions demandant que les ports ouverts de la Chine ne fussent pas bloqués par nos navires (1). M. de Bismarck témoignait à notre ambassadeur de certaines craintes, quant aux conséquences possibles du conflit franco-chinois pour les intérêts allemands, démarche à laquelle M. Jules Ferry s'empressait de répondre en les faisant recommander spécialement à l'amiral Courbet (2).

Cette attitude des puissances maritimes ne rendait pas, on le conçoit, les intentions de la Chine plus conciliantes.

Loin de se préparer à nous demander la paix, le Tsong-li-Yamen prenait des allures de plus en plus belliqueuses. Le 27 août, un décret impérial, paru dans la *Gazette de Pékin*, représentait le conflit de Bac-Lé comme prémédité par nous, et ordonnait d'attaquer nos bâtiments partout où faire se pourrait. De plus, Luu-Vinh-Phuoc recevait mission de reprendre les villes que nous avions conquises au Tonkin. Le Tsong-li-Yamen refusait même d'accéder à l'arrangement de neutralité que nous avions proposé pour Shang-Haï, et M. Patenôtre demandait à quitter cette ville, où il n'était plus en sûreté, pour se retirer au Japon. D'ailleurs le gouvernement français n'accordait pas à notre représentant cette autorisation, craignant sans doute de voir disparaître une dernière chance d'entente (3).

Le niveau de nos prétentions avait singulièrement baissé depuis la fin de juin. Au lieu d'une indemnité de 250 mil-

---

(1) *Livre jaune*, M. de Saint-Didier, consul général de France, à M. Jules Ferry, 29 août 1884.

(2) *Livre jaune*, M. Jules Ferry à M. le baron de Courcel, ambassadeur de France à Berlin, 29 août 1884 ; M. Jules Ferry à l'amiral Peyron, 29 août 1884.

(3) *Livre jaune*, M. Patenôtre à M. Jules Ferry, 1er septembre 1884.

lions *au moins*, il n'était plus question que de demander à la Chine la concession des douanes et des mines de Ké-lung pendant une période à déterminer (1). C'eut été un mince dédommagement à tant de sacrifices, mais il ne nous était même pas réservé de l'obtenir.

Le Tsong-li-Yamen n'avait pas encore renoncé à la tac-tique dont les résultats lui avaient été si avantageux, pen-dant plusieurs années. M. Détring, dont nous avons men-tionné le nom au sujet de la convention Fournier, arrivé à Shang-Haï vers la mi-septembre, y reprenait aussitôt avec M. Patenôtre un semblant de négociations (2). Vers la même époque, des représentants de la Chine tentaient d'ouvrir des pourparlers officieux à Paris et à Berlin. Ils allaient même jusqu'à demander la médiation de l'Alle-magne, proposition que M. Jules Ferry déclinait d'ailleurs comme les précédentes (3). Ces ouvertures n'eurent pas d'autre résultat que celui visé par la Chine; elles lui per-mirent de gagner du temps et de détourner la menace que l'amiral Courbet tenait suspendue au dessus de ses ports du Nord. L'hiver, si dur sous ces latitudes, appro-chait, et le Pé-Tché-Li allait être fermé par les glaces. Il faudrait attendre les mois d'avril ou de mars pour y entre-prendre des opérations navales.

Dès le 13 septembre un décret impérial avait destitué six membres du Yamen, coupables d'avoir voulu traiter avec la France; le gouvernement chinois interdisait en

----

(1) *Livre jaune*, M. Jules Ferry à M. Patenôtre, 9 septembre 1884.

(2) *Livre jaune*, M. Patenôtre à M. Jules Ferry, 11 septembre 1884. Le *Livre jaune* paraît présenter des lacunes à cette époque : il semble qu'il y manque plusieurs télégrammes de M. Patenôtre du 2 au 11 septembre.

(3) *Livre jaune*, M. le baron de Courcel à M. Jules Ferry, 14 sep-tembre 1884 ; M. Jules Ferry à M. Patenôtre, 15 septembre 1884.

même temps à tout fonctionnaire de proposer le paiement d'une indemnité entre nos mains (1). Il fallait plutôt chercher dans ces mesures les vraies dispositions des Célestes que dans les négociations de pure forme dont nous venons de parler. Notre persistance à éviter de prendre des résolutions décisives n'en était que plus difficile à admettre ; les étrangers eux-mêmes ne nous en savaient aucun gré, bien que notre attitude fut imposée par un souci excessif de leurs intérêts. La colonie européenne et américaine de Shang-Haï était la première à protester contre ce système de demi-mesures, qui prolongeait inutilement un état de choses préjudiciable à tous (2). L'amiral Courbet et M. Patenôtre n'avaient cessé d'exprimer à cet égard les craintes les plus fondées ; malheureusement le ministère français n'était pas encore résigné aux résolutions viriles que les circonstances lui imposaient vis-à-vis de la Chine.

(1) *Livre jaune*, M. Patenôtre à M. Jules Ferry, 17 septembre 1884.

(1) *Livre jaune*, M. Patenôtre à M. Jules Ferry, 17 septembre 1884.

CHAPITRE VI

Situation du corps expéditionnaire en juillet 1884. — Mort de Kien-
Phuoc. — Démonstration du colonel Guerrier à Hué. — Nomina-
tion de M. Lemaire comme résident général. — Départ du général
Millot. — Les Chinois sur le Loch-Nan. — Les pirates dans le Delta. —
Préparatifs d'une invasion chinoise.

Dès les nouvelles de Bac-Lé, le commandant du corps
expéditionnaire jetait le général de Négrier, avec deux
bataillons et deux batteries (1), au secours de la colonne
Dugenne. Ce détachement se dirigeait par Phu-Lang-
Thuong et Lang-Kep vers Cau-Son, qu'il atteignait le
27 juin, après une marche relativement très rapide. Il s'y
mettait en relation avec le lieutenant-colonel Dugenne qui
le rejoignait le 3o. En attendant son arrivée, le général
de Négrier organisait à Cau-Son une forte position défensive, pour le cas où les Chinois poursuivraient leur
avantage.

Cette précaution ne devait pas être tout à fait inutile,

____

(1) 1er bataillon du 3e tirailleurs algériens (lieutenant-colonel Letellier), le bataillon du 143e, 2 batteries de 4 pièces de 80 mill. fournies par le 12° régiment et un détachement du génie.

car, le 28 juin, un convoi de deux cents coolies, escorté par une compagnie du 143ᵉ, était attaqué entre Bac-Lé et Cau-Son par des réguliers. Ceux-ci se retiraient après un engagement qui nous coûtait 4 tués et 5 blessés.

D'ailleurs les Chinois s'en tenaient à cette démonstration et la retraite des survivants du combat des 23-24 juin n'était pas troublée.

A peine arrivé à Cau-Son, le 27, de Négrier reçut du général en chef l'ordre formel de ramener ses troupes et celles du lieutenant-colonel Dugenne à Phu-Lang-Thuong. Malgré son désir de pousser plus avant sur la route de Lang-Son, le vaillant chef de la 2ᵉ brigade quittait Cau-Son, le 3 juillet, et ses troupes regagnaient leurs cantonnements, où elles demeuraient à peu près immobiles jusqu'en septembre.

En dépit des apparences, ce nouvel arrêt imposé par le général Millot à M. de Négrier, sur la route de Lang-Son, était dicté par des considérations plus sérieuses que celles invoquées après la prise de Bac-Ninh, pour arrêter notre poursuite. La saison rendait les moindres mouvements pénibles; au lieu d'être affaibli par une suite de défaites, le moral des troupes chinoises s'était raffermi depuis le combat de Bac-Lé; nous n'avions réuni ni le matériel, ni les approvisionnements nécessaires pour une marche de quelque durée dans un pays aussi difficile; le recrutement des coolies, déjà malaisé avant l'affaire des 23-24 juin, était devenu presque impossible, et cette pénurie se faisait d'autant plus sentir que le corps expéditionnaire possédait des ressources tout à fait insuffisantes en animaux de bât; enfin l'ignorance où nous étions sur les intentions des Chinois et les causes de l'affaire des 23-24 juin exigeait la plus grande réserve.

D'ailleurs, la situation générale de nos troupes du Tonkin avait fort empiré depuis le mois d'avril. Les lourdes chaleurs de l'été, jointes aux fatigues des expéditions précédentes, rendaient l'état sanitaire des moins satisfaisants. La proportion des malades était très considérable : elle atteignait près de 5 o/o dès le mois de juillet, pour l'ensemble des troupes, et dépassait souvent de beaucoup cette proportion (1). Les effectifs disponibles avaient décru d'une façon extraordinaire, tant en raison de ces circonstances que par la nécessité où était le général Millot d'assurer la garde d'un grand nombre de places ou de postes. Il était devenu impossible de songer à étendre notre occupation et le corps expéditionnaire se bornait à garder ses conquêtes.

Le désir d'éviter de nouvelles complications portait même le général en chef à exagérer cette attitude passive. Il ne laissait aucune initiative aux commandants de postes ou aux généraux de brigade. Ils avaient à peine la liberté de repousser les attaques des pirates, et toute opération ultérieure leur était interdite. La population en venait « à nous mépriser profondément » (2).

----

(1) *Documents parlementaires*, extrait du rapport de M. Rey, médecin en chef de la marine. La morbidité moyenne journalière en août était de 4,28 et, en septembre, de 4,70 pour 100 valides, alors qu'elle avait été de 2,73 en avril.

Les 2 batteries du 12ᵉ d'artillerie comptèrent un moment plus de 150 malades sur un effectif total, au départ de France, de 400 hommes. (Colonel Brugère, ouvrage cité.)

La statistique médicale de l'armée, en 1884, qui vient de paraître, ne comprend aucun renseignement concernant les troupes du Tonkin, pas plus d'ailleurs que celle de 1883. Il y a là une véritable entorse donnée à l'article 5 de la loi du 22 janvier 1851 : il serait aussi intéressant, pour le Parlement et la nation, de posséder des données complètes sur l'état sanitaire de nos détachements de l'armée de terre au Tonkin que d'en avoir sur celui des troupes d'Algérie ou de Tunisie.

(2) R. B., ouvrage cité.

Cette attitude, après la violation du traité de Tien-Tsin, ne pouvait qu'encourager les Chinois et les pirates indigènes à pousser leurs incursions dans le Delta. Dès la fin de juillet on signalait, aux abords du Fleuve Rouge, la présence de bandes très nombreuses, et la canonnière *Hache*, lieutenant de vaisseau Manceron, livrait le 26, un brillant combat à l'une d'elles qui comptait 1,500 hommes. Quelques-uns de ces bandits venaient piller et brûler des villages jusque sous le canon de nos citadelles.

Un nouveau coup de théâtre se produisait alors en Annam : le 3 août on annonçait la mort du roi Kien-Phuoc, survenue le 31 juillet à Hué ; à en croire les apparences, les menées du parti hostile à la France avaient eu leur part dans ce tragique événement. Les ministres annamites s'empressaient de proclamer roi, sous le nom de Ham-Ghi (1), le gendre du premier ministre, Nguyen-Van-Thuong, l'un des ennemis acharnés de notre influence. M. Rheinart n'était même pas consulté et ses protestations demeuraient d'abord inutiles.

Cette précipitation indiquait le triomphe d'idées anti-françaises en Annam : la signature du traité Patenôtre amenait la mort du roi Kien-Phuoc, comme celle de la convention Harmand avait provoqué la disparition de son prédécesseur : il était urgent d'aviser.

M. Rheinart, qui n'avait que trois compagnies à sa disposition, ayant réclamé des renforts, le général Millot fit partir du Tonkin un bataillon et une batterie (2) sous les

---

(1) Ung-Lich, frère du défunt, n'avait que 14 ans et fut intronisé sous le nom de Ham-Ghi (Accord Universel), en vertu d'un prétendu testament de Kien-Phuoc.

(2) Le bataillon du 111°. et la 11° du 12°

PORTE DE LA CITADELLE DE HUÉ

ordrès du colonel Guerrier, son chef d'état-major le *Tarn*
débarquait ses troupes le 11 août, à Thuan-An, et leur
chef rejoignait notre résident dès le lendemain. On adressait aussitôt un ultimatum aux ministres d'Annam : ils
devaient demander le consentement de la France à l'avènement du nouveau roi. Aucune mention ne serait faite du
testament de Kien-Phuoc dont l'authenticité était des plus
douteuses. En cas de réponse négative nos troupes occuperaient dès le matin du 14 août, la citadelle de Hué.

Dans ce but le colonel Guerrier faisait reconnaître, le 13, une position d'où l'on pourrait la bombarder ; mais le gouvernement annamite se hâtait d'accepter les conditions que lui imposait notre résident. Trois compagnies d'infanterie de marine pénétraient le 15 août dans la citadelle, pour y prendre possession du bastion et de l'ouvrage à cornes situé au Nord-Est, celui de Mang-Ka.

Le 17 avait lieu la reconnaissance solennelle du roi Ham-Ghi par la France ; M. Rheinart, accompagné du colonel Guerrier, de 25 officiers et de 100 hommes d'escorte entrait dans le palais pour y assister. Contrairement aux précédents, les trois principaux personnages chargés de nous représenter franchissaient la porte principale, celle destinée au souverain, que prenaient autrefois les ambassadeurs chinois chargés d'apporter l'investiture aux rois d'Annam. Une pareille innovation était significative.

Cette cérémonie accomplie sans incident, le bataillon et la batterie qui avaient appuyé les réclamations de notre résident rentraient au Tonkin dès le 23 août. Malheureusement l'investiture, que venait de recevoir Ham-Ghi, ne suffisait pas pour faire de lui et de ses mandarins des vassaux fidèles : nous devions promptement nous en rendre compte.

Le ministère décidait alors de rappeler le lieutenant-colonel Rheinart et de lui donner pour successeur à Hué M. Lemaire, consul général de France à Shang-Haï. Il voulait, dit-on, prévenir des conflits possibles entre le général en chef et l'autorité civile, conflits qui auraient pu prendre une certaine gravité en raison de la situation militaire de M. Rheinart. Peut-être aussi le gouvernement songeait-il à renouveler, sur une moindre échelle, l'expérience qui lui avait si mal réussi avec le docteur Harmand ?

Toutefois, la nomination du nouveau résident général était entourée de précautions, qui avaient fait défaut l'année précédente. M. Lemaire et le général commandant le corps d'occupation devaient être sur le pied d'une entière indépendance réciproque ; tous deux relèveraient directement du gouvernement central. Le résident dépendrait de deux ministères, celui de la marine et des colonies pour les questions administratives, celui des affaires étrangères pour toutes les autres. Cette combinaison, analogue à celle qui faisait ressortir le général Millot du département de la marine et de celui de la guerre, n'était assurément pas heureuse : elle pouvait et devait entraîner des difficultés fréquentes.

Dans ses instructions, M. Jules Ferry recommandait à M. Lemaire d'éviter de trop affaiblir le gouvernement annamite : notre résident se limiterait à son rôle de surveillant, qui s'exercerait par des voies différentes au Tonkin et en Annam, comme le voulait le traité du 6 juin. Il s'agissait surtout d'utiliser l'administration indigène, telle qu'elle était organisée, et d'en diriger l'action dans un sens conforme à nos intérêts ou à ceux du pays; on éviterait avec soin d'y apporter des changements hâtifs, provoqués par le désir de copier mal à propos notre civilisation et nos mœurs. Enfin le traité du 6 juin devait servir de base à nos relations avec la cour de Hué et M. Lemaire ne tolérerait aucune tentative ayant pour but d'en éluder les prescriptions (1). Restait à savoir si le nouveau résident général pourrait imposer aux Annamites le respect de notre protectorat, avec les forces si restreintes dont il disposait à Hué et à Thuan-An.

----

(1) *Livre jaune*, M. Jules Ferry à M. Lemaire, 30 août 1884 ; M. Jules Ferry à M. Lemaire, 12 septembre 1884.

En somme, ces instructions étaient dictées par une compréhension très nette des difficultés de notre situation en Indo-Chine; il est impossible de méconnaître qu'elles auraient singulièrement allégé nos sacrifices, si elles avaient toujours été exactement suivies.

A la même époque, le général Millot demandait son rappel en France, et le gouvernement l'autorisait à quitter le Tonkin. Ce départ était motivé, en apparence, par des raisons de santé (1); mais certains froissements, survenus dans les rapport du commandant en chef avec le gouvernement central, n'étaient sans doute pas étrangers à cette détermination imprévue. Du moins, le ton si singulièrement attristé de sa proclamation d'adieux semblerait l'indiquer (2).

Le général Brière de l'Isle prenait donc, dès la fin d'août, le commandement provisoire du corps expéditionnaire (3).

---

(1) Télégramme du général Millot (29 août 1884). Le général avait contracté une maladie de foie, à la suite de son séjour en Extrême-Orient, au moment de la première expédition de Cochinchine, et il souffrait de ses atteintes.

(2) « ... Je vous quitte malade de chagrin, et d'autant plus désolé que nous sommes restés en face les uns des autres, sans peur et sans reproche, bien qu'on ait eu le triste courage de dénoncer l'affaire de Lang-Son, où vous avez cependant fait preuve d'une ténacité si remarquable, que vous avez rassuré ceux qui aiment l'armée et leur pays. » *Progrès militaire* du 15 octobre 1884.

(3) Le colonel Guerrier, chef d'état-major du général Millot, l'accompagnait lors de son départ; il était remplacé par le chef de bataillon breveté Crétin, du 82e. L'état-major du corps expéditionnaire était constitué ainsi qu'il suit :

Chef de bataillon breveté d'infanterie de marine Le Dentu, sous-chef d'état-major;

Chef de bataillon breveté d'infanterie de Lacroix, capitaine breveté de cavalerie de Wignacourt; capitaine breveté Lecomte, du 2e bataillon d'Afrique; lieutenant de vaisseau Hautefeuille; capitaine

Comme ses deux prédécesseurs, le général Millot quittait le Tonkin, après un séjour de quelques mois, en laissant une tâche à peine ébauchée. De toutes les difficultés qui lui avaient été réservées, la moindre n'était certes pas celle résultant de l'incertitude qui pesait sur la politique du gouvernement français en Indo-Chine. Trois départements ministériels s'en partageaient alors la direction, et il en résultait des tiraillements, des froissements inévitables, auxquels venaient s'ajouter ceux provenant des incertitudes de l'opinion publique elle-même. Pas plus au Parlement que dans le pays, il n'y avait encore d'idée nettement arrêtée au sujet de la forme réservée à notre occupation en Indo-Chine. Quoi de surprenant à ce que les opérations militaires se soient ressenties de ces incertitudes ?

D'ailleurs, les forces du corps expéditionnaire, suffisantes pour conquérir le Delta, ne l'étaient pas pour occuper tout le territoire que nous abandonnait la convention Fournier : ce fut la première origine de l'affaire de Bac-Lé et de toutes les complications qui suivirent.

Pourtant, quelle qu'ait été l'importance des difficultés rencontrées par le général Millot dans l'exercice de son commandement, il est impossible de méconnaître qu'il ne répondit pas entièrement à toutes les espérances mises en lui au moment de son envoi au Tonkin. Comme la plupart de ses prédécesseurs, il en partait amoindri et, malheureusement, son cas ne devait pas rester isolé dans l'avenir.

Au moment où le général Brière de l'Isle prit la

---

breveté Delestrac, du 12ᵉ d'artillerie; enseigne de vaisseau Chéron; sous-lieutenant d'infanterie de marine Bossant.

Le chef d'escadron Chapotin avait pris le 1ᵉʳ août le commandement de l'artillerie, en remplacement du colonel Révillon.

Le colonel de l'infanterie de marine Dujardin prit le commandement intérimaire de la 1ʳᵉ brigade, avec le chef de bataillon breveté Pelletier, du 2ᵉ tonkinois, pour chef d'état-major. (Bouinais et Paulus.)

direction du corps expéditionnaire, ce dernier était encore dans d'assez fâcheuses conditions. Sa situation sanitaire, s'améliorait lentement, il est vrai, mais les renforts envoyés de France, pour combler ses vides, n'avaient pas encore atteint le Tonkin (1). Par contre, les pirates devenaient de plus en plus audacieux et les troupes chinoises commençaient à refluer dans les provinces du Nord et de l'Est. Dès la fin d'août, la *Hache*, envoyée en reconnaissance jusqu'à Chu, dans le Loch-Nan, se heurtait à un de leurs détachements. Toute la vallée supérieure de cette rivière était occupée par elles (2).

---

(1) En août 1884 partaient de France et d'Algérie 1,400 hommes de l'armée de terre. L'infanterie et l'artillerie de marine fournissaient 1,237 officiers ou soldats. (*Documents parlementaires, Rapport Ballue.*)

Deux régiments de tirailleurs tonkinois, de 3° bataillons de 4 compagnies, avaient été créés par décret du 12 mai.

(2) Au moment de la prise de commandement du général Brière de l'Isle, les emplacements de nos garnisons étaient les suivants :

Hanoï	5.295	hommes.
Sontay	1.134	—
Hong-Hoa	1.074	—
Tuyen Quan	528	—
Thaï-Nguyen	613	—
Bac-Ninh		
Ticau		
Dap-Cau	1.394	—
Pins-parasols		
Phu-Lang	1.200	—
Haï-Duong	658	—
Sept-Pagodes	113	—
Haï-Phong	1.502	—
Quang-Yen et Montagne des Éléphants.	297	—
Nam-Dinh	4.281	—
Ninh-Binh	538	—
Phu-Ly et Hong-Yen	972	—
Quin-Hon	152	—
Thuan-An	841	—
Hué	1.249	—

Total : 488 officiers, 17,544 hommes de troupe, 485 chevaux.

Cinq canonnières étaient à Hanoï ; deux à Hong-Hoa et Thuan-

Vers la même époque les canonnières *Arquebuse* et *Avalanche* remontaient le Fleuve Rouge, d'Hong-Hoa jusqu'à Thuan-Quan, et y mettaient en fuite un gros rassemblement ennemi.

Au commencement de septembre, les Chinois devenaient plus entreprenants. Un de leurs détachements, fort de 400 hommes, apparaissait devant Phu-Lang-Thuong et trois de nos compagnies, sous les ordres du capitaine adjudant-major Mercier, avaient à livrer un brillant combat pour l'en chasser (1). Dans la nuit du 8 au 9, la *Hache* était attaquée, au mouillage de Loch-Nan, par une troupe de 500 Chinois, qui se retirait après une affaire assez vive, laissant le village en flammes.

Il était aisé de prévoir que cette partie du Tonkin allait devenir le théâtre de graves événements : on assurait que les Chinois avaient passé la frontière avec de grandes forces et que trois de leurs colonnes se dirigeaient sur Hong-Hoa, Thaï-Nguyen et Bac-Ninh. Une reconnaissance poussée le 18 septembre jusqu'à Lam, par la *Hache*, confirmait ce dernier renseignement. On annonçait même, dès le 22 septembre, la présence de troupes ennemies à Phu-Nam-Sach, au-delà du Thaï-Binh, à quelques kilomètres d'Haï-Duong. Au lieu de prendre possession du Nord du Tonkin, nous allions avoir à lutter, sur la lisière du Delta, contre une véritable invasion chinoise.

Le général Brière de l'Isle prit aussitôt les mesures que dictait ce renversement des rôles : la *Massue* renforça la *Hache*. Le lieutenant-colonel Donnier réunit un détachement

---

Quan ; une à Bac-Ninh, Phu-Lang, Haï-Duong et Haï-Phong ; deux à Thuan-An. (Bouinais et Paulus.)

(1) 4ᵉ compagnie du 2ᵉ bataillon du 3ᵉ tirailleurs ; 10ᵉ et 12ᵉ compagnies du 1ᵉʳ tonkinois.

formé de cinq compagnies et de deux pièces de 80^{mm} à Dap-Cau, pour couvrir les récoltes de la vallée du Loch-Nan. Au Nord d'Haï-Duong on prenait les mêmes précautions: avec deux compagnies (1), le *Mousqueton* et la *Rafale*, le commandant Tonnot repoussait les bandes chinoises de la vallée du Song-Kinh-Thaï et laissait une petite garnison à Lac-Son, de manière à garder l'intervalle entre Dong-Trieu et le poste des Sept-Pagodes.

Dans le reste du Delta les pirates devenaient également plus gênants, et nous devions entreprendre contre eux une série de petites expéditions. Dans la province de Sontay, à Nam-Ly, le chef de bataillon Pujol, avec 80 tirailleurs et 200 Tonkinois, surprenait, le 16 août, une de leurs bandes qu'il dispersait. Un peu plus tard, vers le milieu de septembre, le colonel de Maussion, avec deux compagnies (2), une pièce de 4, la *Carabine* et le *Yatagan*, dirigeait une opération au Sud-Ouest d'Hanoï. Après avoir purgé le pays de pirates, il laissait une petite garnison à My-Luong et fermait ainsi une des entrées du Delta, à l'extrémité Sud des collines qui séparent la Rivière Noire du Fleuve Rouge. De Ninh-Binh, le colonel Berger entreprenait une expédition semblable vers Phu-Nho-Quan et rejetait les bandes annamites dans l'Ouest, non sans pertes (3).

A la suite de ces opérations, le calme semblait se rétablir dans la partie Sud du Delta, mais il n'en était pas de même vers le Nord : on devait s'attendre à voir l'ennemi y paraître

---

(1) 1 compagnie du 2ᵉ bataillon d'Afrique, 1 compagnie du 1ᵉʳ tonkinois.

(2) 1 compagnie du 23ᵉ, 1 compagnie de Tonkinois.

(3) 10 blessés.

LA CANONNIÈRE « L'ARQUEBUSE »

en force, et réduire nos troupes à un rôle à peu près
uniquement défensif.

A ce moment, pour donner suite aux demandes de
renforts que lui adressait l'amiral Courbet, le gouvernement crut nécessaire d'enlever au corps expéditionnaire six

compagnies et une section d'artillerie (1). Renforcées de six compagnies et d'une batterie venues de Cochinchine, ces troupes quittèrent le Tonkin vers la mi-septembre et rejoignirent l'escadre au mouillage de Matsou. Les 2,000 hommes de renforts que recevait ainsi l'amiral Courbet, et qu'il allait consacrer à la tâche ingrate d'occuper Kélung, auraient rendu au Tonkin des services plus appréciables et le général Brière de l'Isle n'allait pas tarder à regretter vivement leur absence.

(1) Les troupes envoyées à l'amiral comprenaient :

Un régiment de marche d'infanterie de marine, lieutenant-colonel Bertaut-Levillain ; 25e, 26e, 27e, 28e du 3e régiment, commandant Ber, venues de Cochinchine ; 21e, 22e, 23e, 24e du 2e, commandant Lacroix, venues du Tonkin ; 25e et 30e du 2e (Cochinchine), 26e et 27e du 2e (Tonkin), commandant Lange ; une batterie de 4 de montagne (23e de l'artillerie de marine), capitaine de Champglen ; 1 section de la 11e batterie du 12e régiment (80mm de M.), lieutenant Naud ; 300 coolies cochinchinois ou tonkinois, 1 détachement du génie, capitaine Luce, et 13 gendarmes.

La batterie de canons-revolvers (4 pièces) du lieutenant de vaisseau Barry avait antérieurement rallié l'amiral Courbet et devait également faire partie du corps de débarquement de Formose.

CHAPITRE VII

Opérations nouvelles contre Kélung. — Echec de Tamsui, 8 octobre. —
Situation de l'escadre.

Nous avons dit que le brillant fait d'armes de l'amiral
Courbet dans la Rivière Min produisit sur le gouvernement
chinois un effet à peu près nul. Il fallut donc se préparer
à continuer cette guerre de représailles, dont les résultats
étaient, jusque-là, si peu en rapport avec nos sacrifices.

Le 3o août l'escadre de l'Extrème-Orient (1) était réunie
presque toute entière à Matsou, aux bouches de la Rivière
Min. La première intention de l'amiral, après Fou-Tchéou,
avait été de se rendre devant Port-Arthur, où il voulait
trancher le « nœud de la question (2). » Mais, sans s'y
opposer formellement, le ministère jugeait préférable de
reprendre les opérations dans le Nord de Formose (3).

---

(1) Constitué par un décret du 29 août.

(2) *Lettre de l'amiral Courbet*, 4 décembre 1884, M. Loir, ouvrage
cité.

(3) *Livre jaune*, M. Patenôtre à M. J. Ferry, 25 septembre 1884.

L'idée d'occuper Kélung et ses mines de charbon, en renonçant provisoirement à toute autre entreprise, devint même bientôt tout à fait arrêtée chez lui (1). C'est dans ce seul but qu'il fit mettre à la disposition de Courbet le renfort de 2,000 hommes dont nous avons parlé et auquel il limitait le chiffre des troupes à envoyer dans les mers de Chine. Malgré l'opposition, nettement exprimée, de l'amiral et de M. Patenôtre, le gouvernement français persistait à voir dans l'occupation du Nord de Formose un moyen assuré d'en finir avec la Chine. Il ne prévoyait pas qu'un jour viendrait où nous hâterions de tout notre pouvoir l'évacuation d'une terre maudite, où les tombes de nos soldats, victimes d'un climat meurtrier plus que du feu de l'ennemi, garderaient seules le fugitif souvenir de notre passage... (2).

Pendant les premiers jours de septembre, la plus grande partie de l'escadre demeura au mouillage de Matsou. Quelques navires croisaient devant les îles Chusan ; la *Saône* était à Hong-Kong pour protéger nos nationaux, et l'*Atalante*, que le *Villars* avait relevée à Thuan-An, devant la rivière de Canton. Plusieurs de nos navires recevaient même la mission d'aller chercher au Tonkin les transports qui amenaient les troupes, pour les couvrir des attaques possibles, sinon probables, de la part des croiseurs chinois.

Le *Parseval*, qui avait été maintenu à Shang-Haï pour protéger nos nationaux, quittait ce port et gagnait Matsou dans des circonstances méritant d'être citées. Le taotaï (gouverneur) avait fait tous ses efforts pour obtenir le départ de notre bâtiment, assurant ne pouvoir répondre

----

(1) *Livre jaune*, M. Patenôtre à M. Jules Ferry, 25 septembre 1884.

(2) *Livre jaune*, M. de Freycinet à M. Patenôtre, 1er juin 1885.

de la sécurité des concessions étrangères, s'il ne disparaissait au plus tôt : M. Patenôtre ne pouvait différer davantage son renvoi.

Le commandant du *Parseval* engageait donc un pilote qui consentait à le conduire en haute mer moyennant 5ooo taël (35,000 francs). Mais le moment du départ venu, le pilote se ravisait et refusait de s'embarquer sur l'aviso. Le taotaï offrait alors de faire guider ce dernier par une des canonnières impériales. Cette offre inattendue était accueillie; mais le commandant du bâtiment chinois refusait obstinément de passer devant le nôtre. Le commandant Thounens prenait alors le seul parti qu'il lui restât : il masquait ses feux et se lançait à toute vapeur dans la rivière; grâce à une nuit très noire, le brave officier parvenait à défiler devant les batteries de Woo-Sung et à franchir les barres, sans autre accident qu'un échouage de quelque instants. Ce trait d'audace faisait grande impression sur les Chinois et les étrangers (1).

Dès le 2 septembre, l'amiral Courbet avait dirigé la *Triomphante* sur Kélung, où elle trouvait le *Bayard* et le *Lutin*. Nos bâtiments procédaient à la reconnaissance du port et des environs. Les forts étaient demeurés dans l'état où les avait mis le bombardement du mois précédent; mais on distinguait sur les hauteurs des travaux de fortification nouvellement entrepris, et qui paraissaient être gardés par des troupes assez nombreuses. Le 4 septembre le *Lynx* et le *Lutin* dirigeaient la même reconnaissance sur le port de Tamsui, et en trouvaient l'accès fermé par un

(1). M. Loir, ouvrage cité. Les conditions imposées par les pilotes européens étaient exorbitantes; quatre d'entre eux furent engagés par l'amiral Courbet moyennant 25,000 francs par an, plus une somme de 100,000 francs, en cas de déclaration officielle de guerre.

barrage ; là aussi de nouveaux travaux de fortification semblaient avoir été entrepris.

Tout le mois de septembre se passa pour l'escadre dans une inaction à peu près complète : elle attendait les renforts nécessaires pour l'attaque de Kélung et se résignait, non sans regrets, à la tâche ingrate que le gouvernement lui imposait. Enfin, les 29 et 30 septembre, après l'arrivée des troupes du Tonkin, le *Tarn*, le *Drac*, la *Nive*, le *Lutin* et le *Bayard* appareillaient pour Kélung, suivis par le *La Galissonnière*, le *d'Estaing* et la *Triomphante*, qui se rendaient à Tamsui. L'*Atalante*, le *Lynx* et le *Volta* demeuraient à Matsou.

Le 30 septembre, l'amiral Courbet arrivait devant Kélung, où il trouvait la *Saône*, le *Château-Renaud* et le *Duguay-Trouin*. Le même jour, il faisait avec le lieutenant-colonel Bertaux-Levillain, sur le *Lutin*, une reconnaissance générale de la rade et des environs. Les Chinois occupaient fortement les crêtes du Sud et celles du Sud-Ouest vers Tamsui. Dans cette direction, le Morne-Saint-Clément domine tous les environs : il était donc nécessaire de s'en emparer tout d'abord, ce qui dicta le plan de l'amiral.

Le 1er octobre, à six heures du matin, le bataillon Ber quittait l'escadre, sous la protection de nos canons. Leurs obus mettaient en fuite les défenseurs du Morne-Saint-Clément, en sorte que le débarquement fut facile. Dès neuf heures, le Morne et le camp retranché qui l'avoisinait au Nord-Ouest étaient occupés par nos troupes. Malheureusement une compagnie, qui se lançait en reconnaissance sans précautions suffisantes, tombait dans une embuscade et perdait 2 tués, avec 5 ou 6 blessés. Les environs de Kélung, accidentés par de nombreux et profonds ravins, semés de broussailles touffues rappelant les *maquis* de la Corse (1), étaient des plus propices à ces surprises et nos troupes devaient en faire plusieurs fois l'expérience.

Dans la journée du 1er octobre, l'extrême chaleur obligea de relever le bataillon Ber par ceux des commandants Lacroix et Lange; ils s'installèrent sur le Morne-Saint-Clément ou dans un fortin près du camp retranché.

La nuit suivante, les Chinois tentèrent d'assaillir nos troupes, mais sans résultat. Après une alerte assez vive ils étaient rejetés vers Tamsui. Le 2, nos bataillons occupaient toutes les positions qu'avait évacuées l'ennemi vers l'Ouest et commençaient aussitôt à s'y fortifier. Le pays était si difficile qu'on ne pouvait songer à se jeter à la poursuite des Célestes. Il fallait se borner provisoirement à garder le terrain conquis.

Le 4 octobre, les compagnies et la batterie de débarquement de l'escadre, mises à terre près de la Douane, trouvaient la ville et ses abords évacués et allaient s'installer sur les hauteurs du Sud, après une simple escarmouche.

Ces trois jours de combat nous coûtaient des pertes à peine sensibles (2), tandis que les Chinois en supportaient de beaucoup plus considérables; mais nous n'en restions pas moins immobilisés autour de Kélung par la faiblesse de nos effectifs. Entre les mines de charbon, depuis si longtemps convoitées, et nous, s'élevaient trois séries de hauteurs parallèles, que les Chinois garnissaient chaque jour de nouveaux retranchements. Ils trouvaient à l'intérieur de

---

(1) *Livre jaune*, télégramme de l'amiral Courbet à M. Patenôtre.

(2) Rapport du l'amiral Courbet; 4 tués, 1 disparu, 5 grièvement blessés, 8 légèrement blessés, tous appartenant au 3e régiment, à part un blessé du 2e. Les Chinois avaient eu 80 à 100 tués, 200 à 300 blessés.

l'île, et dans les renforts qui leur parvenaient du continent, le moyen de réparer constamment leurs pertes ou même d'accroître leurs forces, tandis que, pour nos soldats, chaque pouce de terrain conquis accroissait les difficultés de notre occupation et restreignait nos chances de succès.

A Tamsui, l'amiral Lespès rencontrait des obstacles encore plus considérables (1). Le 1ᵉʳ octobre il avait rejoint, avec ses trois bâtiments, la *Vipère* qui y croisait depuis le 26 septembre ; il procédait aussitôt à une nouvelle reconnaissance du port et de ses abords.

L'entrée de la Rivière de Tamsui est dominée au Nord par des collines, dont les dernières pentes sont occupées vers l'Ouest par des taillis épais, entrecoupés de rizières, et au milieu desquels s'élèvent des maisons isolées, entourées de fortes haies. Entre la mer et ces taillis s'étend une plage découverte, qui forme un promontoire surmonté par un phare ; puis, en remontant vers le Nord, une petite crique d'accès assez facile. Au Sud de la rivière, la côte, moins accidentée, se prolonge par un plateau vaseux qui la rend inabordable.

Les Chinois avaient coulé, en deçà de la barre déjà peu accessible par elle-même, de grosses jonques chargées de pierres. Leur ligne était prolongée par des torpilles électriques, dont on distinguait les bouées et qui fermaient à peu près complètement la passe. Celle-ci était battue par un ouvrage, le fort Blanc, construit au bord même de la rivière. Sur la crête de la colline s'en élevait un second : le fort Rouge ou fort Neuf, encore inachevé et armé seulement en partie. Il battait presque tout l'horizon vers la mer. Un camp retranché, d'autres travaux de dé-

---

(1) Voir *Rapport de l'amiral Lespès*, extraits publiés par le *Figaro* du 7 décembre 1884, et M. Loir, ouvrage cité.

LE LIEUTENANT-COLONEL DONNIER

fense se distinguaient vers le Nord, sur les crêtes. La ville
de Tamsui (1) et le port s'étendaient à l'Est du fort Blanc,
au Sud des collines. Un navire de guerre anglais, le *Cock-
shafer*, était à l'ancre dans la rivière.

Le soir du 1ᵉʳ octobre l'amiral Lespès fait prévenir le

____

(1) Dont la population est évaluée tantôt à 65,000, tantôt à 16,000
habitants : cette dernière évaluation est la plus vraisemblable.

capitaine anglais de l'ouverture du feu pour le 2, à 10 heures du matin. Le lendemain nos bâtiments sont au mouillage, et nos équipages vaquent encore à leurs occupations ordinaires quand, à 6 heures et demie, le fort Rouge ouvre le feu sur eux. On s'empresse de leur répondre, mais les Chinois ont choisi un moment favorable. La ville et les forts sont enveloppés d'un brouillard intense, qui les cache à peu près complètement, tandis que le soleil, apparaissant au-dessus des montagnes, aveugle nos pointeurs et rend leurs coups tout à fait incertains par l'énorme réfraction. Pendant une demi-heure, nos bâtiments font une inutile consommation de projectiles ; vers 7 heures seulement, après la disparition du brouillard, leur tir devient plus précis. Mais il faut près de deux heures pour réduire les pièces chinoises au silence ; celles du fort Rouge surtout ont été servies avec un courage remarquable. On continue un tir intermittent jusqu'à 4 heures du soir (1).

La nuit suivante la *Vipère* reconnait la barre, qu'elle peut franchir à la haute mer ; mais les torpilles lui interdisent de pénétrer dans la rade. On cherche inutilement à les draguer le 3 octobre ; les Chinois provoquent l'explosion de l'une d'elles à portée de nos canots et il faut renoncer à cette opération. L'amiral Lespès soumet alors à Courbet, demeuré à Kélung, le plan suivant : nos troupes débarqueront au Nord de la rivière, enlèveront le fort Rouge, puis le fort Blanc, détruiront le poste d'inflammation des torpilles et ouvriront passage à nos navires. Mais l'amiral ne peut compter sur ses compagnies de débarquement pour une opération à terre ; il demande un bataillon que Courbet doit lui refuser, tant notre situation est incertaine à Kélung.

---

(1) M. Loir, ouvrage cité : le fort Rouge était à 3,300 et le fort Blanc à 2,600 mètres.

En échange on envoie à l'amiral Lespès le *Duguay-Trouin*, le *Château-Renaud* et le *Tarn*, avec la compagnie du *Bayard*.

Ces renforts arrivent le soir du 5 et l'amiral Lespès veut opérer son débarquement le lendemain ; mais la mer est très houleuse les 6 et 7 octobre ; il faut tarder jusqu'au 8. Sept jours se sont écoulés depuis le bombardement ; les Chinois ont pu terminer tous leurs préparatifs de défense.

Le 8 octobre, à 8 h. 45, nos compagnies s'embarquent sous les ordres du capitaine de frégate Boulineau, du *Château-Renaud* : elles ont un effectif total d'environ 600 hommes. Leur mise à terre se fait assez facilement dans la crique dont nous avons parlé. Les compagnies du *La Galissonnière* et de la *Triomphante* sont en tête : celle du *Bayard* couvre leur gauche. Les deux autres (*Duguay-Trouin* et *Tarn*, d'*Estaing* et *Château-Renaud*) sont en réserve.

Nos marins franchissent rapidement la plage, mais au lieu de se diriger sur le fort Rouge, en évitant les fourrés du pied des pentes, ils s'y engagent dans la direction du fort Blanc. La fusillade se développe bientôt sur un arc de cercle mesurant 2 kilomètres. Nos compagnies se heurtent à un ravin, au-delà duquel s'élève une sorte de digue que l'ennemi occupe en force ; plusieurs attaques sont successivement repoussées par lui. Les deux capitaines des compagnies de tête sont blessés mortellement et une certaine indécision se produit parmi nos marins, devant l'ennemi qui grossit. En même temps les Chinois cherchent à déborder notre gauche, menaçant de nous couper des embarcations, qui sont notre seule retraite pour le cas de revers. La mer devient houleuse et va peut-être rendre l'embarquement impossible.

Le commandant Boulineau donne l'ordre de se replier.

Mais nos marins ont brûlé à peu près toutes leurs cartouches (1) ; leur mouvement rétrograde, couvert par les compagnies du *La Galissonnière* et de la *Triomphante*, devient bientôt une déroute, au travers de ces broussailles et dans ces ravins que l'ennemi envahit de tous côtés. Les Chinois s'emparent de nos morts et de nos blessés pour leur couper la tête (2). Le lieutenant de vaisseau Fontaine, blessé mortellement dès le début de l'affaire, et emporté par trois marins, est harponné de loin, ainsi que deux de ses porteurs, par des Chinois armés de cordes à crochets ; tous trois sont décapités.

La poursuite de l'ennemi s'arrête à la plage, sous le feu de nos bâtiments ; mais la mer est grosse, et il faut que nos marins s'y plongent jusqu'aux épaules pour atteindre les embarcations. La *Vipère*, qui est venue s'embosser dans la crique, couvre leur retraite. A une heure et demie les compagnies ont rejoint le bord.

Nos pertes sont cruelles : 2 officiers et 16 marins tués ou disparus ; 3 officiers et 46 marins blessés (3). Les Chinois

---

(1) Ils en avaient 120 par homme.

(2) La tête de nos marins avait été mise à prix, en raison du grade de chacun. Cette mesure barbare donna même lieu à de sauvages profanations. Les Chinois venaient déterrer pendant la nuit les morts du cimetière de Kélung, pour vendre leurs têtes aux mandarins. (M. Loir, ouvrage cité.)

(3) *La Galissonnière*, 9 tués, 9 blessés ; *Triomphante*, 5 tués, 17 blessés ; *Duguay-Trouin*, 4 blessés ; *Château-Renaud*, 7 blessés ; *Tarn*, 2 tués, 4 blessés, *Bayard*, 3 blessés ; *d'Estaing*, 2 tués, 5 blessés ; les deux officiers tués ou morts de leurs blessures furent les lieutenants de vaisseau Fontaine et Dehorter ; l'enseigne Deman, les aspirants Rolland et Diacre furent blessés.

A bord de la *Triomphante*, une pièce avait éclaté pendant l'action tuant ou blessant trois servants.

ont eu, assure-t-on, 80 tués et 200 blessés. Mais nos pertes matérielles, si grandes qu'elles soient, ne sont rien vis-à-vis de l'effet moral produit par notre échec. Au moment où nos troupes débarquent à Formose, les Chinois semblent désirer la paix ; leurs dispositions sont plus conciliantes. Mais les nouvelles de Tamsui surviennent : aussitôt l'attitude des Célestes change et il faudra plusieurs mois pour effacer le fâcheux effet de ce revers. Le gouvernement français a commis une faute grave, en s'obstinant, malgré tous les avis, à vouloir occuper le Nord de Formose. Il immobilise ainsi la plus belle escadre qui ait jamais paru dans ces mers et renonce aux puissants résultats qu'elle pourrait obtenir sur les côtes du continent chinois (1).

L'échec de Tamsui prouve à l'amiral Courbet qu'il est nécessaire de se borner à l'occupation de Kélung. Il propose au gouvernement de bloquer la côte Ouest de Formose avec 8 ou 10 bâtiments, et de porter le reste dans le Nord des Mers de Chine, quand nos troupes seront solidement installées autour de Kélung : leur faible effectif ne permet pas davantage (2). La situation de l'escadre coupée en deux tronçons, sans troupes de débarquement disponibles, ne laisse même pas espérer de succès décisifs sur les côtes

----

(1) L'escadre de l'Extrême-Orient comptait alors 23 bâtiments : les cuirassés *Bayard, La Galissonnière, Triomphante, Atalante* ; les croiseurs *Duguay-Trouin, d'Estaing, Villars, Nielly, Champlain, Château-Renaud. Rigault de Genouilly, Eclaireur, Volta* ; les canonnières *Aspic, Comète, Lutin, Lynx, Vipère, Jaguar* ; les transports *Nive* et *Saône* ; les torpilleurs 45 et 46.

La flottille du Tonkin comprenait 33 avisos, canonnières ou chaloupes canonnières.

La station de Cochinchine comptait 7 bâtiments : Total général, 63 bâtiments.

(2) *Livre jaune*, M. Patenôtre à M. Ferry, 11 octobre 1884.

Nord de l'empire (1). Les derniers mois de l'année 1884 et les premiers de 1885 vont donc se passer, pour nos équipages, en efforts d'autant plus méritoires qu'ils demeureront à peu près inutiles.

---

(1) *Livre jaune,* télégramme de l'amiral à M. Patenôtre, 13 octobre 1884. Lettre de l'amiral, même date.

CHAPITRE VIII

Combat du 2 octobre 1884 sur le Loch-Nan. — Formation des colonnes Servière, Donnier, de Mibielle et Defoy.— Combat de Lam,
6 octobre.—Combat de Chu, 10 octobre.

Nous avons dit que, dès la fin de septembre 1884, plusieurs faits avaient révélé la présence de nombreuses troupes chinoises au Nord-Est du Delta. Le général Brière de
l'Isle prenait alors quelques mesures de précaution et ordonnait, notamment, la réunion d'une colonne chargée, sous
les ordres du lieutenant-colonel Donnier, de remonter la
vallée du Loch-Nan pour en chasser les bandes qui y
avaient apparu. Cette colonne, composée de cinq compagnies
et d'une section de 80^{mm} de montagne (1), se concentrait à
Dap-Cau, près de Bac-Ninh, et se dirigeait le 2 octobre

------

(1) Voir : Combats de Lam et de Chu, *Progrès militaire*, 6 et 24 décembre 1884. Voir, en outre, le rapport du lieutenant-colonel Donnier
sur les combats de Lam et de Chu, *Progrès militaire*, 7 janvier 1885.
La colonne Donnier était composée de 2 compagnies de la Légion
étrangère (Beynet et Bolgert); 2 du 143° (Frayssinaud et Cuvellier);
1 peloton de tirailleurs tonkinois (sous-lieutenant Bataille); 1 sec-

vers les Sept-Pagodes, où elle devait rejoindre les canonnières qui allaient l'escorter dans le Loch-Nan.

Le même jour la *Hache* (capitaine Manceron) et la *Massue* (capitaine Challier), en reconnaissance sur cette rivière, étaient attaquées près du village du même nom par 4,000 Chinois embusqués dans les broussailles et les hautes herbes des deux rives. Nos canonnières avaient à franchir deux fois la ligne de feu de l'ennemi, qui les fusillait à moins de 30 mètres. Le *Mousqueton* (capitaine Fortin), accouru au canon, leur prêtait une aide efficace et assurait leur retraite, non sans pertes très sensibles. Le lieutenant de vaisseau Challier était tué ; le nombre des blessés s'élevait à 31, dont 10 grièvement (1). On évaluait, il est vrai, les pertes chinoises à 200 hommes.

A la même date, 2 octobre, le commandant Servière quittait Haï-Duong, avec mission de rallier au passage la petite garnison de Lac-Son et de se porter sur Dong-Trieu, un des débouchés les plus importants de la frontière chinoise vers le Nord-Est du Delta. Avant l'arrivée de la colonne Servière (2), le 3 octobre, le poste de Lac-Son était attaqué par plusieurs centaines de réguliers chinois que la garnison repoussait sans pertes de notre part. Le commandant Servière, arrivé sur ces entrefaites, chassait

---

tion de la 11e batterie du 12e (lieutenant Largouet). Les deux compagnies de la Légion étaient renforcées, en outre, de 186 légionnaires, récemment venus de France, sous les ordres des capitaines Bérard et Ysombard, et destinés au 2e bataillon.

(1) *Massue :* 1 officier tué, 5 blessés; *Hache :* 6 blessés, dont 2 grièvement; *Mousqueton :* 10 blessés, dont 5 grièvement; 10 blessés, dont 3 grièvement, dans le détachement du 2e bataillon d'Afrique que portait cette canonnière.

(2) 1 compagnie du 2e bataillon d'Afrique et 1 du 1er tonkinois, qui devaient être appuyées par le *Mousqueton*.

LE CAPITAINE BEYNET

des environs un fort parti ennemi, auquel il livrait un brillant combat, près du village de Thinh-Ngaï.

De son côté, le lieutenant-colonel Defoy quittait Hanoï, le 3 au soir, pour se diriger sur Phu-Lang-Thuong avec une colonne de 2 bataillons et 5 sections d'artillerie (1).

____

(1) 3 compagnies (Gignous, Gaillard, Pécoul), du 23ᵉ (la 4ᵉ était vers My-Luong); le bataillon du 111ᵉ; 2 compagnies du 143ᵉ (Barbier et Dautellet); 2 sections de 80ᵐᵐ (12ᵉ du 12ᵉ, capitaine de Saxcé);

Le général de Négrier devait en prendre le commandement. En outre, une autre colonne, fournie par la garnison de Bac-Ninh, se réunissait également à Phu-Lang-Thuong sous les ordres du commandant de Mibielle. Elle était formée d'un bataillon de tirailleurs algériens, d'un peloton de Tonkinois et de 2 sections d'artillerie (1).

Le 5 octobre, ces troupes occupaient les positions suivantes : le commandant Servière était à l'extrémité Est de la ligne, à Dong-Trieu ; la colonne Donnier arrivait dans la journée à Loch-Nan, avec la *Hache*, la *Massue*, l'*Eclair* et la *Carabine* (2). Elle remontait lentement la rivière, cherchant un point de débarquement aussi rapproché que possible de Chu, son objectif. Plus à l'Ouest, le général de Négrier était dans la vallée du Thuong-Gian avec sa colonne, et le commandant de Mibielle avait atteint Phu-Lang-Thuong.

D'après l'ensemble des renseignements recueillis, il semblait que l'ennemi, parti de Bac-Lé, s'était dirigé vers le Sud et le Sud-Ouest en deux masses principales : l'une, comptant 4,800 réguliers environ, allait vers le Loch-Nan, dans la direction de Chu et de Lam ; l'autre, forte de 3,200 hommes, suivait la route mandarine vers Phu-Lang-Thuong et Bac-Ninh ; elle arrivait alors près de Kep ; entre ces deux groupes, un troisième, de force à peu près équivalente, était signalé vers Bao-Loc. Le général de Négrier arrêtait donc les dispositions suivantes : tandis

---

3ᵉ batterie *bis* de 4. r. de montagne, capitaine Roussel ; 1 détachement du génie ; 1 section de télégraphie ; 1 ambulance ; 1/2 peloton de cavalerie.

(1) 3ᵉ bataillon du 3ᵉ tirailleurs ; 1 peloton de Tonkinois (sous-lieutenant Robard) ; 2 sections de 80ᵐᵐ (11ᵉ batterie du 12ᵉ, capitaine Jourdy).

(2) La *Massue* et la *Hache* l'avaient ralliée dès le soir du 2 octobre ; le lieutenant de vaisseau Garnault prenait le commandement de la *Massue* ; MM. Leyguc et Devic commandaient l'*Eclair* et la *Carabine*.

que le lieutenant-colonel Donnier continuerait de s'avancer vers Chu, le commandant de Mibielle appuierait ce mouvement à distance. Il serait établi dans ce but, dès le 6 au soir, à Hoa-Phu, et refoulerait vers Bao-Loc, mais sans les presser trop fortement, les partis chinois qu'il rencontrerait. Quant à la colonne principale, elle se porterait également sur Bao-Loc, d'où elle rejetterait, vers Chu et Kep, les Chinois, déjà poussés par le commandant de Mibielle ; M. de Négrier comptait diriger ensuite de Bao-Loc une opération contre Kep, en menaçant la ligne de retraite des Chinois engagés sur la route mandarine de Lang-Son à Bac-Ninh.

Malheureusement, ce plan ne devait être exécuté qu'en partie.

Le 6 octobre, dans la matinée, la flottille qui emporte la colonne Donnier quitte le mouillage de Tong-Linh, pour remonter le Loch-Nan aussi haut qu'il sera possible. Un détachement, composé d'une compagnie de la légion étrangère (capitaine Beynet) et du peloton de Tonkinois (sous-lieutenant Bataille), suit, par la voie de terre, la marche de la flottille et la couvre contre les attaques semblables à celle du 2. Ce mouvement s'opère sans obstacles jusqu'à Lam, où nos bâtiments s'arrêtent en aval d'un banc de sable qui limite la navigation des canonnières. Le capitaine Beynet s'installe à cette hauteur, observant le chemin de Chu ; il est environ 10 heures et demie.

Mais l'élévation des berges rend ce point peu favorable à un débarquement, et le lieutenant-colonel Donnier en fait chercher un autre que l'on trouve un peu en amont.

L'*Éclair*, à laquelle son tirant d'eau plus faible permet de franchir le banc de sable dont nous avons parlé, se rend au nouveau point choisi, avec les jonques et le chaland qui portent le reste de la colonne. La compagnie

Bolgert, de la légion étrangère, mise à terre la première, doit couvrir l'opération en soutenant le capitaine Beynet.

Le débarquement du reste des troupes a déjà commencé, quand, des bambous au bord du Loch-Nan, à 900 mètres en amont, partent des projectiles qui blessent plusieurs hommes sur l'*Éclair*. L'ennemi a détourné l'attention du capitaine Beynet en menaçant sa gauche, et s'est glissé dans les fourrés qui bordent la rive, à hauteur d'un coude d'où il enfile toute cette partie de la rivière.

L'*Éclair* riposte aussitôt de ses hotchkiss, et le lieutenant-colonel Donnier envoie la compagnie Bolgert prendre à revers le terrain où les Chinois sont embusqués. Elle s'établit dans un ancien retranchement annamite, face à l'Est, et ouvre le feu sur les tirailleurs ennemis déjà canonnés par l'*Éclair*. Ils ne tardent pas à se retirer et le débarquement cesse d'être troublé.

Mais les Chinois tentent de tourner la gauche de la compagnie Bolgert, comme ils ont menacé celle du capitaine Beynet. Le lieutenant-colonel Donnier fait déployer successivement une section de la compagnie Bolgert, puis le peloton de Tonkinois, enfin une section du capitaine Beynet, sur un éperon courant de l'Est à l'Ouest, et arrête l'ennemi dans cette nouvelle direction d'attaque. Le reste de la compagnie Beynet est appelé de sa première position, pour venir renforcer notre nouvelle ligne. Dissimulé dans de hautes herbes et des broussailles, l'ennemi se montre entreprenant et tiraille à courte distance. Nos compagnies traînent le combat en longueur pour permettre au reste de la colonne de débarquer.

Vers 1 heure, la compagnie Frayssinaud, du 143°, vient se placer en réserve derrière la gauche, et celle du capitaine Cuvellier, du même corps, dans le retranchement annamite à hauteur de notre droite. La première ligne peut

alors commencer son mouvement en avant; la compagnie
Bolgert gagne du terrain vers Chu, quand, vers 2 heures,
l'ennemi découvre en face de nous une ligne de feu très
étendue, et dirige résolument une contre-attaque vis-à-
vis de la droite et du centre de nos tirailleurs. Les Tonkinois, dont le chef, le sous-lieutenant Bataille, vient d'être
blessé, hésitent un moment et reculent de quelques pas.
Mais la compagnie Frayssinaud se lance en avant pour les
soutenir et rejette l'ennemi la baïonnette dans les reins;
les cadavres chinois jalonnent sa marche sur une étendue
de 800 mètres.

A notre droite, l'ennemi s'est heurté, dans son mouvement offensif, à la compagnie Bolgert; elle l'arrête court,
par ses feux, puis, avec l'appui de Beynet, qui entre en ce
moment en scène, elle le rejette après un engagement à la
baïonnette. Le capitaine Beynet succombe glorieusement
en repoussant ce retour offensif de l'ennemi.

A ce moment, toute notre ligne se porte en avant; sa
gauche décrit un mouvement de conversion qui nous
met face à l'Est. La section d'artillerie du lieutenant Largouet, à peine débarquée, est venue prendre position sur
l'éperon dont nous avons parlé: elle active la déroute des
Chinois. Ils se retirent rapidement vers Chu, où des retranchements étendus leur offrent un abri. Le feu cesse vers
cinq heures et demie et nos troupes s'établissent au bivouac
dans l'ancien ouvrage annamite, couvertes par des grand'-
gardes laissées sur les positions conquises.

La journée est des plus honorables pour nos jeunes
soldats: malgré les difficultés du terrain, en dépit de notre
situation désavantageuse pendant toute une partie de
l'action, ils ont repoussé un ennemi supérieur en nombre,
vigoureusement conduit et bien armé, en lui infligeant une

perte de 250 hommes environ dont près de 100 morts. Les nôtres, relativement considérables, sont de 11 tués, dont 1 officier, et de 30 blessés, dont 1 officier (1).

Le jour suivant, 7 octobre, le lieutenant-colonel Donnier ne fait qu'un petit mouvement en avant ; l'ennemi, qui s'est renforcé, occupe fortement Chu et ses environs immédiats. En outre il tient des ouvrages de campagne construits sur des hauteurs dominant la route de Chu à Lang-Son, à revers de la ligne occupée par la colonne Donnier. Le lieutenant-colonel se borne donc à conserver ses positions les 7 et 8 octobre. On échange quelques obus avec les Chinois qui ont des canons dans Chu.

L'arrivée de la colonne de Mibielle (500 fusils et 4 pièces), le 9 octobre, permet au lieutenant-colonel Donnier de reprendre l'offensive. Il décide d'occuper, à 1,000 ou 1,500 mètres de sa ligne actuelle, des hauteurs qui dominent toutes les défenses extérieures de Chu et permettront de les faire tomber aisément.

Ces collines dessinent deux groupes : l'un, à gauche, est orienté du Nord au Sud, comme la position actuelle de la colonne. L'autre, à droite, va de l'Est à l'Ouest, c'est-à-dire perpendiculairement à la première. L'ennemi n'a montré les jours précédents que des sentinelles ou des postes isolés sur ces deux chaînes de hauteurs ; le gros de ses forces est en arrière.

Dès le matin du 10 octobre, le lieutenant-colonel Donnier pousse une forte reconnaissance, dirigée par le commandant de Mibielle, sur les forts du côté de Lang-Son, afin d'y retenir les Chinois. A 6 heures du matin, la compagnie Bolgert,

---

(1) Tué, capitaine Beynet, de la légion étrangère ; blessé, sous-lieutenant Bataille, des tirailleurs tonkinois.

de la légion, se porte sur les hauteurs de gauche, tandis que le capitaine Frayssinaud, avec une compagnie et demie du 143e (1), marche vers celles de droite ; il va les aborder du Sud, de manière à prendre leurs défenseurs de flanc ; une compagnie appuie chacune des deux attaques (2).

A notre gauche, la compagnie Bolgert est accueillie par un feu très vif partant à la fois des retranchements chinois en face d'elle et des hauteurs de droite. Elle répond par des feux de salve bien dirigés et déloge l'ennemi de ses tranchées, non sans d'assez fortes pertes.

A notre droite, le détachement du 143e, vigoureusement enlevé par le capitaine Frayssinaud, aborde les tirailleurs ennemis, leur enlève une tranchée et les rejette sur une hauteur voisine, la butte des Pins. Mais, le brave Frayssinaud tombe frappé d'une balle à la tête, au moment d'atteindre la crête. Le capitaine Cuvellier (3) prend le commandement et s'élance à la poursuite des Chinois réfugiés dans des tranchées, qui s'élèvent à moins de 300 mètres, sur la butte des Pins. Avant d'y arriver, nos soldats sont accueillis par un feu terrible, qui leur cause des pertes cruelles. Le capitaine Cuvellier est tué et son détachement se replie sur la position précédemment conquise.

Le lieutenant-colonel Donnier fait relever le détachement du 143e par deux compagnies du 3e tirailleurs algériens, celles de MM. Polère et Valet, sous les ordres du capitaine adjudant-major Mercier. Une section de 80mm s'est portée sur les hauteurs de gauche avec le capitaine Jourdy : elle

---

(1) 3e compagnie et 1 peloton de la 4e. (Rapport du lieutenant-colonel Donnier.

(2) Les compagnies Bérard (légion étrangère) et Polère (3e tirailleurs).

(3) Faisait fonction de chef d'état-major de la colonne et guidait le détachement dans ce terrain qu'il avait reconnu l'avant-veille.

prend à revers ou d'écharpe la butte des Pins et un retranchement en arrière. Une autre section (lieutenant Largouet) est restée sur la première position de la colonne et canonne à grande distance le fort de Chu, qui répond, sans aucun résultat, par le tir mal réglé de deux ou trois canons. Les Chinois sont ainsi retenus dans leurs lignes, d'où ils dirigent un feu très vif sur les nôtres et en particulier contre notre droite. A diverses reprises ils reçoivent des renforts venant du côté de Lang-Son et tentent de se porter en avant, mais inutilement. Nous ne pouvons pas davantage les déloger de leurs positions, après les fortes pertes déjà subies. Le combat se continue ainsi tout le jour, sous un soleil de feu.

Vers 2 heures, une troupe sortie des forts de l'Ouest s'est glissée le long d'un arroyo et a cherché à nous couper de Traï-Dam où sont restées les jonques; mais elle a été arrêtée par la compagnie Chirouze, du 3ᵉ tirailleurs.

Vers 4 heures, notre aile gauche est entièrement dégagée, ainsi que nos derrières, et le commandant de Mibielle peut faire apporter de Traï-Dam des cartouches dont le besoin commence à se faire sentir. L'ennemi se borne à entretenir un feu très vif sur nos positions.

Pour parer à des attaques possibles, le lieutenant-colonel Donnier fait creuser, dans la soirée, des tranchées-abris sur le front de notre ligne. Ce travail est activement poursuivi toute la nuit, en sorte que, le matin même, nos troupes sont couvertes par un retranchement de valeur très sérieuse. L'ennemi n'a tenté aucune attaque.

Cette journée du 10 octobre nous a coûté des pertes très sensibles (1): 21 tués, dont 1 officier; 89 blessés, dont

---

(1) Capitaine Cuvellier tué; capitaine Frayssinaud, sous-lieutenant Fourest, blessés : tous ces officiers appartenaient au 143ᵉ.

2 officiers. En outre, un grand nombre d'hommes ont été frappés d'insolation (1).

Malgré cet échec, l'ennemi n'est pas encore suffisamment atteint dans son moral : le 11, dès le matin, il prononce sur nos positions un vigoureux mouvement offensif. Mais il est accueilli par un tir bien dirigé, parti de nos tranchées, et se retire avec de fortes pertes, sans avoir réussi à nous en faire subir (2). Son feu s'éteint peu à peu et, la nuit venue, on remarque une grande agitation dans ses lignes. A 2 heures du matin, des lueurs y apparaissent : les Chinois incendient le fort de Chu. Au jour, le lieutenant-colonel Donnier fait reconnaître et occuper une partie de leurs ouvrages ; dès la nuit du 12 au 13 on commence leur destruction.

Le 13 octobre, les Chinois évacuent les cinq redoutes qui commandent la route de Lang-Son et se retirent dans cette direction. Le jour suivant, le général Brière de l'Isle, arrivé depuis le 12, fait également détruire ces ouvrages. Les Chinois, au nombre de 6,000 environ, occupent les crêtes du Nord et y demeurent pendant cinq jours, obligeant la colonne Donnier à rester inactive en face d'eux. Ils disparaissent ensuite vers Lang-Son, et le général en chef décide de faire construire un ouvrage à Chu pour leur fermer ce débouché. Un bataillon et une demi-batterie vont y tenir garnison.

---

(1) Une cinquantaine, dit-on.

(2) Ordre du jour du général Brière de l'Isle, *Progrès militaire*, 24 décembre 1884.

[illegible] il
se décider à réclamer [illegible] soit
une [illegible] de ces troupe[illegible] Le cette
continuant à fixer [illegible]

CHAPITRE IX

La colonne de Négrier. — Combat de Kep (8 octobre 1884).

Pendant que le lieutenant-colonel Donnier livrait combat aux Chinois du Loch-Nan, la colonne de Négrier se portait, le 6 au soir, de Phu-Lang-Thuong à la pagode de Thomann, un peu au Sud de la bifurcation des routes de Bao-Loc et de Kep. Le lendemain, on laissait les bagages à la Pagode, sous la garde de deux compagnies du 143e et de la batterie Roussel; le reste des troupes se dirigeait sur Bao-Loc par des chemins très difficiles, et en traversant à gué des torrents dont les ponts avaient été rompus par l'ennemi. L'avant-garde atteignait Bao-Loc dans la matinée, et rencontrait près de ce point un détachement chinois, qui s'enfuyait dès le premier coup de canon. Il semblait se diriger sur Kep, au travers des montagnes.

A Bao-Loc, le général de Négrier apprenait que le commandant de Mibielle avait rejoint la colonne Donnier; il se décidait à marcher sur Kep et reportait le même soir une partie de ses troupes à la pagode de Thomann. Le reste cantonnait à Bao-Loc et le rejoignait le lendemain matin,

8 octobre. Les renseignements recueillis jusque-là sur l'ennemi étaient très vagues ; le général établissait donc la colonne à la Pagode, sous la protection de son avant-garde, jetée à 1,500 mètres au Nord, et s'éclairait vers Kep au moyen du petit groupe de cavaliers (1) sous ses ordres. Des informations qu'ils rapportaient, il résultait que l'ennemi montrait, sur une hauteur à l'Ouest de Kep, un grand nombre de pavillons.

Le général donnait aussitôt l'ordre de se diriger sur Kep. La première partie de la marche n'était troublée par aucun incident ; l'ennemi n'avait même pas apparu, quand, à 500 mètres de Kep, la pointe d'avant-garde apercevait une barricade fermant la route et des groupes poussant précipitamment des animaux vers le village.

Enlevée par le capitaine Fortoul (2), la tête d'avant-garde se précipite sur les Chinois et arrive, pêle-mêle avec eux, sur la barricade, qu'elle enlève aisément. Le poste qui la garde est surpris et à peu près détruit. Une partie de la compagnie de tête, capitaine Planté, du 111e, va même s'établir au Nord de Kep, sur la route. Le général de Négrier a jeté une seconde compagnie du même régiment, capitaine Venturini, en soutien, dès les premiers coups de feu.

Les Chinois cherchent à se rallier, et leurs clairons sonnent de tous côtés. De l'intérieur du village, ils engagent aussitôt une violente fusillade avec nos deux compagnies. La section d'artillerie de l'avant-garde a pris position à l'Ouest de la route et ouvre également le feu. Quant

---

(1) Il en avait 4 seulement ; le reste du demi-peloton annoncé n'était pas encore arrivé.

(2) Chef d'état-major du général de Négrier. Voir, pour le récit de ce combat, le rapport du général commandant la 2e brigade, en date du 23 octobre 1884. *Progrès militaire*, 6 décembre 1884.

au gros de la colonne, il s'est établi au Sud de Kep, sur deux lignes. Il est à peu près 10 heures.

Les troupes chinoises, qui paraissent être nombreuses, occupent une ligne de hauteurs au Nord de ce point ; leur droite est appuyée au village de Ch'am, à 1,000 mètres environ de Kep, un peu en avant de ces collines ; leur gauche atteint la route de Chine, qui est défendue par une pagode fortifiée et par une lisière de bois organisée défensivement. En avant de cette ligne, Kep forme une sorte de poste détaché, à une centaine de mètres de la route, et flanqué à l'Est ou à l'Ouest par la position principale. C'est un petit village renfermant une cinquantaine de paillottes et quinze ou vingt bâtiments en maçonnerie, ayant un simple rez-de-chaussée. Ces habitations sont séparées par des ruelles très étroites. Au centre, se dresse une sorte de fortin, qui domine la petite élévation sur laquelle est bâtie le village ; ce dernier est entouré d'un mur en torchis, haut de deux mètres, et percé de portes larges d'un mètre à peine. Des buissons de bambous forment une deuxième enceinte autour de lui (1).

Le général de Négrier juge tout d'abord nécessaire d'enlever Kep. Il réunit toute son artillerie sur le mamelon où la section d'avant-garde a pris position et qui domine le village à courte distance. En même temps, deux compagnies du 23ᵉ (capitaines Gignous et Gaillon) reçoivent l'ordre de tourner Kep par l'Est, pour prendre ses défenseurs à revers. Ce mouvement s'exécute, mais avec les plus grandes difficultés : les deux compagnies ont à traverser un terrain mamelonné, couvert de fourrés et de hautes herbes jusqu'à hauteur d'homme.

-----

(1) Fillion, correspondance de l'*Agence Havas.*

Avant la fin de ce mouvement, les Chinois tentent de nous envelopper à notre tour, en menaçant de tourner nos deux ailes, et surtout celle de gauche. Des abords Sud du village de Cham sortent brusquement, vers onze heures, d'épaisses lignes de tirailleurs, soutenues à courte distance par des groupes compacts ; elles ont pour objectif la croupe occupée par l'artillerie et des hauteurs dominantes, situées au Sud. Cette attaque est poussée avec une telle énergie que les détachements destinés à garder nos flancs sont refoulés en arrière de la crête. L'artillerie est menacée, mais le gros de la colonne déploie le reste de sa première ligne, qui va couronner la crête à 150 mètres des tirailleurs chinois. Un feu rapide les écrase, tandis que les deux pièces de gauche de notre artillerie les prennent d'écharpe et les couvrent de mitraille. Tous les conducteurs et les servants disponibles tirent également sur eux. En un instant la ligne chinoise, à peu près anéantie, se replie en désordre sur Cham. Les deux compagnies Verdin et Barbier les poursuivent jusque-là et font bientôt évacuer le village avec l'aide des obus de la batterie de Saxcé. L'ennemi gagne les hauteurs du Nord.

A notre droite, un détachement chinois s'est glissé au travers des bois, derrière les compagnies Gignous et Gaillon, et a pris position à la tête d'un ravin, d'où il enfile notre artillerie. La section de droite de la batterie de Saxcé lui fait aussitôt face et la compagnie Barbier, du 143e, dirige sur lui une contre-attaque. Il se replie au bout de quelques minutes pour ne plus reparaître ; la compagnie Barbier n'en est pas moins maintenue en réserve de ce côté.

Kep est en flammes, mais ses défenseurs tiennent encore avec la plus grande énergie. Un premier assaut, préparé par l'artillerie, qui domine le village à 300 mètres, est repoussé, et le brave capitaine Planté succombe à la tête de sa compagnie. Le général de Négrier ne veut pas s'arrêter plus longtemps à cet obstacle et décide de couper Kep de ses dernières communications avec les positions chinoises, en enlevant une pagode et une redoute qui commandent l'entrée du défilé traversé par la route de Chine. Le tir de la batterie de Saxcé est dirigé sur elles, et les compagnies Mailhatte et Pécoul, du 111ᵉ, tirées du gros, longeant Kep à l'Est, s'y portent résolument sans tirer. La pagode est enlevée et ses défenseurs tués sur place; nous occupons également le retranchement voisin.

Kep est complètement isolé, le point d'appui de la gauche des Chinois entre nos mains, et leur ligne de retraite vers Lang-Son compromise. La déroute commence; des bandes de fuyards gagnent le Song-Thuong (1 heure). La chaleur est telle qu'on ne peut les poursuivre que par des feux.

D'ailleurs, Kep tient toujours : un second assaut a été repoussé; le général de Négrier fait alors amener une pièce de 4 à 50 mètres du réduit et ouvre une brèche dans son enceinte. En même temps le reste de notre artillerie couvre le village de ses obus.

Les Chinois tentent une sortie désespérée par cette brèche, mais ils sont rejetés, et l'ouverture de la muraille est comblée par les corps des morts et des blessés. Une tentative pour pénétrer dans le réduit à leur suite échoue pourtant encore une fois. Il faut que l'artillerie reprenne son feu rapide pour que le quatrième assaut réussisse. A la sonnerie de la charge, la compagnie Barbier, formée en colonne, se jette (vers 2 heures) contre la face Nord. Les autres fractions de troupes qui entourent le village suivent ce mouvement. Le lieutenant Gayan, le sous-lieutenant Larme, l'adjudant Berneck, le sergent-major Henriet, les soldats Duzin et Falcon du 23ᵉ pénètrent dans le fortin à leur tête. Le capitaine Kerdrain, du même corps, est blessé de deux coups de lance et de deux coups de sabre en y entrant l'un des premiers. Le commandant Godard sauve la vie d'un officier en tuant de sa main le Chinois, qui l'a terrassé. Mais le fortin est enfin emporté après une mêlée sanglante et tous ses défenseurs sont tués sur place ; plus de 600 cadavres s'amoncellent dans le village. Tous les bagages de l'ennemi, ses approvisionnements, ses chevaux et ses mulets, une grande quantité d'armes et de munitions, sont entre nos mains. Il a perdu plus de 1,000 hommes et ses débris sont en fuite sur Lang-Son.

Nos troupes ont acheté ce brillant succès par de fortes pertes (1). Le vaillant chef de la 2ᵉ brigade a eu la jambe droite traversée par une balle ; le 23ᵉ et le 111ᵉ ont perdu un grand nombre d'hommes. Mais les projets des Chinois sont déjoués : ils ont été rejetés, à peu près simultanément, sur toutes les lignes d'invasion qu'ils avaient choisies au Nord-Est du Delta.

Le 9 octobre, une reconnaissance poussée vers le Song-Thuong par le bataillon Godard, appuyé d'une section de 80 ᵐ/ᵐ fait connaître que l'ennemi a repassé la rivière. Le général Brière de l'Isle prescrit d'occuper fortement Kep, de manière à leur fermer la route mandarine ; joint à celui de Chu, le nouveau poste suffira pour interdire définitivement aux Chinois l'accès du Nord-Ouest du Delta.

------

(1) 29 tués, dont 1 officier, le capitaine Planté, du 111ᵉ; 58 blessés, dont 8 officiers : MM. le général de Négrier et Berge, officier d'ordonnance; Kerdrain, capitaine; Maissiat et Triboulez, lieutenants au 23ᵉ; Venturini, capitaine; Sozonoff, lieutenant et Dulys, sous-lieutenant au 111ᵉ.

CHAPITRE X

Nouvelles négociations avec la Chine. — Tentatives de médiation
des États-Unis. — Offres de l'Angleterre. — Discussion des crédits
du Tonkin (novembre 1884). — Déclaration de la Commission de
la Chambre des députés.

La reprise des opérations au Tonkin ou à Formose
n'avait pas suspendu les négociations entre la France et
la Chine. Elles avaient même pris une tournure assez favorable pour que, le 2 octobre, M. Jules Ferry annonçât
au Conseil de cabinet que l'occupation des mines de Kélung
mettait fin aux opérations militaires(1), et qu'il y avait
lieu de prévoir une paix définitive et prochaine. Les ministres étaient donc d'accord pour limiter à Kélung les
opérations que nous devions entreprendre sur le territoire
chinois.

Quelques jours après, ces informations optimistes semblaient recevoir leur confirmation. Li-Hung-Tchang ouvrait de nouveaux pourparlers officieux avec M. Patenôtre,
en lui faisant demander à quelles conditions nous accep-

____

(1) Le ministre la croyait à tort effectuée.

terions un arbitrage (1). Cette fois, dans sa réponse, M. Jules Ferry n'agitait plus qu'incidemment la question d'une indemnité. Les troupes chinoises évacueraient immédiatement le Tonkin et l'escadre française suspendrait ses opérations. Le traité de Tien-Tsin serait maintenu intégralement et la convention commerciale conclue à bref délai; la France aurait le droit d'occuper provisoirement Kélung jusqu'à complète exécution du traité. Le produit des douanes et des mines de ce port nous serait attribué, en guise d'indemnité, pendant un nombre d'années à débattre. La médiation d'une ou plusieurs puissances pourrait être admise, pour fixer la durée de cette concession, ou afin d'en avancer le terme au moyen d'une transaction pécuniaire (2). Ces conditions apportaient des modifications de pure forme à celles que nous avions précédemment posées. L'occupation de Kélung, la prise de possession de sa douane et de ses mines, étaient une manière détournée de faire revivre l'indemnité que l'on savait être « la pierre d'achoppement » de nos négociations avec la cour de Pékin. On ne pouvait guère compter que celle-ci y accéderait volontiers.

D'ailleurs l'échec de Tamsui modifiait bien vite les dispositions conciliantes du gouvernement impérial, si elles avaient jamais existé. Nos succès au Tonkin ne parvenaient même pas à en affaiblir l'effet. Qu'importaient en effet à la Chine les défaites subies par les troupes de quelques-uns de ses vice-rois, dans un petit pays tributaire de son vaste empire? La prise de Tamsui lui aurait à peine été plus sensible. Mais le gouvernement français avait les

---

(1) *Livre Jaune*, M. Patenôtre à M. J. Ferry, 10 octobre 1884.
(2) *Livre Jaune*, M. J. Ferry à M. Patenôtre, 11 octobre 1884.

raisons les plus pressantes pour souhaiter la prompte conclusion d'un accord, ce qui le portait naturellement à s'exagérer ses chances d'y parvenir. L'opinion publique, rebutée par les lenteurs et par l'incohérence de notre politique dans l'Extrême-Orient, voyait avec une défaveur de plus en plus marquée l'expédition du Tonkin et surtout la manière dont elle était conduite. La froideur à peine dissimulée de la plupart des puissances, les grands intérêts que nous avions à débattre en Europe, tout militait pour une solution rapide ; M. Jules Ferry croyait encore l'instant favorable pour l'obtenir, malgré Tamsui et grâce aux succès du général de Négrier dont il s'exagérait l'importance (1).

L'intervention des États-Unis semblait être encore une fois de nature à provoquer cette conclusion si désirée. Malgré l'échec de leurs premières tentatives ils venaient de reprendre des négociations officieuses dans ce sens. Le ministre américain en Chine, M. Young, offrait le 2 octobre à M. Patenôtre l'arbitrage de son gouvernement aux conditions suivantes : retrait des troupes chinoises du Tonkin, occupation provisoire de Kélung par les Français (2). Ces ouvertures avaient d'ailleurs été faites avec l'agrément de Li-Hong-Tchang, ce qui leur donnait une apparence sérieuse. M. Jules Ferry ne les rejeta donc pas sans examen, ainsi qu'il avait fait précédemment, et se déclara prêt à accepter la médiation des États-Unis, si le Tsong-li-Yamen la demandait de son côté (3).

Précisant ces premières ouvertures, le gouvernement américain proposait, le 17 octobre, les conditions suivantes

---

(1) *Livre Jaune*, M. J. Ferry à M. Patenôtre, 16 octobre 1884.

(2) *Livre Jaune*, M. Patenôtre à M. J. Ferry, 2 octobre 1884.

(3) *Livre Jaune*, Note du 13 octobre remise au chargé d'affaires des États-Unis à Paris.

pour le règlement de nos difficultés avec la Chine. Le traité de Tien-Tsin serait exécuté intégralement ; les Chinois nous paieraient une indemnité de 5 millions et on laisserait le gage, comme le mode du paiement, à la décision des États-Unis. A défaut de cette condition la grande République américaine offrait son arbitrage pour le chiffre de l'indemnité à payer par la Chine, aussi bien que pour le mode de paiement et les garanties affectées à l'exécution du traité (1).

Certes, ces conditions étaient fort acceptables : les États-Unis nous proposaient à la fois une médiation ou un arbitrage ; mais le ministère français, lié par ses imprudentes déclarations aux Chambres, ne pouvait accepter une indemnité de 5 millions qu'il avait tout récemment déclarée dérisoire. Il lui était encore moins possible de s'incliner devant un arbitrage qui aurait mis en doute son bon droit. M. Jules Ferry souleva donc une difficulté qui devait infailliblement faire échouer les négociations entamées. Il demanda au gouvernement américain d'admettre, comme une condition essentielle de tout arrangement, le maintien de l'occupation du Nord de Formose (2). Cette exigence ne pouvait être admise, puisqu'elle eût semblé préjuger la question soumise à la décision des États-Unis. Il est bon de rappeler, en outre, que bien loin d'occuper « le Nord de Formose » nous étions alors, pour de longs mois, bloqués dans un des ports de cette grande île. Il était au moins imprudent d'attacher une pareille importance au maintien de cette situation. La nouvelle tentative des États-Unis devait donc échouer, ainsi que les précédentes (3).

---

(1) *Livre Jaune*, M. Freilinghuyzen à M. Vignaud, 17 octobre 1884.
(2) Note du 22 octobre 1884, remise à M. Vignaud.
(3) *Livre Jaune*, M. Freilinghuyzen à M. Vignaud, 27 octobre 1884.

Au même moment, le gouvernement anglais, sachant sans doute qu'une médiation américaine était en jeu, et voulant enlever au cabinet de Washington l'avantage moral de rétablir la paix dans l'Extrême-Orient, nous offrit également son intervention pacifique. Elle devait porter sur la durée d'occupation du Nord de Formose ou sur la somme destinée à racheter cette prise de possession provisoire (1). Lord Granville paraissait tout d'abord disposé à admettre comme bases des négociations avec la Chine les conditions que M. Jules Ferry avait posées, dans son télégramme du 11 octobre (2), à M. Patenôtre, et l'affaire semblait en bonne voie de ce côté (3).

D'ailleurs les Chinois reprenaient une fois de plus avec nous leurs pourparlers, si singulièrement intermittents. Dès la fin d'octobre, Li-Hong-Tchang communiquait de nouvelles propositions à M. Patenôtre. Nous aurions occupé Kélung et Tamsui, en attendant la conclusion d'un traité définitif. Les Chinois seraient demeurés également à Lang-Son et à Lao-Kay. Par manière d'indemnité, la Chine eût contracté en France un emprunt de 140 millions de francs, consacré à des travaux publics ou à des achats de matériel. Elle nous aurait demandé en outre les ingénieurs nécessaires pour l'exécution de ces travaux.

Certaines de ces stipulations étaient fort avantageuses ; de plus, Li-Hong-Tchang laissait entrevoir qu'elles pourraient être légèrement améliorées à notre profit (4).

Néanmoins, le gouvernement français ne crut pas devoir les accepter, même comme bases de nouvelles négo-

(1) *Livre Jaune*, M. Waddington à M. J. Ferry, 23 octobre 1884.
(2) *Livre Jaune*, M. J. Ferry à M. Patenôtre, 11 octobre 1884.
(3) *Livre Jaune*, M. Waddington à M. J. Ferry, 23 octobre 1884.
(4) *Livre Jaune*, M. Patenôtre à M. J. Ferry, 1er novembre 1884.

ciations ; dès le 4 novembre il les rejetait, en maintenant strictement celles qu'il avait posées le 11 octobre (1).

Il faut, d'ailleurs, en convenir, ces nouveaux pourparlers ne semblaient pas exempts d'arrière-pensées de la part des Chinois. Leurs représentants, Li-Hong-Tchang, M. Hart, M. Détring, émettaient chaque jour des déclarations contradictoires et il en résultait une certaine confusion dans l'esprit de nos diplomates, comme cela s'était présenté tant de fois en des circonstances analogues.

On avait annoncé pour le 5 novembre la réunion du grand conseil de l'Empire, appelé à décider de l'acceptation ou du rejet de nos propositions ; M. Patenôtre apprit bientôt que ce dernier parti l'emportait (2). D'après les apparences, les Chinois avaient simplement voulu gagner du temps et accroître leurs moyens d'action au Tonkin ou autour de Kélung. On signalait l'envoi répété de grandes quantités de munitions ou d'armes à destination de ces deux pays. Un emprunt de 35 millions venait d'être conclu par le gouvernement chinois ; il embauchait des navires étrangers pour forcer le blocus de Formose. Il n'en faisait pas moins prévoir l'envoi prochain de nouvelles contre-propositions, sans doute pour engager le ministère français à prendre patience une fois de plus.

Ce nouvel échec de nos négociations était surtout dû au marquis Tseng. De Londres, où cet infatigable adversaire de la France était encore accrédité, il avait pu mesurer les embarras toujours croissants que la politique extérieure de M. Jules Ferry lui créait vis-à-vis du Parlement et de l'opinion de notre pays. Prévoyant peut-être la chute pro-

---

(1) *Livre Jaune,* le commandant Fournier à M. Détring, 4 novembre 1884 ; M. J. Ferry à M. Patenôtre, même date.

(2) *Livre Jaune,* M. Patenôtre à M. J. Ferry, 5 et 8 novembre 1884.

chaine du ministère et l'orientation nouvelle qu'elle entraî-
nerait dans nos relations avec l'étranger, il ne s'était pas
fait faute de conseiller à son gouvernement une, résistance
opiniâtre. Au dernier moment il lui télégraphiait même que
des ouvertures directes étaient faites par la France, pour
obtenir la ratification du traité de Tien-Tsin, sans indemnité d'aucune sorte. Tout porte à faire considérer cette
assertion de l'ambassadeur chinois comme absolument gra-
tuite, mais elle n'en avait pas moins produit son effet (1).

La seule concession admise par M. Jules Ferry, depuis
l'ouverture des négociations, avait été de laisser à la médiation d'une puissance le soin de fixer la durée de l'occupation de Formose. Les Chinois étaient bien loin de
croire suffisant ce pas vers des idées plus conciliantes et
le contre-projet qu'ils communiquaient bientôt à nos
agents en était la preuve. Ils demandaient simplement
l'abandon par la France du protectorat de l'Annam,
l'établissement d'une nouvelle frontière du Tonkin passant
au Sud de Cao-Bang, la prohibition absolue de toute
importation française en Chine par le Fleuve Rouge.

On le voit, le gouvernement chinois revenait à ses propositions de l'année précédentes et ne tenait compte ni du
traité de Tien-Tsin, ni du sang versé à Bac-Lé, ni de nos
succès à Fou-Tchéou et au Tonkin. On ne pouvait guère
considérer de pareils propositions que comme une bravade.
Ainsi que le refus précédent elles étaient attribuées à
l'intervention du marquis Tseng. Les rapports de nos
agents s'accordaient à le représenter comme pleinement
convaincu que la France voulait « la paix à tout prix ».

____

(1) *Livre Jaune*, M. Patenôtre à M. J. Ferry, 15 novembre 1884.
(2) *Livre Jaune*, M. Patenôtre à M. J. Ferry, 20 novembre 1884.

Vers cette époque, les espérances que le ministère français fondait sur la médiation anglaise étaient également déçues. Il avait songé à une intervention en commun de l'Angleterre et des États-Unis dans nos difficultés avec les Chinois (1). Un moment ce projet parut devoir aboutir ; mais il devint bientôt évident que le gouvernement de Pékin avait uniquement pour but de compromettre les puissances vis-à-vis de nous, en obtenant leur adhésion, au moins tacite à des propositions que nous considérions comme inacceptables. Pour ne pas tomber dans ce piège, le cabinet anglais refusait de nous transmettre les conditions de la Chine, qui étaient « de vainqueur à vaincu » suivant l'expression de lord Granville (2).

Le ministère français avait obéi à des illusions singulièrement vivaces, en attendant uniquement de nouvelles négociations la fin de nos difficultés avec les Chinois. L'occupation d'un point de Formose, si péniblement achetée par le sang de nos marins et de nos soldats, nos succès récents au Tonkin, n'avaient produit sur eux qu'un effet négatif. Leurs propositions de paix s'éloignaient encore plus des nôtres que celles émises dès la violation du traité de Tien-Tsin. La justesse des prévisions de l'amiral Courbet, de MM. Patenôtre, Lemaire et du général Brière de l'Isle semblait de plus en plus démontrée ; c'était par de vigoureux efforts dans le Nord de la Chine que l'on pourrait conquérir une paix honorable (3). Malheureusement il était trop tard et la reprise des opérations maritimes devait être renvoyée désormais au printemps, lors de la fonte des glaces.

---

(1) *Livre Jaune*, M. J. Ferry à M. Waddington, 4 novembre 1884, et M. Freilinghuyzen à M. Vignaud, 8 novembre 1884.

(2) *Livre jaune*, M. Waddington à M. J. Ferry, 17 novembre 1884.

(3) *Livre jaune*, M. Lemaire à M. J. Ferry, 24 novembre 1884.

M. RENÉ GOBLET

A la fin de novembre, le ministère français soutenait devant le Parlement une nouvelle lutte d'où il sortait encore à son avantage, non sans difficultés toutefois. Le dépôt d'une demande de crédits supplémentaires (16,147,368 francs) (1) pour l'expédition du Tonkin, et

(1) Séance du 17 novembre 1884; 14,871,594 francs étaient applicables à la marine et 1,875,774 à la guerre : 58,483,000 francs avaient été déjà alloués pour l'exercice 1884.

plusieurs interpellations motivaient de longues discussions, qui occupaient quatre séances de la Chambre. Mollement soutenue par le rapporteur, M. Arthur Leroy, et par Mgr Freppel, la politique du gouvernement subissait des assauts vigoureux de la part de MM. Granet et Clémenceau. M. Goblet, tout en annonçant qu'il voterait les crédits, déclarait, au nom d'un certain nombre de ses collègues, qu'il refusait sa confiance au cabinet. Son discours se terminait par quelques phrases significatives :
« .... Mais il y a quelqu'un qui se fatigue, c'est le pays, notre maître à tous, dont nous ne sommes ici que les serviteurs.

« Le ministère ne peut pas faire la paix : il déclare qu'à l'heure qu'il est elle est impossible. Il ne vous demande pas les moyens nécessaires pour faire la guerre. Vous pouvez l'approuver ; mais, pour nous, nous ne saurions nous rallier, dans une mesure quelconque, à une politique qui nous paraît aussi contraire à la dignité qu'aux intérêts du pays. (Applaudissements sur plusieurs bancs (1).) »

Il y avait à peu près unanimité parmi les orateurs pour réclamer une solution nette ; ils s'accordaient à protester contre les hésitations du ministère, aussi bien en matière diplomatique que dans la conduite des opérations militaires.

Seule, l'intervention de M. Jules Ferry permettait au cabinet de sortir à peu près indemne du débat. Par un de ces coups de théâtre qui lui sont familiers, il terminait son discours en déposant une nouvelle demande de crédits, s'élevant à 43,422,000 francs, pour l'entretien de nos forces militaires et maritimes en Extrême-Orient pendant le premier semestre de 1885. Cette réponse énergique aux insul-

---

(1) *Débats parlementaires*, Chambre, 28 novembre 1884, page 2505.

tantes propositions de la Chine ne pouvait manquer de donner la victoire au ministère. Les deux crédits étaient votés à une majorité considérable (1) ; on adoptait également, par 291 voix contre 176, un ordre du jour accepté par le cabinet : « La Chambre, persistant dans sa résolution d'assurer l'exécution pleine et entière du traité de Tien-Tsin, prenant acte des déclarations du gouvernement et comptant sur son énergie pour faire respecter les droits et l'honneur de la France, passe à l'ordre du jour. »

De ces formules vagues du langage parlementaire et surtout de l'ensemble de la discussion, il résultait pourtant que la politique du cabinet commençait à lasser ses amis les plus fervents. L'action lente, mais sûre de l'opinion publique, l'approche des élections générales, dessillaient bien des yeux complaisamment fermés jusque-là. Malgré tout le talent du président du conseil, malgré sa volonté tenace, un incident pourrait désormais suffire à détraquer la majorité ministérielle, si péniblement tenue groupée jusque là.

Avant la discussion publique, la Commission de la Chambre avait émis une déclaration grave, à une faible majorité, il est vrai. Elle engageait le gouvernement à occuper le plus tôt possible les provinces Nord du Tonkin (2). Cette résolution, contraire aux instructions données jus-

____

(1) Le crédit pour 1884 fut voté par 361 voix contre 166 ; celui de 1885 par 351 contre 179.

(2) Par 5 voix contre 2 et 4 abstentions : « Sans méconnaître l'importance des expéditions navales qui pourraient encore être nécessaires au printemps, la commission estime que, pour contraindre la Chine à l'exécution intégrale du traité de Tien-Tsin, il faut d'abord occuper les provinces Nord du Tonkin. »

que-là par le ministère (3), allait précipiter notre marche sur Lang-Son, dont les conséquences devaient être si graves pour le cabinet et surtout pour la France.

(3) *Livre Jaune*, M. Patenôtre à M. Jules Ferry, 8 novembre 1884.

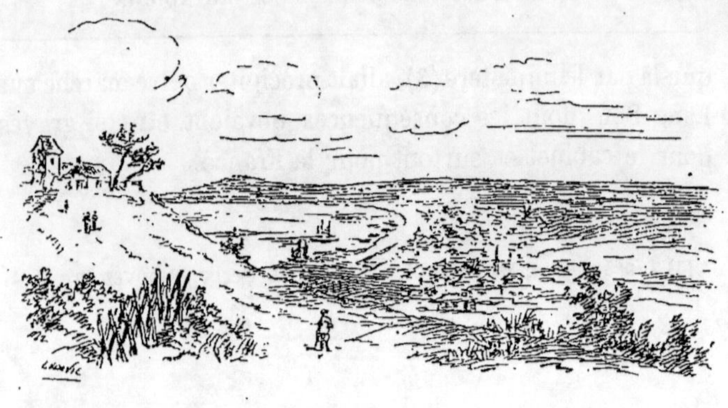

CHAPITRE XI

Situation au Tonkin après Kep et Chu. — Conflit avec l'Annam. —
Le blocus de ses côtes. — Envoi de nouveaux renforts. — Expédition du colonel Duchesne sur Tuyen-Quan. — A Formose. — Le
blocus. — Combats des 14 et 27 novembre.

Après nos victoires de Chu et de Kep, le général Brière
de l'Isle ne tentait pas de poursuivre les Chinois vers le
Nord, comme il lui eût été facile. Conformément à ses
instructions, il se bornait à faire occuper par les troupes
du général de Négrier deux postes solidement installés à
Chu et à Kep. Avec un autre, dont il prévoyait la création
à Yen-Thé, il comptait fermer aux Chinois l'accès du Delta,
au Nord-Est du moins. Ses projets se bornaient à de simples
opérations sur la Rivière Claire ou le Fleuve Rouge, et à
une expédition, qu'il entreprendrait avec le concours de
la flotte, vers Tien-An (Tien-Yen), dans la partie Est du
littoral tonkinois. Il ne prévoyait donc pas, assurait-on,
la nécessité du moindre renfort (1).

____

(1) *Débats parlementaires*, Chambre, 27 novembre 1884, page 2480,
Discours de M. Jules Ferry. (Lettre du général Brière de l'Isle,

Pourtant, quelques jours après, on signalait sur la Rivière Claire la présence de grosses masses ennemies. Dès le 13 octobre, elles attaquaient un poste dont la garnison allait bientôt conquérir une gloire immortelle, Tuyen-Quan (1). Du 14 au 19, ces attaques se renouvelaient plusieurs fois, sans aucun succès. L'ennemi apparaissait également en force dans la haute vallée du Fleuve Rouge.

En même temps les Annamites redoublaient leurs menées contre nous. Malgré la démonstration du colonel Guerrier au mois d'août, la cour de Hué n'avait pas cessé de nous être hostile. A la fin d'octobre, un nouveau conflit éclatait entre elle et M. Lemaire, notre résident général, qui était arrivé le 10 seulement en Annam. Les ministres dégradaient le régent Gia-Hong sous un prétexte quelconque, mais en réalité parce qu'il paraissait sympathique au protectorat. Notre résident général n'était même pas informé de cette destitution. Il faisait aussitôt établir sur les côtes de l'Annam le blocus du riz, et la cour de Hué s'empressait de céder. Le régent destitué réintégrait provisoirement ses fonctions; on prenait l'engagement de lui nommer un successeur qui ne serait point hostile à la France, et à ne prendre aucune mesure contre la liberté ou la vie d'un fonctionnaire sans l'assentiment préalable du résident (2). A la suite de ce conflit, nos relations semblèrent un peu

---

8 octobre 1884). Ce passage fut accueilli par de vifs applaudissements à gauche et au centre.

(1) Cette garnison était alors composée des 3° et 4° compagnies du 1ᵉʳ bataillon de la légion étrangère avec l'état-major du bataillon (commandant Franger), de la 1ʳᵉ section de la 8° compagnie du 1ᵉʳ tonkinois et de la 2° batterie bis d'artillerie de marine : 450 hommes, 18 officiers.

(2) *Débats parlementaires*, Chambre, 27 novembre 1884, page 2483, Discours de M. Jules Ferry. La première lettre de M. Lemaire à laquelle

plus cordiales avec la cour de Hué ; mais ces bons rapports apparents n'eurent aucune influence sur l'attitude des mandarins annamites au Tonkin : nous avions de mortels ennemis dans presque tous.

Malgré la lettre du général Brière de l'Isle (8 octobre), dont nous avons parlé, et sur des renseignements ultérieurs, le gouvernement français se décidait à préparer l'envoi de nouveaux renforts et prescrivait de ne tenter aucune opération importante avant leur arrivée (1). On se bornait donc à jeter des colonnes peu nombreuses dans la région qui limite le Delta. A vrai dire l'effectif du corps expéditionnaire ne permettait guère plus (2).

A la fin d'octobre, une de ces colonnes, dirigée sur Yen-Thé, atteignait une arrière-garde chinoise et la mettait en déroute. Mais les attaques contre Tuyen-Quan recommençaient dès les premiers jours de novembre et nos canonnières avaient à livrer combat pour ravitailler ce poste (3).

Le 14 novembre, en revenant de ravitailler Tuyen-Quan, la *Trombe* et le *Revolver* étaient attaquées à Duoc, sur la Rivière Claire, et livraient un combat d'une heure sous le feu plongeant de l'ennemi. Dans ces parages, la rivière, étroitement reserrée entre deux berges rocheuses, couronnées par des fourrés de bambous, est un véritable torrent

---

ce discours fait allusion est du 25 octobre 1881. Notre résident écrivait le 22 novembre : « Je crois que nous n'aurons plus avec la cour d'Annam de difficultés sérieuses ».

(1) *Livre jaune*, M. Patenôtre à M. J. Ferry, 8 novembre 1884.

(2) 3 bataillons d'infanterie de France ; 6 d'Afrique ; 4 1/2 d'infanterie de marine ; 7 1/2 de Tonkinois ou d'Annamites ; 8 batteries, dont 2 de l'armée de terre. Au total 21 bataillons, 8 batteries, avec un effectif se montant à 15,000 hommes, dont 10,000 étaient indisponibles ou faisaient partie des garnisons.

(3) Télégrammes du général Brière de l'Isle, 7 et 22 novembre.

semé de tourbillons et d'écueils. Les Chinois s'étaient postés sur les flancs de ce défilé et attendaient nos canonnières au passage. Elles lui tenaient bravement tête, non sans difficultés, et parvenaient à redescendre la rivière. Le *Revolver*, enseigne de Balincourt, courait de sérieux dangers et avait à forcer un barrage de jonques en se jetant sur lui à toute vapeur, les soupapes chargées.

Le 16 novembre le *Revolver* dirigeait dans la Rivière Claire une nouvelle reconnaissance, au cours de laquelle il perdait deux tués et trois blessés. Le colonel Duchesne (1) avait reçu mission de nettoyer les bords de la Rivière Claire, et le 18, il débarquait près de Phu-Doan avec quatre compagnies d'infanterie et une section d'artillerie soutenues par la *Carabine*, la *Bourrasque*, l'*Eclair* (2).

A Duoc, le 19 novembre, il rencontrait les Chinois fortement retranchés. Pendant que son avant-garde les occupait par un combat traînant ; la compagnie du capitaine de Borelli de la légion, tournait leur droite à travers bois et les attaquait à revers. Ils étaient rejetés sur le Nord et l'Ouest.

Le soir même, nous occupions les villages au Sud de Tuyen-Quan et nous pouvions relever la garnison du poste. La colonne rentrait à Hong-Hoa, laissant provisoirement une compagnie et une canonnière à Phu-Doan. Nous avions eu 9 tués et 25 blessés, dont 2 officiers, pendant cette expédition (3).

---

(1) Le lieutenant-colonel Duchesne, de la légion étrangère, avait été promu colonel le 5 septembre 1884.

(2) 1re et 2e compagnies du 1er bataillon de la légion étrangère, commandant Dominé, 2 compagnies du 1er régiment d'infanterie de marine, chef de bataillon Bouguié.

(3) Tués : lieutenant Schuster et 6 soldats du 1er régiment d'infanterie de marine; 1 soldat du 1er régiment étranger.

Blessés : sous-lieutenant Gœury, 8 soldats du 1er régiment d'infan-

LE GÉNÉRAL CAMPENON

Vers la même époque, une autre colonne, celle du

---

terie de marine; 2 soldats du 1er régiment étranger; 1 sous-officier d'artillerie de marine; 13 blessés sans gravité.

Nous devons la plupart des renseignements qui précèdent à l'obligeance de M. le sous-lieutenant Poisat, du 137e, qui faisait partie de la garnison de Tuyen-Quan, lorsqu'elle fut relevée par le commandant Dominé : nous lui en adressons ici tous nos remerciements.

lieutenant-colonel Berger, atteignait Thaï-Nguyen (10 novembre). On se rappelle que nous y tenions garnison depuis plusieurs mois. Les Chinois avaient évacué le pays au Sud et à l'Est de cette place.

Quoique, à en croire M. Jules Ferry, « la victoire, la victoire quotidienne » fut « l'état normal pour le corps expéditionnaire (1) », le gouvernement ne lui en envoyait pas moins des renforts assez considérables, dès la fin de novembre : trois bataillons de troupes d'Afrique et, en outre, 1,100 hommes destinés à renforcer ceux déjà au Tonkin. Un quatrième bataillon était dirigé sur Formose (2). Mais ces troupes, d'ailleurs insuffisantes, ne pouvaient rallier le corps expéditionnaire avant les premiers jours de janvier, et nous étions condamnés jusque là à nous maintenir sur la défensive.

A Formose, la situation de nos troupes était encore moins assurée. Les derniers jours d'octobre avaient été consacrés à nous établir fortement autour de Kélung. La mousson du Nord-Est commençait et le séjour des environs de cette ville, par des pluies continuelles, avec des vivres rares et une installation défectueuse, avait pour conséquence un déplorable état sanitaire. Dès la fin de novembre, les troupes débarquées comptaient 350 hommes à l'hôpital sur 1,000 valides. Tout le reste était mort ou rapatrié. La fièvre typhoïde, la dysenterie, une autre maladie ressemblant au choléra asiatique, la fièvre algide, faisaient de grands ravages parmi nos soldats. La sollicitude cons-

---

(1) *Débats parlementaires*, Chambre, 17 novembre 1884, page 2841.
(2) 3e et 4e bataillons de la légion étrangère, 2e bataillon du 1er tirailleurs algériens, 3e bataillon d'infanterie légère d'Afrique.

tante de l'amiral pouvait seule soutenir le moral de tous.

La situation de l'escadre n'était pas beaucoup meilleure. Le 23 octobre, Courbet avait déclaré en état de blocus effectif toutes les côtes Ouest et Nord de Formose, entre le cap Sud ou Nan-Sha et la baie Soo-Au. Cette déclaration conférait à nos navires le droit de visite jusqu'à 5 milles de terre. Il leur était prescrit d'empêcher la contrebande de guerre, sans toutefois confisquer les neutres qui la pratiquaient, et qui devaient simplement être mis en demeure de livrer leur cargaison. La mousson rendait ce blocus extrêmement pénible pour nos navires : à Kélung ils étaient en perdition un jour sur deux et une catastrophe semblait toujours imminente (1). D'ailleurs, les résultats obtenus n'étaient pas en proportion de tant d'efforts. Les Chinois avaient vendu sous conditions les vapeurs de leur flotte marchande à des maisons américaines ou européennes, et ces ventes fictives nous désarmaient complètement à leur égard. De plus, un certain nombre de bâtiments étrangers, se fiant à leur marche supérieure, forçaient journellement le blocus et apportaient à Formose des munitions et des armes, ou même parfois des renforts en hommes. Les navires de guerre ennemis se gardaient de paraître et la seule capture faite pendant les derniers mois de 1884 fut celle du *Feï-ho*, un petit bâtiment de la douane chinoise, pris sans combat vers cette époque. L'amiral lui donna un équipage français et en renforça l'escadre.

Elle avait reçu d'autres renforts : les croiseurs *Rigault de Genouilly*, *Nielly* et *Champlain*, un peu plus tard l'*Eclaireur*. Mais la *Triomphante* s'était rendue à Saïgon

---

(1) M. Loir, Rollet de l'Isle, ouvrages cités.

pour remplacer une de nos pièces de 24 c., qui avait éclaté pendant le bombardement de Tamsui (1).

A terre, nos troupes se bornaient également à conserver leurs positions. Le 2 novembre, à 5 heures et demie du matin, un millier de Chinois attaquaient le fort Tamsui et les ouvrages au Sud de Kélung. Ils s'avançaient jusqu'à 150 mètres de nos lignes et ne se retiraient que devant les feux de salve de la 23ᵉ compagnie du 2ᵉ régiment, capitaine Leverger, et le tir à mitraille de 2 pièce de 80ᵐᵐ. Nous avions eu un seul blessé.

Le 13 novembre, le bataillon d'infanterie du commandant Lange et une section de 4, sous-lieutenant Clotes, exécutaient une reconnaissance offensive sur les lignes chinoises dans la direction de la vallée de la Pagode Cramoisy. L'ennemi y avait construit des retranchements devant lesquels s'arrêtait la colonne. Le lieutenant-colonel Bertaux-Levillain, qui la dirigeait, portait la compagnie d'avant-garde sur la gauche chinoise. Après avoir traversé d'épais fourrés de bambous, nos soldats se trouvaient en face de nouvelles tranchées couronnant un plateau. Deux autres compagnies venaient successivement les renforcer sans pouvoir arrêter le tir de l'ennemi.

Cependant, à la faveur de cette diversion, le sous-lieutenant Clotes portait vaillamment sa section sur un mamelon à 300 mètres des Chinois. Quoique nos pièces fussent de 60 mètres en contre-bas, elles pouvaient se maintenir grâce à la maladresse des tirailleurs ennemis.

A quatre heures, le combat cessait des deux parts. La nuit était froide et pluvieuse : nos soldats la passaient sans

---

(1) Le 19 novembre, le *Rigault de Genouilly* perdait 13 hommes morts de leurs brûlures, à la suite de l'explosion d'une chaudière

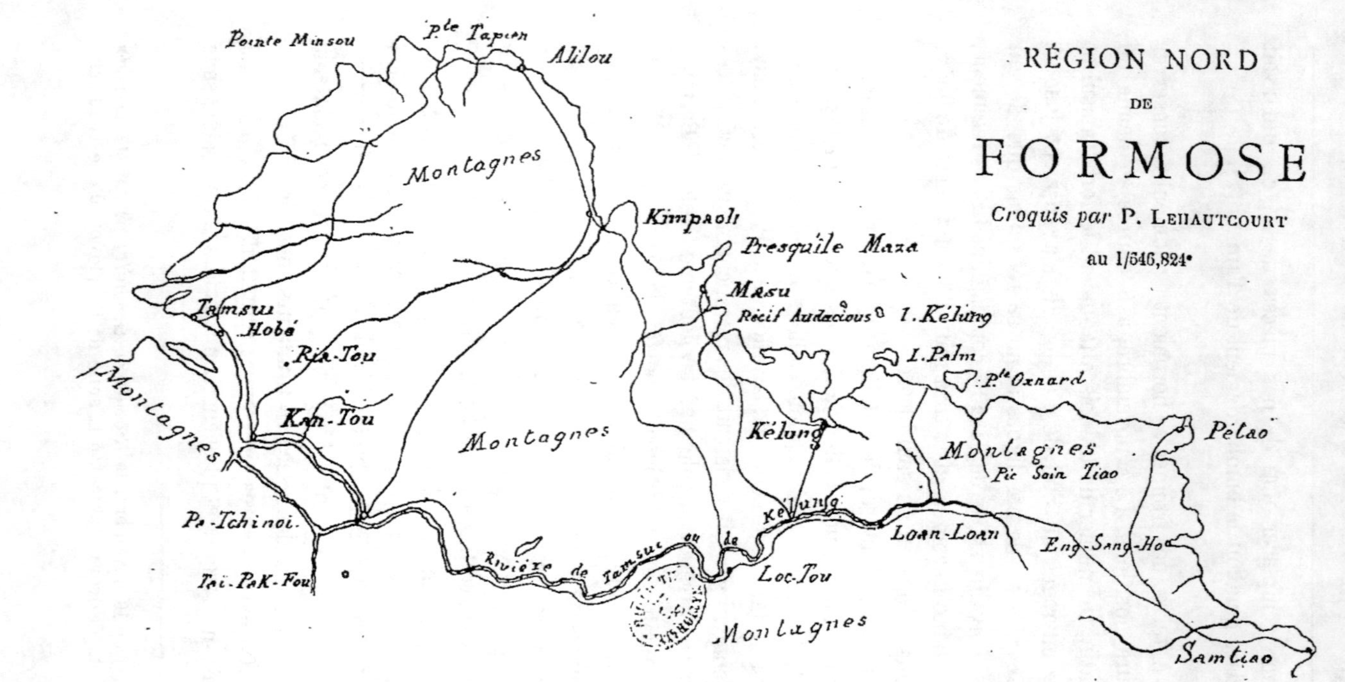

RÉGION NORD
DE
FORMOSE
Croquis par P. Lehautcourt
au 1/546,824.
Pointe Minsou
P.te Tapien
Alilou
Montagnes
Kimpaoli
Presqu'île Maza
Masu
Récif Audacious
I. Kélung
Tamsui
Hobé
Ria-Tou
L. Palm
P.te Oxnard
Kan-Tou
Montagnes
Kélung
Montagnes
Pic Sain Tiao
Pélao
Montagnes
Pa-Tchinoi
Kélung
Tai-Pak-Fou
Rivière de Tamsui ou de
Loc-Tou
Loan-Loan
Eng-Sang-Hoa
Montagnes
Samtiao

allumer de feu de bivouac, entassés sur leurs positions.

Le matin du 14 novembre, le commandant Lange trouvait évacué le plateau devant lequel s'était arrêté son mouvement tournant. Il pouvait alors aborder les retranchements qui fermaient la vallée et s'en emparait sans difficultés. Mais il fallait se résigner à les abandonner, faute de troupes, après en avoir détruit une partie : les Chinois s'y réinstallaient aussitôt. Le soir même, la colonne rentrait à Kélung.

Cette petite opération, qui avait imposé à nos soldats de dures fatigues, ne donnait aucun résultat positif. Quelques semaines après, nous devions avoir grand'peine à reprendre aux Chinois les retranchements que nous leur avions ainsi enlevés le 14 novembre, presque sans pertes (1).

Le 27, cette opération était renouvelée, à peu près dans les mêmes conditions. Une compagnie dirigée sur la Dent, sommet isolé à 250 mètres du Nid d'Aigle, refoulait aisément les Chinois, au prix de quelques pertes ; mais le faible effectif de nos troupes obligeait de la retirer, pour éviter de disséminer davantage des forces déjà trop restreintes, et les Célestes rentraient dans leurs positions à peine évacuées par nous. Bien loin de pouvoir conquérir Tamsui, nous étions à peu près assiégés dans Kélung. Aussi l'amiral Courbet écrivait-il vers cette époque : « Je ne vois pas encore l'utilité de l'occupation de Kélung pour la conclusion du différend (2) ».

---

(1) Le lieutenant Cortial et 2 soldats avaient été légèrement blessés.

(2) M. Loir, ouvrage cité. Voir également le travail aussi intéressant que complet, publié par M. le colonel de Poyen Bellisle, dans le *Mémorial de l'artillerie de marine*, 1887 : *l'Artillerie de marine à Formose.*

CHAPITRE XII

Echec de la médiation anglaise. — Discussion des crédits au Sénat.
— Préparatifs pour l'envoi de renforts. — L'occupation intégrale
du Tonkin. — Affaires de Corée. — A Kélung. — Combats des 10
et 25 janvier. — Le *Foreign Enlistment Act.* — Projets d'évacuation de Formose.

Malgré le refus de lord Granville, le marquis Tseng
persistait à demander la transmission de ses propositions
au ministère français, toutes inconciliables qu'elles fussent
avec les nôtres. Il n'admettait en effet ni l'occupation de
Kélung, dans laquelle il voyait avec raison une indemnité
déguisée, ni même le maintien du traité de Tien-Tsin,
qu'il jugeait incompatible avec la dignité de la Chine (1).
Tous les avantages que nous avions si péniblement conquis
étaient donc remis en question.

Le marquis Tseng comptait visiblement que la France
se lasserait plus tôt que son pays d'une guerre sans résultat.
Les renforts attendus au Tonkin n'y débarqueraient pas

---

(1) *Livre jaune,* Mémorandum du marquis Tseng à lord Granville,
5 janvier 1884.

avant plusieurs semaines. Peut-être surviendrait-il d'ici-là un incident parlementaire de nature à modifier entièrement notre politique extérieure ?

Cette attitude de l'ambassadeur chinois rendait inutile toute tentative de médiation de la part de l'Angleterre et notre gouvernement dut renoncer à la pensée d'y avoir recours (1).

D'ailleurs, tous les renseignements montraient les Chinois comme multipliant leurs préparatifs de guerre. Un nouvel emprunt de 70 millions de francs allait être conclu par eux. Ils recrutaient des étrangers, et surtout des Allemands (2), pour commander leurs navires ou instruire leurs troupes. Ils songeaient même à lancer au devant de nos transports quelques-uns de leurs croiseurs à grande vitesse. Les journaux indigènes les plus modérés se montraient très agressifs à notre égard (3).

Vers cette époque une nouvelle chance de succès nous était enlevée.

Nous avons dit que le Japon et la Chine luttaient depuis longtemps d'influence dans le royaume de Corée, cette péninsule qui ferme le golfe du Pé-Tché-Li et qui a une situation si avantageuse entre la Chine, le Japon et les provinces russes de l'Amour. Depuis 1882, le Mikado avait obtenu pour ses troupes le droit de tenir garnison dans ce pays, concurremment du reste avec les Chinois. Ces derniers, appuyés par le vieux parti coréen, toujours hostile aux étrangers, ne se faisaient pas faute d'exciter la

---

(1) *Livre jaune*, M. Waddington à M. Jules Ferry, 9 décembre 1884 ; Mémorandum communiqué à M. Waddington par lord Granville, 29 décembre 1884.

(2) 124 Allemands étaient au service de Li-Hong-Tchang, *Livre jaune*, M. Patenôtre à M. Jules Ferry, 9 décembre 1884.

(3) *Livre jaune*, extrait de *Chen-Pao*, de Shanghaï, 9 décembre 1884.

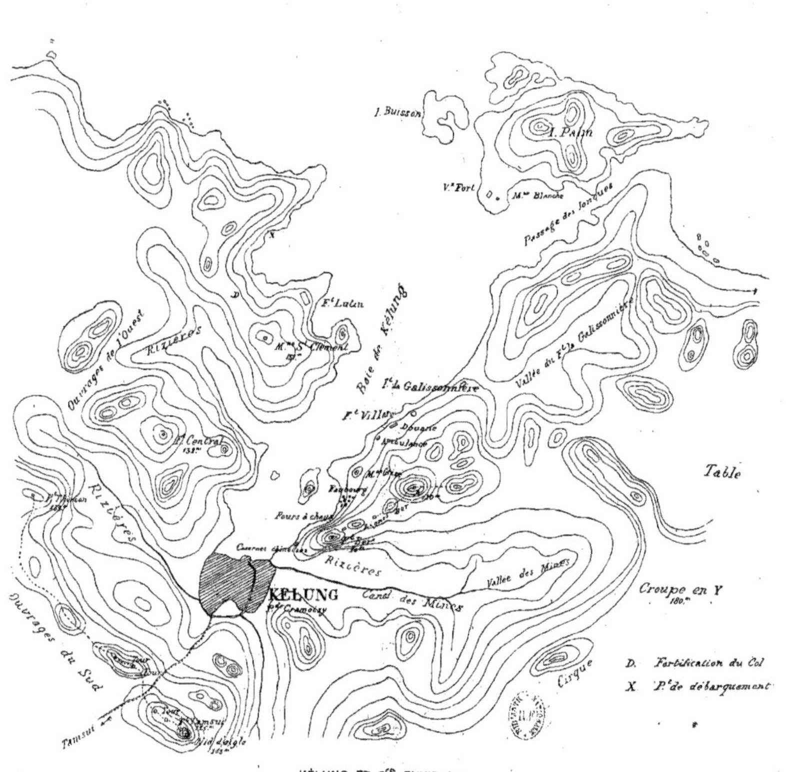

KÉLUNG ET SES ENVIRONS
Croquis par P. Lehautcourt au 1/2500e

haine du peuple contre la petite garnison japonaise de Séoul. Le 4 décembre 1884, ces sourdes menées provoquaient une explosion : au sortir d'un banquet, un prince de la maison royale était assailli et blessé ; plusieurs ministres succombaient. Un officier et trente résidents japonais étaient massacrés. Avec l'aide des troupes chinoises, la populace de Séoul attaquait le palais, s'emparait du roi et obligeait les Japonais à se retirer sur le port de la capitale (1).

On crut un instant qu'une guerre entre le Japon et la Chine serait la conséquence de ces attentats ; le gouvernement de Yeddo s'était hâté d'y répondre par l'envoi de troupes et de bâtiments en Corée ; des manifestations hostiles aux Chinois avaient lieu dans tout le Japon. Mais, contre les apparences, les relations des deux pays restèrent tendues sans se rompre. Le roi de Corée fut obligé de signer avec le Mikado un nouveau traité (9 janvier 1884), qui donnait toute satisfaction aux Japonais ; les chances de guerre entre eux et les Chinois avaient donc à peu près disparu.

Pourtant cette situation affaiblissait momentanément la Chine, en l'obligeant à envoyer des bâtiments et des troupes sur les côtes de Corée.

Mais l'amiral Courbet ne pouvait profiter de cette diversion pour entreprendre de nouvelles opérations, tant que le gouvernement lui refuserait les 3,000 hommes de renfort qu'il avait réclamés (3).

Le ministère venait pourtant d'obtenir du Sénat, à l'unanimité moins une voix, le vote des crédits demandés au Parlement. La discussion qui précédait ce vote donnait

---

(1) Nous donnons en tête de ce chapitre une vue de Han-Yang, capitale de la Corée.

(2) *Livre jaune*, M. Patenôtre à M. J. Ferry, 19 décembre 1884.

même lieu, de sa part, à des déclarations encore plus optimistes, s'il est possible, que celles faites devant la
Chambre. L'amiral Peyron lisait à la tribune l'extrait suivant d'une lettre particulière que lui avait adressée le général Brière de l'Isle : « Avec les soldats que je commande,
avec les officiers qui sont à leur tête, on peut aller partout; ce ne sont ni 100,000, ni 150,000 Chinois qui m'ef-
fraient; je n'ai pas besoin de renforts; envoyez-m'en si
vous voulez; mais, avec les troupes que j'ai, nous irons
jusqu'aux frontières du Tonkin. »

De son côté, le président du conseil disait au maréchal
Canrobert : « Si le corps expéditionnaire n'est pas sorti
des positions qu'il occupe, c'est qu'on lui a prescrit d'y
demeurer; mais il peut marcher en avant et il marchera,
j'en prends ici l'engagement. »

Déjà la question des limites assignées à notre occupation
du Tonkin avait provoqué des dissentiments sérieux dans le
cabinet. Revenant sur ses résolutions antérieures, M. Jules
Ferry jugeait nécessaire d'occuper tout le territoire que
nous avait abandonné le traité de Tien-Tsin.

D'autre part, le général Campenon, ministre de la
guerre, estimait dangereux pour la constitution même de
nos forces d'étendre notre occupation au-delà du Delta.
« Le Tonkin où l'on mange » lui semblait seul mériter les
honneurs d'une conquête; la prise de possession des montagnes frontières de la Chine nous exposerait, d'après lui,
à immobiliser en Asie une trop forte part de notre armée.
Il refusa donc de souscrire aux projets de M. Jules Ferry
et se démit de ses fonctions dès les premiers jours de 1885.
Le général Lewal, qui lui succéda, apportait au ministère
la réputation d'un écrivain militaire de premier ordre, trop
disposé peut-être à ne voir que le côté mathématique de
la science de la guerre, d'un tacticien et d'un officier d'état-

LE GÉNÉRAL LEWAL

major des plus distingués. Au Mexique, à l'armée du Rhin,
son passage dans l'état-major du maréchal Bazaine l'avait
déjà mis en pleine lumière; après la guerre il prit la plus
grande part au puissant mouvement de régénération d'où
est sortie la nouvelle armée. Ses principaux ouvrages, la
Réforme de l'Armée, certaines de ses *Études de guerre*,
feront époque dans notre littérature militaire, quoiqu'ils

ne lui aient pas valu, bien loin de là, une carrière plus rapide (1).

Il avait, au sujet du Tonkin, des idées toutes autres que celles de son prédécesseur et il fut aisé de s'en apercevoir. La direction supérieure des opérations passait aussitôt de la marine à la guerre; nos agent politiques du Tonkin ou de l'Annam étaient placés sous las dépendance du général Brière de l'Isle; on préparait l'envoi de deux bataillons de zouaves, de 3,000 hommes destinés à renforcer les unités du Tonkin et de divers détachements, le tout se montant à 6,000 hommes environ. Ces renforts seraient, s'il était nécessaire, suivis d'autres troupes d'effectif presque aussi considérable; on agitait de nouveau le projet d'une marche sur Pékin. Pour le ministère, le général Brière de l'Isle était devenu « le seul négociateur que la Chine pût écouter. (2) »

Cette fois la logique était du côté du président du Conseil et non du général Campenon. Avant d'exiger des Chinois l'exécution complète du traité de Tien-Tsin, il aurait été indispensable de prendre possession des territoires que nous cédait cette convention. Occuper uniquement le Delta et tenir le haut Tonkin en y envoyant des colonnes ou en concluant des arrangements avec les chefs indigènes, comme le ministère y avait longtemps songé, devait nous exposer à une guerre continuelle. C'était de plus abandonner la partie du pays la plus riche en mines, en bois de

---

(1) Le général de division Lewal (Jules-Louis) est né le 13 décembre 1823 et entré au service le 21 avril 1841 ; entré à Saint-Cyr, puis à l'École d'État-Major d'où il sortit le premier en 1845, il était capitaine le 9 décembre 1848 et chef d'escadron le 10 mai 1859. Lieutenant-colonel le 13 août 1863, il prend part à la campagne du Mexique dans l'état-major du maréchal Bazaine ; il est colonel le 10 août 1868 et ne devient général de brigade que le 21 avril 1874. Le 19 février 1880 seulement il est général de division.

(2) *Livre jaune,* M. Jules Ferry à M. Waddington, 7 janvier 1884.

construction, la seule où notre colonisation pût trouver place ; en un mot, c'était renoncer à la plupart des avantages qu'on avait fait miroiter devant le pays, avant de le lancer dans cette aventure. Enfin, c'était perdre les bénéfices quelque peu exagérés qu'on avait attendus de l'ouverture du Fleuve Rouge au commerce. On ne pouvait donc regretter dans les résolutions nouvelles du ministère que leur date tardive. Prises un an ou dix-huit mois plus tôt, elles nous auraient évité de lourds sacrifices.

La démission du général Campenon provoqua, le 14 janvier, une demande d'interpellation de la part de M. Raoul Duval. Mais on était trop près des grandes discussions du mois de novembre 1884, pour que l'attitude de la Chambre se fût sensiblement modifiée. L'ordre du jour pur et simple, réclamé par le gouvernement, était voté par 281 voix contre 225. La majorité acquise au président du Conseil devenait de moins en moins consistante.

Mais le temps marchait : tandis qu'en France on préparait l'envoi au Tonkin de renforts assez considérables, l'escadre de l'Extrême-Orient allait recevoir également d'importants accroissements. L'envoi du cuirassé le *Turenne*, portant le pavillon du contre-amiral Rieunier, et de plusieurs navires devait porter, dès le printemps, les forces navales de l'amiral Courbet à 36 bâtiments, chiffre que jamais flotte européenne n'avait atteint dans les mers de Chine (1).

---

(1) *Livre jaune*, M. Patenôtre à M. J. Ferry, 21 janvier 1885. Les cuirassés *Bayard*, *la Galissonnière*, *Turenne*, *Triomphante*, *Atalante ;* les croiseurs *Duguay-Trouin*, *d'Estaing*, *la Pérouse*, *Magon*, *Nielly*, *Primauguet*, *Rolland*, *Villars*, *Champlain*, *Château-Renaud*, *Eclaireur*, *Rigault de Genouilly*, *Dayot* (remplaçant l'*Hamelin*), *Duchaffaut*, *Hugon*, *Kerguélen*, *Volta*, *Chasseur ;* le croiseur auxiliaire

Notre magnifique escadre n'en restait pas moins à peu près inutile, malgré les fatigues incessantes d'une croisière dans des parages aussi difficiles. L'état de la mer et l'envoi de plusieurs bâtiments au-devant des transports qui apportaient les renforts, nous obligeaient même à suspendre du 20 décembre au 7 janvier le blocus d'une partie de Formose. Malgré tous nos efforts, des navires anglais bons marcheurs y amenaient incessamment des renforts de toute sorte, en passant par les îles Pescadores, un groupe jeté au milieu du détroit qui sépare la grande île du continent. En quatre mois, 25,000 hommes devaient être transportés de cette façon à Formose.

A Kélung notre situation restait toujours aussi précaire. Le 7 décembre la compagnie Thirion, du 2ᵉ régiment d'infanterie de marine, renouvelait l'opération du 27 novembre contre la Dent. Elle surprenait un détachement chinois dans un abri casematé en bambous et le détruisait. Mais l'ennemi accourait de toutes parts et l'obligeait à se retirer sous la protection de nos pièces du Nid d'Aigle. La Dent était aussitôt réoccupée par les Chinois

On consacrait les derniers jours du mois de décembre à construire des fortifications et des routes. L'humidité constante, les émations du sol rendaient les maladies de plus en plus fréquentes dans le corps expéditionnaire. A la fin de 1884 il comptait déjà 120 décès; au commencement de janvier l'effectif combattant était réduit à 800 ou 900 hommes seulement. La garnison des forts et des postes

---

Château-Yquem; les transports *Annamite* (remplaçant la *Nivé*), *Saône;* les canonnières *Aspic, Lutin, Lynx, Sagittaire, Vipère, Comète, Lion;* les torpilleurs 45 et 46.

l'absorbait presque complètement et il ne restait à Kélung qu'une compagnie pour parer aux cas fortuits (1).

Heureusement nous recevions des renforts; le 27 décembre la *Nive* apportait 69 sous-officiers et soldats fournis par l'artillerie de la Cochinchine; le 6 janvier 1885 un bataillon (2) débarquait, venant d'Algérie.

En réclamant de nouvelles troupes, l'amiral Courbet avait demandé l'envoi à Formose d'un officier supérieur de l'armée de terre, dont il avait pu apprécier au Tonkin, les qualités militaires, le colonel Duchesne. Le 18 décembre il prenait le commandement du corps expéditionnaire. Malheureusement, à peine débarqué, le colonel était cloué à Kélung par une maladie tenace, qui devait lui rendre la marche impossible jusqu'en mars.

Nos troupes n'étaient même pas encore maîtresses des environs les plus immédiats de Kélung.

L'emplacement choisi pour cimetière s'étendait au bord de la mer, entre les forts Villars et La Galissonnière, à 2 ou 3oo mètres au plus du poste de la Douane. On n'en était pas moins forcé, quand il fallait enterrer un de nos morts, d'entourer ses porteurs d'une escorte qui s'avançait prudemment, le fusil chargé, et scrutant de l'œil les fourrés ou les plis de terrain auprès d'elle.

Attirés par l'appât de la prime qui leur était promise, les rôdeurs chinois venaient souvent déterrer les cadavres de nos soldats pour leur couper la tête. On ne put empêcher ces profanations que quand le cercle d'investissement se fut un peu élargi autour de nous.

______

(1) La moitié de la section de la 11e batterie du 12e avait disparu ; le lieutenant Naud mourut à son tour, et ce qui restait de sa section fut versé dans la 23e batterie, qui avait beaucoup mieux résisté.

(2) 3e bataillon d'Afrique, 17 officiers, 800 hommes, commandant de Fontebride.

Nos ouvrages du Sud étaient entièrement dominés, à quelques centaines de mètres, par les lignes des Chinois qui y étalaient une multitude de petits pavillons blancs triangulaires. Quoiqu'ils fussent très mauvais tireurs, leur feu continuel finisait par nous causer des pertes.

L'arrivée du 3ᵉ bataillon d'Afrique décidait le colonel Duchesne à tenter une nouvelle reconnaissance ; le 10 janvier, à midi, la compagnie du capitaine de Fradel quittait Kélung et se marchait vers le Cirque. Le colonel s'était fait porter dans un fauteuil à la caserne des zéphirs et dirigeait l'opération.

L'avant-garde s'engageait à peine sur les pentes du Cirque qu'une fusillade très vive commençait. M. de Fradel mettait en ligne toute sa compagnie et la jetait quelque peu imprudemment à l'assaut des retranchements chinois, au lieu de s'en tenir à une simple démonstration. Le colonel Duchesne se voyait forcé de le faire soutenir successivement par les trois autres compagnies du même bataillon. En même temps les pièces des forts de l'Est et du Sud tentaient d'appuyer notre infanterie.

Malgré de vaillants efforts, le commandant de Fontebride ne parvenait pas à triompher de la résistance des Chinois. Courbet, qui venait de rejoindre le colonel Duchesne, voyant nos troupes demeurer stationnaires, donnait l'ordre de rompre le combat. A 6 heures, le bataillon rentrait dans ses cantonnements : il avait eu 44 hommes hors de combat (1).

Des pluies persistantes empêchaient de venger aussitôt cet échec ; d'ailleurs un nouveau bataillon de renfort était attendu et, débarquait le 20 janvier à Kélung (2). Dès le 25,

----

(1) 17 tués, et 27 blessés dont le lieutenant Lecomte.

(2) 4ᵉ bataillon du 2ᵉ régiment étranger, commandant Vitalis, même

le colonel Duchesne arrêtait un projet d'opérations pour le lendemain. Une colonne de 1,500 hommes et de 4 canons, sous les ordres du lieutenant-colonel Bertaux-Levillain, déborderait l'extrême droite des lignes chinoises et les ferait tomber en les prenant de flanc.

Le 26 janvier, la colonne se met en marche précédée par la compagnie Carré, du 2ᵉ régiment d'infanterie de marine ; le capitaine de Champglen marche avec ses quatre pièces entre les deux premières compagnies du bataillon étranger, qui est en tête du gros (1).

Nos troupes suivent le rivage jusqu'au fort La Galissonnière, puis tournent vers l'Est pour s'engager dans la vallée sinueuse qui débouche sur la côte à cette hauteur. Elles marchent en file indienne ou au plus par deux de front, sur un sentier traversant des rizières et des champs de patates. De chaque côté s'élèvent des hauteurs boisées, dont les flancs sont garnis par de magnifiques plantations de thé.

A 8 heures, la compagnie d'avant-garde est arrêtée par une vive fusillade, partie de retranchements dissimulés derrière des plis de terrain ou des fourrés. Elle est aussitôt renforcée par la 1ʳᵉ compagnie du bataillon étranger. En même temps l'adjudant Le Dieu de Ville se porte en avant avec une pièce de 4 et la met en batterie à 300 mètres des tranchées ennemies. La 2ᵉ compagnie du 2ᵉ régiment

---

effectif que le précédent. L'arrivée de ce bataillon portait les troupes débarquées à Kélung à 3,600 hommes, dont 3,200 d'infanterie.

(1) L'ordre de marche était le suivant: compagnie Carré ; 4ᵉ bataillon du 2ᵉ étranger, 3ᵉ bataillon d'Afrique ; détachement du génie (36 soldats ou coolies avec le capitaine Luce, de l'artillerie de marine). Les 4 pièces comptaient 1 pièce de 80ᵐᵐ et 3 de 4 r. de m. (De Poyen Bellisle, ouvrage cité.)

Le capitaine Césari commandait le bataillon étranger, en remplacement du commandant Vitalis.

étranger prolonge avec beaucoup d'entrain notre mouvement sur la gauche, s'empare d'un tertre boisé et prend de là les Chinois à revers : ils se hâtent de fuir.

Mais ils font tête de nouveau, un peu en arrière, sur un groupe de trois mamelons boisés et arrêtent notre tête de colonne par un feu très vif. Le capitaine de Champglen établit ses trois autres pièces à côté de la première et répond énergiquement au tir des Chinois. Du point A on canonne également la Table et la Croupe en *Y*, où des groupes ennemis soutiennnent ceux attaqués par nos troupes. Ces derniers, démoralisés par nos obus, sont rapidement délogés par deux des compagnies du bataillon étranger (10 heures et demie).

La pluie survient et rend la marche encore plus difficile dans ce pays si accidenté ; l'horizon est tellement sombre que les mouvements des troupes ne peuvent être distingués. On se borne à faire enlever, par les trois premières compagnies du bataillon de Fontebride, appuyées d'une pièce de 80^{mm}, une ligne de crêtes boisées qui déborde notre gauche. A 4 heures, les Chinois en sont délogés. Nous n'avons eu que des pertes insignifiantes (1).

La colonne s'établit sur le terrain conquis ; mais, au milieu de la nuit, l'ennemi tente un retour offensif qui est repoussé, non sans nous causer quelques pertes (2).

Le 26 janvier, à 7 heures du matin, la colonne reprend sa marche et se trouve bientôt engagée dans une vive fusillade. En moins d'une heure, deux compagnies du régiment étranger, appuyées par une section d'artillerie, occupent un dernier mamelon isolé qui domine les positions conquises la veille.

---

(1) 4 blessés dont 1 grièvement.
(2) Une sentinelle enlevée, 3 blessés dont 1 grièvement.

LE COLONEL DUCHESNE

A ce moment, nous sommes en face du puissant mouvement de terrain, couronné par un plateau assez étendu, que l'on nomme la Table. Entre lui et la position actuelle de la colonne s'étend une croupe, dont le faîte est coté 180 mètres, et qui se bifurque de manière à former un y. Nos troupes sont arrêtées devant l'ouverture des deux branches; la queue de l'y, une mince arête dominée par trois petits mamelons, est à peu près parallèle à la crête de la Table qui nous fait face; quand à la branche de gauche, elle forme une croupe très étroite, surtout vers le nœud de l'y, où elle a trois ou quatre mètres à peine A l'intérieur, surtout, ses pentes sont très raides. La branche de droite est un peu plus large et ses flancs moins rapides.

Les Chinois ont creusé des tranchées sur les branches et la queue de l'y; en outre, ils occupent fortement la Table, qui domine cette croupe de près de 25 mètres.

A 8 heures et demie, les 2 pièces de la 1re section, qui sont restées sur les positions de la veille, ouvrent le feu sur les retranchements situés au nœud de l'y. En même temps, l'artillerie du point A envoie ses obus sur la Table et calme le feu de ses défenseurs. Après une courte préparation, le lieutenant-colonel Bertaux-Levillain donne l'ordre d'attaquer à la fois les deux branches de l'y.

Nos troupes se mettent à peine en mouvement que toutes les crêtes sont couronnées par les Chinois, qui ouvrent un feu très vif. Le capitaine Carré, de la 25e compagnie du 2e régiment, qui conduit l'une des colonnes d'assaut, est tué d'une balle à la tête; le lieutenant Brasseur, qui lui succède, n'en enlève pas moins sa compagnie avec la plus grande vigueur et parvient sur la crête de l'une des deux branches. L'autre est occupée à peu près simultanément, et les deux colonnes se réunissent au nœud de l'y, refoulant devant elles les Chinois en déroute (midi).

Nos troupes sont séparées de la Table par un profond ravin; il est impossible de songer à le franchir avant d'avoir assuré la garde des positions conquises. On s'arrête donc sur la croupe en y, et l'artillerie vient s'y établir, à hauteur du nœud des deux branches.

La nuit suivante est calme; mais il pleut à torrents et nos troupes souffrent cruellement. A la pointe du jour, 27 janvier, le lieutenant-colonel Bertaux-Levillain envoie

3 pièces à la partie la plus avancée de notre ligne sur la queue de l'*y ;* à 7 heures, l'une d'elles est en position et ouvre le feu sur la Table. Mais les Chinois accourent en grand nombre et dirigent sur notre artillerie un feu très soutenu ; il faut arrêter son tir pour la couvrir par un épaulement.

D'ailleurs la pluie reprend bientôt et le combat cesse ; le capitaine de Champglen ne laisse qu'une pièce en position et ramène le reste en arrière. Le lieutenant-colonel Bertaux-Levillain a l'intention de reprendre les opérations le 28 et il a déjà donné les ordres nécessaires, quand le colonel Duchesne lui prescrit de se retrancher sur les positions conquises, d'y laisser un détachement et de diriger les autres troupes sur Kélung. Le commandant du corps expéditionnaire craint pour nos soldats la persistance de la pluie.

Le 28 janvier, la construction des retranchements est poussée aussi activement que possible. Les troupes sont épuisées par les fatigues des trois journées précédentes ; les outils manquent ; de plus, le mauvais temps redouble les jours suivants ; tous nos travailleurs, uniformément enduits d'une couche de boue liquide qui permet à peine de les distinguer, travaillent littéralement dans l'eau. Les Chinois continuent de tirer sans relâche.

Enfin, le 30, nos ouvrages paraissent être assez avancés pour être à l'abri d'un coup de main ; la colonne rentre à Kélung dans la soirée, laissant le 3ᵉ bataillon d'Afrique et les trois pièces de 4 à la garde des positions conquises. Nos pertes sont considérables : 24 tués ou morts de leurs blessures, dont 3 officiers, et 67 blessés (1).

____

(1) 3ᵉ bataillon d'Afrique : 11 tués, dont le capitaine Penasne ; 2ᵉ régiment étranger : 9 tués, dont le lieutenant Weber ; 2ᵉ régiment

Les Chinois ont vu rentrer à Kélung la plus grande partie de nos troupes; il veulent en profiter et, le 31 janvier, vers 1 heure du matin, ils attaquent en nombre nos retranchements. Heureusement nous sommes sur nos gardes : les feux de salve du 3ᵉ bataillon d'Afrique et le tir à mitrailles de nos pièces de 4 les arrêtent bientôt; repoussés une première fois, ils renouvellent leur attaque à trois reprises, s'avançant jusqu'à 80 mètres de nos parapets. Enfin ils sont définitivement rejetés vers la pointe du jour, après avoir subi des pertes très considérables. Abrités derrière leurs retranchements nos soldats n'ont perdu qu'un tué et un blessé.

Les combats du 25 au 31 janvier nous donnent la possession de 2 kilomètres de crêtes; nos positions avancées dominent la vallée des Mines et prennent à revers une partie des lignes chinoises entre la Table et le Cirque; enfin les environs immédiats de Kélung sont désormais à l'abri des insultes de l'ennemi.

La situation du corps expéditionnaire devient donc sensiblement meilleure; les habitants rentrent dans la ville et installent même des marchés; l'alimentation des troupes s'améliore. Malheureusement les derniers renforts arrivés d'Algérie apportent à Formose un nouveau fléau, le choléra asiastique, et nos soldats doivent singulièrement en souffrir.

Vers cette époque, la tâche imposée à l'escadre de

---

d'infanterie de marine : 3 tués, dont le capitaine Carré; artillerie de marine : 1 tué.

3ᵉ bataillon d'Afrique : 32 blessés, dont 3 grièvement; 2ᵉ régiment étranger : 28 blessés, dont 12 grièvement; 2ᵉ régiment d'infanterie de marine : 5 blessés, dont 2 grièvement; artillerie de marine : 2 blessés légèrement.

l'amiral Courbet et à ses troupes de débarquement subissait d'importantes modifications : l'Angleterre prenait en effet une mesure, dictée en apparence par le souci de maintenir une neutralité scrupuleuse, mais en réalité beaucoup plus désavantageuse pour nous que pour la Chine. Le 23 janvier elle notifiait à Singapour et à Hong-Kong la rigoureuse mise en vigueur du *Foreign Enlistment act*. Désormais il serait interdit à nos navires de se réapprovisionner en charbon ou de faire réparer leurs avaries dans les ports anglais. Ils ne pourraient plus y prendre que le combustible nécessaire afin de gagner le port neutre le plus proche, et une fois seulement en trois mois pour chaque bâtiment. Quant aux réparations, elles n'y seraient faites qu'en cas d'extrême urgence (1).

Cette mesure, prise sur les réclamations de la Chine, était en contradiction avec les engagements antérieurs que le gouvernement anglais avait contractés vis-à-vis de nous. Elle déliait la France de l'obligation qu'elle s'était imposée de ne point revendiquer le plein et entier exercice des droits de belligérants. Dès le 24 janvier 1885, M. Jules Ferry notifiait à l'Angleterre, ainsi qu'aux autres puissances maritimes, notre résolution d'y renoncer pour l'avenir (2). Cette notification tardive ne soulevait aucune protestation, ce qui montrait combien le gouvernement français avait été mal inspiré, en maintenant le plus longtemps possible l'état de *rétorsion*, malgré les facilités qu'il laissait à la Chine.

Le ministère voulait user des droits dont il venait de réclamer l'usage en bloquant le Pé-Tché-Li, dès les pre-

---

(1) *Livre jaune*, M. Gasselin, gérant du consulat de France à Singapour, à M. J. Ferry.

(2) *Livre jaune*, M. J. Ferry à M. Waddington, 24 janvier 1885.

miers jours du printemps. Il agitait en même temps la question de l'abandon de Formose, qui eût seul permis de donner à l'escadre les troupes de débarquement nécessaires, puisqu'on ne pouvait lui en envoyer de la métropole ou du Tonkin. Mais l'amiral Courbet et M. Patenôtre se mettaient aussitôt d'accord pour regarder cet abandon comme devant être d'un effet déplorable. Aux yeux des Chinois comme de tous les étrangers il passerait pour une nouvelle preuve de légèreté et d'impuissance (1). Puisqu'on avait commis la faute lourde de débarquer à Formose, il fallait y demeurer avec honneur : le gouvernement s'y décida provisoirement.

(1) *Livre jaune*, M. Patenôtre à M. J. Ferry, 30 janvier 1885.

CHAPITRE XIII

Nous avons dit que l'intention première du ministère
français n'avait pas été d'occuper Lang-Son et la partie Nord
du Tonkin. Pendant le mois d'octobre les déclarations
qu'il portait devant la Commission de la Chambre des
députés étaient formelles à cet égard. Le général Campenon le conseillait, avec sa brusquerie ordinaire : « Res-
tons dans notre forteresse du Delta, nous y serons inex-
pugnables ». D'après lui, aller à Lang-Son, c'était vouloir
« grimper sur une échelle qui monte au premier étage,
sans s'assurer de la solidité des premiers échelons ». Et
cette opinion était appuyée de celle des généraux Millot
et de Négrier. Le premier jugeait nécessaire d'attendre
pour l'occupation de Lang-Son la fin de nos difficultés avec
la Chine. Même avec 20,000 hommes cette opération lui
eût semblé dangereuse. Enfin, pour le général de Négrier,
la question se résumait ainsi : « ou le chemin de fer de

Lang-Son, ou pas de Lang-Son (1) ». Le président du Conseil, M. Jules Ferry, semblait partager entièrement ces avis.

Sous l'influence d'une partie de l'opinion publique, à la suite du vote des crédits et des discussions qui l'avaient accompagné, ces résolutions ne tardèrent pas à se modifier. Dès le 4 décembre, le ministère autorisait le général Brière de l'Isle à prendre l'offensive, tout en le laissant juge du moment et des opérations à choisir (2). Dès la réception de cette dépêche, le général arrêtait un plan qui consistait à refouler tout d'abord l'ennemi le long du Song-Koï, et à établir un nouveau poste au Nord d'Hong-Hoa. Ce mouvement exécuté, on se porterait, dès l'arrivée des renforts attendus, sur Lang-Son (3). Des préparatifs étaient faits dans ce but et on s'occupait de réunir l'énorme quantité de moyens de transport nécessaires pour ravitailler une colonne, jetée à 60 ou 90 kilomètres de sa base d'opérations, au travers d'un pays sans aucune ressource, où les routes étaient de simples sentiers.

Il fallut faire fabriquer à Hanoï plusieurs centaines de voitures légères et à voie étroite; elles seraient traînées par des bœufs venus du Than-Hoa, ou par des mulets attendus d'Algérie et de France. Un dépôt de remonte créé à Hanoï recevait en outre des chevaux tirés des Indes hollandaises, de Hong-Kong, d'Algérie ou d'Annam. Mais l'état des chemins conduisant sur Lang-Son était tel qu'on ne pouvait espérer d'y faire circuler des voitures, avant de les avoir mis en état; il fallut donc réunir un très grand

---

(1) *Débats parlementaires*, 5 juin 1885, Chambre, pages 993-994.

(2) Télégramme du général Brière de l'Isle, 9 décembre 1885 *Débats parlementaires*, Chambre, 5 juin 1885, page 996.

(3) *Débats parlementaires*, 5 juin 1885, Chambre, page 996.

LE LIEUTENANT-COLONEL HERBINGER

nombre de coolies. Ce mode de transports offre de très graves inconvénients : la charge moyenne d'un de ces Asiatiques n'est que de 22 à 27 kilogs et le poids de ses rations (700 grammes de riz par jour) la réduit considérablement. En outre, ils sont trop souvent disposés à l'indiscipline, à la maraude et au pillage. Il était pourtant impossible de s'en passer pour la marche projetée sur Lang-Son.

Les Chinois n'attendirent pas la fin de ces préparatifs pour prendre eux-mêmes l'offensive. Dès le 16 décembre, un fort détachement de 2 ou 3,000 hommes débouchait des montagnes du Déo-Van et se portait sur Ha-Ho, à 8 kilomètres au Nord de Chu, où se tenait un grand marché. Le matin même la garnison de ce poste avait envoyé un détachement (1) destiné à protéger le marché contre l'incursion qu'on redoutait. Les deux compagnies de la légion et les Tonkinois s'étaient dirigées vers le Nord-Est de Chu, tandis que celle du 111ᵉ suivait la rive gauche du Loch-Nan, avec la mission de franchir la rivière au Nord de Ha-Ho, pour venir attaquer à revers les Chinois.

Après avoir aisément repoussé plusieurs groupes ennemis, la compagnie Gravereau, de la légion, est tout à coup entourée par un grand nombre d'adversaires qu'elle tient à distance par des feux de salve; puis elle fait demi-tour, s'ouvre passage à la baïonnette et gagne à Hao-Ka la rive du Loch-Nan, à portée des secours.

De son côté, la compagnie Bolgert, de la légion, doit également lutter contre des forces bien supérieures et a peine à s'ouvrir passage pour rallier Gravereau; le capitaine Verdier n'a pu franchir le Loch-Nan pour secourir les deux autres compagnies.

Heureusement l'approche de renforts envoyés par le lieutenant-colonel Donnier force l'ennemi à la retraite; mais il nous a causé des pertes très sensibles (2).

Vers Tuyen-Quan, les Chinois se montraient toujours

----

(1) Compagnies Verdier, du 111ᵉ, Bolgert et Gravereau, de la légion, et un peloton de Tonkinois.

(2) 16 tués et 31 blessés (Bouinais et Paulus). La compagnie Gravereau avait eu 13 tués et 15 blessés à elle seule.

aussi entreprenants; le 31 décembre la garnison avait encore à diriger une sortie contre eux. A Hué, le gouvernement annamite conservait à notre égard la même attitude, pleine d'arrière-pensées et de mensonges. Le régent Thuong était toujours le vrai détenteur du pouvoir. A toutes nos réclamations au sujet des persécutions dont les chrétiens indigènes et les missionnaires étaient victimes, dans les provinces du Nord surtout, il répondait par des promesses aussitôt démenties par les faits. On découvrait même toute une correspondance, échangée entre le gouvernement d'Annam et le vice-roi des deux Kouangs, qui prouvait de leur part une entente complète : les Chinois songeaient évidemment à une nouvelle invasion du Delta.

Vers la fin de décembre, malgré leur échec précédent à Ha-Ho, ils reparaissaient en forces aux environs de Chu. On signalait leur présence au nombre de 12 à 13,000 hommes, sur la route d'An-Chau, à vingt kilomètres au Nord-Est. D'autres groupes occupaient les chemins menant de Lang-Son au Delta.

Avant d'exécuter la marche qu'il projetait sur Lang-Son, le général Brière de l'Isle jugea nécessaire de refouler l'ennemi apparu dans la direction d'An-Chau, de manière à éviter qu'il ne menaçât son flanc droit pendant le mouvement en préparation. Le 2 janvier au soir, M. de Négrier réunissait cinq bataillons et deux batteries à Chu (1), et don-

---

(1) Bataillons du 111e, du 143e (lieutenant-colonel Herbinger); d'infanterie de marine (Mahias); 2e bataillon du 3e tirailleurs algériens (de Mibielle); bataillon de la légion étrangère (Diguet); 1 peloton de 100 Tonkinois, capitaine de Beauquesne; 11e et 12e batteries du 12e régiment; 1 section du génie, etc. Voir le rapport du général de Négrier, cité par Bouinais et Paulus; voir également *Die Kriegerische Ereignisse, etc., Militär-Wochenblatt*, 1886.

La 11e batterie n'avait que 4 pièces; une section était à Formose depuis le mois d'octobre.

nait des ordres pour commencer dès le lendemain un mouvement offensif. Il laissait à Chu deux compagnies et demie de la légion étrangère, avec les malingres des corps formés en sections de forteresse. Le lieutenant-colonel Donnier, qui commandait ce poste, devait faire des démonstrations vers le col de Déo-Van, pour attirer l'attention de l'ennemi pendant la marche en avant de la 2ᵉ brigade.

Les Chinois s'étaient établis dans une très forte position, à cheval sur la route d'An-Chau, appuyée au Nord sur le massif montagneux du Nui-Bop et au Sud à un ruisseau profondément encaissé, bordé, presque partout, de buissons impénétrables, le Soui-Nien. Leur front était couvert, à l'Ouest, par un autre ruisseau formant un angle droit avec le précédent, et suivi d'une ligne de tranchées et d'abattis. Un peu en arrière, l'ennemi avait élevé des redoutes au sommet de deux petits mamelons, en les reliant par des tranchées palissadées. Les rives du Soui-Nien étaient également commandées par quatre fortins; enfin, un dernier ouvrage s'élevait au pied du Nui-Bop et battait les derrières de la position chinoise.

En somme, tous ces retranchements, construits avec soin, précédés de palissades en bambous, pouvaient être énergiquement défendus; ils formaient un véritable camp retranché tenant la route d'An-Chau et appuyé solidement sur ses deux ailes. Les cantonnements chinois s'étendaient au Sud et à l'Ouest.

Le général de Négrier décida de faire porter son attaque sur la face Sud de ce camp retranché, de manière à éviter une attaque de front qui aurait été assurément meurtrière. Pendant que la 2ᵉ brigade dissimulerait sa marche pour se porter au Sud du Soui-Nien, la garnison de Chu ferait

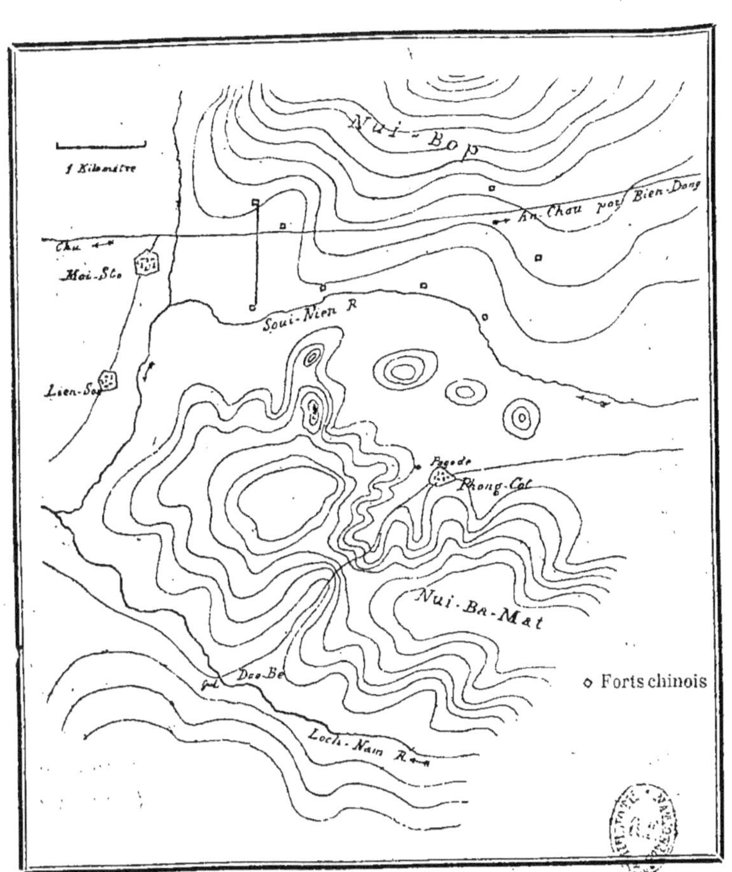

THÉATRE DU COMBAT DE NUI-BOP

une démonstration sur le front Ouest des positions de l'ennemi et y attirerait son attention.

Le 3 janvier, à six heures du matin, la colonne de Négrier franchit le Loch-Nan à Taï-Lam, auprès de Chu, et se met en marche ; le temps est froid et sombre ; il y a même un peu de brouillard (1). Nous suivons un sentier très étroit, qui court dans un terrain montagneux, coupé de ravins et de torrents, sur lesquels il faut établir des passages. A 1 heure, la colonne atteint le gué de Dao-Bé où elle doit franchir le Loch-Nan. La rivière est profonde, le courant rapide et la rive opposée presque inaccessible : le passage ne peut donc être terminé avant quatre heures. Les Chinois sont déjà informés de notre marche et se préparent à une vigoureuse défense.

L'avant-garde est à peine en mouvement vers Phong-Cot que l'ennemi couronne les hauteurs sur son flanc gauche ; en même temps de fortes masses l'attaquent de front, en suivant le profond thalweg où passe le chemin pris par la colonne. La 11e batterie du 12e prend aussitôt position et couvre d'obus les groupes chinois apparus vers l'Ouest. Deux compagnies d'infanterie de marine font face à ceux qui débouchent de Phong-Cot ; les Tonkinois couvrent leur gauche. Après un court combat l'ennemi est refoulé vers Phong, jusqu'à un petit bois où il se maintient quelque temps.

---

(1) Avant-garde : commandant de Mibielle ; 6 chasseurs d'Afrique, 1 peloton de Tonkinois, 1 section du génie, 1 bataillon d'infanterie de marine (Mahias), 11e batterie du 12e, 1 section d'ambulance.

Gros : lieutenant-colonel Herbinger ; bataillons des 111e et 143e, 2e bataillon du 3e tirailleurs, 12e batterie du 12e, ambulance. 1 compagnie et demie de la légion sert de soutien à l'artillerie, le reste du bataillon est à Chu.

Cependant, le lieutenant-colonel Herbinger aborde la ligne des hauteurs avec deux compagnies du 143e, soutenues par le reste de ce bataillon et par le 111e. Cette attaque vivement menée oblige les Chinois à la retraite (4 heures 30). De son côté l'infanterie de marine demeure longtemps en face du petit bois, sans pouvoir gagner du terrain, et l'ennemi ne se retire devant elle qu'à la nuit.

L'obscurité est telle que nos troupes demeurent en place, attendant le lever de la lune. A minuit, le général de Négrier fait occuper par le 111e Phong-Cot, que les Chinois ont évacué, et envoie le bataillon Mahias s'établir sur des hauteurs très dominantes au Nord-Ouest de ce village. L'ennemi paraît demeurer immobile, mais, un peu avant le jour, la compagnie Verdier, du 111e, placée en grand'-garde dans une pagode, est tout à coup attaquée par des forces supérieures. Elle est obligée de s'ouvrir passage à la baïonnette, tandis qu'une compagnie du commandant Mahias (1), se jette des hauteurs sur le flanc droit de l'ennemi et arrête son élan.

Les Chinois battent en retraite, vivement poursuivis par le 111e; ce bataillon marche avec une telle ardeur, que le général de Négrier doit ralentir son mouvement par crainte d'un retour offensif. Après avoir reconnu les positions ennemies du haut de l'éperon qui va vers le Soui-Nien, le général y fait porter une section de la 12e batterie et lui donne mission d'arrêter les Chinois, au moment où ils se porteront de leurs cantonnements vers le camp retranché. Ces deux pièces, soutenues par une compagnie et demie d'infanterie, formeront le pivot de la ligne française : au centre le 111e doit entretenir un combat traînant ; à

____

(1) 25e du 4e régiment, capitaine Taillant.

LE CAPITAINE GRAVEREAU

droite, le reste des troupes franchira le Soui-Nien et s'em-
parera des forts qui tiennent la ligne de retraite de l'ennemi.

.. Mais le 111ᵉ est lui-même menacé d'être tourné vers
l'Est ; le général lance successivement la 11ᵉ batterie, deux
compagnies de tirailleurs, une compagnie du bataillon
Mahias, les Tonkinois, la 2ᵉ section de la 12ᵉ batterie et
deux compagnies d'infanterie de marine ou de tirailleurs
sur les buttes qui s'élèvent à l'Est de l'éperon. Le mouvement tournant des Chinois est ainsi arrêté et on peut concentrer le feu de l'artillerie du centre de notre ligne sur
les forts de l'Est (9 heures 30). Le bataillon de Mibielle et
celui du 143ᵉ sont alors jetés à l'attaque et franchissent le
Soui-Nien ; celui du 111ᵉ suit ce mouvement. Nous enlevons

les trois ouvrages de l'Est ; celui du Nord-Est est également pris. La gauche ennemie paraît en pleine retraite vers An-Chau. En même temps sa droite est vigoureusement attaquée par la compagnie Bourguignon du bataillon Mahias, qui franchit le Soui-Nien et s'empare des ouvrages chinois. L'ennemi, menacé d'être coupé, s'enfuit de toutes parts (11 heures et demie).

Le général de Négrier ne peut le poursuivre faute de cavalerie ; nos troupes sont d'ailleurs épuisées par vingt-quatre heures de marche ou de combat sur un terrain difficile : elles s'établissent dans les positions conquises. Leurs pertes sont assez considérables (1), mais les Chinois ont laissé sur le terrain cinq ou six cents cadavres, 11 pièces Krupp de montagne, des fusées de guerre, des fusils, des cartouches et un important matériel.

Le général de Négrier commence aussitôt la destruction de leurs ouvrages ; une partie est conservée et reçoit une petite garnison (2). Mais, dès le 5 janvier, le lieutenant-colonel Donnier annonce que l'ennemi a entrepris un nouveau mouvement offensif du Déo-Var sur Chu. La 2ᵉ brigade est aussitôt ramenée dans cette direction ; malheureusement, les Chinois ont déjà arrêté leur démonstration (3).

---

(1) 19 tués dont 6 pour l'infanterie de marine, 4 pour le 111ᵉ, 1 pour le 143ᵉ, 1 au 12ᵉ d'artillerie, 1 au 4ᵉ du génie ; 3 officiers et 36 hommes de troupe grièvement blessés, dont le sous-lieutenant Laribe et 17 hommes pour l'infanterie de marine ; le capitaine Verdier, le lieutenant Simons et 19 hommes du 111ᵉ ; 36 hommes étaient légèrement blessés : total, 89.

(2) Compagnie Gravereau, de la légion, 1/2 section de Tonkinois et quelques artilleurs.

(3) Le 3ᵉ bataillon de la légion étrangère, commandant Schœffer, débarqué le 4 janvier à Haï-Phong, était dirigé le 5 vers Phu-Lang-Thuong, sur la route de Lang-Son par Bac-Lé.

La vigoureuse attaque du général de Négrier réduit à
néant les projets d'invasion caressés par l'ennemi. Mais il
semble que son avant-garde seule ait été rejetée dans les
combats des 3 et 4 janvier. Son gros est encore sur le territoire impérial, terminant avec peine sa concentration (1).
En outre, le gouvernement invite, dans les termes les plus
pressants, le chef du corps expéditionnaire à hâter son
mouvement offensif (2) : le général Brière de l'Isle fait
donc poursuivre, avec un redoublement d'activité, les pré-
ratifs commencés pour la marche sur Lang-Son.

(1) *Livre jaune*, M. Patenôtre à M. J. Ferry, 27 janvier 1885.

(2) 12 janvier 1885 : « Grand intérêt à atteindre Lang-Son aussi rapidement que possible, avant date primitivement indiquée par vous. »
(Dépêche du ministre de la guerre au général Brière de l'Isle, citée
dans les *Procès-verbaux de la Commission des crédits du Tonkin et
de Madagascar*, décembre 1885.

CHAPITRE XIV

Les routes du Delta sur Lang-Son. — Combat de Thaï-Ho-Ha 4 février; de Hao-Ha, 5 février; de Dong-Song, 6 février. — Combats de Déo-Quao, 9 février; de Pho-Vy, 11 février; de Bac-Viay, 12 février. — Occupation de Lang-Son, 13 février. — Départ du général Brière de l'Isle pour Tuyen-Quan, 16 février 1885 (1).

Au commencement de 1885, la composition du corps expéditionnaire éprouvait plusieurs modifications : le général Brière de l'Isle était promu divisionnaire le 3 janvier. Le lieutenant-colonel Chaumont prenait le commandement du 1er régiment de marche d'infanterie de marine, en remplacement du colonel Dujardin, nommé commandant de la place d'Hanoï. Le capitaine de frégate Lombard recevait celui de la marine en remplacement du capitaine de vaisseau Galache, rentrant en France. Le capitaine breveté Plagnol, de l'infanterie de marine, succédait au capitaine Pelletier dans les fonctions de chef d'état-major de la 1re brigade. Le capitaine Gachet, du 1er chasseurs

____

(1) Voir rapport du général Brière de l'Isle, 18 mars 1885, (*Journal officiel*, 31 mai 1885), *Notes sur la campagne du 3e bataillon de la légion étrangère au Tonkin*, etc.

d'Afrique, était mis à la tête de la cavalerie du corps expéditionnaire.

Quatre routes pouvaient conduire nos troupes du Delta à Lang-Son : l'une la route mandarine, partant de Kep, remontait la vallée du Song-Thuong ; c'était celle qu'avait suivie la colonne Dugenne, au moment de Bac-Lé. La deuxième, partie de Chu, se bifurquait avant de traverser les montagnes aux cols de Déo-Quan et de Déo-Van. Ces deux embranchements se réunissaient à Dong-Song pour continuer sur Lang-Son.

La troisième route, venant également de Chu, gagnait Lang-Son par Nui-Bop, Phuc-Tang et Na-Dzuong : elle avait été suivie par la dernière invasion chinoise. Enfin la quatrième venait de Tien-Yen, sur le littoral.

Cette dernière ne pouvait être prise par les troupes françaises, car sa direction tout à fait excentrique les aurait écartées de leur base d'opérations. De plus, Tien-Yen n'est abordable que pour des jonques, lors de l'unique marée diurne (1). Après avoir songé à y faire transporter nos troupes, pour marcher de là sur Lang-Son, le général Brière de l'Isle crut devoir y renoncer devant les inconvénients que nous venons de signaler.

Quant à la route mandarine, elle aurait été au commencement de 1885 d'un parcours extrêmement difficile. Resserrée entre le Song-Thuong et la falaise du Nui-Dong-Naï, elle formait un long défilé sur une grande partie de son étendue. Les Chinois, qui s'attendaient à nous voir reprendre le mouvement interrompu au Nord de Bac-Lé, le 24 juin 1884, y avaient accumulé des défenses sérieuses.

---

(1) Sur les côtes du Tonkin, par suite d'un phénomène assez rare dû à la conformation des côtes, la marée n'a généralement lieu qu'une fois par vingt-quatre heures.

Il aurait été nécessaire de les enlever de front, au prix de lourds sacrifices.

La route de Chu-Nuï-Bop-Phuc-Tang devait permettre de tourner les lignes chinoises par leur gauche ; mais elle était plus longue de deux étapes que la route de Chu-Dong-Song par les cols de Déo-Quan ou de Déo-Van. La pénurie de nos moyens de transports rendait cette circonstance très désavantageuse.

Le général Brière de l'Isle se décida donc pour la deuxième direction que nous avons citée, celle de Chu-Dong-Song par le col de Déo-Van. Malgré les difficultés qu'elles auraient à traverser ce dernier, nos troupes pourraient aborder les positions chinoises de Dong-Song vers leur gauche et rejeter l'ennemi en dehors de sa ligne de retraite. En outre, elles s'empareraient d'un point désigné comme un des magasins chinois, celui de Cau-Nhat : les ordres préparatoires furent donnés en conséquence.

On consacrait tout le mois de janvier à terminer les préparatifs nécessaires. Les troupes, les coolies (1), les approvisionnements nécessaires étaient réunis à Chu, en grande partie par eau. Mais il fallait, le plus longtemps possible, maintenir les Chinois dans l'incertitude sur la direction de notre ligne d'opérations. Une partie des troupes se dirigeait d'abord sur Phu-Lang, avant de marcher vers Chu, et, le 30 janvier, le général de Négrier se portait au Nord de Kep, à Cau-Son, avec 3 compagnies du 3e bataillon de la légion étrangère, 1 section de Tonkinois, 1 batterie et 1 aérostat, pour opérer une démonstration contre les Chinois. L'attention de ces derniers était donc détournée vers la

____

(1) Au nombre de près de 7,000 ; sur ce nombre, 2,600 étaient consacrés au parc d'artillerie

route mandarine au moment même, 1ᵉʳ février, où le corps expéditionnaire se concentrait à Chu (1).

Le même jour, le général Brière de l'Isle et ses deux commandants de brigade dirigeaient une reconnaissance jusqu'au pied du col de Déo-Van ; la mise en route était fixée au 3 février.

Le 3, la colonne expéditionnaire, la 2ᵉ brigade en tête, se porte sur le col, par un sentier à peine frayé, dont il faut adoucir les pentes ; l'avant-garde l'a occupé pendant la nuit et, au matin, elle surprend et culbute les avant-postes ennemis. Cau-Nhat est enlevé : le général de Négrier s'y installe, couvrant la brigade Giovanninelli demeurée à la sortie Sud du col.

---

(1) 1ʳᵉ *brigade :* colonel Giovanninelli ; infanterie de marine, lieutenant-colonel Chaumont : bataillons Lambinet et Mahias ; tirailleurs algériens, lieutenant-colonel Letellier : bataillons de Mibielle et Comoy ; 2ᵉ régiment de tirailleurs tonkinois, bataillon Tonnot ; artillerie, commandant Levrard : batteries 4 bis, Roperh, 5 bis, Péricaud, 3 bis, Roussel (les 2 premières de 80ᵐᵐ M. portées, la dernière de 4, R. M. traînée).

2ᵉ *brigade :* général de Négrier ; infanterie de ligne, lieutenant-colonel Herbinger : bataillons du 23ᵉ, Frayssinaud, du 111ᵉ, Faure ; du 143ᵉ, Farret ; légion étrangère, bataillons Diguet et Schœffer ; 2ᵉ bataillon d'Afrique, Servière (3 compagnies) ; 1ᵉʳ tirailleurs tonkinois, bataillon Jorna de Lacale ; artillerie, commandant de Douvres : batteries 11ᵉ et 12ᵉ du 12ᵉ, Jourdy et Saxcé, 1 bis, Martin (les 2 premières de 80ᵐᵐ M. portée, la dernière de 4, R. M. traînée).

Total : 12 bataillons, 6 batteries, 1/2 escadron.

A chaque brigade étaient affectées une section d'ambulance, la moitié du détachement du génie, des pontonniers, de la section de télégraphie optique. L'effectif total se montait à 7,186 hommes.

A Nui-Bop, Chu, Kep, demeuraient 1 compagnie du bataillon d'Afrique ou des sections de forteresse des troupes d'opérations. Les postes de Dong-Trieu et Lac-Son avaient été supprimés. (Voir le rapport du général Brière de l'Isle, *Journal officiel*, 31 mai 1885 et les très intéressantes *Notes sur la campagne du 3ᵉ bataillon étranger au Tonkin*, parues dans la *Revue d'infanterie* de 1888.)

Les Chinois ont barré la route par une ligne de fortins, de tentes et de cagnas irrégulièrement semés sur tous les points dominants; la masse de terre qu'ils ont ainsi remuée est énorme. Ces fortifications présentent une grande variété de forme : murs en terre crénelés, chemins couverts, tranchées, petites redoutes, défenses accessoires de toute espèce. Sur beaucoup de points, leurs défenseurs peuvent disposer de feux étagés ; les flanquements sont bien assurés.

Le général Brière de l'Isle décide que, le lendemain, la 2ᵉ brigade attaquera par l'Est et rejettera les Chinois vers le Sud-Ouest, en les coupant de la route de Lang-Son. Le colonel Giovanninelli n'entretiendra à l'Ouest qu'un combat démonstratif.

M. de Négrier doit attendre l'entrée en ligne de la 1ʳᵉ brigade avant de se porter en avant. Le régiment du lieutenant-colonel Herbinger a pour objectif un fort, qui termine à l'Est la ligne chinoise en la dominant complètement. Il n'entame son mouvement que vers midi et se voit bientôt assaillir par une fusillade assez vive (une heure et quart). L'artillerie de la 2ᵉ brigade canonne vivement le fort qui va être attaqué. Malgré son appui, la colonne traverse un terrain très difficile qui ralentit tout à fait ses progrès. Vers 3 heures, le général Négrier prolonge la gauche du régiment Herbinger, en y portant le 3ᵉ bataillon de la légion étrangère.

Ce dernier, commandant Schœffer, traverse une série d'obstacles : un bois, des rivières, des ravins; ses légionnaires s'élèvent en file indienne le long d'une pente raide qui aboutit au fort chinois. Ils sont bientôt couverts de projectiles venant de là ainsi que des retranchements à l'Ouest. Mais le tir très précis de notre artillerie a déjà chassé du fort une grande partie de sa garnison. Il est pris d'assaut par le bataillon Schœffer, au moment où le régiment du lieutenant-colonel Herbinger va déboucher à son tour devant lui. Le capitaine Michel, le lieutenant d'Attel, les sergents majors Neibourger et Richter y entrent parmi les premiers. On poursuit les Chinois en fuite par des feux de salve (1).

L'ennemi abandonne sans combat plusieurs des forts les plus rapprochés : ils sont occupés par le 2e bataillon d'Afrique et par le 2e bataillon de la légion.

La 4e compagnie de ce dernier bataillon, capitaine Gravereau, forme l'extrême gauche de notre ligne et suit seule la crête à l'Ouest de la route : elle doit observer les retranchements chinois, afin de prévenir tout mouvement tournant dans cette direction.

La brigade Giovanninelli se porte en ligne au centre, entre cette compagnie et le général de Négrier. Mais le capitaine Gravereau s'est trouvé en face du premier des trois ouvrages qui couronnent la crête à l'Ouest de la route. Il veut en chasser les Chinois et jette ses soldats à l'assaut. Un combat acharné s'engage : le brave Gravereau est tué sur le retranchement ennemi. Le colonel Giovanninelli doit envoyer deux compagnies (Chirouze et Camper) du bataillon de tirailleurs de Mibielle pour soutenir les légionnaires.

L'une prolonge leur gauche, l'autre reste d'abord en réserve. Le fort est enlevé à la nuit, après un furieux combat. Mais les Chinois tentent de nous le reprendre, et viennent se heurter à nos baïonnettes. Leur dernière attaque n'est définitivement repoussée qu'à 9 heures du soir : les deux autres fortins sont, alors seulement, évacués par leurs défenseurs.

---

(1) Le 3e bataillon de la légion étrangère avait perdu 44 tués ou blessés dans cette attaque; la compagnie Michel comptait 34 hommes hors de combat à elle seule.

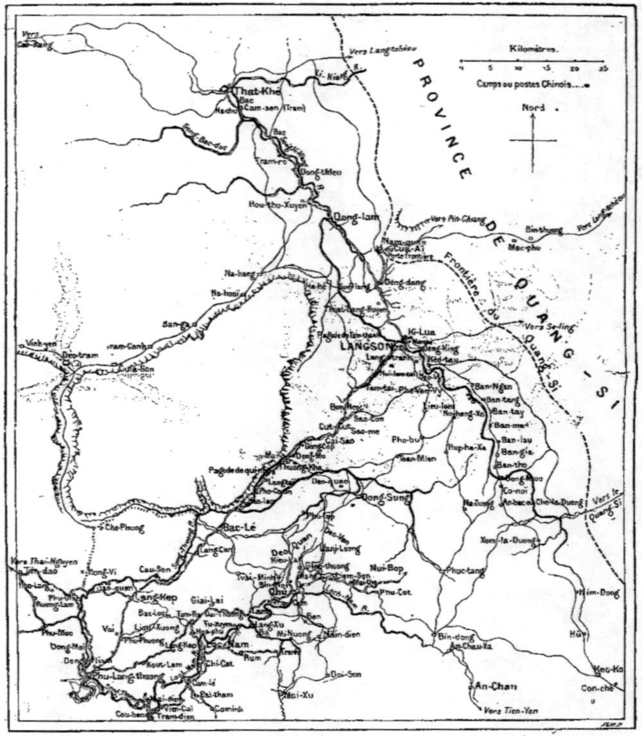

CARTE DES ROUTES MENANT VERS LANG-SON

La compagnie Gravereau a été fort éprouvée ; ses trois officiers sont morts ou blessés ; l'adjudant Molliard a remplacé le lieutenant Lacroix et le sous-lieutenant de la Londe, blessés successivement après la mort de leur capitaine. Le tiers de l'effectif est hors de combat.

Au centre, la brigade Giovanninelli occupe quatre lignes de retranchements. Le capitaine Salle, de l'infanterie de marine, enlève brillamment, avec sa compagnie, un fort couronnant une croupe isolée d'où il menace la retraite des Chinois. Le général de Négrier prend de même tous les fortins placés devant notre droite ; nos deux brigades couchent sur les positions ennemies.

Le 5 février, l'horizon est masqué par le brouillard et la marche ne peut commencer que vers 9 heures et demie : la colonne se trouve en présence des forts de Hao-Ha ; ils couronnent un groupe de mamelons dont les pentes sont battues par des tranchées bien construites.

Le tout a la forme générale d'une tenaille, dont le rentrant est à Hao-Ha et dont la branche gauche court vers l'Est, tandis que celle de droite va vers le Sud, à peu près parallèlement à la route. D'autres fortins hérissent l'intervalle.

Tandis que les 3 compagnies de l'extrême gauche, renforcés de 2 nouvelles compagnies de tirailleurs, et placées sous les ordres du lieutenant-colonel Letellier, continuent à couvrir le flanc des deux brigades, le colonel Giovanninelli enlève les ouvrages voisins de la route, et M. de Négrier attaque ceux de la branche orientale de la tenaille, lançant contre eux, avec plein succès, les trois bataillons du régiment Herbinger. Notre artillerie joue un rôle très actif dans la préparation de tous ces mouvements.

L'occupation de ces points des lignes ennemies, opérée par les deux brigades avec la plus grande régularité, fait tomber aisément le reste. Les Chinois défendent énergiquement leurs positions, mais la moindre menace de mouvement tournant les met en fuite; ils n'attendent généralement pas l'assaut. Le soir, nos troupes occupent l'entrée du défilé de Dong-Song.

Le 6 février, elles reprennent leur marche, la brigade de Négrier en tête. Dès 9 heures 30, celle-ci enlève un ouvrage qui bat la route, puis, négligeant ceux plus à gauche, aborde une longue tranchée qui court au Sud de Dong-Song. L'attaque, vigoureusement menée, réussit; le général de Négrier enlève même les forts dominant le village à l'Est. La compagnie Hertrich, du 2ᵉ bataillon d'Afrique, y montre une extrême vigueur. Le 3ᵉ bataillon de la légion étrangère, qui forme notre extrême droite, éprouve les plus grandes difficultés à traverser des croupes abruptes, des ravins escarpés, un bois touffu. Il ne peut rallier la brigade qu'à 9 heures et demie du soir, après une journée des plus pénibles.

De son côté la brigade Giovanninelli traverse Dong-Song vers 4 heures et s'empare d'une redoute qui en commande lesdébouchés vers le Nord. C'est le signal de l'entière déroute des Chinois : une partie s'enfuit sur Lang-Son; les autres se jettent vers Than-Moï par les montagnes. Des armes, des effets, des vivres restent entre nos mains, en quantités considérables.

Le même jour, une reconnaissance de cavalerie, habilement dirigée sur le col de Déo-Quan, par le capitaine Lecomte, de l'état-major général, atteint Chu sans avoir rencontré d'autres groupes ennemis que des traînards. La colonne est entièrement maîtresse des débouchés conduisant de

LE SOUS-LIEUTENANT BOSSANT

Chu vers Dong-Song. Mais elle a acheté son succès par des
pertes sensibles, 33 tués et 159 blessés depuis le 3 février ;
un officier a été tué et cinq blessés (1).

---

(1) Tués : 1 au 23e ; 2 au 143e ; 19 aux tirailleurs algériens ; capitaine Gravereau et 5 sous-officiers ou soldats à la légion étrangère ;
1 dans l'infanterie de marine ; 3 au 2º bataillon d'Afrique ; 1 au
12e d'artillerie.

Blessés grièvement : 5 au 111e ; 2 au 143e ; 10 aux tirailleurs algériens ; 43 à la légion étrangère, dont les lieutenants Lacroix et
Ruspoli, et le sous-lieutenant de la Londe ; 8 dans l'infanterie de

Malheureusement on ne peut profiter de la démoralisation de l'ennemi pour se jeter à sa poursuite ; il faut consacrer les journées des 7, 8, 9 février à détruire les cartouches et les armes abandonnées par lui, à améliorer nos communications ou ravitailler les troupes en vivres et en munitions. Cette dernière opération est rendue singulièrement difficile par l'insuffisance de nos moyens de transport : tous les coolies et les mulets des corps, des ambulances ou de l'artillerie doivent y être employés. En outre, vos troupes ont un besoin urgent de repos, après trois jours de combat sur un terrain extrêmement difficile (1).

Le 8 février, une reconnaissance de deux compagnies du 3ᵉ bataillon de la légion étrangère est poussée sur le col de Déo-Quao, dans la direction de Than-Moï (2), qu'elle doit occuper.

Les Chinois occupent les pentes Ouest du col, et ouvrent aussitôt sur nos légionnaires un feu vif qui dure toute la nuit. Par prudence, nos compagnies ont pris une position un peu en arrière.

Au jour, le 9 février, elles se reportent à la même hauteur que la veille, et y sont de nouveau attaquées par l'ennemi, qui a reçu des renforts et redoute évidemment notre présence, sur le flanc des troupes en retraite par la route mandarine. Un de ses détachements se glisse même au travers des ravins et des bois, et vient à l'improviste

---

marine dont le sous-lieutenant Berlier ; 14 au 2ᵉ bataillon d'Afrique ; 3 dans l'artillerie.

Il y eut en outre 74 hommes blessés légèrement, dont le chef d'escadron de Fourtoul de l'état-major de la 2ᵉ brigade.

(1) Nos soldats portent six jours de vivres sur le sac. (Rapport cité.)

(2) Than-Moï correspond au Tranh-Mai de notre carte.

déboucher à 5o ou 6o mètres de notre flanc droit. Le sous-lieutenant Blondeau reçoit avec sa section le choc de ces Chinois, et les repousse vigoureusement à la baïonnette. Les deux autres compagnies du bataillon Schæffer renforcent les premières vers midi et demie, et le combat traîne ainsi toute la journée: nous n'avons eu que 2 tués et 5 blessés.

Le 8 une autre reconnaissance, dirigée par le colonel Giovanninelli, a été poussée à plus de 12 kilomètres vers Lang-Son et s'est assurée de la disparition complète des Chinois dans la direction de Pho-Vy.

Le 10 février, le ravitaillement est enfin terminé: les deux brigades peuvent reprendre leur mouvement en avant. Mais la route de Dong-Song à Than-Moï est très peu praticable, et il faut renoncer à la suivre pour couper la retraite des troupes chinoises, qui gagnent Lang-Son par la route mandarine. La colonne va donc prendre le chemin direct de Lang-Son par Pho-Vy.

Le général Brière de l'Isle laisse une garnison à Dong-Song (1), où un poste a été organisé et mis en état de défense. De ce point à Lang-Son, le pays devient de plus en plus difficile : les ravins, les fourrés impénétrables se succèdent. Sur certains points, la route franchit de véritables escaliers à flanc de précipices. La colonne ne peut atteindre, le soir venu, que Dong-Bou, à 16 kilomètres de Dong-Song. Les Chinois viennent de l'évacuer.

Le 11, la route est encore plus difficile; un brouillard épais détrempe le sol: la batterie Roussel ne peut suivre et doit être laissée en arrière sous la garde d'une compa-

---

(1) Une compagnie du 2ᵉ bataillon d'Afrique et un peloton de Tonkinois.

gnie de la légion. La brigade de Négrier, qui tient la tête, se heurte à l'ennemi, après avoir franchi la ligne de partage des versants du Fleuve Rouge et de la Rivière de Canton. Les Chinois sont rejetés de crête en crête sur Lang-Son ; d'autres masses ennemies paraissent s'y diriger également venant de l'Est, vers Na-Druong. Le combat cesse à la nuit et les brigades bivouaquent autour de Pho-Vy.

Le 12 février, le convoi et le parc restent à Pho-Vy avec le 3ᵉ bataillon de la légion étrangère, et la colonne aborde les dernières positions couvrant Lang-Son. Dès 9 heures, la brigade Giovanninelli, qui tient la tête, commence l'attaque contre de fortes masses ennemies installées, à 4 kilomètres environ de Pho-Vy, dans sept forts, dont deux battent un col à pentes abruptes où doit passer la colonne.

La vallée que suit le chemin de Lang-Son est un peu élargie en cet endroit, et renferme de petits mamelons bas, couverts d'arbustes et de haies, qui forcent la route à de brusques détours. Les flancs de cette vallée sont à pentes raides, mais accessibles à l'infanterie.

Des alternatives de brouillard et de soleil gênent le tir de notre artillerie. Le bataillon Comoy, du 1ᵉʳ tirailleurs, qui forme l'avant-garde de la brigade Giovanninelli, se fraie néanmoins passage, en négligeant les ouvrages les plus éloignés de la route ; parfois il est environné de feux. Avec beaucoup d'entrain, il enlève un mamelon qui voit quatre des sept forts ; l'infanterie de marine s'empare du plus élevé de ces derniers.

L'ennemi est nombreux, son feu vif, et nous avançons difficilement ; notre artillerie rend peu de services au début, par suite de la difficulté du terrain. Enfin, un peu avant quatre heures, elle couvre de projectiles les forts de Bac-Viay que le régiment Herbinger va attaquer.

Cette fois, la résistance des Chinois est vaincue; ils se défendent à peine, et se retirent sur Lang-Son, couvrant leur retraite d'un simple rideau. Mais la fatigue de nos troupes est trop grande pour qu'elles puissent les poursuivre: il faut se borner à les cribler de feux de salve. A six heures du soir, la 1re brigade bivouaque à 10 kilomètres de Lang-Son. On distingue dans cette direction des lueurs d'incendie. La brigade de Négrier a suivi le colonel Giovanninelli, sans pouvoir se déployer à sa hauteur, en raison des difficultés du terrain ; elle bivouaque un peu au Sud, à Bac-Viay.

La journée a été pénible; elle coûte à la 1re brigade plus de 150 hommes hors de combat: presque tous appartiennent aux tirailleurs du commandant Comoy. Le chef d'escadron Levrard, qui commandait l'artillerie de la 1re brigade, a été tué près de son groupe de batteries; le sous-lieutenant Bossant, officier d'ordonnance du général en chef est tombé, frappé également à mort, aux côtés de son général. Dans le terrain si coupé où a eu lieu l'action, la recherche et le transport des blessés sont des plus difficiles; il n'est pas possible de les recueillir tous avant le jour.

Le lendemain, la 1re brigade, rejointe par une partie de son artillerie, qui n'a pu la suivre la veille, continue la poursuite. (1). A midi, le pavillon tricolore flotte sur la porte Sud de la citadelle de Lang-Son. L'ennemi l'a évacuée la nuit précédente et ne se montre plus que dans Ki-

---

(1) La batterie traînée Martin, de la 1re brigade, ne peut suivre et la 2e compagnie du 3e bataillon étranger reste avec elle pour la protéger. Elle n'arrive à Lang-Son que le 15 février.

On sait que ses pièces furent celles abandonnées par le lieutenant-colonel Herbinger, lors de la retraite du 28 mars 1885, en raison des obstacles qu'elles auraient apportés à la marche de la 2e brigade.

Lua ou dans les redoutes de la rive droite du Song-Ki-Kung. La 1re brigade le franchit rapidement et force à la retraite un gros détachement sorti des retranchements chinois qui sont bientôt évacués. Elle pousse ses cantonnements à 3 kilomètres au Nord de Ki-Lua ; le général de Négrier demeure sur la rive gauche, dans la ville et la citadelle.

Enfin, le but de tant d'efforts est atteint, après dix jours de combat presque ininterrompus, de marches à travers une série de ravins, de croupes ardues, de bois impénétrables. Malgré le poids écrasant de leurs armes, de leurs cartouches, de leurs effets et de six jours de vivres, nos soldats ont montré une endurance, un entrain que récompense un brillant succès : Lang-Son est à nous, et l'ennemi fuit en désordre vers la Porte de Chine : mais nos pertes sont considérables. Depuis le 9 inclus, elles dépassent à 39 tués et 222 blessés (1). Avec celles des jours

(1) Tués : sous-lieutenant Bossant de l'état-major du général en chef, commandant Levrard de l'artillerie de marine ; 3 au 1er régiment d'infanterie de marine ; 12 au 4e régiment ; 1 au 23e de ligne ; 3 au 2e régiment étranger ; 17 tirailleurs algériens ; 1 tirailleur tonkinois.

Grièvement blessés : 14, dont le lieutenant Bajolle, au 1er régiment d'infanterie de marine ; 1 au 3e régiment ; 3 au 4e ; 12 au 1er régiment de tirailleurs algériens, dont le sous-lieutenant Péan ; 1 au 3e régiment ; 2 au 23e de ligne ; 11 au 111e ; 4 au 143e ; 4 au 1er régiment étranger ; 2 au 2e ; 2 au 1er chasseurs d'Afrique ; 4 au 12e d'artillerie ; 5 dans l'artillerie de marine.

Légèrement blessés : lieutenant Canin, du 111e ; commandant Comoy, capitaine Bigo et lieutenant Peiro, du 1er tirailleurs algériens ; commandant Tonnois, du 2e tonkinois ; lieutenant Douchez, du 12e d'artillerie ; 123 hommes de troupe.

Ces chiffres, qui sont ceux du *Journal officiel*, sont visiblement inexacts. Il n'est fait aucune mention des indigènes des 1er et 3e tirailleurs algériens blessés grièvement.

Voir *Journal officiel*, 19 février 1885, télégramme du général Brière de l'Isle, 14 février 1885. Le rapport du 18 mars dit 37 tués et 254 blessés. (*Journal officiel*, 31 mai 1885)

précédents elles atteignent un total de 453 hommes hors de combat. La journée du 12 surtout a été meurtrière ; les difficultés du terrain étaient telles qu'elles ont empêché le déploiement de plus de la moitié de notre effectif. Nous avons donc combattu les Chinois avec des forces très inférieures.

Le 14 et le 15 février sont consacrés à recueillir l'énorme matériel abandonné dans les villages et les forts des environs, ainsi que dans de vastes grottes creusées au Nord-Ouest de la citadelle. Nous avons pris 2 batteries Krupp de montagne, 1 batterie Vavasseur, 1 batterie de fusées de combat, des canons d'anciens modèles en bronze et en fonte, de la poudre et des cartouches, du riz en quantités très considérables. Mais le général Brière de l'Isle ne peut songer à poursuivre les Chinois, car le temps presse. Tuyen-Quan est assiégé par les troupes du Yunnan, qui ont déjà fait brèche à son corps de place. Il faut y courir en hâte (1).

Le 16, Brière de l'Isle laisse à Lang-Son la brigade de Négrier, avec mission de se « donner de l'air », en maintenant l'ennemi au-delà de la frontière (2). Avec le colonel Giovanninelli, il se met en marche, à grandes étapes, sur Hanoï, par la route mandarine. Le 22 au matin, la 1re brigade est réunie sur la rive gauche du Fleuve Rouge, en face d'Hanoï, après avoir parcouru 140 kilomètres en moins de sept jours par une route difficile, qu'elle a même dû refaire

____

(1) Le 9 février, le général en chef avait pourtant télégraphié au ministre de la guerre que la situation de Tuyen-Quan ne lui causait pas d'inquiétudes. (*Procès verbaux de la Commission des crédits du Tonkin et de Madagascar*, décembre 1885.)

(2) Le général en chef prit à la 2e brigade la batterie Jourdy, qui n'avait que 4 pièces, pour la remplacer par la batterie Roperh, qui était complète.

sur plusieurs points. Dans la journée elle s'embarque sur le fleuve à destination de Bac-Hat, d'où elle remontera vers Tuyen-Quan.

Avant de quitter l'Est du Tonkin, le général Brière de l'Isle a prescrit la mise en état d'une route reliant Chu à Lang-Son par Cut, Than-Moï, Dong-Song, et qui nous servira de ligne de communication. En attendant, on utilise la voie suivie au moment de l'attaque de Lang-Son. Le ravitaillement à pareille distance d'une brigade et même d'une garnison réduite est la plus grave préoccupation du général en chef. Il compte sur l'arrivée prochaine des mulets attendus de France, pour aider à la solution de ce redoutable problème.

CHAPITRE XV

Intentions du général Brière de l'Isle. — Concentration de la
1ʳᵉ brigade à Bac-Hat. — Combat de Hoa-Moc, 2-3 mars. — Délivrance de Tuyen-Quan.

Le retour si prompt du général Brière de l'Isle avait
provoqué une certaine émotion à Hanoï. A la suite des
succès remportés au Sud de Lang-Son, on s'attendait à
le voir pénétrer en Chine, et on comptait qu'avec l'aide des
renforts attendus de France, la guerre pourrait prendre
une allure décisive, au contraire de ce qui se passait depuis deux ans. Mais la situation de Tuyen-Quan, à peu
près investie dès le mois de novembre 1884, préoccupait à
bon droit le général en chef et il estimait urgent d'y porter remède. Après avoir dégagé le commandant Dominé, il
avait l'intention de poursuivre l'armée du Yunnan jusqu'au-delà de Thuan-Quan et d'occuper ce point ainsi que
Phu-An-Binh, de manière à garder fortement l'intervalle
entre la Rivière Claire et le Fleuve Rouge.

Cette première série d'opérations une fois terminée, le général Brière de l'Isle comptait se reporter sur Lang-Son, pour refouler l'armée du Kouang-Si dans la direction de Lang-Tchéou (1). Il offrait même, un peu légèrement, de s'emparer de cette grande ville, si le gouvernement désirait un nouveau gage dans le Kouang-Si : à l'en croire, cette opération serait possible, dès qu'on aurait rendu carrossable la route mandarine.

Une pareille affirmation était de nature à paraître singulièrement hasardée : le corps expéditionnaire venait d'éprouver de trop réelles difficultés à prendre Lang-Son, pour que l'occupation d'une ville importante, à plusieurs jours de marche au de là de la frontière chinoise, put être considérée comme une tâche facile. Quelques semaines après, la retraite précipitée la 2e brigade, de Lang-Son sur Chu, devait montrer l'étendue des illusions dont s'était bercé le général en chef; la dépêche affolée par laquelle il annonçait ce désastre à la France allait contraster, d'une manière fâcheuse. avec l'excès de confiance dont il avait fait preuve en conseillant une marche sur Lang-Tchéou.

D'ailleurs la saisie de gages prélevés sur le territoire impérial nous avait trop mal réussi à Formose pour qu'on dut être tenté de la renouveler dans le Kouang-Si. Le gouvernement français en jugeait autrement : par un télégramme du 5 mars il devait accéder au plan du général Brière de l'Isle, en se bornant à lui recommander d'at-

---

(1) Télégrammes du général Brière de l'Isle au ministre de la guerre, 14 et 24 février 1885. Celui du 14 février était ainsi conçu : « Si le gouvernement veut un gage dans le Kouang-Si, il est possible de prendre Lang-Tchéou, ville aussi importante que Hanoï; l'opération pourra se faire quand la route mandarine sera rendue carrossable en partie. » (*Documents parlementaires*, Chambre, procès verbaux de la Commission des crédits du Tonkin et de Madagascar, décembre 1885).

tendre l'arrivée des renforts annoncés, et de recueillir sur les troupes chinoises les renseignements qui semblaient manquer, à peu près complètement, au chef du corps expéditionnaire (1).

Avant la rentrée de Brière de l'Isle à Hanoï, le colonel Dujardin, commandant supérieur du Delta, formait, dès le 17 février, une petite colonne chargée de remonter la Rivière Claire et de dégager Tuyen-Quan s'il était possible (2). Dans ce but, les garnisons d'Hanoï, d'Hong-Hoa et de Sontay fournissaient deux compagnies de tirailleurs algériens, une du 1er régiment étranger, deux et demi du 1er tonkinois et quatre pièces de 4 de M. r. traînées par des coolies. Ce détachement, réuni à Bac-Hat, sous les ordres du lieutenant-colonel de Maussion, en partait le 24, précédant de deux jours seulement la 1re brigade.

Celle-ci atteignait le Fleuve Rouge, en face d'Hanoï, le matin du 22 février et s'embarquait aussitôt sur la flottille qui allait la conduire dans la vallée de la Rivière Claire. Neuf canonnières ou chaloupes canonnières avaient été concentrées à cet effet : l'*Éclair*, la *Trombe*, le *Berthe-de-Villers*, le *Moulun*, le *Henri-Rivière*, la *Rafale*, l'*Alerte*, l'*Avalanche* et l'*Arquebuse* (3). Elles devaient transporter cinq bataillons d'infanterie, deux batteries et un détachement du génie. Le tout comptait environ 2000

---

(1) Télégramme du général Lewal au général Brière de l'Isle, 5 mars 1885.

(2) Voir le rapport du général Brière de l'Isle sur les opérations vers Tuyen-Quan, *Journal officiel*, |juin 1885. Voir également dans Bouinais et Paulus, le récit d'un témoin oculaire, etc.

(3) Voir dans *la Revue maritime et coloniale* de 1887, *Deux années au Tonkin*, lieutenant de vaisseau Baudens. Les canonnières appartenaient à trois types : celles du premier (*Éclair*) pouvaient porter 500 hommes ; celles du second (*Henri-Rivière*), 280 ; celles du troisième (*Arquebuse*), 130.

hommes. Dans la soirée du même jour l'embarquement était terminé et nos bâtiments remontaient le fleuve. Les 23 et 24 mars, la colonne était mise à terre au confluent de la Rivière Claire et du Song-Koï, à Bac-Hat; on y organisait son parc et son convoi : dans le pays montagneux et sans routes où elle allait opérer, tous les transports se feraient au moyen de jonques ou de sampans, escortés et remorqués par des canonnières. Ces dernières, *Henri-Rivière, Berthe-de-Villers, Moulun, Éclair* et *Trombe*, se mettaient en mouvement le même jour que la colonne, 25 mars, en cherchant à se maintenir à la même hauteur. Malheureusement, les eaux étaient encore fort basses et nos bâtiments avaient les plus grandes difficultés à remonter la Rivière Claire.

Pour atteindre les abords de Tuyen-Quan, la 1re brigade devait traverser un pays très couvert, coupé de ravins à pentes abruptes et de torrents. Des éperons boisés et rocheux surplombaient la rivière et empêchaient d'en suivre les berges. La route de la rive droite, la seule qui pût être prise, n'était d'abord qu'un mauvais sentier de piétons, qui disparaissait même entièrement de Chanh à Phu-Doan. Après avoir dû l'améliorer pour le passage des mulets, il devenait bientôt nécessaire de le construire entièrement, en employant la dynamite par endroits. La flottille n'avait pas moins de difficultés à remonter la rivière.

Le 27, la colonne et une partie convoi fluvial étaient à Phu-Doan, où elles ralliaient la colonne de Maussion. Les canonnières, d'un tirant d'eau trop considérable pour naviguer sur la Rivière Claire dans cette saison, avaient subi de nombreux échouages, et leurs équipages s'étaient vus forcés de les hâler à bras, au prix d'un rude labeur. Elles n'arrivèrent à Phu qu'avec un retard d'une demi-journée au moins sur la 1re brigade.

De Phu, pour se rendre à Tuyen-Quan, le général Brière de l'Isle avait plusieurs routes à sa disposition : l'une remontant la rive droite du Song-Chai vers Phu-An-Binh, l'autre suivant la rive gauche jusqu'à Ca-Lane et allant ensuite vers Tuyen-Quan ; une autre, sur laquelle on avait peu de renseignements, joignait directement Phu-Doan à Tuyen-Quan par Dong-Mo ou Min-Gam. Enfin la dernière, plus connue et plus directe, remontait la rive droite de la Rivière Claire, par Hao-Moc et Yuoc.

La rive gauche n'était même pas suivie par un sentier, de Phu Doan à Tuyen-Quan.

Les circonstances dans lesquelles s'opérait le mouvement de Brière de l'Isle ne lui permettaient pas de prendre Phu-An-Binh pour premier objectif ; on assurait que cette ville était couverte par de nombreuses défenses et qu'elle servait de centre d'opérations aux troupes venues du Yunnan. En prenant cette direction pour se porter ensuite sur Tuyen-Quan, la 1ʳᵉ brigade eût prolongé de plusieurs jours la durée de sa marche, au risque de se heurter à des obstacles imprévus. De plus elle se serait écartée de la Rivière Claire, c'est-à-dire de sa seule base de ravitaillement, puisque le Song-Chai n'est qu'un torrent à cette époque de l'année.

Ce dernier inconvénient se présentait également pour la route de Ca-Lane ; elle était peu connue et les rares renseignements qu'on possédait sur elle la représentait comme fort difficile. Enfin elle nous rapprochait inutilement de Phu-An-Binh, au risque de voir l'ennemi en sortir, pour nous attaquer de flanc pendant notre mouvement sur Tuyen-Quan. Quant au sentier passant par Dong-Mo ou Min-Gam il traversait un pays difficile, couvert de marais et de bois ; nous n'avions sur lui que très peu de données.

Restait le chemin de Yuoc qu'avaient pris toutes les colonnes dirigées jusque-là dans la haute Rivière Claire. Les Chinois s'attendaient à nous voir y passer encore une fois, et ils avaient entassé dans cette direction de nombreux ouvrages de défense. Brière de l'Isle crut pourtant devoir la choisir pour l'offensive qu'il projetait de prendre, comptant, à tort, sur l'appui que pourrait lui fournir nos canonnières.

De Phu-Doan à Tuyen-Quan, il n'y avait que vingt-deux kilomètres environ : il fallut trois jours à la colonne pour les franchir. Elle s'était remise en marche le 28 février, après s'être ravitaillée. Elle traversa le Song-Chaï et vint bivouaquer le 1ᵉʳ mars à quelques kilomètres des ouvrages ennemis. Les Chinois et les Pavillons-Noirs, au nombre de 8,000, dit-on, sous les ordres du vieux Luu-Vinh-Phuoc, occupaient, à Hoa-Moc, de fortes positions appuyées sur la Rivière Claire. Ils avaient construit trois lignes de tranchées et d'ouvrages, dont le flanc droit était couvert par des hauteurs d'accès difficile, tandis que celui de gauche l'était par la rivière. Cette dernière extrémité, gardée par un fort casematé de grande dimension, était surtout très forte : des tranchées, garnies d'ouvrages plus petits ou de blockhaus, formaient un angle droit avec la Rivière Claire et coupaient la route de Tuyen-Quan. Un ouvrage, précédé d'une forte palissade en bambous et de nombreuses défenses accessoires, l'enfilait complètement. Tous ces retranchements, qui s'élevaient dans un terrain très couvert, extrêmement coupé, pouvaient être vigoureusement défendus.

Le 2 mars, à 11 heures et demie, nos troupes font halte à 3 kilomètres environ des lignes chinoises. Après une reconnaissance rapide de celles-ci, la 1re brigade reprend sa marche ; quatre sections des batteries Jourdy et Péricaud (1) se portent en échelons à 800 ou à 1,200 mètres des ouvrages ennemis et ouvrent le feu sur eux.

On les distingue à peine : au lieu d'être couronnés d'une multitude de pavillons multicolores, comme à l'ordinaire, ils sont soigneusement dissimulés dans les hautes herbes et les broussailles. Le feu de nos pièces n'y provoque aucun mouvement et le fort casematé de l'aile gauche paraît médiocrement en souffrir.

Cependant notre infanterie continue à se porter en avant et la compagnie de Tonkinois Granier (2), qui forme la tête de l'avant-garde, suit la route de Tuyen-Quan jusqu'à une très petite distance des premiers retranchements chinois, sans les voir.

Tout à coup l'ennemi ouvre un feu terrible, presque à bout portant, et jette à terre un tiers de la compagnie. Le capitaine Granier, qui reçoit six balles dans ses vêtements, n'est épargné que par miracle. Le reste de ses Tonkinois se précipite dans les broussailles à droite ou à gauche et entame une fusillade sans résultats contre les Chinois bien abrités : plusieurs de nos blessés sont saisis et décapités aussitôt par l'ennemi.

---

(1) 11ᵉ du 12ᵉ régiment et 5 *bis* d'artillerie de marine. La première n'avait que 2 sections.

(2) 7ᵉ du 1ᵉʳ régiment.

L'ordre de marche est le suivant :

Avant-garde : compagnie Granier du 1ᵉʳ tonkinois ; bataillon de tirailleurs de Mibielle, batteries de 80 mill. Jourdy et Péricaud.

Gros : bataillon de tirailleurs Comoy, bataillon d'infanterie de marine Mahias, batterie de 4 Rumeau (2 sections), bataillon d'infanterie de marine Lambinet.

Arrière-garde : 2 compagnies de tirailleurs (Béranger), 1 compagnie de la légion, 3 compagnies de Tonkinois (Jorna de Lacale).

Le bataillon de Mibielle se déploie entre la route et la rivière, dans la direction du fort casematé. Mais ses progrès dans ce terrain difficile sont encore ralentis par le feu très vif de l'ennemi. Vers 3 heures seulement les tirailleurs sont arrivés à 800 mètres du fort casematé; ils cherchent à le tourner par la gauche, quand une violente explosion retentit tout à coup : une forte mine placée devant l'ouvrage vient de faire explosion, tuant, blessant ou brûlant horriblement quarante hommes.

Un moment de désordre se produit et notre première ligne se replie à quelque distance; le bataillon Comoy, lancé aussitôt en soutien, arrête ce recul, mais ne parvient pas non plus à triompher de la résistance des Chinois. Le capitaine d'artillerie Delestrac, de l'état major du général en chef, porte vivement à 400 mètres des ouvrages ennemis l'une des sections déjà en batterie. Il y reste durant toute la soirée, sous un feu terrible. Pourtant, ni son tir à mitraille, ni l'acharnement destirailleurs ne réussissent à faire évacuer les ouvrages : l'ennemi s'y maintient avec la plus grande ténacité.

A 5 heures, il est nécessaire d'engager aussi les deux bataillons d'infanterie de marine : les compagnies du commandant Mahias, suivies de celles du bataillon Lambinet, sont portées à la gauche des tirailleurs et s'avancent lentement, sous un feu très vif, au travers des roseaux qui séparent la route de Tuyen-Quan de la rivière. Enfin la 34ᵉ compagnie, suivie des trois autres, débouche en face de la palissade de gros bambous entrecroisés qui entoure le fort (1).

On essaie en vain de les arracher : les Chinois nous

____

(1) 29ᵉ, 36ᵉ et 25ᵉ.

LE CAPITAINE TAILLAND

fusillent de trois côtés, presque à bout portant. Vingt fois
notre vaillante infanterie de marine renouvelle cet assaut
meurtrier : vingt fois elle est repoussée. Plusieurs officiers,
un grand nombre de sous-officiers et de soldats tombent en
quelques instants; les capitaines Bourguignon et Tailland,
le lieutenant Moissenet sont mortellement blessés; d'autres, le capitaine Salle, les lieutenants Lagarde et Mondon,
les sous-lieutenants Guérin et le Heizet, sont moins gravement atteints; sur 320 hommes que comptait le bataillon

Mahias, 164 demeurent couchés sur le talus. Jamais, depuis les heures héroïques de Bazeilles, l'infanterie de marine n'a montré un plus brillant courage.....

Enfin, la palissade cède et le sous-lieutenant Freystetter pénètre l'un des premiers dans le fort, qui est emporté. Deux soldats, Bertrand et Geffrotin, après avoir enfoncé, sous une grêle de balles, la barrière de bambous qui nous a fait si longtemps obstacle, sont encore des premiers à envahir l'ouvrage ennemi.

A gauche du bataillon Mahias, celui du commandant Lambinet s'est également déployé et deux de ses compagnies ont participé à l'assaut final (1).

Là aussi nos pertes ont été considérables; le bataillon a perdu 44 hommes et 3 officiers; le lieutenant de l'Estoile, le sous-lieutenant Brun sont morts; le lieutenant Benoît blessé. Ce dernier officier commandait un feu de salve à très courte distance de l'ennemi, une centaine de mètres environ: au commandement préliminaire *attention!* un ou deux hommes tirent. Benoît commande alors *replacez armes!* et le mouvement continue de s'exécuter comme à l'exercice (2), malgré une grêle de balles.

Il est 6 heures et demie ; toute notre ligne s'est portée en avant et a successivement occupé presque tous les retranchements et les blockhaus ennemis. La nuit tombe peu à peu et nos soldats cessent leur feu pour s'établir dans les ouvrages conquis ; mais les Chinois continuent à les couvrir d'une grêle de balles. En dépit du froid et de l'humidité il est impossible d'allumer des feux de bivouac. A peine nos blessés peuvent-ils être recueillis et pansés.

Pendant cette longue nuit, les Chinois tentent plusieurs

---

(1) 25ᵉ et 26ᵉ.

(2) Bouinais et Paulus, d'après un officier, témoin oculaire.

retours offensifs contre notre gauche, mais inutilement. Le lieutenant de tirailleurs Renaud les repousse à la baïonnette, avec la plus grande énergie. A la pointe du jour le commandant Comoy fait sonner la charge, de sa propre initiative ; aussitôt le combat recommence ; malgré les pertes graves que plusieurs de nos compagnies ont subies (1), elles reprennent énergiquement l'offensive.

Cette fois les Chinois semblent épuisés et leur résistance est moins acharnée. Notre infanterie de marine enlève le dernier ouvrage de gauche ; le sapeur du génie Hervelin a pratiqué avec de la dynamite une brèche dans la palissade, sous un feu intense. Le fort est complètement miné et des tuyaux de bambous remplis de poudre relient quantité de récipients qui en contiennent également. Dans son désarroi l'ennemi n'a pu y mettre le feu.

A la droite des Chinois les derniers retranchements sont pris par le lieutenant-colonel de Maussion : il enlève ainsi deux forts vigoureusement défendus. Autour de l'un d'eux de fortes palissades doivent être abattues à coups de canon et la garnison, forte d'une cinquantaine d'hommes, résiste jusqu'à la mort.

Les lignes ennemies sont enfin occupées entièrement et leurs derniers défenseurs se retirent vers le Nord, poursuivis par notre feu. L'après-midi du même jour le général Brière de l'Isle entre dans Tuyen-Quan. Les pénibles efforts des jours précédents ont enfin permis à la 1re brigade d'atteindre le but de son expédition. La garnison du commandant Dominé est délivrée, mais ce grand résultat a été acheté par de cruels sacrifices ; 27 officiers et 465 hommes sont tombés sur le champ de bataille des

---

(1) Plusieurs ont perdu tous leurs officiers et la moitié de leur effectif. (*Rapport du général Brière de l'Isle.*)

2 et 3 mars (2). Sur un effectif qui n'atteint pas 3,000 hommes, de pareils chiffres témoignent de l'énergie de la défense et des courageux efforts des assaillants. Malgré tous ses efforts, la flottille n'a pu prendre part à la lutte, qu'elle aurait certainement rendue moins sanglante, en menaçant la ligne de retraite de l'ennemi.

Faute de moyens de transports, le général Brière de l'Isle ne croit pas devoir poursuivre les Chinois : il se borne à laisser dans Tuyen-Quan ses 2 bataillons de tirailleurs, qui relèvent une partie de la garnison du commandant Dominé et il donne l'ordre de la retraite. Tuyen-Quan est débloqué, mais les Chinois ne sont pas détruits et des bandes de pirates se montrent entre Phu-Doan et Bac-Hat,

---

(2) Les pertes de ces deux journées et celles du siège de Tuyen-Quan sont confondues en un seul tableau par les comptes rendus officiels ; elles se résument ainsi :

Tués : Infanterie de marine ; capitaine Tailland, lieutenants de l'Estoile, Moissenet ; sous-lieutenant Brun et 24 sous-officiers et soldats.

Tirailleurs tonkinois : capitaine Dia, 22 sous-officiers et soldats.

Tirailleurs algériens : capitaine Rolande, lieutenant Embarck-ou-Ali et 28 sous-officiers et soldats.

Légion étrangère : capitaine Moulinay et 45 sous-officiers et soldats.

Blessés : Infanterie de marine : capitaines Bourguignon, Chance et Salle ; lieutenants Lagarde, Mondon, Verzeau, Chenayon, Bellier, Degarge ; sous-lieutenants Guénin et le Heizet ; 36 sous-officiers et soldats.

Tirailleurs tonkinois : sous-lieutenant Donne et 24 indigènes.

Tirailleurs algériens : capitaines Valet et Chirouze ; lieutenants Guignabaudet, Mehamed-ben-Mohamed, Mohamed-ben-Embareck, Mohamed-ben-Mehamed ; sous-lieutenants Peyre, Roug et Piéri ; 85 sous-officiers et soldats.

Légion étrangère : capitaine Naert, lieutenant Gœury, sous-lieutenant Proye ; 35 sous-officiers et soldats.

12e d'artillerie : 1 canonnier.

4e du génie : 3 sapeurs.

En outre 244 hommes ont été légèrement blessés les 2 et 3 mars.

Le colonel Giavanninelli fut promu général de brigade à l'annonce du succès d'Hoa-Moc.

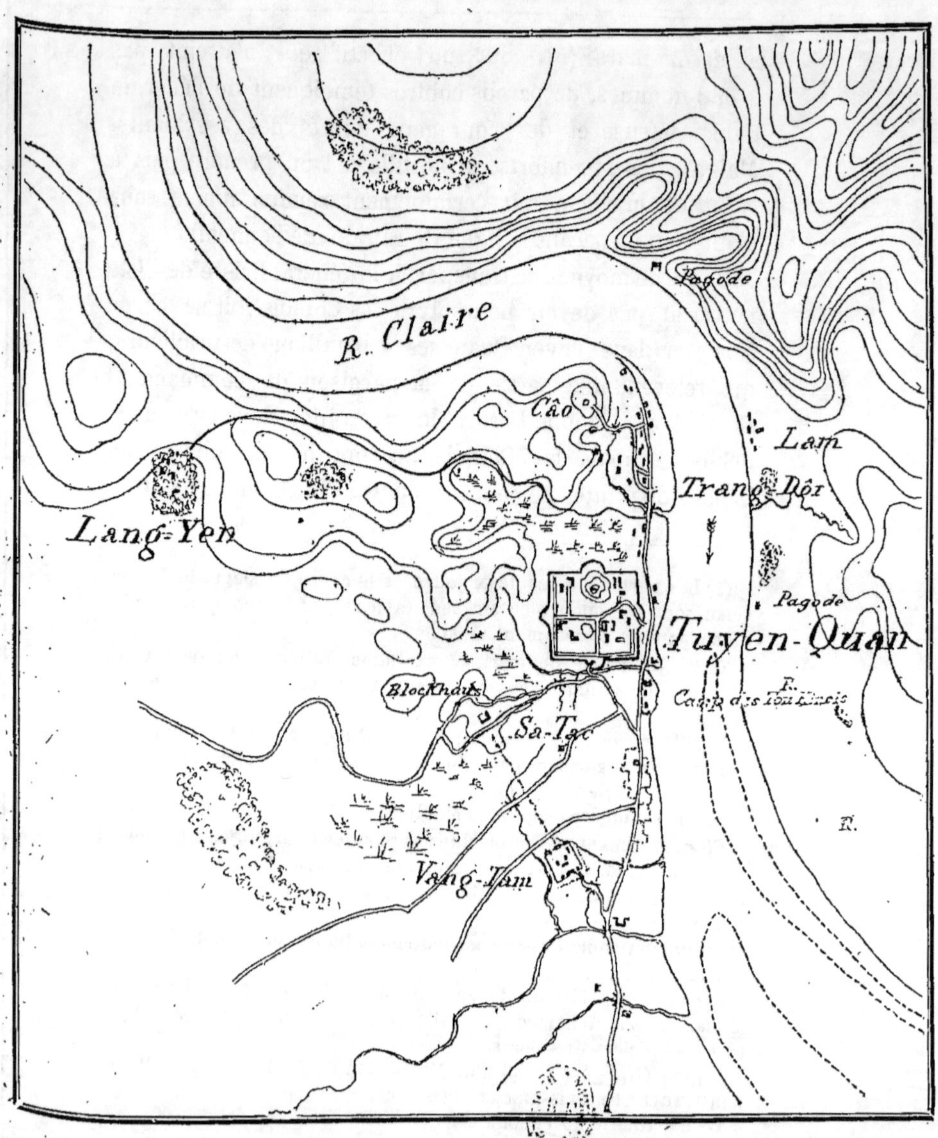

TUYEN-QUAN ET SES ENVIRONS

sur les derrières de la 1re brigade. Il faut même détacher contre eux, dès le retour des troupes, une petite colonne de deux compagnies sous les ordres du capitaine Küntz. Le village de Phu-Doc est brulé et une trentaine de pirates tués le 9 mars; le calme se rétablit provisoirement dans ces parages mais la disparition de la 1re brigade ne va pas tarder à y ramener les Chinois. Les résultats obtenus sont donc incomplets. Toutefois, il est nécessaire de regagner le Delta afin de se reporter vers Lang-Son, où l'ennemi redevient entreprenant.

CHAPITRE XVI

Tuyen-Quan.— La garnison (1).— Le siège.— Délivrance de la place.

Tuyen-Quan est une petite citadelle annamite placée sur la Rivière Claire. Elle a la forme d'un parallélogramme de 3oo mètres de côté avec une demi-lune au milieu de chaque face. Malheureusement elle est dominée au Sud, à l'Ouest et au Nord par des mamelons qui touchent presque aux remparts. A l'Est elle est au contraire protégée par la rivière, qui coule à 5o mètres environ, parallèlement à l'une de ses faces.

Au milieu de la citadelle s'élève une butte isolée, haute de 6o mètres environ et dominée par une pagode : la situation de ce monument en fait le réduit naturel de la défense.

Quand le colonel Duchesne quitta Tuyen-Quan, le 23 novembre 1884, il y laissait deux compagnies de la légion étrangère, 1 compagnie du 1er tonkinois, 1 section de

----

(1) Voir, au sujet de ce siège déjà célèbre, le journal du siège publié par le *Journal officiel* et qui est aussi remarquable par sa simplicité que par sa concision ; voir également Bouinais et Paulus.

la 2ᵉ batterie *bis* d'artillerie de marine, un petit détachement du génie et quelques infirmiers : le tout comptait 12 officiers et 594 hommes, non compris l'équipage de la chaloupe-canonnière *Mitrailleuse*, qui était mouillée dans la rivière au pied de la citadelle (1). L'armement consistait en 6 pièces de petit calibre. Les ressources en munitions ou en outils étaient insuffisantes. La garnison disposait de 120 jours de vivres environ, sur lesquels 16 de biscuit seulement.

Le poste de Tuyen-Quan était donc à peine défendable, quand le chef de bataillon Dominé y fut abandonné avec sa petite garnison. Complètement isolés de tout secours, à 70 ou 80 kilomètres des postes français les plus rapprochés, sans routes tracées pour les atteindre à travers un pays extrêmement difficile, ces six cents hommes allaient soutenir un siège mémorable à l'égal des plus illustres. L'histoire de leurs faits d'armes était appelée à prendre

---

(1.) Compagnies des capitaines de Borelli et Moulinay de la légion : 8 officiers, 390 hommes.

8ᵉ compagnie du 1ᵉʳ tonkinois, capitaine Dia : 2 officiers, 162 hommes.

1ʳᵉ section de la 2ᵉ batterie *bis* d'artillerie de marine, lieutenant Derappe : 31 hommes.

4ᵉ régiment du génie : 8 hommes.

15ᵉ section d'infirmiers : 3 hommes.

Mitrailleuse, enseigne de vaisseau Senés, 25 hommes, 1 hotchkiss.

M. Boinet, aumônier militaire protestant, s'était enfermé volontairement dans la citadelle.

L'armement comptait 2 pièces de 4 de M. r., 2 de 80 mill. de M., 2 hotchkiss.

Les approvisionnements en munitions étaient :

Pour les pièces de 4, 212 obus ordinaires, 92 obus à balle, 52 boîtes à mitraille ;

Pour celles de 80, 178 à balles, 200 obus ordinaires ;

Pour les hotchkiss, 1,526 obus ordinaires, 200 boîtes à mitraille ; 266,112 cartouches, non compris celles portées par les hommes.

Outils : 27 pioches, 40 pelles, 4 haches. La légion et les Tonkinois n'avaient pas d'outils de compagnie.

place parmi les relations des défenses célèbres, à côté de celles de Belfort, de Huningue, de Saragosse ou de Mayence.

La meilleure part de la gloire qu'allait conquérir la garnison de Tuyen-Quan devait revenir à son chef, le commandant Dominé (1) ; soutenu par un petit noyau de Français, officiers, sous-officiers, soldats du génie ou artilleurs, parmi lesquels l'héroïsme devint chose coutumière, le commandant de Tuyen-Quan sut faire un faisceau compact des soldats de races si différentes qu'il avait sous ses ordres. Parmi eux, la foi en la patrie française et le culte des souvenirs avaient jeté un grand nombre d'hommes appartenant, de nom seulement, à la nationalité allemande. La France n'oubliera jamais que la meilleure part des défenseurs de Tuyen-Quan était venue d'Alsace-Lorraine.....

Dès le 24 novembre, le commandant Dominé constitue un conseil de défense et un comité de surveillance des approvisionnements du siège. Le même jour on détache sur Yuoc un petit détachement, chargé de détruire le barrage que les Chinois ont construit sur la Rivière Claire. L'opération réussit à moitié, quoique l'ennemi, en très petit nombre, n'ait paru qu'au retour. Les jours suivants sont consacrés à des reconnaissances ; on signale, dès le 27 novembre, la présence de 10,000 Chinois ou Pavillons-Noirs à Than-Quan, sur le Fleuve Rouge ; 2,000 sont à Phu-An-Binh et 1,000 aux environs de Phu-Doan.

----

(1) Aujourd'hui lieutenant-colonel à l'état-major général du ministre de la guerre.

Le lieutenant-colonel breveté Dominé (Marc-Edmond) est né le 22 juillet 1848 ; entré à Saint-Cyr le 4 octobre 1866, il est sous-lieutenant d'infanterie le 1er octobre 1868. Pendant la guerre il est promu lieutenant le 1er novembre 1870. Le 6 février 1874 il est capitaine et le 1er août 1884, chef de bataillon.

Les relations directes entre Tuyen-Quan et Sontay ont déjà
été coupées.

Le 2 décembre, la garnison apprend l'arrivée d'un
convoi de deux mois de vivres, escorté par le commandant
Bougnié, avec une compagnie d'infanterie de marine et la
canonnière *Eclair*. La baisse des eaux l'a empêché de remonter à quatre kilomètres au-dessous de Yuoc. Il faut
donc détacher à sa rencontre une compagnie de la garnison.
Sous son escorte, et malgré une escarmouche avec les
Chinois près de Yuoc, tout le convoi est heureusement
conduit dans la place les jours suivants.

Un petit groupe ennemi a déjà fait une démonstration,
à 2,000 mètres de la citadelle, dès le 3 décembre. Quelques jours après, le 7, une reconnaissance rapporte que
les Chinois et les Pavillons-Noirs se sont établis en force
aux environs d'Yla, au Sud-Ouest de la place. Déjà ils ont
ouvert des tranchées faisant face à Tuyen-Quan ; on éva-
lue leur effectif à 12 ou 1,300 hommes. Ces préparatifs
indiquent chez l'adversaire l'intention d'attaquer la place ;
dès le 11 décembre, le commandant Dominé fait élever
un blockhaus, sur un mamelon à 300 mètres au Sud-
Ouest de la citadelle, qu'il domine entièrement. On espère
ainsi empêcher l'ennemi d'occuper ce point ou les hauteurs
voisines.

Les Chinois sont de plus en plus nombreux aux environs de Tuyen-Quan. Le 13 décembre, un petit groupe
apparaît à 12 ou 1,500 mètres du blockhaus ; des rapports
de déserteurs et d'espions portent à 1,500 le nombre des
réguliers ou des Pavillons-Noirs dissimulés autour de la
ville ; ils ont reçu tout récemment des renforts de Laô-Kay,
ce qui augmente leur audace : le 16 décembre une de
leurs reconnaissances s'avance à 600 mètres du blockhaus.

Cependant, l'arrivée de plusieurs convois, dont le dernier vient de Phu-Doan le 18 décembre, a porté les approvisionnements de la garnison à six mois de vivres. Dégagé de toute préoccupation de ce côté, le commandant Dominé dirige, le 21 décembre, sur Dong-Yen, c'est-à-dire vers Phu-An-Binh, une reconnaissance offensive commandée par le capitaine adjudant-major Cattelin. Cet officier a sous ses ordres une compagnie de la légion, une section de Tonkinois et une pièce de 4. Il doit refouler les avant-postes ennemis et chercher à déterminer les forces des Chinois dans la direction qu'il va prendre.

Le départ a lieu à sept heures du matin ; mais le brouillard est si intense que le capitaine Cattelin s'arrête à 5oo mètres de Dong-Yen pour attendre sa disparition. Vers neuf heures et demie on aperçoit enfin deux fortins chinois au Nord-Ouest de Dong-Yen. La reconnaissance s'y dirige, laissant un peloton pour garder sa ligne de retraite sur la lisière d'un petit bois. Avec le reste on forme trois fortes patrouilles qui s'avancent parallèlement au chemin de Phu-An-Binh. Elles rencontrent après 5 ou 6oo mètres un petit poste chinois, qui s'enfuit vers une ligne de tirailleurs garnissant une tranchée en arrière. Nos patrouilles se déploient et enlèvent le retranchement à la baïonnette. Elles y résistent même victorieusement à un retour offensif.

De leur côté, les tirailleurs tonkinois protègent la droite de notre ligne et ouvrent le feu sur un des fortins, dont la garnison prend de flanc nos légionnaires. L'ennemi l'évacue rapidement.

Le but de la reconnaissance est atteint : 5oo Chinois environ ont paru devant elle. Le capitaine Cattelin donne l'ordre de la retraite. Mais le bruit du combat a fait sortir des environs de Tuyen-Quan les groupes ennemis qui s'y tenaient embusqués. Plus d'un millier d'hommes accourus du Sud ou du Sud-Ouest menacent la retraite de nos soldats. Il faut envoyer à leur rencontre un peloton de la légion qui s'avance jusqu'à 3 kilomètres de la place. L'ennemi est aisément contenu et le capitaine Cattelin rentre dans Tuyen-Quan.

Cette opération, vigoureusement et habilement menée, nous coûte 9 blessés : les pertes des Chinois sont évaluées à 150 hommes au moins. De plus, le commandant Dominé a recueilli des renseignements certains sur la force et les positions de l'ennemi.

Mais, à la suite de cet échec, les Chinois s'accroissent en nombre autour de Tuyen-Quan. Dès le 23 décembre, on annonce l'arrivée à Dong-Yen de Luu-Vinh-Phuoc, avec 500 hommes. En outre des 2,000 Pavillons-Noirs, qui s'étendent de Truong-Mou à la Rivière Claire, 1,200 réguliers du Kouang-Si sont dans les fortins de Dong-Yen. On dit même que, de Tuyen-Quan à Phu-An-Binh, il y aurait encore un millier de Pavillons-Noirs. Enfin, à Than-Quan, sur le Fleuve Rouge, seraient 5,000 réguliers du Yunnan.

Le commandant Dominé cherche à renforcer sa petite garnison ; les 80 coolies qui en font partie sont organisés en compagnie, sous les ordres d'un mandarin d'un pays, et armés de bambous appointés au feu, fautes d'autres armes. Une enceinte en terre, commandée par la citadelle, est destinée à renfermer les paillottes de tous les Annamites réfugiés auprès de Tuyen-Quan. Dès la nuit du 1er janvier les Chinois viennent l'attaquer, mais inutilement.

Ils renouvellent cette attaque sur le blockhaus, dans la nuit du 9 au 10 janvier. Un détachement venu de Yen s'en approche à 50 mètres et s'enfuit après avoir reçu quelques décharges. Ces Chinois, renforcés par d'autres groupes, dirigent ensuite sur la citadelle et sur le blockhaus une fusillade inoffensive qui dure peu d'instants. Ils disparaissent ensuite, leur reconnaissance accomplie.

Pendant une semaine, le calme se rétablit autour de Tuyen-Quan; l'ennemi se montre à peine; mais, le 19 janvier, nos espions rapportent que 1,500 Chinois sont venus de Phu-An-Binh et qu'ils s'installent à Yla et à Yen. Deux jours après, l'ennemi démasque un poste retranché à la lisière d'un bois, dans la direction du dernier de ces villages, à 2,000 mètres de la citadelle : nos hotchkiss dirigent inutilement quelques projectiles sur ce point. Les jours suivants, on découvre l'existence de travaux analogues vers Yen et Yla. Les Chinois semblent ouvrir une longue tranchée entre ce dernier village et la citadelle; il est impossible de les en déloger.

De plus un grand nombre de travailleurs circulent fréquemment entre les villages environnants et les emplacements où paraissent s'exécuter des travaux. Ils y apportent de grandes quantités de branches d'arbres, de fascines ou de bottes de paille. La citadelle essaie inutilement d'arrêter leurs allées et venues avec ses hotchkiss.

Le 23 janvier, l'ennemi démasque à la lisière des bois une batterie de quatre fusils de remparts qui tire sur le blockhaus; en même temps il ouvre sur le même point un feu de mousqueterie. Le travail de ses retranchements, suspendu un instant, est repris plus vivement que jamais le 25 : un millier d'hommes, au moins, paraissent y être employés. Il est aisé de distinguer leurs uniformes gris de fer ou noirs, avec des ornements rouges et bleus. D'autres sont entièrement vêtus de rouge vif ou de bleu de ciel.

Les Chinois se préparent visiblement à une attaque pied à pied. Nous les canonnons, sans pouvoir arrêter leurs travaux : nos espions assurent qu'ils sont déjà au nombre de 5,000 autour de Tuyen-Quan et que Luu-Vinh-Phuoc, avec ses 2,000 Pavillons-Noirs, occupe Yuoc, sur la route du Delta : la situation devient grave.

Le 26 janvier, dès l'aube, on entend des coups de feu du côté du village annamite, qui est subitement incendié ; les habitants s'enfuient sous les murs de la citadelle, à l'abri du cantonnement des Tonkinois. Derrière eux les Chinois s'avancent jusqu'à un mamelon couronné par les ruines d'une pagode (1), où ils sont arrêtés par le feu de nos tirailleurs. D'autres viennent s'établir dans des rochers sur la rive droite de la rivière et fusillent la *Mitrailleuse*, qui leur fait aisément face avec l'aide des Tonkinois.

Mais deux autres attaques se dessinent alors, l'une contre la haie au Nord de la citadelle, l'autre contre le blockhaus. Un millier d'hommes environ, qui ont fait un grand mouvement tournant, se glissent sur la grève entre la berge et la rivière, puis gagnent le chemin qui longe la citadelle, à cent mètres de cette dernière. Au moment où ils apparaissent devant la face Nord, ils sont salués par le feu de ses défenseurs et par le tir à mitraille de la canonnière. L'effet est foudroyant : les Chinois sont en fuite, poursuivis par les obus des pièces de 4 qui arment le mamelon de la citadelle et par le feu des tireurs de position qui y sont également installés.

Vis-à-vis du blockhaus, l'ennemi s'avance en trois colonnes, fortes d'environ 300 hommes chacune ; la première vient de la grande pagode de Vang-Tam, l'autre d'Yla, la troisième de Lang-Yen par la ligne des mamelons : les 18 hommes du blockhaus réussissent pourtant à les tenir

---

(1) Dite pagode de la Compagnie chinoise.

LE LIEUTENANT-COLONEL DOMINÉ

à distance par leur tir. Les deux premières se retirent au
bout d'une demi-heure ; mais la troisième s'établit sur
un mamelon à 200 mètres et continue de là un feu inoffen-
sif sur la citadelle et le blockhaus.

Ces diversions ont permis à l'ennemi de s'établir derrière
la digue, qui relie la grande pagode à la rivière et au village annamite. Il y ouvre aussitôt une tranchée, à
550 mètres seulement du cantonnement de nos Tonkinois.

Cet avantage trop réel lui coûte des pertes probablement considérables ; les nôtres ne sont que de deux blessés.

A la suite de cette affaire, les Chinois continuent d'entretenir un feu vif sur le blockhaus et la citadelle. Dix fusils de rempart y prennent part. De plus, on observe un redoublement d'activité dans les travaux de l'ennemi ; il ne cesse d'y apporter des fascines et des branchages. De son côté, la garnison de Tuyen-Quan s'occupe d'organiser des communications couvertes dans la citadelle. Comme on peut craindre l'occupation de la rive gauche par l'ennemi, le commandant Dominé fait également ouvrir une tranchée nous reliant à la rivière.

Dès la nuit du 27 janvier, les Chinois renouvellent une attaque de vive force sur le cantonnement des Tonkinois et le blockhaus. Ils se lancent, en poussant de grands cris, contre ces deux parties de nos défenses : les tirailleurs et la garnison du blockhaus les repoussent aisément ; mais cet acharnement annonce qu'ils sont décidés à tout tenter pour s'emparer de la place. On confectionne des gabions pour protéger les murs des baraques où loge la garnison ; de nouveaux parados et des traverses sont construits sur le rempart.

Nos tireurs de position répondent seuls au tir incessant de l'ennemi, qui a, lui aussi, des tireurs d'élite embusqués au Sud du village annamite ; ils rendent impraticables certaines parties de la citadelle.

Déjà le commandant Dominé prévoit le cas où il aurait à faire évacuer le blockhaus, et il fait commencer des travaux de défilement dans cette prévision.

Le blockhaus est directement menacé le 28 janvier ; les Chinois ont ouvert, la nuit précédente, un boyau de communication se dirigeant sur lui. Il faut se hâter de terminer les travaux entrepris dans la citadelle, pour le cas où il serait occupé par l'ennemi. Celui-ci continue à couvrir nos défenses d'une grêle de balles qui nous ont déjà causé des pertes. Le matin du 29 janvier son cheminement débouche à une centaine de mètres du blockhaus et ce travail continue activement.

Dans la nuit du 29 au 30, les Chinois, sortis d'une parallèle qu'ils ont pu tracer à 200 mètres de cet ouvrage, dirigent trois assauts contre lui. Ils sont repoussés, mais leur travail de cheminement continue et une sortie est tentée inutilement du blockhaus pour l'arrêter.

Le sergent Bobillot, chef du génie, reconnaît, le 30 janvier au matin, l'état d'avancement des travaux chinois. Leur tête de sape est déjà au pied du mamelon; dans 7 ou 8 heures elle aura atteint la communication du blockhaus à la citadelle.

Le commandant Dominé juge nécessaire d'effectuer l'évacuation de ce poste. Elle se fait à 10 heures du matin sans être inquiétée par l'ennemi; notre artillerie l'empêche de s'y installer à son tour. Les Chinois ouvrent alors sur la citadelle un feu extrêmement vif, qui dure de 10 heures et demie à 4 heures. Tuyen-Quan reçoit ainsi plus de 30,000 projectiles. Nous ne leur répondons que par celui de notre artillerie ou de tireurs d'élite; nos pertes sont pourtant de 1 tué et 3 blessés.

Les jours suivants, les Chinois continuent leurs travaux, contre lesquels nos obus, de trop faible calibre, n'ont aucun effet. Ils dirigent un cheminement sur le cantonnement des Tonkinois et la demi-lune Sud. Un autre aboutit vers une parallèle, à 50 mètres environ de la face Ouest. Une tranchée pratiquée sur le mamelon du blockàus le relie à la grande pagode.

Les attaques de vive force se renouvellent presque toutes les nuits, combinées avec un feu continuel de mousqueterie et de fusils de rempart. Ces alertes et ce bombardement ne sont pas sans causer une extrême fatigue à la garnison, déjà épuisée par les travaux qu'elle exécute.

Le commandant Dominé organise la défense et la surveillance des faces de la citadelle. Dans chacune des compagnies de la garnison, il y a une section de garde, une de piquet, une de réserve partielle, une de réserve générale. Ces deux dernières fournissent les travailleurs.

Les cheminements des Chinois gagnent constamment du terrain : le 3 février l'un d'eux débouche au saillant Nord-Ouest de la haie, à 25 mètres du rempart.

Pendant la nuit du 4 au 5, une autre de leurs têtes de sape atteint le saillant Sud-Ouest de la même haie. Ils semblent avoir l'intention d'attaquer la face Ouest par ses deux extrémités. Au contraire ils négligent d'achever les cheminements qu'ils ont entrepris contre la partie Sud de la citadelle. D'ailleurs quelques-uns de leurs tirailleurs ont gagné la rive gauche de la Rivière Claire, d'où ils inquiètent constamment la *Mitrailleuse* et nos Tonkinois.

Dans la nuit du 6 février, les Chinois ouvrent une tranchée, le long de la haie de bambous qui couvre la partie Sud de la face Ouest. Ils cherchent même à gagner le pied du rempart, contre lequel ils organisent un abri en madriers. Au jour, le sergent Bobillot peut le détruire avec un long crochet ; mais il faut s'attendre à des tentatives directes contre l'enceinte. Des précautions sont prises pour y parer : le nombre des sentinelles est accru ; chacune d'elles est munie d'un machicoulis mobile en madriers, qu'elle pourra placer au-dessus du point attaqué par les

Chinois. Des petites fascines imprégnées d'alcool sont préparées pour le cas d'un assaut.

Dans la matinée suivante, les Chinois cheminent de la haie jusqu'à mi-distance du mur, en se couvrant d'un masque de fascines. Ils plantent à la tête de sape un grand drapeau que l'on arrache du rempart. Deux d'entre eux s'y accrochent désespérément pour le retenir, et sont tués par nos tireurs de position.

Une nouvelle batterie de quatre fusils de rempart est démasquée sur la rive gauche, à 1,400 mètres de la citadelle. Son tir, trop court, ne produit aucun effet. Mais l'ennemi profite de la nuit du 7 au 8 pour améliorer et terminer ses cheminements. Il trace une parallèle irrégulière qui part du village annamite, passe en arrière de la pagode démolie et à l'Ouest de la citadelle. La même nuit, une nouvelle batterie de fusils de rempart et de petites pièces de campagne ouvre le feu sur l'un des mamelons; celle de la rive gauche se rapproche, mais sans plus d'effet.

Malgré nos tireurs de position, l'incessant feu de mousqueterie des Chinois nous cause tous les jours des pertes assez considérables.

Dans la journée du 8, l'ennemi démasque sur le mamelon du blockhaus une nouvelle batterie, composée de deux fusils de rempart, d'une vieille pièce chinoise d'assez fort calibre et d'un canon de 4 analogue aux nôtres. L'artillerie et les tireurs de la citadelle ne font taire que la pièce de 4.

Le 8 février on remarque l'ouverture d'un second cheminement perpendiculaire à la face Ouest et à 25 mètres du premier. Un amas de terre se forme peu à peu aux extrémités de ces deux tranchées : les Chinois creusent évidemment des galeries souterraines qui menacent le mur d'enceinte. C'est une guerre nouvelle qui commence, pleine de surprises et de dangers pour la petite garnison. Ne pouvant l'attaquer en face, l'ennemi va chercher à ruiner ses défenses par l'explosion de ses mines et à profiter, pour envahir la place, de l'émoi qu'elles y auront causé.

Le sergent Bobillot fait écouter constamment, pour suivre la direction et l'avancement de ces travaux.

La nuit suivante, les Chinois organisent une vaste place d'armes, au point où le boyau qui va au saillant Sud-Ouest se détache de la parallèle. Ils élargissent et perfectionnent les communications entre ce point et la deuxième galerie. On peut s'attendre à de prochaines tentatives de vive force dans cette direction. Le matin du 9 février, Bobillot fait ouvrir deux contre-galeries, qui se dirigent vers les points de l'enceinte menacés par la deuxième galerie ennemie. Elles permettront d'affaiblir l'effet des mines dont il faut prévoir l'explosion. En outre, des précautions sont prises pour assurer la garde du rempart ; des groupes s'établissent à proximité des galeries : dans le cas où une ou deux mines ferait explosion, chacun aurait à remplir un rôle minutieusement tracé. On continue d'ailleurs les autres travaux défensifs entrepris dans la citadelle, malgré les projectiles chinois, qui font chaque jour des victimes.

Pendant la nuit du 9 au 10, le mineur de la première galerie chinoise a gagné du terrain. Il faut ouvrir contre lui deux nouvelles galeries, car une sortie serait impossible en face de l'organisation donnée par l'ennemi à ses tranchées. Le commandant Dominé se préoccupe du cas où il ferait tout à coup irruption sur une grande étendue de l'enceinte, au moment de l'explosion de plusieurs mines. Il fait préparer la construction d'un retranchement intérieur qui couvrira le mamelon. C'est là que la garnison se réunirait pour la dernière partie de la défense.

Le 11 février l'une de nos contre-galeries et la galerie n° 2 sont à peu près en contact. Le légionnaire Maury crève d'un coup de pioche la paroi qui le sépare du mineur chinois. Celui-ci, qui est sur ses gardes, le blesse d'un coup de revolver. On s'empresse de boucher l'ouverture avec des sacs à terre et une petite palissade ; en même temps le sergent Bobillot tente d'inonder la galerie de l'adversaire, qui est en contre-bas de la nôtre. Mais l'ennemi n'en continue pas moins à travailler et on perçoit le bruit de sa pioche en face de la contre-galerie de gauche.

Le 12 février, à 5 heures 1/2 du matin, une explosion retentit. Chacun prend son poste de combat. Les Chinois rassemblés dans la place d'armes poussent de grands cris et courent au lieu de l'explosion. Heureusement les contre-galeries ont formé évents ; le mur est simplement crevé et la brèche n'est pas praticable. La colonne d'assaut est prise de front et de flanc par le tir de la face et de la demi-lune. Elle rentre précipitamment dans ses tranchées, d'où un feu très vif elle dirige sur la citadelle.

A peine cette chaude alerte est-elle passée qu'on s'aperçoit de l'ouverture d'une galerie allant vers le saillant Sud-Ouest. Déjà le mineur chinois est aux environs du mur. Nous ouvrons aussitôt une contre-galerie, mais avec la crainte d'arriver trop tard. En effet, dans la nuit du 12 au 13, une explosion sourde retentit : le saillant Sud-Ouest vient de sauter. Sur une quinzaine de mètres le mur d'enceinte n'existe plus. Le parapet en terre a été détruit également ; mais la brèche est difficilement franchissable, grâce à la présence d'un entonnoir à son centre. Les Chinois accourent en poussant de grands cris.

A ce moment le brave capitaine Moulinay fait sonner la charge et jette à la brèche sa section de réserve générale.

Le mouvement des Chinois est aussitôt arrêté : en vain, ils tentent deux fois encore d'atteindre la brèche ; ils sont de nouveau repoussés sur leurs tranchées. On s'occupe de construire un retranchement rapide un peu en arrière de l'entonnoir. Le feu très intense des Chinois ne peut arrêter cette opération.

Nos pertes sont considérables : cinq légionnaires tués et six blessés. Le cadavre d'un de nos soldats a été lancé par l'explosion à quelques pas des retranchements chinois. A la nuit tombante, le caporal Beulin va le chercher avec trois hommes de bonne volonté, dont les soldats Hinderschitt et Dailinger. Beulin est nommé sergent et ses compagnons promus de 1re classe, pour cet acte de courage, qui montre assez combien le moral de la garnison se maintient inébranlable.

Dans la soirée du 14 au 15, le lieutenant Goulet dirige avec trente Tonkinois une sortie sur le retranchement que les Chinois construisent au Sud de la citadelle (1). Le sergent-major de Berghès y pénètre audacieusement, tue sur place deux des défenseurs, et disperse les autres en leur enlevant des drapeaux.

Malgré cet échec l'ennemi continue ses travaux sur tous les points, mais de préférence devant la face Ouest. Il recommence à travailler dans la galerie nº 1, et on craint qu'il ne creuse un cheminement le long du mur d'enceinte, vers le rentrant Sud de la demi-lune Ouest. Le sergent Bobillot fait ouvrir une contre-galerie destinée à arrêter ce travail.

En outre, les Chinois ont pratiqué un excavation vers le

---

(1) En arrière du mamelon de la pagode de la Compagnie chinoise.

LE SERGENT BOBILLOT

milieu de la demi-face menacée; elle est reliée à la haie de bambous par un boyau à peine ébauché. Un autre trou a été creusé à l'extrémité de ce cheminement. Pour profiter de l'isolement de deux excavations, gardées par un petit nombre de défenseurs, le commandant Dominé envoie le sergent Beulin avec 25 hommes en trois groupes. Le premier doit courir au trou le plus éloigné; le deuxième au plus rapproché; ils y arriveront en même temps, tueront les défenseurs et le troisième groupe assurera leur retraite en ouvrant un passage dans la haie de bambous.

Cette sortie a lieu dès l'aube du 16 février : mais le premier groupe se trompe de direction et n'atteint le point qui lui est assigné qu'une fois l'alarme donnée. Malgré le succès du deuxième groupe qui s'empare du trou de la haie et y tue cinq Chinois, nos légionnaires doivent regagner l'enceinte au plus vite, en perdant 4 tués et 1 blessé (1). Le soldat Parigi, qui s'est déjà distingué en abordant à la baïonnette la tête du cheminement ennemi, rapporte seul, sur son dos, le corps d'un de ses camarades tué à ses côtés.

Pour assurer la bonne exécution des travaux, le commandant Dominé décide que quarante hommes seront placés en permanence sous les ordres du sergent Bobillot. En cas d'explosion d'une mine, ils auront à organiser un retranchement en arrière de la brèche. Ces précautions sont d'autant plus nécessaires que les Chinois continuent activement leurs travaux souterrains. Une double galerie embrasse le saillant Sud-Ouest; en outre la galerie n° 1 n'est pas abandonnée. Entre les deux boyaux extrêmes la distance est de 150 mètres. On peut craindre la destruction simultanée de pareille longueur de l'enceinte.

Le retranchement intérieur est continué dans cette prévision : il va de la demi-lune Sud au mamelon et, de là, à la demi-lune Nord.

Dans la matinée du 17 février, les Chinois démasquent une nouvelle batterie de 2 pièces de 4, 3 obusiers de 12 et 2 mortiers de 22 centimètres. Cette artillerie bombarde

---

(1) En outre un sous-officier était grièvement blessé sur le rempart dans le détachement qui protégeait l'opération.

la citadelle, et surtout le mamelon, pendant près de deux heures. La plupart des bâtiments deviennent inhabitables et il est nécessaire de les évacuer. Une partie de la garnison, les officiers de l'état major compris, seront obligés désormais d'habiter des trous creusés dans la cour de la pagode.

La fusillade et le bombardement continuent à faire des victimes. Le capitaine Dia, du 1er tonkinois, est un tireur habile et il prêche d'exemple à ses soldats en s'installant à un créneau, toujours le même, d'où il abat les Chinois passant à sa portée ; mais l'ennemi s'est piqué au jeu et, le matin du 17 février, une de ses balles vient frapper au front le brave capitaine. Malheureusement ce n'est pas la dernière perte qui doit atteindre la garnison.

Le lendemain, 18 février, le sergent Bobillot est blessé grièvement en faisant une ronde. Il doit succomber à sa blessure moins d'un mois après. Ce sous-officier, doué d'une rare énergie et de brillantes aptitudes militaires, a été jusque là l'une des chevilles ouvrières de la défense. La somme de travaux qu'il a accompli avec ses sept hommes est énorme. Plus de 6,000 gabions confectionnés, une étendue considérable de cheminements, de communications, de parados ou d'abris exécutés par eux, doivent seuls permettre à la garnison de prolonger sa mémorable défense (1).

Le souvenir du sergent Bobillot sera pour jamais l'honneur de nos sous-officiers et de l'arme à laquelle il appartenait. La campagne du Tonkin nous a causé peu de pertes plus profondément regrettables.

____

(1) Ordre du 4° régiment du génie, 26 avril 1885. Le malheureux Bobillot, qui avait eu deux vertèbres cassées, mourut le 17 mars à Hanoï. Il était simplement *proposé* pour la croix, cette même décoration que nous avons vu prodiguer à tant d'inutiles ou d'indignes!

Sa blessure n'arrête pas les travaux de la défense; le caporal Gacheux, qui lui succède, continue de les pousser activement.

Les journées suivantes, du 19 au 21 février inclus, se passent à peu près dans les mêmes conditions. Les Chinois renforcent leurs travaux; ils perfectionnent le retranchement qui couronne le mamelon à 5o mètres Ouest de la citadelle et y organisent des créneaux d'où leur tir plonge à quelques mètres au delà du rempart. La fusillade et la canonnade redoublent; l'ennemi pousse même de grands cris et mène un tapage continuel de gongs et de trompettes pour nous empêcher d'entendre son travail souterrain. Le caporal Gacheux reconnaît cependant, d'après la direction des travaux chinois, qu'il faut s'attendre pour le lendemain à une double explosion de mine, celles de la droite de la brèche et de la galerie n° 1. Toutes les recommandations sont renouvelées pour le cas probable d'un assaut général.

Le 21 février, à 8 heures du soir, le bombardement de la citadelle recommence; il dure toute la nuit. A 6 heures un quart, le lendemain matin, les Chinois rassemblés dans la place d'armes et la tranchée couverte poussent de grands cris. Le capitaine adjudant-major Cattelin, qui prévoit une explosion, fait descendre les sentinelles du saillant Ouest. Un instant après, une mine éclate à la droite de la brèche. Les Chinois sortent de leurs tranchées avec des cris. Croyant qu'il vont couronner la brèche, le capitaine Moulinay s'y précipite suivi d'une demi-section et des travailleurs; aussitôt l'ennemi se replie vivement dans ses travaux.

A ce moment une explosion inattendue retentit : c'est une deuxième mine qui éclate à l'autre extrémité de la brèche ; les Chinois ont pu l'établir sans donner l'éveil à nos sapeurs, peut-être grâce à l'ameublissement du terrain. Cette dernière explosion nous coûte des pertes graves : 12 tués, parmi lesquels le brave capitaine Moulinay et une vingtaine de blessés dont le sous-lieutenant Vincent. Mais nos légionnaires ne reculent pas : une section de la 2e compagnie, commandée par le lieutenant Naert, vient remplacer la demi-section disparue et garde les deux ouvertures béantes du saillant.

Une troisième mine fait encore explosion, celle de la galerie n° 1 : une demi-section de la 1re compagnie s'y porte sans le moindre trouble. L'ennemi tente alors un assaut général, mais nos sentinelles font bonne garde et les brèches sont garnies en un instant de leurs défenseurs. Les Chinois regagnent précipitamment les tranchées, poursuivis par notre feu. On s'occupe aussitôt d'organiser un retranchement provisoire en arrière des brèches. Deux heures après, il est terminé, garantissant pour quelques heures la sécurité de la garnison.

Pendant cet assaut si énergiquement soutenu, les Chinois ont tenté une double diversion sur la face Nord et le long de la grève. Elle est repoussée par le feu des défenseurs de la demi-lune Nord, joint à celui de la *Mitrailleuse.*

Le 23 février est consacré par les deux partis à la continuation des travaux entrepris. Nos travailleurs n'ont pu encore fermer suffisamment les brèches, quand les Chinois ouvrent un feu très vif sur le saillant Nord-Ouest. Ils détournent ainsi notre attention, et vers 5 heures du matin, réussissent à jeter un groupe assez fort au pied même des brèches, dont le retranchement n'est pas encore terminé. Ils débouchent tout à coup sur trente mètres de front et pénètrent en quatre points dans la citadelle. Au premier bruit, le sergent-major Husband accourt avec l'une de ses trois escouades de piquet, et s'élance bravement sur les Chinois; mais il est blessé, et son escouade recule. Le sergent Thévenet, qui veut la soutenir avec les deux autres, est également blessé, et les trois escouades se replient derrière leur abri, d'où elles tiraillent contre les Chinois.

A ce moment, le capitaine Cattelin arrive avec une section et la fait charger à la baïonnette. Les Chinois s'enfuient, laissant des cadavres derrière eux. Cette échauffourée si heureusement terminée ne montre pas moins l'urgence de terminer les retranchements des brèches: les coolies y organisent une palissade en bambous.

Le caporal Gacheux reconnaît l'existence de cinq galeries auxquelles l'ennemi travaille pour l'instant : deux embrassent la brèche du saillant Sud-Ouest; une autre est dirigée sur la face Sud, une quatrième sur celle de l'Ouest; enfin la dernière sur la demi-lune de l'Ouest. Le cantonnement des Tonkinois est très menacé; ils construisent un retranchement sur la rive gauche du ravin qui les sépare de la citadelle, de façon à pouvoir s'y réfugier si les Chinois envahissent leur camp; toutes les précautions sont prises pour assurer leur retraite, et garder nos communications avec la rivière.

Le 25 février, dès l'aube, on reconnaît la présence d'un grand nombre de Chinois aux abords du saillant Sud-Ouest. Bientôt après, une mine éclate à la gauche de ce point. Le piquet et la réserve générale de la 1re compagnie se préparent à couronner la nouvelle brèche, quand les Chinois apparaissent sur celle de la face Ouest. Une section de la 2e compagnie s'y précipite et les culbute dans le fossé, où les défenseurs de la demi-lune les fusillent à bout portant. Leur échec est complet et on peut sònger à fermer la brèche qui vient d'être ouverte (1). Les deux journées suivantes sont consacrées à terminer ce travail, ainsi que tous ceux déjà commencés.

Le 27 février, à onze heures et demie du matin, une mine fait explosion au milieu de la face Sud, où elle ouvre une brèche de 10 mètres, jetant à 60 mètres de distance des blocs énormes de maçonnerie et de terre. Les Chinois, qui se sont massés en grand nombre au pied des anciennes brèches, se lancent furieusement à l'assaut sur tous les points. Le sous-lieutenant Proye, de piquet, court aux brèches de gauche à la tête de 3 escouades de la 2e compagnie. Le capitaine Cattelin se jette avec une demi-section de la même compagnie sur celles de droite. Une autre demi-section, commandée par le lieutenant Naert, renforce le piquet et surveille la brèche de la face Sud : les Chinois ne la couronnent pas. Ils n'ont fait sauter cette mine que pour détourner notre attention.

Pendant près de 30 minutes, la lutte continue sur les brèches ; les combattants ne sont séparés que par les palissades en bambous. Les Chinois finissent par quitter la crête pour se réfugier dans les entonnoirs. De là ils jettent des pétards ou des sachets de poudre enflammés à nos soldats.

Un moment après, ils renouvellent leur attaque qui est repoussée encore une fois. Pendant une heure et demie, ils ne cessent de renouveler ces assauts.

Enfin vers trois heures du matin, l'ennemi se décide à quitter le pied des brèches, semé de ses cadavres. Les diversions qu'il a tentées sur la face Nord et contre les Tonkinois n'ont pas eu plus de succès. La garnison s'em-

---

(1) Le 25 février arrive à Tuyen-Quan une lettre du général Brière de l'Isle, annonçant la prise de Lang-Son et son arrivée prochaine. (Dick de Lonlay, ouvrage cité.)

presse de fermer la nouvelle brèche par un retranchement rapide. La journée lui a coûté 3 tués et 9 blessés; parmi ces derniers est le sous-lieutenant Proye.

Mais, le soir du même jour, un signal longtemps attendu apporte enfin aux assiégés l'espoir d'une délivrance prochaine. Des fusées tricolores apparaissent dans la direction du Sud, lancées évidemment par des troupes françaises. Les Chinois n'en continuent pas moins leurs travaux qui menacent surtout le cantonnement des Tonkinois et la face Ouest. Le matin du 1er mars, on distingue encore des fusées vers Yuoc.

Le 2 mars, l'espoir d'être secouru acquiert plus de certitude : cette fois le bruit du fusil et du canon retentit en aval de la rivière. Un détachement de troupes françaises est certainement à proximité. Pourtant, pendant la nuit, les Chinois tirent encore vivement sur la citadelle. Leur feu s'arrête au matin seulement. On envoie des patrouilles vers les premières tranchées ennemies; elles sont évacuées. Le commandant Dominé fait successivement occuper toutes les autres; quelques Chinois attardés s'y font tuer en combattant. Un petit groupe s'est réfugié dans une chambre souterraine du Mamelon Brûlé; les tirailleurs tonkinois, les légionnaires qui veulent y pénétrer, perdent successivement plusieurs hommes. Enfin, le capitaine de Borelli ordonne de boucher toutes les issues avec de la paille humide à laquelle on met le feu, et fait ensuite enfoncer la toiture. Les cinq Chinois qui se trouvent dans cette cavité meurent les armes à la main, plutôt que de se rendre.

Des colonnes ennemies en retraite passent à portée du canon de la place, qui les salue de quelques obus. A deux heures de l'après-midi, le général Brière de l'Isle arrive à Tuyen-Quan avec la brigade Giovanninelli.

Le commandant Dominé, entouré des officiers qui lui

LE COLONEL GIOVANNINELLI

restent, attend le chef du corps expéditionnaire devant
la porte Sud de la citadelle. En l'apercevant, Brière de
l'Isle met pied à terre et l'embrasse : tous les spectateurs
de cette scène éprouvent un moment de profonde émotion,
qui leur fait oublier bien des fatigues, bien des dangers
courus (1).

____

(1) Les noms des compagnons d'armes du brave Dominé mérite-

Ce siège mémorable est donc terminé, non sans de lourdes pertes pour la petite garnison : sur un effectif de 594 hommes elle a eu 268 tués ou blessés (1). De ses douze officiers deux ont été tués et quatre blessés. C'est à juste titre que le général Brière de l'Isle lui adresse l'ordre suivant :

« Officiers, sous-officiers, soldats et marins de la garnison de Tuyen-Quan.

« Sous le commandement d'un chef héroïque, le chef de bataillon Dominé, vous avez tenu tête pendant trente-six jours, au nombre de six cents, à une armée, dans une bicoque dominée de toutes parts.

« Vous avez repoussé victorieusement sept assauts.

« Un tiers de votre effectif et presque tous vos officiers ont été brûlés par les mines ou frappés par les balles et les obus chinois; mais les cadavres de l'ennemi jonchent encore les trois brèches qu'il a vainement faites au corps de place.

---

raient d'être tous cités : à défaut nous donnons ci-après ceux de leurs officiers :

. Commandant Dominé;
Capitaines Cattelin, de Borelli, Moulinay (tué), Dia (tué);
Lieutenants Naert, Vincent (blessé), Goulet (blessé), Derappe;
Sous-lieutenants Burel (blessé) et Proye (blessé);
Médecin-major de 1re classe Vincent;
Enseigne de vaisseau Senés.
Le capitaine de Borelli, que nous avons plusieurs fois cité, est non seulement un vigoureux soldat, mais un écrivain de talent; l'Académie française lui a décerné un prix de poésie l'an dernier.

(1) 1er étranger : 44 tués, 28 blessés grièvement; 1er tonkinois : 4 tués, 2 blessés grièvement; 4e génie : 2 blessés grièvement. Légèrement blessés, 188 hommes; les officiers ne sont pas compris dans ces chiffres. (Télégramme du général Brière de l'Isle, 15 mars 1885.)

« Aujourd'hui, vous faites l'admiration des braves troupes qui vous ont dégagés au prix de tant de fatigues et de sang versé. Demain vous serez acclamés par la France entière.

« Vous tous aussi, vous pourrez dire avec orgueil : j'étais de la garnison de Tuyen-Quan ; j'étais sur la canonnière la *Mitrailleuse*. »

CHAPITRE XVII

A la fin de janvier 1885, les Chinois avaient réuni dans
le Yang-Tsé-Kiang une division de cinq bâtiments : trois
croiseurs, le *Nang-San*, le *Nang-Soué* et le *Tin-Tschou* (1);
une frégate en bois le *Yu-Yen*, de 3300 tonneaux, armée
de 21 canons (2), et un aviso, le *Tschen-King*, de 1300
tonneaux, avec 7 canons (3). Les trois croiseurs étaient
commandés par des Allemands et une partie de leur personnel, comme de celui des deux autres bâtiments, appartenait à la même nationalité.

Depuis longtemps les journaux chinois annonçaient le

______

(1) En acier, construits les deux premiers à Kiel, le dernier à
Fou-Tchéou : voir dans le *Journal Officiel* le *Rapport de l'amiral
Courbet sur le combat naval de Sheipoo*, 17 février 1885, et Maurice
Loir, ouvrage cité.

(2) 1 canon de 21 c., 8 de 15 c., 12 de 12 c. Krupp, 600 hommes
d'équipage.

(3) 1 canon de 16 c. et 6 de 12 c. Krupp; équipage, 150 hommes.

départ de cette petite force navale pour le Sud : elle devait, disaient-ils, attaquer nos navires devant Formose. Malgré ce que cette éventualité avait d'improbable, on ne fut pas surpris à bord de l'escadre française, en apprenant, vers la fin de janvier, le départ de la division chinoise pour une destination inconnue. L'amiral Courbet donnait aussitôt les ordres nécessaires pour parer à toutes les entreprises qu'elle pourrait tenter. Le 6 février, la *Triomphante*, le *Nielly*, le *Bayard*, l'*Eclaireur*, l'*Aspic*, la *Saône*, le *Duguay-Trouin* étaient réunis sous ses ordres à Matsou. L'amiral Lespès demeurait au blocus de Formose, avec la plus grande partie des autres bâtiments de l'escadre.

L'amiral Courbet croyait d'abord que l'intention des bâtiments chinois était de se rendre à Fou-Tchéou et il prescrivait d'établir un blocus rigoureux de la Rivière Min ; mais le 7 février, sur la foi de renseignements nouveaux, nos bâtiments remontaient vers le Nord, en fouillant avec soin la côte chinoise. Le 10, ils atteignaient les îles Chusan (Tscheu-Tschan) ; le 11, Gutzlaff, à l'embouchure du Yang-Tsé-Kiang ; la panique se répandait dans la rivière de Woo-Sung, que les Chinois barraient aussitôt. Mais d'autres nouvelles venues de Shanghaï ramenaient la division vers le Sud. Elle traversait de nouveau les parages dangereux des îles Chusan. Les courants violents, qui parcourent leurs canaux étroits et tortueux, y rendaient la navigation extrêmement difficile. En outre, nos bâtiments n'avaient pas allumé leurs feux de route, de peur de donner l'éveil à l'ennemi, et cette circonstance rendait encore leur marche plus dangereuse. Pourtant, tous se retrouvaient le matin du 13, au rendez-vous assigné par l'amiral, par le travers de l'île Montagu. Le ciel était gris; il pleuvait.

A ce moment l'*Eclaireur*, qui devance l'escadre, signale cinq navires à vapeur dans le Sud. L'amiral ordonne aussitôt le branle-bas de combat contre une force navale. C'est pour nos équipages un moment depuis longtemps attendu. Chacun court à son poste, plein d'espoir en un prochain succès : le signal d'attaque qui flotte au grand mât du *Bayard* fait oublier dans un instant les heures douloureuses consacrées au blocus de Formose.

Vers sept heures on distingue nettement à une dizaine de milles les cinq bâtiments chinois ; mais ils prennent chasse aussitôt.

L'amiral ordonne de leur courir sus le plus promptement possible : le *Bayard* prend la tête avec le *Nielly* et l'*Eclaireur* ; les autres navires suivent non sans peine. On voit d'abord les navires chinois se rapprocher lentement : nous les gagnons de vitesse. Ils semblent même rectifier leur ligne et l'amiral croit un moment qu'ils vont accepter le combat. Mais leurs feux redoublent d'activité et ils reprennent bientôt l'avantage. Toutefois deux d'entre eux, la frégate et la canonnière, moins bons marcheurs sans doute, demeurent en arrière. Bientôt les autres changent brusquemment de direction et filent vers le Sud, tandis que ces deux bâtiments continuent de s'enfoncer dans la baie San-Moon.

L'amiral désigne aussitôt la *Triomphante*, la *Saône* et l'*Aspic*, moins bons marcheurs, pour barrer passage aux deux derniers navires chinois. Le *Bayard*, le *Nielly* et l'*Eclaireur* continuent à poursuivre les croiseurs. Mais ceux-ci sont d'une vitesse bien supérieure à celle des nôtres. Le seul des bâtiments de l'escadre qui aurait pu les gagner de vitesse, le *Tourville*, a été renvoyé en France plusieurs mois auparavant.

Nos bâtiments voient donc s'augmenter peu à peu la distance qui les sépare de l'ennemi. La brise devient de plus en plus forte ; la mer grossit, en même temps qu'une brume épaisse s'élève. Il faut bientôt renoncer à une poursuite inutile : l'amiral donne le signal d'arrêter la chasse et de gagner les environs du port de Sheipoo.

L'*Eclaireur* et le *Nielly* vont mouiller à l'Est de l'île de Tung-Moon, tandis que le *Bayard* se porte dans la rade de Sheipoo, de manière à surveiller les passes de l'Est. La *Triomphante* et la *Saône* gardent celles du Sud.

La nuit se passe dans un continuel émoi. Au matin du 14, l'*Aspic* et les embarcations à vapeur explorent les alentours, et apprennent que les deux navires chinois sont à l'ancre, entre l'île de Tung-Moon et la ville de Sheipoo.

Le lieutenant de vaisseau Ravel, aide de camp de l'amiral, va aussitôt reconnaître les passes qui permettront de les attaquer le lendemain. Courbet a l'intention de lancer ses bâtiments contre eux. Mais, avant de risquer ses navires dans ces parages dangereux, il veut essayer d'une attaque par les deux canots porte-torpilles du *Bayard*. Le capitaine de frégate Gourdon et le lieutenant de vaisseau Duboc vont les commander ; M. Ravel leur servira de guide. Le lendemain est le jour de l'an chinois : sans doute l'ennemi fera moins bonne garde.

Le 14 février, à 11 heures 1/2 du soir (1), par une nuit noire, quatre embarcations quittent le *Bayard*. La vedette et la baleinière, qui marchent en avant, sont peintes en gris et ne se distinguent pas à distance. Nos deux canots porte-torpilles, de couleur noire, se voient plus aisément.

Ils perdent et retrouvent plusieurs fois les deux autres embarcations. Enfin, après plusieurs heures de navigation

---

(1) Voir le récit de M. Gourdon dans une lettre à l'amiral Cloué, Maurice Loir, ouvrage cité. Outre les 2 canots porte-torpilles, la vedette et la baleinière du *Bayard* faisaient partie de l'expédition.

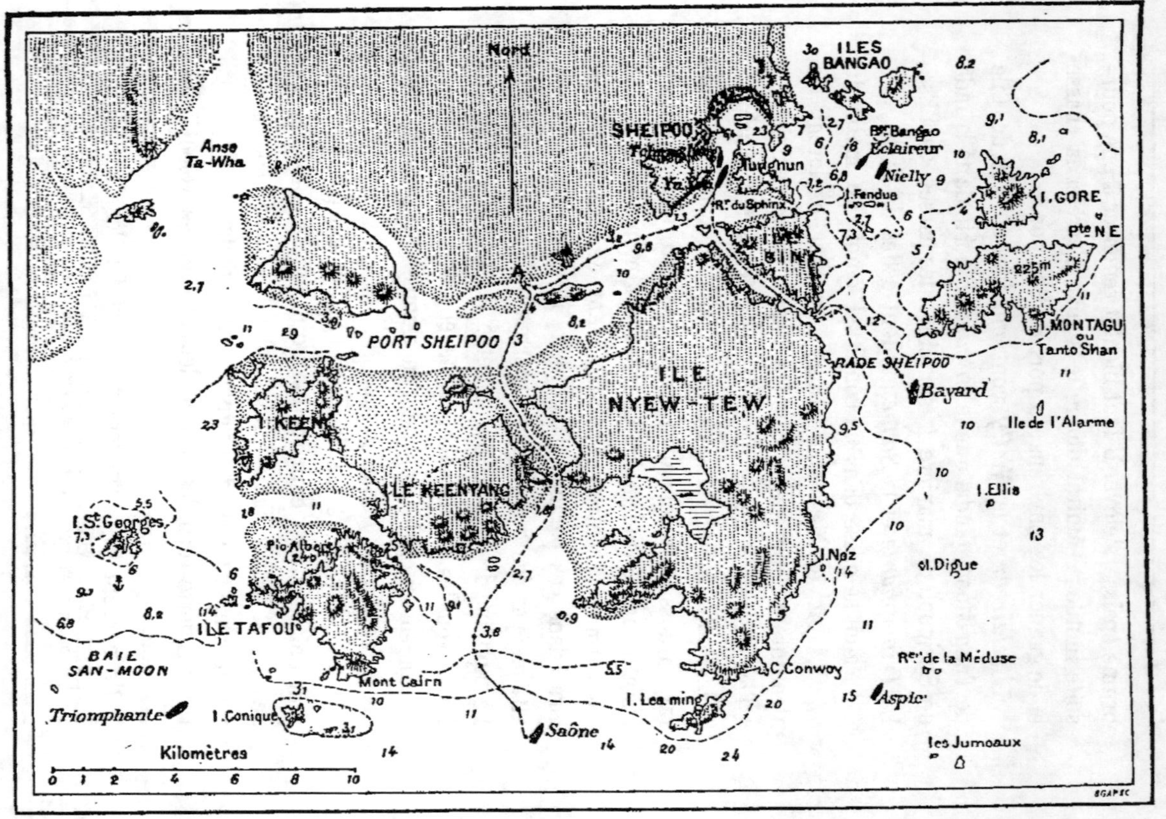

Nord
ILES BANGAO
SHEIPOO
Tuchun
Bte Bangao
Eclaireur
Nielly
Fendue
I. GORE
pte N E
MONTAGU ou Tanto Shan
RADE SHEIPOO
Bayard
Ile de l'Alarme
I. Ellis
I. Digue
Rde de la Méduse
Aspic
les Jumeaux
I. Noz
C. Conway
Anse Ta-Wha
PORT SHEIPOO
ILE NYEW-TEW
KEEN
ILE KEENYANG
I. St Georges
Pic Aigu
ILE TAFOU
BAIE SAN-MOON
Mont Cairn
I. Conique
I. Lea ming
Saône
Triomphante
Kilomètres
0 1 2 4 6 8 10

pénible, au milieu de forts courants et de violents remous, le commandant Gourdon aperçoit une grande masse noire et se dirige lentement sur elle : c'est la frégate ; il est 3 heures 3o.

A 2oo mètres du bâtiment chinois, les derniers préparatifs faits, la hampe porte-torpille mise en place et les fils en contact avec la pile, le canot se lance à toute vitesse. Les Chinois l'ont aperçu et leur navire s'illumine soudainement. Des nappes horizontales de feu en partent, passant au-dessus de notre frêle embarcation. Les canons Nordenfeldt et les fusils font rage.

Tout à coup le canot fait machine arrière et un grand choc se produit. La torpille éclate à l'arrière de la frégate ; mais le canot est pris sous le cul de poule de ce bâtiment et ne peut se dégager. En même temps la vapeur s'échappe du tiroir : le robinet graisseur est cassé ; on ferme cette ouverture avec une baïonnette. Un quartier-maître repousse d'un formidable coup de poing un Chinois qui passe la tête à un sabord.

Mais le canot reste toujours attaché au navire, il faut dévisser la hampe de la torpille sous le feu de l'ennemi.

Après un moment d'angoisse, l'embarcation part en arrière, à toute vitesse, toujours suivie par une pluie de balles venant du navire et de terre. Un homme est blessé mortellement par l'une de ces dernières.

A ce moment, le canot de M. Duboc apparaît à son tour et va faire exploser ses torpilles par la hanche de tribord de la frégate. Les Chinois sont affolés : frégate et corvette se prennent naturellement pour ennemies et se couvrent de projectiles ; les troupes de terre tirent également. Dans cette confusion nos deux canots parviennent à s'échapper ; mais les courants les entraînent et ils cherchent inutilement le feu rouge qui doit signaler les autres embarcations. L'un d'eux échoue et se désempare.

M. Ravel les attend vainement et revient au *Bayard*, croyant ses compagnons ensevelis comme le *Yu-Yen*. L'amiral Courbet apprend cette perte avec une douloureuse émotion et se rend lui-même, en canot à vapeur, dans la rade de Sheipoo, pour bien s'assurer que tout espoir doit être perdu. Le *Yu-Yen* semble flotter, mais ses bas-mâts sont noyés jusqu'à moitié de leur hauteur; il s'est enfoncé verticalement. Quand au *Tschen-King*, il est couché sur le flanc et rempli d'eau, coulé par les propres canons du *Yu-Yen* et peut-être par ceux de terre.

Pendant cette reconnaissance, on aperçoit tout à coup du *Bayard* nos deux canots remorqués par la *Saône*. Une embarcation va aussitôt porter cette nouvelle à l'amiral Courbet. Ce chef impassible d'ordinaire, inaccessible en apparence à toute émotion, grave et froid comme il l'est dans les relations du service, semble transfiguré par la joie d'avoir retrouvé les marins qu'il croyait perdus. Il bat des mains à la pensée d'un triomphe que l'amertume de leur perte ne vient plus ternir. La division et, plus tard, l'escadre entière s'associent à cette joie.

Le 16 février, les bâtiments de la division quittaient les abords de Sheipoo, pour se diriger vers Maïsou ou vers Kélung. L'amiral n'avait pas encore renoncé à retrouver les trois croiseurs chinois et, en effet, il devait les rencontrer, quelques jours après, à Ning-Po.

Cependant le blocus de Formose continuait, imposant à nos équipages des fatigues incessantes, qu'aucun résultat sérieux ne compensait. Heureusement le gouvernement français allait enfin se décider à prendre une attitude plus énergique.

Depuis longtemps, nous l'avons vu, l'amiral Courbet avait réclamé le droit d'interdire les transports du riz, qui s'opèrent par quantités énormes du Sud vers le Nord de la Chine, à partir du moment où le golfe du Pé-Tché-Li devient libre de glaces.

Ce riz, qui forme l'aliment principal des Chinois de toutes les latitudes, est aussi un tribut que les provinces méridionales envoient à la couronne. Il sert, en partie, à la solde des troupes. Les quantités transportées sont donc très considérables : chaque année le gouvernement chinois en reçoit pour sa seule part 7 ou 800,000 piculs (1) à la fin de février et pendant le mois de mars. En 1885 il avait affrété 150 steamers, la plupart anglais, pour le transport de ces denrées.

Le 21 février, le ministère français prévenait nos agents diplomatiques qu'il interdisait le commerce du riz sur les côtes chinoises. Nous dirons plus loin quel accueil cette mesure devait recevoir des puissances intéressées : deux seulement, la Suède et l'Angleterre, élevèrent des objections formelles, sans toutefois arriver à une opposition ouverte. Cette nouvelle mesure ne mettait pas moins entre les mains de l'amiral un moyen d'action qu'il avait passionnément souhaité. Même avec les tempéraments que le ministère y apporta au bout de quelques jours, en autorisant le transport du riz sur les côtes Sud de l'Empire, elle pouvait avoir et elle eût une influence considérable sur l'issue de la campagne. Les contrats passés pour le transport du riz furent immédiatement rompus; malgré les protestations inconvenantes de sir Henry Parkes, le ministre d'Angleterre, ses nationaux renoncèrent presque tous à un

____

(1) Le picul pèse 60 kilogrammes environ.

trafic dont les risques étaient devenus trop considérables.

De retour à Kélung, le 19 février, après le combat de Sheipoo, l'amiral en repartait le 26, pour mettre à exécution les ordres relatifs au blocus du riz. L'escadre venait d'être renforcé du *Duchaffaut* et du *La Pérouse*, deux nouveaux croiseurs arrivant de la Nouvelle-Calédonie ou de France. L'amiral emmenait avec lui la *Triomphante* (1),

---

(1) L'escadre de l'Extrême-Orient était ainsi composée vers cette époque :

Vice-amiral Courbet, commandant en chef.

Capitaine de frégate de Maigret, chef d'état-major.

Contre-amiraux Lespès et Rieunier, en sous-ordre.

Bayard, cuirassé de croisière, 825 ch., 12 canons; capitaine de vaisseau Parrayon.

La Galissonnière, cuirassé de croisière, 500 ch., 12 canons; capitaine de vaisseau Fleuriais.

Turenne, cuirassé de croisière, 850 ch., 12 canons; capitaine de vaisseau Dupuis (T. E.).

Triomphante, cuirassé de croisière, 575 ch., 13 canons; capitaine de vaisseau Baux (F.).

Atalante, cuirassé de croisière, 450 ch., 12 canons; capitaine de vaisseau Trève.

Duguay-Trouin, croiseur de 1re classe, 875 ch., 11 canons; capitaine de vaisseau Desnouy.

Villars, croiseur de 1re classe, 650 ch., 15 canons; capitaine de vaisseau Vivielle.

D'Estaing, croiseur de 1re classe, 650 ch., 15 canons; capitaine de vaisseau Coulombeaud.

La Pérouse, croiseur de 1re classe, 550 ch., 15 canons; capitaine de vaisseau Méquen.

Nielly, croiseur de 1re classe, 550 ch., 15 canons; capitaine de vaisseau Dordodot des Essarts.

Magon, croiseur de 1re classe, 550 ch., 15 canons; capitaine de vaisseau Puech.

Primauguet, croiseur de 1re classe, 550 ch., 15 canons; capitaine de vaisseau Buge.

Roland, croiseur de 1re classe, 550 ch., 15 canons; capitaine de vaisseau Mayet, le *Nielly*, la *Saône*, que devaient bientôt rejoindre la *Vipère*, le *Rigault-de-Genouilly*, l'*Eclaireur* et le *La Pérouse*.

Le 28 février cette division mouillait à l'Ouest de l'île

Champlain, croiseur de 2ᵉ classe, 450 ch., 10 canons; capitaine de frégate Martial.

Château-Renault, croiseur de 2ᵉ classe, 450 chevaux, 7 canons; capitaine de frégate Le Pontois.

Eclaireur, croiseur de 2ᵉ classe, 450 ch., 8 canons; capitaine de frégate Fournier (C. H. R. L.).

Rigault de Genouilly, croiseur de 2ᵉ classe, 450 ch., 8 canons; capitaine de frégate Richard.

Kerguélen, croiseur de 3ᵉ classe, 250 ch., 6 canons; capitaine de frégate Fournier (J. M. A.).

Volta, croiseur de 3ᵉ classe, 250 ch., 6 canons; capitaine de frégate Gigon.

Duchaffaut, croiseur de 3ᵉ classe, 230 ch., 6 canons; capitaine de frégate Le Mercier-Moussaux.

Saône, aviso-transport, 175 ch., 4 canons; capitaine de frégate Monin.

Lutin, canonnière, 100 chevaux, 3 canons; lieutenant de vaisseau Debar.

Vipère, canonnière, 100 ch., 4 canons; lieutenant de vaisseau Boué de Lapeyrère.

Lynx, canonnière, 100 ch., 4 canons; lieutenant de vaisseau Bonnaire.

Comète, canonnière, 100 ch., 4 canons; lieutenant de vaisseau Noirot.

Sagittaire, canonnière, 100 ch., 4 canons; lieutenant de vaisseau Krantz.

Aspic, canonnière, 100 ch., 4 canons; lieutenant de vaisseau de Fauque de Jonquières.

Jaguar, canonnière, 65 ch., 2 canons; lieutenant de vaisseau Fouet.

Annamite, transport de 1ʳᵉ classe, 650 ch., 2 canons; capitaine de frégate Le Bourguignon-Duperré.

Tonkin, transport de 1ʳᵉ classe, 650 ch, 2 canons; capitaine de frégate Nabona.

Château-Yquem, croiseur auxiliaire, 650 ch., 6 canons; capitaine de frégate Lejard.

Torpilleur de 2ᵉ classe, nº 44, 100 ch., lieutenant de vaisseau Grenouilloux.

Torpilleur de 2ᵉ classe, nº 45, 100 ch., lieutenant de vaisseau Douzans.

Kintang, près de l'embouchure de la Rivière Yung qui passe au port de Ning-Po ; l'amiral ordonnait aussitôt de surveiller exactement les passes. Le lendemain, au jour, nos bâtiments y pénétraient pour les reconnaître. Les trois croiseurs chinois, inutilement poursuivis le 13 février, s'y étaient réfugiés derrière un fragile barrage. Des forts, tout récemment construits à l'entrée de la rivière, étaient gardés par de nombreuses troupes, qui dirigeaient sur nos bâtiments une canonnade et une fusillade aussi bruyantes qu'inefficaces.

Les Chinois avaient déjà barré la rivière à peu près complètement en y coulant des jonques ; une passe de 60 mètres de large, encore laissée libre, pouvait être fermée au moyen d'un brick tenu tout prêt.

Pour observer lui-même la situation des navires chinois, l'amiral Courbet se faisait hisser dans une barrique jusqu'à la hune de misaine de la *Triomphante ;* puis il s'embarquait sur le *Nielly* et allait explorer l'entrée Nord de la rivière, au-delà des îles Ta-Yew et Seaou-Yew qui couvrent son embouchure. À peine le *Nielly* les avait-il dépassées qu'il était en butte au tir très précis d'un fort et à celui des bâtiments chinois : il y répondait aussitôt. Cette canonnade durait une demi-heure, mais elle n'empêchait pas l'amiral de terminer sa reconnaissance.

Sept navires chinois étaient mouillés dans la rivière Yung : les trois croiseurs, deux avisos-transports et deux canonnières du type alphabétique. L'amiral donnait l'ordre d'appareiller le matin suivant pour réduire le fort

---

Torpilleur de 2ᵉ classe, n° 46, 100 ch., lieutenant de vaisseau Campion.

Torpilleur de 2ᵉ classe, n° 50, 100 ch. ; lieutenant de vaisseau Vignot.

(M. Loir, ouvrage cité.)

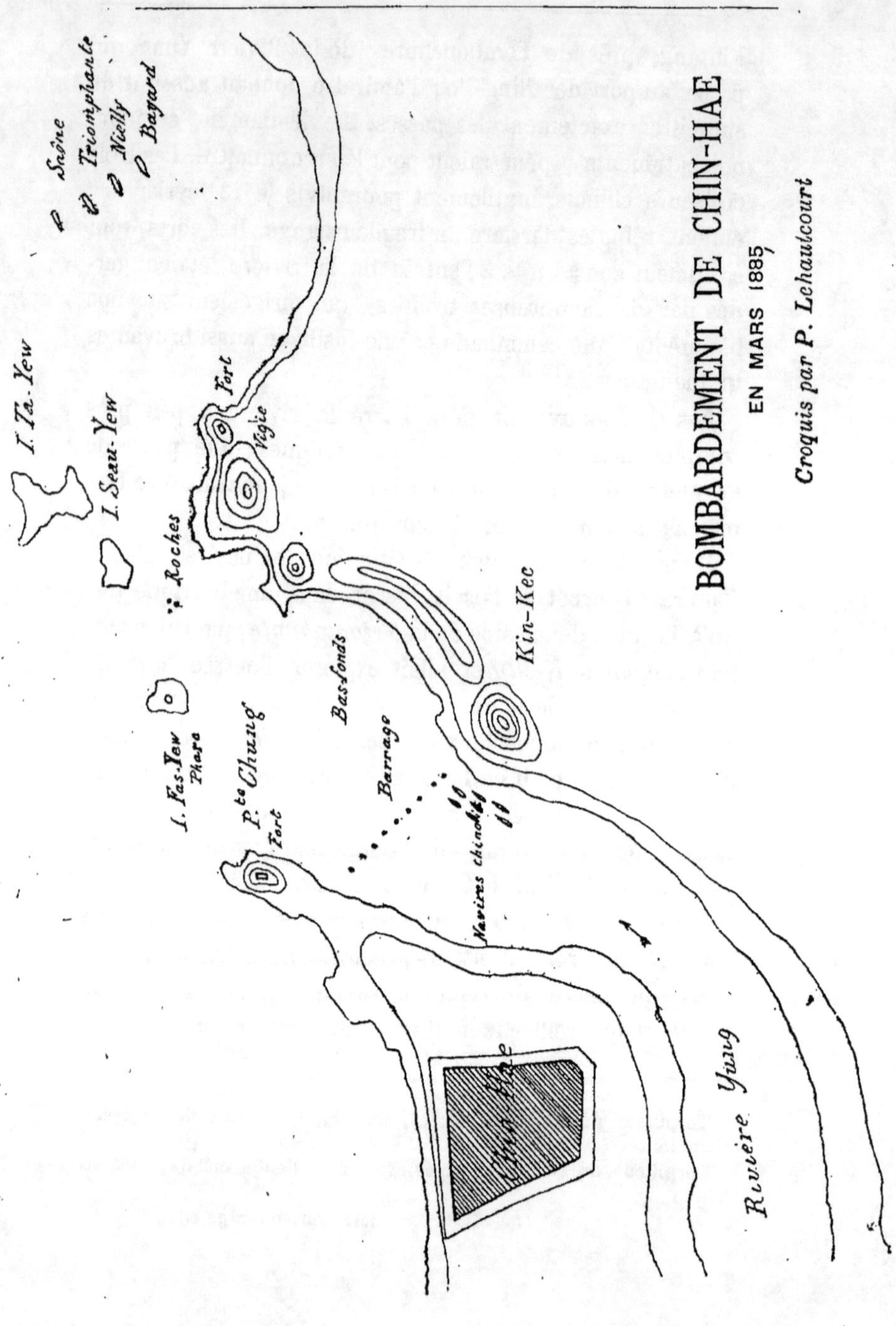

Snône
Triomphante
Nielly
Bayard
I. Ta-Yew
I. Seau-Yew
I. Fas-Yew
Phare
Roches
Fort
Vigie
P.te Chung
Fort
Bas-fonds
Barrage
Kin-Kec
Navires chinois
Chin-Hae
Rivière Yung
BOMBARDEMENT DE CHIN-HAE
EN MARS 1885
Croquis par P. Lehautcourt

et couler ensuite les navires. Mais la nuit passée, et après mûre réflexion, il craignait de ne pouvoir faire approcher suffisamment ses navires du fort, faute de fonds. De plus, à 1,800 mètres de cet ouvrage, les bâtiments français auraient encore été à 4,500 mètres de la division chinoise, c'est-à-dire trop loin pour l'endommager fortement. Enfin, il était possible que cette division remontât la rivière, où la plupart de nos bâtiments ne pourraient la suivre et où les autres courraient de grands risques de la part des batteries des deux rives. L'amiral crut donc devoir renoncer à cette opération et modifier ses ordres. Beaucoup le regrettèrent à bord de la division navale ; non sans raison, car, on le sut plus tard, la panique avait été si grande dans Ning-Po, que le tao-taï avait donné l'ordre de rendre les navires chinois à la première démonstration des Français ; le consul d'Angleterre, chargé provisoirement de nos intérêts, était l'intermédiaire désigné pour cette reddition.

L'amiral demeura devant l'embouchure de la rivière avec deux navires : les Chinois continuaient leurs démonstrations belliqueuses, balayant constamment les passes d'une nuée de projectiles, au grand dommage des paisibles jonques de leurs compatriotes. L'amiral fit de ce point la base d'opérations de sa croisière pour le blocus du riz (1).

Le 4 mars elle commençait enfin ; nos bâtiments s'échelonnaient devant l'embouchure du Yang-Tsé-Kiang, de Sha-Wei-Shan jusqu'à Gutzlaff, et leur présence donnait aussitôt les résultats attendus. Cette tardive résolution du gouvernement français allait plus faire, pour hâter la paix, que ne l'avaient pu tous nos sacrifices et nos succès passés.

---

(1) La *Saône* dont les chaudières étaient en très mauvais état quittait l'escadre le 3 mars pour aller désarmer à Saïgon.

Pourtant les instructions du ministère prescrivaient d'alléger le plus possible la rigueur de ce blocus vis-à-vis des neutres. Quand l'un de leurs navires était reconnu porteur de contrebande de guerre, on se bornait, le plus souvent, à le diriger sur Shanghaï, où les articles prohibés étaient mis à terre et confiés à la garde du ministre de France. Le *Glenròy*, de la Compagnie Jardine, avait été trouvé porteur de 5o tonneaux de plomb. Le *Champlain* l'arrêta et l'amiral approuva cette mesure; mais, quatre jours après, un télégramme de M. Patenôtre enjoignait de relâcher notre prise et de se borner à faire séquestrer le plomb à Shanghaï jusqu'à la fin des hostilités. Jamais, peut-être, un blocus n'avait été exercé avec de pareils ménagements.

A ce moment l'amiral Courbet exécutait un nouveau plan, auquel il avait antérieurement songé à plusieurs reprises.

CHAPITRE XVIII.

Les Pescadores. — Bombardement du 29 mars 1885. — Combat des 30 et 31 mars dans l'île Ponghou. — Prise de Makung.

Le 17 mars, Courbet ordonnait à l'amiral Lespès de venir le relever dans le blocus des croiseurs chinois et le commandement de la croisière du riz. En même temps le colonel Duchesne recevait à Kélung l'ordre de tenir un bataillon prêt à prendre la mer pour une expédition imminente. Le 27 mars, le *Villars*, le *Château-Renaud*, la *Triomphante*, le *d'Estaing*, le *Duchaffaut*, le *Bayard*, l'*Annamite*, se réunissaient à Taï-Wan. Le torpilleur n° 45, celui même qui avait joué un si grand rôle à Fou-Tchéou, sombrait dans cette traversée, heureusement sans perte d'hommes.

Le 28, l'escadre appareillait pour la baie de Ponghou, dans les îles Pescadores. Elle allait évidemment occuper ce groupe d'îles (1).

____

(1) Voir le rapport de l'amiral Courbet, 8 avril 1885 (*Journal officiel*, 28 mai 1888) et Maurice Loir, ouvrage cité.

L'amiral Courbet n'avait jamais été partisan de notre entreprise de Formose, surtout avec les moyens si restreints mis à sa disposition. Le 15 mars il écrivait encore, au sujet de notre situation à Kélung : « nous piétinons sur place », et le gouvernement français en était venu lui-même à considérer l'évacuation de cette ville comme souhaitable. Puisque notre présence dans le Nord de Formose n'avait d'autre résultat que d'immobiliser une bonne part de nos navires et plusieurs bataillons, au grand détriment de notre action au Tonkin ou dans les Mers de Chine, il valait mieux y renoncer, pensait l'amiral. Au lieu de ce singulier gage, qui, suivant l'expression de M. Clémenceau, nous tenait plutôt que nous le tenions, il voulait occuper les îles Pescadores, un groupe jeté entre Formose et le continent et qui occupe une situation stratégique sans rivale, à portée de tous les grands ports de la Chine méridionale, sur la route obligée de Shanghaï à Hong-Kong, Saïgon, Singapour. La population des Pescadores n'est que de 30,000 habitants et passe pour être d'humeur pacifique : le nom de ces îles indique à quel genre d'occupation elle se livre de préférence ; elle fait de plus un commerce actif avec les côtes voisines.

L'importance des Pescadores est dans leur port, qui vaut mieux que Hong-Kong : c'est un havre naturel d'une superficie de 875 hectares, profond de 10 mètres, calme en tout temps et d'un accès facile. Dès le début des hostilités entre la France et la Chine, il avait été question de l'occuper. Dans une de ses dépêches officielles, M. Patenôtre recommandait vivement cette opération, en exprimant l'étonnement des étrangers à voir cette opération si longtemps différée. Cette abstention était d'autant moins compréhensible que les Pescadores servaient d'entrepôt entre Formose et les côtes de Chine : les forceurs de blocus y déposaient leurs cargaisons, que des jonques portaient ensuite dans la grande île.

Sur les pressantes instances de l'amiral, le gouvernement lui accorda enfin le supplément de forces qu'il avait réclamé et l'autorisation d'agir contre les Pescadores. Une deuxième division navale était créée sous les ordres du contre-amiral Rieunier (1). Le cuirassé *Turenne*, les croiseurs *Magon*, *Rolland*, *Primauguet*, les canonnières *Comète* et *Sagittaire*, les torpilleurs 44 et 5o, le grand croiseur auxiliaire *Château-Yquem* (2), allaient incessamment rejoindre l'escadre : l'amiral pouvait donner cours à ses projets.

Le port principal des Pescadores, celui de Makung, est situé au Sud-Ouest de la grande île, Ponghou. En face se trouve une île longue et étroite, l'île Fisher ; puis l'île Plate, très près et à l'Ouest du Goulet : enfin, dans l'intérieur du port, l'île Observatoire, un îlot très bas. Tous ces îlots, comme les deux pointes fermant l'entrée du port étaient armés de batteries en assez médiocre état d'armement. La seule pouvant opposer une certaine résistance paraissait être celle du fort de Makung. Au Nord-Est se voyait un camp retranché, occupé par des troupes assez nombreuses. Le goulet, fermé par une chaîne supportant, disait-on, des torpilles, semblait inaccessible (3).

---

(1) Contre-amiral Rieunier ; né le 6 mars 1833, entré au service en 1851 ; aspirant le 1er août 1853, enseigne le 7 mars 1857, lieutenant de vaisseau le 4 mars 1861 ; capitaine de frégate le 22 juillet 1870, capitaine de vaisseau le 4 juin 1871, il était contre-amiral du 31 mars 1882.

(2) Ce bâtiment était un paquebot armé de 6 canons de 14 c. et nolisé dans les conditions de la loi de 1881 sur la marine marchande. Il ne filait que 12 nœuds et rendit de très médiocres services. Le *Château-Yquem* était loué 2,000 francs par jour à la Compagnie Bordelaise de Navigation.

(3) Fort casematé de Makung : 3 canons de 10 tonnes Armstrong ;

L'amiral avait préparé cette expédition avec un soin minutieux. On ne savait si la batterie Sianchi, au Sud-Ouest de l'île Fisher, était armée; on s'attendait à une défense énergique. L'amiral admit donc trois plans d'attaque, pour chacun desquels les bâtiments avaient leur place déterminée; suivant l'état où serait la batterie Sianchi, on exécuterait l'un de ces trois programmes.

Le 29 mars, l'escadre appareille au point du jour et, vers 7 heures du matin, elle entre dans le port de Ponghou:

Le *Bayard* ouvre la marche, suivi de la *Triomphante*, du d'*Estaing*, du *Duchaffaut*, de l'*Annamite*. La batterie Sianchi est déserte et nos navires se postent en conséquence. Le *Bayard*, à 900 mètres et sur la limite du champ de tir du fort de Makung, bat ce dernier, le fort Noir et celui de l'Observatoire, en prenant à revers l'île Plate et le fort Dutch.

La *Triomphante*, près de la limite du champ de tir de l'île Plate et du fort Dutch, à 1,000 mètres de la première et à 1,500 mètres du second, est abritée par l'île Plate du côté du fort de Makung.

Le d'*Estaing* prend l'île Plate à revers;

Le *Duchaffaut*, bat le fort de Makung à revers, ainsi que le camp retranché.

---

4 pièces de 14 c. rayé Voruz; 1 pièce de 23 c. rayé Armstrong; 1 pièce de 16 c. rayé Voruz.

Fort Noir, batterie barbette au Nord du précédent : 1 caronade chinoise; 1 canon chinois de 19 c.; 1 canon Armstrong de 10 c.; 2 canons anglais de 14 c. lisse.

Ile Plate, batterie barbette : 2 canons chinois de 18 c.; 2 canons chinois de 11 c.; 1 canon chinois de 12 c.; 1 canon lisse européen de 14 c.

Ile Observatoire, batterie barbette : 1 pièce chinoise de 20 c.; 2 pièces Armstrong de 10 c.

Fort Dutch, batterie barbette : 2 canons de 22 c. lisse; 2 canons de 14 c. lisse.

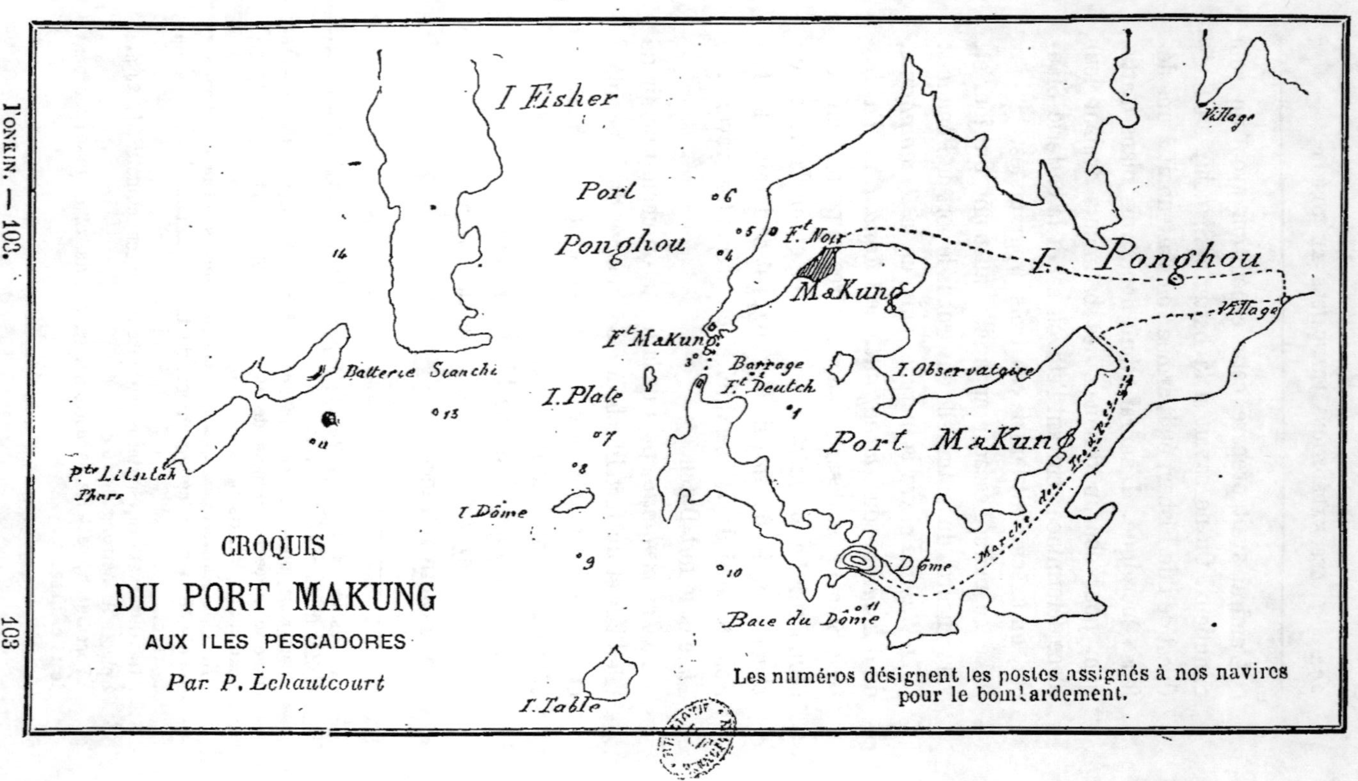

CROQUIS

DU PORT MAKUNG

AUX ILES PESCADORES

Par P. Lehautcourt

Les numéros désignent les postes assignés à nos navires
pour le bombardement.

L'*Annamite*, hors de la portée des forts, bat l'isthme sablonneux de la baie Dôme, pour arrêter les troupes chinoises qui voudraient s'y rendre et afin de préparer notre débarquement.

A 7 heures, pendant que nos bâtiments prennent position, la batterie de l'île Plate, bientôt suivie des autres, ouvre le feu à 2,000 mètres. Nos navires répondent, tout en gagnant leurs postes, et écrasent bientôt les ouvrages ennemis par un tir d'une grande précision. Celui des Chinois, très vif pendant une demi-heure, n'atteint aucun de nos bâtiments. Vers 7 heures 1/2, il se ralentit ; le tir de l'Observatoire, du fort Dutch et de l'île Plate cesse successivement ; leurs défenseurs s'enfuient.

Au fort casematé et au fort Noir, nous trouvons une résistance plus vive. A 8 heures 20, le feu de nos bâtiments s'arrête, à l'exception de celui du *Bayard* et du *Duchaffaut*, qui se rapprochent des ouvrages chinois et les réduisent en peu de temps au silence. La *Vipère*, qui arrive à l'instant, vient prendre place à côté du *Duchaffaut* et le seconde activement. A 9 heures 1/2, le combat est terminé et les Chinois ne tirent plus qu'à de longs intervalles.

L'après-midi, on termine la destruction des forts. Le *Bayard* et la *Triomphante*, à 700 mètres du fort casematé, le démolissent entièrement ; la *Vipère* démonte les batteries de l'île Plate et du fort Dutch ; le d'*Estaing* bombarde aussi celle de l'île Fisher. On canonne les groupes de soldats chinois qui paraissent à terre. Enfin nos torpilleurs détruisent au fulmi-coton les six pièces de l'île Plate, informes blocs de fonte remontant à des siècles.

Vers 5 heures du soir, les troupes de débarquement sont mises à terre, dans la baie Dôme : un bataillon d'infanterie de marine, commandant Lange, et une section de 80 mill. de montagne (1). Elles s'établissent pour la nuit sur le pic Dôme et un contrefort voisin, dans une position très forte. L'amiral a fait choix de ce point de débarquement, bien qu'il doive obliger nos troupes à un grand détour avant d'atteindre Makung, parce que l'ennemi a accumulé ses forces au Nord du port, dans la direction la plus exposée. En outre, nous menacerons ainsi sa ligne de retraite sur l'intérieur de l'île.

Pendant la nuit, on reconnaît le barrage : il est uniquement formé d'une grosse chaîne, que l'on relève au point du jour, malgré le feu des tirailleurs chinois. Le *Bayard* entre aussitôt dans le port et les met en fuite. Pendant ce petit combat, le commandant Lange s'est mis en marche pour contourner la baie. Vers 9 heures 30 il rencontre l'ennemi, posté dans un chemin creux. La compagnie Cramoisy est lancée sur lui et le culbute ; la *Vipère*, qui appuie nos troupes, couvre les fuyards d'obus. Ils laissent une cinquantaine de morts sur le terrain.

La colonne reprend sa marche, mais l'artillerie se traîne péniblement sur le sol sablonneux et, vers 4 heures du soir seulement, on peut atteindre un endroit convenable pour le bivouac. La nuit est tranquille. Le lendemain 31, au jour, le commandant Lange, rallié par les compagnies de débarquement et la batterie de 65 m/m de l'escadre (2), se porte sur le village de Sio-Koui-Tàng et le traverse. Au sortir de Sio, l'ennemi, embusqué derrière des murs en pierres, ouvre un feu nourri. Les 26° et 27° compagnies le tournent par gauche, l'artillerie de la colonne et de la *Vipère* couvrent ses positions d'obus. Il est culbuté et on s'empare d'un

---

(1) 400 hommes du 2° régiment et une section de la 7° batterie *bis* d'artillerie de marine.

(2) La colonne compte ainsi 650 fusils et 6 canons.

petit fortin qui fait suite à ses emplacements. Un plateau à 800 mètres plus loin, défendu par des Chinois très bien armés, est enlevé également par les compagnies de la *Triomphante* et du d'*Estaing*, ainsi que par les 25ᵉ et 27ᵉ compagnies d'infanterie de marine.

La déroute de l'ennemi est complète : il n'oppose plus aucune résistance. La colonne arrive à Makung à 5 heures 45 et y entre sans difficulté. Elle y trouve des armes, des munitions, des vivres en grandes quantités.

Le lendemain, 1ᵉʳ avril, le fort de Makung est également occupé sans coup férir. Le pavillon français, qui y est arboré, reçoit le salut de l'artillerie du *Bayard* ; la musique du bâtiment amiral joue la *Marseillaise*. Chacun, dans l'escadre, croit qu'il s'agit d'une prise de possession définitive ; on est heureux d'avoir obtenu enfin un résultat matériel de tant d'efforts.

Nos pertes, du 29 au 31 mars, sont insignifiantes : 5 tués et 12 blessés dont 2 officiers, le lieutenant de vaisseau Poirot et le lieutenant Ozoux, de l'infanterie de marine. Notre succès est donc complet et l'escadre de l'amiral Courbet a, encore une fois, bien mérité de la patrie. Nous avons entre les mains un gage d'une valeur assez grande pour compenser les sacrifices et les déboires de cette longue croisière sur les côtes de Chine. Mais pourquoi faut-il que la nouvelle de la prise des Pescadores, ce dernier triomphe de l'amiral Courbet, coïncide avec celle de la retraite de Lang-Son ? Par quel mystérieux arrêt du destin tous les souvenirs glorieux de cette expédition du Tonkin doivent-ils être mêlés aux faits les plus douloureux ?

CHAPITRE XIX

Nous avons dit combien le ministère français avait longuement hésité, avant de prendre une attitude plus nette
vis-à-vis de la Chine. La proclamation par l'Angleterre du
Foreign Enlistment Act le décida enfin à revendiquer le
plein exercice des droits réservés aux belligérants (1).

Cette loi, promulguée le 9 août 1870, au début des hostilités entre la France et l'Allemagne, détermine les conditions dans lesquelles doit s'exercer la neutralité de
l'Angleterre. Elle interdit d'équiper ou de réparer dans les
ports britanniques des navires appartenant à des puissances belligérantes ; elle défend également aux sujets anglais de prêter leur concours à l'une d'elles. Dès le mois
de septembre 1884, le cabinet de Londres avait ordonné
la mise en vigueur de ces prescriptions, mais sans veiller

---

(1) *Livre jauné*, M. Jules Ferry à M. Waddington, 24 janvier 1885.

à ce qu'elles fussent exactement suivies. Ce fut au mois de janvier 1885 seulement, sur de nouvelles instances de la Chine, qu'il prescrivit leur exécution intégrale. Désormais, la France n'avait plus de ménagements à garder vis-à-vis du commerce de l'Angleterre. De plus, il devenait nécessaire de pousser plus énergiquement nos hostilités contre la Chine.

Après avoir refusé à deux reprises d'autoriser un coup de main sur les ports du Pé-Tché-li, le ministère se rallia à cette idée ; mais il était trop tard, la situation avait changé : les Chinois s'étaient enhardis par notre inaction et avaient mis leurs ports à l'abri de nos coups. Enfin les dispositions des neutres ne paraissaient plus les mêmes : des mesures qu'ils auraient aisément supportées au mois de juillet 1884 leur semblaient inadmissibles en janvier 1885.

Pour exercer sur la Chine une pression de quelque importance, il fallait en venir à déclarer le riz contrebande de guerre et à arrêter les arrivages de cette denrée dans les ports du Nord (1). Nous avons dit plus haut quelle importance possède le riz dans la vie sociale de la Chine septentrionale : la non arrivée des énormes quantités de cette denrée qu'elle attendait des côtes du Sud, pouvait entraîner les plus graves conséquences (2). Le gouvernement se décida donc, sur les instances de l'amiral Courbet et de M. Patenôtre, à déclarer le riz contrebande de guerre (14 février) : le 21 février notification en était faite à toutes les puissances intéressées.

---

(1) *Livre jaune*, M. Patenôtre à M. Jules Ferry, 1er février 1885.

(2) *Livre jaune*, M. Patenôtre à M. Jules Ferry, 18 février 1885. Le gouvernement chinois avait passé un marché avec 3 compagnies de navigation pour le transport de 700,000 piculs (42,000,000 kilogrammes) de riz dans le Nord, avant l'été.

LE CONTRE-AMIRAL RIEUNIER

Aucune règle formelle du droit des gens, pensait M. Jules
Ferry, n'empêche de traiter, accidentellement, en contrebande de guerre une denrée, dont la privation pourra conduire l'ennemi à demander la paix. Il était donc naturel de

considérer le riz comme tel et d'en interdire le transport, ainsi qu'on défend celui du charbon, du soufre ou du plomb (1). Par un retour bizarre des choses, nous adoptions une théorie que nos hommes d'État avaient refusé d'admettre jusque là, particulièrement pendant les guerres de la Révolution. Au contraire. l'Angleterre, qui avait toujours réclamé pour elle des droits semblables, allait refuser de nous les reconnaître ; tant il est vrai que ce qu'on est convenu de nommer droit des gens repose sur des règles essentiellement variables au gré des intérêts du moment, et qu'il est difficile de déterminer d'une manière immuable.

En même temps que le ministère accordait à l'amiral Courbet le droit de saisir les cargaisons de riz à bord des bâtiments neutres, il le pressentait, ainsi que M. Patenôtre, au sujet de l'évacuation du Nord de Formose, espérant donner ainsi à l'escadre les troupes de débarquement et la liberté de mouvement que l'on avait si longtemps réclamées pour elle. Mais il était trop tard : l'abandon de Formose, sans compensation assurée, eut été un désastre aux yeux des Chinois comme des neutres : sur les instances de Courbet et de M. Patenôtre le ministère consentit à y renoncer provisoirement. L'amiral le répétait encore à ce propos : « Nous ne saurons jamais ce que nous coûte l'occupation de Kélung ; elle a tout entravé. » (15 février) (2).

Pour faire admettre aux puissances maritimes une interdiction aussi contraire à leurs intérêts que celle du com-

---

(1) *Livre jaune*, M Jules Ferry à l'amiral Peyron, 14 février 1885.

(2) *Livre jaune,* M. Patenôtre à M. Jules Ferry, 1er février 1885 ; M. Patenôtre à M. Jules Ferry, 18 février 1885.

merce du riz sur les côtes de Chine, le ministère avait tenté de l'attribuer à notre désir de les ménager le plus possible. D'après lui, afin d'arrêter les expéditions de cette denrée en préparation à Shanghaï pour les ports du Nord, il avait deux voies à suivre. Bloquer Shanghaï au grand détriment du commerce européen ou américain ; se contenter d'interdire l'exportation du riz. Le gouvernement français avait choisi la seconde, la croyant moins fâcheuse pour les intérêts des neutres (1). Mais ces déclarations trouvaient auprès des représentants de l'Angleterre un accueil tout-à-fait défavorable. A Londres, lord Granville refusait d'admettre que les denrées alimentaires pussent être considérées comme contrebande de guerre, sauf en certaines circonstances spéciales, telles que le ravitaillement d'une place forte. L'Angleterre ne pouvait donc accorder son assentiment à la mesure proposée. De plus, en aucun cas, ajoutait lord Grandville, elle n'admettrait la date du 26 février, fixée pour la mise en vigueur de la nouvelle interdiction ; beaucoup de navires chargés de riz auraient sans doute commencé leur voyage avant cette date (2).

En Chine, l'opposition du représentant de l'Angleterre, sir Harry Parkes, prit des allures beaucoup plus menaçantes. Il publia un avis, portant que le gouvernement de la Reine ne reconnaissait pas à la France le droit de traiter le riz comme contrebande de guerre, et laissant entendre qu'il s'opposerait, par la force, à toute saisie de navire anglais chargé de cette denrée. Ce procédé injustifiable fut du

(1) *Livre jaune*, M. Jules Ferry aux représentants de la République Française, 21 février 1885.
(2) *Livre jaune*, lord Granville à M. Waddington, 27 février 1885.

reste désavoué par le cabinet britannique, qui laissa le blocus du riz suivre son cours, en se bornant à protester contre sa régularité.

Le ministère français n'avait pas attendu ces déclarations pour consentir, dès le 24 février, à réduire l'interdiction de l'exportation du riz aux ports du Nord de la Chine et à l'autoriser pour ceux au Sud de Shanghaï. Aux protestations hautaines de l'Angleterre, il répondit en opposant à l'opinion de lord Granville celle de l'attorney-général, émise devant la Chambre des Communes, le 30 mars 1854, et plusieurs autres, provenant de légistes ou d'hommes d'Etat anglais (1).

D'ailleurs, l'opposition de la Grande-Bretagne demeurait à peu près isolée. Le gouvernement suédois était seul à s'y associer (4 mars). Le Danemark, tout en refusant d'admettre la reconnaissance du nouveau principe posé par le ministère français, consentait provisoirement à ne pas élever d'objections contre son application sur les côtes de Chine (2). Il rappelait à cette occasion que le traité de commerce du 23 août 1742, entre le Danemark et la France, renouvelé le 9 février 1842, stipulait formellement (article 27) que les articles alimentaires ne seraient pas compris dans les marchandises de contrebande. La tradition, sinon la logique, était donc du côté des Anglais.

Le ministère français put néanmoins passer outre à leur opposition. Ils tentèrent d'expliquer la proclamation de sir Harry Parkes, en l'attribuant au désir de calmer l'émotion causée parmi ses nationaux par les nouvelles venues d'Angleterre au sujet du nouveau blocus. A en croire lord

---

(1) *Livre jaune*, M. Jules Ferry à M. Waddington, 7 et 13 mars 1885.
(2) 16 mars 1885.

Granville, cette intervention aurait arrêté des embarquements considérables de riz et évité la saisie de plusieurs navires. Le gouvernement anglais, ajoutait-il, n'avait pas l'intention de s'opposer par la force à l'exécution de la mesure récemment décrétée et se bornait à réserver ses droits pour une action diplomatique ultérieure (1).

La proclamation de sir Harry Parkes n'était pas le seul acte d'hostilité flagrante, commis par les représentants anglais vis-à-vis de nous. A Hong-Kong, le gouverneur prétendait interdire, même à ses nationaux, l'exportation du charbon destiné à l'escadre française. Par contre, il laissait toute facilité aux expéditions de matériel de guerre appartenant à la Chine. Il est vrai que, sur nos protestations, le gouvernement de Londres intervenait et prescrivait de ne gêner en rien le ravitaillement de nos bâtiments par l'intermédiaire de navires neutres.

Le blocus put donc s'exécuter avec les résultats que nous avons dits. Dès le 2 mars on annonçait que le prix du riz avait augmenté de 20 % à Tien-Tsin (2). Le Nord de la Chine était menacé d'une famine et le ministère français pouvait mesurer, à la grandeur des résultats déjà acquis, la faute qu'il avait commise, en différant d'exercer tous les droits d'un belligérant. Mais la mort de plusieurs centaines de nos soldats ou de nos marins avait déjà payé cette erreur d'appréciation.

D'ailleurs, à ce moment même, les chances de paix devenaient de plus en plus sérieuses.

Nous avons déjà cité, au sujet du traité de Tien-Tsin,

____

(1) *Livre jaune*, lord Granville à l'ambassadeur de France, 21 mars 1885.

(2) *Livre jaune*, M. Patenôtre à M. Jules Ferry, 2 mars 1885.

le nom de sir Robert Hart, inspecteur général des douanes maritimes de la Chine, l'un des fonctionnaires étrangers les plus influents du Céleste-Empire.

Anglais d'origine, sir Hart avait commencé sa carrière, en 1854, comme interprète d'un des consulats de la Grande-Bretagne en Chine. Il eut l'occasion d'y faire preuve d'aptitudes particulières et, en 1859, il entrait dans le service des douanes impériales. Dès 1863, il dirigeait avec le titre d'inspecteur général cette importante administration, dont le personnel ne comptait pas moins de 500 Européens et 2,000 Asiatiques : il était encore à sa tête quand éclatèrent nos difficultés avec le Céleste Empire.

Aux mois d'août et de septembre 1884 il faisait auprès du ministre de France en Chine des tentatives pour amener un accommodement. A cela il avait un doublé intérêt : comme Anglais il voyait avec regret des hostilités, qui nuisaient au commerce de son pays ; en qualité de fonctionnaire des douanes de l'Empire il ne déplorait pas moins les entraves, que la guerre apportait aux transactions. En outre le rôle d'intermédiaire officieux entre la France et la Chine ne pouvait que lui être très avantageux, s'il réussissait. Les circonstances allaient grandement lui faciliter les voies d'y parvenir.

Le 10 janvier 1885, M. James Duncan Campbell, l'un de ses subordonnés, arrivait à Paris.

M. Campbell, qui appartient également à la nationalité britannique, débuta dans l'administration civile de son pays, qu'il quitta bientôt pour accepter les fonctions de secrétaire général de sir Robert Hart. De 1866 à 1874 il demeura en Chine ; à ce moment sir Robert Hart le chargea de créer à Londres une agence, pour le règlement des affaires douannières ou des questions financières intéressant les puissances maritimes et le Céleste Empire. Il eut ainsi l'occasion de rendre des services qui lui firent attribuer la 2ᵉ classe du mandarinat civil. En même temps il organisait la partie chinoise de l'exposition de 1878, ce qui lui valait la croix de la Légion d'honneur ; il n'était donc pas un inconnu pour nous quand il arrivait en France, au mois de janvier 1885.

En apparence, il avait mission de réclamer contre la saisie par l'amiral Courbet du *Pei-ho*, qui appartenait, comme on sait, au service des douanes chinoises ; en outre, il devait faire les démarches nécessaires, pour arriver à une entente au sujet de la question des phares sur les côtes de Chine. Mais son but ne se bornait pas là : il avait reçu de son chef hiérarchique des instructions plus importantes ; il aurait à s'assurer des dispositions réelles du gouvernement français, en vue d'un accommodement avec le Céleste Empire.

Le 11 janvier, M. Campbell se présentait à M. Jules Ferry qui l'accueillait avec courtoisie et lui témoignait les dispositions les plus favorables. Mais avant de s'engager dans de nouvelles négociations, le président du Conseil réclamait de lui la preuve qu'il avait l'agrément, au moins tacite, du gouvernement chinois. M. Campbell recevait alors de sir Robert Hart un télégramme demandant, en une forme quelque peu embarrassée, quelles étaient les dernières prétentions de la France (1).

Le 24 janvier, au cours d'une seconde audience, M. Campbell communiquait cette dépêche à M. Jules Ferry, et

---

(1) *Livre jaune*, sir Robert Hart à M. James Duncan Campbell 17 janvier 1885. M. Campbell avait le titre de commissaire et secrétaire non résident de l'inspecteur général des Douanes chinoises. Voir, pour toute cette négociation, outre *Livre jaune, les préliminaires de paix avec la Chine, Revue bleue*, 1887

entamait aussitôt avec lui les premières négociations. Mais les propositions de la Chine parurent tout d'abord inacceptables : elle aurait souhaité que le roi d'Annam fut libre de continuer à lui payer tribut, s'il le désirait ; de plus elle réclamait une rectification de frontière qui lui aurait abandonné tout le Nord du Tonkin. Cette dernière prétention, déjà formulée au mois de décembre, avait contribué, comme on sait, à faire échouer le projet de médiation anglaise ; M. Jules Ferry la déclara donc inacceptable, tout en se disant prêt à examiner de nouvelles propositions si elles lui étaient présentées. Il demandait en outre qu'elles vinssent directement du Tsong-li-Yamen (1).

Devant les objections du président du Conseil, les prétentions de la Chine se réduisirent un peu ; il ne s'agissait plus que de lui abandonner Lao-Kay. M. Jules Ferry refusa encore (8 février), tout en acceptant le principe d'une rectification de frontière favorable à ses adversaires. Mais cette concession parut insuffisante à M. Campbell qui interrompit les négociations jusqu'au 20 février.

Vers cette date, la situation s'était notamment modifiée à notre avantage. Brière de l'Isle venait d'entrer dans Lang-Son ; les Chinois étaient en fuite sur le Kouang-Si ; le président du Conseil réclamait donc l'exécution intégrale du traité de Tien-Tsin. Cette fois, la dernière limite de nos concessions lui semblait atteinte.

M. Jules Ferry renonçait donc entièrement à réclamer de la Chine l'indemnité, qui avait seule causé la continuation des hostilités, après l'incident de Bac-Lé. L'opinion s'inquiétait visiblement en France de la prolongation d'une

---

(1) *Préliminaires de paix avec la Chine*, M Campbell à sir Robert Hart, 24 janvier 1885.

LE CAPITAINE DE FRÉGATE GOURDON

guerre, que l'on avait annoncé plusieurs fois devoir prochainement se terminer. Déjà le Parlement l'indiquait, par
des votes d'où la majorité du ministère sortait constamment amoindrie : il était urgent d'en finir avec une entreprise, commencée malgré nous et dont le développement

cadrait de moins en moins avec nos premières intentions. La concession faite par M. Jules Ferry s'expliquait donc tout naturellement : elle seule pouvait permettre aux nouvelles négociations d'aboutir.

En échange, il aurait voulu obtenir pour la France des avantages commerciaux sérieux (1), que M. Hart, en sa qualité d'Anglais, n'était guère disposé à réclamer de la Chine.

Vers la même époque le représentant du Céleste Empire à Berlin adressait au commandant de Sancy, notre premier attaché militaire, des ouvertures indirectes, très vagues encore, en vue d'un arrangement pacifique (2). D'autres tentatives avaient lieu, à Londres, par l'intermédiaire de la légation de Chine. Quelques jours après, Li-Hong-Tchang faisait à notre consul de Tin-Tsin des déclarations pacifiques : le vent était visiblement à la paix.

En effet, le 26 février, après d'actives négociations, sir Robert Hart pouvait annoncer à M. Campbell que le Tsong-li-Yamen avait décidé de consentir à la ratification, sans conditions, du traité de Tien-Tsin. En outre, il annonçait l'envoi de propositions formelles destinées à M. Jules Ferry.

Pendant que ces pourparlers continuaient entre Paris et Pékin, d'autres négociations officieuses se poursuivaient à Berlin et venaient hâter la solution finale.

Le 27 février, on informait télégraphiquement le Tsong-li-Yamen, de Berlin, que le gouvernement français renonçait à l'indemnité sous la promesse d'avantages commerciaux. Le lendemain, le grand conseil de l'Empire se réunissait et

---

(1) Voir *Livre jaune*, observations de M. Jules Ferry transmises à M. Hart, 20 février 1883.

(2) *Livre jaune*, le baron de Courcel à M. Jules Ferry, 19 février 1885. Voir en outre *Journal d'un mandarin*.

approuvait le principe des nouvelles négociations. Sir Robert Hart, mis au courant de ces dispositions du Yamen, s'empressait, le même jour, de soumettre télégraphiquement à M. Jules Ferry un projet de convention en quatre articles, qui avait reçu l'approbation de l'Empereur, et d'après lequel le traité de Tien-Tsin devait être purement et simplement ratifié par la Chine. De son côté la France déclarerait qu'elle se contentait de cette solution. Par suite les hostilités cesseraient entre les deux pays et le blocus de Formose serait suspendu, dès que les autorités militaires auraient reçu des ordres à cet effet; des plénipotentiaires devraient être nommés immédiatement pour négocier le traité définitif. M. Duncan Campbell recevrait les pouvoirs nécessaires, afin de signer les préliminaires de paix stipulés par ces quatre articles (1).

En pressant ainsi la solution de toutes nos difficultés avec la Chine, sir Robert Hart avait sans doute le désir de s'assurer le bénéfice d'y avoir fortement contribué. Il voulait surtout éviter que la paix ne fut conclue à la suite des pourparlers indirects déjà ouverts à Berlin.

La présentation par M. Campbell de propositions aussi formelles ouvrait une nouvelle période dans les négociations. A partir de ce moment le secrétaire général de sir Robert Hart fut mis en rapport avec M. Billot, directeur des affaires politiques au ministère des Affaires étrangères, qui mena activement les pourparlers. Seuls MM. Cogordan et Lalouette, deux fonctionnaires du ministère, furent tenus au courant de cette nouvelle tentative; elle demeura donc, tout d'abord, absolument secrète. Ce ne

---

(1) *Livre jaune*, sir Robert Hart à M. Campbell, 28 février 1885. *Journal d'un mandarin*, etc.

fut qu'à partir du 12 mars qu'il en transpira quelque chose (1).

Avant d'accepter les conditions de la Chine, le ministère français tenait à s'entourer de toutes les garanties possibles. L'envoi à M. Campbell de pouvoirs venant directement du Tsong-li-Yamen lui semblait, avec raison, indispensable. En outre, il refusait de conclure un armistice au Tonkin, tant que nous n'aurions pas occupé complètement ce pays. Cette exigence portait à faux, puisque nous étions à la veille de la retraite de Lang-Son, mais, à ce moment, il était assurément difficile de prévoir ce malheureux incident. Enfin M. Jules Ferry insistait afin de connaître les avantages commerciaux qui nous étaient promis ; il sentait que, seuls, ils pourraient faire oublier au pays notre renonciation à toute indemnité, après tant de rodomontades (2). Les négociations entreprises à Paris subirent, de ce fait, de nombreux temps d'arrêt.

De son côté, et sur les assurances de Li-Hong-Tchang, M. Patenôtre annonçait qu'un arrangement était possible sous les conditions admises par le gouvernement français (3). Il semblait donc que la conclusion des préliminaires de paix fut proche. Le représentant de la France en Chine n'en réclamait pas moins une action maritime dans le Nord et protestait contre la pensée d'abandonner, en même temps que Kélung (4), notre seul gage de la bonne foi chinoise. Malgré ses assurances contraires, le ministère pa-

----

(1) Un télégramme du 12 mars 1885, de sir Robert Hart à M. Jules Ferry, fut transmis directement, *en clair*. (*Préliminaires de paix avec la Chine*).

(2) *Livre jaune*, M. Jules Ferry à M. Patenôtre, 9 mars 1885.

(3) *Livre jaune*, M. Patenôtre à M. Jules Ferry, 9 mars 1885.

(4) *Livre jaune*, M. Patenôtre à M. Jules Ferry, 12 mars 1885 et 16 mars 1885.

raissait ne pas être éloigné de prendre le parti d'évacuer Formose : rien n'eût été plus fâcheux, au moment où la Chine allait accepter nos propositions pacifiques. D'ailleurs il était urgent de se hâter. Les difficultés soulevées entre la Chine et le Japon au sujet des affaires de Corée était en voie d'apaisement, et M. Patenôtre redoutait avec raison la conclusion d'un arrangement entre ces deux pays (1).

Mais le ministère français comptait sur de nouveaux succès remportés par l'armée ou par la flotte, et il voulait, plus que jamais, limiter les effets de l'armistice à notre corps de Kélung et à l'escadre. Les troupes chinoises devraient se retirer immédiatement du Tonkin; de plus, il exigeait qu'un décret impérial autorisât l'ouverture des négociations. Enfin il aurait voulu voir la Chine prendre l'engagement de construire une certaine quantité de kilomètres de voies ferrées, avec l'aide d'ingénieurs et d'industriels français (2). Cette sorte de monopole ne pouvait qu'être difficilement accordée, en présence des efforts de toutes les grandes puissances européennes, pour s'assurer une part du mouvement commercial sur cet immense marché de l'Extrême-Orient. La demande de M. Jules Ferry souleva donc, comme il était naturel, des difficultés de la part de l'Angleterre.

Encouragée par l'attitude de cette puissance, la Chine n'eut garde de céder, et nos demandes n'obtinrent, sur ce point, aucune satisfaction réelle.

Par contre, sir Hart annonçait, le 15 mars, que le décret impérial approuvant les nouvelles négociations et réclamé par M. Jules Ferry avait été rendu le 27 février.

----

(1) *Livre jaune*, M. Patenôtre à M. Jules Ferry, 16 mars 1885.
(2) *Livre jaune*, note du 12 mars 1885 M. Jules Ferry à M. Campbell.

Un télégramme de M. Patenôtre prouvait, peu après (23 mars), que Li-Hong-Tchang et le Tsong-li-Yamen donnaient leur approbation aux propositions de M. Campbell.

A ce moment, les négociations semblaient déjà fort avancées : après de laborieux pourparlers, on s'était mis d'accord pour maintenir intacts les quatre articles proposés originairement par M. Campbell, sauf quelques modifications de forme. Une convention explicative devait résoudre toutes les difficultés accessoires.

Le président du Conseil insistait alors pour obtenir l'envoi direct, au consul français de Tien-Tsin, d'un document écrit provenant du Tsong-li-Yamen, et destiné à couvrir la responsabilité du ministère. Cette nouvelle demande, qui cadrait mal avec le formalisme chinois, n'avait pas encore été satisfaite quand éclatèrent les tristes nouvelles de Lang-Son. Qu'allait-il advenir de la convention si péniblement échafaudée, après plusieurs années de négociations sans résultats, puisque notre commandant en chef osait à peine promettre la conservation du Delta ? N'allions-nous pas être forcés à d'immenses sacrifices pour nous y maintenir, ou même afin de couvrir la retraite de nos troupes ?

Telles étaient les questions douloureuses que pouvaient se poser les initiés, pendant la triste nuit où parvint au ministère la dépêche du général Brière de l'Isle.

CHAPITRE XX

A. Kélung. — Combats des 4, 5, 7 mars entre Pétao et Loan-Loan.

Pendant que l'amiral Courbet maintenait glorieusement l'honneur de notre pavillon sur les côtes de Chine, à Formose la situation s'améliorait sensiblement après nos succès des 26 et 31 janvier 1885. La première intention du colonel Duchesne était de mettre cette circonstance à profit afin de reprendre vivement les opérations, mais le temps devenait si mauvais qu'il fallait y renoncer pour plusieurs semaines. On se bornait donc à poursuivre activement les travaux déjà entrepris, pour fortifier et relier entre elles nos positions autour de Kélung.

Malgré des pluies continuelles, la situation de nos troupes changeait à leur avantage. L'arrivée des renforts rendait le service moins pénible et permettait d'occuper toute la ville. La population y rentrait et deux marchés s'organisaient. Les rues étroites et malpropres de Kélung étaient assainies : on créait des boulevards et des squares, où régnait une assez grande animation. Le dimanche, dans l'après-midi, la musique jouait et donnait à ce coin perdu de l'Extrême Orient comme une vague ressemblance avec nos garnisons de France.

La santé des troupes paraissait être un peu meilleure; elles étaient logées dans des maisons chinoises, soigneusement blanchies à la chaux et devant lesquelles s'étalaient leurs rateliers d'armes; l'alimentation devenait moins défectueuse. Les malades, comblés des envois de l'Union des Femmes de France, étaient moins nombreux et avaient plus de chances de guérison. Un hôpital, organisé à Yeddo, permettait de leur assurer le bénéfice d'un changement de climat, sans nécessiter leur rapatriement. Le choléra, ou plutôt la fièvre algide, comme on le nommait, faisait pour l'instant moins de victimes (1).

Au commencement de mars les pluies cessèrent; le colonel Duchesne, commandant supérieur des troupes à Kélung, résolut de prendre l'offensive, de manière à élargir le cercle où nous étions enfermés, tout en renonçant au système des petites reconnaissances, presque toujours suivi jusque là, et qui avait si souvent permis aux Chinois de triompher après nos prétendues retraites (2).

Il décidait de commencer cette opération le 4 mars, avec 3 compagnies d'infanterie de marine (2ᵉ régiment), le 3ᵉ bataillon d'Afrique, 2 compagnies du 2ᵉ régiment étranger, une demie batterie (3), et une section du génie.

---

(1) M. Loir, ouvrage cité. D'après d'autres renseignements, provenant également d'une source autorisée, M le colonel de Poyen Bellisle (l'*Artillerie de marine à Formose*), l'état sanitaire des troupes empirait au lieu de s'améliorer en février 1885.

(2) Voir rapport du colonel Duchesne, *Journal officiel*, mai 1885 et le colonel de Poyen Bellisle, ouvrage cité.

Le capitaine du génie Joffre avait pris, à la fin de février, le commandement du génie de Formose; le capitaine Vuillemin, de l'artillerie de marine, était devenu chef d'état-major du corps expéditionnaire.

(3) 2 pièces de 4 et 1 de 80 mill.

L'intention du colonel était de diriger ces troupes vers l'Est, un peu au Sud de Pétao, et de s'emparer du premier fort servant d'appui à la ligne chinoise, puis de prendre à revers tous les autres et notamment ceux qui défendaient les positions de la Table et du Cirque.

Depuis le 31 janvier les travaux de l'ennemi s'étaient singulièrement accrus. En certains endroits il avait accumulé jusqu'à 7 lignes successives de défense. Dans ce pays si accidenté, cols, bois, sommets, tout était retranché.

Le 4 mars, à 4 heures et demie du matin, les troupes, dont l'effectif est d'à peu près 1,300 hommes, quittent leurs cantonnements, passent entre le fort La Galissonnière et le rivage, puis s'engagent dans un ravin s'ouvrant au Nord de ce fort. Deux compagnies d'infanterie de marine couvrent notre gauche, en suivant les crêtes. A 6 heures du matin, la tête de colonne atteint le commencement du ravin où nous avons fait halte dans la matinée du 25 janvier précédent ; mais nos soldats marchent en file indienne dans un sentier étroit, et leur colonne est si démesurément allongée qu'à 7 heures et demie, seulement, elle peut être concentrée à l'abri des vues de l'ennemi.

Vers l'Est s'élèvent deux massifs de hauteurs, éloignés de 2,400 et de 3,000 mètres. Le 3e bataillon d'Afrique, avec 1 pièce de 4, va décrire un grand arc de cercle au Nord-Est, pour se rabattre sur le plus éloigné ; le reste des troupes gagnera directement le second, où il prendra position pour appuyer le mouvement du bataillon de Fontebride. L'ambulance, les bagages et une compagnie d'arrière-garde suivront la 2e colonne.

Vers 10 heures, celle-ci occupe le premier massif sans coup férir. L'ennemi ouvre un feu assez vif du second ; mais, devant les progrès du bataillon d'Afrique, il se retire bientôt sans combat (vers midi). A 4 heures, les deux colonnes sont réunies sur ce dernier point; elles s'y maintiennent, malgré un retour offensif des Chinois : nous n'avons eu que deux blessés.

Le 5 mars, à 6 heures du matin, nous reprenons la marche. Deux compagnies restent provisoirement en position avec le commandant de Fontebride, pour protéger les derrières de la colonne, qui va attaquer l'ouvrage placé à la droite des lignes chinoises. Il serait impossible de l'aborder de front sans s'imposer à de très fortes pertes, tant le terrain à traverser sous le feu de l'ennemi offrirait de difficultés : on va donc le déborder par sa droite.

Quatre compagnies, dont trois d'infanterie de marine et une de la légion, sous les ordres du lieutenant-colonel Bertaux-Levillain, marchent vers l'Est, descendent dans un ravin, puis gravissent des pentes allant du Nord au Sud et aboutissant à 800 mètres environ du fort. Une vive fusillade s'engage de part et d'autre, tandis que l'artillerie et les autres compagnies suivent ce mouvement avec de grandes difficultés, au travers d'un terrain coupé de ravins et de fondrières, hérissé de fourrés inextricables où l'on doit se frayer passage à coup de hache. Les pentes y sont parfois si raides qu'il faut hisser nos pièces et leurs affûts avec des cordages.

Vers 9 heures, le feu de l'ennemi est à peu près éteint, et il évacue la crête qu'il occupait; le commandant de Fontebride rallie la colonne avec l'une de ses compagnies. Le lieutenant-colonel Bertaux-Levillain continue de marcher de la première ligne des crêtes à la deuxième, laissant une section sur la position précédemment occupée. Nos soldats atteignent ainsi la dernière croupe qui les sépare du fort. Au-delà le terrain est absolument découvert sur 800 mètres d'étendue. A notre gauche s'élèvent plusieurs mamelons, qu'il est nécessaire d'enlever.

Pendant que deux compagnies d'infanterie de marine et l'artillerie font face au fort, en se dissimulant derrière de hautes herbes, la troisième et les deux compagnies de la légion, sous les ordres du lieutenant-colonel Bertaux-Levillain, vont occuper les mamelons de gauche. Les trois premières compagnies du commandant de Fontebride se massent en réserve en arrière de notre droite ; la quatrième va les y rejoindre.

L'intention du colonel Duchesne est de ne faire ouvrir le feu sur le fort qu'après l'exécution du mouvement tournant du lieutenant-colonel Bertaux-Levillain ; mais le détachement de cet officier supérieur est obligé de passer une rivière avec de l'eau jusqu'à la ceinture : à peine au sortir de ce gué, il est assailli par une violente fusillade venant des mamelons extrêmes ; la droite de notre ligne ouvre aussitôt le feu pour lui venir en aide, mais la position d'une de ses compagnies (infanterie de marine) n'en devient pas moins critique ; les capitaines Bouyer et Césari, du 2ᵉ régiment étranger, sont blessés à peu près simultanément. Le lieutenant-colonel Bertaux-Levillain lance alors la compagnie Césari sur le fort, tandis que celle de du Marais fait face aux mamelons. Malgré sa blessure, Césari entraîne vigoureusement ses légionnaires vers les retranchements : les Chinois, sentant leur retraite compromise et découragés par quelques-uns de nos obus qui viennent éclater dans le fort, s'enfuient en passant devant la compagnie du Marais, qui les couvre de feux de salve entre 200 et 400 mètres.

Césari entre dans le fort ; les compagnies de Fradel et Michaud, du 3ᵉ bataillon d'Afrique, arrivent à leur tour et se lancent à la poursuite des fuyards. Ces derniers se retirent sur la Table, vaste plateau soigneusement fortifié,

A 4 heures, l'ennemi vigoureusement poussé, la baïon-nette dans les reins, a abandonné toutes ses positions entre le fort et la Table. Celle-ci est même occupée par le 3ᵉ ba-taillon d'Afrique et notre drapeau y remplace les étendards chinois. Quantité de munitions, de fusils, deux canons de montagne Krupp, sont tombés entre nos mains (1). Notre artillerie du point A et de la croupe en Y a puissamment contribué à ce résultat, en canonnant le fort ou la Table ; la *Vipère*, qui croise dans la baie, envoie également quelques obus à 6,000 mètres et aide nos soldats à vaincre l'opiniâ-treté des Chinois. Ceux-ci ont mis, dit-on, 10,000 hommes en ligne.

Les troupes s'établissent dans les positions conquises ; le 3ᵉ bataillon d'Afrique sur la Table, une compagnie du 2ᵉ étranger dans le fortin chinois, le reste sur les crêtes en arrière. La nuit est calme ; il pleut à torrents.

Le 6 mars, à 6 heures du matin, toute la colonne se concentre sur la Table. Le colonel Duchesne veut reprendre l'opération dès midi ; mais l'évacuation des blessés et le ravitaillement en munitions nécessitent beaucoup de temps : il doit renoncer à se mettre en mouvement le même jour. La Table est mise en état de défense et les troupes y passent la nuit. Deux compagnies du 2ᵉ régiment étranger (Lebigot et Jannet), qui étaient détachées à la garde des postes avancés, viennent remplacer les compagnies du Marais et Césari ; ces dernières, qui sont épuisées, demeureront sur la Table.

La colonne se trouve le lendemain devant un groupe de

---

(1) Cette première journée de combat nous coûte des pertes sen-sibles : un officier tué et cinq blessés. Le nombre des soldats tués et blessés n'est pas donné par le rapport officiel, mais il dut être considérable.

hauteurs dessinant un cirque, sur lequel les Chinois ont élevé le fort Bambou, à 212^m d'altitude, au-delà de pentes très difficiles, gardées par un camp retranché et cinq ou six lignes de fortifications. Cette position est celle que le lieutenant-colonel Bertaux-Levillain a enlevée le 14 novembre et qu'il a dû aussitôt abandonner, faute de forces suffisantes; le 14 janvier, elle a encore été attaquée, inutilement cette fois, par le 3e bataillon d'Afrique.

Pour s'en emparer, le 7 mars, le colonel Duchesne forme deux colonnes; l'une, composée du 3e bataillon d'Afrique et de la compagnie Lebigot, du 2e régiment étranger, enlèvera le Cirque et le fort Bambou, en suivant les lignes chinoises qui relient la Table à ces retranchements; l'autre, formée de trois compagnies et d'une pièce de 80^{mm} (1), sous les ordres du lieutenant-colonel Bertaux-Levillain, livrera un combat démonstratif sur notre gauche, dans la direction de la rivière de Tamsui. La réserve et l'artillerie occuperont les positions chinoises de la veille.

Vers 6 heures et demie du matin, la 2e colonne se met en mouvement, la compagnie du Marais en tête : elle est entraînée avec une telle vigueur que 3 redoutes chinoises tombent successivement entre ses mains. Elle vient se poster sur un éperon qui domine la rivière de Tamsui ; la compagnie de Cauvigny traverse la vallée et occupe un mamelon très rapproché des lignes chinoises. Nos tirailleurs entretiennent un feu très vif, qui menace d'épuiser rapidement leurs munitions.

Mais cette attaque a poussé les Chinois à dégarnir leurs ouvrages de droite, pour y faire face. Le commandant de

---

(1) 1re compagnie du 4e bataillon du 2e régiment étranger (du Marais) et 2 compagnies d'infanterie de marine, de Cauvigny et Cormier.

Fontebride descend de la Table vers l'Est, fait déposer les sacs derrière une crête et les laisse à la garde des malingres, puis reprend sa marche vers le Cirque : surpris dans son camp retranché, l'ennemi peut à peine s'y défendre quelques instants. Rejeté bientôt, il s'établit sur la crête en arrière, puis sur un autre. A la troisième l'élan de nos troupes s'arrête et le sous-lieutenant Sicard est tué. Un peloton de la 6ᵉ compagnie du 3ᵉ bataillon d'Afrique appuie alors les 3ᵉ et 4ᵉ et un nouvel assaut triomphe enfin de la résistance des Chinois. Ils se précipitent vers le fort Bambou, pêle-mêle avec nos soldats qui s'en emparent également (1).

Une compagnie (2), capitaine Michaud, se dirige au Sud, vers la rivière de Tamsui, pour relier le bataillon au reste des troupes. Les autres occupent le fort Bambou et les puissants retranchements qui le prolongent du côté de la rivière, sur un front de 4oo mètres. Mais la 5ᵉ compagnie se heurte à une ligne de défense très forte ; une crête étroite, couverte de fourrés épais, est occupée par les Chinois, qui y opposent une résistance acharnée. Nos soldats s'épuisent devant cet obstacle : ils n'ont plus de munitions et leurs pertes sont cruelles. La compagnie Lebigot (3), jeté en soutien de ce côté, dépasse les zéphirs et s'élance à l'assaut. Les Chinois se défendent avec la dernière énergie, faisant rouler d'énormes quartiers de roche, qui écrasent

---

(1) Une compagnie de la garnison de Kélung, la 27ᵉ du 2ᵉ, capitaine Cramoisy, placée à la pagode fortifiée au pied du fort Bambou, prit position sur les hauteurs dominant la pagode et opéra une diversion au moment de l'attaque du fort. Elle eut 1 tué et 1 blessé.

(2) 5ᵉ du 3ᵉ bataillon d'Afrique. Le lieutenant Rolland, le sous-lieutenant Crochat, le sergent Hertelet, du 3ᵉ bataillon d'Afrique, y entrent les premiers.

(3) Du 2ᵉ régiment étranger.

deux des assaillants; ils n'en sont pas moins rejetés (4 heures).

Le lieutenant-colonel Bertaux-Levillain atteint à ce moment la crète, qu'il occupe avec les compagnies d'infanterie de marine de Cauvigny et Cormier. La compagnie Thirion, du même corps, suit celle du capitaine Lebigot, qui refoule l'ennemi jusqu'à Loan-Loan, sur la rivière de Tamsui. A la nuit elle revient s'établir sur la hauteur ; la compagnie Lebigot demeure en grand'garde dans les retranchements chinois, en face de Loan-Loan.

Ces quatre jours d'opérations, vigoureusement conduites dans un terrain difficile et en face de forces très supérieures, que les prisonniers évaluent à 8 ou 10,000 hommes pour les derniers jours, nous livrent tout le terrain entre Pétao, la rivière de Tamsui et Loan-Loan. Beaucoup de vivres et de munitions, des fusils de rempart, de petites pièces chinoises, deux canons de montagne et des drapeaux sont entre nos mains. Mais nos pertes atteignent un chiffre considérable : 41 tués et 157 blessés (1). D'ailleurs nos soldats sont épuisés par cette lutte de quatre jours, pendant laquelle ils ont montré tant de constance et d'entrain. Ils n'ont plus ni vivres, ni munitions ; la pluie a recommencé pour durer jusqu'au 14 mars. Le colonel Duchesne donne l'ordre de la retraite, après avoir organisé

---

(1) Infanterie de marine, 5 tués, 29 blessés ; artillerie, 1 tué ; 3ᵉ bataillon d'Afrique, 23 tués et 73 blessés ; 2ᵉ régiment étranger, 32 tués et 55 blessés. Dans ces chiffres sont compris 2 officiers tués et 6 blessés.

Tués : sous-lieutenants Sicard (3ᵉ bataillon d'Afrique) et Bacqué (2ᵉ régiment étranger);

Blessés : capitaine de Fradel (3ᵒ bataillon d'Afrique), Césari et Bouyer (2ᵉ étranger); lieutenants Ligier (infanterie de marine), Garnot et sous-lieutenant Douez (3ᵉ bataillon d'Afrique).

Le capitaine Bouyer devait succomber à sa blessure.

de nouveaux postes retranchés sur la Table et au Cirque : les combats, aussi brillants qu'inutiles, que nous venons de livrer, seront à peu près les derniers de notre néfaste campagne à Formose.

CHAPITRE XXI

La brigade de Négrier à Lang-Son. — Combat de Dong-Dang,
23 février 1885.

Après le départ de Brière de l'Isle, le général de Négrier
avait cherché à faire reconnaître les forces et la situation de
l'ennemi. Le 17 février, le petit détachement de cavalerie
attaché à la 2ᵉ brigade annonçait que les Chinois occupaient
en force Dong-Dang, à 8 kilomètres au Nord de Lang-Son,
ainsi que la région comprise entre ce point et la frontière (1). M. de Négrier crut avec raison qu'il était impossible de laisser l'ennemi s'établir si près de nous, et décida
de reprendre l'offensive, dès que les vivres du sac seraient
reconstitués à six jours.

On sait que ses troupes n'avaient aucun moyen de transport à leur disposition, et cette circonstance rendait déjà

---

(1) *Journal officiel*, 4 juin 1885, Rapport du général de Négrier sur
le combat de Cua-Aï. Voir également les *Lettres* du lieutenant
Normand et les *Notes sur le 3ᵉ bataillon de la légion étrangère
au Tonkin*.

problématique le succès des opérations projetées. De plus, l'effectif de la 2ᵉ brigade avait été fort diminué par les combats de janvier ou de février, et les maladies le réduisaient encore plus chaque jour. Du 6 février au 1ᵉʳ mars, nos soldats ne touchaient ni pain ni vin. Un jour sur deux ils recevaient du riz en remplacement de biscuit, de sucre et de café. Depuis le 3 février ils bivouaquaient constamment, sous la rosée glaciale des nuits ou sous la pluie; l'organisation médicale laissait fort à désirer (1). Dans de pareilles conditions, leurs souffrances ne pouvaient qu'être très grandes et l'état moral de la brigade s'en ressentait un peu.

Le 21 au soir seulement, on pouvait réunir à Lang-Son les six jours de vivres indispensables pour l'opération projetée et, le 23 février, la 2ᵉ brigade se mettait en marche. Elle allait s'établir au Nord de Ki-Lua et laissait ses bagages dans l'un des forts, à la garde d'une compagnie du 143ᵉ. A 8 heures l'avant-garde se dirigeait sur Dong-Dang, sous les ordres du commandant Tonnot (2). Le gros, commandé par le lieutenant-colonel Herbinger suivait (3).

Un peu avant dix heures nos cavaliers signalent l'ennemi; quelques Chinois tiraillent le long des crêtes dominant la route; puis, à une vallée transversale, sur un mouvement de terrain enfilant la direction suivie par la brigade, une assez forte ligne de tirailleurs ouvre le feu. Les Tonkinois se déployent à l'Est, le 2ᵉ bataillon du 1ᵉʳ étranger à cheval sur

---

(1) Lieutenant Normand, *Lettres*.

(2) 1/2 escadron de chasseurs d'Afrique, 1 compagnie et demie de Tonkinois, 2ᵉ bataillon du 2ᵉ régiment étranger, batterie de Saxcé (12ᵉ du 12ᵉ), 1 section d'ambulance.

(3) 3ᵉ bataillon du 2ᵉ régiment étranger, 4ᵉ batterie *bis* Roperh (80 mill.), bataillons des 23ᵉ, 111ᵉ et 2 compagnies du 143ᵉ, le reste de l'ambulance; 1 compagnie du 143ᵉ sert de soutien permanent aux batteries.

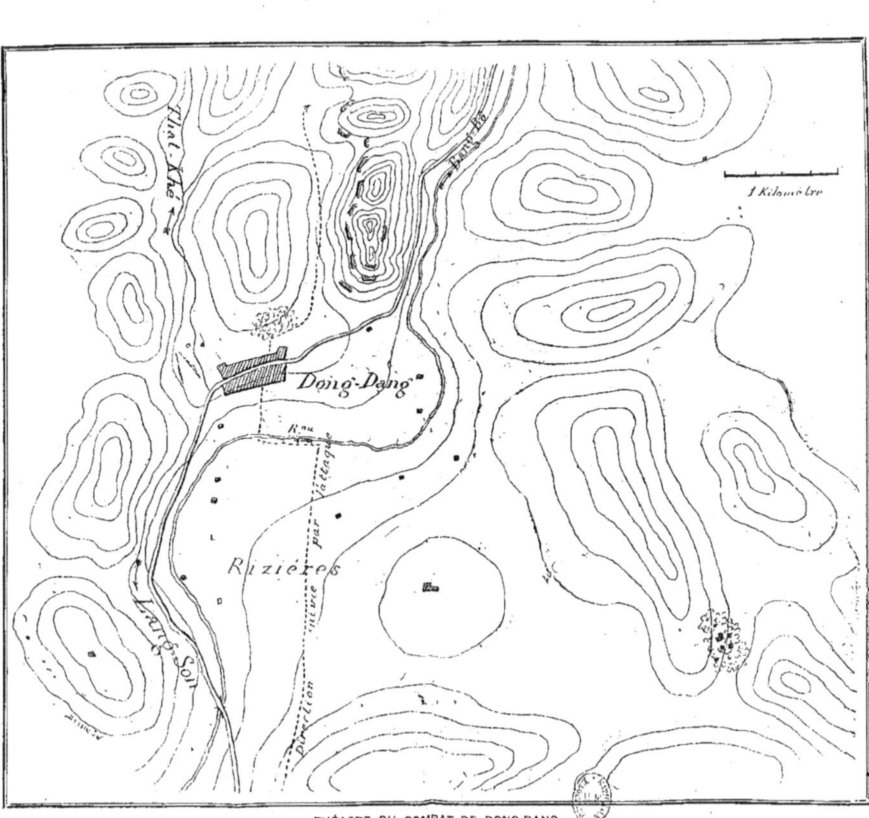

THÉATRE DU COMBAT DE DONG-DANG

Dessiné par P. Lehautcourt, d'après le croquis du lieutenant Normand.

la route et la batterie de Saxcé sur un mamelon à l'Ouest.
Cette dernière commence aussitôt à préparer l'attaque.

De Lang-Son à Dong-Dang, la route de Chine suit une
série de défilés entre des hauteurs, de relief assez considérable, soudées entre elles par des cols très peu élevés.
A 3 kilomètres au Sud de Dong-Dang, la vallée s'élargit
pour se bifurquer bientôt. Une de ses branches se dirige
vers le Nord : celle que suit la route de Chine ; une autre
vers le Nord-Est, dans la direction du chemin de That-Khé.
Entre les deux est situé le gros village de Dong-Dang, où
se tient un des marchés importants de la frontière. Il est
dominé par un plateau calcaire, s'élevant à 300 mètres environ au-dessus de la vallée et couvert de bouquets de
bois. D'énormes blocs rocheux le surmontent par endroits
et des pentes à peu près verticales le relient aux vallées
environnantes. Quelques brèches suivies par des sentiers
en lacets et une autre plus large, située au Nord de
Dong-Dang, donnent accès sur ce plateau.

La route de Chine suit à l'Est le pied de la muraille calcaire : plus loin vers l'Est s'étendent des mamelons de
hauteurs assez considérables, et qui encaissent cette route
dans une sorte de défilé dont un seul flanc est accessible ;
au pied du plateau et au Sud de Dong-Dang coule une
rivière, dont les berges sont assez hautes pour constituer
un obstacle d'une certaine valeur.

Les Chinois se sont installés aux environs de Dong-
Dang : leur centre tient le plateau, où des tranchées-abris
et des ouvrages armés de canons Krupp ont été organisés
dans la direction du Nord. Leur droite s'étend sur
une croupe étroite au Sud-Ouest du village ; elle est
couverte par la rivière et s'appuie à trois redoutes.
Quand à leur gauche, elle est à l'Est de la route de Chine,

et plusieurs ouvrages, construits sur les mamelons dont nous avons parlé, lui servent de points d'appui. En somme, la ligne chinoise va du Sud-Ouest au Nord-Est et coupe obliquement la route suivie par M. de Négrier.

L'avant-garde française termine son déploiement, quand l'ennemi prononce un double mouvement enveloppant sur ses ailes. Le général prescrit aussitôt au reste de nos troupes de se former en échelons sur l'avant-garde, la droite en avant. Celui de gauche, placé sur des hauteurs à l'Ouest de la route de Chine, est formé d'une section de la batterie de Saxcé, avec un peloton du 143ᵉ comme soutien, et du bataillon du 23ᵉ. L'échelon du centre occupe un mamelon touchant la route, à 400 mètres au Nord du précédent; il est formé des deux autres sections de la batterie de Saxcé, d'un peloton du 143ᵉ, des Tonkinois et du 2ᵉ bataillon du 1ᵉʳ étranger. Enfin l'échelon de droite est établi à l'Est de la route, sur un sommet dominant la droite ennemie, le village de Dong-Dang et voyant le plateau central. Malgré la raideur des pentes, on y amène la batterie Roperh, mais avec les plus grandes difficultés : ses mulets ne peuvent l'escalader et on est obligé, pour gravir le mamelon, de recourir à la compagnie Bérard, du 2ᵉ bataillon du 1ᵉʳ régiment étranger. Tout le matériel de la batterie est ainsi porté au sommet, objet par objet. La 4ᵉ batterie *bis* est soutenue par la compagnie Dautelle, du 143ᵉ; la compagnie Bérard et celle du capitaine Lascombes (3ᵉ bataillon du 2ᵉ étranger), concourent en outre à former cet échelon. A l'Est est placée une autre compagnie du même bataillon, la 4ᵉ, qui garde des sommets encore plus élevés; le commandant Schœffer est avec elle. Le reste des troupes est en réserve.

Vers midi, l'ennemi, qui grossit constamment vers notre gauche, se jette, en poussant de grands cris, sur le mamelon

LE SOUS-LIEUTENANT PORTIER

occupé par l'échelon du centre. Mais il est pris de flanc par celui de gauche, qui le couvre de balles et d'obus, et se disperse en quelques instants : désormais, il ne tentera plus aucune attaque dans cette direction. Le général de Négrier, qui se porte à la droite, donne alors l'ordre aux compagnies Bérard et Lascombes d'enlever une hauteur au Nord de la batterie Roperh, d'où l'ennemi ne cesse de nous inquiéter par un feu efficace. Préparée par les canons de Roperh, cette attaque réussit et le capitaine Bérard continue à pousser vivement en avant; malheureusement il tombe bientôt, très grièvement blessé. La compagnie de l'extrême droite a également gagné du terrain vers la route de Chine. Loin de pouvoir nous tourner dans cette direction, l'ennemi est réduit à la défensive (1 heure). Son double mouvement enveloppant a échoué.

Le général de Négrier décide alors de couper la ligne chinoise, en lui enlevant, malgré sa force, la position à laquelle s'appuie son centre. Le feu de nos deux batteries, concentré sur le plateau, éteint vers 2 heures celui de l'ennemi. L'échelon de gauche se porte à hauteur de celui du centre, obligeant les Chinois qui lui font face à se replier vers le Nord. Les ouvrages à l'Ouest de Dong-Dang, après avoir été vigoureusement canonnés par nos deux batteries, sont enlevés par les Tonkinois du capitaine Geil, le bataillon Diguet, du 1er étranger, et les deux compagnies Brunet et Michel venues de la réserve (1). Puis on jette les Tonkinois dans Dong-Dang, où se trouvent encore de nombreux Chinoisqui se font tuer sans demander merci. Le lieutenant-colonel Herbinger, avec le bataillon Faure, du 111e,et la compagnie Brunet, traverse le village en flammes et se dirige vers la brèche donnant accès au plateau.

Tandis qu'il en escalade les pentes raides sous un feu très vif, il se couvre vers That-Khé par une compagnie. Les ouvrages du plateau sont rapidement enlevés par la compagnie Brunet ou par le 111e et l'ennemi se replie vers le Nord. Le soldat Schaller, du 1er régiment étranger, le sergent-fourrier Dereuil, qui reste au feu malgré deux blessures, se distinguent dans cette circonstance. En même temps, les compagnies Ysombard, Cotter et Durillon, du même bataillon, qui viennent d'occuper les redoutes au Sud-Ouest de Dong-Dang, continuent leur mouvement vers That-Khé,

_____

(1) 3e bataillon du 2e régiment étranger.

refoulant devant elles les Chinois. Ceux-ci sont coupés en deux fractions, l'une qui suit la route de Chine, l'autre en retraite sur That-Khé.

Le général de Négrier prescrit alors d'arrêter les deux compagnies Cotter et Durillon sur cette dernière route, de manière à garder notre flanc gauche. Avec le 111e, le lieutenant-colonel Herbinger marche sur le plateau parallèlement à la route de Chine, tandis que le gros des bataillons étrangers et les Tonkinois suivent celle-ci. La batterie de Saxcé poursuit de son feu l'ennemi en retraite et appuie le mouvement de l'infanterie, qui s'opère par échelons, sans la moindre difficulté : les Chinois sont en pleine déroute.

A 5 heures 3o, la brigade occupe la porte frontière de Cua-Aï et pénètre sur le territoire chinois, où elle cantonne la nuit venue. Notre succès est complet ; malgré sa très vigoureuse résistance, sur un terrain exceptionnellement difficile, l'ennemi a dû abandonner 4 canons Krupp de montagne, 3 mitrailleuses, des fusils, d'énormes approvisionnements en munitions, des torpilles, du câble électrique fluvial et jusqu'à des plaques de blindage en acier. Nos pertes ne sont que d'une cinquantaine d'hommes (1).

Mais la fatigue de la 2e brigade est trop grande pour qu'il soit possible de poursuivre l'ennemi, en s'aventurant sur le territoire de l'Empire, avec un effectif si res-

---

(1) 1 officier tué, le sous-lieutenant Portier, du 111e; 1 officier blessé, le capitaine Bérard du 1er étranger; 8 soldats tués et 41 blessés.

111e : 2 tués, 6 blessés ;
1er étranger : 4 blessés
2e étranger : 5 tués, 4 blessés ;
12e d'artillerie : 1 blessé ;
Artillerie de marine : 1 blessé;
Légèrement blessés : 25.

treint, sans moyens de transport et presque sans vivres. Le 24 février, après une nuit troublée par de nombreux coups de feu venant des Chinois, le général de Négrier fait sauter la porte de Chine et donne l'ordre de la retraite : un poste (1), laissé à Dong-Dang, doit surveiller les approches de Lang-Son vers le Nord.

____

(1) 2ᵉ bataillon du 1ᵉʳ étranger et 1 section de la batterie Roperh.

CHAPITRE XXII

Au commencement de mars 1885, la situation du corps
expéditionnaire du Tonkin était assez défavorable : en face
des Chinois, qui accroissaient chaque jour leurs forces, il
restait à peu près réduit à la défensive, malgré les brillants succès des brigades de Négrier et Giovanninelli. L'ennemi, un jour refoulé, revenait le lendemain plus nombreux et plus acharné : les nombreux postes que nous
occupions restreignaient davantage nos effectifs, alors que
les siens s'accroissaient sans cesse. Cette infériorité numérique pouvait, à la longue, nous causer les plus graves
embarras.

Heureusement, le corps expéditionnaire recevait, du
10 au 17 mars, la plus grande partie des renforts partis de
France à la fin de décembre. Un second envoi, qui devait
avoir lieu au début de février, était retardé jusqu'au 23,
peut-être pour des raisons de politique intérieure, ou

parce que le ministère escomptait les espérances de paix entretenues vis-à-vis de nous par la Chine. D'ailleurs, sur les 6,700 hommes envoyés en Extrême-Orient, 1,600 étaient destinés à Formose : deux bataillons de zouaves demeuraient provisoirement à la disposition du général en chef; deux escadrons de spahis, sur lesquels on comptait beaucoup, débarquaient avec les dernières troupes. Plusieurs circonstances contribuaient à diminuer le supplément de forces que le corps expéditionnaire recevait à ce moment, la désastreuse traversée du *Nantes*, par exemple (1).

Pourtant il était urgent que nos troupes reçussent d'importants renforts. La lutte était bien loin d'avoir cessé contre les Chinois. En outre, nos relations avec l'Annam, empiraient au lieu de s'améliorer. A Hué, le conseil de régence et les ministres en arrivaient insensiblement à une hostilité à peine déguisée; tous les ménagements, que nous nous étions imposés vis-à-vis de ce gouvernement décrépi, passaient pour des preuves de faiblesse. L'inepte entêtement des régents, leur duplicité s'affirmaient chaque jour davantage. Dès le 10 mars, M. Lemaire, notre résident général télégraphiait au ministère qu'il fallait renoncer à leur coopération, et demandait l'autorisation de s'entendre avec le général Brière de l'Isle, pour « les mesures radicales que comportait la situation. » Il aurait voulu, tout d'abord, porter à 1,800 les 750 hommes des garnisons de Hué et de Thuan-An (2). Le général Brière de l'Ile partageait en tout cette

______

(1) Sur 360 chevaux ou mulets embarqués par le paquebot du commerce *Nantes*, 26 furent tués et 88 fortement blessés par des mauvais temps survenus dans la mer Rouge : le navire dut relâcher à Obock et on y reconnut qu'il était incapable de continuer sa route. Sa cargaison fut donc répartie sur plusieurs bâtiments avec une grande perte de temps.

(2) *Débats parlementaires*, 24 décembre 1885, page 351, télégramme du 10 mars 1885 au ministre des affaires étrangères.

manière de voir et reconnaissait pleinement que les mandarins annamites étaient toujours prêts à agir contre nos intérêts (1). Mais il lui était impossible de prélever sur des effectifs déjà insuffisants les renforts que réclamait M. Lemaire.

Cette hostilité du gouvernement de Hué avait des conséquences graves ailleurs qu'au Tonkin et en Annam. Des troubles assez sérieux venaient d'éclater dans notre colonie de Cochinchine, que minaient depuis longtemps les menées des Chinois et des Annamites. La société secrète de *Ciel et terre* y avait réuni un très grand nombre d'adhérents, 60,000 d'après M. le Myre de Vilers (2), et nous avions eu plusieurs fois à réprimer ses tentatives de soulèvements.

Au commencement de 1885, un de ces complots faillit éclater ; Saïgon n'échappa à l'incendie, et la colonie à une révolte générale, que grâce à l'arrestation d'un grand nombre d'Asiatiques. Un de nos sous-préfets indigènes avait été assassiné à quelques kilomètres de Saïgon et il devenait urgent de renforcer nos troupes de Cochinchine, si imprudemment diminuées depuis le début des opérations au Tonkin (3).

Malheureusement les difficultés croissantes de notre situation en Indo-Chine tenaient beaucoup moins à la faiblesse de nos effectifs qu'au manque de suite ou à l'impré-

---

(1) *Débats parlementaires*, 24 décembre 1885, page 351, rapport du général Brière de l'Isle au ministre de la guerre.

(2) Rapport officieux du 8 mars 1883 ; d'après ce document, la société de *Ciel et terre* avait 60,000 adhérents en Cochinchine, 40,000 au Cambodge et 70,000 en Annam et au Tonkin.

(3) Voir une correspondance de M. Paul Bonnetain, 19 mars 1885, *Figaro*, 27 avril 1885.

voyance qui y avaient si profondément marqué la politique française. Vis-à-vis du gouvernement de Hué, nous avions toujours procédé par des coups de force, suivis de concessions du plus fâcheux effet (1). Les Annamites, qui cherchaient le motif de tous ces «ménagements généreux», ne trouvaient, pour les expliquer, que notre propre faiblesse.

Parmi nos troupes du Tonkin la brigade de Négrier était celle dont la situation aurait dû causer les plus graves inquiétudes, car les fatigues et les combats de janvier ou de février l'avaient singulièrement réduite. Le 7 mars, son effectif en infanterie ne dépassait pas 2,300 combattants. La situation de cette poignée d'hommes, si complètement isolée en face des masses chinoises dont on soupçonnait l'existence vers le Nord, était singulièrement délicate et beaucoup s'en rendaient compte parmi eux. Une lettre écrite du 1er au 7 mars par un officier de la 2e brigade, est significative à cet égard: « Si l'ennemi avait du canon, nous aurions bien du mal à nous maintenir à l'extrémité du couloir où se trouve Lang-Son. Malgré la confiance qu'inspire à tous l'intrépidité du général et son magnifique coup d'œil, notre petit nombre nous commande une extrême prudence, si nous ne voulons pas compromettre une position aussi avancée !... Nous sommes ici comme sur une tête d'aiguille (2). »

De plus les difficultés de ravitaillement étaient extrêmes, sur cette longue ligne de communication allant de Chu ou de Kep à Lang-Son. Les 8,000 coolies et les 800 chevaux

---

(1) M. Bonnetain rapporte que 6,000 mètres de grosses chaînes, venus de Hong-Kong à destination de Hué et arrêtés par un de nos bâtiments, furent rendues au gouvernement de Hué, sous le prétexte qu'elles étaient destinés à sa marine !

(2) *Progrès militaire* du 29 avril 1885 ; cette lettre fut écrite par un des capitaines de la 2e brigade à son ancien colonel.

JACQUES NORMAND

tonkinois qu'on avait rassemblés dans ce but ne permettaient
même pas de subvenir aux besoins les plus urgents. Le
biscuit manquait, nous l'avons vu, et il fallait le remplacer
par du riz. Ce qu'il était moins facile d'admettre, la solde de
la troupe n'avait pas été payée du 31 janvier au 3 mars (1).

---

(1) Normand, ouvrage cité : les compagnies du 111ᵉ n'avaient pas,
le 1ᵉʳ mars, 75 hommes en état de marcher. Voir également les *Notes
sur la campagne du 3ᵉ bataillon de la légion étrangère au Tonkin* :
la ration de vivres substitués se composait de 280 grammes de

Pour remédier à ces difficultés, on songeait à construire un chemin de fer Decauville reliant Lang-Son à Chu; en attendant, on s'occupait d'améliorer les routes reliant ces points; l'arrivée prochaine des mulets venant de France permettrait peut être de ravitailler Lang-Son dans des conditions moins défectueuses.

Après le combat de Dong-Dang, le général de Négrier avait continué de rechercher des renseignements sur la situation des troupes chinoises. Le 6 mars, il lançait vers That-Khé, à 75 kilomètres de Lang-Son, le capitaine Gachet avec 25 chasseurs d'Afrique. Cette petite troupe arrivait à That-Khé dans l'après-midi du 8 mars, après avoir recueilli des indices certains de la retraite des troupes chinoises vers le Nord; loin de montrer la moindre hostilité, la population annamite l'accueillait avec joie et manifestait le plus grand étonnement à la vue de ses chevaux. Le 9, la reconnaissance quittait That-Khé et rentrait le même jour à Dong-Dang, malgré une pluie diluvienne qui avait rendu les sentiers extrêmement difficiles (1).

D'autres rapports concouraient à indiquer l'armée chinoise comme se concentrant autour de Lang-Tchéou, à 70 ou 80 kilomètres au Nord de Lang-Son; nos espions lui attribuaient un effectif de 40,000 hommes. La première intention du général Brière de l'Isle, en recevant ces renseignements, avait été de se porter sur Lang-Tchéou, dès

---

viande de bœuf ou de buffle, de 800 grammes de riz remplaçant le biscuit, le sucre et le café, de 12 centilitres de tafia, de thé et de sel en petites quantités. On la distribua d'abord un jour sur trois, puis un sur deux.

(1) Voir l'extrait du journal de marche du demi-escadron, *Progrès militaire*, 20 mai 1885.

l'arrivée des renforts attendus (1). Mais la difficulté de ravitailler une faible brigade à Lang-Son le firent renoncer provisoirement à y concentrer un effectif de beaucoup supérieur. Il se borna donc à prier le général de Négrier de menacer les Chinois d'une attaque sur cette place. Pendant ces démonstrations, il profiterait de la première crue du Song-Koï, pour refouler l'armée du Yunnan au Nord de Thuan-Quan. Après cette opération, il rallierait la 2e brigade pour marcher sur Lang-Tchéou avec toutes les troupes disponibles (2).

Les instructions de Brière de l'Isle au général de Négrier étaient d'ailleurs tout à fait d'accord avec celles qui étaient adressées de France au général en chef par le ministère. Le 15 mars, le général Lewal lui télégraphiait de « pousser une pointe sur la Porte de Chine », pour faciliter la conclusion de la paix, et il ajoutait que les négociations étaient en bonne voie (3); cette recommandation était aussitôt transmise au général de Négrier. Il n'en fallait pas tant, pour décider ce dernier à prendre contre les Chinois une vigoureuse offensive, qui rentrait pleinement dans ses goûts. D'ailleurs notre cavalerie signalait depuis quelques jours, au Nord de Dong-Dang, l'augmentation progressive des forces ennemies. Le 16 mars, une grand'garde du 2e étranger annonçait l'apparition à la porte de Chine d'un certain nombre de Chinois; d'importants travaux paraissaient être en voie d'exécution au Nord, sur le territoire de l'empire.

---

(1) Télégrammes des 24 février et 12 mars au ministre de la guerre

(2) Télégramme du général Brière de l'Isle au ministre de la guerre, 17 mars 1885.

(3) Télégramme du général Lewal au général Brière de l'Isle, 15 mars 1885.

Le général de Négrier portait aussitôt (17 mars) la 2ᵉ brigade à Dong-Dang et, de là, sur la porte de Cua-Aï; les Chinois, qui y avaient apparu de nouveau, étaient facilement rejetés 'par l'avant-garde; celle-ci s'avançait à 2 kilomètres vers le Nord et reconnaissait l'existence de deux forts à environ 5 kilomètres de la porte.

La brigade demeurait en observation tout le jour et rentrait dans Dong-Dang le soir venu. Le lendemain, elle regagnait Lang-Son, laissant à Dong-Dang le lieutenant-colonel Herbinger avec les bataillons du 23ᵉ et du 111ᵉ, un détachement de Tonkinois, 2 sections de 80ᵐᵐ et 10 chasseurs d'Afrique. Ces derniers dirigeaient des reconnaissances fréquentes vers la frontière chinoise.

De l'ensemble des renseignements ainsi recueillis, il résultait, le 20 mars, que l'ennemi occupait les positions suivantes :

Sur la route de That-Khé à Lang-Son, il s'était établi à 8 kilomètres au Nord-Ouest de Dong-Dang. Dans la direction de Lang-Tchéou, il descendait au Sud de Bang-Bô et élevait des ouvrages de fortification sur des hauteurs dominant la porte de Cua-Aï. Vers l'Est, d'autres camps retranchés avaient été construits autour de Yen-Cua-Aï et de Chi-Ma ; les Chinois détachaient même un poste de ce dernier point à Dong-Buc, d'où un chemin traversant le Song-Ki-Kung à gué pouvait leur permettre de gagner Pho-Vy, sur notre ligne d'étapes.

Dong-Dang était donc serré de près par l'ennemi : en se portant directement sur Lang-Son des points qu'il occupait dans l'Est, il pouvait empêcher le général de Négrier de secourir le lieutenant-colonel Herbinger. Il était donc absolument nécessaire, soit d'abandonner Dong-Dang, soit « de donner de l'air à ce poste ». Le premier parti sembla le plus dangereux au commandant de la 2ᵉ brigade ; l'ennemi aurait été mis en contact immédiat avec Lang-Son et à portée de couper nos communications ; nous n'avions pas assez de troupes pour lui interdire le passage du Song-Ki-Kung. C'était donc courir le risque d'être investi dans Lang-Son.

M. de Négrier préféra le second plan d'opérations et décida de réunir toutes ses troupes disponibles pour essayer d'enfoncer la ligne ennemie, en se jetant sur un de ses points (1). Dès l'arrivée des renforts qu'on lui annonçait, il marcherait, par Dong-Buc, sur les rassemblements autour de Chi-Ma. Mais les Chinois ne lui laissèrent pas le temps de préparer cette opération. Dans la nuit du 21 au 22 mars ils prirent eux-mêmes, de Bang-Bô, l'offensive sur Dong-Dang. Leur tentative, éventée par une embuscade, échoua complètement ; il n'était pas moins nécessaire de devancer une nouvelle attaque, en profitant de l'effet moral qu'avait pu produire cet échec. M. de Négrier résolut de se jeter aussitôt sur le camp retranché de Bang-Bô.

La 2ᵉ brigade, qui comptait au 7 mars 2,3oo fusils seulement et trois batteries, allait être singulièrement réduite par la nécessité de garder Lang-Son et Dong-Dang. Il devait rester au général de 1,45o à 1,5oo hommes d'infanterie et 1o pièces de montagne pour l'offensive qu'il projetait de prendre. Contre un ennemi évalué par nos espions à 4o,ooo hommes, l'entreprise impliquait des risques graves.

Heureusement une partie des renforts si impatiemment attendus arrivaient avant l'opération projetée : ceux destinés aux bataillons des 1ᵉʳ et 2ᵉ régiments étrangers accompa-

---

(1) Voir le rapport du général de Négrier sur les opérations de la 2ᵉ brigade, du 22 au 25 mars 1835, *Journal officiel*, juillet 1886, *Documents parlementaires*, Chambre.

gnaient la brigade ; ceux du 2ᵉ bataillon d'Afrique, des 23ᵉ, 111ᵉ et 143ᵉ restaient provisoirement à Lang-Son pour en renforcer la garnison.

Le 22 mars, à 3 heures du soir, la 2ᵉ brigade se met en marche sur Dong-Dang, où elle arrive le même jour.

Cinq de ses bataillons prennent part à l'opération : ceux des 23ᵉ, 111ᵉ et 143ᵉ de ligne, le 2ᵉ bataillon du 1ᵉʳ régiment étranger et le 3ᵉ du 2ᵉ ; deux compagnies de Tonkinois, les 2 batteries de 80 ᵐᵐ Roperh et de Saxcé, le peloton de chasseurs d'Afrique les renforcent. Les deux compagnies du 2ᵉ bataillon d'Afrique et la batterie Martin demeurent à Lang-Son.

L'ennemi est posté, à 12 kilomètres environ de Dong-Dang, sur les trois routes qui se dirigent de ce point vers That-Khé, Bang-Bô et Yen-Cua-Aï. Pendant que la 2ᵉ brigade suivra la seconde, un détachement, installé solidement à Dong-Dang, couvrira nos derrières des attaques qui pourraient venir des deux autres directions.

Le lendemain 23 mars, un épais brouillard retarde le départ jusqu'à 10 heures 30. La colonne, réduite à quatre petits bataillons (1), se dirige sur la Porte de Chine, à Cua-Aï, qu'elle atteint sans difficulté.

Nos chasseurs d'Afrique ont déjà pris le contact avec l'ennemi sur les trois routes partant de Dong-Dang. Vers That-Khé et Yen-Cua-Aï, il est 8 kilomètres environ ; du côté de Bang-Bô, ses premiers groupes ont apparu à 1 kilomètre seulement de la Porte de Chine. Avant de se porter

---

(1) Celui du 23ᵉ demeurait à Dong-Dang ou aux environs avec une section de la batterie Roperh : deux compagnies et cette section étaient à Dong-Dang ; une autre et un peloton de Tonkinois occupaient un mamelon très élevé au Nord-Est ; une autre s'établissait, le matin du 23 mars, sur une falaise dominant à l'Ouest la Porte de Chine.

en avant, le général de Négrier laisse aux environs de celle-ci de nouveaux détachements qui couvriront nos communications : une compagnie du 23ᵉ garde la falaise qui domine la porte à l'Ouest ; deux compagnies (3ᵉ et 4ᵉ) du 3ᵉ bataillon du 2ᵉ étranger demeurent, avec le commandant Schœffer, dans des fortins évacués par les Chinois, au Nord de la porte ; la 2ᵉ compagnie (capitaine Lascombes) s'établit sur un col à l'Est, gardant un sentier qui mène directement de Yen-Cua-Aï à Dong-Dang. Un poste de cavalerie reste également en observation de ce côté.

Au delà de la Porte de Chine la route de Lang-Tchéou court dans une série de défilés, constitués par des mamelons d'altitudes croissantes. Ceux de l'Est se relient vers le Nord à un véritable pic qui domine au loin toute la région. Les Chinois ont construit, dans le fond de la vallée, un retranchement de fort relief, qui laferme complètement et qui s'appuie aux collines de l'Est et de l'Ouest, garnies elles-mêmes, jusqu'au delà du pic, de tranchées-abris et de redoutes.

L'intention du général de Négrier est de s'emparer de ce pic : sa prise fera tomber la grande tranchée qui coupe la route ; elle permettra, en outre, de s'opposer à toute attaque venant de Yen-Cua-Aï sur notre flanc droit.

Les premiers coups de feu retentissent vers onze heures, mais sans ralentir le mouvement de notre avant-garde : elle est sous les ordres du commandant Farret, du 143ᵉ, et se compose des Tonkinois du chef de bataillon Tonnot (1), du bataillon du 143ᵉ et de la batterie de Saxcé ; les avant-postes de l'ennemi se replient lentement et avec beaucoup d'ordre vers le Nord ; à midi, l'avant-

---

(1) 2 compagnies ; 1 peloton de la 1ʳᵉ compagnie du 3ᵉ bataillon du 2ᵉ étranger sert de soutien aux batteries : le reste de la compagnie est à Pho-Vy.

garde commence son déploiement devant le camp retranché et le combat s'engage vivement, presque aussitôt. Le commandant de Douvres porte ses dix pièces sur une hauteur à l'Est de la route, afin de préparer l'attaque des positions chinoises. Le bataillon du 143ᵉ, renforcé par celui du 1ᵉʳ étranger, s'avance alors, en échelons, contre les ouvrages de l'Est : le terrain est très difficile et les pentes presque verticales. Après avoir enlevé un petit ouvrage avancé, dont notre artillerie n'a pu éteindre le feu et qui gêne beaucoup cette attaque, le 2ᵉ bataillon du 1ᵉʳ régiment étranger s'empare, vers 2 heures, d'une première redoute qui domine le flanc Est de la vallée. Les Chinois y ont abandonné une grande quantité de fusils, de munitions, de tentes et de pavillons ; ordre est donné de se servir le plus possible des armes ainsi conquises, pour épargner nos cartouches.

En même temps, l'artillerie de la brigade reçoit pour instructions de se porter en avant par sections et de prendre position dans la redoute. Mais le terrain est si difficile que cet ordre ne peut être exécuté avant cinq heures ; les mulets ont plusieurs fois roulé dans les ravins et il faut les plus grands efforts pour qu'ils atteignent le fortin chinois.

La batterie de Saxcé vient s'y établir et, aidée d'une section du capitaine Roperh, dirige son feu sur le sommet le plus voisin de la crête qui aboutit au grand pic ; le brouillard est assez épais et le tir de nos pièces manque de précision. Pourtant le 143ᵉ, brillamment entraîné par le commandant Farret, à l'attaque de la gauche des positions chinoises, gravit péniblement les pentes qui l'en séparent. Au moment où il couronne la crête, il se trouve subitement face à face avec une forte ligne de tirailleurs chinois, lancés eux-mêmes à une contre-attaque. Mais ils ne tiennent pas devant notre feu rapide et disparaissent aussitôt, en laissant le

LE CAPITAINE COTTER

terrain jonché de cadavres. Le 143ᵉ s'établit sur les positions conquises, soutenu par le 2ᵉ bataillon du 1ᵉʳ régiment
étranger, qui est en réserve.

La nuit survient à ce moment et oblige de cesser le
combat. Nos troupes bivouaquent sur les positions conquises, en attendant de pouvoir reprendre l'opération

qu'elles ont interrompue (1). Mais un incident leur fait perdre un temps précieux. Ordre a été donné au parc, resté à la Porte de Chine, de serrer sur la brigade pour la ravitailler, avant de retourner à Lang-Son, afin de se recompléter. Au lieu d'exécuter cet ordre, il dépose ses munitions à Cua-Aï et nos bataillons devront employer des corvées à les y chercher le 24. L'attaque des positions chinoises en sera fort retardée.

Pendant le combat, les troupes chinoises de Yen-Cua-Aï ne sont pas demeurées inactives et ont dirigé une reconnaissance dans la direction gardée par la compagnie Lascombes. Celle-ci la repousse aisément. Une section de la batterie Roperh n'en est pas moins envoyée à la Porte de Chine, afin de permettre au commandant Schœffer de repousser toutes les attaques qui pourraient menacer ses flancs. C'est une nouvelle réduction que subissent nos forces, déjà si restreintes ; le général de Négrier n'a plus à mettre en ligne, devant le camp retranché, que trois bataillons et demi et huit pièces, en y comprenant les Tonkinois. Deux de ces bataillons, ceux des 111ᵉ et 143ᵉ, sont d'effectifs extrêmement réduits, trois ou quatre cents hommes environ.

Le soir du 23 mars, le général de Négrier, la batterie de Saxcé, une section du capitaine Roperh et leurs soutiens, une compagnie du 1ᵉʳ étranger bivouaquent dans la redoute que nous avons conquise ; le bataillon du 143ᵉ, le reste de celui du 1ᵉʳ étranger, les tirailleurs tonkinois sont établis, avec le lieutenant-colonel Herbinger, sur la crête enlevée à la fin du combat, et que 7 à 800 mètres seule-

____

(1) Nos pertes s'élèvent à 5 tués et 28 blessés. (Rapport du général de Négrier déjà cité.)

ment séparent du grand pic. Quant au bataillon du 111e,
il est dans la vallée, sur la route de Lang-Tchéou, avec
l'ambulance.

Le général de Négrier arrête le plan suivant pour le
lendemain : le lieutenant-colonel Herbinger profitera du
brouillard pour aborder le pic avec le 143e et l'enlèvera par une attaque vivement menée ; ce point occupé,
deux compagnies du 1er étranger prendront à revers la
grande tranchée et une redoute qui lui sert d'appui : le
111e attaquera cette dernière de front, en appuyant sa
droite aux bois ou aux crêtes occupés par le reste de la
brigade, et sa gauche à l'extrémité de la falaise Ouest.
L'artillerie sera chargée de préparer l'attaque de la redoute.

Le 24 mars, à 10 heures 30, le brouillard commence à
se lever ; tous les yeux se fixent sur le grand pic. Pas un
coup de feu n'a retenti, mais on distingue des groupes qui
achèvent de le gravir. C'est sans doute la colonne Herbinger ;
elle l'a trouvé inoccupé et s'en empare.

. Le brouillard gêne le tir de nos pièces, qui ont d'ailleurs
à ménager leurs munitions ; elles parviennent pourtant à
faire évacuer la redoute en grande partie ; elles canonnent
ensuite la tranchée, mais les Chinois qui la garnissent
se bornent à se défiler derrière les parapets, sans
tirer.

A la gauche de notre ligne, des masses nombreuses
apparaissent sur les hauteurs de l'Ouest et commencent à
nous menacer d'un mouvement tournant. En même temps
(midi), les pièces du commandant Schœffer ouvrent le feu
des hauteurs à l'Est de la Porte de Chine, sur nos derrières.
Le corps chinois de Yen-Cua-Aï s'est mis en mouvement
pour envelopper notre droite ; afin d'y parer, le général
de Négrier fait placer face en arrière la section de la batterie
Roperh qui lui reste. L'ennemi est aisément contenu dans

cette direction. Il n'en est pas moins urgent de mener vivement le combat contre le camp retranché, de manière à empêcher les Chinois de reprendre leurs tentatives pour nous envelopper. M. de Négrier porte donc le 111e en avant, et ordonne au lieutenant-colonel Herbinger de prendre à revers la redoute qui a été assignée pour objectif aux bataillons des 111e et 143e.

Le premier met les sacs à terre et se porte résolùment en avant. Mais, au moment où il ouvre le feu, le général de Négrier est prévenu que le grand pic est occupé par des Chinois; le 143e n'a pas paru sur ce point et l'attaque qui doit être dirigée sur la redoute ne peut avoir lieu.

Le commandant Fortoul est aussitôt envoyé à Herbinger pour lui porter l'ordre de s'emparer du pic, coûte que coûte (1). Enmême temps, le général fait avancer une section de la batterie de Saxcé, adjudant Faure, afin d'appuyer l'attaque de la redoute.

Sur les ordres pressants qui lui parviennent, le lieutenant-colonel Herbinger se décide à marcher en avant. Le 2e bataillon du 1er étranger descend dans le col qui nous sépare du grand pic et attaque avec le 143e les redoutes qui le défendent. Le capitaine Gayon, de ce dernier régiment, jette brillamment sa compagnie à l'assaut de celle de gauche; le soldat Déat, qui est déjà entré le premier dans l'ouvrage conquis la veille, pénètre encore l'un des premiers dans celui-ci. En même temps, la compagnie Cotter, du 1er étranger, prend la redoute de droite et son brave capitaine est tué au moment d'y entrer. Mais

---

(1) D'après le rapport du général de Négrier, le lieutenant-colonel Herbinger avait reçu l'ordre *écrit* d'exécuter le mouvement que nous venons d'indiquer. Ce rapport est muet sur les causes qui empêchèrent le 143e d'occuper le grand pic.

les Chinois ont reçu des renforts et ils entretiennent un feu très vif des tranchées en contre-bas ; la section d'artillerie qui appuie l'attaque d'Herbinger a peine à se maintenir en position.

Par suite de ces incidents, l'offensive du 111e se fait dans les plus fâcheuses conditions. Elle est pourtant menée avec énergie ; les compagnies Verdier et Mailhat sont en première ligne, celles de MM. Canin et Bœsch en deuxième. Mais de fortes lignes de tirailleurs descendent des hauteurs de l'Ouest pour prendre le bataillon en queue. Les deux dernières compagnies sont obligées de faire face à ces assaillants.

Les deux autres n'en continuent pas moins à pousser énergiquement en avant : le brave sous-lieutenant Normand l'auteur des *Lettres* que nous avons citées, est tué au pied même du parapet de la redoute ; le capitaine Mailhat, le lieutenant Canin, le docteur Raynaud sont également frappés à mort ; le lieutenant de Colomb est grièvement blessé : l'ennemi sort en masse de sa grande tranchée sur le flanc gauche de nos soldats, qui se dégagent avec peine, en abandonnant leurs morts et plusieurs blessés, aussitôt décapités par les Chinois, à la vue de leurs camarades (1). Les débris de ce malheureux bataillon se replient sur un bois à leur droite où ils se rassemblent. Ils servent ensuite de soutien à l'artillerie.

Pendant que ce combat a lieu au centre et à la droite de notre ligne, les Chinois continuent à menacer sa gauche ; pour assurer notre ligne de retraite, le général de Négrier

____

(1) Le lieutenant de Colomb, du 111e, blessé grièvement au pied et qui dût plus tard subir l'amputation, fut sauvé par le sergent Pinchard, du 111e, aidé de plusieurs soldats. M. de Colomb déploya la plus grande énergie dans ces circonstances.

est contraint de porter successivement deux des compagnies (Brunet et Gaucheron) du 2ᵉ étranger, restées jusque là à la Porte de Chine, à l'entrée d'un défilé où elles vont tenter d'arrêter l'ennemi ; le commandant Schœffer n'a plus avec lui que les 360 hommes de renforts destinés aux deux bataillons étrangers.

La compagnie Brunet s'est établie (vers 1 heure) sur un petit plateau qui précède le défilé dont nous venons de parler. Derrière elle la falaise calcaire de l'Ouest se rapproche de la route de Lang-Tchéou, qu'elle domine de ses escarpements abrupts ; la compagnie Gaucheron vient prendre position à sa droite (1 heure 45). Embusqué derrière des rochers, dans une petite redoute et sur la route qui est en déblais, l'ennemi reste d'abord immobile devant notre gauche. Mais il n'en est pas de même à l'autre aile de la brigade.

Le bataillon du 143ᵉ, qui soutient la retraite du 111ᵉ, ne peut arrêter le débouché des masses chinoises : à 2 heures, elles se renforcent de plus en plus, et enveloppent presque complètement notre droite ; nos troupes vont manquer de munitions : l'artillerie n'a plus que peu de coups à tirer ; le reste est à deux heures de distance, sur la route de Dong-Dang ; le général de Négrier est donc forcé d'ordonner la retraite.

Elle se fait par échelons ; l'ennemi, qui tente de nous poursuivre, est contenu par les compagnies Brunet et Gaucheron demeurées immobiles à l'entrée du défilé. Nos huit pièces gagnent la Porte de Chine après avoir pris une position intermédiaire.

Derrière elles les bataillons du 143ᵉ et du 1ᵉʳ étranger se replient lentement de crête en crête : les tirailleurs tonkinois des compagnies Petitjean-Roget et Le Ny, qui ont fait preuve de la plus grande énergie pendant le combat, remplacent les coolies en fuite et vont chercher nos blessés sous le feu des Chinois. Le sergent Lefort, du 1er tonkinois, les soldats Bachelet et Aron du 1er étranger, se distinguent tout particulièrement par leur dévouement,

Pendant que la 2e brigade s'écoule peu à peu vers la Porte de Chine, les crêtes qui dominent notre gauche s'allument tout à coup ; les Chinois se sont glissés dans ces rochers et nous fusillent à courte distance. La compagnie Brunet forme aussitôt un crochet défensif pour parer à cette attaque. Mais un fort groupe ennemi apparaît presque aussitôt au pied de la falaise et se porte résolûment en avant ; tout le reste de la ligne chinoise l'imite. Le capitaine Brunet fait mettre la baïonnette au canon et se jette sur les assaillants les plus rapprochés, ceux de gauche. Les légionnaires descendent rapidement les pentes, la baïonnette basse, et courent sus aux Chinois ; ceux-ci s'enfuient en désordre, laissant une trentaine de cadavres derrière eux.

Mais l'ennemi ne tarde pas à se reformer derrière des cagnas et ouvre de nouveau le feu sur nous ; le brave Brunet juge nécessaire de regagner sa première position, et il va continuer la retraite, quand une balle l'atteint mortellement ; sa compagnie se met en mouvement vers la Porte de Chine, en emportant son cadavre ; la 4e suit.

Il est grand temps de presser la retraite ; les Chinois s'avancent en suivant la ligne des crêtes de l'Est : on se hâte d'occuper, pour les arrêter, des mamelons qui dominent la route en avant de Cua-Aï. Le général de Négrier, le visage et les mains noires de poudre, son dolman troué et sa plaque de grand-officier faussée par les balles, ferme la marche et fait lui-même le coup de feu, comme jadis Ney, pendant la campagne de Russie. La plupart de nos blessés peuvent être mis en sûreté au-delà de la Porte de

Chine, où la brigade s'arrête quelques instants avant de continuer sur Dong-Dang. La compagnie du 23ᵉ, dont nous avons parlé, demeure dans le massif calcaire à l'Ouest de la porte. Une compagnie et demie (3ᵉ et 1/2 1ʳᵉ) du 2ᵉ étranger occupent le fortin de l'Ouest ; les renforts venant d'Algérie restent, ainsi que le commandant Schœffer, dans celui de l'Est. Quant au général de Négrier, il demeure au pied de la porte avec une compagnie du 2ᵉ étranger (4ᵉ). Les Chinois ont déjà cessé leur poursuite et des éclaireurs, qui nous ont suivis jusque-là, disparaissent, après avoir entretenu une fusillade inoffensive jusque vers neuf heures du soir : la nuit est tranquille.

Le lendemain, de grand matin, le général de Négrier donne l'ordre de continuer la retraite ; la compagnie du 23ᵉ, le détachement du commandant Schœffer, les compagnies du 2ᵉ étranger se mettent successivement en mouvement. La 2ᵉ compagnie du bataillon Schœffer, qui gardait, comme on sait, un col à l'Est de la Porte de Chine, a repoussé le 23 mars, dans la soirée, une attaque des Chinois venant de Yen-Cua-Aï pour couper notre retraite. Elle rejoint le reste du bataillon, dans la matinée du 25, à Dong-Dang.

Pendant qu'une partie de la 2ᵉ brigade continue sa retraite sur Lang-Son, où elle arrive dans la journée, le général de Négrier demeure à Dong-Dang, avec les bataillons étrangers, deux sections d'artillerie et le peloton de chasseurs d'Afrique.

Mais l'approche de l'ennemi est signalée sur les routes de Yen-Cua-Aï et de That-Khé ; de plus Dong-Dang est dans des conditions de défense défavorables, car le terrain y est très accidenté vers le Nord et les vues peu étendues dans cette direction. Le général de Négrier juge impossible de s'y maintenir et donne l'ordre de continuer la retraite : le 26 mars, sa brigade est tout entière réunie à Lang-Son.

LE CAPITAINE BRUNET

Ce douloureux échec nous coûte plus de 286 hommes,
dont 13 officiers : c'est le cinquième de notre effectif (1).

(1) 23 et 24 mars 1885, d'après les renseignements officiels :
   111e,   25 tués, 11 disparus, 19 grièvement blessés.
   143e,   17 — » — 24 —
   1er étranger, 11 — 2 — 34 —
   2o étranger,   7 — 4 — 14 —
   1er tonkinois, » — . — 1 —
   12e d'artillerie, 2 — . — 3 —
Légèrement blessés : 112.
Les pertes en officiers sont les suivantes :
111o : capitaine Mailhat, lieutenant Canin, sous-lieutenant Normand,
médecin aide-major Raynaud, tués ; lieutenant de Colomb, blessé.

Les bataillons du 111e et du 143e surtout ont été éprouvés; le premier, qui a perdu tous ses sacs, est complètement hors d'état de reparaître prochainement en ligne. L'ennemi a montré des forces telles, que le général de Négrier fait prévoir de graves événements (1).

143e : lieutenant Thibault, tué ; lieutenant Mangin, sous-lieutenant Bruneau, blessés.

1er étranger : capitaine Cotter, tué.

2e étranger : capitaine Brunet, tué ; lieutenants Commignan et Durillon, blessés.

1er Tonkinois : commandant Tonnot, blessé.

Cette liste ne comprend pas les pertes des Tonkinois en hommes de troupe.

(1) Télégramme du général de Négrier au général Brière de l'Isle, 24 mars 1884.

CHAPITRE XXIII

Combat de Phu-Lam-Thao, 23 mars. — Combat de Ki-Lua, 28 mars 1885. — Déroute de Lang-Son. — Evacuation de Dong-Song. — Retraite sur Chu. — Les responsabilités encourues.

Pendant que le général de Négrier éprouve un échec au Nord de Lang-Son, d'autres fractions du corps expéditionnaire sont également repoussées dans une attaque contre les positions chinoises, entre le Fleuve Rouge et la Rivière Claire, aux environs d'Hong-Hoa.

Les troupes venues de Yunnan s'y sont établies dans une ligne de villages fortifiés, dont le plus important se nomme Phu-Lam-Thao; le 1er bataillon du 1er zouaves, commandant Simon, se dirige, le 23 mars, d'Hong-Hoa sur ce camp retranché pour le reconnaître. Mais cette reconnaissance dégénère en une attaque menée sans les précautions indispensables; le bataillon est contraint de se retirer avec une perte totale de près de cinquante hommes, dont deux officiers (1). Le 3e bataillon du 2e zouaves, commandant

____

(1) 6 tués, 3 disparus, 12 grièvement blessés; capitaine Poncet, lieutenant Samuel, 25 hommes de troupe légèrement blessés.

Mignot, est aussitôt envoyé à Hong-Hoa, pour parer aux éventualités que cet échec fait craindre.

Mais, dans l'Est, la situation du général de Négrier est beaucoup plus difficile.

A Lang-Son, la 2ᵉ brigade a trouvé les renforts destinés au 2ᵉ bataillon d'Afrique, aux 23ᵉ, 111ᵉ et 143ᵉ; ils sont fondus dans ces corps, dont ils relèvent sensiblement les effectifs (1).

Les environs de la place demeurent encore très calmes : le soir seulement, nos patrouilles de cavalerie prennent le contact sur la route de Dong-Dang, à 8 kilomètres vers le Nord. Au Sud-Est, Dong-Buc est occupé par un petit parti chinois.

Le 27 mars, le général de Négrier fait, avec le lieutenant-colonel Herbinger, les chefs de bataillon et le commandant de l'artillerie, la reconnaissance des deux rives du Song-Ki-Kung autour de Lang-Son. Elle lui permet d'arrêter le plan suivant : la brigade va tenir vigoureusement dans ses positions actuelles, de manière à couvrir les deux routes du Delta, qui passent l'une par Than-Moï, Bac-Lé et Kep, l'autre par Dong-Song et Chu. Si l'ennemi est en forces trop considérables et nous oblige à évacuer Ki-Lua, la brigade se retirera sur les hauteurs de la rive gauche, tout en gardant la tête de pont au Nord de la citadelle. Au cas où les Chinois voudraient franchir la rivière, pour menacer notre retraite, nous déboucherions sur leur flanc. La possession de Lang-Son et des fortes positions au Sud constitue un très grand avantage pour nous dans la lutte qui va commencer.

----

(1) D'après le rapport du colonel Borgnis-Desbordes sur les événements de Lang-Son, ces renforts se montaient à 1,500 hommes et l'effectif total des rationnaires était, le 28 mars, de 4,490 sans les coolies.

Pourtant la citadelle n'a pas d'importance : elle dessine un carré dont les côtés mesurent 400 mètres environ et n'a ni fossés, ni bastions ; ses murs en grosses briques, de 3 mètres de hauteur, sont surmontés d'un parapet percé de meurtrières et couronné d'une palissade en bambous ; mais c'est dans une bicoque semblable que Dominé a fait son immortelle défense.

Sans être excellente, la situation des approvisionnements permet une résistance de plusieurs semaines. Les vivres du sac vont être reportés à 6 jours, et il reste, en outre, 14 jours de vivres dans les magasins de la place. Nos soldats portent 120 cartouches avec eux ; il y en a 107,000 au parc ; les batteries ont 170 coups à tirer par pièce (1). En outre, un certain nombre de convois marchent sur Lang-Son, et peuvent y amener, du 28 au 31, 308,136 cartouches (2).

De plus, un escadron de spahis et une batterie de 80^{mm} (3), qui vont partir de Pho-Can le 28 mars, seront à portée de rejoindre la 2e brigade dès le 30. Tout conseille donc une défense énergique.

Le soir du 27, l'attaque des Chinois paraît imminente ; ils sont à 5 ou 6 kilomètres seulement de Lang-Son. Nos troupes prennent les armes, mais inutilement : la soirée et la nuit sont calmes.

Le lendemain, 28 mars, vers 7 heures, les grand'gardes

----

(1) Rapport du général de Négrier sur les opérations de la 2e brigade, du 26 au 28 mars. D'après le rapport du colonel Borgnis-Desbordes, le soir du 28 mars, la brigade avait encore 120 cartouches par homme et 30,600 au parc. Le nombre de coups pour nos 18 pièces était, à la même date, de 2,676, c'est-à-dire supérieur à celui tiré pendant les combats des 4, 5, 6, 11, 12 février 1885, par l'artillerie des 2 brigades.

(2) Rapport du colonel Borgnis-Desbordes.

(3) 2e batterie *bis* d'artillerie de marine et 3e escadron du 1er spahis.

du 2ᵉ étranger, 3ᵉ et 4ᵉ compagnies du 3ᵉ bataillon, signalent le débouché simultané de fortes colonnes, venant de Dong-Dang ou de Yen-Cua-Aï, et nos troupes prennent leurs positions de combat. Les deux redoutes de Ki-Lua sont gardées par la compagnie Hertrich, du 2ᵉ bataillon d'Afrique, et par un détachement de la 1ʳᵉ batterie *bis*, qui sert 4 pièces Krupp et 4 canons Vavasseur enlevés aux Chinois, lors de la prise de Lang-Son. Le capitaine Hertrich occupe également avec une section les rochers des grottes à l'Ouest.

A Ki-Lua sont placés les deux bataillons étrangers et la batterie de Saxcé. Le 3ᵉ bataillon du 2ᵉ régiment est en première ligne ; les bataillons des trois régiments de France, les tirailleurs tonkinois et la batterie Roperh se rassemblent au Sud, sur la rive gauche du ruisseau de Ki-Lua.

Une compagnie du 2ᵉ bataillon d'Afrique tient Lang-Son avec la batterie Martin : la citadelle est gardée par les sections de forteresse de la brigade et par les artilleurs du parc, qui servent deux mitrailleuses Nordenfeld ; la cavalerie éclaire nos flancs. Elle signale vers Dong-Buc, au Sud-Est, l'approche de faibles groupes ennemis ; comme ce mouvement pourrait compromettre notre ligne de retraite, le général de Négrier envoie dans cette direction, à Maï-Pha, le bataillon du 111ᵉ et une section de la batterie Roperh.

Mais les Chinois apparaissent en forces plus compactes vers le Nord ; le général fait replier lentement ses avant-postes, de manière à attirer nos adversaires sur les glacis des redoutes, que les 3ᵉ et 4ᵉ compagnies du 3ᵉ bataillon du 2ᵉ étranger vont démasquer, en appuyant à gauche. Les Chinois se portent vivement en avant et tombent sous le feu de ces compagnies et de la batterie de Saxcé. En même temps les redoutes de Ki-Lua tirent lentement sur eux.

Cette première attaque est aisément repoussée et l'ennemi se replie en désordre.

Les Chinois cherchent alors à déborder nos ailes, suivant leur tactique habituelle. Des groupes nombreux se glissent dans les marais à l'Ouest de Ki-Lua, vers la rivière. Une section de la batterie Roperh et une compagnie du 23ᵉ vont leur faire face, de la rive gauche du Song-Ki-Kung, et les arrêtent aisément.

Au centre et à la droite de la ligne française, le feu devient plus vif ; les Chinois accentuent leur mouvement contre notre droite. Le général de Négrier veut y répondre par une contre-attaque dirigée sur leur centre. Le bataillon du 143ᵉ, celui du 1ᵉʳ régiment étranger, les Tonkinois et une section de la batterie Roperh vont l'exécuter, sous le commandement du lieutenant-colonel Herbinger. Ces troupes remontent la vallée de Ki-Lua par les hauteurs de la rive de l'Est, en balayant devant elles toutes les fractions qu'elles rencontrent. La gauche de l'ennemi est bientôt débordée, tandis qu'il s'obstine à attaquer Ki-Lua. Le général de Négrier a prescrit au lieutenant-colonel Herbinger d'arrêter son mouvement aux falaises, qui limitent le terrain découvert à l'Est, et d'y attendre des ordres.

Du côté de Dong-Buc, l'ennemi ne fait aucun mouvement : le bataillon du 111ᵉ et la section de la batterie Roperh reviennent de Maï-Pha, pour s'établir en réserve. Mais, devant notre gauche, les Chinois renouvellent leur attaque (3 heures) : les pièces de la redoute de Ki-Lua sont déjà hors de service : le mécanisme des canons Krupp s'est enrayé et les Vavasseur ont brisé leurs affûts ; on envoie pour les remplacer deux des sections de la batterie de Saxcé. Cette substitution ralentit le feu de la redoute ; nos tirailleurs du 3ᵉ bataillon étranger tirent lentement aussi, pour ménager leurs munitions. Les Chinois croient à un commencement de retraite et se lancent à l'attaque. Ils ont massé des troupes nombreuses à l'Ouest de la route de Dong-Dang et tentent de déborder la redoute Ouest de Ki-Lua. Ils sont de nouveau accueillis par un feu rapide à courte distance qui les arrête aussitôt. La compagnie Gaucheron, du 2ᵉ régiment étranger, placée à gauche de la redoute, les prend d'écharpe. A 3 heures 30 ils sont en pleine retraite. Au même moment, le lieutenant-colonel Herbinger, qui a rapidement gagné du terrain dans sa contre-attaque, précipite le recul de l'ennemi, en lui faisant craindre pour ses communications. Il se replie déjà sur toute la ligne. A ce moment, le général de Négrier, qui se porte de la gauche à la droite de nos positions, est atteint par une balle en pleine poitrine (1). Cette fatale blessure oblige l'énergique commandant de la 2ᵉ brigade à remettre la direction du combat au lieutenant-colonel Herbinger ; au lieu de se terminer comme une victoire, la journée aboutira à la plus désastreuse des retraites.

Dès la prise de possession de son commandement l'intention du lieutenant-colonel est arrêtée (2) : il va donner

---

(1) Cette balle s'amortit sur un carnet qu'elle traverse et ne fait qu'un séton long de vingt centimètres, à la partie antérieure de la poitrine.

(2) Rapport du lieutenant-colonel Herbinger sur les opérations du 28 mars au 1ᵉʳ avril (*Documents parlementaires*, Chambre, 1886). Le lieutenant-colonel breveté Paul-Gustave Herbinger est né le 7 décembre 1839 ; sorti de Saint-Cyr le 1ᵉʳ octobre 1861, lieutenant, le 12 avril 1865, capitaine, le 7 août 1869, chef de bataillon, le 4 mai 1876 et lieutenant-colonel, le 24 juillet 1884, il avait eu la carrière la plus brillante ; ancien professeur à l'École de guerre, ancien commandant du 26ᵉ bataillon de chasseurs, il avait pourtant, auprès de beaucoup

LE CAPITAINE MAILHAT

l'ordre d'abandonner Lang-Son et de se retirer sur Dong-Song. En vain, le général de Négrier essaie de l'en détourner de vive voix, en vain il lui fait remettre une note lui con-

---

de gens, la réputation d'un esprit mal pondéré, excessif, d'une *tête brûlée* pour tout dire en un mot ; des souvenirs personnels, qui remontent à 1881, nous permettent d'affirmer que cette expression n'est pas exagérée.

seillant de tenir fortement, par des échelons, les routes de Pho-Vy et de Than-Moï, de faire écouler tous ses impedimenta et de ne laisser qu'une arrière-garde à Ki-Lua, en attendant les décisions de l'ennemi (1). Cette note, remise à 6 heures 20 au colonel, ne change pas ses résolutions : il se borne à déclarer impossible la conservation de Lang-Son, même dans les conditions indiquées par le général de Négrier.

Pourtant la 2ᵉ brigade serait dans la meilleure situation pour garder ses positions ou, tout au moins, se maintenir au Sud du Song-Ki-Kung. La contre-attaque que nous avons dirigée sur les Chinois ne s'est arrêtée qu'à 5 heures du soir. La nuit arrive : nous sommes couverts par une rivière profonde, au Nord de laquelle nous tenons une tête de pont fortifiée. Devant Ki-Lua l'ennemi refoulé s'est arrêté à 800 mètres de nos avant-postes, ne montrant des forces considérables que sur les hauteurs de l'Ouest ; dans l'Est il a été rejeté à 2 kilomètres (2). Le lieutenant-colonel craint de voir quelques milliers de Chinois se porter sur la ligne de retraite et la couper, en l'obligeant « à se faire jour, sur un parcours de 80 kilomètres ». Mais rien ne justifie cette préoccupation : la cavalerie ne signale aucun mouvement à l'Est et à l'Ouest de Lang-Son ; nos deux lignes de communication avec le Delta sont intactes ; pour les atteindre, l'ennemi devrait franchir le Song-Ki-Kung et se jeter dans des montagnes, sans nul sentier frayé. Les Chinois n'ont pas fait preuve d'une telle ténacité pendant les combats du jour, pour qu'on ait à re-

---

(1) Note dictée par le général de Négrier, à 5 h. 15, le 28 mars, et écrite par le sous-lieutenant, Dégot, *Documents parlementaires*, Chambre, 1886.

(2) Voir le rapport du lieutenant-colonel Herbinger déjà cité : les chiffres ci-dessus en sont textuellement extraits.

douter une pareille détermination de leur part. Enfin nos troupes ont subi des pertes relativement nulles (1) : en-environ soixante hommes. La plus grande partie de nos soldats n'a pas tiré un coup de fusil.

Le lieutenant-colonel Herbinger n'en maintient pas moins les ordres donnés pour la retraite et refuse même au commandant Servières l'autorisation de s'enfermer dans la citadelle avec ses deux compagnies. Dès 4 heures environ, il a prévenu le général Brière de l'Isle de son intention d'abandonner Lang-Son, devant des nécessités évidentes, en profitant de la nuit pour dissimuler sa retraite.

Le bataillon du 111ᵉ vient occuper la tête de pont sur le Song-Ki-Kung, au Nord de Lang-Son ; le 2ᵉ bataillon du 1ᵉʳ étranger prend position dans la citadelle. Celui du 143ᵉ se retire sous la protection du 111ᵉ et se forme au Sud de la ville. Les deux compagnies du bataillon d'Afrique, deux de celles du 23ᵉ et le 3ᵉ bataillon du 2ᵉ étranger occupent encore Ki-Lua ; les deux autres compagnies du 23ᵉ sont dans le camp des Rochers, à l'Ouest de Ki-Lua.

Ces dispositions préparatoires terminées, les troupes se mettent en mouvement en trois groupes, de 7 heures à 11 heures 1/2 du soir. Les blessés et les bagages se dirigent sur Pho-Vy et Dong-Song, suivis par le commandant Schœffer, les 2 bataillons de la légion et la batterie de Saxcé. Avec les trois bataillons de France, le 2ᵉ bataillon d'Afrique, la batterie Roperh, le lieutenant-colonel Herbinger se dirige sur Cut et Than-Moï ; les Tonkinois sont répartis entre ces deux colonnes. Le parc d'artillerie quitte

______

(1) Chiffres officiels des pertes des 28, 29, 30 mars : 3 tués, 12 disparus, 3 officiers et 22 hommes grièvement blessés, 21 hommes légèrement blessés ; total, 61.

Lang-Son, par la route de Pho-Vy, fort avant dans la nuit et sans la moindre escorte (1).

Mais ce n'est point assez de cette retraite précipitée, devant un ennemi battu sans conteste dans la journée : ce mouvement de recul s'accomplit dans les plus doulou-reuses conditions. La batterie traînée du capitaine Martin (2) va peut-être devenir un embarras sur les routes de Pho-Vy ou de Cut : le lieutenant-colonel Herbinger donne l'ordre de précipiter son matériel dans le Song-Ki-Kung. Aux réclamations du capitaine qui demande à l'emmener sans escorte, en offrant de la jeter dans un précipice, si ce sacrifice devient indispensable, le commandant de l'ar-tillerie, chef d'escadron de Douvres, répond en renouvelant par écrit l'ordre du lieutenant-colonel. Les fonds du trésor sont également jetés dans la rivière; les approvisionnements que renferme Lang-Son, les pièces chinoises conquises le 13 février sont abandonnés. Dans le désordre de cette retraite de nuit, des soldats, appartenant surtout au 2e bataillon d'Afrique, défoncent les barriques de tafia et s'enivrent. La marche prend bientôt les allures d'une véritable déroute, quoique l'ennemi ne paraisse nulle part et qu'il fasse clair de lune. Le 3e escadron du 1er spahis rejoint le détachement du commandant Schœffer à dix kilomètres environ au Nord de Dong-Song et couvre alors sa retraite.

Dans la soirée du lendemain, les deux colonnes attei-

____

(1) Le capitaine d'artillerie de marine Maistre, qui commandait le parc, reçut l'ordre de quitter Lang-Son en même temps que les autres troupes. Mais l'impossibilité d'emporter son matériel sans avoir réuni de nombreux coolies le força de ralentir son départ. Il parvint à réunir assez de porteurs pour sauver tout son matériel et put même emporter des défenses d'éléphants qui faisaient partie des trophées recueillis à Lang-Son.

(2) 1re batterie *bis* d'artillerie de marine, 4 M. r. traînée.

gnent Than-Moï et Dong-Song. Avant même d'arriver au premier de ces points, vers midi, le lieutenant-colonel Herbinger donne l'ordre au commandant de Lacale de préparer l'évacuation de Dong-Song (1). A cinq heures du soir, il ordonne également au chef de bataillon Schœffer de continuer sa retraite sur Chu, en évitant le contact de l'ennemi, et il lui renouvelle l'ordre d'évacuer Dong-Song. Dès l'annonce de ces dispositions, qu'aucun mouvement des Chinois ne justifie (2), le général en chef invite le lieutenant-colonel à garder ses positions actuelles, en lui annonçant l'arrivée prochaine d'un nouvel escadron de spahis, d'une autre batterie de 80 millimètres, de 1,000 zouaves et d'une partie de la brigade Giovanninelli. Herbinger annule donc ses ordres, et prend toutes ses dispositions pour garder Dong-Song et Than-Moï. Une compagnie de 111e et le détachement du génie sont envoyés entre ces deux points, au col de Déo-Quao, et s'y fortifient.

Mais, dès le lendemain, 30 mars, les intentions d'Herbinger se modifient : il annonce au général Brière de l'Isle que les Chinois marchent en grand nombre de Lang-Son sur Thaï-Nguyen, par Maï-San. Ils seraient déjà en ce dernier point, après avoir parcouru la moitié des 70 ou 80 kilomètres qui les séparaient de Thaï-Nguyen. « Une bonne route » unissant Bac-Lé à Maï-San, assure Herbinger, va leur permettre de menacer Kep, sur les derrières

---

(1) Il s'y trouve 1 batterie de 80, 1/2 compagnie du 2e bataillon d'Afrique et 1 peloton de Tonkinois : ces deux dernières troupes forment la garnison normale.

(2) Dans la journée du 29 mars, deux fiévreux de l'un des bataillons étrangers, demeurés à Lang-Son malgré notre retraite, en partent sans avoir vu un Chinois et rallient à Than-Moï. (Déposition du général Brière de l'Isle devant la commission des crédits du Tonkin et de Madagascar.)

de la 2ᵉ brigade (1). Un peu plus tard, il annonce que Dong-Song est attaqué, et les forts de Ha-Ho réoccupés par les Chinois ; la route du col de Déo-Van est donc fermée à nos troupes. Devant ces affirmations, le général en chef modifie ses instructions et autorise la retraite sur Chu, si le colonel la juge indispensable.

Mais ces renseignements sont inexacts ou exagérés : un mois après ces événements, les Chinois n'auront encore paru ni à Thaï-Nguyen, ni dans les forts de Ha-Ho. Leurs forces sont insignifiantes sur la route de Cut. A Dong-Song, le commandant Schœffer a repoussé un millier d'hommes, en perdant 1 tué et 3 blessés : la présence du bataillon du 143ᵉ, envoyé par le lieutenant-colonel Herbinger, entre Déo-Quao et Dong-Song, ne lui a été d'aucune utilité. Quant à Kep, il n'est l'objet d'aucune menace (2).

Dans la soirée du 30 mars, après avoir annoncé au commandant Schœffer qu'il tiendrait « jusqu'à la mort » dans Than-Moï, et après l'avoir invité à faire de même à Dong-Song (3), le lieutenant-colonel Herbinger donne l'ordre

____

(1) Télégrammes du 30 mars, à 9 heures du matin, et du 30 mars, 3 heures du soir.

(2) Voir le rapport du colonel Borgnis-Desbordes, déposition du lieutenant du génie Jullien, du capitaine Gachet et du sous-officier Dathies, du 3ᵉ escadron du 1ᵉʳ spahis ; à Ha-Ho, le lieutenant Lompré avait vu un homme ; encore n'était-il pas sûr qu'il fut chinois.

(3) Voici cette dépêche au commandant Schœffer, citée *in extenso* dans le rapport Borgnis-Desbordes ; elle témoigne d'un complet désordre mental : « Profitez de la présence de la compagnie du 111ᵉ et du bataillon du 143ᵉ pour faire occuper, en arrière de vous, le col de Quan d'une manière sérieuse. Je tiendrai ici jusqu'à la mort ; faites-en autant et attendons. Si vous veniez à être coupé du col de Quan, rabattez-vous sur moi. Vous me préviendrez par trois feux allumés au sommet du Déo-Quan. Je prendrai toutes mes dispositions pour assurer votre retraite par Bac-Lé. En tout cas, tenez vigoureusement cette nuit ; il n'y a pas d'autre moyen de nous tirer d'affaire. De la baïonnette, et le moins possible de coups de fusils. Faites occuper votre ligne de retraite par ce dont vous pouvez disposer. Tenez dur

de brûler la comptabilité du trésor, de briser les appareils télégraphiques et d'abandonner les derniers bagages de la colonne (1). Il dirige de Than-Moï sur Kep le bataillon du 23ᵉ et 150 isolés, sous les ordres du commandant Fortoul.

Le reste de la 2ᵉ brigade se retire, pendant la nuit, vers Chu, par le col de Déo-Quao, Dong-Song et le col de Déo-Quan. Les vivres, les munitions sont laissés sur place, alors que beaucoup de coolies se mettent en mouvement les mains vides. Quelques Chinois suivent de loin la colonne pendant une partie de la marche, puis disparaissent à neuf heures du matin. Vers onze heures, la brigade se rassemble à hauteur de Pho-Can. Le lieutenant-colonel Herbinger s'arrête de nouveau, dans l'après-midi, au col de Déo-Quan, où il passe la nuit. Le lendemain, 1ᵉʳ avril, sa colonne vient cantonner autour de Chu, sans que les Chinois aient encore paru à Pho-Can (2). Cette retraite de trois jours et le combat du 28 mars nous ont coûté moins de soixante hommes (3).

---

avec le reste ; j'en fais autant. Si vous vous voyez coupé, rabattez-vous sur moi. Je tiens jusqu'au dernier homme. »

(1) Dans son rapport le lieutenant-colonel Herbinger assure que cet abandon avait pour but d'éviter l'allongement de la colonne (?) et de conserver les moyens d'enlever les blessés en cas de combat. Il aurait pu attendre qu'il y eût des blessés ; abandonner des bagages n'est pas une opération compliquée.

(2) Rapport du lieutenant-colonel Herbinger, déjà cité. Pho-Can est dit aussi Pho-Hoï.

(3) Etat-major : Général de Négrier, lieutenant Berge, grièvement blessés.

143ᵉ : grièvement blessé, 1.

2ᵉ bataillon d'Afrique : disparus, 4 ; grièvement blessés, 2.

1ᵉʳ régiment étranger : disparus, 8 ; grièvement blessés, 9 hommes dont le lieutenant Casanova.

2ᵉ régiment étranger : 2 tués ; 4 grièvement blessés.

1ᵉʳ tonkinois : 3 grièvement blessés.

1ᵉʳ spahis : 1 tué.

12ᵉ d'artillerie : 4 grièvement blessés.

Légèrement blessés : 21. Total, 3 officiers, 58 hommes.

La retraite de Lang-Son n'en a pas moins une extrême gravité, tant par ses conséquences immédiates pour l'honneur de notre drapeau et nos intérêts en Extrême-Orient, que par celles qu'elle aurait pu avoir en entraînant la rupture de nos négociations avec la Chine. A quelles causes faut-il attribuer ce fait douloureux, qui ternissait d'une manière si fâcheuse la gloire conquise par notre jeune armée, pendant deux années d'une rude campagne ?

Nous avons dit que la marche sur Bang-Bô avait été ordonnée par le ministre de la guerre, sous la pression du cabinet tout entier, et par le général Brière de l'Isle. La première responsabilité de l'échec du 24 mars ne peut donc être attribuée qu'au ministère. Une fois de plus, il avait imposé à nos soldats, dans un moment inopportun, une tâche que leurs forces ne suffisaient pas à remplir. L'échec du général de Négrier, se jettant avec 1,400 ou 1,500 hommes, à peine pourvus de vivres et de munitions, sur 40,000 Chinois, était inévitable. L'extrême énergie du chef de la 2ᵉ brigade, ses talents militaires et la vigoureuse attitude de ses troupes leur permirent seuls de se dégager, sans être entièrement anéantis.

Après l'échec de Bang-Bô, la retraite sur Lang-Son ne pouvait être évitée ; mais, une fois parvenue en ce point, la 2ᵉ brigade était dans de tout autres conditions pour résister aux Chinois. Elle avait plus que doublé son effectif ; la citadelle et les redoutes de Ki-Lua lui donnaient de bons points d'appui. Le Song-Ki-Kung devait lui permettre d'user largement de ses facultés manœuvrières en face des Chinois. Son mouvement de recul, après le succès incontestable du 28 mars, ne peut donc être expliqué par aucun motif. D'ailleurs, à supposer que les progrès des Chinois sur notre front et nos flancs dussent exiger une retraite vers Dong-Song et Than-Moï, les vigoureux soldats, qui avaient

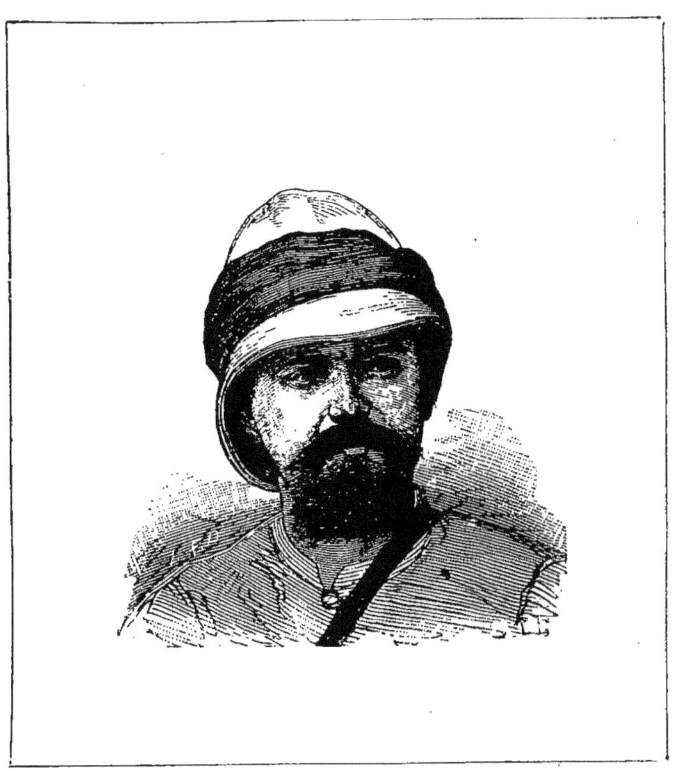

LE LIEUTENANT THIBAULT

maintenu si haut l'honneur de nos armes pendant les combats des trois mois précédents, n'auraient pas dû être condamnés à fuir, de nuit, devant une poignée de ces Chinois qu'ils avaient toujours combattu un contre cinq.

La responsabilité immédiate de la retraite de Lang-Son doit donc incomber tout entière au chef provisoire de la 2e brigade, le lieutenant-colonel Herbinger. La présence de cet officier supérieur à la tête de nos troupes avait seule permis aux Chinois d'annuler, d'un seul coup, ce qu'avaient obtenu les efforts de nos soldats, pendant trois mois de campagne (1).

. (1) Pour expliquer les contradictions évidentes, les fautes militaires si nombreuses relevées pendant son commandement, du 28 mars au 1er avril, on a souvent invoqué un état de surexcitation anormal, constaté par plusieurs témoins et que certains attribuent à l'intempérance. (Rapport du colonel Borgnis-Desbordes déjà cité.) MM. Rollin, payeur, les commandants Servière, Diguet, Schœffer, de Douvres, le docteur Zuber déclarent qu'à Lang-Son le lieutenant-colonel était dans en état de surexcitation inexprimable. D'autres témoins, le commandant Fortoul, chef d'état-major de la brigade, M. Massier du Biest, officier d'ordonnance, le sous-intendant Jau assurent qu'il était dans son sang-froid. La première assertion a été reconnue comme non fondée, on doit le supposer du moins, par le conseil d'enquête réuni en 1886. Il n'en reste pas moins acquis que certains faits, celui notamment d'avoir écrit la dépêche du 30 mars au commandant Schœffer, dénotent un affaiblissement complet des facultés intellectuelles du brillant commandant du 26e chasseurs, de l'ancien professeur à l'Ecole de guerre. Seuls, les premiers symptômes de la maladie qui devait l'emporter quelque temps après avaient pu l'amener à prendre la résolution d'abandonner Lang-Son, dans les douloureuses conditions que nous venons de dire.

FIN DU LIVRE IV

LIVRE V

TRAITÉ DE TIEN-TSIN

MORT DE L'AMIRAL COURBET

LIVRE V

CHAPITRE PREMIER

Interpellation du 28 mars 1885. — Arrivée de la dépêche de Brière
de l'Isle. — Séance du 30 mars. — Chute du ministère Ferry. —
Vote d'un crédit provisoire. — Le ministère Brisson. — Vote des
crédits, 7 avril.

Tandis que la brigade de Négrier soutient un dernier
combat contre les troupes chinoises, le ministère de M.
Jules Ferry doit repousser de nouvelles attaques, qui montrent combien sa situation est chancelante, même vis-à-
vis du Parlement. La nouvelle de l'échec de Bang-Bô, déjà
parvenue à Paris (1), motive en effet, dès le 28 mars, une

---

(1) Le général Brière de l'Isle avait adressé ce télégramme au ministre de la guerre :

« Hanoï, 25 mars. — Je reçois le télégramme ci-après du général de

nouvelle interpellation sur les affaires du Tonkin. Comme à son ordinaire, M. Jules Ferry est à peu près seul à porter le poids de cette discussion. Mais le ton général de son discours diffère notablement de celui des précédents. Il n'y est plus question, comme après Bac-Lé, de réclamer une indemnité pécuniaire et des réparations de la Chine; le gouvernement français n'a plus qu'un but : « l'exécution pleine, loyale et entière du traité du 11 mai 1884. »

Cette déclaration solennelle équivaut à la condamnation par le ministère de sa propre politique. Depuis le mois de juin précédent il a prodigué le sang et les ressources de la France, pour conquérir des réparations auxquelles il se voit

---

Négrier : « Dong-Dang, 24 mars, 11 heures du soir. L'ennemi a attaqué le poste de Dong-Dang le 22, à 2 heures du matin. J'ai dû me porter en avant pour me donner de l'air. Le 23, j'ai pu m'emparer de la première ligne des forts du camp retranché de Bang-Bô. Le 24, mes efforts ont échoué devant une supériorité numérique considérable et des attaques enveloppantes dont les effectifs croissaient sans cesse. Vers 2 heures, l'artillerie n'ayant plus de munitions, j'ai dû rompre le combat. Je n'ai pu me dégager qu'à grand'peine. Je suis rentré à Dong-Dang à 7 heures du soir. Tous les blessés ont été reportés sur Lang-Son. Nos pertes sont très sensibles, environ 200 hommes tués ou blessés..... Le 111e a perdu tous ses sacs; il est complètement hors d'état de rentrer en ligne. L'ennemi a des forces telles que je suis obligé de me reporter sur Lang-Son et il faut prévoir de graves événements. »

« Notre grosse difficulté est toujours dans l'approvisionnement de Lang-Son pour un si gros effectif. Dans ces conditions je suis obligé d'arrêter l'offensive que je me disposais à prendre sur le Song-Koï. Ma place est à Hanoï et Hong-Hoa, pour faire face avec la flottille et le restant de mes forces à toute éventualité et pour fournir à Négrier, par tous moyens héroïques, des vivres et des munitions. » (*Débats parlementaires*, Chambre, 18 décembre 1885, page 269.)

Deux autres télégrammes datés de Lang-Son (26 mars, 4 heures et 8 heures du matin) étaient conçus en termes beaucoup plus rassurants; le dernier se terminait ainsi : « Les troupes n'ont jamais montré plus d'entrain et de vigueur. Leur moral est absolument intact. » Tous ces télégrammes n'étaient insérés au *Journal officiel* qu'avec de très notables atténuations.

forcé de renoncer. En dépit de l'abnégation et de la bravoure de nos soldats ou de nos marins, la persévérance
des Chinois a triomphé de son obstination et nous sommes,
après neuf mois de combats continuels, dans de plus fâcheuses conditions, pour traiter avec la Chine, qu'au lendemain de Bac-Lé !

Malgré cet échec moral, dont la gravité ne lui échappe
pas plus qu'à la Chambre, M. Jules Ferry affecte
encore une confiance qui n'est peut-être pas dans sa pensée intime : « On a fait de la situation du corps expéditionnaire... une peinture bien inexacte. On a dit qu'il était
coupé en deux parties, obligées de faire la navette et de
se porter alternativement du Fleuve Rouge sur Lang-Son.

« Cette peinture a été improvisée d'après la dépêche reçue avant-hier du Tonkin, car la marche qu'a suivie la partie
de nos troupes qui se dirige sur les frontières du Kouang-Si
a été marquée par autant de victoires que d'étapes...

« Le général de Négrier a en main les forces nécessaires
pour tenir à Lang-Son. Il est certain que la pleine possession de la frontière tonkinoise nous est acquise ; nous sommes dans la meilleure situation pour traiter, si l'on veut
traiter. »

Ces affirmations imprudentes vont rendre plus terrible
le coup porté par le télégramme annonçant la retraite de
Lang-Son.

Après un discours de M. Clémenceau, qui paraît fait
pour ménager le ministère plutôt que pour hâter sa
chute, M. Rivet dépose un ordre du jour qui donnerait à
ces débats leur conclusion logique : « La Chambre, con-
vaincue qu'une politique plus claire et plus prévoyante
peut seule amener une solution honorable, passe à l'ordre
du jour. » 246 voix seulement, contre 217, repoussent cette
formule : le ministère est évidemment aux abois. Il croit dé-

voir se rallier à une autre motion présentée par MM. Ribot
et Francis Charmes : « La Chambre, confiante dans l'armée
et dans l'énergie de ses chefs, passe à l'ordre du jour. »
Cette rédaction évite, avec intention, d'associer le cabinet
au témoignage de confiance si libéralement accordé à nos
troupes. Mais la majorité est encore attachée par trop de
liens à un ministère dont elle partage les responsabilités :
par le vote de l'ordre du jour pur et simple, elle lui évite
l'humiliation de voir accepter celui de M. Ribot (1).

Cette séance du 28 mars n'est pas autre chose qu'une
éclatante défaite du cabinet : en acceptant un prétendu
vote de confiance qui s'adresse uniquement au corps expéditionnaire, M. Jules Ferry a signé, à l'avance, sa démission. Quels que doivent être les événements du lendemain,
elle s'imposera à bref délai.

Cette solution va être singulièrement hâtée par l'arrivée
à Paris d'un télégramme parti d'Hanoï. Abattu sous le poids
des désastreuses nouvelles qu'il reçoit du lieutenant-colonel Herbinger, effrayé plus que de raison par les revers si
imprévus qu'on lui annonce, le général Brière de l'Isle
adresse au ministre de la guerre quelques lignes dont le
contenu va provoquer une immense émotion dans la France
entière : « Je vous annonce avec douleur que le général de
Négrier, grièvement blessé, a été contraint d'évacuer Lang-
Son. Les Chinois, débouchant par grandes masses et sur trois
colonnes, ont attaqué avec impétuosité nos positions en
avant de Ki-Lua. Le colonel Herbinger, devant cette grande
supériorité numérique et ayant épuisé ses munitions,
m'informe qu'il est obligé de rétrograder sur Dong-Song et
Than-Moï. Je concentre tous mes moyens d'action sur les

---

(1) Par 259 voix contre 209.

débouchés de Chu et de Kep. L'ennemi grossit toujours sur le Song-Koï. Quoiqu'il arrive, j'espère pouvoir défendre tout le Delta. Je demande au gouvernement de m'envoyer le plus tôt possible de nouveaux renforts (1).»

Cette dépêche affolée exagère singulièrement, il est à peine besoin de le dire, les tristes conséquences de la retraite de Lang-Son. Le sang-froid a malheureusement fait défaut au général Brière de l'Isle, au moment où il lui aurait été le plus indispensable. Le commandant du corps expéditionnaire encourt là une lourde responsabilité (2).

Partie d'Hanoï le 28 mars, à onze heures et demie du soir, l'annonce de la perte de Lang-Son arrive au ministère de la guerre pendant la nuit suivante et n'est communiquée aux membres du gouvernement que dans la matinée du dimanche 29 mars. Au moment où ce télégramme est apporté à M. Jules Ferry, on lui annonce la visite de l'ambassadeur d'Autriche-Hongrie. Le comte Hoyos vient lui présenter le délégué austro-hongrois à la conférence du canal de Suez, dont la première réunion doit avoir lieu le lendemain 30 mars. Le président du Conseil trouve à peine le temps de parcourir la dépêche

---

(1) Ce télégramme a été reproduit par le *Journal officiel* du 30 mars 1885; il n'est pas exactement conforme à l'original publié dans les *Documents parlementaires* de juillet 1886, Chambre, page 756.

(2) Dans sa déposition devant la Commission des crédits du Tonkin et de Madagascar (décembre 1885), le général Brière de l'Isle explique de la façon suivante l'envoi de cette dépêche. En recevant le télégramme par lequel le lieutenant-colonel Herbinger faisait part de la nécessité d'évacuer Lang-Son, faute de munitions et de vivres, alors que ni les uns ni les autres ne pouvaient encore lui manquer, le général crut à un désastre plus grand encore que la réalité ; ces explications étaient, croyait-il, destinées à le dissimuler ; c'est alors qu'il lança son télégramme.

de Brière de l'Isle avant de recevoir ses visiteurs. Malgré les terribles préoccupations qui l'agitent, il garde, dit-on, toutes les apparences de la plus parfaite tranquilité d'âme. Il s'entretient même avec le comte Hoyos de nos affaires du Tonkin, sans qu'un mot vienne décéler son trouble intérieur. Mais, les deux étrangers sortis, il se tourne vers M. Billot qui assiste à leur visite et lui tendant la dépêche : « Lisez, dit-il ; un nouvel échec à Lang-Son et pas de nouvelles de Pékin. Voilà l'issue de nos négociations peut-être ajournée. Et demain le ministère n'existera plus (1) ».

M. Jules Ferry n'est pas tenté, semble-t-il, de prolonger contre le Parlement et l'opinion publique un combat qu'il juge perdu dès les premiers instants. Il n'essaie même pas d'atténuer l'effet que doivent produire les nouvelles de Lang-Son. Pourtant un autre télégramme du général Brière de l'Isle, reçu dans la soirée du 29 mars, tout en confirmant la retraite de la 2e brigade, est conçu en des termes beaucoup plus rassurants que le premier (2). Le cabinet ne croit pas devoir attendre les détails qui font encore défaut sur les causes et l'étendue de notre désastre à Lang-Son et décide de communiquer, à peu près

---

(1) L'*Affaire du Tonkin*, par un diplomate. Ce passage reproduit un travail paru dans la *Revue Bleue* et que nous avons déjà cité sous ce titre : *Les Préliminaires de la paix avec la Chine*.

(2) Hanoï, 29 mars, 10 h. 15 du soir :

« Négrier est à Dong-Song ; sa guérison est certaine.

« Herbinger est à Than-Moï avec sa colonne ; il n'a pas été inquiété dans sa retraite et l'évacuation s'est faite sans difficulté.

« Il reste à Than-Moï et à Dong-Song et barre les deux routes.

« Les vivres et les munitions sont à Dong-Song en abondance et les approvisionnements réunis à Chu peuvent faire face à tous les besoins.

« Du côté de Song-Koï, rien de nouveau. »

intégralement, aux Chambres et au pays la douloureuse dépêche du 28 mars (1).

D'ailleurs, la certitude d'une chute prochaine ne l'empêche pas de prendre les mesures indispensables pour renforcer promptement nos troupes d'Extrême-Orient. L'embarquement de plusieurs milliers d'hommes est préparé (2) : l'amiral Courbet reçoit l'ordre d'évacuer Formose et d'envoyer au Tonkin la plus grande partie des troupes de Kélung.

Comme il est aisé de s'y attendre, la publication des nouvelles arrivant de Lang-Son jette dans Paris et au travers de la France entière la plus douloureuse émotion ; les colonnes des journaux sont remplies d'accusations, souvent exagérées, contre le ministère et de craintes patriotiques

---

(1) On a parfois prétendu, pour expliquer cet excès de franchise assurément blâmable en pareil cas et qui n'était pas, d'ailleurs, dans les habitudes du ministère, que le télégramme du 28 mars avait été envoyé *en clair* par le général Brière de l'Isle. Il n'en est rien : ce télégramme était chiffré, nous en avons recueilli la preuve de la bouche même de l'officier de service au ministère dans la nuit du 28 au 29 mars 1885.

(2) Les régiments de ligne fournissaient 1782 hommes aux 3 bataillons de ligne du Tonkin ; le 1er zouaves envoyait 270 hommes ; le 2e, 300 ; les 1er et 3e tirailleurs, 1,495 ; les 1er et 2e étranger, 1,383 ; les 2e et 3e bataillons d'Afrique, 237.

En outre, le 3e bataillon du 3e zouaves et le 11e bataillon de chasseurs (1,000 et 824 hommes) allaient s'embarquer ; l'artillerie comprenait 9 batteries de l'armée de terre et des détachements (1,576 hommes) ; la cavalerie, 1 escadron de spahis et 1/2 escadron du 1er chasseurs d'Afrique (195 hommes) ; enfin 154 ouvriers d'administration, 371 soldats du train et 1,000 mulets, des secrétaires et des gendarmes complétaient ces renforts à 9,557 hommes avec 2,538 chevaux ou mulets.

Le premier départ avait lieu le 6 avril par l'*Hindoustan*. Pendant le mois d'avril il ne partait de France pour l'Extrême-Orient que 234 hommes des troupes de la marine. (Rapport Ballue déjà cité.)

pour le sort de nos soldats du Tonkin. Les passions politiques aidant, on oublie ce que le ministère Ferry a pu faire, pendant deux années, d'avantageux à la France, pour ne plus songer qu'aux malheurs qu'il a déchaînés sur elle. On ignore qu'au moment même où il va tomber, il est sur le point de résoudre nos difficultés avec la Chine.

Dans de pareilles conditions, la séance du lundi 30 mars à la Chambre des députés ne peut manquer d'être émouvante. Bien avant l'ouverture des portes, une foule immense s'est portée aux abords du Palais-Bourbon; depuis le 4 septembre 1870, aucune réunion de nos assemblées n'a provoqué de semblable affluence.

A une heure, les délégués des puissances se réunissent au ministère des Affaires étrangères pour la conférence du canal de Suez. C'est le début d'une action diplomatique suivie de concert avec la Russie, l'Allemagne et l'Autriche-Hongrie et qui aurait peut-être abouti à l'évacuation de l'Egypte par l'Angleterre, si les événements eussent pris un autre tour. M. Jules Ferry souhaite la bienvenue aux délégués et déclare la conférence ouverte.

Mais, à la Chambre, la séance s'ouvre après de longs délais; dans les tribunes l'affluence est aussi grande qu'au dehors : on s'y montre l'ambassadeur d'Allemagne, prince de Hohenlohe, et il n'est personne qui n'éprouve une douloureuse émotion en voyant là, pendant l'une des heures les plus critiques de notre histoire, le représentant de nos ennemis d'hier.

Tout à coup un silence de mort s'établit : M. Jules Ferry apparaît, les yeux étrangement congestionnés, les joues et le front d'une pâleur de marbre. Ses cheveux sont relevés en épis, ses favoris en désordre; sa cravate et son col fripés, son gilet qui n'est pas entièrement boutonné, indiquent une longue insomnie. Déjà son apparition soulève un murmure de mauvais augure dans les tribunes (1).

Il prend la parole pour résumer les tristes nouvelles venues de Lang-Son et aboutit à de tardifs aveux : « Nos généraux se trouvent manifestement en présence de forces organisées, dont le nombre et l'importance ont soudain dépassé toutes les prévisions..... » Cette phrase seule est déjà la condamnation de sa politique. Il conclut en déposant une demande de crédits extraordinaires se montant à deux cents millions de francs, pour l'armée et la marine. Enfin, il ajoute que le ministère ne considérera pas le vote des crédits comme un vote de confiance, et cette démission anticipée provoque de bruyantes exclamations à gauche et à droite. Les injures, les malédictions se croisent au-dessus de la tête des ministres : parmi leurs amis de la veille, beaucoup, terrifiés par les clameurs de la foule et par l'approche des élections générales, sont des premiers à les abandonner. « On voyait quelques députés littéralement affolés et quantité d'autres qui faisaient semblant de l'être, avec de grands gestes désolés, des bras jetés au ciel et de formidables exclamations... (2). » Sous la poussée d'un événement inattendu, les côtés bas de la nature humaine apparaissent brusquement dans cette assemblée, naguère si fidèle à M. Jules Ferry ; la majorité s'empresse de déserter la cause qu'elle a aidé à compromettre.

M. Clémenceau se lève et cingle de quelques phrases mordantes les restes de ce cabinet déjà effondré : « Tout débat est fini entre nous : nous ne voulons plus vous

----

(1) Voir l'article si vivant d'Ignotus dans le *Figaro* du 1er avril 1885, *Deux piloris*.

(2) Emmanuel Arène, *Paris*, 2 avril 1885.

entendre ; nous ne pouvons plus discuter avec vous les grands intérêts de la patrie : nous ne vous connaissons plus, nous ne voulons plus vous connaître… » et il réclame « un président du conseil qui ne nous ait pas trompés, à la parole de qui nous puissions croire. »

Un membre du centre gauche, M. Ribot, apparaît ensuite à la tribune pour donner le coup de grâce au ministère.

La cause est entendue : il n'y a plus qu'à clore les débats par un ordre du jour. Mais, cédant à un scrupule qui semble indigne de lui, M. Jules Ferry veut éviter l'humiliation de tomber sur un vote direct de la Chambre, et il demande la priorité pour le vote des crédits. Elle lui est refusée par 3o6 voix contre 149, et les membres du cabinet quittent la salle des séances sur un mot sanglant de M. Paul de Cassagnac : « La tribune est devenue un gibet pour la première fois. »

Le ministère est tombé sous le poids de ses erreurs et de ses fautes, accru des fautes et des erreurs de chacun ; il est devenu le bouc émissaire chargé de l'animadversion de tous. Et pourtant il laisse à la France une importante colonie et son administration n'a pas été sans d'utiles résultats. Peut-être l'histoire impartiale trouvera-t-elle pour M. Jules Ferry des jugements moins sévères que ceux de ses contemporains ? Elle fera la part des difficultés sans nombre que lui suscitaient à tout instant l'opinion et le Parlement, en se montrant prêts à reculer devant les conséquences d'une expédition légèrement entreprise. Peut-être, en pesant les services rendus au pays par ce cabinet, la postérité sera-t-elle conduite à oublier son tort le plus grave : celui d'avoir trop longtemps cherché à prolonger les illusions dont nous nous étions leurrés au sujet du Tonkin et de la Chine, en méconnaissant la nécessité absolue d'une politique nette, loyale et franche, dans un pays de suffrage universel.

Après l'échec du ministère, une proposition pour sa mise en accusation immédiate, est ajournée par 287 voix contre 152 et les députés se séparent aux cris de « Vive la République! Vive la France! » Leur président, M. Henri Brisson, a déjà envoyé à nos soldats du Tonkin l'expression des sympathies de la Chambre, au milieu de l'échec passager qu'ils viennent de subir.

La crise ministérielle provoquée par la démission du ministère doit se prolonger durant plus d'une semaine: les difficultés de notre situation politique expliquent suffisamment ce que cette durée a de peu ordinaire (1). En attendant la constitution d'un nouveau cabinet, la Chambre vote, le 31 mars, par 493 voix, un crédit provisoire de 50 millions pour les ministères de la Marine et de la Guerre. Elle retrouve, un instant, l'unanimité qui a salué le premier crédit voté après la mort du commandant Rivière (2).

---

(1) Le 3 0/0 avait baissé de 3 fr. 50 dans la journée du 30 mars ; en 1870 la baisse n'avait été que de 2 fr. 50 lors de la déclaration de guerre.

(2) Le même crédit était voté au Sénat, le même jour, par l'unanimité de 281 votants.

CHAPITRE II

Fin des négociations avec la Chine. — Protocole du 4 avril 1885.
— Note explicative. — Cessation des hostilités.

Au moment même où la nouvelle de la perte de Lang-
Son suffisait à provoquer la chute du cabinet, celui-ci
atteignait enfin le seul but qu'il visât depuis plusieurs
mois : la suspension des hostilités avec la Chine.

Nous avons dit que les négociations entamées par l'intermédiaire de sir Robert Hart et de M. Duncan Campbell,
entre le gouvernement français et le Tsong-li-Yamen, du-
raient depuis plusieurs semaines, sans qu'on fut encore arrivé à un accord complet. M. Jules Ferry n'attachait pas
une foi entière à la sincérité des ouvertures de nos adversaires et on ne saurait lui en faire un crime, tant il avait
eu précédemment de raisons d'en douter. D'ailleurs les
affaires de Corée étaient encore en suspens et nous pouvions
en attendre des complications entre le Japon et la Chine,
éventualité qui nous aurait été des plus avantageuses.
Cette situation provoquait même un incident, que l'on
devait, plus tard, amèrement reprocher au ministère
Ferry, non sans raison, il faut bien l'avouer.

Le 27 mars 1885, dans un entretien au sujet des affaires de Corée, le comte de Hatzfeldt, l'un des hauts fonctionnaires du ministère des Affaires étrangères d'Allemagne, donnait à entendre au baron de Courcel, notre ambassadeur à Berlin, qu'une intervention pacifique de l'Empire entre la Chine et le Japon était possible et il demandait à notre représentant quelles seraient nos vues à cet égard.

M. de Courcel en référait aussitôt à M. Jules Ferry et cette communication parvenait en France la veille du désastre de Lang-Son. Elle trouvait donc un terrain tout préparé ; le 29 mars, après avoir reçu la dépêche du général Brière de l'Isle, le président du Conseil répondait à M. de Courcel en des termes qui eussent gagné à être moins explicites : « Une intervention de l'Allemagne en faveur de la Chine et contre le Japon, à l'heure actuelle, nous enlèverait une de nos meilleures chances de paix. Si, au contraire, l'Allemagne donnait à la Chine un conseil autorisé, nos affaires pourraient se régler rapidement. Sous cette forme, le concours de l'Allemagne nous serait précieux et n'aurait rien que de conforme aux intérêts allemands et aux vues du Chancelier, qui doivent être pacifiques en Chine comme en Europe. »

Cette communication était sans doute dictée par le souci de nos affaires en Extrême-Orient, mais elle heurtait le sentiment national dans ce qu'il a de plus profondément respectable. Réclamer de l'Allemagne autre chose qu'une neutralité courtoise dans nos affaires avec la Chine était aller contre les vues unanimes du Parlement et de l'opinion. Les souvenirs de l'Année Terrible demeuraient encore trop vivants chez nous, pour qu'on pût admettre de pareilles démarches auprès de nos vainqueurs.

Cet incident, qui demeura tout d'abord ignoré, n'eut du reste aucune influence sur la marche des événements. Dès le 30 mars, sir Robert Hart télégraphiait à M. Campbell que le Tsong-li-Yamen acceptait une modification demandée par M. Jules Ferry pour l'article 1er du projet de convention, ainsi que la note explicative qui devait déterminer la portée de celui-ci. Le même jour, sir Robert Hart confirmait ce premier télégramme, en ajoutant que ces concessions, au lendemain du désastre de Lang-Son, attestaient des intentions bien réellement pacifiques de la part du Céleste Empire (1).

Ces communications parvenaient à Paris, au ministère des Affaires étrangères, peu après la démission du cabinet, et la crise ministérielle retardait la conclusion des négociations. Le nouveau cabinet n'était pas formé et M. Jules Ferry éprouvait une répugnance bien naturelle à signer une convention qui eût engagé la politique de ses successeurs. Il craignait aussi de faire preuve d'un empressement mesquin, en les privant de l'honneur de rétablir la paix avec la Chine. Enfin, il redoutait de nouvelles complications, qui auraient gravement engagé sa responsabilité, s'il eût signé une pareille convention après avoir donné sa démission. De son côté, le président de la République, M. Jules Grévy, jugeait avec raison que ses droits n'allaient pas jusqu'à lui permettre de conclure un traité, sans l'assentiment d'un ministère responsable.

En outre toutes les difficultés n'étaient pas encore levées : M. Jules Ferry tenait à ce que le blocus du riz fut continué jusqu'à la signature du traité définitif; le maintien de cette clause et surtout la forme qui lui avait été donnée blessaient l'orgueil des Chinois; le 31 mars, sir Robert Hart conseillait encore de la modifier. Il y avait à vaincre

____

(1) *Livre Jaune*, Sir Robert Hart à M. Duncan Campbell, 30 mars 1885.

d'autres difficultés moins importantes : la note du Tsong-li-Yamen, communiquée au consul de France et approuvant la négociation entamée, ne portait que le sceau de Li-Hong-Tchang. Enfin, le Yamen n'avait pas donné son approbation à la note explicative dont nous avons parlé.

D'ailleurs le parti de la guerre reprenait des forces à Pékin ; de Londres le marquis Tseng s'efforçait de pousser son pays à la résistance ; il envoyait jusqu'à deux télégrammes par jour au Tsong-li-Yamen dans ce but.

De son côté M. Patenôtre faisait remarquer que la convention projetée ne mentionnait pas les Pescadores, ce qui impliquait l'abandon de cette conquête, à laquelle l'amiral Courbet attachait, avec juste raison, une si haute importance (1).

Malheureusement, le moment était mal choisi pour élever de nouvelles exigences, au risque de retarder la conclusion d'une paix ardemment désirée en France.

Plusieurs jours se passèrent sans amener une solution : enfin, le 4 avril, la crise ministérielle menaçant de se prolonger, M. Billot, directeur des affaires politiques au ministère des Affaires étrangères, reçut les pleins pouvoirs du président de la République. Le même jour, après une dernière discussion au sujet du blocus du riz, il arrêtait avec M. Campbell le protocole et la note explicative suivantes, qui terminaient d'une manière définitive nos hostilités avec la Chine (2).

Protocole du 4 avril 1885

Article premier. — D'une part, la Chine consent à ratifier la Convention de Tien-Tsin, du onze mai mil-huit-

---

(1) *Livre Jaune*, M. Patenôtre à M. Jules Ferry, 28 mars 1885.
(2) *Livre Jaune.*

cent quatre-vingt-quatre, et, d'autre part, la France déclare qu'elle ne poursuit pas d'autre but que l'exécution pleine et entière de ce traité.

Art. II. — Les deux puissances consentent à cesser les hostilités partout, aussi vite que les ordres pourront être donnés et reçus, et la France consent à lever immédiatement le blocus de Formose.

Art. III. — La France consent à envoyer un ministre dans le Nord, c'est-à-dire à Tien-Tsin ou à Pékin, pour arranger le traité détaillé, et les deux puissances fixeront alors la date pour le retrait des troupes.

Note explicative du protocole du 4 avril 1885.

1° Aussitôt qu'un décret impérial aura été promulgué, ordonnant la mise à exécution du traité du 11 mai 1884 et enjoignant par conséquent aux troupes chinoises, qui se trouvent actuellement au Tonkin, de se retirer au-delà de la frontière, toutes les opérations militaires seront suspendues sur terre et sur mer, à Formose et sur les côtes de la Chine ; les commandants des troupes françaises au Tonkin recevront l'ordre de ne pas franchir la frontière chinoise.

2° Dès que les troupes chinoises auront reçu l'ordre de repasser la frontière, le blocus de Formose et de Pakhoï (1) sera levé, et le ministre de France entrera en rapport avec les plénipotentiaires nommés par l'empereur de Chine pour négocier et conclure, dans le plus bref délai possible, un traité définitif de paix, d'amitié et de commerce. Ce traité fixera la date à laquelle les troupes françaises devront évacuer le Nord de Formose.

3° Afin que l'ordre de repasser les frontières soit communiqué le plus vite possible par le gouvernement chinois

____

(1) Le blocus de Pakhoï avait été déclaré le 24 mars 1888.

aux troupes du Yunnan, le gouvernement français donnera toutes facilités pour que cet ordre parvienne aux commandant des troupes chinoises par la voie du Tonkin.

4° Considérant toutefois que l'ordre de cesser les hostilités et de se retirer ne peut parvenir le même jour aux Français et aux Chinois et à leurs forces respectives, il est entendu que la cessation des hostilités, le commencement de l'évacuation, et la fin de l'évacuation auront lieu aux dates suivantes :

Les 10, 20 et 30 avril, pour les troupes à l'Est de Tuyen-Quan :

Les 20, 30 avril et 30 mai, pour les troupes à l'Ouest de cette place.

Le commandant qui, le premier, recevra l'ordre de cesser les hostilités, devra en communiquer la nouvelle à l'ennemi le plus voisin et s'abstiendra ensuite de tout mouvement, attaque ou collision.

5° Pendant toute la durée de l'armistice et jusqu'à la signature du traité définitif, les deux parties s'engagent à ne porter à Formose ni troupes ni munitions de guerre.

Aussitôt que le traité définitif aura été signé et approuvé par décret impérial, la France retirera les vaisseaux de guerre employés à la visite, etc. (*sic*) en haute mer, et la Chine rouvrira les ports à traité aux bâtiments français, etc. (*sic*.)

Deux dépêches, échangées le même jour, entre MM. Jules Ferry et Campbell précisèrent le sens attaché à l'article 5 de cette note explicative, stipulant le droit pour nous de continuer le blocus du riz sur les côtes du Nord de la Chine (1).

____

(1) *Livre Jaune*, M. Jules Ferry à M. J. Duncan Campbell et

La convention du 4 avril se bornait donc à la mise en
vigueur pure et simple du traité du 11 mai 1884 : il ne
subsistait rien de nos demandes si hautement affirmées
d'indemnités, d'avantages commerciaux ou de cessions
territoriales. Mais, après l'échec de Lang-Son, nous devions
nous estimer heureux de terminer ainsi la ruineuse entreprise, où nos fautes encore plus que les événements nous
avaient conduits.

Cette heureuse solution était si peu prévue, que ni le
ministère ni l'opinion ne voulurent d'abord croire à la
sincérité des intentions pacifiques de notre adversaire.
Mais ces doutes n'étaient nullement fondés, et le gouvernement chinois devait agir avec la plus grande correction
pendant les mois qui suivirent. La guerre qu'il soutenait
contre nous depuis près de deux ans avait été singulièrement coûteuse pour lui ; les recettes douanières, qui comptent parmi les principales ressources, diminuaient chaque
jour ; le blocus du riz menaçait d'affamer des régions entières de la Chine du Nord. Enfin, le Tsong-li-Yamen
n'ignorait pas quelle était, après Lang-Son, l'attitude du
parlement et de l'opinion en France, et il nous voyait résolu
à recommencer, s'il le fallait, une nouvelle campagne,
avec des moyens considérablement accrus (1).

D'ailleurs, l'effet de la reprise de Lang-Son sur les Chinois avait été bien moindre qu'on n'eût pu le croire (2) :

M. Campbell à M. Ferry, 4 avril 1883. Il avait été convenu que ces
lettres demeureraient confidentielles, à moins de difficultés. Elles
furent publiées par inadvertance. (*L'affaire du Tonkin.*)

(1) *Journal d'un mandarin*, télégramme de Shu, ministre de
Chine à Berlin, au Tsong-li-Yamen, 2 avril 1885 ; *Livre Jaune*, sir
Robert Hart à M. Duncan Campbell, 31 mars 1885.

(2) *Livre Jaune*, M. Patenôtre à M. Jules Ferry, 6 avril 1887.

beaucoup refusaient d'en admettre la réalité. Le gouvernement impérial jugea donc préférable de renoncer le plus tôt possible à poursuivre une guerre, dont le dernier épisode lui avait valu une satisfaction morale indéniable.

Les négociations postérieures suivirent une marche régulière. Dès le 6 avril un décret impérial était rendu pour ratifier la convention de Tien-Tsin et ordonner la cessation des hostilités. De son côté M. de Freycinet, qui remplaçait, le 7 avril, M. Jules Ferry au ministère des Affaires étrangères, se hâtait de provoquer le retrait des ordres donnés par le cabinet précédent pour l'évacuation de Formose; il importait, en effet, de ne pas nous dessaisir trop tôt d'un gage de la bonne foi des Chinois (1).

Sur la demande du Tsong-li-Yamen les délais d'évacuation étaient prolongés de cinq jours, le 9 avril; le même jour, il faisait notifier à notre consul de Tien-Tsin, M. Ristelhueber, le décret impérial approuvant la convention du 11 mai 1884. A ce moment sir Robert Hart demandait l'évacuation des Pescadores par nos troupes, en faisant valoir la loyauté de la conduite des Chinois, qui avaient maintenu leur projet de protocole malgré la reprise de Lang-Son. Le gouvernement français n'avait pas encore reçu de l'amiral Courbet des renseignements qui lui permissent d'apprécier l'importance de notre nouvelle conquête. M. de Freycinet crut pourtant nécessaire de laisser entrevoir une solution conforme aux désirs de la Chine (2). Cette condescendance était hautement regrettable, car les Pescadores valaient qu'on fît plus d'efforts pour les conserver.

----

(1) *Livre Jaune*, M. de Freycinet à l'amiral Galiber, 7 avril 1885.
(2) *Livre Jaune*, M. de Freycinet à M. J. Duncan Campbell 10 avril 1885.

Sir Robert Hart nous avait également demandé la levée du blocus du riz. Cette fois M. de Freycinet fut moins accommodant et fit valoir l'impossibilité où il était de renoncer à ce gage de la bonne foi chinoise, en présence des défiances de l'opinion publique en France.

La publication du décret impérial d'évacuation dans la *Gazette de Pékin* du 14 avril était faite pour nous rassurer sur la durée des préliminaires de paix ; pourtant, le 16 avril, on signalait encore quelques agressions des Chinois contre nos troupes du Tonkin. Des envois de troupes et de matériel à Formose étaient annoncés vers la même date ; heureusement, ces faits isolés, dus à l'ignorance ou à la mauvaise volonté de chefs subalternes, n'entraient pas dans les vues du gouvernement chinois. M. de Freycinet pria donc M. Patenôtre de se rendre aussitôt à Tien-Tsin, de manière à pouvoir ouvrir, dès la réception de ses instructions, les négociations pour le traité définitif (1). En même temps, nous prenions, de concert avec la Chine, les mesures nécessaires afin de hâter la remise des ordres d'évacuation aux commandants des troupes impériales.

---

(1) *Livre Jaune*, M. de Freycinet à M. Patenôtre, 16 avril 1885.

CHAPITRE III

Fin des hostilités à Kélung. — Évacuation partielle de Formose.
— Prise du *Ping-On*. — Blocus du riz.

Au moment de la perte de Lang-Son, les hostilités se
continuaient encore à Kélung, sans que notre situation en
fut beaucoup améliorée. Le 9 mars 1885 nous prenions
possession du piton isolé de la Dent, que nos ouvrages du
Cirque voyaient à revers. Chassés de ce point, les Chinois
entreprenaient une nouvelle ligne de retranchements au
Sud de la rivière de Tamsui, et lui donnaient rapidement
un très grand développement.

De notre côté, nous commencions les travaux de quatre
nouveaux ouvrages : le fort Bambou sur la Table; celui
du Sud, qui dominait un contrefort descendant du Cirque
vers la rivière, et le fort Bertin sur une croupe, au delà du
fort Tamsui. Des routes, des communications télégraphiques et téléphoniques étaient également entreprises
pour relier toutes les parties de notre camp retranché.

Malgré l'arrivée d'une nouvelle batterie, la 7ᵉ *bis* d'artillerie de marine (1), qui nous apportait un précieux complément de forces, les pièces chinoises commençaient à devenir singulièrement gênantes. Des rapports de déserteurs ou de prisonniers nous apprenaient bientôt qu'un ancien sous-officier d'artillerie, déserteur du 3ᵉ bataillon d'Afrique lors des affaires du 4 au 7 mars, était l'auteur de cette aggravation : il dirigeait les artilleurs chinois.

Le 26 mars, le corps expéditionnaire mettait à la disposition de Courbet, pour l'opération contre les Pescadores, le bataillon d'infanterie de marine du commandant Lacroix et une section de la 7ᵉ *bis*. Quelques jours après, du 29 au 31 mars, les Chinois nous livraient encore une suite d'escarmouches, qui coûtaient à nos troupes 2 tués et 11 blessés (2).

Sur les entrefaites arrivaient les nouvelles de Lang-Son. Dès la réception de la dépêche du général Brière de l'Isle, le gouvernement croyait nécessaire de jeter immédiatement au Tonkin tout ce qu'il avait de forces disponibles à proximité et décidait l'évacuation de Formose : les troupes fournies par l'armée de terre seraient dirigées sur Haï-Phong ; l'infanterie de marine fournirait 500 hommes pour l'occupation des Pescadores ; un nombre égal demeurerait embarqué sur l'escadre, en prévision du cas où l'amiral déciderait d'occuper l'une des îles Mia-Tao, dans le golfe du Pé-Tché-Li, comme il y était autorisé.

---

(1) La 7ᵉ *bis*, qui arriva le 25 mars (3 officiers, 100 hommes, 6 pièces de 80 de M.), était commandée provisoirement par le capitaine en 2ᵉ Silvain ; le capitaine en 1ᵉʳ Le Fournier ne débarqua que le 12 avril.

Le chef d'escadron d'artillerie de marine Périssé, arrivé le 17 mars, avec 1 officier, 1 garde et 29 ouvriers, prit le commandement de l'artillerie et du génie du corps expéditionnaire. MM. Joffre et de Champglen continuèrent à diriger ces deux services sous ses ordres.

(2) Dont le lieutenant d'infanterie de marine Ozoul.

L'amiral Courbet estimait l'évacuation précipitée de Formose aussi peu opportune qu'il avait naguère jugé dangereuses nos tentatives pour nous y installer ; pas plus que M. Patenôtre et l'amiral Lespès il ne dissimulait sa pensée à cet égard (1). Néanmoins, sur les ordres formels du ministre de la marine, on commençait, le 3 avril, l'évacuation de Kélung et une grande quantité de matériel était transportée à Makung.

La signature des préliminaires de paix, survenue le 4 avril, venait encore une fois modifier les idées du gouverment français : dès le 7, M. de Freycinet se hâtait de provoquer le retrait des ordres précédemment donnés ; mais ces nouvelles instructions ne parvenaient à l'amiral que le 16 avril et on pouvait craindre un instant qu'il ne fût trop tard.

En même temps qu'il faisait évacuer Kélung, Courbet prenait les mesures nécessaires pour fonder un établissement permanent aux Pescadores ; l'île Fisher était occupée par une compagnie d'infanterie de marine et son phare remis en état. Nos ingénieurs relevaient les côtes de Makung ; grâce à l'activité du capitaine de frégate de Maigret, chef d'état-major de l'amiral, on y créait en quelques semaines un centre d'approvisionnement et de ravitaillement pour une escadre de 34 bâtiments : magasins à vivres, parcs à bestiaux, dépôts de charbon s'élevaient avec la main-d'œuvre de prisonniers chinois ; en même temps les forts étaient réarmés et on y installait deux batteries de 90 millimètres, amenées de France par le *Château-Yquem*. La ville avait été assainie et l'état des troupes s'en ressentait heureusement. L'inoffensive population de

____

(1) M. Patenôtre à M. de Freycinet, 14 avril 1885, *Livre Jaune*.

ces îles se prêtait de bonne grâce à notre installation et approvisionnait quotidiennement le marché de Makung. Malheureusement tous les efforts de l'amiral pour conserver les Pescadores à la France devaient être inutiles.

Le 11 avril (1), le *d'Estaing* capturait sans combat un navire chinois sous pavillon anglais, le *Ping-On*, qui portait des troupes à Formose : 3 hauts mandarins, 17 officiers et 750 hommes devinrent ainsi nos prisonniers ; le *Ping-On*, pourvu d'un équipage français, fut adjoint à l'escadre.

Le lendemain cette capture était suivie d'une seconde : le *Lutin* prenait une jonque montée par 84 soldats, au moment où elle cherchait à gagner Taï-Wan. Quatre jours après, le 16 avril, l'amiral Courbet recevait enfin la nouvelle de la signature du protocole du 4 avril et ordonnait aussitôt la levée du blocus de Formose. Toutefois nos bâtiments continuaient à exercer le droit de visite ; l'évacuation de Kélung était suspendue.

Le blocus du riz durait jusque vers le milieu du mois de juin, sous la direction de l'amiral Lespès, puis de l'amiral Rieunier. Malheureusement les vitesses de nos navires étaient trop faibles pour qu'ils pussent toujours arrêter facilement les vapeurs anglais ou américains qui tentaient de forcer le passage. Deux d'entre eux seulement, le *Nielly* et le *Primauguet*, filaient 15 nœuds. Le premier parvint pourtant à capturer l'un des plus infatigables de ces perceurs de blocus, le *Wawerley* (28 mai). A ce moment les instructions de nos capitaines n'autorisaient plus

____

(1) Le *Kerguelen*, capitaine de frégate A. Fournier, ralliait l'escadre à la même date.

que la saisie des neutres, dont les 3/4 du chargement étaient composés de contrebande de guerre (1).

Cette dernière partie des opérations de l'escadre fut fatale à l'un de nos torpilleurs. Le 46, celui même qui avait joué un rôle si brillant à Pagoda, se perdit le 30 avril, près des Pescadores : il était à la remorque du *d'Estaing*, par une grosse mer ; son amarre se rompit et le petit bâtiment ne put être repris en raison du temps. Peu après la nuit survenait et le 46 ne reparaissait plus : heureusement il n'avait personne à son bord.

(1) M. Loir, ouvrage cité.

CHAPITRE IV

Le Cambodge. — Convention de septembre 1883. — Traité du 18 juin 1884. — Agitation au Cambodge. — Echec de Sambor, janvier 1885. — Echauffourée d'Hoc-Mon. — Prise de Kampot par les rebelles, 17 mars 1885.

En décrivant, à grands traits, l'Indo-Chine française, nous avons dit quelques mots du Cambodge. Ce petit pays, qui mesure 83,861 kilomètres carrés de superficie, avec une population approximative de 1,500,000 habitants, est situé au Nord-Ouest de la Cochinchine, dans la partie inférieure du cours du Mékong. C'est, en général, un pays de plaines basses, couvert de rizières, noyé par les inondations au moment de la saison des pluies. Le grand fleuve de l'Indo-Chine et ses affluents y jouent un rôle des plus importants, aussi bien en fertilisant le sol par le colmatage qu'en traçant dans tout le pays un réseau très serré de routes naturelles.

Le lac de Tonlé-Sap, qui a 130 kilomètres de long sur 25 de largeur moyenne, avec une profondeur de 12 à 14 mètres au moment des hautes eaux, est le siège de pêcheries très importantes; près de 30,000 individus y sont employés et les produits de leur pêche se chiffrent par plusieurs millions.

Le Cambodgien est plus grand et plus robuste que l'Annamite ou même que les autres indigènes de l'Indo-Chine. Mais il est d'un caractère mou et insouciant ; sa paresse est servie par la fertilité de son pays. Il n'y a pas de classe moyenne au Cambodge ; aucun intermédiaire n'existe entre une population misérable et des mandarins fainéants, deux ou trois fois plus nombreux que le nécessaire. Le roi est l'unique propriétaire du sol ; la corvée, l'esclavage sont les plaies principales du pays et l'empêchent de prendre le développement, auquel sa situation entre le Laos, le Siam et la Cochinchine française semble l'appeler. Si le Mékong devient un jour la grande voie naturelle que l'on pressent, l'importance du Cambodge en sera singulièrement accrue.

Le royaume actuel est le dernier débris d'un état beaucoup plus étendu et qui était parvenu dans les premiers siècles de notre ère à un haut degré de civilisation, encore attesté par les majestueuses ruines d'Angkor. Mais la situation du pays des Khmers entre deux royaumes puissants, le Siam et l'Annam, lui fut fatale ; il décrut peu à peu et finit même par être tributaire de ses deux voisins. En 1849, le roi Ang-Duong, qui devint roi après des luttes acharnées, accepta cette double investiture. Avant de s'y résigner il avait eu, un instant, la pensée de recourir à la France ; mais les intrigues et les menaces du Siam empêchèrent le nouveau roi de recevoir M. de Martigny, que le gouvernement impérial lui avait envoyé pour répondre à ses ouvertures (1855).

En 1859, Ang-Duong mourait : la situation du Cambodge avait notablement changé ; préoccupé par notre descente à Tourane, l'Annam se désintéressait de ce petit pays, qu'il abandonnait entièrement à l'influence du Siam (1).

Le nouveau roi, Préaang-Vodey, qui devint Norodom Ier, reçut l'investiture des Siamois et régna, tout d'abord, sans opposition sous leur tutelle. Il avait deux frères, Si-Savat l'obbaréach (second roi) (2) actuel et Si-Votha, ce dernier dévoré d'ambition et soutenu par des fonctionnaires influents. Des rivalités de harem occasionnèrent entre lui et Norodom une rupture définitive : en 1861, Si-Votha provoquait un soulèvement : le roi était contraint de s'enfuir d'Oudong, alors capitale du Cambodge, et de se réfugier dans le Siam. Il ne rentrait dans son pays qu'en mars 1862, grâce au secours des Siamois et de la Cochinchine française; l'insurrection de Si-Votha paraissait entièrement étouffée à la fin de la même année.

Vers cette époque, le contre-amiral Bonnard, gouverneur de la Cochinchine, remontait pour la première fois le Mékong dans une canonnière et entrait en relations directes avec Norodom; dès la première entrevue, il acquérait la conviction que le Siam tendait à devenir l'unique maître du Cambodge. Il était impossible que nous nous désintéressions absolument de ce petit pays, si voisin de Saïgon : sa prise de possession par les Siamois nous aurait exposés à un voisinage gênant, en enlevant à notre colonie ses meilleures chances d'avenir.

Le successeur de l'amiral Bonnard, M. de la Grandière, le comprit également; en juillet 1863 il se rendait à Oudong et négociait avec Norodom un traité de protectorat

----

(1) Voir, pour toute cette période, le rapport fait au nom de la commission chargée d'examiner le projet de loi portant autorisation de ratifier le traité du 17 juin 1884. (*Documents parlementaires*, Chambre, mars 1885.)

(2) L'institution du second roi est commune au Siam et au Cambodge; c'est surtout une fonction honorifique.

qui était signé le 11 août. En retour de droits insuffisamment définis, cette convention imposait à la France des devoirs très nettement déterminés ; elle ne pouvait donc manquer de provoquer des difficultés dans l'avenir. D'ailleurs elle était à peine acceptée par Norodom, qu'il se liait avec le Siam au moyen d'un traité de vassalité, absolument contraire aux stipulations du 11 août.

Mis au courant de cette perfidie par une indiscrétion, le gouvernement français se bornait à exiger que la cour de Bangkok la tînt pour non avenue, et, le 3 juin 1864, un de ses représentants assistait au couronnement solennel du nouveau roi du Cambodge.

Dès les débuts de son règne l'insurrection étouffée en 1862 recommençait (septembre 1864) ; Norodom faisait aussitôt appel à nos bons offices et des détachements français étaient mis à sa disposition ; de 1864 à 1867, nos petites expéditions furent incessantes ; le colonel Reboul et les commandants Alleyron et Domange s'y distinguèrent particulièrement.

En novembre 1867 la mort du chef des rebelles, Pucombo, semblait terminer la guerre civile au Cambodge ; pendant plusieurs années ce petit pays fut tranquille. Mais le despotisme et l'avidité de Norodom provoquèrent en 1876 une nouvelle insurrection : l'apparition de Si-Votha en fut le signal. Il fallut encore envoyer contre lui des troupes de Cochinchine ; elles parvinrent à le rejeter dans le Laos ; durant les années suivantes il se borna à quelques incursions rapides dans les provinces du Nord.

Le gouverneur de la Cochinchine jugea que notre intervention en faveur de Norodom devait nous permettre une immixtion plus active dans les affaires de son royaume. Une convention de 1877 conféra en effet à notre représentant le droit d'assister au Conseil des ministres ;

mais ces prescriptions furent tournées ; au contraire d'autres stipulations qui déclaraient sujet cambodgien, au bout d'un an de séjour, tout Annamite sujet français, furent rigoureusement mises en pratique et il en résulta des abus criants.

En 1878 Norodom tentait de traiter directement avec l'Espagne, contrairement au traité du 11 août 1863 ; il continuait d'entretenir vis-à-vis du Siam et de l'Angleterre des relations hostiles à la France. Quelques années après, le développement de notre action politique et militaire en Annam attirait de nouveau l'attention des gouverneurs de Cochinchine sur le Cambodge. Dans un rapport du 15 avril 1882, M. le Myre de Villers concluait encore à des modifications partielles de nos rapports avec Norodom, tout en reconnaissant les graves inconvénients qui résultaient de l'état actuel de son royaume.

L'arrivée de M. Thomson à Saïgon, en juillet 1883, comme gouverneur de la Cochinchine, précipita les événements. Le 10 septembre il imposait à Norodom une convention, par laquelle la perception des droits sur l'opium et l'alcool était confiée à l'administration des contributions indirectes de Cochinchine.

Mise en vigueur à dater du 1er janvier 1884, cette convention souleva aussitôt de nombreuses difficultés : Norodom n'avait consenti qu'avec regret à cette diminution de son autorité et ses ministres encourageaient sourdement des menées hostiles à la France. Les événements qui se passaient alors en Annam et au Tonkin n'étaient pas faits, on le conçoit, pour rassurer les Cambodgiens sur les conséquences de notre intervention de plus en plus active dans leurs affaires. Le moment était assurément mal choisi pour soulever de nouvelles complications aux embouchures du Mékong.

Néanmoins le gouverneur de Cochinchine proposa au ministère Ferry et celui-ci accepta (24 avril 1884) un nouveau projet de convention avec le Cambodge. Il se résumait dans l'établissement de l'union douanière et administrative de ce pays avec notre colonie de Saïgon. C'était toucher aux prérogatives de Norodom dans ce qui lui était le plus sensible ; on pouvait prévoir qu'il s'y résignerait à son corps défendant.

Le 30 mai M. Thomson partait pour Pnom-Penh, où il arrivait le 4 juin. A deux reprises il obtenait une audience de Norodom et tentait d'arracher son consentement au nouveau projet de convention. Pour refuser, le roi se retranchait derrière les anciennes coutumes et la crainte de perdre son prestige. M. Thomson en rendait compte par télégramme au ministre de la marine, qui lui prescrivait aussitôt (9 juin) d'exiger la signature du roi, au cas où il continuerait à résister, nous passerions outre en intervenant plus activement encore à l'avenir dans ses affaires.

Cette dépêche, notifiée à Norodom le 11 juin, ne changeait point ses résolutions ; il annonçait même l'intention d'adresser directement ses plaintes au président de la République. Pendant deux jours, le gouverneur de Cochinchine tentait inutilement d'obtenir une audience qui lui était refusée sous divers prétextes. Norodom commençait d'envoyer ses femmes et ses trésors dans les provinces du Nord : M. Thomson crut devoir prendre des mesures pour forcer son consentement.

Il avait déjà réuni à Pnom-Penh 150 hommes d'infanterie de marine et autant de tirailleurs annamites. Deux chaloupes canonnières, l'*Escopette* et la *Sagaie* (1), étaient

---

(1) 12 chevaux, 1 canon.

également venues de Cochinchine pour renforcer l'*Alouette*.

Dans la nuit du 17 au 18 juin 1884, nos trois cents hommes, répartis en plusieurs détachements, se mettent en mouvement sous les ordres du lieutenant-colonel Miramond, de manière à cerner toutes les issues du palais. L'*Escopette* s'est embossée en face de ce dernier; nos autres bâtiments sont sous pression, face à la ville.

A six heures les portes du palais sont gardées par nos troupes; la garde tagale de Norodom les a laissé occuper sans résistance. Un peu après, le gouverneur de Cochinchine, suivi de son état-major, se présente à la porte du palais et pénètre dans les appartements du roi. Norodom est couché, malade de la goutte : M. Thomson s'installe auprès de lui avec ses officiers et fait donner lecture du traité.

Le roi demande à consulter ses ministres, qui lui conseillent la résistance : il veut tout au moins obtenir 24 heures de réflexion, mais M. Thomson le prévient qu'au cas où il n'aurait pas signé dans une demi-heure il serait immédiatement conduit à Poulo-Condor et remplacé par un autre souverain. L'interprète du roi ne traduisant pas exactement les paroles de M. Thomson, ce dernier le fait aussitôt arrêter.

Pourtant Norodom refuse toujours; une escouade de marins se présente alors, baïonnette au canon et cette vue décide les ministres du malheureux souverain : « Signez, » s'écrient-ils, et le roi signe aussitôt. Le gouverneur se retire au travers d'une foule silencieuse; la garde tagale du palais est relevée par nos tirailleurs annamites et tout semble terminé par ce coup d'état.

Le roi du Cambodge s'obligeait à accepter d'avance chacune des réformes que notre gouvernement jugerait utile d'introduire dans son pays. L'établissement et la per-

ception des impôts, les douanes, les contributions indirectes, les travaux publics et, en général, les services exigeant une direction unique ou l'emploi d'ingénieurs et
d'agents européens seraient confiés à des fonctionnaires
français. Des résidents, placés dans toutes les provinces,
contrôleraient les autorités cambodgiennes et maintien-
draient l'ordre public, sous les ordres d'un résident général. Une liste civile serait constituée au roi et à sa famille
sur les recettes du royaume.

Norodom perdait encore un autre avantage important :
le sol du Cambodge cessait d'être inaliénable et d'appar-
tenir à la couronne; l'esclavage était aboli.

En somme, de toutes ses prérogatives, le roi ne conservait guère que son titre; il était réduit à la condition
d'un vassal du gouverneur de Cochinchine, enlacé dans
les mille liens d'un ensemble de fonctionnaires presque
aussi complet que celui de cette colonie. On ne pouvait
espérer qu'il admit une pareille diminution sans arrière-
pensées.

Ce coup de force, insuffisamment justifié par les événements antérieurs, devait avoir pour unique conséquence
d'accroître nos embarras en Extrême-Orient. Aux yeux des
Cambodgiens, rien ne pouvait dissimuler le côté fâcheux
de la scène du 17 juin; nous n'allions pas tarder à nous
en apercevoir. D'ailleurs le rôle qu'y avaient joué nos soldats, en obligeant un petit souverain sans défense à signer
sa déchéance, n'était pas pour plaire à notre orgueil national.

A peine le traité était-il signé que Norodom adressait
au président de la République une protestation basée sur
la contrainte dont il avait été victime. On craignit un moment d'autres réclamations de la part du Siam. La convention du 17 juin était, en effet, contraire à l'esprit, sinon à

NORODOM

la forme de l'article 3 du traité du 15 juillet 1867 (1). Nous sommes à Bangkok en lutte constante avec les Anglais, qui assiègent le Siam par l'Ouest, comme nous le menaçons vers l'Est. Notre influence n'avait donc rien à gagner aux complications imprudemment soulevées au Cambodge.

A la suite des faits que nous venons de résumer, une agitation sourde se propageait dans ce pays contre l'administration française. Le roi et ses fonctionnaires n'y étaient assurément pas étrangers; de plus Si-Votha, dont l'influence était encore très grande dans les parties du royaume voisines du Laos, jugeait le moment venu de rentrer en scène.

En juin 1884, un poste, occupé par 40 tirailleurs annamites sous les ordres d'un lieutenant français, avait été établi à Sambor, près des rapides du Mékong, à la lisière du Laos. Le nombre des maraudeurs et des pillards s'était rapidement accru autour de lui; pourtant, à la suite de petits combats livrés par la garnison, la tranquilité semblait être rétablie, quand, dans la nuit du 9 au 10 janvier 1885, de fortes bandes conduites par Si-Votha apparaissaient subitement aux environs. Le chef du poste, lieutenant Bellanger, se jetait sur elles avec quelques hommes, mais cette petite troupe était aussitôt entourée et massacrée, après une vaillante défense. Le reste de la garnison résistait jusqu'au jour et réussissait alors à s'ouvrir passage jusqu'à Samboc.

Ce coup de main provoquait un grand émoi en Cochin-

---

(1) Article 3. — S. M. le Roi de Siam renonce, pour lui et ses successeurs, à tout tribut, présent ou autre marque de vassalité de la part du Cambodge.

De son côté, S. M. l'Empereur des Français s'engage à ne point s'emparer de ce royaume pour l'incorporer à ses possessions de Cochinchine.

chine : le gouverneur de cette dernière colonie envoyait au Cambodge deux canonnières et une compagnie d'infanterie de marine ; les rebelles étaient dispersés sans difficulté et un nouveau poste établi à Sambor, avec une garnison plus forte du double ; mais l'agitation ne faisait que s'accroître : les bandes de Si-Votha continuaient plus que jamais à tenir la campagne ; la navigation du Mékong ne présentait aucune sécurité et nos paquebots étaient fréquemment attaqués.

Un événement grave survenait à ce moment, 12 février, aux portes même de Saïgon. Le bourg annamite de Hoc-Mon, à 20 kilomètres du chef-lieu de la Cochinchine, est la résidence d'un *doc-phu*, fonctionnaire qui équivaut à peu près à nos sous-préfets. Le doc-phu de Hoc-Mon, l'un de nos plus anciens serviteurs, nous était fort attaché : il avait eu vent, depuis quelques jours, d'un complot dirigé contre lui. Il en informa l'autorité française et lui demanda inutilement des munitions et des armes.

Le 8 février des bandes sorties des villages voisins se dirigent vers Hoc-Mon ; sur leur passage elles massacrent les chrétiens de Bac-Dinh et incendient une partie du village. A Cho-Maï, où elles arrivent ensuite, elles sont repoussées par les habitants. Mais elles atteignent Hoc-Mon : le phu s'est réfugié dans la redoute, avec sa famille et 14 miliciens armés de fusils à piston. Ce petit groupe tente inutilement de se défendre ; ses munitions sont en mauvais état et la redoute bientôt enlevée : le phu est massacré avec toute sa famille. Le peu de troupes dont dispose le gouverneur de Cochinchine arrive trop tard pour les sauver : les rebelles ont déjà disparu.

Deux jours après, le 14 février, la colonne du lieutenant de vaisseau Deleschamps était attaquée à Mep-Doc, au passage d'un arroyo, par une bande de 2,000 hommes ; elle la rejetait à l'issue d'un combat d'une heure et demie, en lui infligeant une perte de 30 morts : cette attaque était encore un fâcheux symptôme.

Le gouverneur de Cochinchine se hâtait de réclamer des renforts du général Brière de l'Isle. Celui-ci avait à peine assez de troupes pour faire face aux Chinois ; il consentit pourtant à diriger sur Saïgon trois compagnies d'infanterie de marine que renforçait bientôt une quatrième venue de Qui-Nhon : elles portaient à 11 le nombre des compagnies d'infanterie de marine en Cochinchine.

Si notre colonie était troublée, l'agitation s'accroissait chaque jour au Cambodge : nos canonnières elles-mêmes étaient attaquées sur le Mékong et nos postes harcelés par des ennemis insaisissables, qui disparaissaient aussitôt après avoir commis leurs méfaits, pour revenir au bout de quelques jours. Suivant la coutume des Annamites et des Cambodgiens, les habitants des villages pillés ou brûlés par les rebelles, pillaient à leur tour les villages les plus proches ; l'insurrection gagnait à chaque instant.

On fut donc forcé d'organiser de petites colonnes volantes, auxquelles revint la tâche ingrate de poursuivre ces bandes, dès qu'elles étaient signalées sur un point. Déjà elles avaient acquis des forces assez considérables : à Stung-Thom, en mars 1885, par exemple, un détachement d'infanterie de marine rejeta dans les montagnes la bande du bonze Boutit, qui se faisait suivre de 2 canons et de 8 éléphants de guerre.

A ce moment un fâcheux incident survenait à Kampot : cette ville, située sur le golfe de Siam et du Cambodge, a une certaine importance et nous y avions quelques établissements, demeurés imprudemment sans garnison. Le 17 mars, Kampot était envahi par une bande très nombreuse de Cambodgiens, qui ne laissaient à nos agents d'autre ressource que la fuite ; un canon et quelques armes tombaient entre les mains des rebelles.

Encouragés par ce succès, ceux-ci marchaient au nombre de 2,000 sur Ha-Tien, l'une des villes voisines de la Cochinchine. Heureusement la *Saône* (1), le *Lynx* et le *Jaguar* étaient en réparation à Saïgon ; on en tira une compagnie de débarquement, qui fut dirigée sur Kampot avec l'*Alouette*, sous les ordres du lieutenant de vaisseau Campion ; M. Deleschamps se portait sur le même point, par terre, avec une autre compagnie. Le 28 mars Kampot était repris après deux petits combats.

-----

(1) *Saône*, transport à hélice, 175 chevaux, 4 canons ; *Lynx* et *Jaguar*, canonnières de station, 100 chevaux, 4 canons ; *Alouette* aviso de flottille, 100 chevaux, 3 canons.

CHAPITRE V

Cependant les nouveaux renforts, dont l'envoi avait été décidé à la suite des événements de Lang-Son, quittaient la France dans la première quinzaine d'avril. Ils allaient porter l'effectif du corps expéditionnaire à plus de 30,000 hommes, pourvus d'une forte proportion d'artillerie, de quelque cavalerie et de tous les services accessoires indispensables à une petite armée.

Pour la commander, le gouvernement jugeait nécessaire de choisir un divisionnaire jouissant d'une autorité reconnue, telle que n'en avait pas toujours eue ses prédécesseurs. Cette fois les préoccupations politiques restaient au dernier plan, comme elles auraient toujours dû faire ; [le nouveau commandant en chef du corps du Tonkin ne passait point, en effet, pour un fidèle de la forme républicaine : c'était le général de Courcy.

Né à Orléans le 30 mai 1827, sorti de Saint-Cyr en 1846, le général Roussel de Courcy fit la campagne de Crimée et celle d'Italie comme capitaine au 14e bataillon de chasseurs. Après cette dernière, il était nommé chef de bataillon au 25e de ligne.

Il quittait ce régiment pour prendre le commandement du 1er bataillon de chasseurs, qu'il conduisait brillamment au Mexique. Blessé devant Puebla, le 27 mars 1863, cité trois fois à l'ordre du corps expéditionnaire, il était promu lieutenant-colonel le 12 août 1864.

Au début de la campagne de 1870, de Courcy commandait le 90e régiment d'infanterie, de la brigade mixte Lapasset; il prenait part avec lui aux batailles de Borny et de Gravelotte, ainsi qu'au combat de Mercy. Promu général de brigade le 26 septembre 1870, avant cette dernière affaire, il avait voulu conduire encore une fois au feu son beau régiment. A la paix, le général de Courcy faisait partie de l'armée de Versailles, et sa brigade entrait l'une des premières dans Paris.

Pendant la guerre de 1877-1878, M. de Courcy était désigné pour suivre les opérations de l'armée russe en Asie-Mineure. Il y trouvait de nouveau l'occasion de faire preuve du plus brillant entrain : à la prise de Kars, voyant passer devant lui des troupes russes qui marchaient à l'assaut avec le magnifique sang-froid qui leur est habituel, le général de Courcy n'y put tenir; il courut se placer à leur tête et entra l'un des premiers dans la place. Cette affaire lui valut la croix de Saint-Georges, l'une des distinctions les plus enviées en Russie.

Divisionnaire du 8 janvier 1878, puis mis à la tête du 6e corps le 4 juillet 1881, il exerçait depuis quelque temps cet important commandement, quand le général Chanzy revint de Russie, où il avait été notre ambassadeur, comme

M. THOMSON

on sait. Par sa haute situation militaire l'ancien commandant de la 2ᵉ armée de la Loire était tout désigné pour la
direction de notre premier corps frontière. Il y fut donc
nommé le 19 février 1882, non sans protestations de la
part de M. de Courcy : elles allèrent si loin, que le futur
commandant du corps du Tonkin crut, dit-on, devoir provoquer en duel l'illustre vaincu de la bataille du Mans. Le
président de la République dut intervenir personnellement

pour éviter un scandale ; M. de Courcy refusa d'accepter le commandement du 1er corps, auquel il avait été nommé.

Au moment où il était désigné pour le Tonkin, il commandait le 10e corps d'armée depuis le 20 août 1883.

La brillante carrière que nous venons de résumer attestait chez M. de Courcy l'existence de hautes qualités militaires ; l'entrain, la décision, la justesse de coup-d'œil du général, l'énergie et le courage du soldat. Mais rien dans son existence passée ne prouvait qu'il y joignît les dons plus modestes du diplomate, de l'administrateur, de l'homme politique ; pourtant ces derniers lui auraient été indispensables dans la situation nouvelle qu'il allait occuper, en face d'un pays neuf, à organiser autant qu'à conquérir. Certains côtés de son caractère donnaient même à craindre qu'il ne fut totalement dépourvu de la mesure dont il aurait dû faire preuve à tout instant, pour concilier les intérêts civils et militaires engagés en Annam ; malheureusement le gouvernement allait s'en rendre compte avant peu : le choix du général de Courcy devait lui laisser des regrets.

On accordait sagement au nouveau commandant en chef les pouvoirs les plus étendus : non seulement il avait sur le corps expéditionnaire et la flottille une autorité entière, qui n'avait jamais été attribuée à ses prédécesseurs, dans des circonstances beaucoup plus délicates, mais il réunissait à son commandement les fonctions de résident général en Annam et de gouverneur général du Tonkin. Les agents politiques de la France en Cochinchine, au Cambodge, dans le Siam et en Birmanie lui étaient même subordonnés jusqu'à un certain point.

Aux termes de ses pouvoirs il avait le droit de nommer, à titre provisoire, aux vacances revenant au tour du choix dans les troupes de toutes armes et dans la flottille jusqu'au grade de capitaine inclus. Il était également autorisé à faire des nominations provisoires de chevaliers et d'officiers de la Légion d'honneur.

Tandis qu'il se préparait à faire route pour l'Extrême-Orient, au Tonkin, après l'arrivée des généraux Brière de l'Isle et Giovanninelli à Chu, le soir du 6 avril 1885, il se produisait un moment d'accalmie dans les opérations. Nos troupes se remettaient de leurs fatigues, et les Chinois semblaient s'arrêter à hauteur de Dong-Song, sur les routes de Lang-Son au Delta. Au contraire, ils croissaient en nombre vers Hong-Hoa et attaquaient même l'un de nos postes du haut Song-Koï.

Le 8 avril, après avoir envoyé reconnaître les cols au Nord de Chu, le général Brière de l'Isle les faisait réoccuper sans difficulté, ainsi que Nui-Bop.

Sur les entrefaites, il apprenait l'apparition du décret impérial ordonnant l'évacuation du Tonkin par les troupes chinoises et en informait la population, lui faisant espérer « l'ouverture d'une ère de tranquillité, de justice et de prospérité... Le règne de la violence est passé, » ajoutait le général en chef, et il mettait les pirates dans l'alternative d'accepter la grâce qui leur était offerte ou de succomber à une répression impitoyable (1).

On envoyait aussitôt des émissaires annamites, chargés d'informer les Chinois de la cessation des hostilités; mais, le 14 avril, avant qu'ils eussent pu remplir leur mission, Kep était encore attaqué par 2,000 réguliers que nous repoussions jusqu'au Nord de Bac-Lé. Nos pertes se montaient à 1 tué et 7 blessés. Du côté d'Hong-Hoa, les Chi-

____

(1) Proclamation du 14 avril 1885.

nois assaillaient également nos canonnières ; la garnison de cette place était à peu près bloquée. On put donc craindre un moment la continuation des hostilités avec la Chine.   Heureusement il n'en était rien et ses troupes n'allaient point tarder à commencer leur mouvement de retraite vers le Nord.

Mais tout n'était pas terminé avec la conclusion des préliminaires de paix. Suivant le mot piquant d'un diplomate anglais, la France possédait enfin le Tonkin : il lui restait à le conquérir. Le contre-coup des événements de mars 1885 se produisait alors dans tout le Delta : le brigandage s'y développait avec une intensité croissante (1) ; nos courriers étaient enlevés, les lignes télégraphiques coupées journellement. Les chrétiens des provinces de Sontay, Hong-Hoa et Tuyen-Quan ne jouissaient plus d'aucune sécurité ; une trentaine de chrétientés avaient été détruites, et, dans plusieurs, les habitants massacrés (2). Toutes les haines politiques ou religieuses se donnaient libre carrière : le village de Dzi-Nguyen, à moins de 2 kilomètres d'un point où était stationné l'une de nos canonnières, était mis à sac par les habitants d'un village voisin, sous les ordres du sous-préfet du canton.

En face de ce déchaînement du brigandage, il semble que l'autorité française ait usé de moyens de répression insuffisants. Les fonctionnaires indigènes maintenus dans leurs emplois en étaient venus à nous trahir sans vergogne. Le tong-doc d'Haï-Duong, pris en flagrant délit de trahison, fut simplement dirigé sur Poulo-Condor. Vis-à-vis

---

(1) « Des bandes se réunissent partout », télégramme du général Brière de l'Isle, 22 avril 1885. (*Débats parlementaires*, Chambre, 18 décembre 1885.)

(2) Lettre de Mgr Puginier parue dans les *Missions catholiques*.

d'Annamites, pour lesquels la vie humaine est si peu de chose, une pareille indulgence s'appelait de la faiblesse.

Il fallait déjà organiser des colonnes volantes chargées de rétablir l'ordre. Dans un pays coupé de canaux couvert d'une végétation épaisse cette tâche était des plus méritoires : nos officiers s'en tirèrent à leur honneur. La bande de l'ex-Quan-bo de Sontay ravageait le canton de That-That; le lieutenant Fayn, du 1ᵉʳ tonkinois, qui commandait le poste de Phu-Quoc-Hoaï, se portait à sa rencontre dans la nuit du 17 au 18 avril, avec 5 soldats d'infanterie de marine et une section d'indigènes. Le 18, il l'atteignait près de Kim-Quan et l'acculait à un arroyo, après quoi il la décimait par ses feux et ses charges à la baïonnette, en lui infligeant une perte de près de 150 hommes sur un effectif de 700 environ. Les tirailleurs tonkinois avaient montré le plus brillant entrain (1). Ces petites opérations allaient se reproduire journellement pendant les mois qui suivirent; la présence de nos auxiliaires indigènes permit heureusement de les exécuter dans des conditions moins pénibles pour les troupes françaises, fort éprouvées déjà par l'élévation de la température.

Le 21 avril la suspension des hostilités contre les Chinois était complète; une mission impériale, composée de quatre mandarins, deux fonctionnaires européens et douze Asiatiques, partit à cette date de Hong-Kong pour le Tonkin, où elle devait assurer le respect des préliminaires de paix sur les frontières du Yunnan. Le 25 avril, elle était reçue solennellement par le général Brière de l'Isle et se dirigeait ensuite sur Thuan-Quan. Son arrivée sem-

---

(1) Ordre général n° 59, 26 avril 1885.

blait amener aussitôt un mouvement des Pavillons-Noirs vers le Nord.

Le 30 avril et le 1er mai, la retraite des Chinois sur la route mandarine était assez avancée, pour que le 2e bataillon d'Afrique put occuper Dong-Song, Déo-Quao et Than-Moï ; on assurait même que Lang-Son avait déjà été évacué. Toutefois ce fait ne fut officiellement confirmé que le 5 mai.

Vers Thuan-Quan ce mouvement rétrograde était moins rapide, et le général Brière de l'Isle avait à prolonger de quelques jours les délais fixés pour lui par les préliminaires de paix. D'ailleurs les ordres des commissaires chinois dont nous avons parlé étaient bien loin d'être toujours respectés par les Pavillons-Noirs. Après avoir reçu ces hauts fonctionnaires, Luu-Vinh-Phuoc les avait renvoyés à Hong-Hoa pour aller chercher de nouvelles instructions du gouvernement de Pékin. Ils se remirent en route le 24 mai pour Thuan-Quan, mais furent assaillis, avant d'y arriver, par une bande de pirates qui tua deux de leurs serviteurs et les obligea de se retirer.

L'évacuation de Thuan-Quan se fit du reste sans leur concours, dès le 29 mai.

Dans l'intérieur du Delta, les opérations contre les pirates se continuaient activement, sans beaucoup améliorer la situation. Le colonel de Maussion opérait au Nord de Sontay contre un chef de bandes, Gu-Nhan, qui avait sous ses ordres un millier de Chinois licenciés et 2,000 Annamites, avec du canon. Le 18 mai le colonel atteignait Tinh-Guyen, où Gu-Nhan s'était retranché, et le délogeait par quelques obus : les pirates abandonnaient armes et approvisionnements sur le champ de bataille.

Vers Phu-Lam-Thao on signalait également à cette époque de gros rassemblements de pirates et de Chinois licenciés; à l'Ouest de Kep le lieutenant-colonel Godard culbutait une autre bande, après un combat qui lui coûtait 2 tués et une dizaine de blessés. Malheureusement la température n'allait pas tarder à rendre ces petites opérations presque impossibles.

Vers le milieu de mai, les renforts partis de France dans les premiers jours d'avril commençaient à débarquer au Tonkin, et les mouvements qu'ils exécutaient pour gagner leurs garnisons ne se faisaient pas sans de grandes difficultés. Anémiés par une traversée de deux mois, sous le soleil de la Mer Rouge ou de la Mer des Indes, nos soldats n'étaient même pas pourvus, en débarquant à Haï-Phong, des vêtements que le climat du Delta rendait indispensables. Les casques manquaient notamment; les insolations étaient fréquentes (1).

Le 20 mai, le corps expéditionnaire recevait une nouvelle répartition, en attendant l'arrivée prochaine du général en chef. Ce dernier débarquait à Haï-Phong le 1er juin 1885.

L'arrivée des 85 officiers, 9,557 soldats, 395 chevaux, 2,143 mulets, qui constituaient les renforts venus de France, donnait aux troupes du Tonkin une force de 27 bataillons, 17 batteries, 4 escadrons, 2 compagnies montées (en formation), 2 compagnies du génie, 1 compagnie de pontonniers, 3 compagnies du train, 1 section d'aérostiers, 1 détachement d'ouvriers d'artillerie, des gendarmes, des secrétaires, des infirmiers, etc. (2). C'était l'équivalent d'un beau corps d'armée.

---

(1) Voir, dans l'*Historique du 3e zouaves*, la marche du 1er bataillon de Bac-Ninh à Hanoï.

(2) 3 bataillons de ligne (2e du 23e, 2e du 111e, 3e du 143e);
1 bataillon de chasseurs (11e);
3 bataillons de zouaves (1er du 1er, 3e du 2e, 1er du 3e);

Toutes ces troupes formaient deux divisions ; la 1re placée sous les ordres du général Brière de l'Isle, qui s'honorait en acceptant cette situation dans un corps expéditionnaire commandé par lui durant huit mois ; la 2e sous ceux de M. de Négrier, que le ministère Ferry avait promu au grade de divisionnaire le 29 mars 1885, au lendemain de la retraite de Lang-Son. Le chef d'état-major de M. de Courcy était le général Warnet, très honorablement connu dans l'armée, et qui venait d'occuper les fonctions de chef d'état-major général et de chef de cabinet du général Lewal au ministère de la guerre.

Le général de brigade Jamont, commandant l'artillerie, le colonel Mensier, commandant le génie, le sous-intendant militaire de 1re classe Baratier, directeur du service de l'intendance, le médecin principal de 1re classe Dujardin-Beaumetz, directeur du service de santé, les généraux de brigade Jamais, Munier, Giovanninelli et Prudhomme étaient les principaux collaborateurs de M. de Courcy.

Dès son arrivée au Tonkin, le nouveau général en chef signalait un redoublement du brigandage dans toutes les

---

4 bataillons étrangers (1er et 2e du 1er, 3e et 4e du 2e) ;
4 bataillons de tirailleurs algériens (1er et 3e des 1er et 3e) ;
2e et 3e bataillons d'Afrique ;

3 bataillons d'infanterie de marine ;
8 bataillons de Tonkinois (dont 5 en formation), 2 régiments.

1re, 2e, 3e, 4e, 5e et 6e batteries *bis* d'artillerie de marine ;
2e *bis* du 1er, 11e et 12e du 12e, 5e et 6e du 12e, 2e *bis* du 16e, 5e et 6e du 23e, 6e du 24e, 2e *bis* du 28e, 1re du 38e régiment.

3e escadron du 1er spahis, 5e du 2e, 1er du 8e ; 6e escadron du 1er chasseurs d'Afrique ; 2 compagnies montées de Tonkinois (en formation).

10e compagnie du 1er pontonniers ; 1/2 des 4es compagnies des 4e, 19e, 11e et 13e bataillons du génie (1er, 2e, 3e, 4e régiments).
7e compagnie du 9e escadron du train ; 7e du 11e, 3e *bis* du 20e.
Détachement de la 3e compagnie d'ouvriers d'artillerie.

LE GÉNÉRAL DE COURCY

provinces (1); malheureusement l'élévation de la température ne permettait pas de multiplier les opérations actives, surtout avec les unités arrivant de France et fatiguées par une longue traversée. Déjà le nombre des malades était

(1) Télégrammes des 1er et 2 juin, *Débats parlementaires*, Chambre, 18 décembre 1885, page 270.

assez élevé : il fallut installer nos troupes dans leurs quartiers d'hiver et laisser la répression de la piraterie aux tirailleurs tonkinois. Le général de Courcy donnait même l'ordre d'évacuer certains de nos postes du Nord , Dong-Song et Than-Moï par exemple. (1) Un ordre général du 11 juin répartissait les treize provinces tonkinoises en grands commandements revenant aux deux divisionnaires : le premier, dit de l'Est et placé sous les ordres du général de Négrier, comprenait les provinces de Quang-Yen, Haï-Duong, Bac-Ninh, Lang-Son, Cao-Bang, Thaï-Nguyen ; le second, celui de l'Ouest, commandé par le général Brière de l'Isle, s'étendait sur les provinces de Ninh-Binh, Nam-Dinh, Hanoï avec la marche de My-Duc, Sontay, Hong-Hoa avec Luc-Tap-Chau, Tuyen-Quan et Hung-Yen.

Tous les services militaires étaient placés sous les ordres des généraux de division ; les autorités civiles et politiques dépendaient d'eux également. Ils avaient pour tâche spéciale le maintien de l'ordre dans leur territoire et devaient éviter de s'immiscer dans l'administration intérieure des provinces. Cette organisation, qui concentrait tous les pouvoirs entre les mains de l'autorité militaire, était évidemment la seule rationnelle, dans un moment où il fallait conquérir le Tonkin sur les pirates, après l'avoir laborieusement enlevé aux Chinois.

Non seulement tout le pays était ravagé par le brigandage, mais on pouvait encore concevoir des craintes sur la durée de la suspension des hostilités avec la Chine : Luu-Vinh-Phuoc s'était établi un peu au-dessus de Thuan-Quan et s'y retranchait ; nous ne pouvions donc songer

------

(1) Capitaine Bou-Saïd, ouvrage cité.

à occuper Lao-Kay qu'après l'avoir délogé. De plus, dans des lettres publiées par les journaux anglais de Chine, le vice-roi des deux Kouangs et plusieurs hauts fonctionnaires impériaux réclamaient la reprise des opérations contre nous. Le gouvernement français, que l'expérience avait rendu prudent, crut donc nécessaire de constituer une troisième division dite de réserve, qui serait tenue prête à rejoindre le corps expéditionnaire. On la réunit au camp du Pas-des-Lanciers, à proximité de Marseille et de Toulon ; elle comptait un effectif de 9,000 hommes environ, réparti en dix bataillons, deux batteries et une compagnie du génie. Pour donner à ce nouveau renfort la cohésion et l'esprit de corps qui manquaient aux précédents, le ministre de la guerre avait prescrit de le composer d'unités constituées ; il jugeait avec raison des régiments préférables à des groupes de bataillons venant de corps sans lien commun.

Mais le choix de l'emplacement de la division de réserve ne fut pas heureux : à peine y était-elle concentrée qu'une épidémie meurtrière de fièvre typhoïde s'y developpait ; la conclusion définitive de la paix avec la Chine devait arriver à propos pour permettre de la disloquer (1).

Si la situation générale du Tonkin laissait fort à désirer,

____

(1) Division de réserve du corps du Tonkin : général de division Coiffé.

Chef d'état-major, chef de bataillon breveté de Torcy.

1re brigade, général Pereira.

22e bataillon de chasseurs.

47e régiment d'infanterie (2 bataillons).

62e   id.   id.

2e brigade, général de Sermensan.

28e bataillon de chasseurs.

celle du Cambodge n'était pas meilleure : les haines religieuses surexcitées rendaient la pacification plus difficile et provoquaient sur plusieurs points des massacres de chrétiens : près de Song-San, l'un de ces malheureux était, dit-on, écorché vif et sa peau servait d'étendard aux rebelles !

Même sur les points où ils avaient été précédemment dispersés, les insurgés reparaissaient presque aussitôt en force : dès le 25 avril, ils attaquaient, près de Kampot, le poste de la douane et il fallait un nouveau combat pour les repousser. Dispersés dans les bois, ils revenaient au bout de quelques jours, continuant de piller les villages des environs.

Les fonctionnaires du roi Norodom étaient les premiers à entrer en lutte ouverte avec nous. Pendant cinq jours, du 29 avril au 3 mai, le poste de Pursat fut attaqué par 600 à 800 hommes, dont 200 seulement avaient des fusils, et que commandaient les gouverneurs de Pursat et de Krako. Les 50 tirailleurs annamites du lieutenant Laffargue repoussèrent six attaques de vive force et firent échouer de nombreuses tentatives d'incendie au moyen de flèches enflammées. De guerre lasse l'ennemi tentait d'approcher du fort, en se couvrant d'un bouclier en bois très épais, monté sur des roues, et que les balles ne pouvaient traverser.

Heureusement la colonne de ravitaillement du lieutenant Péroux arrivait le soir du 3 mai et mettait les rebelles

---

63e régiment d'infanterie (2 bataillons).
123e   id.   id.
3e et 4e batteries du 13e régiment.
1 compagnie du génie du 1er régiment.

en déroute. Ils n'avaient pas perdu moins de 90 hommes dans cette sorte de siège. Pour éviter qu'il ne se reproduisit, on renforça la garnison du poste de 3o Européens et de 20 indigènes (1).

Mais Pnom-Penh même était attaquée, dans la journée du 3 mai, par 4oo ou 5oo hommes, armés de fusils et traînant avec eux 2 ou 3 pierriers. Malgré la connivence des habitants, l'ennemi était repoussé, non toutefois sans pertes pour nous (2).

Heureusement, dès la fin de mai, on renforçait la garnison de la Cochinchine de 2,100 hommes environ, dont 1,4oo venaient du Tonkin ou de Formose (3). Cet envoi était d'autant plus à-propos que notre colonie elle-même présentait de nombreux symptômes d'agitation : l'état de guerre qui régnait au Cambodge avait d'ailleurs profondément atteint ses intérêts. La pêche du Grand Lac, qui donne chaque année un produit de sept à huit millions de francs au moins, n'avait pas eu lieu ; le trafic de la compagnie des Messageries fluviales de Cochinchine était réduit de 60 o/o.

A ce moment se produisit un incident qui devait exercer une influence favorable sur la pacification du Cambodge ; le second roi, escorté par le chef de cabinet de M. Thomson, M. Klobulowski, et par un détachement d'infanterie de marine, entreprit une tournée dans les provinces. Cette mission n'excluait d'ailleurs pas l'emploi des moyens vio-

---

(1) Dépêche du lieutenant-colonel Miramon, 25 mai 1886 (*Journal officiel de la Cochinchine française*).

(2) *Guerre du Tonkin*, L. Huard ; 1 tué et 3 blessés.

(3) *Ibidem*, 8 compagnies d'infanterie de marine à 150 hommes, 1 bataillon de tirailleurs annamites de 700 hommes nouvellement formé, 2 batteries d'artillerie de marine.

lents et les combats livrés dans le courant de juin furent nombreux.

Quelques centaines de Cambodgiens avaient pénétré en Cochinchine pour couper l'arroyo de Ha-Tien à Chaudoc et soulever la rive gauche du Mékong : l'autorité française dut envoyer l'une de nos canonnières pour couvrir Chaudoc, pendant que le chef de bataillon Gourlias en partait avec 200 hommes d'infanterie de marine ou des tirailleurs annamites. Le 3 juin il attaquait, près de Phu-Thanh, les rebelles au nombre de 3,000, dit-on, dont 500 armés de fusils, et s'emparait d'un fort construit par eux. Les Cambodgiens laissaient sur le terrain 28 morts, 2 canons et des fusils ; nous avions eu 4 tirailleurs blessés.

Le 5, une autre colonne, forte de 100 hommes, avec un canon de montagne et commandée par le capitaine Jarnowski, prenait un nouveau fortin à Angko. L'ennemi opposait une résistance énergique et M. Jarnowski devait livrer plusieurs assauts à la baïonnette avant d'enlever l'ouvrage; ses pertes étaient assez sensibles (1).

Enfin, le 12 juin, le lieutenant Durand de Lauzon, commandant le poste de Pursat, détruisait dans une sortie les retranchements construits par les Cambodgiens auprès du poste ; il perdait 2 tués et 5 blessés pendant cette petite opération.

Le général Bégin, qui venait de remplacer le général Bouët au commandement supérieur des troupes en Cochinchine, débarquait le 8 juin à Saïgon et prenait aussitôt la direction des opérations militaires. M. Thomson avait récemment quitté la colonie, sans qu'il lui fut nommé de

---

(1) 4 Européens blessés, d'après L. Huard.

successeur. Cette disgrâce à peine déguisée laissait à l'autorité militaire la liberté d'action qui lui était indispensable pour assurer la pacification.

Toute la fin de juin fut signalée par de petits combats, plus fatigants que meurtriers pour nos troupes. Il devait en être ainsi pendant plusieurs mois.

CHAPITRE VI

Maladie de l'amiral Courbet. — Sa mort, 11 juin 1885. — Ses funérailles à Makung. — Son retour en France.

Si le mois de juin de l'année 1885 doit apporter à la
France la nouvelle, depuis longtemps attendue, de la paix
définitive avec la Chine, il va l'attrister par l'annonce d'un
autre événement qu'elle regardera comme un désastre
national : la mort de l'amiral Courbet.

Depuis longtemps, la santé du vainqueur de Fou-
Tchéou est compromise : les soucis du commandement,
un long séjour de deux ans dans cette cabine étroite où
les pluies de Kélung ont laissé une insupportable odeur
de moisi, une alimentation monotone dont les conserves
forment chaque jour la base, toutes ces causes ont profondément altéré la vigoureuse constitution de l'amiral ; il
souffre de deux des maladies de ces pays, la dysenterie et
l'hépatite ; mais son plus grand mal est l'épuisement : il
n'a pas impunément, pendant tant de mois, rempli une
tâche écrasante, sans se faire grâce, une seule minute, des
multiples obligations que lui impose sa conscience.

La prise des Pescadores a produit une amélioration passagère dans son état : il est si heureux d'avoir enlevé aux Chinois ce point stratégique de premier ordre, ce nouvel Hong-Kong qu'il croit encore pouvoir conserver à la France ! Mais une crise violente suit cette accalmie et, dès le mois d'avril, son entourage conçoit pour lui les craintes les plus vives. Sa puissante constitution et sa volonté de fer paraissent ensuite l'emporter ; il reprend sa vie ordinaire, toujours aussi active, et ses visites quotidiennes aux ambulances que le choléra continue à remplir ; il consacre à son escadre et au petit corps d'occupation des Pescadores toute la vitalité qui lui reste. Quelques jours avant le 11 juin, il quitte encore le *Bayard*, par une pluie d'orage, pour aller à Makung, au campement de l'infanterie de marine, embrasser un sous-lieutenant, jadis blessé près de lui à Sontay, et qui va mourir du choléra dans la nuit. Le lundi, 8 juin, on le voit encore suivre tête nue, sa redingote soigneusement boutonnée, sous le soleil de neuf heures, le corps d'un autre officier mort la veille.

L'état-major de l'amiral Courbet, inquiet, le supplie de demander son rappel en France ; mais à toutes les instances de son médecin et de ses officiers il répond négativement : il veut rester jusqu'au bout, jusqu'à la paix, au poste de péril et d'honneur où il a été appelé. Et il domine ses souffrances à force de volonté, ne se plaignant jamais, dissimulant à son entourage le secret de son état, n'en parlant même pas à son médecin.

Le 9 juin, au moment de se mettre à table, l'amiral prie son chef d'état-major de le suppléer pour en faire les honneurs : il se sent bien fatigué, dit-il, et va se coucher. Le docteur Doué, médecin en chef de la marine, est aussitôt appelé et lui prodigue ses soins les plus dévoués ;

mais il n'y a rien qui puisse lutter contre l'épuisement de l'illustre malade Il trouve pourtant, le lendemain, l'énergie de se lever et de s'habiller une dernière fois. En entrant dans sa chambre, M. Doué le voit assis à son bureau et écrivant un ordre pour l'ecadre (1).

Mais cet effort suprême l'a épuisé : il faut avoir recours à deux marins pour le porter jusqu'à son lit. Ses forces déclinent rapidement.

Le lendemain, 11 juin, l'aumônier du *Bayard* vient voir l'amiral Courbet qui l'a fait appeler. Le prêtre lui administre les derniers sacrements, qu'il reçoit en pleine connaissance et avec une entière résignation. Et, pourtant, il meurt à l'apogée de sa gloire, avant d'avoir revu la France où l'attend un éclatant triomphe, avant les victoires qu'il espérait peut-être d'un prochain avenir !

Il reçoit ensuite son secrétaire, avec lequel il échange quelques mots.

Mais la triste nouvelle s'est répandue dans l'escadre, laissant chacun, parmi les officiers comme dans les équipages, sous le poids d'un chagrin profond. Un silence lourd règne sur les navires : nos marins, qui ont vu naguère Courbet si brillant, si complètement maître de lui à Pagoda ou dans les immortelles journées de la Rivière Min, ne peuvent croire encore au malheur qui nous menace : ils comptent sur l'énergie et la forte constitution du malade pour le sauver.

----

(1) Lire au sujet de la mort de l'amiral Courbet le touchant récit de Pierre Loti (*Propos d'exil*); l'*Amiral*, d'Ignotus, *Figaro*, 31ᵉ année, n° 108 ; une lettre d'un officier, datée du 12 juin, et publiée dans la *Guerre illustrée*, L. Huard; le récit paru dans l'*Abbevillois* par M. Paillard et recueilli de la bouche de M. Doué, médecin en chef de la marine, etc.

L'amiral Lespès, les commandants se succèdent dans sa chambre; il est déjà si faible qu'il ne peut tendre la main à celui qui va lui succéder à la tête de l'escadre de l'Extrême-Orient; le docteur soutient son bras pour leur permettre d'échanger une dernière étreinte.

Mais le funèbre dénouement approche; à six heures, l'amiral cesse de parler : il est là, couvert d'une sueur glacée, malgré la chaleur lourde d'une soirée de juin, sous le plafond bas de cette chambre de bord. Ses membres se refroidissent peu à peu, et tout ce qu'on tente pour y ranimer la circulation demeure inutile. Il faut y renoncer et laisser en paix le mourant; déjà il semble ne plus souffrir, et une légère pression de ses mains indique seule, de temps en temps, que le dernier souffle de vie ne l'a pas encore abandonné.

Un peu avant dix heures, le calme paraît enfin se répandre dans les traits de Courbet; le docteur Doué approche de ses lèvres le verre du lorgnon qu'il porte encore à son cou, puis un miroir. Aucune buée ne les ternit : « Messieurs, l'amiral est mort », dit-il à voix basse. Et dans cette chambre étroite, où est réuni tout l'entourage habituel de l'amiral, tous ceux qui l'ont suivi de Fou-Tchéou aux Pescadores, il règne un silence profond. Des minutes s'écoulent avant que retentissent des sanglots !

Le lendemain, vendredi 12 juin, les vergues de l'escadre sont en pantenne, ses pavillons en berne, et, de demi-heure en demi-heure, on tire le canon de deuil. Le temps est gris, la mer d'un calme de mort; il tombe une petite pluie fine qui assombrit encore les côtes grises et basses de Makung, estompant leur ligne indécise et évoquant le souvenir de certaines plages de Normandie ou de Bretagne, plutôt que celle d'une terre presque tropicale, à quelques milles de Formose. En voyant le deuil de l'escadre, on se croirait dans l'une de nos rades, par une lugubre journée de Vendredi-Saint.

De nombreux Chinois, montés sur leurs sampans de pêche, montrent leurs têtes curieuses autour de nos bâtiments. Il semble qu'ils aient conscience du malheur qui vient de nous frapper : bientôt ils apprendront à leurs frères du continent que le « terrible Coupa » n'est plus et un soupir de soulagement courra sur les côtes de l'Empire.

De tous nos navires, les commandants et leurs état-majors se rendent au *Bayard*, où va être dite une première messe pour le repos de l'âme de l'amiral. Ce n'est pas un deuil de commande qui assombrit le front de chacun : on se sent en présence d'une douleur sincère, ressentie par tous, du plus humble au plus élevé. Quelle fin que celle-là pour ce glorieux amiral, cet homme de guerre accompli, qui a doré notre pavillon de ses premiers reflets de gloire depuis les tristes jours de 1870. Beaucoup avaient rêvé pour lui d'autres combats plus grands, plus glorieux, plus utiles à la France. Lui-même entrevoyait souvent, de son vivant, les luttes probables dans un prochain avenir, cette guerre à laquelle, suivant un mot célèbre, il faut penser toujours sans en parler jamais, et il disparaissait avant l'heure attendue, comme Gambetta, comme Chanzy ! Cet ardent patriote, ce grand homme de mer finissait tristement, près d'une île perdue des mers de Chine, dans une sombre chambre de bord, au lieu de tomber en plein soleil, à son poste de commandement, ainsi qu'il l'avait si souvent souhaité !

A l'avant du *Bayard* on a dressé un autel sous la carapace de tôle ; officiers et marins s'entassent dans une sorte de couloir étroit, où règne une température de fournaise. Le corps de l'amiral n'est pas là ; déjà les médecins s'en sont emparés pour lui faire subir les funèbres préparations qui doivent permettre de le ramener en France. Deux couronnes de bambou et de tamarin déposées auprès de l'autel rappellent seules le souvenir du mort.

Dans l'après-midi, l'embaumement est terminé ; les états-majors, puis l'équipage du *Bayard* se pressent pour voir une dernière fois l'amiral : il est là, tout pâle, la figure à peine changée ; son linceul semble le grandir. Quand chacun a défilé devant lui, on le met dans un cercueil de plomb et de bois de camphrier cerclé de fer.

Le 13 ont lieu les funérailles solennelles : on a d'abord songé à les célébrer dans la grande pagode de Makung ; mais cette pensée est bien vite rejetée : il ne faut pas que Courbet repose, même pour un instant, sur une terre étrangère. Il demeure sur son vaisseau-amiral : tous les équipages, tous les corps stationnés à Makung ou dans les forts y ont envoyé leurs représentants.

Après la messe, les canons du *Bayard* et l'amiral Lespès disent à Courbet un solennel adieu, au milieu de l'émotion de tous : les marins du piquet d'honneur pleurent sous les armes. Puis on défile devant le cercueil : l'escadre de l'Extrême-Orient salue une dernière fois le vainqueur de Fou-Théou, tandis que retentit à terre le déchirement strident des feux de salve.

Le *Bayard* va ramener Courbet en France, comme il l'a conduit au Tonkin deux années auparavant. Mais il était alors plein de vie ; ses premières étapes allaient s'appeler Thuan-An et Sontay. De là aux Pescadores quelle brillante carrière, parcourue en si peu de mois ! Pagoda, la Rivière Min, Kélung, Ning-Po : la devise qui brille à l'arrière de son bâtiment-amiral, *sans reproche, sans peur*, semble résumer cette vie trop courte.

Pendant que le *Bayard* fait route vers nos côtes, la funèbre nouvelle s'est déjà répandue et provoque une douloureuse émotion, partout où bat le cœur d'un Français.

A Paris où le triste événement est connu le 15 juin, la Chambre des Députés et le Sénat lèvent leur séance en signe de deuil. A Shanghaï, notre colonne s'apprêtait à faire pour Courbet une réception triomphale, lors de sa rentrée en France : c'est un service funèbre qu'elle consacre à sa mémoire.

A Mahé, chef-lieu de notre ancienne colonie des Seychelles, le souvenir de la patrie française revit tout entier dans les touchantes marques de sympathie que les colons prodiguent à la mémoire de Courbet et à l'équipage du *Bayard ;* à Suez, à Hyères, où le bâtiment arrive au lieu d'atterrir à Toulon, qu'une épidémie meurtrière ravage en ce moment, des scènes semblables se reproduisent.

Une souscription est ouverte pour élever à Courbet un monument digne de lui : on voudrait placer son cercueil aux Invalides, mais l'amiral a témoigné le désir de reposer dans sa ville natale. Après de solennelles obsèques à Paris, il est transporté à Abbeville, où il doit rester à jamais, près du monument qui perpétuera son souvenir.

Courbet disparaît avant le temps, atteint dans toute sa force, dans la plénitude de sa gloire : ainsi qu'il en témoignait la crainte quelques mois auparavant, il meurt sans avoir vu nos drapeaux lavés de leurs taches de 1870. Mais si, de même que Chanzy, Courbet est enlevé aux légitimes espérances de la patrie, il lui lègue du moins une pensée consolante : quelles que soient pour nous la tristesse des heures présentes, l'obscurité qui plane sur notre avenir, un pays où naissent de tels hommes n'est pas un pays mort.

Après une éclipse passagère, il n'en reparaîtra que plus glorieux sur la scène du monde, si nos chefs comme nos soldats savent s'inspirer des exemples immortels laissés par l'amiral Courbet.

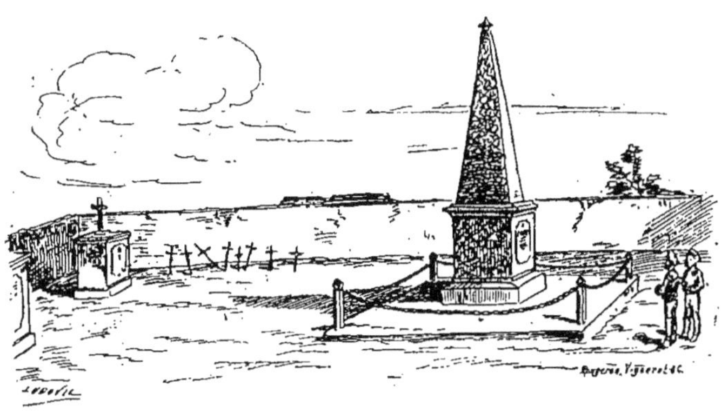

CHAPITRE VII

Ratification du traité de Hué. — Traité de paix avec la Chine,
 9 juin 1885. — Résultats de la campagne du Tonkin, après Bac-Lé.
 — Discussion du 6 juillet.

Au moment même où l'escadre de l'Extrême-Orient
perdait son illustre chef, le traité définitif de paix venait
d'être signé avec la Chine.

Pas plus en France qu'à Tien-Tsin nos représentants
n'avaient d'abord accordé une foi entière à la sincérité du
Céleste-Empire, lors de la signature des préliminaires de
paix. Notre gouvernement ne procédait, par suite, aux
négociations ultérieures qu'avec la plus extrême prudence,
évitant de faire aucune concession avant que nos affaires
ne fussent définitivement réglées. On maintenait donc
le corps d'occupation à Kélung, malgré les pressantes
instances de l'amiral Courbet ; il aurait voulu voir évacuer
sur l'heure ce poste malsain, qui nous avait déjà coûté et
nous imposait encore de si lourds sacrifices. L'approche des
grandes chaleurs y rendait, en effet, l'état sanitaire des
plus inquiétants. Par contre, M. de Freycinet annonçait
que nous aurions à évacuer les Pescadores en même temps

que Formose. C'était une nouvelle déception pour l'amiral, qui avait d'abord espéré nous donner définitivement ce groupe d'îles, et elle hâta peut-être sa fin, en faisant disparaître le seul témoignage positif de ses victoires (1). Il devait la ressentir d'autant plus cruellement que, dans la nuit du 10 au 11 mai, les Anglais occupaient, à la pointe Sud de la Corée, un point important, Port-Hamilton, qu'ils destinaient sans doute à garder les parages entre la Corée, la Chine, le Japon et les côtes russes de l'Océan Pacifique. C'était un nouveau Gibraltar qu'ils voulaient créer là et l'amiral Courbet pouvait comparer la décision avec laquelle ce coup de main avait été accompli et l'indifférence que l'on montrait chez nous pour sa dernière conquête (2).

En France, les premiers jours de mai 1885 étaient signalés par la discussion du projet de loi autorisant le président de la République à ratifier le traité signé le 6 juin 1884, à Hué. Jusqu'alors, le gouvernement français avait évité de réclamer des Chambres la ratification de cette convention, sans doute dans la crainte que la conclusion de la paix avec la Chine ne le forçât d'y apporter quelques modifications. Mais, la situation s'était modifiée depuis la signature du protocole du 4 avril; il devenait urgent de rendre définitif un accord diplomatique, que devaient viser les stipulations en préparation avec les Chinois.

La discussion du projet de loi concernant le traité de

---

(1) *Livre Jaune*, M. de Freycinet à l'amiral Galiber, ministre de la marine, 2 mai 1885; M. de Freycinet à M. Patenôtre, 4 mai 1885.

(2) Port-Hamilton ne devait pas rester aux Anglais; après plusieurs mois de négociations avec la Chine, nos voisins consentirent à l'évacuer en 1886.

Hué eut lieu le 7 mai 1885, devant la Chambre, sans que
le gouvernement rencontrât une opposition bien accentuée.
Mgr Freppel émit des observations très fondées au sujet
de la rétrocession du Binh-Thuan, du Nghé-An, de l'Ha-
Tinh et du Than-Hoa aux Annamites, en faisant ressortir
l'importance de ces provinces et le danger de paraître
consentir à une diminution de notre influence. Le rapporteur, M. Eugène Ténot, invoqua la nécessité de laisser à
l'Annam les ressources nécessaires pour qu'il pût vivre.
Enlever ces provinces à notre vassal serait le condamner
à mourir de faim, c'est-à-dire à faire le nécessaire pour
reconquérir ce qu'il nous aurait abandonné de force. En
lui restituant une partie de nos conquêtes, le gouvernement
espérait obtenir qu'il acceptât franchement le protectorat
de la France. C'était pousser un peu loin ses illusions, et ce
qui se passait alors en Annam devait bientôt le démontrer.

M. Georges Périn, qui restait résolument hostile à toute
conquête en Indo-Chine montrait que le nouveau traité
ne changerait rien à l'hostilité des mandarins contre
nous. Enfin, M. de Lanessan le jugeait dangereux, parce
qu'il laissait, aux mains des Annamites, la perception
des impôts, c'est à dire les moyens de fomenter de nouvelles rébellions : il ne lui en accordait pas moins son
approbation. On était trop las en France de cette intermi-
nable question du Tonkin, pour être tenté d'ouvrir de nouvelles difficultés, en ajournant ou en modifiant le traité du
6 juin; sa ratification fut donc votée à la Chambre, par 304
voix contre 52 sur 356 votants; le Sénat lui donna son
consentement, quelques jours après, à une majorité encore
plus forte.

Cependant, nos négociations avec la Chine n'allaient
pas sans difficultés ; on sait que dans la discussion des
préliminaires de paix, il avait été question d'avantages

douaniers qui seraient réservés à la France sur la frontière chinoise du Tonkin. En outre, nos ingénieurs et nos capitalistes devaient obtenir la préférence sur leurs concurrents étrangers, pour le cas où la Chine se déciderait à construire des voies ferrées. Ces stipulations alarmèrent l'humeur chatouilleuse des Anglais et ils n'épargnèrent rien pour annihiler les concessions, plus apparentes que réelles, consenties par la Chine (1).

Obtenir des Pavillons-Noirs et du vice-roi du Yunnan l'évacuation complète du Tonkin, telle qu'elle était stipulée par le protocole du 4 avril, offrait encore plus de difficultés.

Le 1er juin M. Patenôtre annonçait qu'un nouveau décret impérial venait d'être rendu, ordonnant le départ de Luu-Vinh-Phuoc et de ses bandes dans les délais convenus; le vice-roi du Yunnan en recevait notification par l'intermédiaire du général Brière de l'Isle (2); mais ce décret demeurait encore lettre morte. Luu-Vinh-Phuoc refusait de quitter le pays, avant d'avoir reçu l'assurance que sa situation et celle de ses Pavillons-Noirs seraient avantageusement réglées; le vice-roi de Canton nous proposait donc de lui faire remettre une assez forte somme que le gouvernement chinois rembourserait ultérieurement. Cette singulière combinaison ne fut pas adoptée par le ministère, qui la jugeait contraire à la dignité nationale.

Tous ces retards inquiétaient l'opinion publique, encore mal remise de la secousse de Lang-Song; l'état sanitaire de Kélung était fort grave, nous l'avons dit, et M. de Freycinet hâtait de tout son pouvoir la conclusion des

____

(1) Voir dépêches de lord Granville, 6 mai, 7 mai, 23 mai 1885, *Livre Bleu.*

(2) *Livre Jaune*, M. Patenôtre à M. de Freycinet, 1er juin 1885.

négociations (1) : vis-à-vis des Chinois cette hâte était fâcheuse, car elle ne devait pas les rendre plus conciliants.

On sait que le 30 mars 1886, au moment de la chute du ministère Ferry, des propositions de mise en accusation avaient été déposées contre lui à la Chambre des députés. Le 7 juin elles étaient soumises à la prise en considération, et il s'en suivait un débat très vif. Le rapporteur, M. Gomot, concluait au rejet, comme le président du Conseil, M. Henri Brisson en faisant valoir le danger qu'il y aurait à revenir sur des faits déjà anciens, dans lesquels la responsabilité de chacun entrait pour une part. M. Armand Rivière tentait de faire revenir la majorité sur le parti qu'elle semblait avoir pris au sujet de la mise en accusation, et montrait, par une multitude de faits et de citations, quelle lourde responsabilité revenait au cabinet de M. Jules Ferry dans les sacrifices imposés par l'expédition du Tonkin. Un membre de la majorité, M. Journault, essayait vainement de réfuter les démonstrations de M. Rivière, en prétendant prouver que, jusqu'à Bac-Lé, il n'y avait eu, entre nous et la Chine, ni guerre ouverte, ni guerre de fait.

M. Delafosse rendait à la question sa véritable ampleur, en faisant le procès de la majorité plutôt que celle du ministère. Il était impossible d'admettre qu'elle se condamnât elle-même, en prononçant l'arrêt de ceux qu'elle avait si longtemps soutenus de ses votes, malgré tant d'attaques acharnées. Cette proposition de mise en accusation constituait donc une manifestation purement platonique, un simple artifice parlementaire sans la moindre portée pratique. Le véritable verdict ne pouvait être celui

____

(1) *Livre Jaune*, M. de Freycinet à M. Patenôtre, 1er juin 1885.

que prononçait ensuite la Chambre, par 305 voix contre 141 : la nation, solennellement consultée pendant les élections générales, allait donner son appréciation souveraine sur la manière dont avaient été menées nos affaires au Tonkin.

Cinq jours après, le 9 juin 1885, le traité de paix entre la France et la Chine était signé par M. Patenôtre et par Li-Hong-Tchang, assisté de deux membres du Tsong-li-Yamen : nous avions enfin terminé la longue période d'hostilités qui avait commencé dans les premiers mois de 1883, lors du rejet du traité Bourée.

Traité du 9 juin 1885.

« Article premier. — La France s'engage à rétablir et à maintenir l'ordre dans les provinces de l'Annam qui confinent à l'empire chinois. A cet effet, elle prendra les mesures nécessaires pour disperser ou expulser les bandes de pillards et gens sans aveu qui compromettent la tranquillité publique et pour empêcher qu'elles ne se reforment. Toutefois les troupes françaises ne pourront, dans aucun cas, franchir la frontière qui sépare le Tonkin de la Chine, frontière que la France promet de respecter et de garantir contre toute agression.

« De son côté, la Chine s'engage à disperser ou à expulser les bandes qui se réfugieraient dans ses provinces limitrophes du Tonkin, et à disperser celles qui chercheraient à se former sur son territoire pour aller porter le trouble parmi les populations placées sous la protection de la France, et, en considération des garanties qui lui sont données quant à la sécurité de sa frontière, elle s'interdit pareillement d'envoyer des troupes au Tonkin.

« Les hautes parties contractantes fixeront par une

convention spéciale les conditions dans lesquelles s'effectuera l'extradition des malfaiteurs entre la Chine et l'Annam.

« Les Chinois, colons ou anciens soldats, qui vivent paisiblement en Annam, en se livrant à l'agriculture, à l'industrie ou au commerce et dont la conduite ne donnera lieu à aucun reproche, jouiront pour leurs personnes et pour leurs biens de la même sécurité que les protégés français.

« Art. 2. — La Chine, décidée à ne rien faire qui puisse compromettre l'œuvre de pacification entreprise par la France, s'engage à respecter, dans le présent et dans l'avenir, les traités, conventions et arrangements directement intervenus ou à intervenir entre la France et l'Annam.

« En ce qui concerne les rapports entre la Chine et l'Annam, il est entendu qu'ils seront de nature à ne point porter atteinte à la dignité de l'empire chinois et à ne donner lieu à aucune violation du présent traité.

« Art. 3. — Dans un délai de six mois, à partir de la signature du présent traité, des commissaires désignés par les hautes parties contractantes se rendront sur les lieux pour reconnaître la frontière entre la Chine et le Tonkin. Ils poseront, partout où besoin sera, des bornes destinées à rendre apparente la ligne de démarcation. Dans le cas où ils ne pourraient se mettre d'accord sur l'emplacement de ces bornes ou sur les rectifications de détail qu'il pourrait y avoir lieu d'apporter à la frontière actuelle du Tonkin, dans l'intérêt commun des deux pays, ils en référeraient à leurs gouvernements respectifs.

« Art. 4. — Lorsque la frontière aura été reconnue, les Français ou protégés français et les habitants étrangers du Tonkin, qui voudront la franchir pour se rendre en Chine, ne pourront le faire qu'après s'être munis préalablement de passeports délivrés par les autorités chinoises de la frontière, sur la demande des autorités françaises. Pour les sujets chinois, il suffira d'une autorisation délivrée par les autorités impériales de la frontière.

« Les sujets chinois qui voudront se rendre de Chine au Tonkin, par la voie de terre, devront être munis de passeports réguliers, délivrés par les autorités françaises sur la demande des autorités impériales.

« Art. 5.— Le commerce d'importation et d'exportation sera permis aux négociants français ou protégés français et aux négociants chinois par la frontière de terre entre la Chine et le Tonkin. Il devra se faire toutefois par certains points qui seront déterminés ultérieurement et dont le choix, ainsi que le nombre, seront en rapport avec la direction comme avec l'importance du trafic entre les deux pays. Il sera tenu compte, à cet égard, des règlements en vigueur dans l'intérieur de l'empire chinois.

« En tout état de cause, deux de ces points seront désignés sur la frontière chinoise, l'un au-dessus de Lao-Kaï, l'autre au-delà de Lang-Son. Les commerçants français pourront s'y fixer dans les mêmes conditions et avec les mêmes avantages que dans les ports ouverts au commerce étranger. Le gouvernement de Sa Majesté l'empereur de Chine y installera des douanes et le gouvernement de la République pourra y entretenir des consuls dont les privilèges et les attributions seront identiques à ceux des agents de même ordre dans les ports ouverts.

« De son côté, S. M. l'empereur de Chine pourra, d'accord avec le Gouvernement français, nommer des consuls dans les principales villes du Tonkin.

« Art. 6. — Un règlement spécial, annexé au présent traité, précisera les conditions dans lesquelles s'effectuera le commerce par terre entre le Tonkin et les provinces

HSU-KING-TCHANG
'Ambassadeur de Chine.

chinoises du Yunnan, du Kouang-Si et du Kouang-Toung.
Ce règlement sera élaboré par des commissaires qui seront
nommés par les hautes parties contractantes, dans un
délai de trois mois après la signature du présent traité.

« Les marchandises faisant l'objet de ce commerce

seront soumises, à l'entrée et à la sortie, entre le Tonkin et les provinces du Yunnan et du Kouang-Si, à des droits inférieurs à ceux que stipule le tarif actuel du commerce étranger. Toutefois, le tarif réduit ne sera pas appliqué aux marchandises transportées par la frontière terrestre entre le Tonkin et le Kouang-Toung et n'aura pas d'effet dans les ports déjà ouverts par les traités.

« Le commerce des armes, engins, approvisionnements et munitions de guerre de toute espèce, sera soumis aux lois et règlements édictés par chacun des Etats contractants sur son territoire.

« L'exportation et l'importation de l'opium seront réglées par des dispositions spéciales, qui figureront dans le règlement commercial sus-mentionné.

« Le commerce de mer entre la Chine et l'Annam sera également l'objet d'un règlement particulier. Provisoirement il ne sera innové en rien à la pratique actuelle.

« ART. 7. — En vue de développer dans les conditions les plus avantageuses les relations de commerce et de bon voisinage que le présent traité a pour objet de rétablir entre la France et la Chine, le gouvernement de la République construira des routes au Tonkin et y encouragera la construction des chemins de fer.

« Lorsque, de son côté, la Chine aura décidé de construire des voies ferrées, il est entendu qu'elle s'adressera à l'industrie française, et le gouvernement de la République lui donnera toutes les facilités pour se procurer en France le personnel dont elle aura besoin. Il est entendu aussi que cette clause ne peut être considérée comme constituant un privilège exclusif en faveur de la France.

« ART. 8. — Les stipulations commerciales du présent traité et les règlements à intervenir pourront être revisés après un intervalle de dix ans révolus à partir du jour de l'échange des ratifications du présent traité. Mais au cas où, six mois avant le terme, ni l'une ni l'autre des hautes parties contractantes n'aurait manifesté le désir de procéder à la revision, les stipulations commerciales resteraient en vigueur pour un nouveau terme de dix ans, et ainsi de suite.

« ART. 9. — Dès que le présent traité aura été signé, les forces françaises recevront l'ordre de se retirer de Kélung et de cesser la visite, etc., (*sic*) en haute mer. Dans le délai d'un mois après la signature du présent traité, l'île de Formose et les Pescadores seront entièrement évacuées par les troupes françaises.

« ART. 10. — Les dispositions des anciens traités, accords et conventions entre la France et la Chine, non modifiés par le présent traité, restent en pleine vigueur.

« Le présent traité sera ratifié dès à présent par S. M. l'empereur de Chine et, après qu'il aura été ratifié par le président de la République française, l'échange des ratifications se fera à Pékin dans le plus bref délai possible.

« Fait à Tien-Tsin en quatre exemplaires, le 9 juin 1885, correspondant au vingt-septième jour de la quatrième lune de la onzième année Kouang-Sin.

> (*L. S.*) Signé : PATENÔTRE.
> (*L. S.*)   —   LI-HONG-TCHANG.
> (*L. S.*)   —   SI-TCHEN.
> (*L. S.*)   —   TENG-TCHENG-SIEOU. »

En somme, les dispositions essentielles de la convention signée le 11 mai de l'année précédente, à Tien-Tsin, n'avaient subi aucun changement. Les avantages commerciaux que nous avions espéré pouvoir obtenir de la Chine étaient renvoyés à un traité ultérieur et rien ne faisait préjuger de leur étendue réelle. L'engagement pris par la France de construire des routes au Tonkin et d'y encourager la construction de voies ferrées était une simple satisfaction morale donnée aux Chinois (1).

En vertu du même article, la Chine s'engageait à recourir à notre industrie, au cas où elle se déciderait à construire des chemins de fer ; mais cette clause ne constituait pas un privilège exclusif pour la France ; le Céleste-Empire ne contractait, vis-à-vis de nous, aucune obligation de ce chef. Des promesses aussi vagues, sans aucune sanction, ne pouvaient guère être prises au sérieux.

Après dix ou onze mois de guerre, notre gouvernement était donc parvenu à ce résultat d'obtenir de la Chine des conditions valant à peine celles qu'elle nous avait si facilement concédées le 11 mai 1884. La légèreté et la suffisance coupables de nos ministres nous avaient obligés à prolonger les hostilités, à faire croître, dans d'énormes proportions, nos sacrifices en hommes et en argent, tout cela afin de terminer, par une retraite humiliante, une campagne glorieuse jusque-là pour nos armes.

« Ces choses-là se payent », avait dit le président du conseil à la Chambre, après l'affaire des 23-24 juin 1885, et il se trouvait finalement que la France devait payer la trahison vraie ou fausse de la Chine ! 200 millions et plusieurs milliers d'hommes tués ou morts inutilement de misère et de maladie, voilà ce que nous coûtait l'erreur d'appréciation commise par notre gouvernement en juin 1884 !

Le traité du 9 juin avait été ratifié dès le 11 par décret impérial. Quelques points secondaires, restant à régler dans

---

(1) *Livre Jaune*, M. Patenôtre à M. de Freycinet, 17 juin 1885.

nos rapports avec la Chine, furent l'objet de nouvelles conventions : ainsi, le 12 juin, les deux puissances promirent une amnistie générale à tous ceux de leurs sujets qui auraient pu être compromis pendant la guerre; elles s'entendirent également afin d'opérer la restitution des prisonniers. Le nombre des Chinois entre nos mains était assez considérable, grâce aux dernières prises de l'escadre ; pendant le reste de la campagne du Tonkin nous leur avions fait la guerre sans merci qu'ils nous faisaient eux-mêmes. Par contre, huit de nos soldats seulement, tombés aux mains des Célestes, avaient survécu au combat de Cua-Aï et à la retraite de Lang-Son. Ils nous furent rendus sans avoir été victimes de mauvais traitements (1).

Vers la même époque une autre convention était conclue pour l'entretien des tombes des soldats des deux nations au Tonkin, à Formose ou aux Pescadores (22, 25 juin 1885). Mais dès le départ du dernier de nos soldats de Kélung (2), les tombes des 21 officiers et des 500 hommes que nous y laissions étaient saccagées par la populace chinoise. Le gouvernement impérial tenta inutilement de les faire remettre en état; elles furent de nouveau violées.

Cependant, l'évacuation du Tonkin par les Chinois du

---

(1) *Livre Jaune*, M. Patenôtre à M. de Freycinet, 17 juillet 1885. L'un de ces prisonniers, un tirailleur algérien, demanda même à rester en Chine au lieu d'être ramené au Tonkin.

(2) Ce départ eut lieu le 23 juin.
Lors de l'évacuation de Formose et des Pescadores, 1 batterie fut dirigée sur Madagascar, un détachement d'artillerie de force équivalente (5 officiers, 154 hommes) sur la Cochinchine ou la France; 1 compagnie d'infanterie sur Madagascar, 4 sur Brest et 2 sur Rochefort. Le reste fut dirigé sur le Tonkin. (*Rapport Ballue.*)

Kouang-Si et du Yunnan continuait, mais avec une extrême lenteur; il fallait à tout instant agir auprès du Tsong-li-Yamen pour hâter la retraite de ses troupes; ces retards ne provenaient en aucune façon du gouvernement chinois, mais bien de la mauvaise volonté de chefs subalternes, puissamment servie par l'énormité des distances et par l'absence de routes (1). On ne signalait que vers la fin du mois de juin le départ de Luu-Vinh-Phuoc du Tonkin; la majeure partie des réguliers de l'armée du Yunnan, qui y étaient entrés, au nombre de 70,000, dit-on, avaient déjà regagné leur pays (2). Toutefois l'évacuation ne devait être complète que dans le courant du mois de juillet. Malheureusement le général de Courcy ne songeait nullement à prendre possession des points que les Chinois nous abandonnaient.

Toutes ces difficultés ainsi réglées, on s'occupa de nommer les représentants des deux pays chargés de négocier le traité de commerce. M. de Cogordan fut désigné par notre gouvernement, tandis que M. Patenôtre était rappelé en congé. En même temps, la France et la Chine désignaient des commissaires pour la détermination des frontières du Tonkin et de la Chine. Mais de longs mois devaient s'écouler avant que cette commission eût obtenu des résultats appréciables.

Le 6 juillet, avait eu lieu à Paris, devant la Chambre des Députés, une importante discussion: il s'agissait du projet de loi autorisant le président de la République à ratifier le traité de Tien-Tsin. La séance débuta par un in-

____

(1) *Livre Jaune;* les ordres pour l'évacuation du Tonkin furent renouvelés le 31 mai, le 6 et le 23 juin par la cour impériale.

(2) *Livre Jaune*, M. Patenôtre à M. de Freycinet, 18 juillet 1885.

cident de mauvaise augure : le général Campenon, ministre de la guerre, donna lecture des télégrammes qui annonçaient les graves événements survenus à Hué et dont nous allons bientôt parler : ce début ne pouvait que rendre les discussions encore plus passionnées.

D'ailleurs, pour tous les orateurs, Mgr Freppel comme M. Clémenceau, l'acceptation du traité n'était pas en jeu : nul ne songeait à déchirer une convention si péniblement arrachée à la Chine. L'opposition se bornait à faire ressortir le vague de certains articles, l'impossibilité d'appliquer certains autres ; au lieu de porter sur l'approbation pure et simple d'une convention que M. Georges Périn lui-même acceptait « avec empressement », malgré son opposition constante à notre intervention en Indo-Chine, le débat s'égara peu à peu sur la question du Tonkin. Mais l'opinion de la Chambre n'avait pas varié à cet égard : les orateurs de la droite et de l'extrême gauche, se sentant impuissants à faire adopter leurs vues de la majorité actuelle, ajournèrent donc la discussion aux élections prochaines. M. de Freycinet n'eut aucune peine à obtenir le vote réclamé de la Chambre : il la rassura simplement au sujet des conséquences que pouvait entraîner l'approbation de certaines « clauses de style », comme les avait justement dénommées le rapporteur, M. Antonin Dubost ; d'ailleurs, avec une habileté qui n'allait pas sans une pointe de machiavélisme, le ministre des affaires étrangères laissa percer un aveu discret : dans son discours, le traité actuel nous était moins favorable qu'on eût pu l'espérer quelques mois auparavant. En somme c'était la thèse de M. Clémenceau, accommodée aux nécessités parlementaires du jour.

Le traité de Tien-Tsin, approuvé sans scrutin par la Chambre des Députés, le 6 juillet, fut voté le 17 par le Sénat à l'unanimité de 246 votants. La paix avec la Chine était définitive et, le 26 juillet suivant, le président de la République recevait en audience solennelle le nouvel ambassadeur chinois, Hsu-King-Tchang.

CHAPITRE VIII

Nos relations avec l'Annam. — Nguyen-Van-Thuong et Tan-That-Thuyet. — Démission de M. Lemaire. — Projets du général de Courcy. — Son arrivée à Hué, 2 juillet 1885.

Au moment où nous signions un traité de paix définitive avec la Chine, nos relations avec l'Annam, qui n'avaient jamais été fort bonnes, se tendaient de plus en plus. Cette tension tenait sans doute à l'excès d'indulgence dont nous avions usé vis-à-vis des Annamites, depuis la conclusion du traité du 25 août 1883. La restitution des provinces du Binh-Thuan, du Than-Hoa et du Nghé-An avait simplement produit sur eux l'effet des concessions antérieures, en exagérant leur hostilité. Ils considéraient comme une indice de faiblesse ce qui n'était, de notre part, qu'une preuve de bienveillance intempestive.

Ces dispositions étaient entretenues par le fâcheux désaccord qui existait entre notre résident général et le commandant du corps expéditionnaire. Nouveau venu en Annam, M. Lemaire croyait à la possibilité d'y obteni toute satisfaction en employant uniquement des moyens pacifiques, avis que ne partageaient pas le général Brière de l'Isle et surtout son successeur, M. de Courcy (1). En outre, de regrettables conflits s'étaient élevés à plusieurs reprises entre M. Lemaire et les autorités militaires. Pour y remédier, le gouvernement français invita, dès le 14 avril 1885, le résident général à se conformer aux instructions du chef du corps expéditionnaire. Mais il ne résultait pas moins de ces divergences d'opinion une dualité d'action qui n'eût pas dû exister.

Nous avions d'ailleurs en face de nous, à Hué, des adversaires déterminés dans Nguyen-Van-Thuong et Tan-That-Thuyet, deux des régents. Le premier, âgé de soixante-cinq ans, issu de paysans du Quang-Tri, était, comme il arrive souvent en Annam ou en Chine, un fils de ses œuvres. Suivant une coutume annamite, qui ne laisse pas d'être touchante, ses parents avaient été anoblis après son élévation, pour éviter qu'un fils n'occupât une situation sociale supérieure à celle de son père.

On se souvient qu'en 1873 Nguyen-Van-Thuong, d'abord envoyé à Saïgon comme ambassadeur de l'Annam, s'était ensuite rendu au Tonkin avec M. Philastre et avait réussi à annihiler les conquêtes de Garnier. L'année suivante il signa, comme premier plénipotentiaire, les traités du 15 mars et du 31 août. En 1885 il était régent depuis la mort de Tu-Duc.

De toutes les missions qui l'avaient mis en contact avec nous, il avait rapporté une haine profonde de la France ; mais elle était contenue par la crainte que nous lui inspirions : aussi, tout en nous étant absolument hostile quant

____

(1) Voir à ce sujet la déposition de M. Lemaire devant la Commission des crédits du Tonkin et de Madagascar, *Documents parlementaires*, Chambre, juillet 1886.

au fond, gardait-il à notre égard des apparences assez courtoises.

Au contraire, Tan-That-Thuyet appartenait à la famille royale, très nombreuse, comme on sait, en Annam, grâce à la polygamie. Ainsi que Nguyen-Van-Thuong, il avait été l'un des adversaires de Garnier en qualité de gouverneur de Nam-Dinh. En 1881, revenu au Tonkin, il s'y montrait également hostile à Rivière ; comme son collègue, il était régent depuis la mort de Tu-Duc. Peu intelligent, extrêmement brutal, il était en tout l'opposé de Nguyen et la haine des Français leur servait seule de lien commun.

Dès le mois de mai, l'hostilité des Annamites contre nous devenait de plus en plus marquée. La conclusion des préliminaires de paix avec la Chine aurait pourtant dû, semble-t-il, leur enlever tout espoir de reconquérir les provinces qu'ils nous avaient cédées: peut-être n'attachaient-ils qu'une foi limitée à la durée de la bonne entente entre nous et le Céleste-Empire ; peut-être aussi le vice-roi de Canton, qui n'avait pas cessé de nous être hostile, les encourageait-il sourdement à la révolte.

Le 5 mai 1885, le général Brière de l'Isle priait M. Lemaire d'informer le gouvernement annamite que la constitution de deux nouveaux bataillons de tirailleurs tonkinois venait d'être décidée et qu'elle s'effectuerait au moyen d'une sorte de conscription : les communes seraient obligées de fournir un nombre d'hommes proportionné à celui de leurs inscrits et en resteraient responsables.

Le Conseil secret s'abstint de répondre à cette communication de notre résident ; mais Thuyet adressa, de son propre mouvement, à M. Lemaire, une lettre insolente de fond comme de forme et remettant en question la nature de tous nos rapports avec l'Annam, y compris ceux résultant de notre protectorat. En même temps il invitait tous les fonctionnaires annamites à ne plus se prêter au recrutement de nos tirailleurs et même de nos coolies, sous prétexte qu'il était contraire à l'esprit du traité de 1874 (1).

C'était un véritable défi que nous adressait Thuyet : M. Lemaire demanda au gouvernement français l'autorisation d'exiger sa déposition ; en même temps, pour appuyer nos réclamations d'une démonstration imposante, la garnison de Hué aurait été portée à 1,800 hommes. Le ministère français ne mit aucun obstacle aux demandes de notre résident ; mais le général Brière de l'Isle n'avait pas à sa disposition des forces assez nombreuses pour qu'il put en distraire les renforts réclamés en Annam. Rien ne fut donc provisoirement changé dans nos rapports avec le gouvernement de Hué.

Le débarquement du général de Courcy modifiait la situation : il entraînait tout d'abord la démission de M. Lemaire, qui ne pouvait accepter la diminution de ses attributions, résultant du passage des pleins pouvoirs diplomatiques entre les mains du nouveau commandant en chef. De plus, dès son arrivée, le général de Courcy insistait auprès du ministère sur la nécessité d'effrayer le roi d'Annam par une action vigoureuse, mais pacifique, deux termes assez difficiles à concilier. Ce premier télégramme était suivi de plusieurs autres (2), tous conçus dans le même esprit et concluant uniformément à la nécessité d'agir par intimidation vis-à-vis du gouvernement annamite. Il semble que, dès son débarquement au Tonkin, le général de

---

(1) Voir la déposition de M. Lemaire devant la Commission du Tonkin et de Madagascar, *Documents parlementaires*, Chambre, juillet 1886.

(2) *Débats parlementaires*, Chambre, 18 décembre 1885, page 270, télégrammes du général de Courcy, 1er, 5, 12, 16 juin 1885.

Courcy ait arrêté un projet d'opération en Annam, basé sur les difficultés que soulèveraient infailliblement les ministres de Hué. Peut-être ne voyait-il pas sans regret la tâche relativement modeste qui lui était dévolue, depuis la conclusion des préliminaires de paix avec la Chine : celle de pacifier un pays que d'autres avaient conquis. De cette pensée à la tentation d'ouvrir en Annam une nouvelle campagne, avec toutes ses conséquences glorieuses pour le corps expéditionnaire et son chef, il n'y avait qu'un pas : il était assez dans la nature humaine qu'il fut franchi.

Le 20 juin 1885, le général de Courcy part d'Hanoï pour Hué, où il compte présenter au roi ses lettres de créance. Il emmène avec lui, comme escorte d'honneur, une compagnie du 11ᵉ bataillon de chasseurs (1) et le 1ᵉʳ bataillon du 3ᵉ régiment de zouaves. Un télégramme adressé par lui au ministre de la guerre, le 26 juin 1885, est significatif sur ses intentions : «..., j'emporte avec moi nombreux griefs contre les régents ; agirai prudemment, mais énergiquement. Télégraphiez Hué si ministère s'oppose à tout coup de force » (2).

Le prochain débarquement du général de Courcy, annoncé au Comat (3) par M. de Champeaux, provisoirement chargé de nos affaires en Annam, produit un effet inattendu. Loin de se disposer à céder devant nos exigences, les régents songent uniquement à devancer le coup de main qu'ils redoutent de notre part. Le général Brière de l'Isle, le commandant Silvestre, Mgr Pugi-

(1) Avec la fanfare du bataillon.

(2) *Documents parlementaires*, Chambre, procès-verbaux de la Commission des crédits du Tonkin et de Madagascar, juillet 1886.

(3) Conseil secret, chargé de la direction des affaires en Annam

nier, Mgr van Kamelbecque, évêque catholique d'Annam, ont été unanimes à prédire cette éventualité au général en chef.

Dès l'annonce de son arrivée, le gouvernement annamite fait offrir à M. de Courcy une escorte et une garde d'honneur, qui sont d'ailleurs refusées, et il désigne deux ministres chargés de le recevoir. Le 2 juillet, à 11 heures du matin, le général en chef débarque à Thuan-An, où l'attendent notre chargé d'affaires, M. de Champeaux, et les deux hauts fonctionnaires du roi d'Annam. Le même jour, à 5 heures du soir, le cortège arrive à la légation française de Hué : des troupes annamites font la haie, et nos canons saluent le général par une salve de 21 coups, après laquelle les pièces de la citadelle font entendre un second salut de 19 coups. Toute cette réception est d'apparence fort correcte, mais la scène va changer le lendemain.

M. de Courcy désire obtenir du roi d'Annam une audience solennelle; dès les premières négociations, Thuyet et le ministre des rites, dont la présence est indispensable, se récusent en prétextant une indisposition; ils doivent demeurer invisibles jusqu'au bout.

Malgré les instances de M. de Champeaux, le Comat se refuse à faire, pour le général de Courcy, plus qu'il n'a fait pour les représentants de la France, ses prédécesseurs : il l'autorise à garder ses armes et à pénétrer dans le palais par la porte principale; mais son état-major et son escorte devront traverser un autre passage. Le général en chef menace alors les ministres d'ouvrir de force un chemin à sa suite, si on ne le fait de bon gré.

Effrayé, le Comat demande à être reçu par M. de Courcy; ce dernier refuse, si Thuyet ne doit pas assister à l'entretien; la reine-mère lui adresse des présents qu'il renvoie aussitôt.

Pendant ces deux journées du 3 et du 4 juillet, les espions de M. de Champeaux l'avertissent que les Annamites font des préparatifs de guerre dans la citadelle et que 300 caisses d'argent, d'armes et de munitions ont été envoyées à Cam-Lo, dans les montagnes au Nord-Est de Hué; M. de Courcy n'attache, semble-t-il, aucune importance à ces bruits. Pourtant sa situation et celle de son escorte ne sont pas sans dangers.

CHAPITRE IX

La citadelle de Hué. — Guet-apens du 5 juillet 1885. — Défense de
Mang-Ka et de la Légation. — Prise de la citadelle. — Résultats
de cette affaire.

Hué s'élève à 12 ou 15 kilomètres de la côte, en droite
ligne, et à 25 kilomètres par la rivière. Comme toutes les
villes de l'Annam, la capitale (1) est composée d'une citadelle renfermant la cité officielle, habitée par les fonctionnaires ou par leurs familles, et d'une ville marchande,
vaste ensemble de paillotes et de jardins très irrégulièrement disséminés.

La citadelle, dont la superficie dépasse 480 hectares,
dessine un immense carré de 2,800 mètres de côté,
entouré d'une double ligne d'eau, formée par les fossés et
par la rivière de Hué (Truong-Thien), qui longe la face S.-E.

---

(1) Voir, au sujet du guet-apens de Hué, le rapport officiel du
général de Courcy, le récit du correspondant de l'agence Havas, les
Notes d'un officier (*Progrès militaire*, 17 octobre 1885), la très intéressante étude publiée par le lieutenant Marjoulet, dans son
Historique du 3ᵉ zouaves, etc.

à 200 ou 300 mètres de distance, ou par les canaux qui communiquent avec elle. Dix portes donnent accès dans ce vaste quadrilatère ; chacune de ses faces est formée de six bastions construits d'après l'un des systèmes de Vauban. Une de ses diagonales est orientée du Nord au Sud.

Au saillant du Nord s'élève un ouvrage extérieur qui touche à la citadelle et bat le coude de la rivière de Hué : il est nommé Mang-Ka (Queue de Poisson), à cause de sa forme. C'est là que sont établies, depuis le 23 août 1883, nos troupes de la garnison de Hué. L'une des faces de la citadelle ferme la gorge de cet ouvrage et le domine entièrement. Pour assurer la sécurité de notre garnison, le gouvernement français a récemment demandé et obtenu des Annamites l'abandon de la partie du rempart qui avoisine Mang-Ka. Nous l'avons séparée du reste de la citadelle par un petit mur en briques crues de 2 m. 50 de hauteur ; mais cette muraille est coupée en deux endroits, sur une largeur de vingt mètres environ, par un canal à demi comblé. En outre elle est enfilée par les deux miradors voisins.

Le mur d'escarpe de l'enceinte principale, en briques et haut de dix mètres, est précédé d'une contrescarpe faite des mêmes matériaux, haute de six mètres seülement, et d'un fossé peu profond, plein d'eau.

Toutes ces fortifications sont très bien entretenues, contrairement aux habitudes du pays (1) ; mais les remparts ne sont armés que d'une centaine de pièces. Le lieutenant-colonel Pernot, qui commande la garnison de Hué, a obtenu des Annamites le désarmement des parties du rempart qui voient la Légation et Mang-Ka.

---

(1) Rollet de Lisle, ouvrage cité.

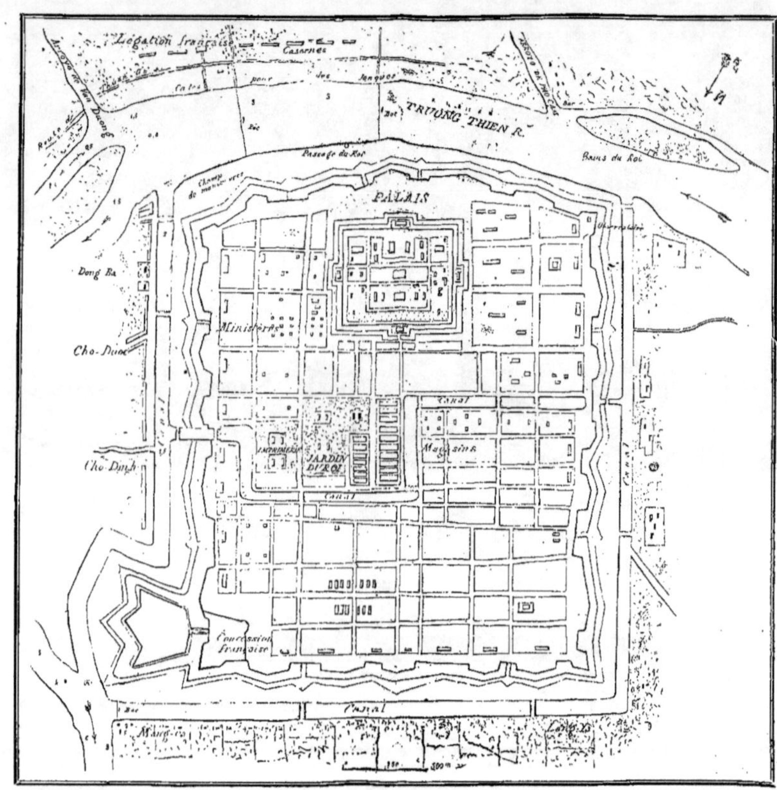

Légation française
Casernes
Cales pour jonques
TRUONG THIEN R.
Passage du Roi
Bains du Roi
Champ de manœuvre
PALAIS
Dong Ba
Ministères
Cho-Duoc
Canal
Cho-Dinh
Canal
IMPRIMERIE
JARDIN DU ROI
Magasins
Canal
Concession française
Canal
PLAN DE LA VILLE DE HUÉ

Un canal vaseux et profond, large de 25 à 30 mètres, coupe la citadelle en deux parties, parallèlement à la face Nord-Ouest ; dans la partie Sud-Est s'élève le palais royal, entouré d'une double enceinte. On accède, par deux ponts franchissant des fossés pleins d'eau, à la porte principale, qui a fort grand air avec ses deux ouvertures, ses nombreux toits aux angles recourbés et ses murs incrustés de porcelaines peintes. En face d'elle, au-delà d'une vaste esplanade, se dresse une grosse tour quadrangulaire et surmontée de deux plus petites, où flotte le pavillon jaune de l'Annam.

La partie Nord de la citadelle renferme de grands bâtiments, magasins ou ateliers ; celle de l'Est, le quartier riche dit des Ministères ; enfin le long des remparts sont disposées de longues casernes pouvant contenir trois ou quatre cents hommes. L'intervalle est semé de paillottes, de jardins entourés de haies de bambous ou de bananiers, de vastes espaces vides, laissés en friches ou couverts de rizières ; le tout est traversé par de longues chaussées tracées au cordeau, défendues par des coupures revêtues en briques et reliées par de profondes tranchées.

Dans l'immense espace occupé par la citadelle vit tout une population de fonctionnaires, de serviteurs ou d'esclaves ; la garde du roi y habite également : c'est le plus singulier assemblage de corps de métiers divers ; ceux ne touchant en rien aux choses militaires y dominent : on y compte des porteurs de parasols, des pêcheurs, des jardiniers, des cuisiniers, des acteurs, des danseurs, etc. L'armement des véritables soldats que renferme la citadelle est tout-à-fait primitif : parmi les canons qu'ils ont à servir il s'en trouve de bois.

Avant l'arrivée du général de Courcy, la garnison française de Hué comptait 3 compagnies et une batterie d'artillerie de marine. Cette petite troupe (12 officiers et 363 hommes) est renforcée, depuis le 2 juillet, du 1ᵉʳ bataillon du 3ᵉ zouaves (16 officiers, 870 hommes) et de la compagnie du 11ᵉ chasseurs (3 officiers et 154 hommes). Le total de nos troupes de Hué atteint donc 31 officiers, 1,387 hommes; six pièces de 12 de campagne, six de 4 de montagne, trois canons-revolvers et deux mitrailleuses arment l'ouvrage de Mang-Ka et la Concession de la citadelle. En outre, la canonnière *Javeline* (1 canon de 16, 1 pièce de 4 de montagne, 2 canons-revolvers) est ancrée dans la rivière, à proximité de Mang-Ka.

Le soir du 4 juillet, nos troupes sont réparties de la façon suivante :

Les 1ʳᵉ et 2ᵉ compagnies du bataillon du 3ᵉ zouaves, gardent l'ouvrage de Mang-Ka, avec la 27ᵉ compagnie du 1ᵉʳ régiment d'infanterie de marine (4 officiers, 185 hommes).

Les 3ᵉ et 4ᵉ compagnies de zouaves et celle du 11ᵉ chasseurs occupent des paillottes construites dans la Concession française. La 22ᵉ batterie d'artillerie de marine (2 officiers et 28 hommes), l'ambulance et les magasins y sont également installés.

Enfin on a placé près de la Légation, dans des paillottes, les 27ᵉ et 30ᵉ compagnies du 4ᵉ régiment d'infanterie de marine (3 officiers, 47 hommes; 3 officiers, 103 hommes).

Le 4 juillet tout paraît calme dans Hué et dans la citadelle; la fanfare du 11ᵉ chasseurs, qui joue le soir devant la Légation, attire une foule considérable; les dispositions des Annamites paraissent n'avoir rien d'hostile.

Le général de Courcy reçoit les officiers de la garnison dans le jardin brillamment éclairé de la Légation. A onze heures et demie la réception est terminée et les hôtes du général se séparent, quand des indices suspects attirent

M. LEMAIRE

leur attention : des lumières d'un éclat particulier bril-
lent et disparaissent sur certains points de la ville. De
plus, au moment de traverser la rivière, les officiers logés
dans la citadelle ne trouvent plus, comme à l'ordinaire, de
bateliers empressés à offrir leurs sampans. Ce petit fait
frappe M. de Champeaux, qui en fait la remarque : « C'est de
mauvais augure ».

A minuit, le calme est complet et il a duré quelque temps, quand, à une heure du matin, retentit brusquement du côté de la citadelle un coup de canon, suivi de nombreuses décharges. En un instant chacun est sur pied : la canonnade et la fusillade continuent à résonner vers Mang-Ka. Les officiers et les fonctionnaires logés autour de la Légation courent s'y réfugier. A peine y sont-ils entrés que des bandes apparaissent de tous côtés, poussant des hurlements de bêtes fauves; en même temps les flammes s'élèvent des paillottes avoisinantes et des communs de la Légation. Les cris de mort des Annamites, leurs torses nus qui s'entrevoient au travers des flammes et de la fumée, le bruit du combat de Mang-Ka, tout donne à cette scène une grandeur sauvage.

Le général de Courcy prend le commandement des 150 hommes de l'infanterie de marine et les établit aux fenêtres de la Légation : « Messieurs, s'écrie-t-il, ceci me rappelle le temps où j'étais sous-lieutenant; » son magnifique sang-froid se communique à tous : à deux heures, le télégraphiste Créteau, qui sera décoré le lendemain, va porter une dépêche au télégraphe, au plus fort du bombardement et de la fusillade.

Jusqu'à trois heures du matin, la petite garnison jette une véritable pluie de fer sur les bandes ennemies qui combattent avec acharnement. Au point du jour, elles amènent à faible distance deux pièces d'artillerie et ouvrent le feu sur la face Ouest de la Légation; mais une section d'infanterie de marine prend ces canons à revers et s'en empare. Malgré la précaution prise, quelques mois auparavant, de faire désarmer la face voisine de la citadelle, les Annamites y ont mis en batterie deux grosses pièces qui tirent alors sur la Légation. Les premières décharges sont inoffensives, mais peu à peu le tir se rectifie et bientôt les boulets portent tous sur les bâtiments occupés par nos soldats, ouvrant des brèches dans les toitures ou les murailles. Heureusement les Annamites n'ont pas d'obus et leurs projectiles ronds sont plus bruyants que dangereux.

Pendant que la garnison de la Légation se défend vigoureusement contre les bandes toujours renouvelées qui l'assaillent, celle de Mang-Ka combat avec non moins d'énergie.

Le premier coup de canon tiré par les Annamites a été suivi d'une véritable pluie de boulets qui s'abat sur l'étroit espace occupé par la Concession. Le commandant Metzinger s'élance aussitôt vers les paillottes occupées par la 3ᵉ compagnie, la plus voisine de l'ennemi, calme les zouaves réveillés en sursaut et leur fait prendre les armes. Mais une centaine de lumières apparaissent au même instant à l'intérieur de la Concession : les Annamites s'y sont glissés en suivant le canal et se ruent vers les baraques les plus voisines, la torche à la main.

Le capitaine Drouin, le lieutenant Constant et le sous-lieutenant Jacob rallient leurs soldats pour se jeter sur les incendiaires ; le capitaine Badani et ses officiers groupent également autour d'eux les zouaves de la 4ᵉ compagnie et un combat furieux s'engage entre nos soldats demi-nus et les Annamites. Le lieutenant Constant, entouré par plusieurs ennemis, est blessé de trois coups de lance. Il va succomber, quand il est délivré par le sergent Dussarger.

Mais zouaves et chasseurs se sont promptement ralliés ; en moins d'un quart d'heure, il n'y a plus dans la Concession d'Annamites qui ne soient tués ou blessés. De nombreux cadavres sont amoncelés sur cet étroit espace.

Les 3ᵉ et 4ᵉ compagnies de zouaves s'installent alors

solidement aux portes de la Concession et sur les cavaliers de niveau avec le parapet de la citadelle, face au Sud. La 1re compagnie garnit le mur crénelé entre les deux canaux à droite et à gauche de la caponnière; la 2e est en réserve. Quant aux chasseurs à pied ils se placent à droite de la 1re compagnie de zouaves et gardent le mur crénelé face à l'Ouest. La 27e compagnie d'infanterie de marine occupe la porte de Mang-Ka et le parapet qui l'avoisine. La 22e batterie ouvre d'abord le feu avec trois pièces de 4, le canon-revolver et les deux mitrailleuses de la caponnière, puis avec les six pièces de 12. La *Javeline* dirige son tir sur la face Nord-Est de la citadelle.

Nos soldats se sont ralliés, mais l'incendie continue à dévorer leurs paillottes; déjà la moitié de la Concession est en feu. Le bombardement n'a pas cessé; boulets, paquets de mitraille, fusées incendiaires, projectiles de tous genres ne cessent de pleuvoir dans l'enceinte. Une partie du mur est enfilée par des pièces placées vers les miradors voisins; le sous-lieutenant Pellicot, le capitaine Drouin du 3e zouaves, le capitaine Bruneau de l'artillerie de marine, une trentaine d'hommes sont déjà tombés, presque tous mortellement blessés. Il va être indispensable de tenter une sortie : le lieutenant-colonel Pernot décide qu'elle aura lieu au point du jour.

En attendant, les compagnies rectifient leurs positions et commencent quelques travaux destinés à couvrir nos communications avec Mang-Ka ou dans la Concession. Les Annamites renouvellent à plusieurs reprises leurs tentatives pour y pénétrer; mais leurs efforts décousus et mal dirigés sont aisément repoussés.

Un peu avant le jour, le lieutenant-colonel Pernot organise deux colonnes d'attaque, qui suivront le rempart de la citadelle jusqu'au mirador le plus voisin. Après s'y être établies solidement, elles gagneront du terrain, en dégageant les abords de Mang-Ka. Celle de gauche cherchera à se mettre en relation avec la Légation, dont chacun attend anxieusement des nouvelles. La première colonne est formée des chasseurs du capitaine Borne, suivie de la 4ᵉ compagnie de zouaves ; la deuxième, de la 2ᵉ compagnie, que doit renforcer plus tard la 3ᵉ ; le commandant Metzinger marche avec elle. La 1ʳᵉ compagnie se tiendra entre les deux colonnes, de manière à leur servir de réserve. Enfin une partie de l'infanterie de marine est répartie dans les deux détachements, de manière à guider les zouaves et les chasseurs qui ne connaissent pas la citadelle (1) ; le reste fournit des auxiliaires à l'artillerie ou garde la Concession.

Vers 4 heures 45, le jour paraît et avec lui l'instant solennel de la sortie : chacun, dans les deux colonnes, sent que la vie de tous est en jeu. Deux de nos pièces de 12 canonnent vivement les miradors les plus rapprochés ; les tambours et clairons réunis sonnent et battent la charge. Tout à coup les portes de la Concession sont enfoncées plutôt qu'ouvertes et les deux colonnes se précipitent au dehors comme des avalanches.

Celle de gauche suit la face de l'Est et s'élance vers le mirador nº 1, à 300 mètres environ de l'enceinte de la Concession. Malgré les chevaux de frise, les barrières et les obstacles de toute nature qui l'entourent, il est enlevé sans coup férir : nos obus en ont déjà délogé les Annamites.

____

(1) Par ordre du général de Courcy, ils avaient été consignés, depuis leur arrivée, dans la Concession et dans Mang-Ka.

Un peloton de la compagnie Sajot (2ᵉ) est alors laissé à la garde du mirador conquis, et le reste pousse de l'avant, en culbutant les groupes ennemis, qui tentent de résister derrière les barricades placées le long de la rue de rempart. Une demi-section est chargée d'incendier les casernes et les magasins qui bordent la rue sur notre flanc droit, de manière à nous couvrir de toute surprise.

La 2ᵉ compagnie atteint ainsi le canal et dirige quelques feux de salve sur les ponts ou leurs abords; la 3ᵉ a envoyé l'une de ses sections pour relever le peloton du capitaine Sajot demeuré au mirador. Ainsi soutenues les deux sections du lieutenant Boudin franchissent le pont. Mais, à ce moment, des coups de fusils partent de grands bâtiments entourés de murs et situés à trois ou quatre cents mètres sur notre droite, à un coude du canal; de nombreux groupes annamites se glissent également derrière les haies et les murs des environs.

Nos balles n'ont aucune action sur l'ennemi, abrité par ces obstacles; le capitaine adjudant-major Baudart, va donc chercher dans la Concession deux pièces de 4 de montagne, les met en batterie à l'entrée du pont et dirige quelques obus sur les enclos ou les bâtiments occupés par les Annamites. Sous cette protection, la 2ᵉ compagnie reprend sa marche le long du rempart et enlève le deuxième mirador. Un détachement de la 3ᵉ compagnie soutient l'artillerie et garde le pont du canal.

Deux heures de course ininterrompue, plusieurs assauts successifs, ont épuisé nos zouaves à jeun et déjà fatigués par cette nuit de combat. Le capitaine Sajot les entraîne pourtant jusqu'au saillant Est de la citadelle, vis-à-vis de la Légation, et s'y établit solidement: la section d'arrière-garde du sous-lieutenant Fellmann a continué de couvrir son flanc droit.

La 3ᵉ compagnie est alors appelée à entrer en ligne. Son 2ᵉ peloton garde provisoirement le pont, sur notre ligne de retraite, tandis que le 1ᵉʳ franchit le canal et se dirige vers le quartier des Ministères.

Le lieutenant Constant a divisé ses zouaves en deux détachements, qui suivent des chaussées parallèles à 150 mètres de distance : des clôtures les empêchent de s'éclairer à droite et à gauche. Néanmoins les deux colonnes s'avancent d'abord sans trop de difficultés; mais la résistance devient plus énergique, à mesure qu'elles s'enfoncent dans la citadelle. Tous les cinquante mètres s'élèvent des barricades, qui couvrent les issues des rues transversales. Les zouaves de M. Constant s'abritent de leur mieux le long des clôtures et tournent les retranchements occupés par l'ennemi.

Le diversion du capitaine Sajot leur est d'ailleurs fort utile, et dès 7 heures ils ont atteint le centre du quartier des Ministères : la résistance mollit visiblement, les coups de feu sont plus rares.

Epuisée par la faim et la fatigue, la 3ᵉ compagnie s'arrête un instant en face de grands bâtiments hermétiquement clos et où nul bruit ne se fait entendre ; le commandant Metzinger cherche dans quelle direction s'élève le palais royal.

Tout à coup des cris furieux éclatent à notre droite et une bande d'Annamites, des lances et des coupe-coupe à la main, se rue sur le groupe qui termine notre ligne de ce côté. En un instant, une vingtaine d'hommes sont mis hors de combat, et les autres, surpris par cette attaque, se jettent à gauche : la situation est critique. Mais le lieutenant Constant rallie son peloton et s'élance à sa tête sur les Annamites ; après une courte mêlée ils s'enfuient la baïonnette dans les reins. Un quart d'heure après, la

3e compagnie est arrivée au bord du fossé du palais ; elle est à bout de forces et ses blessés sont nombreux ; elle n'a aucun moyen de les transporter.

Le commandant Metzinger envoie à la 2e compagnie l'ordre de rallier la 3e, et celle-ci demeure en face du palais qui semble abandonné. Mais un fossé large et vaseux l'entoure, précédant une double rangée de murailles. Le silence est absolu et rend cet aspect encore plus menaçant.

A ce moment survient un renfort inespéré : la 1re compagnie, capitaine Cheroutre, arrive, au moment où le commandant Metzinger renonce à se faire rallier de la 2e, dont il est sans nouvelles.

Le capitaine Cheroutre est, tout d'abord, demeuré en réserve à la Concession ; vers 5 heures 15, il juge des progrès de l'attaque par la marche de la fusillade et pénètre dans la citadelle. Il ne rencontre aucun obstacle et arrive ainsi au milieu du canal, à hauteur d'un pont enfilé par une batterie de 17 pièces. Le sous-lieutenant Edme, qui marche avec la colonne de droite, et se trouve dans le voisinage, reçoit l'ordre d'enlever ces canons avec ses zouaves, tandis que ceux du capitaine Cheroutre dirigent sur les pièces annamites des feux de salve très efficaces. La 1re compagnie franchit alors le pont (6 heures) ; mais, à ce moment, une caisse de poudre fait explosion et blesse grièvement le sous-lieutenant Heitschel avec plusieurs soldats.

Un autre officier, le lieutenant Lacroix, tombe mortellement frappé, en enlevant sur l'un de nos flancs un petit ouvrage dont les feux arrêtaient la colonne.

Devant ces pertes graves, en face de cette résistance inattendue, Cheroutre craint de s'être trop avancé et se retire au-delà du pont qu'il met en état de défense. Après

LE LIEUTENANT LACROIX

avoir passé quelque temps dans cette situation, il ne se
remet en mouvement que vers 6 heures et demie. Cette
fois il ne rencontre plus d'ennemis et suit la grande artère
qui longe les jardins royaux pour aboutir au palais. Il y
trouve la 3ᵉ compagnie, que le lieutenant-colonel Pernot
rejoint également peu après, avec un détachement de la
27ᵉ compagnie d'infanterie de marine.

Ainsi renforcés, les zouaves tentent inutilement d'enfoncer la porte massive devant laquelle ils sont arrêtés ; quelques-uns éloignent ses gardiens en tirant sous les battants, d'autres escaladent un corps de garde et se hissent sur les toits d'où ils tirent dans la cour du palais. Enfin on découvre un second passage, qui permet de déboucher sur la vaste esplanade dont nous avons parlé, entre la porte et la grande tour. Les assaillants s'y élancent et voient fuir devant eux quelques groupes. ennemis qui disparaissent vers l'Ouest. Le pavillon jaune d'Annam, aussitôt amené sur la tour, est remplacé par les couleurs françaises. Clairons et tambours sonnent aux champs, pendant que nos soldats présentent les armes.

Sur notre droite, l'attaque a été menée par la compagnie du 11ᵉ chasseurs, qui suit d'abord la face Nord et enlève le 2ᵉ mirador. Un groupe de 5o zouaves environ, appartenant à plusieurs compagnies, s'est rallié autour de l'officier-payeur du bataillon, le sous-lieutenant Edme, qui a demandé à remplacer M. Pellicot, de la 4ᵉ compagnie, grièvement blessé ; il suit les chasseurs qui pénètrent dans la ville.

..Toutes les colonnes sont à ce moment arrêtées au bord du canal et c'est alors que se produit l'attaque de M. Edme sur la batterie de 17 pièces dont nous avons parlé. A la première décharge, il laisse en arrière une douzaine d'hommes hors de combat et le reste hésite un instant ; mais le brave sous-lieutenant entraîne ses zouaves par son exemple et une nouvelle bordée de mitraille passe au-dessus de leurs têtes. Ils atteignent enfin la batterie et tuent les servants sur leurs pièces.

La section du sous-lieutenant Jacob (3ᵉ compagnie), demeurée jusque là au mirador n° 1, comme nous l'avons vu, renforce peu après les chasseurs et les zouaves de

M. Edme. Tous suivent alors les rives du canal et en chassent l'ennemi ; ils arrivent à la pagode de Gia-Long où un feu nourri les arrête. Les chasseurs à pied se sont écartés et se perdent dans l'enchevêtrement de jardins et d'enclos qui avoisinent le canal ; les zouaves du sous-lieutenant Edme ne s'emparent pas moins de la pagode.

Le lieutenant-colonel Pernot, resté jusqu'alors à la Concession, porte en ligne la 4e compagnie (capitaine Badani) qui devait servir de soutien aux chasseurs. Elle suivra la rue de rempart, que ces derniers ont quittée pour entrer dans la ville.

Le capitaine Badani pousse vigoureusement en avant, sans répondre au feu de l'ennemi ou s'inquiéter de ses derrières ; il arrive ainsi au pont du canal, sur la face du Sud-Ouest, à près de 3 kilomètres de son point de départ, au moment où les dernières bandes ennemies sortent de la citadelle. Les feux de sa compagnie les obligent du moins à presser leur retraite ; quelques instants auparavant ils l'auraient rendue impossible.

La citadelle est entièrement à nous ; vers 10 heures, trois des compagnies de zouaves reçoivent l'ordre de rentrer dans Mang-Ka : aux trois compagnies restantes revient la lourde tâche d'occuper les points principaux de l'immense terrain arraché à l'ennemi.

L'arrivée de nos soldats sur la face Sud de l'enceinte a dégagé la Légation et la petite troupe du général de Courcy ; les Annamites sont en fuite de toutes parts, laissant derrière eux douze à quinze cents cadavres (1). Nos pertes

---

(1) Le nombre de ceux qui prirent part au guet-apens de Hué a été évalué par les rapports officiels à 22,000 et à 30,000 hommes ; en réalité il ne semble pas avoir dépassé 10,000 combattants.

Les cadavres furent pour la plupart incinérés ; le 7 juillet, les

sont relativement considérables: 5 officiers et 11 soldats tués; 3 officiers et 79 soldats blessés (1).

Nous sommes les maîtres d'un immense butin (2); le général de Courcy réussit à empêcher le pillage du palais du roi, mais le reste de la citadelle est abandonné à nos soldats, qui le mettent à sac pen͞ ͞nt quarante-huit heures. Dans les conditions où nous sommes, après un pareil guet-apens et avec un petit ͞bre d'hommes dispersés sur une aussi vaste étendue, couverte de bâtiments et de jardins, il ne peut guère en être autrement.

Malheureusement, le 5 juillet, à sept heures du matin, le roi, le régent Thuyet, la reine-mère, d'autres hauts fonc-tionnaires, s'étaient enfuis de la citadelle avec les éléphants royaux et cinq mille soldats. Ils gagnaient Cam-Lo, où des préparatifs avaient été faits pour les recevoir, nous l'avons vu. Le père Tho, prêtre annamite défroqué, l'un

zouaves en brûlèrent 700 pour leur part et les chasseurs 300. (Lieutenant Marjoulet, ouvrage cité).

(1) Etat-major, capitaine de Bellemare légèrement blessé.

11° bataillon de chasseurs, capitaine Borne et 5 soldats légèrement blessés.

3° zouaves, capitaine Drouin, lieutenant Lacroix, sous-lieutenants Pellicot et Heitschel, tués ou morts de leurs blessures; 5 soldats tués, 22 grièvement blessés, 41 légèrement blessés.

Infanterie de marine, 6 soldats tués, 2 grièvement blessés, 7 légèrement blessés.

Artillerie de marine, capitaine Bruneau tué, 2 soldats légèrement blessés. (*Rapport officiel, Historique du 3ᵉ zouaves.*)

(2) 1,100 pièces de canon, de tout âge et de toute dimension; 1,300 kilogrammes d'or; 600 barres d'argent valant chacune 12 piastres (60 francs); 80 k. de taëls en argent; 35,780 piastres; 1,200 kilogrammes de sapèques. Ce trésor, évalué à 14 ou 15 millions, fut plus tard restitué au nouveau roi d'Annam.

des conseillers les plus influents de Thuyet, accompagnait les fugitifs.

La fuite du roi d'Annam était une complication grave, qui venait s'ajouter à celles résultant du guet-apens de Hué; nous allions nous trouver acculés à trois solutions: poursuivre le souverain dans ses montagnes, de manière à l'obliger d'accepter nos conditions ; lui donner un successeur plus disposé à subir notre protectorat; enfin conquérir l'Annam, comme nous faisions la conquête du Tonkin et arriver ainsi à une sorte d'annexion.

Cette dernière solution était inadmissible, surtout en raison de la situation intérieure de la France en juillet 1885. Ce n'était pas dans un moment où la guerre entreprise si loin du sol national soulevait une opposition violente, où les partis s'en emparaient pour donner carrière à leurs rancunes et à leurs appétits, en cherchant à provoquer l'avènement au pouvoir de nouveaux groupes politiques, ce n'était pas, enfin, à la veille des élections générales, que le gouvernement pouvait autoriser une nouvelle expédition.

Faire un nouveau roi d'Annam et lui imposer nos conditions semblait devoir comporter moins de risques; pourtant, ce serait aller infailliblement au devant de graves difficultés, en livrant le pays à la guerre civile et nous exposant à y rendre notre intervention nécessaire : nous ajouterions ainsi de nouvelles complications à celles, trop nombreuses déjà, soulevées en Annam ou au Tonkin.

Enfin poursuivre le roi et ses conseillers, pour les obliger à demander merci, aurait l'inconvénient de nous forcer tout d'abord à une expédition qui pourrait être fort longue, dans le moment de l'année où nos troupes y seraient le moins propres; mais nous n'ajouterions pas ainsi à nos

causes de faiblesses une guerre civile en Annam et nous
éviterions d'y prendre pied définitivement, comme ce serait
le cas avec les deux autres solutions. Le général de Courcy
et, après lui, le ministère crurent pourtant devoir se ranger
à la seconde ; nous allions commencer une autre campagne
en Annam.

CHAPITRE X

Fuite du roi d'Annam. — Propositions du général de Courcy au gouvernement français. — Situation du Tonkin. — Dépêche du 21 juillet 1885. — Massacres en Annam. — Le choléra. — Dissolution de l'escadre de l'Extrême-Orient.

Le général de Courcy avait craint une attaque pour la nuit du 5 au 6 juillet (1), mais elle ne se produisit pas ; nous étions bien réellement les maîtres de la citadelle et de la ville. De plus les circonstances mettaient bientôt entre nos mains le régent Nguyen-Van-Thuong, l'un des personnages des plus influents de l'Annam.

Thuong s'était enfui de la citadelle, dans la matinée du 5 juillet ; il s'arrêtait au palais des Tombeaux, à 6 kilomètres de Hué et cherchait aussitôt les moyens de sortir, à son avantage, de la situation où il avait été jeté. Confiant dans notre indulgence ordinaire, il allait trouver Mgr Gaspar, évêque de Hué, et le priait de lui ménager un accommodement avec le général de Courcy, se déclarant prêt à nous ramener le roi.

____

(1) Dépêche du 6 juillet, minuit et demi.

Mgr Gaspar transmettait à M. de Champeaux les offres. de Thuong ; mais il était trop tard : Thuyet et le jeune roi se dirigeaient déjà vers Cam-Lo, où ils allaient trouver un refuge depuis longtemps assuré. Nguyen-Van-Thuong ne s'en rendait pas moins auprès du général de Courcy, dès le soir du 5 juillet, mettant à notre service son influence indéniable en Annam.

D'après les renseignements venant de son entourage, le général en chef connaissait les sentiments véritables de Nguyen-Van-Thuong à l'égard de la France ; il n'en crut pas moins nécessaire d'accepter ses offres de soumission, se réservant d'apprécier dans la suite jusqu'à quel point elles étaient sincères.

Tout d'abord M. de Courcy fit contresigner plusieurs proclamations par le régent : la première adressée aux habitants de Hué et les invitant à rentrer dans la ville, où ils jouiraient de l'entière protection du gouvernement français ; la seconde sommant les partisans de Thuyet de se soumettre sans délai et priant respectueusement le roi et la reine-mère de revenir dans leur palais. Enfin la troisième licenciait les troupes annamites et leur accordait des délais plus ou moins longs, pour regagner leurs foyers après avoir été désarmées aux chefs-lieux de toutes les provinces ; les gouverneurs auraient à diriger sur Hué les armes ainsi recueillies ; ils seraient responsables, comme les villes elles-mêmes, de l'exécution de cette mesure.

La première de ces proclamations fut seule à produire quelque effet : les habitants de Hué rentrèrent dans la ville et reprirent leurs occupations habituelles, avec la résignation fataliste qui caractérise les peuples orientaux. On signalait seulement quelques bandes de pillards aux environs. Mais le désarmement de l'armée annamite

LA REINE-MÈRE A HUÉ

fut loin de s'opérer aussi facilement : presque partout ces troupes conservèrent leurs armes : tout fugitif qu'il fût, Thuyet était beaucoup plus maître de l'Annam que le général de Courcy.

Pour parer aux complications possibles, ce dernier avait déjà donné l'ordre d'envoyer du Tonkin à Hué toute l'infanterie de marine qui faisait encore partie du corps expéditionnaire (1).

Vis-à-vis du gouvernement français, le général de Courcy ne dissimulait pas un instant la satisfaction que lui causaient les événements de Hué. « Le seul résultat, disait-il dès le 5 juillet, est que nous pouvons dicter nos lois à l'Annam. » Le 8 il émettait la même idée en termes beaucoup plus explicites : « On n'a qu'à se féliciter de l'œuvre commencée bien malgré nous... Au point de vue des intérêts français, la prise de possession de l'Annam, c'est une conquête bien plus facile et assurée que celle du Tonkin, qui ne doit plus maintenant que marcher après (2) ».

On voit déjà percer dans ce télégramme une pensée que la correspondance du général de Courcy développera plus tard, d'une manière beaucoup plus accentuée : le Tonkin est un simple accessoire de l'Annam ; nos intérêts les plus pressants nous poussent à conquérir ce dernier pays, sauf à négliger ou même à abandonner le premier. C'étaient là des conclusions assurément imprévues pour le gouvernement et le public français ; ils n'auraient certes pas vu volontiers commencer une nouvelle guerre de conquête, au risque d'annuler tous les résultats si péniblement acquis jusque-là au Tonkin.

---

(1) Dépêche du 6 juillet : le régiment de marche du lieutenant-colonel Chaumont, bataillons Lambinet, Grégoire et Petitmaître. L'état-major et 3 compagnies du 11ᵉ bataillon de chasseurs ralliaient Hué, les 15 et 16 juillet, et formaient un régiment de marche avec le bataillon du 3ᵉ zouaves et la compagnie de chasseurs déjà stationnés en Annam. L'effectif total de nos forces y atteignait alors un chiffre de 3,500 hommes. Le général Prudhomme était également mandé à Hué, et prenait le commandement de ces troupes le 24 juillet. (Marjoulet, ouvrage cité.)

(2) *Procès-verbaux de la Commission des crédits du Tonkin et de Madagascar*, décembre 1885.

Dans cette même dépêche du 8 juillet , le général en chef annonçait que plusieurs membres de la famille royale demandaient à faire leur soumission, et il mettait déjà le ministère en présence de trois solutions, pour le cas où le roi d'Annam pourrait s'échapper des mains de Thuyet : lui restituer toutes ses dignités et son palais de Hué; le faire garder dans le palais des Tombeaux, à proximité de la capitale, par un détachement français; enfin annexer purement et simplement son pays.

Pour le général de Courcy, cette dernière solution était la préférable : il la croyait même facile avec la collaboration de Nguyen ; enfin il priait le gouvernement de déterminer nettement la politique qu'il aurait à suivre désormais en Annam.

Le 10, le 11 juillet, le général de Courcy insistait sur ces propositions, se déclarant « attristé » de ne pas les avoir vu encore approuver. Nous en avons dit plus haut les raisons; l'approche des élections générales rendait plus inopportune que jamais l'ouverture d'une nouvelle campagne en Indo-Chine, et le gouvernement n'y songeait en aucune façon.

Comme pour donner raison aux opinions pessimistes émises par le général en chef au sujet du Tonkin, la situation y devenait alors inquiétante. D'après une lettre datée du 2 juillet et confirmée par d'autres correspondances (1), le nombre des malades du corps expéditionnaire s'élevait, dans les hôpitaux seulement, à 2,640 ;

____

(1) Lettre d'un officier du corps expéditionnaire citée dans la *Guerre du Tonkin;* voir également une correspondance du *Temps* datée du 1er juillet.

leur nombre total atteignait déjà 4,500, quoiqu'un grand nombre eussent été évacués sur la France (1) ; en mai, les troupes de l'armée de terre, seules, avaient perdu 141 hommes par suite des maladies ; en juin, ce nombre s'était plus que doublé et avait atteint 341 (2). Cette progression allait se continuer en juillet, et, pendant ce mois, le nombre des morts devait atteindre 438. Enfermées dans d'étroites paillottes, livrées à une inaction à peu près complète par suite de l'élévation de la température et aussi en vertu des ordres inopportuns du général en chef, nos troupes étaient une proie marquée d'avance pour le choléra qui allait y faire d'affreux ravages.

Quelques mesures prises par M. de Courcy, dès son arrivée au Tonkin, soulevaient déjà d'amères critiques. L'état de siège, qui venait d'être rétabli, semblait plutôt dirigé contre la population européenne que contre les indigènes. On accusait l'administration de chercher à décourager nos colons. Il faut bien le dire, ce fait, qui paraît suffisamment prouvé, était la simple reproduction de beaucoup d'autres, signalés dans toutes nos colonies. Il semble que, trop souvent, pour nos fonctionnaires, le colon soit un ennemi, auquel ils ne veulent pardonner ni ses velléités d'indépendance, ni son âpreté si naturelle au gain (3).

D'après une circulaire du 26 juin tous les télégrammes seraient soumis au visa des chefs d'état-major ; il était d'ailleurs absolument interdit d'échanger aucune commu-

---

(1) 1,600 dans le seul mois de juin.

(2) *Rapport Ballue.*

(3) La déposition de M. l'amiral Duperré devant la Commission des crédits du Tonkin et de Madagascar est instructive à cet égard. (*Documents parlementaires*, Chambre, juillet 1886.)

ñcation télégraphique ayant rapport à des questions politiques ou militaires. Cette règlementation, qui eût été à peu près admissible pendant notre lutte avec la Chine, n'avait aucune raison d'être, alors qu'il ne s'agissait plus que d'étouffer le brigandage dans le territoire occupé.

L'interdiction de tout châtiment corporel, édictée vers cette époque à l'égard des Annamites, était peut-être prématurée. Pour apprécier cette mesure, il faut évidemment tenir compte des mœurs et des habitudes du pays dont nous avions entrepris la conquête. Ce n'est pas en un instant qu'une population, abêtie par des siècles d'esclavage, arrive à comprendre le prix de la dignité humaine. Le plus clair résultat des nouveaux procédés mis en vigueur vis-à-vis des indigènes était de leur faire dédaigner notre autorité (1). Le brigandage prenait un développement inquiétant; de nombreux villages étaient brûlés aux environs d'Hong-Hoa, et nous nous voyions réduits à faire escorter fortement les convois de ravitaillement destinés à nos garnisons. Un chef de bande, le Caï-Kinh, avait, dit-on, rassemblé sur le haut Song-Koï une bande de dix à douze mille Chinois ou Muongs. D'autres occupaient les environs de Thaï-Nguyen. Pourtant, non seulement le général de Courcy ajournait l'opération depuis longtemps projetée contre Lao-Kay, mais il choisissait ce moment même pour ordonner l'abandon de plusieurs de nos postes du Nord. Vers la fin de juin, ceux que nous avions réoccupés au mois d'avril sur la route de Lang-Son étaient évacués, et nos troupes ne dépassaient plus, désormais, Kep et Chu dans cette direction (2). Evidemment, cette

____

(1) Voir la correspondance du *Temps* citée plus haut.

(2) Voir l'ouvrage cité du capitaine Bou-Saïd; les postes de Pho-

mesure si fâcheuse se rattachait aux intentions annoncées par le général de Courcy à l'égard de l'Annam. Il voyait dans le Tonkin une simple dépendance, qu'il eût abandonnée sans trop de regrets. Cette manière de penser ne pouvait que rendre plus désavantageuse la situation de nos troupes.

Le 11 juillet avait pourtant lieu une cérémonie qui ouvrait une nouvelle ère au Tonkin. L'école française d'Hanoï, inaugurée quatre mois auparavant, au milieu des tristes jours qui suivirent la retraite de Lang-Son, donnait sa première distribution de prix. Ce fait, d'apparence si modeste, avait une réelle importance : il représentait la consécration d'un nouveau mode d'enseignement ; au lieu d'apprendre aux Tonkinois à écrire ou à lire l'annamite écrit en caractères romains, le *quoc-ngu*, le directeur de l'école, M. Grossetête, leur enseignait directement le français lui-même. Cette innovation était de nature à faire rapidement progresser notre influence, si elle venait à se répandre. Mais avant d'y songer sérieusement, il fallait terminer la conquête du Tonkin, et la tâche semblait malaisée.

Dans ses rapports officiels au gouvernement français le général de Courcy ne dissimulait pas, bien au contraire, la gravité de notre situation et il lui décrivait l'état du pays sous les plus sombres couleurs. Dès le 11 juillet, il évaluait dans une dépêche à 10,000 le nombre des indisponibles figurant parmi nos troupes, ce qui ramenait à 20,000

Cam, de Déo-Quan, de Dong-Song, de Than-Moï et de Déo-Quao furent évacués à ce moment par le 2ᵉ bataillon d'Afrique. Cette mesure n'était pas dictée par notre état sanitaire. Celui du 2ᵉ bataillon d'Afrique empira de telle façon après sa concentration à Chu, qu'il perdit en six mois la moitié de son effectif : 3 officiers et 568 hommes.

hommes l'effectif pouvant être réellement utilisé. Sur ces
20,000 soldats, 6,000 étaient nécessaires en Annam.
« Je déclare hautement, ajoutait le général, que le reste ne
me suffit pas pour garder le Delta, pacifier les Muongs, la
Rivière Noire, occuper Lao-Kay, Cao-Bang, Lang-Son et le
littoral partant de la baie d'Along jusqu'à la frontière de
Chine (1).»

Le 20 juillet, un télégramme du général en chef au
ministre de la guerre contenait un tableau encore moins
rassurant : « La situation du Tonkin est toujours obscure
et difficile » ; l'agitation y est grande, les bandes chinoises
augmentent à Thuan-Quan, Thaï-Nguyen et Lang-Son. M. de
Courcy venait d'avoir une entrevue à Haï-Phong avec ses
deux lieutenants et il les représentait remplis des plus
graves appréhensions : « Les généraux Brière de l'Isle et de
Négrier entrevoient des difficultés immenses à assurer l'exécution de l'article néfaste du traité Patenôtre, relatif à la
tranquillité assurée par nous sur la frontière de la Chine.
La vérité me force à vous assurer qu'à moins d'un changement complet dans l'état actuel des esprits les forces
qui sont à ma disposition seront insuffisantes, et mon devoir
de chef m'oblige à des restrictions considérables dans le
champ des opérations (2). »

Le lendemain, le général de Courcy développait auprès
du ministre des affaires étrangères tout un nouveau plan
d'action, qui avait, à défaut d'autre mérite, celui de l'ori-
ginalité :

---

(1) *Débats parlementaires*, Chambre, 25 décembre 1885.

(2) *Documents parlementaires*, procès-verbaux de la Commission
des crédits du Tonkin et de Madagascar. Le général Brière de l'Isle
déclara du reste, devant cette commission, que le général de Courcy
s'était mépris sur ses sentiments et ceux du général de Négrier
(voir la déposition du général Brière de l'Isle).

« L'occupation du Tonkin, bien qu'ayant fait des progrès, est encore à faire.

« Elle doit être considérée comme très difficile au présent et toujours très incertaine à l'avenir. Par un article du traité Patenôtre, nous nous engageons à assurer la sécurité sur la frontière si étendue qui nous sépare de la Chine. Pour y accéder, nous aurons de grandes difficultés à surmonter et plus encore pour nous y maintenir. Il y aura donc, de ce côté, une épée de Damoclès toujours suspendue. La Chine est un pays qui deviendra redoutable et nous sera toujours un voisin incommode et fort exigeant ; au Tonkin, il nous englobera de toutes parts.....

« Ce que je viens proposer à Votre Excellence peut paraître bien hardi, en tout cas bien inattendu. Quitter le Tonkin, ou tout au moins ce que nous possédons et voulons posséder au-dessus du Delta ; nous emparer de l'Annam qui, bien administré, avec les économies qu'on pourra réaliser par le rapatriement de l'armée, sera pour nous une acquisition coloniale d'une bien autre valeur.

« La Chine, dans ces conditions, devient une quantité négligeable ; tout au plus pourra-t-elle nous forcer à évacuer complètement le Delta. Autant, comme soldat, je trouve que la France a sur les épaules un bien gros fardeau, en voulant s'emparer du Tonkin et le maintenir en sa possession, autant, comme soldat, je me ferais fort de garantir le territoire du royaume d'Annam.

« Au point de vue industriel et commercial, tout est facile dans ce dernier pays. Au Tonkin, ce ne sera qu'en dépensant des sommes énormes qu'on arrivera à un résultat, lequel ne sera durable qu'à la condition d'une paix profonde.....

« Je termine en vous priant de vouloir bien réfléchir s'il ne vaudrait pas mieux tenir entre nos mains un fort gage,

LE TONG-DOC D'HANOÏ

imprenable pour la Chine, que de continuer à courir après
une conquête qui nous a enlevé bien des hommes et nous
coûtera encore bien cher, sans être certains d'un heureux
résultat (1). »

____

(1) *Documents parlementaires*, procès-verbaux déjà cités.

Il est aisé de voir que le projet développé en ces termes par le général de Courcy était basé sur des suppositions singulièrement hasardées ; faire de l'Annam un autre Eldorado, lui attribuer les richesses qu'on prêtait naguère un peu complaisamment au Tonkin, était contraire à toutes les données historiques ou géographiques déjà recueillies sur ces pays.

D'un autre côté, nous proposer l'abandon d'une contrée que nous avions si difficilement enlevée à la Chine, pour nous offrir en compensation la conquête future d'un pays à peu près inconnu et d'une étendue supérieure, habité par des populations plus guerrières, tout ce projet, si séduisant qu'il fut, du moins à en croire M. de Courcy, n'avait guère de chances d'être pris au sérieux en France.

Le gouvernement jugea donc nécessaire de donner au général en chef les instructions précises que ce dernier réclamait depuis longtemps, et il ramena dans des limites plus étroites l'expédition commencée en Annam. M. de Courcy se proposait notamment d'entreprendre une campagne dans l'intérieur, à la poursuite de Thuyet ; le ministère lui en refusa l'autorisation et se borna à autoriser l'occupation de Dong-Hoï, qui tient un des étranglements compris entre les montagnes et la côte de l'Annam, au Nord de Hué. Les instructions du ministre de la guerre au général de Courcy semblaient comporter, elles aussi, une part notable d'illusions : « ...Enfin le but politique et militaire que votre successeur, dont la tâche sera bien simplifiée, devra s'efforcer d'atteindre, sera, dans l'avenir, de réduire l'occupation de l'Annam et du Tonkin à la station navale et aux garnisons de Hué et de Hone-Gay (1). » L'état de choses actuel ne jus-

---

Débats parlementaires Chambre. 5 décembre 1888 page 39.

tifiait certes pas de semblables prévisions, mais le général Campenon n'avait jamais vu qu'avec regret notre expédition d'Indo-Chine et il désirait ardemment la rentrée des troupes de son ministère en France, ce qui expliquait les illusions dont il donnait la preuve.

Une grande partie de la famille royale d'Annam avait fait sa soumission, dès la première quinzaine d'août. On désignait donc un nouveau régent en remplacement de Thuyet et de Nguyen-Van-Thuong ; c'était un oncle de Tu-Duc, nommé Tho-Xuan. De plus, M. de Courcy constituait un Comat avec de hauts fonctionnaires moins hostiles que les autres à notre domination ; M. de Champeaux devenait ministre de la guerre du royaume d'Annam, fonction qui n'était guère qu'une sinécure pour l'instant.

Thuyet tenait encore la campagne, quoique, d'après les rapports officiels, il fût abandonné par la plupart de ses partisans. En s'élevant vers le Nord de l'Annam, il trouvait Dong-Hoï occupé et abandonnait aux environs une partie du trésor de Hué, valant un million ; il se jetait ensuite du côté des montagnes. Le général de Courcy prenait aussitôt des mesures pour l'occupation du Than-Hoa, dont la situation sur la frontière de l'Annam et du Tonkin acquérait une nouvelle importance, depuis le guet-apens de Hué. Enfin deux des ministres qui avaient suivi le roi à son départ étaient arrêtés, le 30 juillet, par des Annamites et livrés aux autorités françaises.

Malheureusement il se passait alors en Annam des événements graves, sur lesquels les dépêches officielles firent d'abord le silence et dont on ne connut toute l'étendue que longtemps après. Les chrétiens indigènes succombaient par milliers, victimes des passions nationales de leurs compatriotes, beaucoup plus que de leur intolérance religieuse.

On courrait, en effet, grand risque de se tromper, en attribuant au seul fanatisme religieux les massacres qui eurent alors pour théâtre une grande partie de l'Annam; l'indifférence en matière de religion est trop bien établie en Indo-Chine comme dans les contrées voisines, de la Corée aux frontières de l'Inde, pour qu'on y prenne grand ombrage des croyances d'une petite fraction de la population. Mais lettrés et fonctionnaires voyaient en nos missionnaires des représentants d'une race détestée qui tentait, au même instant, de soustraire tout l'Annam à leur domination. Pour eux, les chrétiens indigènes étaient simplement des instruments de notre influence et des traîtres à la cause nationale.

Dès le 8 juin, un mois avant le guet-apens de Hué, des indices d'agitation se montraient dans la province de Qui-Nhon; un de nos missionnaires était même bâtonné, sous un prétexte quelconque, par les serviteurs d'un sous-préfet. Durant tout le mois de juin cette agitation se propageait sourdement, pour donner lieu à une subite explosion, quelque jours après l'affaire de Hué : le 8 juillet, la paroisse de Lac-Thô, qui comptait dix-huit chrétientés et 2000 fidèles environ, était entièrement dévastée, les églises et les habitations brûlées, les chrétiens massacrés ou pourchassés comme des bêtes fauves.

Ces terribles scènes se reproduisaient avec aggravation au Quang-Ngaï; la citadelle du chef-lieu était enlevée par les lettrés, qu'avait exaspérés l'ordre de désarmement du général de Courcy. Dans cette seule province, 35 chrétientés étaient détruites, 3 missionnaires français et 5,000 chrétiens indigènes massacrés. Une évaluation autorisée portait à 24,000 le nombre des victimes parmi les 41,000 chrétiens de l'Annam méridional.

Quelques-uns de nos missionnaires tentèrent d'armer leurs fidèles et de tenir tête aux lettrés annamites. Le père Geoffroy, notamment, organisa une petite place forte à Gia-Hieu, en attendant les secours du corps expéditionnaire. Mais le général de Courcy avait des forces si insuffisantes à sa disposition qu'il dût renoncer à les disséminer davantage; d'ailleurs il ne paraît pas avoir ajouté une foi entière aux rapports qui lui parvenaient sur l'importance des massacres. Il se borna d'abord à faire occuper Qui-Nhon par une compagnie et à envoyer la *Lionne* surveiller la côte; faute des ressources nécessaires, la garnison de Qui-Nhon et l'équipage de notre canonnière en furent réduits à voir continuer les massacres sous leur yeux; un navire de commerce allemand, le *Gerda*, dut même être nolisé par Mgr Van Camelbeque, évêque de l'Annam méridional, pour conduire à Saïgon les chrétiens bloqués dans Gia-Hieu (1).

Ces dévastations se propageaient à travers tout l'Annam jusque dans le Delta du Tonkin, mais sans y prendre le même développement (2). Notre colonie naissante n'en avait pas moins à traverser l'une des périodes les plus troublées de son histoire.

Malheureusement, le général de Courcy et le gouvernement métropolitain étaient moins que jamais d'accord sur les limites à fixer pour notre occupation du Tonkin. Tandis qu'aux yeux de M. de Freycinet, comme de la majorité des

---

(1) Voir les lettres de missionnaires reproduites dans l'ouvrage de M. L. Huard que nous avons déjà cité.

(2) Voir une lettre de Mgr Puginier, 27 juillet 1885, L. Huard, ouvrage cité.

membres du cabinet, il était absolument nécessaire d'occuper la partie Nord du pays, celle que le traité de Tien-Tsin venait de nous concéder définitivement, le général en chef jugeait cette extension de nos forces aussi dangereuse qu'inutile ; quant au ministre de la guerre, le général Campenon, il n'avait jamais varié dans cette opinion.

Le 2 août, M. de Courcy insistait de la façon la plus netté sur ses déclarations antérieures :

« A vouloir conquérir et occuper solidement avec nos propres troupes les points excentriques du Tonkin, Lang-Son, That-Khé, Cao-Bang, Tuyen-Quan, etc., nous avons jeté des sommes énormes, prodigué le sang français et compromis gravement la santé de nos soldats. Continuer ce système, l'étendre à Lao-Kay, sous prétexte de nous ouvrir cette trop fameuse voie de pénétration, par laquelle rien n'a jamais passé et ne passera jamais, serait commettre une faute monstrueuse, d'autant plus grave et impardonnable que les terribles leçons d'une expérience récente sont là pour nous en détourner....

« Les régions véritablement productives du Tonkin s'arrêtent précisément aux points extrêmes de la navigation des rivières pour nos canonnières à faible tirant d'eau. Audelà, c'est le vide, car je ne m'arrête pas aux richesses minières, qui n'existent, je le crains, que dans l'imagination trop féconde de certains explorateurs ; c'est l'insalubrité redoutée par le Tonkinois aussi bien que par le Chinois ; c'est un enchevêtrement de torrents tantôt à sec, tantôt impétueux, et de montagnes inextricables.... (1) »

Il est permis de le supposer ce tableau si peu flatté du

---

(1) Le général de Courcy au ministre de la guerre, 2 août 1885, *Documents parlementaires*, procès-verbaux de la commission des crédits du Tonkin et de Madagascar.

Haut-Tonkin était légèrement poussé au noir pour les besoins de la cause. M. de Courcy omettait de citer, parmi les motifs qui le détournaient d'une occupation intégrale de notre colonie, ceux qui avaient le plus de poids à ses yeux : pour les raisons que nous avons données, il jugeait préférable une annexion complète de l'Annam, qu'il croyait à la fois plus glorieuse et plus profitable à nos intérêts. Il semble, en outre, que le général en chef se soit singulièrement exagéré la difficulté de conquérir et d'occuper le Haut-Tonkin ; la suite des événements allait prouver que la retraite des troupes chinoises rendait cette tâche relativement aisée.

Un peu plus tard, le 8 août, le général de Courcy indiquait d'une façon plus précise comment il entendait opérer l'occupation restreinte du pays : les points extrêmes du Tonkin, Laokay, Cao-Bang, Lang-Son, seraient gardés par des milices locales que soutiendraient des postes de tirailleurs tonkinois ; nos troupes occuperaient la ligne Sontay, Bac-Ninh, Phu-Lang-Thuong ; le Than-Hoa serait également surveillé par elles, de manière à fermer aux irréguliers chinois l'accès de l'Annam[1]. C'était revenir, on le voit, à l'un des projets de MM. Jules Ferry et Challemel-Lacour, auquel nous avions dû renoncer sous la pression des événements, parce que la possession de la lisière montagneuse du Delta pouvait seule nous permettre d'y maintenir la tranquillité.

Pour le moment, les chaleurs de l'été tonkinois ne permettaient guère d'étendre notre occupation vers le Nord. En outre, le climat déjà si malsain du Delta le devenait

---

[1] Le général de Courcy au ministre de la guerre, 8 août 1885, *ibidem.*

encore davantage à la suite de l'apparition du choléra en août 1885. Cette terrible maladie paraît être endémique sur tout le littoral sud-est de l'Asie, du Pé-Tché-Li au golfe Persique; chaque année elle fait des victimes dans les terres basses du delta du Fleuve Rouge, si particulièrement propres à favoriser son développement. Mais, dans l'été de 1885, l'évacuation des Pescadores et de Kélung amena au Tonkin des détachements d'effectif assez considérable, parmi lesquels le choléra, dissimulé sous le nom de fièvre algide, avait fait de grands ravages. En arrivant à Haï-Phong les soldats du corps expéditionnaire de Formose, déjà anémiés par leur long séjour dans cette île malsaine, furent placés dans les plus fâcheuses conditions sanitaires. Des travaux assez considérables avaient été entrepris dans cette ville, sans pouvoir être terminés; ils isolaient des mares pestilentielles au milieu même des habitations. Sur des troupes maintenues oisives pendant les lourdes chaleurs de l'été, débilitées par plusieurs mois de campagne ou par de longues traversées, entassés dans des baraquements étroits, ces conditions locales devaient promptement amener un grand développement de l'épidémie.

En mai 1885, la mortalité des Européens du corps expéditionnaire ne s'était élevée qu'à 161 (1); dès la première quinzaine de juin elle monta brusquement à une moyenne journalière de douze ou quinze hommes, enlevés par la dysenterie ou les fièvres paludéennes; en juillet l'état sanitaire empira rapidement et enfin, en août, eut

---

(1) Rapport de M. Ballue déjà cité; sur ce nombre 141 décès appartenant à l'armée de terre; en juin, ce chiffre de 141 fut porté à 341; en juillet, à 438; en août, à 806, dont 533 attribués au choléra; en septembre, ce nombre se réduisit à 538, dont 368 pour le choléra; enfin, du 1er au 20 octobre, les troupes de terre perdaient encore 402 hommes, dont 300 du choléra.

LE CONTRE-AMIRAL LE BLOND DE SAINT-HILAIRE

lieu l'explosion de l'épidémie; dans ce seul mois, les troupes de l'armée de terre perdirent plus de 800 hommes, dont 533 succombèrent au choléra.

Au début, le choléra s'attaqua surtout à ceux de nos soldats qui revenaient fatigués et anémiés des postes malsains du Nord, Dong-Song, Chu, Phu-Li, etc.; puis il parut choisir pour victimes nos médecins et nos infirmiers, qui, suivant les glorieuses traditions du corps de santé français, usaient sans compter de leurs forces au service des malades. Après avoir frappé parmi eux, le fléau en vint à ne plus épargner les officiers et les soldats dont la santé était encore intacte ; un grand nombre succombèrent à des cas foudroyants.

Avec son activité et sa vaillance ordinaires le général de Courcy s'était hâté d'accourir au poste de péril. Dès le 12 août il arrivait à Haï-Phong, où il s'établissait pour la durée de l'épidémie. Elle sévissait tout particulièrement dans cette ville si malsaine ; le 11 août, la garnison comptait 66 malades et 17 décès. Les docteurs Bonnet et Lucotte, le lieutenant-colonel Giboin, directeur de l'artillerie, le lieutenant Courroie, l'enseigne de vaisseau Samauze, furent parmi les premières victimes.

Heureusement le moral de nos troupes se maintenait excellent, et l'exemple du général de Courcy était suivi par tous. Plusieurs de nos infirmiers ayant été frappés des premiers, beaucoup de nos soldats s'offraient à les remplacer. Les exemples de brillant courage étaient fréquents parmi ces volontaires. A Hué, un zouave du 3ᵉ régiment, Ducellier, avait accompagné à l'ambulance sept hommes de sa compagnie simultanément atteints. Au milieu d'un accès de fièvre l'un d'eux, un caporal, se précipite dans un fossé vaseux de la citadelle ; Ducellier s'y jette aussitôt et ramène encore vivant le malheureux cholérique(1).

Le général en chef faisait prendre toutes les dispositions nécessaires pour éviter la propagation de l'épidémie ; les troupes étaient disséminées le plus possible dans de larges cantonnements et la *Gironde* maintenue à proximité

---

(1) Lieutenant Marjoulet, ouvrage cité.

d'Haï-Phong, pour servir au besoin de vaisseau-hôpital.

Dans le reste du Tonkin, à part certains points isolés, le choléra fit moins de ravages : à Hanoï on établit une quarantaine sévère pour tous les bâtiments venant du Delta inférieur, et la garnison demeura longtemps presque indemne. Dans d'autres villes il n'en fut pas de même; le poste de Lam, sur le Thuong-Giang, fut gravement éprouvé; en trois jours il y eut cent décès dus à l'épidémie.

A Phu-Lang-Thuong, le choléra fit autant de ravages; du 24 au 27 août inclus, le nombre des décès dépassa 71. Malheureusement les ressources dont disposaient nos médecins n'étaient pas toujours suffisantes. Certaines lettres provenant de témoins autorisés signalent vers cette époque le manque de médicaments indispensables; nos malades avaient cruellement à en souffrir (1).

Dès le 8 septembre, le général de Courcy annonçait au gouvernement la disparition du choléra au Tonkin, sauf à Phu-Lang-Thuong. Toutefois, cet avis était singulièrement prématuré, car l'épidémie sévissait encore, quoique avec moins de force, à la fin d'octobre; elle avait même pris de sérieux développements dans des points épargnés jusque là, notamment Hanoï (2). Elle fit son apparition à

---

(1) Lettre datée de Kep, 8 septembre, citée dans la *Guerre du Tonkin*. Voir, en outre, pour ce qui concerne l'épidémie cholérique, le rapport de M. Ballue déjà cité, les correspondances du *Temps* et du *Journal des Débats*; lire enfin la correspondance officielle du général de Courcy, citée dans les *Procès-verbaux de la Commission des crédits du Tonkin et de Madagascar*.

(2) Correspondance du *Temps*, 23 septembre. Du 11 au 16 septembre, la batterie d'artillerie de marine Amourel eut 18 cas et 11 décès sur un effectif de 140 hommes. On dut l'envoyer cantonner à Phong, et la dispersion de ses éléments dans un large cantonnement amena presque aussitôt la disparition de l'épidémie.

Hué et dans l'Annam, mais avec une gravité moindre (1).

Malgré toutes ces circonstances, si déplorables pour le corps expéditionnaire, nos relations se maintenaient très cordiales avec la Chine. Le 25 juillet, le gouvernement avait prononcé la dissolution de l'escadre de l'Extrême-Orient. Le contre-amiral Lespès (2) restait provisoirement à la tête d'une nouvelle division navale, portant le titre illustré par l'escadre de l'amiral Courbet, et composée de neuf bâtiments seulement : les cuirassés de croisière la *Galissonnière*, *Turenne*, *Triomphante*, les croiseurs de 1re classe *Lapérouse*, *Primauguet*, *Roland ;* le croiseur de 2e classe *Champlain*, les canonnières *Vipère* et *Sagittaire*.

Vers la fin d'août, les deux gouvernements se mettaient d'accord pour la désignation des délégués chargés de les représenter dans la commission de délimitation. MM. Bourcier de Saint-Chaffroy, Sherzer, Paul Néis, le commandant Tisseyre et le capitaine Bouinais furent désignés par la France ; Tchéou, membre du Tsong-li-Yamen, et Teng, signataire du traité du 9 juin 1885, avec quatre autres délégués, par la Chine. La réunion de la commission devait avoir lieu à Hanoï, dans les premiers jours de novembre(3).

Toutefois, il était permis de concevoir des craintes sérieuses pour le paisible accomplissement de ses travaux ; bien loin d'être établie dans la région des frontières du Nord, la tranquillité ne régnait même pas aux

---

(1) Du 6 au 23 septembre, le bataillon du 3° zouaves perdit 50 cholériques. (Lieutenant Marjoulet.) .

(2) Remplacé au mois d'août par le contre-amiral Le Blond de Saint-Hilaire.

(3) *Livre Jaune*, M. de Freycinet à M. Collin de Plancy, 18 août 1885 ; M. Patenôtre à M. de Freycinet, 3 septembre 1885.

abords du Delta, malgré la présence au Tonkin de forces
imposantes, comptant encore près de 32,000 hommes. Le
14 juillet des bandes nombreuses attaquaient, sans succès
il est vrai, le poste de Bac-Hat ; un autre engagement
heureux pour nos armes avait lieu le même jour aux environs de Sontay. Il devenait urgent de reprendre l'œuvre
de pacification que nous avions si malencontreusement
négligée ces derniers temps.

CHAPITRE XI

Situation de l'Annam, août 1885. — Projet du convention du 15 août.
— Occupation de Than-Hoa. — Prise de Binh-Dinh. — Arrestation de
Nguyen-Van-Thuong. — Investiture et couronnement du nouveau
roi d'Annam. — Nouveaux massacres.

En Annam la situation restait singulièrement troublée; les massacres continuaient plus que jamais dans le Binh-Dinh, le Phu-Yen, le Qui-Nhon; des milliers de chrétiens avaient déjà succombé (1). Le roi Ham-Ghi et Thuyet tenaient la campagne, mais on ignorait encore, dans le corps expéditionnaire, quelle partie du pays ils avaient choisie pour refuge. Le protectorat de la France n'était reconnu qu'aux environs immédiats de nos postes, tenus étroitement bloqués par les insurgés. Dans tout le reste de l'Annam l'anarchie était complète.

____

(1) *Débats parlementaires*, Chambre, 25 décembre 1885, page 371, lettre du général de Courcy, 8 août 1885.

Afin de remédier à cet état de choses, le général de Courcy soumettait, dès le 15 août, au gouvernement français, un projet de réorganisation de l'Annam : il y avait lieu de nommer un nouveau souverain qui serait installé avec l'agrément du Comat et de la famille royale; la reine-mère et le prince régent paraissaient sympathiques à ce projet (1).

Tout d'abord, le ministère Brisson ne se montra point disposé à entrer dans la voie indiquée par le général de Courcy. Il redoutait avec raison, semble-t-il, d'y rencontrer de graves complications; un nouveau roi, sans appui véritable dans la population, regardé par elle comme une créature de l'étranger, serait fatalement condamné à recourir à nos baïonnettes pour faire reconnaître son autorité. Dès lors nous serions amenés à étendre notre occupation à tout l'Annam; nous réunirions les inconvénients et non les avantages d'une annexion pure et simple; entre un fantôme de roi, sans pouvoir matériel et moral, usant peut-être d'un reste d'autorité pour nous créer des embarras, et une population presque toute entière hostile, quelle action pourraient exercer les trois mille Français éparpillés dans le pays? (2)

Le gouvernement parut donc opposé aux nouveaux projets du général de Courcy; en outre, il lui adressa, le

---

(1) *Procès-verbaux de la commission des crédits du Tonkin et de Madagascar;* le général de Courcy au ministre de la guerre, 15 août 1885.

(2) Le corps d'occupation de Hué, sous les ordres du général Prudhomme, comptait 4 bataillons d'infanterie de marine (environ 1,500 hommes); le 11e chasseurs (800 h.); le 1er bataillon du 3e zouaves (800 h.); la 2e batterie *bis* du 1er d'artillerie; la 22e batterie *bis* d'artillerie de marine; 1 détachement du génie et 1 section d'aérostiers : total, 3,500 hommes.

DONG - KANH
Roi d'Annam.

15 août, un projet de convention qui modifiait sur certains points le traité du 6 juin 1884.

Les principaux changements projetés pour cet instru-
ment diplomatique étaient les suivants : le résident
général aurait à l'avenir le droit de présider le Comat et
de le convoquer en toutes circonstances ; il pourrait même

s'y faire représenter par un délégué, en cas d'absence. Aucune nomination ou révocation de haut fonctionnaire annamite, qu'il fut civil ou militaire, n'aurait lieu sans son assentiment préalable ; il pourrait exiger la révocation des fonctionnaires de tout rang.

Ces dernières dispositions rentraient évidemment dans les conditions d'existence indispensables à l'exercice d'un protectorat sérieux. Nous avions pu nous en rendre compte récemment : le tong-doc d'Hanoï était l'un des plus anciens et des plus fidèles partisans de notre intervention ; chose curieuse et qu'il aimait à rappeler aux officiers du corps expéditionnaire, il descendait de l'un des mandarins envoyés en 1787 à la cour du roi Louis XVI : le Comat tenta d'abord de le révoquer ; puis, sur notre opposition, il voulut l'appeler à Hué, en apparence pour lui donner de l'avancement et en réalité pour s'en défaire plus aisément. Il nous était impossible de tolérer plus longtemps de pareils agissements, qui laissaient nos partisans désarmés en face d'une autorité hostile à nos idées.

Une autre modification grave au traité du 6 juin 1884 était également rendue nécessaire par l'état de guerre qui existait alors dans tout le royaume : le régime du protectorat en vigueur au Tonkin pourrait être étendu aux provinces de l'Annam ; c'était presque une annexion, moins le mot.

Enfin le projet de convention du 15 août mettait une mission militaire française à la disposition du roi d'Annam : nos officiers seraient chargés de réorganiser et de commander une armée ne dépassant pas 8 à 10,000 hommes, et placée entièrement sous les ordres de nos autorités militaires. Ces forces seraient distinctes des régiments tonkinois. Enfin, ce projet de convention entrerait provisoirement en vigueur, sans qu'on eût à attendre l'approbation du gouvernement français. Cette dernière disposition avait pour but de parer aux retards que pourrait mettre le Parlement à approuver ces importantes modifications apportées au traité du 6 juin. Dans le fait, elles ne devaient pas lui être soumises, quoiqu'on les eût mises presque toutes en application vis-à-vis du gouvernement annamite.

Pour mettre un terme aux massacres qui ravageaient l'Annam du Nord et fermer à Thuyet les passages conduisant au delta du Fleuve Rouge, le général de Courcy décida, vers la fin d'août, d'occuper la capitale du Than-Hoa, cette province frontière dont nous avons signalé l'importance et que le traité du 23 août 1883 avait un moment rattachée au Tonkin.

Dans les derniers jours du mois, le lieutenant-colonel Pernot s'embarquait à Thuan-An, avec une petite colonne, sur le *Hugon*, la *Nièvre* et le *Brandon* (1). Ces trois bâtiments, placés sous le commandement du capitaine de frégate Touchard, portaient 627 hommes d'infanterie de marine, 1 section d'artillerie (2) et un détachement d'ambulance. Après avoir débarqué à l'embouchure du Lac-Trang, la colonne se dirigeait sur la citadelle de Than-Hoa. Le tong-doc de la province, plusieurs mandarins et un missionnaire français, le P. Hébert, servaient de guide à notre détachement.

Pour atteindre Than-Hoa, le lieutenant-colonel Pernot suivait l'arroyo de Ba-y-Ninh et traversait une région

---

(1) Le *Hugon*, croiseur de 3ᵉ classe, la *Nièvre*, aviso-transport, le *Brandon*, aviso de 2ᵉ classe.

(2) 1/3 6ᵉ batterie du 22ᵉ régiment.

pittoresque, de ressources abondantes : elle est arrosée par
deux cours d'eau en partie navigables, le Song-Chau et le
Song-Ma, qui s'unissent pour former le Lac-Khiao. A 3 kilomètres de cette rivière s'élève la citadelle de Than-Hoa,
hexagone bastionné entouré d'un mur crénelé en briques,
de 5 mètres de hauteur. Au moment où la colonne arriva
devant elle, la place était armée de 49 pièces sans affûts,
la plupart très anciennes. Nos soldats n'y trouvèrent
aucune résistance et le lieutenant-colonel Pernot put s'occuper aussitôt de déterminer les différents postes à occuper
dans la province. Il apprit alors que le roi et Thuyet
étaient arrivés le 1ᵉʳ août dans le Than-Hoa et que, depuis
cette époque, ils semblaient avoir traversé les montagnes
du Nord, se dirigeant vers la haute Rivière Noire.

Pendant que nous occupions ainsi une partie du
Than-Hoa, une autre colonne parcourait les provinces du
Ha-Tinh et du Nghé-An, les deux plus voisines au Sud. Le
lieutenant-colonel Chaumont reconnaissait les principaux
points des deux routes ou plutôt des deux sentiers qui
traversent cette région du Sud au Nord : la route mandarine qui suit généralement la côte à peu de distance et
celle des montagnes qu'avait prise Thuyet dans sa fuite.

Tandis que nos troupes exploraient ainsi la partie
Nord de l'Annam, le roi Ham-Ghi et Thuyet poursuivaient
leur marche vers la Rivière Noire, appelant les populations
aux armes et envoyant des émissaires jusqu'au Yunnan,
pour entraîner Luu-Vinh-Phuoc à reprendre la lutte ; ils
tentaient même, dit-on, d'adresser des suppliques à la cour
de Pékin, dans le même but.

Dès que ces nouvelles parvenaient au Tonkin, les
canonnières *Eclair* et *Jacquin* étaient envoyées dans la
Rivière Noire pour tenter de couper le passage au roi
fugitif ou le faire arrêter par les populations Muongs.

On offrait même des sommes de 5,ooo et de 1,ooo taëls pour la capture de Ham-Ghi ou du régent, mais en pure perte (1).

Dans le Sud de l'Annam, la tâche de nos troupes était plus difficile. Le général Prudhomme avait été envoyé, pendant le mois d'août, à Qui-Nhon (Thin-Naï); il devait en renforcer la garnison et empêcher le massacre des chrétiens qui s'étaient réfugiés aux abords immédiats de la citadelle. Mais il avait surtout mission d'éviter une action de guerre, pour laquelle ses forces étaient d'ailleurs entièrement insuffisantes. Enhardis par cette inaction imposée, les Annamites en vinrent à nous tenir à peu près bloqués dans l'étroite langue de terre qui ferme au Sud la rade de Qui-Nhon et sur laquelle sont entassés tous les établissements du port et de la citadelle. Les hauteurs de l'Ouest, qui les dominent, étaient occupées par l'ennemi ; la citadelle de Binh-Dinh, capitale de la province, située à 22 kilomètres dans l'intérieur des terres, était un foyer permanent d'agitation contre nous.

Vers le milieu d'août, la garnison de Qui-Nhon recevait un premier renfort de cent hommes, encore insuffisant pour lui permettre de prendre l'offensive ; les bandes rebelles, qui continuaient à infester les environs, demeuraient toujours aussi insaisissables. Enfin, dans les derniers jours du mois, le général de Courcy quittait Thuan-An avec plusieurs centaines d'hommes embarqués sur le *La Clocheterie*, le *Brandon*, le *Lutin* et la *Comète* (2) et les conduisait à Qui-Nhon.

----

(1) *Correspondances* du Temps, *Dépêches officielles.*
(2) *La Clocheterie*, croiseur de 2ᵉ classe, le *Lutin* et la *Comète*, canonnières.

Une petite colonne de 600 hommes environ d'infanterie de marine, d'artillerie ou de tirailleurs annamites pouvait être enfin constituée et, le 31 août, elle quittait Qui-Nhon, sous les ordres du général Prudhomme, pour se diriger sur Binh-Dinh. En même temps, M. de Courcy faisait exécuter une diversion sur la côte, par les embarcations armées en guerre de sa petite division navale.

Arrivé à six kilomètres de Qui-Nhon, le général Prudhomme était attaqué par deux bandes annamites; mais nos feux de salve les mettaient en fuite au bout de vingt minutes à peine, sans aucune perte pour nos troupes.

Le 1ᵉʳ septembre, la colonne, renforcée des compagnies de débarquement de la division, reprenait sa marche sur Binh-Dinh. Dans la même journée, elle se heurtait aux Annamites réfugiés dans un gros village, couverts par des retranchements où ils avaient même amené d'informes canons. Nos deux pièces y jetaient quelques obus, pendant qu'un peloton d'infanterie de marine exécutait un mouvement tournant par des sentiers très difficiles. Les bandes ennemies, prises entre deux feux, se débandaient en laissant une centaine d'hommes sur le terrain; nos pertes étaient nulles.

Le 2 nous reprenions la marche, et la colonne arrivait, dans la matinée, à 3 kilomètres de Binh-Dinh, après avoir refoulé quelques groupes rebelles. Le général Prudhomme prenait aussitôt les mesures nécessaires pour donner assaut le lendemain.

Le 3 septembre, nos troupes gagnaient déjà leurs postes de combat, quand le pavillon blanc était arboré sur la citadelle : le gouverneur se rendait sans conditions. Nos troupes y pénétraient aussitôt et trois mandarins, reconnus

coupables d'avoir participé aux massacres de nos corréli-
gionnaires, étaient passés par les armes.

La colonne rentrait à Qui-Nhon le 4 septembre, laissant
à Binh-Dinh une petite garnison (1). Cette expédition produisait un heureux effet dans toute la province. Quelques
jours après, le résident de Qui-Nhon pouvait se rendre à
Phu-Yen, à 70 kilomètres de là, avec une petite escorte,
pour prendre possession de cette citadelle : il n'y trouvait
aucune résistance.

On sait que le ministère avait tout d'abord opposé un
refus aux projets du général en chef, tendant à donner un
nouveau roi à l'Annam; mais M. de Courcy n'était pas
homme à renoncer facilement à une idée qu'il croyait
juste. Il insistait donc, à diverses reprises, notamment
le 24 août, sur cette demande, imputant au gouvernement la responsabilité encourue en maintenant la situation actuelle à Hué : le roi Ham-Ghi et Thuyet créaient
mille difficultés à notre intervention et cherchaient des
appuis jusqu'en Chine ; les hautes autorités du pays étaient
unanimes à réclamer la déposition du fugitif (2).

L'opposition du cabinet ne tint pas devant l'insistance
mise par le général de Courcy à défendre son projet, et il
ne tarda pas à lui envoyer l'autorisation formelle de le
mettre à exécution.

La soumission de Nguyen-Van-Thuong n'avait jamais

______

(1) 1 compagnie d'infanterie de marine et 1 de tirailleurs tonkinois. Voir pour ces combats les dépêches officielles et la lettre d'un
témoin oculaire publiée dans la *Guerre illustrée*.

(2) *Procès-verbaux de la commission des crédits du Tonkin et de
Madagascar*, le général de Courcy au ministre de la guerre,
24 août 1885.

paru bien sincère et les événements survenus depuis le guet-apens de Hué n'étaient point de nature à modifier cette impression. Mais si les présomptions abondaient quant à la culpabilité du régent, les preuves positives faisaient défaut. On se borna donc tout d'abord à l'écarter de Hué et à le faire surveiller étroitement. Un billet intercepté apprit, sur les entrefaites, que Thuong entretenait des relations avec les rebelles, contre toutes ses promesses. Il fut arrêté le 8 septembre et conduit à Saïgon sur le *La Clocheterie*. Le général de Courcy avait l'intention de le faire interner à Poulo-Condor; mais le gouvernement français jugea préférable de l'envoyer à Taïti, avec une pension de 30,000 francs.

Cette arrestation ne s'était pas faite sans soulever des protestations à Hué : M. de Champeaux, qui semble avoir conservé jusqu'au bout sa foi dans la sincérité de Thuong, jugeait impolitique la conduite du général de Courcy vis-à-vis d'un personnage aussi influent en Annam. A l'en croire, notre rupture avec lui y provoquerait un sentiment de défiance générale. Nul ne comprendrait la disparition de ce haut fonctionnaire, dont la signature avait paru tout récemment accolée à celle du général en chef, dans les proclamations lancées après l'attentat de Hué.

M. de Champeaux a exprimé énergiquement tous ces sentiments au général de Courcy et l'arrestation de Thuong ne se fit que malgré son opposition formelle. L'évêque de Hué, Mgr Gaspar, partageait en tout cette manière de voir et il est difficile de ne pas attribuer quelque poids aux opinions de gens si fort au courant des hommes et des choses annamites. Malheureusement ce n'était pas le seul motif de dissentiment entre le général en chef et M. de Champeaux : leurs relations ne tar-

LE GÉNÉRAL WARNET

dèrent pas à prendre un tel caractère que le rappel de notre chargé d'affaires parut indispensable (1).

(1) M. de Courcy avait pourtant réclamé pour M. de Champeaux le grade de capitaine de vaisseau, dès les événements de Hué, en juillet 1885.

Dès le départ de Thuong pour Saïgon, M. de Courcy presse le couronnement d'un nouveau roi. Le 12 septembre, la reine-mère, la Thaï-Hoang-Thaï-Han, adresse aux Annamites une curieuse proclamation, destinée à leur faire comprendre la nécessité de déposer Ham-Nghi et de lui donner un successeur. Elle promet en même temps au roi fugitif de lui laisser le titre de duc, s'il consent à se soumettre.

Le souverain dont le général en chef a fait choix, de concert avec le Comat et la reine-mère, est un fils adoptif de Tu-Duc, Métrieu, prince Chanh-Mong : il a vingt-trois ans.

Le 14 septembre est le jour choisi pour son investiture solennelle. A sept heures du matin, Métrieu quitte le palais royal, où il a couché pour la première fois la veille, et se dirige vers le débarcadère. Les troupes françaises font la haie sur son passage et portent les armes. Au moment où il sort du palais, un coup de canon retentit et les couleurs françaises sont hissées, jointes au pavillon jaune de l'Annam.

Métrieu est de petite taille et de visage bronzé. Mais sa mine est fière et intelligente; il a fort grand air sous la couronne d'or et le manteau royal en soie jaune. Son apparence est sympathique et il produit la meilleure impression sur nos soldats. A 7 heures 25, il s'embarque sur le canot à vapeur qui doit le conduire auprès du général de Courcy, à la Légation ; c'est chose inouïe jusqu'alors en Annam, où le souverain est un être sacré, toujours invisible à son peuple.

Après avoir traversé la rivière, Métrieu arrive à la Légation et se dirige vers la porte principale, au bruit de nos tambours qui battent aux champs; il est suivi de ses ministres, du tong-doc d'Hanoï et du P. Hoang, l'interprète ; des porteurs de parasols jaunes ou de chasse-moustiques, des mandarins chargés de sa boîte à bétel et de ses parfums l'entourent.

Le général en chef lui tend la main, et en reçoit sa lettre d'investiture; puis le cortège quitte la Légation et M. de Courcy prend les devants en canot à vapeur, pour aller l'attendre au palais. Métrieu est monté cette fois sur sa jonque royale. Au moment où il atteint l'appontement réservé aux rois d'Annam, la *Marseillaise* se fait entendre et vingt et un coups de canon retentissent en l'honneur du général en chef.

Puis le cortège se met en marche vers le palais, entre les deux haies formées par nos troupes: deux porteurs de parasols carrés jaunes à franges sont en tête; puis viennent quatre autres parasols ronds de même couleur, destinés à abriter le roi. Il marche entre le général de Courcy et M. de Champeaux; sa chaise le suit immédiatement et il veut y monter, d'après l'usage qui interdit la marche aux souverains de l'Annam. Malgré trois tentatives de sa part, le général en chef l'en empêche. A la troisième, M. de Champeaux dit quelques mots à M. de Courcy, qui lui répond à haute voix: « Comment, moi, général, je serais à pied et ce moricaud-là serait en chaise! jamais! » Et le cortège continue d'avancer sur cette apostrophe réaliste; les hauts mandarins, les officiers français et le personnel de la Légation ferment la marche.

On arrive à la salle des rites ornée extérieurement de drapeaux français et annamites; les principaux objets du trésor sont déposés sur les tables et le général de Courcy les montre au roi: « Mes plus grandes richesses consistent dans l'amitié de la France », déclare modestement celui-ci. Un sergent et quatre zouaves entrent alors dans la salle et le général les présente à Métrieu comme ceux qui ont gardé ses trésors depuis le 5 juillet. Puis officiers et fonctionnaires s'inclinent devant le roi et se retirent.

Cinq jours après, le 19 septembre, a lieu au palais une nouvelle cérémonie ; Métrieu doit être couronné sous le nom de Dong-Kanh (*Bonheur-Extraordinaire*). Nos troupes sont établies en fer à cheval dans la première cour, vis-à-vis de la salle des rites ; le général de Courcy débarque à l'appontement royal et se dirige vers le palais. Notre chargé d'affaires lui a préparé le discours qu'il doit adresser au roi d'Annam ; en voulant relire son manuscrit. M. de Courcy s'aperçoit qu'il l'a oublié à la Légation. M. de Champeaux le calme de son mieux, en promettant de lui servir de souffleur.

Au moment où le général va atteindre le palais, Dong-Kanh en sort, suivi d'un nombreux cortège, et reçoit le général en chef qui lui serre fortement la main, au grand émoi des Annamites, très froissés de cet acte de familiarité contraire à leurs usages. Tous deux entrent dans la salle des rites et M. de Courcy conduit le roi au trône, dont il lui fait monter les marches en le tenant par la main. Dong-Kanh tente un timide effort pour s'y asseoir, mais, sur un regard du général, il se redresse et écoute, debout, la harangue préparée par M. de Champeaux. Aux paroles de M. de Courcy, qui lui souhaite mille ans de prospérité, Dong-Kanh ne répond rien ; le général salue légèrement ; notre chargé d'affaires, s'incline trois fois suivant le cérémonial habituel, et neuf coups de canon retentissent en l'honneur du nouveau roi d'Annam. Chacun se retire et le général en chef prend cavalièrement congé du successeur qu'il vient de donner à Tu-Duc.

Malheureusement, en affichant ainsi la subordination de ce prince à la France, M. de Courcy avait sensiblement dépassé le but. Il semble qu'une politique plus avisée

aurait dû le conduire à céder sur les questions de pure
forme, auxquelles les Annamites attachent tant d'importance, tout en demeurant intraitable sur celles de fond.
Ravaler la situation du nouveau roi vis-à-vis des Indigènes,
montrer en lui un simple valet des autorités françaises,
équivalait à lui ôter d'avance toute chance de succès. C'é-
tait en même temps, chose beaucoup plus grave, accroître
les sacrifices que nous aurions à faire pour pacifier
l'Annam.

Pendant les scènes précédentes, comme dans toute la
politique qu'il avait suivie depuis son arrivée au Tonkin,
le général de Courcy avait démontré que l'énergie et l'entrain du chef militaire suppléent mal aux qualités de
l'homme d'état. Ces dernières auraient pourtant été indispensables au commandant de notre corps expéditionnaire,
pour le mettre en état d'accomplir la tâche si complexe
qu'il avait cru devoir accepter.

Les cérémonies officielles terminées (1), le général en
chef organisa le nouveau gouvernement ; le tong-doc d'Hanoï, Nguyen Hun-Do, devint président du conseil, avec le
titre de deuxième régent. Tho-Xuan restait président du
Comat et premier régent, mais son pouvoir était de pure
forme ; les autres membres du conseil et les hauts fonctionnaires étaient choisis parmi les moins hostiles à notre
intervention : on ne pouvait guère attendre, avant un
avenir assez lointain, d'heureux effets de cette sorte de
coup d'état.

Pour l'instant, il semblait plutôt aggraver l'état d'anar-

____

(1) Voir pour ces faits les dépêches du général de Courcy, le
compte rendu de l'agence Havas, celui du *Figaro*, etc.

chie complète à laquelle l'Annam était en proie. De nouveaux massacres survenaient dès les mois de septembre et d'octobre dans le Quang-Tri, aux portes mêmes de Hué. Le 6 septembre, Mgr Gaspar était avisé que les lettrés venaient de s'emparer de la citadelle de cette province et que toutes les chrétientés des environs couraient risque d'être mises à sac. Déjà on donnait d'affreux détails sur le sort de quelques-unes. Des femmes et des enfants y avaient été brûlés vifs; d'autres jetés à l'eau, les pieds et les mains attachés à des feuilles de bananiers pour prolonger leur supplice.

Le 8 septembre, une petite colonne française occupait la citadelle de Quang-Tri ; mais les massacres n'en continuaient pas moins jusque sous les murs de Hué. Les habitants du séminaire d'An-Dinh donnait à ce moment un exemple trop rare d'énergie, en le mettant en état de défense et en résistant aux insurgés. Quantité de chrétiens des environs s'y étaient réfugiés et les aidaient à soutenir un véritable siège. Le 2 octobre seulement une petite colonne de 1 compagnie de chasseurs et de 1 section d'indigènes, aux ordres du capitaine Dallier, parvenait à les délivrer ; les rebelles avaient livré inutilement sept attaques de vive force, tiré 1,500 coups de canons et perdu 2 à 3oo tués avec le double de blessés (1) ; 6 canons, 3o fusils avaient été enlevés par les chrétiens d'An-Dinh.

On voit que la situation si troublée de l'Annam nous obligeait à disséminer chaque jour davantage nos troupes, au risque de les affaiblir. Le 23 septembre elles occupaient Faï-Fo (Quang-Ngaï, Quang-Nam), après Hué le centre le

____

(1) Lettre de MM. Girard et Closet à l'évêque de Hué, citée dans la *Guerre illustrée*.

plus important du pays, l'un des points où l'existence de gisements houillers a été reconnu.

A ce moment, le général de Courcy se rendait enfin au Tonkin, où sa présence était devenue encore plus nécessaire qu'en Annam.

CHAPITRE XII

L'attention du général de Courcy ne s'était pas impunément portée presque uniquement sur l'Annam, depuis
son débarquement à Haï - Phong : la situation de nos
troupes du Tonkin devenait chaque jour plus fâcheuse. Le
cercle formé autour d'elles par les bandes de pirates semblait
constamment se rétrécir : Chinois réguliers licenciés, anciens
Pavillons-Noirs, Annamites, Maus ou Muongs formaient des
groupes souvent très nombreux, auxquels se joignaient une
foule de pillards d'occasion, villageois ruinés par la guerre,
coolies déserteurs et autres. Le chef Ngo-Quan-Huy s'était
établi à Thuan-Thanh, aux environs même de Bac-Ninh,
et avait pris en mains l'administration d'une partie de la
province, levant des impôts, nommant ou révoquant des
fonctionnaires, plus maître du pays que les commandants
de nos postes.

D'autres bandes dominaient la région entre Chu et Kep,
ou vers Thaï-Nguyen. Ailleurs, dans la vallée du Fleuve

Rouge, Bac-Hat était l'objet d'attaques fréquentes, dont la dernière avait lieu du 15 au 17 septembre; comme les précédentes, elle était vigoureusement repoussée par le capitaine Gérôme, du 1er tirailleurs algériens.

Six de nos bâtiments opéraient alors sur le haut fleuve : malheureusement, dans les premiers jours de septembre, le *Revolver*, l'une des deux canonnières Farcy de la flottille, s'échouait en amont d'Hong-Hoa, devant des retranchements ennemis, et la présence du *Henri-Rivière* était nécessaire pour protéger ce petit bâtiment jusqu'au 5 octobre, date où on parvenait à le dégager.

L'agitation paraissait surtout s'étendre dans la partie orientale du Delta; la proximité de la frontière chinoise y amenait quantité de pillards, dont l'audace croissait chaque jour et qui trouvaient des encouragements ou des ressources de tout genre dans les provinces chinoises des deux Kouangs. Ils en arrivaient même à menacer des villes occupées depuis plusieurs années par nous : il semblait que nous fussions remontés à l'époque où une poignée de nos soldats gardait quelques points isolés du Bas-Tonkin.

Vers la fin de septembre les bandes d'un chef célèbre, le Caï-Kinh, avaient assailli l'une de nos canonnières, la *Bourrasque;* quelques jours après, dans la nuit du 28 au 29, elles débouchaient de plusieurs directions devant Haï-Phong. Après avoir brûlé un village voisin, Tho-Mu, les rebelles incendiaient Hanh-Giang, l'un des faubourgs de la ville, à quelques minutes de l'habitation de notre résident, M. Aumoitte; il en était réduit à faire exécuter des feux de salve par les 13 Indigènes qui formaient sa garde et forçait ainsi les assaillants à se retirer.

Dans Hanoï même, dont la garnison avait été beaucoup réduite, des émissaires annamites venaient allumer des incendies en plein jour, le 27 septembre. La nuit suivante trois villages étaient pillés et brûlés en face de la douane, à 500 mètres à peine du blockhaus de la rive gauche.

Ce qui achevait de rendre la situation plus grave était le caractère singulier pris par le brigandage. Au lieu d'être la simple conséquence des souffrances provoquées dans le Delta par une guerre de plusieurs années, il devenait une insurrection organisée, dont les chefs administraient des cantons entiers; évidemment le roi fugitif et Thuyet n'étaient point étrangers à cette transformation.

Les ordres donnés par le général de Courcy avant son départ pour Hué entraient également pour une part dans ce développement de la piraterie : il avait formellement interdit toute opération militaire; nos garnisons devaient s'en tenir strictement à la défensive. Dans les conditions où était le corps expéditionnaire, avec un effectif plus fort qu'il ne l'avait jamais été, sans autre ennemi à combattre que des Chinois déserteurs ou des pirates annamites, ces instructions étaient difficilement explicables. Elles forcèrent nos troupes à demeurer entassées dans des cantonnements malsains, livrées à une oisiveté à peu près entière et, par suite, à une dépression morale qui ne fut pas sans influer sur leur état sanitaire.

Il était donc urgent que le général de Courcy rejoignît le Tonkin. Dès son arrivée il annonçait l'intention de visiter nos positions de la Rivière Claire et du haut Fleuve Rouge, en amont d'Hong-Hoa.

Un rassemblement de plusieurs milliers de Chinois ou d'Annamites s'était formé autour de Than-Moï, entre ces deux cours d'eau, là même où avait eu lieu, en mars 1885, un combat malheureux pour un bataillon de zouaves. Le général en chef jugeait indispensable d'y frapper un grand coup, afin d'étouffer les velléités d'insurrection dans cette partie du Tonkin ; le 26 septembre il s'embarquait à Hanoï sur le *Moulun*, avec les généraux Warnet, Jamont et le colonel Mensier, pour remonter le fleuve ; quatre de nos canonnières suivaient, portant quinze cents hommes environ.

M. de Courcy visitait successivement Sontay, Bac-Hat et Hong-Hoa ; il reconnaissait ensuite les abords du camp retranché de Than-Moï et arrêtait les mesures préliminaires à l'attaque des positions ennemies. Les troupes qu'il avait amenées avec lui s'établissaient le 28 septembre à Nam-Cuong, à 12 kilomètres en amont d'Hong-Hoa, en face du point où s'était échoué le *Revolver*, et y attendaient la concentration du reste.

Le général en chef décidait que l'attaque du camp de Than-Moï serait confiée à trois colonnes. Celle du colonel Mourlan se formerait au Nord d'Hong-Hoa, sur le Fleuve Rouge ; le général Munier en concentrerait une autre à Bac-Hat, près du confluent de la Rivière Claire. Enfin le général Jamais en dirigerait une troisième, partant des bords de cette rivière, entre Bac-Hat et Phu-Doan. Dès que le *Revolver* aurait été dégagé, le *Henri-Rivière* croiserait dans le fleuve, en inquiétant la rive occupée par les pirates et y enlevant toutes les embarcations. Après avoir arrêté ces dispositions, le général de Courcy rentrait à Hanoï le 30 septembre.

Malheureusement les circonstances rendaient assez difficile l'exécution de ce plan d'attaque. L'état sanitaire du corps expéditionnaire était tel que l'effectif disponible avait décru dans de très fortes proportions, pendant les quatre derniers mois. Depuis le 1er juin 3,200 hommes, dont 70 officiers, avaient été rapatriés, la plupart en raison de leur état de santé ; 2,380 hommes, dont 30 officiers, avaient succombé au choléra, à la dysenterie, à la fièvre paludéenne ou à quelqu'une des mille maladies enfantées par le climat du Tonkin ; 4,8oo étaient disséminés en Annam (1.) et il fallait avec le reste garder un très grand nombre de postes ou de places fortes, réprimer la piraterie à l'intérieur du Delta et entreprendre des opérations importantes dans la région montagneuse du Nord. En réalité, les troupes disponibles ne dépassaient pas quelques milliers d'hommes (2).

De plus, malgré les assurances contraires envoyées précédemment en France par le général de Courcy, le choléra n'avait point disparu du Delta ; la concentration de nos trois colonnes ne se fit donc pas sans provoquer de nouvelles et graves explosions du fléau. A Bac-Hat notamment il devait nous coûter de nombreuses victimes.

Au moment où commençaient les préparatifs pour l'attaque de Than-Moï, l'affaire du lieutenant-colonel Herbinger recevait une solution qui ne devait satisfaire personne. Après avoir été renvoyé en France par le général Brière de l'Isle, le malheureux officier avait été dirigé de nouveau sur le Tonkin par le général Campenon, afin d'y être traduit devant la juridiction compétente. Le colonel Mensier, rapporteur du conseil de guerre d'Hanoï, s'ap-

----

(1) Les seules troupes disponibles en Annam étaient deux compagnies de zouaves (1re et 2o du 1er bataillon du 3e régiment) ; le général de Courcy les offrit au gouverneur de Cochinchine qui crut pouvoir les refuser. Elles furent donc renvoyées au Tonkin sur le *Pluvier*. (Lettre du général de Courcy au ministre de la guerre, 26 septembre 1885. *Procès-verbaux de la commission des crédits du Tonkin et de Madagascar.*)

(2) Lettre du général de Courcy au ministre de la guerre, 1er octobre 1885, *Débats parlementaires*, Chambre, 24 décembre 1885, page 368 : le nombre de nos garnisons s'élevait alors à 45 ; l'effectif des troupes disponibles pour de grandes opérations s'élevait seulement à 8,000 hommes.

puyant sur ce que le chef provisoire de la 2ᵉ brigade en avait pris le commandement « dans des circonstances extrêmement difficiles et qui réclamaient toute l'expérience et toute l'autorité du général de Négrier » (1), concluait au renvoi des fins de la plainte. Vers la fin de septembre, le général de Courcy prononçait une ordonnance de non-lieu et décidait que le lieutenant-colonel Herbinger serait une deuxième fois dirigé sur la France.

Cette décision avait le grave inconvénient de laisser subsister aux yeux du public la plus grande partie des charges qui pesaient sur le chef provisoire de la 2ᵉ brigade; tout en semblant le disculper, elle ne devait satisfaire ni ceux qui lui imputaient la déroute de Lang-Son, ni ceux qui voyaient en lui la victime de circonstances plus fortes que sa volonté. Pour imposer silence à toutes les accusations, il eût fallu que sa non culpabilité ressortît des débats publics, au grand jour du conseil de guerre. Seule, cette solution aurait permis au lieutenant-colonel Herbinger de sortir la tête haute de la situation que lui avaient faite les événements de mars 1885. Aussi cette lamentable affaire ne pouvait-elle être considérée comme close par l'ordonnance de non-lieu de M. de Courcy.

Cette décision parut avoir un contre-coup immédiat dans le départ du général Brière de l'Isle. La décision prise en faveur de l'officier supérieur qu'il avait si violemment accusé, à la face du corps expéditionnaire et de la France entière, ne pouvait que faire planer des doutes graves sur son impartialité. Quoi qu'il en soit, le général Brière de l'Isle crut devoir demander l'autorisation de quitter le Tonkin : le 29 septembre, dans un ordre du

----

(1) Télégramme du général de Courcy, 24 septembre 1885.

jour singulièrement froid, M. de Courcy annonçait aux troupes le départ de son prédécesseur. Le général Jamais allait le remplacer à la tête de la 1re division (1).

Jusqu'ici, nous l'avons déjà fait remarquer, presque tous ceux qui avaient joué un rôle important au Tonkin y étaient morts ou en étaient revenus moralement diminués, parfois en raison de fautes qu'ils n'avaient pas commises. Le général Brière de l'Isle n'échappait point à cette loi fatale. Malgré les brillants succès qui avaient signalé son commandement, d'octobre 1884 à la fin de mars 1885, un moment d'affolement suffisait alors à prouver qu'il lui manquait l'une des qualités indispensables au chef d'une armée : le sang-froid en présence d'une complication imprévue, même aussi grave que celle dont était frappé le corps expéditionnaire, le 28 mars 1885.

En somme, le général Brière de l'Isle portait la peine d'une politique indécise, qui n'était point la sienne mais bien celle du cabinet Ferry. Au lieu de nommer au Tonkin, pour remplacer le général Millot, un divisionnaire jouissant d'une autorité que celui-ci n'avait jamais eue, secondé par des généraux ou des officiers supérieurs éprouvés, on avait obéi à de mesquines considérations, politiques ou autres, en laissant le commandement au général Brière de l'Isle, brigadier la veille encore, n'ayant sous ses ordres qu'un général de brigade et quelques colonels ou lieutenant-colonels pour diriger une petite armée de 15 à 20,000 hommes. Dans ces conditions, le chef du corps expédition-naire ne pouvait avoir ni l'influence nécessaire pour obtenir

____

(1) Voir le *Progrès militaire* du 25 novembre 1885; il contient une correspondance intéressante, émanant d'un officier du corps expéditionnaire et portant la date du 1er octobre.

de France des renforts suffisants, ni l'autorité indispensable afin de triompher de tous les obstacles au Tonkin.

Cependant, les préparatifs de l'attaque de Than-Moï se continuaient avec une certaine lenteur. Le général de Courcy avait adopté pour la constitution des trois colonnes des règles qui expliquaient suffisamment ces retards : au lieu d'unités constituées, bataillons ou batteries, il rassemblait des compagnies ou des sections fournies par les différentes fractions du corps expéditionnaire et groupées provisoirement sous des chefs dont elles étaient le plus souvent inconnues. Il faisait même réunir deux compagnies de fusiliers et une section d'artillerie formées par les équipages de 14 bâtiments de notre flottille, ce qui ralentissait, sans aucune utilité, l'armement de deux canonnières prêtes à entrer en service. La place de nos marins n'était pourtant pas à terre, comme le prouvait l'expérience des années précédentes, mais à bord des petits bâtiments qui avaient rendu et rendaient encore de si grands services dans le Delta.

D'ailleurs, l'urgence de l'opération projetée se faisait de plus en plus sentir : non-seulement les bandes de déserteurs et d'irréguliers chinois, infestaient les parties Nord du pays, mais les vice-rois des provinces impériales voisines du Tonkin ne se faisaient point faute d'encourager le développement du brigandage. Certains hauts fonctionnaires allaient même jusqu'à réclamer la reprise de la lutte et l'impératrice de Chine se croyait obligée de faire publier par la *Gazette officielle de Pékin* un décret les rappelant à l'exécution de nos conventions.

Dans ce document l'impératrice constatait les pertes immenses subies au Tonkin par les armées impériales; elle faisait ressortir combien les ressources de la Chine étaient

LE GÉNÉRAL JAMAIS

insuffisantes pour la continuation de la lutte. Enfin elle insistait sur le danger de voir s'exalter l'esprit militaire dans les troupes et la population de l'Empire.

La région cédée à la France est pratiquement sans valeur, ajoutait-elle. Avant sa cession, c'était pour nous une source de faiblesse irrémédiable, tandis que les montagnes et les défilés qui nous en séparent aujourd'hui constituent une ligne de défense des plus aisées à garder.

Si les généraux chinois renonçaient malaisément à reprendre la lutte contre nous, Luu-Vinh-Phuoc s'y montrait encore moins disposé. Le 1er septembre il avait encore lancé une proclamation nous invitant à quitter le Tonkin sans plus tarder.

Sous l'influence de toutes ces excitations comme de l'inaction imposée au corps expéditionnaire le brigandage sévissait de plus belle. Une sous-préfecture était prise d'assaut à 18 kilomètres d'Hanoï : les pirates pillaient ou incendiaient journellement des groupes d'habitations dans le cercle d'action de nos postes. Le soir du 3 octobre, par exemple, trois villages brûlaient à 2 kilomètres du fort de Kep. D'autres étaient pillés aux abords de Sontay. A Lang-Son, depuis longtemps évacuée par les Chinois, l'ancien préfet annamite était revenu et organisait une insurrection régulière.

Sur certains points les paysans tonkinois en venaient à essayer de se défendre eux-même, puisque nous semblions renoncer à exercer ce droit. Le quan-bô (1) d'Hanoï réunissait les miliciens d'une partie de la province et allait mettre en déroute une bande d'un millier d'hommes, réunie au Sud de la ville. On recueillait dans cette expédition une proclamation lancée au nom du roi d'Annam et invitant les notables à faire des levées de troupes « pour couper les ailes et les plumes aux Français ».

Le général de Courcy venait de prendre une mesure dictée par la préoccupation de restreindre les charges de

---

(1) Mandarin de la justice.

la guerre pour les populations, mais qui n'était peut-être pas tout à fait opportune. Jusqu'alors les villages rebelles avaient été incendiés par nos troupes : le général décida qu'ils demeureraient intacts, mais qu'une amende, variant du double au décuple de leurs impositions collectives, leur serait imposée. En cas de nécessité, elle pourrait même être remplacée par des prestations en nature ou par la fourniture de matériaux.

Pour juger de l'effet que devait produire une pareille mesure, il faut se souvenir que la plupart des maisons habitées par les Tonkinois, dans les campagnes du moins, sont de simples paillottes, construites avec une facilité extrême : un incendie n'a donc, à aucun degré, pour le paysan indigène, le caractère qu'il aurait aux yeux de l'habitant de l'Europe centrale. En outre, les idées fatalistes si fort en faveur chez ce peuple, qui ploie, depuis des siècles, sous le faix d'une misère sans espérance, lui font voir avec un étonnement mêlé de mépris des ménagements qu'il regarde comme des actes de faiblesse. La mesure prise par le général de Courcy, toute dictée qu'elle fût par les préoccupations les plus respectables, semble donc avoir été inopportune : elle ne contribua en rien à accélérer la pacification du Delta.

Au commencement de la deuxième quinzaine d'octobre la concentration de nos colonnes était terminée. Le colonel Mourlan avait réuni 2 bataillons, 2 batteries et 1 escadron (1) à Thaï-Nguyen, sur la rive droite du Fleuve Rouge, à 18 kilomètres environ au Nord d'Hong-Hoa. Après avoir franchi le Song-Koi un peu en amont, il devait s'établir

----

(1) 31 officiers, 1,226 hommes d'infanterie ; 12 officiers, 257 hommes d'artillerie ou du train ; 7 officiers et 157 cavaliers.

entre ce fleuve et la Rivière Claire, de manière à couper la retraite des défenseurs de Than-Moï.

La colonne du général Munier, qui comptait environ 3 bataillons, 3 batteries et 1 escadron (1), s'était concentrée à Bac-Hat, au confluent de la Rivière Claire et du Fleuve Rouge ; elle avait reçu l'ordre de marcher directement sur Than-Moï.

Enfin la colonne du général Jamais, 3 bataillons, 2 batteries et 1 escadron environ (2), devait remonter la Rivière Claire entre Bac-Hat et Phu-Doan, de manière à exécuter l'attaque principale ; après avoir bombardé le camp retranché, elle rejetterait l'ennemi sur le colonel Mourlan ou le général Munier.

Le mouvement de nos troupes commençait le 21 octobre ; la colonne Mourlan était seule à éprouver une certaine résistance au passage du Fleuve Rouge, large de 1,500 mètres en ce point ; mais la présence de la canonnière *Henri-Rivière* facilitait beaucoup la traversée du fleuve : à 10 heures du matin toute la colonne était sur la rive gauche. Le lendemain 22, elle poussait vivement quelques bandes mal armées, dont l'attitude mollissait à mesure qu'elle pénétrait plus avant. Enfin, le 23, nos trois colonnes se réunissaient à Than-Moï, et ce succès ne leur coûtait que des pertes complètement insignifiantes (3). L'ennemi, depuis longtemps sur ses gardes, avait évacué à peu près entièrement ses positions, dès la nouvelle de l'approche de nos troupes.

---

(1) 35 officiers, 1,620 hommes d'infanterie ; 18 officiers et 567 hommes d'artillerie ou du train, une centaine de cavaliers.

(2) 44 officiers, 1,468 hommes d'infanterie ; 13 officiers et 343 hommes d'artillerie ou du train ; 7 officiers et 100 cavaliers.

(3) 8 tués ou noyés, 5 hommes grièvement blessés, appartenant à la colonne Mourlan.

Il comptait pourtant 5 à 6,000 Chinois déserteurs, Pavillons-Noirs ou Annamites ; son camp, formé de six redoutes
et de quatre villages retranchés, était susceptible d'une
vigoureuse défense.

Cette conquête si facile ne rentrait pas dans les vues du
général de Courcy ; il avait espéré frapper un grand coup
et tout se réduisait à une échauffourée, qui laissait les bandes
ennemies libres de se reformer un peu plus loin vers le
Nord. La lenteur de nos préparatifs avait certainement contribué à ce résultat.

Pendant que, dès le 25 octobre, le général Jamont dis-
loquait ses trois colonnes, M. de Négrier entreprenait
une série de petites opérations contre les bandes de pirates
qui s'était formées dans la plaine des Joncs, entre le
canal des Bambous et celui des Rapides. La saison hiver-
nale qui commençait rendait plus aisée cette œuvre de
gendarmerie, comme la nommait M. de Courcy.

Dans ses dépêches au gouvernement, le général en chef
avait déjà exposé en détail un plan qui permettrait de réduire les troupes européennes du corps expéditionnaire.
En 1886 les tirailleurs tonkinois seraient portés à un
effectif de 12,000 hommes environ (1) ; au contraire, on
réduirait les troupes métropolitaines, non compris celles
de la marine, de 23,000 à 13,000 hommes (2).

En attendant de pouvoir effectuer cette diminution, si
ardemment souhaitée par le pays, mais d'une réalisation
encore bien problématique, le général de Courcy insistait

---

(1) 171 officiers et 12,546 hommes.

(2) 601 officiers et 22,789 hommes en octobre 1885, qui seraient
ramenés à 407 officiers et 12,635 hommes en 1886.

auprès du gouvernement sur la nécessité de combler les vides creusés dans le corps expéditionnaire par les maladies (1).

Cette mesure était indispensable ; toutefois il eût semblé naturel que le gouvernement hâtât le départ de ces renforts, de manière à leur permettre d'assister à la reprise des opérations actives dès le début d'octobre. Mais nous étions à la veille des élections générales et les oppositions de droite et de gauche s'apprêtaient à livrer un furieux combat aux candidats ministériels sur la question du Tonkin. Comme par le passé, les préoccupations tirées de notre politique intérieure prenaient encore une fois le pas sur nos véritables intérêts et l'envoi des renforts, nié pendant longtemps par tous les organes du gouvernement, était retardé dans la limite du possible. Dans les mois d'octobre et de novembre seulement, 3,774 hommes quittaient les ports de France ou d'Algérie pour le Tonkin. Cet envoi compensait à peine les pertes qu'avait subies le corps expéditionnaire par suite des maladies ou des libérations (2). Malheureusement la part attribuée à la mortalité sur ce total était singulièrement importante et l'opposition allait y trouver son principal argument pour obtenir l'évacuation de nos nouvelles possessions en Indo-Chine.

----

(1) *Procès-verbaux de la Commission des crédits du Tonkin et de Madagascar*, dépêches du 4 octobre et du 1er novembre 1885.

(2) *Rapport Balluc*, troupes de la guerre et de la marine comprises ; du 20 mai au 20 novembre l'effectif envoyé au Tonkin atteignit 5,646 hommes.

CHAPITRE XIII

Les élections générales pour le renouvellement de la Chambre des députés avaient lieu au mois d'octobre 1885, et la question du Tonkin prenait la place principale parmi celles qui préoccupaient la masse électorale. Jamais la campagne entreprise si loin des côtes de France, pour des intérêts dont bien peu pouvaient peser la valeur, jamais cette guerre en Extrême-Orient n'avait été populaire dans notre pays. Outre le genre de défaveur qui s'attache chez nous aux entreprises lointaines, et qui tient autant à nos habitudes casanières, ennemies des grands déplacements, qu'à notre insouciance invétérée pour tout ce qui est au-delà de nos frontières, la campagne du Tonkin avait provoqué bien d'autres sujets de mécontentement : les hésitations continuelles du ministère Ferry, ses engagements solennels méconnus presque aussitôt, cette lutte avec la Chine, qui avait tous les caractères d'une guerre ouverte, moins le nom, ces envois incessants de renforts qu'on annonçait à tout instant devoir être les derniers et qui étaient bientôt suivis par d'autres, toutes ces causes concouraient à rendre notre expédition tout à fait contraire au sentiment national. Beaucoup y voyaient une diversion inopportune, qui détournait l'attention de la France de ses frontières meurtries, et en écartait une partie des forces indispensables pour le cas où une grande guerre viendrait à nous surprendre. D'autres considéraient les colonies comme un fardeau ruineux, ne rendant jamais à la mère-patrie les hommes et les millions consacrés à leur conquête. Aux yeux d'un certain nombre, la question du Tonkin se résumait en un prétexte longtemps souhaité afin d'amener une modification dans la majorité du parlement et peut-dans la forme du gouvernement. Pour ces derniers, l'évacuation était une arme à double tranchant, dont ils comptaient se servir contre la République, qu'elle fut décidée ou non : dans le premier cas ils pourraient reprocher à ce régime le sang et l'or de la France inutilement prodigués durant quatre ans, pour aboutir à une honteuse retraite devant quelques milliers de Chinois ou d'Annamites ; dans le second la République porterait, plus que jamais, la responsabilité des sacrifices que nous imposeraient, pendant de longues années, nos établissements de l'Indo-Chine, avant de nous être d'aucune utilité.

Enfin, la masse des électeurs, celle des ignorants et des faibles, dont les opinions sont dictées par le souci de leurs intérêts immédiats, cette masse souvent flottante dans ses idées et qu'un incident grave détermine à en changer brusquement, cette foule qui fait la loi suprême dans un pays de suffrage universel, ne voyait en l'expédition du Tonkin que la cause de sacrifices impatiemment supportés ; non seulement les charges financières de la nation

LE GÉNÉRAL MUNIER

s'étaient accrues, mais l'impôt du sang devenait plus pesant. Il faut le reconnaître, le service obligatoire est incompatible avec les guerres lointaines; on ne peut consentir aux sacrifices si lourds qu'elles imposent, dans un pays qui, comme le nôtre, n'a pas d'armée coloniale provenant d'engagements volontaires. Jamais l'Angleterre n'aurait conquis son magnifique empire indou, jamais la

Hollande, avec ses cinq millions d'habitants, n'aurait établi sa domination sur vingt millions de sujets asiatiques, si ces deux pays avaient dû y consacrer chaque année l'élite de leurs jeunes gens.

Dans de pareilles conditions, les oppositions de droite et de gauche avaient beau jeu pour faire de la question du Tonkin le texte des déclarations les plus énergiques. Si le mot évacuation n'était prononcé que par un nombre restreint de candidats, beaucoup s'accordaient pour reprocher à la Chambre précédente la façon dont nos affaires avaient été conduites en Extrême-Orient et afin de réclamer, en termes plus sonores qu'explicites, la « liquidation » de notre entreprise.

Les élections d'octobre changèrent donc très notablement les proportions réciproques des partis dans la Chambre des députés. L'extrême gauche et les diverses fractions de la droite en sortirent très fortement accrues, au détriment des groupes intermédiaires, dans lesquels le corps électoral n'avait vu que les complices du cabinet Ferry. On pouvait craindre dès lors que le Parlement ne décidât l'abandon d'une conquête à peine terminée et qui nous avait coûté de si lourds sacrifices.

Pour éviter de fournir à l'opposition de nouvelles armes, le ministère avait eu soin de taire les nouvelles annonçant les massacres survenus en Annam ; il ne les confirmait officiellement que le 21 octobre (1), après les avoir niés jusque là. L'envoi de renforts au corps expéditionnaire

---

(1) D'après cette communication, le général de Courcy n'aurait fait allusion à ces massacres que le 19 octobre, pour la première fois, alors qu'ils avaient commencé deux mois auparavant. Il est difficile d'admettre un pareil mutisme de la part du général en chef.

était également démenti le plus longtemps possible. Mais ces dénégations officieuses rencontraient peu de foi.

De plus, dès le 5 novembre, le général de Courcy faisait prévoir au gouvernement la possibilité de réductions très notables dans l'effectif de ses troupes ; on espérait ainsi donner satisfaction, en une certaine mesure, aux préoccupations manifestées par le corps électoral. Le général en chef y mettait toutefois une condition difficilement admissible : l'ajournement de l'occupation des points principaux en dehors du Delta. « Je me charge de maintenir l'ordre dans le Tonkin et dans l'Annam, disait-il, d'arriver peu à peu à la pacification générale, en ne conservant, à partir du 1er avril, que 13,000 hommes répartis en Annam et au Tonkin. Dans un temps fort court, trois ans au plus, l'autorité civile pourra se substituer à l'autorité militaire ; mais, pour arriver à ce résultat, il est bien entendu que toute opération excentrique, en dehors du grand Delta, ne pourra être entreprise que plus tard.

« C'est une guerre de gendarmerié en grand qui durera un certain temps. En Cochinchine cette guerre a duré cinq ans... » (1)

Malheureusement la possibilité de réduire le corps expéditionnaire, que le général de Courcy faisait ressortir en ces termes, était encore plus apparente que réelle. Le traité de Tien-Tsin nous obligeait à rétablir la tranquillité sur les frontières du Tonkin, et la Chine avait déjà fait, dit-on, quelques démarches officieuses pour obtenir l'occupation de Lang-Son. De plus l'expédition de Than-Moï prouvait que nous ne pouvions limiter aux abords immédiats du Delta la région occupée par nos troupes ; s'y tenir enfermé

____

(1) *Débats parlementaires*, Chambre, 18 décembre, page 270.

serait courir le risque d'opérations incessantes, fatalement destinées à ne point aboutir, tant que les bandes rebelles trouveraient un refuge assuré dans le Haut Tonkin.

Les intentions de la majorité de la Chambre des députés ne furent donc pas modifiées par les engagements du général de Courcy; le 24 novembre, elle nommait une grande commission à laquelle devaient être soumises les questions relatives à nos entreprises coloniales. Sur ses 33 membres, 24 se déclaraient, dès le premier jour, partisans de l'évacuation plus ou moins prochaine du Tonkin. Cette nouvelle était aussitôt adressée à Haï-Phong, mais M. de Courcy se hâtait d'intercepter le télégramme qui la transmettait, pour éviter un redoublement d'agitation dans la population indigène. En termes pressants, il sollicitait même le gouvernement de rassurer le corps expéditionnaire et nos colons sur les conséquences des choix du 24 novembre. Les plus grandes précautions lui paraissaient nécessaires, si l'on se décidait à évacuer le Tonkin : un départ précipité de nos troupes « serait le signal d'une insurrection et d'un massacre général. » (1)

Heureusement la majorité de la Chambre, mieux informée, allait revenir sur la résolution si grave qu'elle avait semblé un instant devoir admettre.

---

(1) *Documents parlementaires*, juillet 1886, Chambre, le général de Courcy au ministre de la guerre, 30 novembre 1885.

CHAPITRE XIV

Les lois du 12 décembre 1884, des 1er et 8 avril 1885,
avaient ouvert aux ministères de la marine et de la guerre,
pour l'expédition du Tonkin, des crédits s'élevant à
243,422,000 francs. Les dépenses effectuées ou à faire
en 1885 ne devant se monter qu'à 129,951,351 francs, le
gouvernement présentait, le 21 novembre, une demande
tendant à l'annulation, sur l'exercice courant, de 79,036,488
francs de crédits qui seraient reportés à 1886. Sur ces
79 millions de francs, 75,203,901 seraient attribués aux
ministères de la marine et de la guerre pour être consacrés
aux dépenses du Tonkin ; 3,832,587 aux premiers frais de
notre établissement à Madagascar.

Nous avons dit que la commission de 33 membres,
nommée par la Chambre le 24 novembre pour l'examen de
cette demande, se composait, en très grande majorité, de

députés hostiles à notre maintien au Tonkin. Il était bien évident d'ailleurs que la question soumise au Parlement ne se bornait pas à ce report de crédits d'un exercice à l'autre : la conservation même de nos conquêtes en Indo-Chine était aussi mise en cause; la politique coloniale, si fort en faveur auprès de la précédente législature et si mal-traitée lors des élections de 1885, allait être l'objet d'un solennel examen. De tous les problèmes qui allaient passionner la nouvelle Chambre, aucun ne pouvait exercer une semblable influence sur la situation politique et même les destinées de la France ; aucun n'était susceptible d'entraîner de plus graves conséquences.

A peine élue, la commission des crédits ouvrait une grande enquête sur les dernières opérations au Tonkin et en Annam, ainsi que sur la situation présente du corps expéditionnaire. Elle consultait la correspondance du géné-ral de Courcy et du ministère, les rapports officiels, les états de pertes ou d'effectifs; enfin elle appelait à déposer devant elle les officiers et les fonctionnaires au courant de la question; quelques-uns lui fournissaient des renseigne-ments précieux. Il devenait possible d'établir le bilan à peu près exact de ce que coûtait l'expédition actuelle en hommes et en argent; on pouvait également mesurer, avec quelque certitude, l'étendue des sacrifices nécessaires pour maintenir notre occupation présente.

Si les chiffres ainsi obtenus étaient notablement infé-rieurs aux évaluations intéressées qui avaient eu cours pendant la période électorale, ils n'en demeuraient pas moins considérables. A les mesurer, on ne pouvait que doublement regretter la politique téméraire et hésitante tout à la fois qui avait présidé à nos affaires en Annam, au Tonkin ou sur les côtes de Chine : elle nous avait forcés de prolonger notre expédition durant quatre années, alors qu'avec un peu de prévoyance et d'énergie, nous aurions pu la terminer en quelques mois.

Les différents crédits votés pour l'expédition du Tonkin, de 1881 à 1885 inclus, étaient les suivants :

28 juillet 1881. . . .	2,487,851	francs.
28 mai 1883.	5,300,000	—
22 décembre 1883. .	9,000,000	—
—	20,000,000	—
16 août 1884.	38,563,874	—
12 décembre 1884. .	16,147,368	—
—	43,422,000	
1ᵉʳ avril 1885.. . . .	50,000,000	—
8 avril 1885.	150,000,000	—
Total.	334,921,093	francs.

Ces 335 millions étaient réduits dans d'assez fortes proportions par diverses annulations de crédits : 5,199,089 francs pour 1883; 3,753,957 pour 1884; 38,266,740 pour 1885 (1); soit, au total, 47,219,786 francs.

D'après les prévisions admises jusque-là, les dépenses de l'expédition, du 28 juillet 1881 au 31 décembre 1886, devaient donc s'élever à 287,701,207 francs (2), dont 75,203,901 pour l'année 1886. Mais, pour obtenir un chiffre exact, il aurait été nécessaire d'ajouter à cette somme, déjà fort considérable, la valeur du matériel naval deté-

----

(1) Y compris 3,832,587 que le gouvernement proposait de consacrer à Madagascar, ce qui fut fait.

(2) D'après M. Jules Ferry, *Débats parlementaires*, Chambre, 15 février 1888, ces dépenses, à partir du 28 mai 1883, ne s'élèveraient qu'à 299 millions, y compris la subvention accordée pour 1887, 30 millions. La différence entre ces évaluations et les nôtres peut s'expliquer par des annulations de crédits dont nous n'aurions pas eu connaissance.

rioré ou mis hors de service pendant notre expédition, valeur qui ne pouvait qu'être relativement élevée, eu égard au nombre des bâtiments que nous avions envoyés dans les Mers de Chine (1).

L'effectif total des troupes et des équipages envoyés au Tonkin, en Annam ou dans les mers de Chine, de mai 1883 à novembre 1885 inclus, expliquait d'ailleurs l'importance de ces crédits :

Officiers de marine.	560	hommes
Equipages de la flotte.	18,804	—
Troupes de la marine, officiers compris (2).	6,316	—
Personnels divers.	280	—
Total pour la marine.	25,960	—
Troupes de l'armée de terre, officiers compris.	33,950	—
Total général.	59,910	—

La plus grande partie de ces 60,000 hommes avaient été envoyés au Tonkin pendant l'année 1885 : l'effectif moyen annuel du corps expéditionnaire s'était élevé dans cette période à 661 officiers, 29,189 hommes, 4,932 chevaux de l'armée de terre; 179 officiers, 3,922 hommes, 300 chevaux de la marine ; celui des équipages de la flotte avait atteint 8,886 hommes.

---

(1) D'après le projet de loi du 21 novembre 1885 nous avions en Extrême-Orient 75 bâtiments avec un effectif de 8,886 hommes (36 bâtiments de la division navale du Tonkin, 8 transports, 31 bâtiments de toutes dimensions formant l'escadre de l'amiral Courbet). Ces nombres furent encore accrus pendant les mois suivants.

D'après l'amiral Peyron, *Débats parlementaires*, Sénat, 27 mars 1888, la valeur des réparations nécessitées par les bâtiments revenant d'Extrême-Orient se serait élevée à 5 ou 6 millions seulement.

(2) Non compris les Asiatiques (Annamites ou Tonkinois) servant dans nos troupes.

Malheureusement, un trop grand nombre de soldats et de marins avaient succombé aux atteintes du climat ou au feu de l'ennemi :

Officiers de marine.	12
Equipages de la flotte.	485
Troupes de la marine, de mai 1883 au 1ᵉʳ octobre 1885.	1,011
Personnels divers.	11
Total.	1,519
Troupes de l'armée de terre jusqu'au 1ᵉʳ janvier 1885.	1,123
Troupes de l'armée de terre jusqu'au 20 novembre 1885.	3,415
Décès à l'intérieur de la France, marine comprise, parmi les convalescents du Tonkin.	253
Décès en mer, marine comprise, parmi les convalescents du Tonkin.	308
Total.	5,099
Total général (1).	6,618

De ces 6,618 hommes, la plus grande partie avaient succombé pendant les derniers mois de l'année 1885. D'un minimum de 16 en février, la mortalité mensuelle de l'armée de terre avait passé à un maximum de 806 en août, au moment où le choléra faisait le plus de ravages.

L'importance de ces sacrifices, de beaucoup exagérée par les passions politiques, expliquait assez l'hostilité que le maintien de nos troupes en Indo-Chine rencontrait parmi les membres de la commission des 33, et qui semblait présager l'évacuation de nos conquêtes. Toutefois,

---

(1) *Rapport Balluc* déjà cité ; non compris les Annamites ou Tonkinois décédés sous nos drapeaux.

dès que les premières nouvelles de ses intentions coururent le pays, il en résulta une vive agitation. De tous les points de France, de nos colonies, des groupes de nos compatriotes fixés à l'étranger, partirent des pétitions demandant le maintien du drapeau national au Tonkin. Cet ensemble de protestations annonçait un mouvement d'opinion assez puissant pour influer à la longue sur les résolutions arrêtées par la Chambre.

Ce fut dans ces conditions que s'ouvrit la discussion des crédits à la fin de l'année 1885. Le 17 décembre, M. Camille Pelletan, rapporteur de la commission, donnait lecture de son rapport, un long et éloquent réquisitoire contre le projet du gouvernement. Toutefois, l'honorable député se défendait d'apporter à la Chambre un plan d'évacuation immédiate du Tonkin : il mettait simplement le ministère en demeure d'en produire un à bref délai. S'il s'exprimait nettement sur la nécessité de l'abandon de nos conquêtes, il évitait avec soin d'indiquer les moyens de l'effectuer au mieux de nos intérêts. On devait le reprocher justement à la commission dans la discussion qui suivit : la politique nouvelle qu'elle voulait inaugurer en Annam était toute de négation ; les indications positives y faisaient entièrement défaut, ce qui n'aurait pas laissé de compliquer la tâche du ministère chargé de la mettre en pratique, si le système du rapporteur eût triomphé devant le parlement.

« Ainsi, disait M. Pelletan, au triple point de vue politique, budgétaire et extérieur, il nous paraît impossible d'achever et de consacrer définitivement la conquête de l'Annam et du Tonkin.

« Est-ce à dire que nous pensions qu'on n'a plus qu'à rappeler en France les troupes qui se trouvent aujourd'hui en Indo-Chine, en exposant à toutes les vengeances dont on nous a parlé les populations qui ont pu être compromises dans l'expédition ? (Mouvements divers.)

« Assurément non : une liquidation comme celle-là n'est pas l'affaire d'un coup de télégraphe.....

« Assurément il y a lieu d'étudier et de prendre toutes les garanties et toutes les précautions nécessaires : ces garanties, ces précautions, quelles sont-elles ? Le mandat d'une commission parlementaire n'était pas et ne pouvait être d'en tracer d'avance le plan au pouvoir exécutif (Ah ! Ah !). Elle n'en a, dans le régime actuel, ni le droit, ni les moyens ; elle n'en a pas le droit, car elle n'a qu'une mission de contrôle ; elle n'en a pas les moyens, puisqu'elle ne possède aucune des sources d'information à l'aide desquels on gouverne. (Mouvements divers.) Elle n'a donc eu à se prononcer, ni sur les points qu'on pourrait occuper, ni sur la nature de l'occupation, ni sur les négociations nouvelles à entreprendre, ni sur les compensations qu'on a proposé de chercher, notamment dans un agrandissement de la Cochinchine, ni sur la proposition de neutraliser le Tonkin, que M. Gaillard a soutenue devant la commission. » (Rires sur plusieurs bancs.)

En somme, la thèse de M. Camille Pelletan et des orateurs de droite ou d'extrême gauche qui allaient lui donner leur appui était celle-ci : la conquête du Tonkin et de l'Annam est impossible sans des sacrifices immenses ; l'hostilité ouverte ou cachée de la Chine nous empêchera toujours d'en tirer parti ; de plus, ces deux pays ne valent pas qu'on impose à un budget, déjà en déficit, des charges écrasantes, afin de les soumettre. Enfin, en cas de guerre européenne, nous serons dans l'alternative suivante : maintenir nos troupes en Indo-Chine, c'est-à-dire nous affaiblir en Europe, au risque de dangers mortels, ou les rapatrier, ce qui conduira à la perte de notre colonie.

Par une dérogation aux règles habituelles, la minorité
de la commission, favorable à la demande de crédits, fut
autorisée à donner lecture d'un rapport en sens contraire,
établi par M. Casimir Périer. Ce dernier tentait de prouver
que les affirmations de M. Pelletan étaient singulièrement
exagérées sur la plupart des points, et que la garde du
Tonkin n'exigeait ni tant d'hommes, ni tant d'argent. Il
montrait en outre les côtés avantageux de cette conquête,
que le rapporteur avait prudemment passés à peu près
sous silence. Mais son principal argument prenait sa
force dans les exigences de l'honneur national : « Nous ne
contestons pas, disait M. Casimir Périer, que ces événements qui remontent à dix ans aient coûté à la France des
sacrifices en hommes et en argent ; nous ne prétendons
pas ne plus rencontrer de difficultés dans l'organisation
définitive du protectorat au Tonkin ; mais nous pensons
et nous disons très haut qu'une nation ne tient sa place
dans le monde, ne conserve son action, n'assure au loin
la sécurité de ses nationaux, que si elle se montre résolue
à faire respecter son drapeau, à poursuivre avec ténacité
les desseins qu'elle a conçus, à parachever résolument
les œuvres qu'elle entreprend. C'est au nom de la dignité
nationale que nous condamnons soit l'évacuation, soit
l'abandon, dissimulé sous une forme quelconque ou à
l'aide d'un expédient quelconque, des territoires sur
lesquels nos armes et des traités nous ont donné et
reconnu des droits ».

Le problème soumis à la décision des Chambres était
nettement exposé, sous ses faces multiples, par les deux
documents que nous venons de résumer. En somme la
question se réduisait à ceci : le protectorat du Tonkin
et de l'Annam valait-il qu'on prolongeât la durée de
notre occupation ? L'honneur de la France était-il engagé

dans le maintien du drapeau national aux bouches du Song-Koï? De la réponse des Chambres à ces deux questions dépendait la solution à intervenir : exécution intégrale des traités de Tien-Tsin et de Hué, évacuation entière du Tonkin, de l'Annam, peut-être de la Cochinchine et du Cambodge. Certains députés et, parmi eux, la majorité de la commission des 33, étaient partisans d'une solution intermédiaire : ni occupation, ni évacuation, devait dire quelques jours après M. Clémenceau. Mais ce moyen terme aurait eu tous les inconvénients des extrêmes, sans autre avantage que de réduire un peu nos charges. Puisque les opposants de droite et de gauche s'accordaient afin de refuser à nos établissements d'Indo-Chine toute utilité réelle pour la mère-patrie, ils auraient dû se montrer conséquents avec eux-mêmes, en proposant l'abandon du Tonkin, de l'Annam et de notre colonie du Bas-Mékong. D'après cette hypothèse le domaine colonial de la France se serait borné en Indo-Chine à deux ports de relâche, destinés à recueillir nos navires pour le cas d'une guerre maritime : Saïgon et un point à déterminer aux bouches du Fleuve Rouge. Toute autre solution intermédiaire devait donner lieu aux mêmes objections que le maintien intégral de nos conquêtes.

La discussion des crédits s'ouvrit le 21 décembre et dura plusieurs jours, pendant lesquels l'historique entier de la question du Tonkin servit de thème aux déclarations les plus divergentes. Seul parmi tous les orateurs de la droite et conséquent avec ses votes antérieurs, Mgr Freppel plaida, non sans courage, la cause de la conservation du Tonkin. Malgré les interruptions les plus passionnées des députés de son parti, il montra éloquemment l'Espagne appauvrie par deux cents années de luttes extérieures et de révolutions, prête à faire la guerre au plus puissant empire de l'Europe pour quelques îlots à peine habités, les Carolines, tandis qu'au contraire la République française, sous la menace de dangers plus ou moins imaginaires, se disposait à évacuer un pays riche, sur lequel le sang de nos soldats et des traités solennels nous assuraient des droits indiscutables. Enfin Mgr Freppel signalait les efforts tentés par d'autres nations, l'Allemagne, l'Italie, l'Angleterre, la Russie, pour élargir ou fonder un domaine colonial. « Monarchique ou républicain, s'écriait en terminant l'éloquent évêque, le gouvernement qui évacuera le Tonkin ou l'Annam tombera sous le mépris public et, en tout cas, le mien lui est acquis d'avance. »

En s'exprimant de la sorte, contrairement aux idées affichées par l'unanimité du côté auquel il appartenait à la Chambre, Mgr Freppel donnait un exemple d'indépendance et de probité politique que nul ne songeait à imiter.

Il était pourtant malaisé d'expliquer l'accord avec lequel l'extrême gauche et la droite marchaient fraternellement unies à l'assaut du projet ministériel. Assurément ces deux fractions de l'Assemblée n'étaient pas poussées par les mêmes raisons apparentes ou secrètes : il est permis de supposer que les passions politiques contribuaient pour une part à leur union. C'est ainsi que certains orateurs de l'extrême gauche trouvaient des arguments dans la déposition fantaisiste de l'amiral Duperré devant la commission des 33. En d'autres temps, ils n'auraient pas manqué de signaler les exagérations évidentes, la haine de l'esprit civil et de la colonisation indépendante qui y éclatent à chaque ligne (1).

---

(1) « Depuis vingt-cinq ans que nous sommes à Saïgon, pas un

Aucune tendance n'a malheureusement été plus répandue parmi les gouverneurs militaires de nos colonies ; aucune n'a nui davantage à leur développement.

A ces déclarations empreintes d'un si déplorable parti-pris, il y avait des documents plus sérieux à opposer et Mgr Freppel, pas plus que M. Paul Bert, n'y manquèrent. Le capitaine Norman, dont nous avons cité plusieurs fois le nom (1), est si affirmatif sur les avantages que la France doit retirer de la possession du Tonkin, et son témoignage a tant de poids, venant sinon d'un ennemi, du moins d'un rival fort peu bienveillant, qu'il ne pouvait manquer de faire impression sur la Chambre.

« Si les croiseurs français étaient ravitaillés par les houillères du Tonkin, ils nous barreraient le chemin de la Chine ; la Birmanie et Calcutta seraient bloqués et la sécurité de nos possessions gravement compromise....

« Si, dans les mers orientales, un seul *Alabama* français, avait la faculté de se ravitailler dans les ports du Tonkin, il pourrait paralyser notre commerce en Orient... »

Cette citation du capitaine Norman, n'est pas isolée et il serait facile d'en réunir d'autres : les ouvrages de M. A. Colqhoun, l'ancien correspondant du *Times*, le *goldmedallist* du *Royal United Service Institution*, en sont pleins.

Français n'y a gagné seulement son passage pour rentrer en France.....

« De qui émanent à Saïgon les demandes d'occupation ou d'annexion du Tonkin ? Des Annamites ? Non. Des fonctionnaires français ? Non encore. Elles viennent de personnes intéressées, de marchands, de spéculateurs que je pourrais nommer, dont je pourrais dire les mobiles. » *Procès-verbaux de la commission des crédits du Tonkin et de Madagascar.*

(1) *Le Tonkin ou la France dans l'Extrême-Orient.*

Les orateurs de l'opposition n'avaient garde de répondre à un pareil argument et se bornaient à reprendre la thèse de M. Camille Pelletan; l'expédition du Tonkin, disait M. Jules Delafosse, est une opération commerciale qu'il faut liquider avec le moins de sacrifices possible. Par liquidation, les adversaires du gouvernement entendaient d'ailleurs l'évacuation plus ou moins prompte du territoire occupé en Indo-Chine et la revision du traité de Tien-Tsin dans un sens favorable aux intérêts français.

Avec un rare bonheur d'expression, Paul Bert montrait l'inanité de cette dernière espérance. Compter que la Chine consentirait à nous concéder des avantages commerciaux, malgré l'opposition jalouse des grandes puissances maritimes et en échange de nos droits sur une région que nous aurions, au préalable, déclarée sans aucune valeur, était faire preuve d'une naïveté difficilement admissible. De plus, à l'avenir, quelle confiance aurait l'étranger en la parole de la France, si des traités signés de la veille étaient ainsi déchirés, sur la simple élection d'un nouveau parlement? Une pareille instabilité dans notre politique extérieure ne nous interdirait-elle pas toute alliance, toute action commune avec les puissances nos rivales? Quel respect aurait-on pour notre pays, en le voyant renoncer si vite à une entreprise à peu près terminée, au moment où les charges qu'elle exigeait devenaient moins lourdes? C'était donner raison au mot sanglant de Tu-Duc : « Les Français viennent en aboyant comme des chiens et ils se sauvent comme des lièvres ».

Dans une éloquente péroraison, Paul Bert montra les nouvelles lois de la tactique navale; le charbon devenu le plus important facteur des guerres à venir; l'Angleterre enserrant le monde d'une suite de dépôts charbonniers, semés sur les grandes voies commerciales et maritimes :

LE GÉNÉRAL BÉGIN

Gibraltar, Malte, Chypre, l'Egypte, Aden, Ceylan, Singapour, Hong-Kong, d'un côté, et de l'autre Sainte-Hélène, le Cap, l'Ile de France, l'Australie, la Nouvelle-Zélande et les îles du Pacifique. Au milieu de cette ceinture, les dépôts houillers du Tonkin acquièrent une haute importance; eux seuls permettraient à nos navires de se maintenir dans les Mers de Chine et de protéger nos possessions de la Mer des Indes ou de l'Océan Pacifique, si nous avions à lutter contre les flottes anglaises.

A ces éloquentes paroles, Paul Bert joignait tout un programme d'organisation de nos établissements d'Indo-Chine. Il demandait que les limites de notre action fussent nettement arrêtées, rappelant à propos les fortes paroles du cardinal de Retz : « On ne va jamais si loin que quand on ne sait pas où l'on va. » Au lieu d'étendre notre occupation à tout l'Annam, comme le faisait alors le général de Courcy, Paul Bert voulait qu'on laissât aux Annamites cette longue étendue de côtes stériles et qu'on évitât d'y disséminer des garnisons. Il voulait surtout qu'on n'introduisît pas au Tonkin la multitude de fonctionnaires dont nos colonies et, en particulier, la Cochinchine, ont tant à souffrir. Cette partie du discours de Paul Bert contenait en germe tous les principes de sa trop courte administration au Tonkin et en Annam.

Avec M. Frédéric Passy apparaissait l'école de ces économistes qui prétendent tout résumer par des chiffres, qu'il s'agisse des intérêts matériels ou du développement historique d'une nation ; aux yeux de l'honorable député, comme pour Franklin, Arthur Young, Jean-Baptiste Say et Charles Comte, les colonies constituaient le luxe le plus coûteux que puisse se permettre un grand peuple. Il rappelait la thèse célèbre de Franklin au siècle dernier : Si l'Angleterre et la France avaient joué leurs colonies à sucre sur un coup de dé, le gain réel eût été pour le perdant ; à en croire un autre économiste, également cité par M. Frédéric Passy, M. Porter, si la Grande-Bretagne avait donné gratuitement à ses colonies, en 1840, toutes les marchandises qu'elle leur vendait, en se débarrassant des charges financières qu'elle s'imposait pour elles, le bénéfice recueilli par la métropole n'aurait pas été moindre d'un million de livres sterling.

Malheureusement pour la thèse de **M.** Passy, ces arguments spécieux n'ont convaincu en Angleterre que des économistes , et il ne semble pas que l'abandon des Indes y ait encore recruté beaucoup de partisans. C'est qu'on ne peut chiffrer exactement les avantages matériels et moraux résultant pour nos voisins de la possession d'un immense empire colonial. Qui peut dire ce qu'a fait pour leur *self-reliance* (1), pour le développement de leur commerce et de leur industrie, la conquête de territoires habités par 3oo millions d'hommes? La suprématie maritime, industrielle et commerciale de l'Angleterre n'a pas d'autre origine.

Du reste, le point faible des raisonnements de M. Frédéric Passy était aisé à mettre en lumière : M. de Lanessan se bornait à citer le chiffre de nos importations en Cochinchine française et dans les Indes anglaises en 1884. Les premières s'élevaient à 8 millions environ pour une population de 1,5oo,ooo âmes et les secondes à 9 millions pour 3oo millions d'Indous sujets ou protégés de l'Angleterre : la conclusion était aisée à tirer.

D'éloquents discours de M. de Freycinet et du général Campenon terminèrent cette longue discussion, le 24 décembre 1885. Celui du ministre de la guerre, surtout, fut remarqué pour son énergique péroraison qui résumait les raisons les plus sérieuses à faire valoir pour la conservation du Tonkin :

« En ce qui me concerne personnellement, m'associer,

---

(1) « Confiance en soi-même »; c'est l'une des qualités dont les Anglais sont, avec grande raison, les plus fiers.

moi, républicain, à un acte que vous avez tant de fois reproché à l'Empire (Applaudissements), donner l'ordre au général de Courcy qui, bien que cela fût quelquefois contraire à ses idées, a toujours suivi fidèlement la direction donnée par le Gouvernement et que je couvre ici de toute ma responsabilité (Très bien ! Très bien!), lui donner l'ordre, à lui qui a déployé les plus grandes qualités militaires dans la nuit du 4 au 5 juillet, et qui a donné les plus hautes preuves de dévouement pendant toute la durée de l'épidémie, lui donner l'ordre de dire à nos soldats si dévoués et si courageux : « Votre sang répandu, vos misères, les fatigues, les luttes que vous avez soutenues contre les forces ennemies, contre le climat, contre l'épidémie, tout cela a été œuvre vaine et stérile, tout cela ne compte plus, rembarquez-vous! Je ne le ferai jamais! jamais ! (Triple salve d'applaudissements. — M. le Ministre de la guerre, en retournant à son banc, est félicité par ses collègues et par un grand nombre de membres de la Chambre. — Mouvement prolongé.)

C'était l'âme même de la Patrie qui parlait par la bouche du ministre de la guerre, et l'armée, dans le silence qu'elle s'impose, ne pouvait trouver un plus énergique interprète de ses sentiments et de ses passions (1).

Non, l'honneur national ne permettait pas cette évacuation sans motifs du sol conquis par les exploits des Garnier, des Rivière, des Courbet, des Dominé, des Négrier ou des Courcy, et ce sera l'éternelle gloire du général Campenon

(1) Le général Campenon est né le 4 mai 1819, sorti de Saint-Cyr en 1840, pour entrer à l'Ecole d'État-major d'où il sortit avec le n° 21 sur 25, dans la promotion des généraux Gresley et Borel, tous deux anciens ministres; capitaine dès le 21 août 1846, il était nommé chef d'escadron en 1859 et colonel en 1870, le 16 juillet. Il est général de division depuis le 18 octobre 1879. Nous avons donné son portrait page 145.

d'avoir aussi noblement défendu la cause de notre maintien au Tonkin.

Il semblait qu'il n'y eût plus qu'à voter les crédits à une imposante majorité : il n'en fut rien. Après un discours où M. de Freycinet résumait éloquemment tous les arguments déjà présentés contre l'évacuation, l'article 1er était adopté par 273 voix contre 267 : l'ensemble du projet ne réunissait que 274 voix favorables contre 270.

L'occupation du Tonkin maintenue à quatre voix de majorité ! tels étaient les résultats de ces longs débats : un pareil fractionnement des partis pouvait inspirer des appréhensions graves pour l'avenir de la France, durant cette législature. Moins de trois mois après les élections, il devenait évident que la Chambre des députés était frappée par sa composition d'une irrémédiable impuissance.

Pour l'instant la cause de l'évacuation n'en était pas moins battue ; la majorité si péniblement acquise à la Chambre en faveur du projet de loi se retrouvait beaucoup plus forte au Sénat : le 24 décembre, 212 voix contre 57 y adoptaient les crédits nécessaires au maintien de nos troupes au Tonkin.

CHAPITRE XV

Tandis que l'Annam était le théâtre de massacres ou de
luttes continuelles, notre colonie de Cochinchine et surtout
le Cambodge continuaient à subir le contre-coup de toutes
ces agitations. Des bandes aussi nombreuses qu'insaisissables parcouraient le royaume de Norodom, évitant le
contact de nos troupes, n'opérant contre elles qu'à coup
sûr et quand la disproportion des forces était extrême.
Nous disposions de ressources si insuffisantes que nos soldats subissaient ainsi des sortes d'échecs, d'ailleurs sans
influence possible sur l'issue de la campagne, mais qui ne
retardaient pas moins la pacification.

Le 12 juillet, le commandant de Colbert quittait Pursat
avec une petite colonne pour attaquer une bande rebelle
réfugiée à Loch-Sach, en amont du Slung. Le lendemain,
il arrivait devant un fortin quadrangulaire, situé dans un
rentrant de la rivière et couvert par un fossé avec une
ligne de hautes palissades. Une seconde ligne, placée à

200 mètres en avant, défendait la face la plus exposée. Cette première défense enlevée, le commandant de Colbert tentait de faire brèche à l'enceinte principale avec son artillerie; mais un de ses premiers obus éclatait au dessus de nos tirailleurs, tuait deux Français, quatre Annamites, et blessait dix autres hommes. A la suite de ce malheureux incident, l'ennemi parvenait à évacuer son fortin sans pertes et le lieutenant-colonel Miramond jugeait nécessaire de renforcer notre petite colonne de 100 hommes.

L'agitation s'étendait même aux environs immédiats de Pnom-Penh, qu'une nouvelle alerte venait troubler le 22 juillet (1). Mais il semblait alors se produire une accalmie dans le mouvement insurrectionnel au Cambodge: la saison chaude y contribuait pour une part, en rendant difficiles les mouvements des rebelles; de plus, le roi Norodom et ses fonctionnaires paraissaient contribuer plus activement au rétablissement de la paix.

De son côté, le général Bégin organisait des milices cambodgiennes sur le modèle des *mattas*, sorte de gendarmes indigènes qui ont rendu de très grands services en Cochinchine. Il comptait sur leur concours pour lui permettre de rappeler le plus tôt possible les tirailleurs annamites encore détachés au Cambodge; les antipathies de races, étaient en effet assez fortes pour rendre les conflits fréquents entre eux et les habitants de ce dernier pays.

L'état de guerre dans lequel vivait le royaume depuis un an l'avait entièrement épuisé; le général Bégin inter-

---

(1) Du 8 janvier au 14 juillet 1885 nous n'avions perdu, en Cochinchine ou au Cambodge, qu'un officier tué, le lieutenant Bellanger, 12 hommes de troupe et 4 Annamites tués ; le lieutenant de Lauzon, 5 soldats et 7 Annamites grièvement blessés ; 21 légèrement blessés (*Progrès militaire* du 18 juillet 1885.)

LE LIEUTENANT BELLANGER

disait donc, le 21 août, l'exportation du riz. Malheureusement cette mesure achevait la ruine d'un certain nombre d'intermédiaires et amenait bientôt un renouveau d'agitation.

Vers la même époque, les événements survenus au Binh-Thuan, la province de l'Annam voisine de la Cochinchine, provoquaient quelques mouvements dans l'arrondissement de Baria; il fallait y envoyer le peu de troupes disponibles qui restaient à la colonie : 350 hommes d'infanterie de marine et une section d'artillerie. Saïgon demeurait si complètement dégarni à la suite de cet envoi, que la compagnie de débarquement du *Fabert* (1) devait être mise à terre pour assurer la garde de l'arsenal. Cette situation était d'autant plus inquiétante que le procès des rebelles de Hoc-Mon servait alors de prétexte à un redoublement d'agitation. Parmi les Indigènes qui avaient participé à l'assassinat de notre sous-préfet et de sa famille, 14 étaient condamnés à mort, 17 aux travaux forcés et 5 à diverses peines. Ces condamnations, vivement commentées par la population annamite, amenaient presqu'aussitôt des mouvements d'insurrection. Le 16 septembre notamment, à Saïgon, des bandes tentaient inutilement d'enlever les condamnés de Hoc-Mon ; d'autres alertes avaient lieu à Bien-Hoa. Mais cette agitation était trop superficielle pour mettre en sérieux danger notre domination, et elle n'avait pas d'autres conséquences pour l'instant.

Le général Bégin se contentait donc de répartir le territoire de la colonie en quatre cercles, dont les commandants devaient réunir tous les pouvoirs, au cas où une insurrection se produirait. Il introduisait une organisation analogue au Cambodge, où le lieutenant-colonel Badens, commandant supérieur des troupes, était nommé résident général intérimaire.

Dans le royaume de Norodom, les grandes pluies de septembre avaient contribué à prolonger l'accalmie dont nous avons parlé ; mais, dès la fin d'octobre, de nouvelles bandes apparaissaient. Dans la nuit du 19 au 20, le bourg de Roka, sur le Mékong, était incendié par les rebelles ; il

----

(1) Croiseur de 2ᵉ classe.

fallait constituer des colonnes qui parcouraient le royaume en tous sens, livrant de fréquents combats, presque toujours heureux ; les environs de Pnom-Penh étaient même encore une fois menacés le 17 novembre.

Le 9 décembre, trois de nos bâtiments, le *Jaguar*, la *Baïonnette*, le *Bouclier* (1) allaient attaquer, avec un corps de miliciens indigènes, un fortin situé à Karoka, sur un des bras du Mékong. Imprudemment conduite, cette tentative échouait : à la première décharge de l'ennemi nous avions eu 2 marins tués et 2 blessés.

Il fallait envoyer de Pnom-Penh contre cet ouvrage une colonne de 100 hommes d'infanterie de marine, 88 miliciens et 12 artilleurs, avec 3 pièces de montagne. Cette fois le fortin de Karoka était précipitamment évacué sous nos obus. Le commandant Klipfel, de l'infanterie de marine, enlevait un ouvrage semblable le 29 décembre, celui de Prec-Mysar ; déjà on disait Si-Votha réfugié dans le Nord du royaume et entièrement découragé.

Ces combats continuels n'en devaient pas moins se reproduire pendant une grande partie de l'année 1886 ; un de nos détachements était encore attaqué le 13 février, au Sud de Pnom-Penh, et le capitaine de Cauvigny, qui le commandait, légèrement blessé.

Durant les mois de mars, d'avril ou de mai 1886, nous avions à livrer un grand nombre de petits combats semblables, dont quelques-uns nous coûtaient des pertes relativement assez considérables (2). Malgré ces engagements presque journaliers, la situation du Cambodge s'améliorait

---

(1) *Jaguar*, canonnière ; *Baïonnette* et *Bouclier*, chaloupes canonnières.

(2) Le 29 mars, le lieutenant Rivet, de l'infanterie de marine, était tué à Kompong-Toul.

peu à peu et il devenait possible de prévoir le jour où la pacification serait complète. Le gouvernement nommait un résident général, M. Piquet, dont la bienfaisante influence hâtait le rétablissement de la paix. Sans renoncer entièrement à la convention du 18 juin 1884, nous avions précédemment pris le parti de ne pas en exiger l'exécution intégrale. Cette heureuse modification dans la politique inaugurée par M. Thomson au Cambodge n'allait pas tarder à y clore définitivement la période des opérations militaires.

CHAPITRE XVI

La situation en Annam. — Mission militaire annamite. — Expéditions
en Annam. — Progrès de la pacification au Tonkin, novembre et
décembre 1885. — Réoccupation de Lang-Son. — Nouveaux massacres en Annam. — Les généraux de Courcy et Warnet. — Organisation du protectorat (27 janvier 1886). — Nomination de Paul
Bert comme résident général (31 janvier).

Au mois d'octobre 1885, la situation de l'Annam restait encore singulièrement troublée : les massacres continuaient ; l'effectif beaucoup trop restreint de nos troupes
ne leur permettait d'occuper qu'une infime partie du pays ;
le nouveau roi n'exerçait d'influence réelle que dans le
cercle d'action de nos postes.

Pour améliorer cet état de choses, le général de Courcy
avait proposé au gouvernement la constitution d'une mission militaire, composée d'officiers et de sous-officiers
français qui seraient chargés de réorganiser, ou plutôt de
créer l'armée annamite. Mais le ministre de la guerre,
général Campenon, ne se souciait point d'affaiblir nos
troupes continentales, en prélevant sur elles quelques-uns
de leurs meilleurs éléments. Trop de raisons sérieuses,
tenant à notre situation en Europe, le lui interdisaient,

croyait-il. Il donna donc à regret les ordres nécessaires et la composition de la mission s'en ressentit. A côté d'officiers du cadre actif, qu'avaient entraînés l'ambition et le goût des aventures, s'en trouvaient d'autres, démissionnaires ou provenant de la non-activité ; quelques-uns étaient sortis de l'armée pour des motifs peu honorables et il en résulta, tout d'abord, à l'égard de l'ensemble, un complet discrédit (1).

Arrivés à Hué (fin d'octobre 1885), au lieu d'y trouver une armée à organiser, comme ils s'en étaient flattés, les membres de la mission furent chargés d'instruire un millier de misérables Annamites rassemblés à grand'peine, vêtus de haillons sordides et armés de lances ou de sabres de l'aspect le plus primitif. Avec beaucoup d'efforts on parvint à constituer six informes bataillons et un *escadron à pied*. Dix mois après leur constitution, ils étaient encore pourvus du même armement. Quant à les utiliser pour la pacification de l'Annam, on n'y pouvait songer : leurs soldats songeaient beaucoup plus à déserter qu'à combattre. Il fallut l'arrivée de Paul Bert pour mettre fin à cette ridicule parodie de la création d'une armée : on incorpora un certain nombre d'officiers dans les quatre bataillons de chasseurs annamites ou les milices tonkinoises qui furent alors organisés, et le reste fut rapatrié avec une indemnité de six mois de solde. Le trésor de l'Annam avait supporté de lourdes dépenses, un certain nombre d'officiers ou de sous-officiers voyaient leur santé compromise, le tout sans la moindre utilité pour notre entreprise coloniale. Peu d'inspirations des généraux

---

(1) R. B. *L'organisation d'une armée autonome pour l'Indo-Chine ;* d'après une lettre citée par l'auteur, cette malencontreuse mission aurait été « l'objet de la risée et du mépris universels ».

de Courcy et Campenon furent aussi complètement malheureuses.

Heureusement le général en chef ne s'en tenait pas là afin de hâter la pacification de l'Annam : il prenait même, vers le milieu de novembre, les mesures les plus sagement calculées dans ce but (1). Deux colonnes partaient du Tonkin ; l'une, forte de 200 hommes environ et formée de la compagnie Cheroutre du 3ᵉ zouaves, d'une section de Tonkinois et d'une section d'artillerie, se rendait par mer dans le Sud de l'Annam et débarquait au cap Varéla, entre le Phu-Yen et le Kanh-Hoa, par 12°30 de latitude Nord. Elle devait pacifier ces deux provinces, que des massacres avaient ensanglantées à diverses reprises.

Une autre colonne placée sous les ordres du lieutenant-colonel Mignot et forte d'environ 700 hommes (2), avec 500 coolies, se réunissait à Ninh-Binh et marchait sur Hué en suivant la route mandarine, qui est parallèle, nous l'avons dit, aux côtes de l'Annam. Elle devait donner la main aux troupes du lieutenant-colonel Chaumont, qui opéraient alors dans la province de Ha-Tinh, et descendre ensuite sur Hué.

Deux autres détachements forts de 200 hommes parti-

---

(1) Voir *Documents parlementaires*, juillet 1886, page 788, le général de Courcy au ministre de la guerre, 15 novembre 1885.

(2) État-major et 2ᵉ compagnie du 1ᵉʳ bataillon du 3ᵉ zouaves ; 2 compagnies de Tonkinois, 1 batterie d'artillerie de montagne, 1/2 compagnie du génie.

Nous avions alors à Than-Hoa 4 compagnies d'infanterie de marine avec le lieutenant-colonel Boilève qui avait succédé au lieutenant-colonel Pernot, nommé au commandement du 2ᵉ Tonkinois ; à Vinh, 3 compagnies de la même arme, avec le lieutenant-colonel Chaumont ; à Dong-Hoï, 2 compagnies avec le commandant Grégoire. (*Correspondance Havas.*)

raient de cette dernière ville pour se diriger vers le Nord : ils se suivraient à deux jours de distance. Aucune province de l'Annam, sauf le Binh-Thuan, ne serait soustraite au passage de nos colonnes et le général de Courcy en espérait, avec raison, les plus heureux résultats. On avait d'ailleurs signalé, quelques jours auparavant, de nouveaux mouvements insurrectionnels dans tout le Nord de l'Annam, du Quang-Binh au Than-Hoa ; le lieutenant-colonel Chaumont était à peu près bloqué dans Vinh et quarante jours devaient se passer sans qu'on en reçut de nouvelles. Un peu plus au Nord, dans le Nghé-An, les chrétiens avaient entrepris une véritable campagne contre leurs persécuteurs d'autrefois et ils incendiaient les villages païens, comme jadis on avait brûlé les leurs. L'autorité militaire dut même intervenir pour leur imposer des procédés moins sommaires.

Pourtant, la situation devenait moins inquiétante en Annam ; les rassemblements ennemis étaient sans consistance et le principal obstacle au mouvement des troupes venait des pluies, fréquentes dans cette saison contrairement à ce qui se passe en Cochinchine et au Tonkin. Mais l'anarchie était complète dans presque tout le royaume ; le gouverneur du Binh-Thuan avait été déposé par deux fonctionnaires subalternes, qui administraient pour leur compte ou celui de Thuyet et faisaient de leur province un foyer d'agitation rayonnant en Cochinchine. Du Binh-Thuan au Than-Hoa il en était à peu près de même partout : nos troupes ne rencontraient qu'une faible résistance, mais une foule de bandes insaisissables apparaissaient sur tous les points, pour se dissiper dès qu'un danger les menaçait.

Certaines circonstances contribuaient à prolonger le fâcheux état dans lequel se trouvait alors l'Annam : après

M. DE SAINT-CHAFFRAY

avoir longtemps laissé à ses rois toute latitude pour nous combattre, nous en étions arrivés à montrer en Dong-Kanh, d'une manière par trop évidente, un simple serviteur de la France. Nos fonctionnaires se permettaient à son égard une liberté d'allures bien propre à lui ôter toute influence, dans un pays si attaché à ses vieilles traditions.

D'après les rites, le roi d'Annam est un objet de vénération, à peine entrevu en de rares circonstances. On se souvient de la difficulté qu'avaient eue nos représentants à obtenir une audience des prédécesseurs du souverain actuel. Pourtant le 21 novembre 1885, à l'occasion de la naissance d'un fils, Dong-Kanh offrait un repas de trente-cinq couverts à une partie de nos officiers et de nos fonctionnaires de Hué ; le même jour il assistait, en compagnie de tous les officiers de la garnison, à une représentation théâtrale donnée dans son palais. Ce qui faisait l'importance de cette journée, ce n'étaient pas les contrastes bizarres qui la signalaient : ce service en vieux Saxe décoré, éclairé par des chandelles brûlant dans d'informes chandeliers en plomb ; ce vestiaire tenu par des soldats d'infanterie de marine, dans le palais des rois d'Annam ; les ministres et les princes affublés pour la première fois de culottes et de bas, tandis que les fonctionnaires de moindre importance, fidèles aux vieilles traditions, avaient les pieds nus dans leurs babouches ; ce n'était même pas ce roi vêtu de soie jaune, portant son sceptre de jade et assis devant un déjeuner à la française avec le général Prudhomme, l'ancien tong-doc d'Hanoï et le père Hoang, l'interprète. Tous ces menus faits indiquaient dans les mœurs de la cour d'Annam une révolution complète et qui n'était guère propre à lui concilier les lettrés. En voyant le successeur de Tu-Duc s'incliner aussi profondément devant notre intervention, la tourbe famélique des fonctionnaires indigènes ne pouvait que craindre encore davantage l'annexion définitive de l'Annam à la France, c'est-à-dire la disparition, à son détriment, du reste des emplois dont les plus avantageux lui avaient déjà été enlevés avec le Tonkin et la Cochinchine. Il aurait été d'une meilleure politique de laisser au roi Dong-Kanh toutes les apparences de la puissance, en veillant à ce qu'il n'en eût aucune en réalité. C'est ce que Paul Bert devait comprendre et mettre en pratique, à l'imitation des Anglais dans l'Inde.

Au Tonkin la pacification faisait des progrès assez sensibles. Le choléra avait disparu de la partie occidentale du Delta ; dans l'Est il nous coûtait encore de 7 à 8 hommes par jour (1). Après la prise de Thàn-Moï, les troupes du général Jamont occupaient plusieurs points entre le Fleuve Rouge et la Rivière Claire, puis descendaient les deux rives du Day en y rétablissant la tranquillité. Dans le centre du Delta, le général de Négrier menait vivement sa campagne de pacification. Grâce à la supériorité de notre armement et aux dispositions prises, ses pertes étaient insignifiantes ; les bandes rebelles demandaient à faire leur soumission et les Indigènes participaient à notre œuvre de pacification.

C'est vers cette époque que le lanh-binh Nhu, l'ancien adversaire de l'amiral Courbet à Phu-Sa et qui nous avait fait, pendant plusieurs années, la guerre la plus acharnée, était enfin capturé. Après avoir été solennellement jugé par un tribunal de hauts mandarins annamites, il était décapité au centre d'Hanoï, en présence des autorités locales.

Pour hâter le rétablissement de l'ordre dans le Delta, M. de Courcy, sous l'influence de son chef d'état-major, le général Warnet, se décidait à disséminer les troupes et à leur faire constamment sillonner le pays autour de nos cantonnements. En outre il poussait énergiquement la

---

(1) Dépêche du général de Courcy, 15 novembre, déjà citée.

construction des routes : quelques sections avaient déjà été ouvertes. Ces procédés, qui rendaient la répression de la piraterie beaucoup plus rapide, donnèrent de meilleurs résultats que l'emploi de fortes colonnes, trop peu mobiles, comme on l'avait vu lors de la prise de Than-Moï.

Le 28 octobre, le commandant Baudart, du 3ᵉ zouaves, partait de Phu-Than-Hoaï en reconnaissance. Il emmenait avec lui 2 officiers, 100 hommes de la 2ᵉ compagnie du 1ᵉʳ bataillon et 200 miliciens du quan-bô d'Hanoï.

Arrivée à hauteur de Kan-Ouet, son avant-garde était assaillie par des coups de feu : un millier de pirates occupaient ce point. Nos zouaves cherchaient inutilement à l'enlever ; leur charge à la baïonnette se heurtait contre une double haie de bambous épineux et la porte qui servait d'unique issue au village résistait à tous les efforts. Le commandant Baudart envoyait alors contre elle l'éléphant de guerre du quan-bô et réussissait à la faire enfoncer par cet animal. Le capitaine Sajot entrait dans Kan-Ouet à la tête de ses zouaves et en chassait les rebelles ; pendant leur fuite, ces derniers étaient couverts de feux par la section du lieutenant Boudin, qui observait leur ligne de retraite : elle leur infligeait des pertes considérables ; les nôtres se montaient à 2 tués et 6 blessés (1).

Grâce à un grand nombre d'opérations de ce genre, la situation du Tonkin s'améliorait sensiblement : non seulement les populations nous donnaient leur concours sur beaucoup de points, pour disperser les pirates, mais elles étaient souvent disposées à user de procédés sommaires vis-à-vis de ceux qu'elles parvenaient à saisir. L'augmen-

----

(1) Lieutenant Marjoulet, ouvrage cité.

tation du nombre de nos postes et la diminution de leur effectif donnaient d'excellents résultats, en hâtant la pacification et en améliorant l'état sanitaire du corps expéditionnaire. Le choléra avait à peu près disparu, depuis que nous avions renoncé aux grosses colonnes et aux grandes agglomérations de troupes ; il ne nous en coûtait pas moins des pertes très sensibles, hors de proportion avec celles entraînées par les premières opérations de la campagne, jusqu'en juin 1885 : 41 officiers et 1,683 hommes de troupe avaient succombé à cette épidémie avant le 5 décembre de la même année. C'étaient de douloureux sacrifices et qui accroissaient singulièrement la liste de nos pertes pendant l'expédition du Tonkin.

En décembre, nos troupes exécutaient plusieurs opérations, dont l'issue était également heureuse. Au Nord d'Haï-Duong, le général de Négrier entreprenait une courte campagne dans la région des Montagnes de marbre. Des cavernes défendues par les rebelles étaient enlevées par ses troupes, qui y recueillaient des armes et des munitions en grandes quantités. La partie du Delta située entre les canaux des Bambous et des Rapides était entièrement pacifiée.

Du canal des Bambous à la mer, le général Munier exécutait une série d'opérations contre les pirates de mer qui infestaient encore une grande partie des côtes du Delta ; avec le concours de la flottille, il enlevait des villages retranchés et coulait des jonques armées en guerre. Les bâtiments de notre division navale, et notamment le *Léopard*, faisaient également une chasse active aux pirates.

Dans le Nord du Tonkin, le commandant de Mibielle remontait le Song-Chai, de son confluent avec la Rivière Claire jusqu'à Phu-An-Binh qu'il occupait. Ce nouveau poste formait jalon en avant de Tuyen-Quan, dans la direction de Lao-Kay, et devait faciliter l'occupation de ce dernier point.

Enfin, au Nord de Yen-Té (Tin-Dao), la colonne du commandant Diguet livrait une suite de combats heureux (1). Les sorties de la garnison de Phu-Lang-Thuong en novembre, les opérations d'une colonne mobile pendant les premiers jours de décembre avaient rétabli la tranquillité dans toute la zone comprise entre Duc-Lam et Tin-Dao au Nord, Phu-Moc et Tiet-Nhan au Sud. Mais au Nord de Tin-Dao les bandes chinoises étaient maîtresses du pays, ravageant les bords du Song-Cau et enlevant femmes ou enfants pour les vendre sur le marché de Lang-Tchéou.

Le commandant Diguet fut chargé de pacifier cette région avec 300 hommes du 1er étranger, une section du 28e régiment d'artillerie et quelques spahis. Le 12 décembre, il apprenait que les Chinois avaient construit deux villages en paillotes dans les bois, à 2 kilomètres du défilé de Huu-Thuang. Le 13 la colonne se mettait en marche et, à l'entrée du défilé, elle était accueillie par le feu d'un groupe bien armé, qu'elle refoulait d'ailleurs sans difficulté.

Ce défilé est une vallée à fond marécageux, resserrée entre des flancs couverts de hautes herbes ou de bois très fourrés. Après y avoir parcouru quelques centaines de mètres, notre colonne était de nouveau arrêtée par le feu des Chinois embusqués dans la pagode de Huu-Thuang. Mais quelques obus délogeaient aisément l'ennemi et les villages en paillottes étaient enlevés et incendiés ; nous n'avions perdu qu'un tué et un blessé ; les Chinois laissaient 20 cadavres sur le terrain.

----

(1) Voir le rapport publié dans le *Progrès militaire* du 13 mars 1886.

Sur un autre point, à Phuong-Do, une bande d'un millier d'hommes apparaissait le même jour, 13 décembre, et emmenait prisonnière une grande partie de la population, après avoir massacré ou mis en fuite le reste. La colonne Diguet se remettait en route le 16, à 6 heures du matin; l'avant-garde allait se porter, avec l'artillerie, sur des mamelons qui dominaient la seule ligne de retraite de l'ennemi, le chemin de Mo-Na-Luong. Une demi-section de la légion et les spahis essayaient ensuite de tourner le village, ce qui déterminait aussitôt les Chinois à s'enfuir avant d'y être cernés. Les difficultés du terrain empêchaient nos cavaliers de les atteindre, mais nous n'en délivrions pas moins 91 femmes et 95 enfants que les Chinois emmenaient captifs ; 43 de ces malheureux avaient été massacrés par eux, au moment de leur fuite : 17 cadavres de pirates restaient dans le village et nous n'avions perdu qu'un cheval.

D'après les indices recueillis, la bande ainsi dispersée avait cherché son refuge à Mo-Na-Luong, dans les bois. Le 17 décembre, la colonne partait de Tien-La dans la matinée et se dirigeait sur Mo-Na-Luong par un sentier difficile, si étroit qu'il fallait ouvrir passage pour l'artillerie à coups de sabres et de coupe-coupe.

Le 18 décembre, après une nuit passée au bivouac en pleine forêt, le commandant Diguet arrivait dans une clairière où les Chinois avaient installé leur camp. Ils occupaient une position très forte sur un plateau presque nu, adossé à une colline boisée, couvert sur son front par un ruisseau profondément encaissé et un ravin.

Le peloton du lieutenant Duplaa (1), qui formait l'avant-

______

(1) 1re compagnie du 2e bataillon.

garde, tentait d'enlever le plateau ; mais il se voyait en butte
à une fusillade très vive, qui l'arrêtait au pied des pentes.
Un second peloton, celui du lieutenant Féraudy (1) venait
alors renforcer M. Duplaa ; en même temps le sous-lieutenant Menbood mettait audacieusement ses deux pièces en
batterie au débouché du sentier, à très courte distance de
l'ennemi. Malgré un feu intense, il s'y maintenait énergiquement et son tir facilitait singulièrement la reprise de
l'attaque. Cette fois elle réussissait et les Chinois étaient
rejetés dans les bois ; la section d'artillerie venait encore
les déloger de la lisière, malgré deux retours offensifs.
L'ennemi, définitivement en fuite, abandonnait entre nos
mains 155 prisonniers annamites qu'il avait emmenés.
Nos pertes étaient de 2 morts et de 3 blessés.

Le récit de ces petites opérations, que nous avons à
dessein reproduit dans tous ses détails, pourrait être
répété, avec quelques variantes, pour un grand nombre de
faits de guerre survenus vers le même temps et qui firent
honneur à l'endurance de nos soldats. Ces derniers avaient
à lutter, non seulement avec des bandes difficiles à saisir,
mais contre un sol impraticable et un climat dangereux.

A cette époque, un fait important se produisait : la
commission de délimitation, présidée par M. de Saint-
Chaffray, quittait Hanoï le 10 décembre pour se diriger
sur Lang-Son, sous la protection du commandant Servière, lancé en avant avec 300 Tonkinois, une compagnie
du 23° et un peloton de chasseurs d'Afrique. Le 13 décembre, nos soldats rentraient enfin dans la petite place

---

(1) 2ᵉ compagnie.

si malheureusement abandonnée, plus de huit mois auparavant, par le lieutenant-colonel Herbinger.

Malgré toutes les difficultés dont on s'était plu longtemps à menacer le corps expéditionnaire s'il tentait d'occuper Lang-Son, M. Servière s'y établissait sans difficulté, ainsi qu'à Dong-Dang. Il envoyait même une compagnie de Tonkinois à That-Khé : elle en prenait également possession sans coup férir.

Plus à l'ouest, le commandant de Mibielle poussait une reconnaissance de Phu-An-Binh sur Thuan-Quan, sans rencontrer de pirates ou d'irréguliers chinois.

Enfin, dans le Sud du Delta, le général Munier détruisait les bandes du dé-doc Ta-Hien, surnommé l'*invulnérable*, quoiqu'il eût jadis été blessé à Nam-Dinh, lors des combats de 1883 ; il avait mené, depuis lors, une guerre acharnée contre nous. La pacification générale du Tonkin faisait de très grands progrès (1).

En Annam, les succès de nos troupes étaient moins marqués : le commandant Baudart occupait Ha-Tinh avec une compagnie du 3e zouaves et une section d'artillerie ; mais des massacres ensanglantaient encore une grande partie de l'Annam, notamment le Nghé-An (2). Un missionnaire français et 4 ou 500 chrétiens indigènes y étaient

____

(1) Télégramme du général de Courcy au ministre de la guerre, 1er janvier 1886.

(2) Jusqu'au 1er novembre, d'après les renseignements reçus à la Propagande de Rome, 9 missionnaires français, 7 prêtres, 60 catéchistes, 270 religieuses et 24,000 chrétiens indigènes avaient été massacrés dans le vicariat de la Cochinchine orientale ; 200 paroisses complètement détruites, 225 églises incendiées ; 17 orphelinats, 12 couvents ou séminaires, 4 colonies agricoles et 2 pharmacies anéantis.

mis à mort dans les derniers jours de décembre. Aussi, sur certains points, de persécutés nos coreligionnaires devenaient-ils persécuteurs et nous étions obligés de les rappeler à une politique plus prudente. Après tant d'épreuves cruelles, il n'était guère possible de leur en faire un crime.

En janvier 1886, la situation de l'Annam demeurait sensiblement la même : à Vinh, l'un des bataillons en formation de la prétendue armée annamite désertait tout entier avec armes et bagages, laissant enlever le gouverneur par 150 rebelles; une colonne lancée le 16 janvier à leur poursuite ne parvenait point à les rejoindre.

Dans le Binh-Dinh, au contraire, la pacification faisait des progrès. Renforcée de 150 zouaves, la petite garnison entreprenait des opérations dont le résultat était de rejeter les rebelles dans le Laos.

Au Phu-Yen, dans le Canh-Hoa, l'anarchie était complète et nous étions forcés de préparer l'attaque du chef-lieu de cette dernière province; une colonne de 200 zouaves, 40 Tonkinois et 1 section d'artillerie allait en être chargée.

Plus au Sud, le Binh-Thuan semblait relativement tranquille; dans le Quang-Tri, aux portes même de Hué, un de nos convois, escorté par le peloton de chasseurs du lieutenant de Beauchesne, était surpris le 19 janvier, d'ailleurs sans pertes graves.

Mais des faits importants survenaient alors au Tonkin et faisaient encore une fois passer en d'autres mains le commandement du corps expéditionnaire.

Si le général de Courcy n'avait guère trouvé en Indo-Chine l'occasion de déployer ses qualités militaires, son brillant entrain, sa bravoure communicative, il y avait malheureusement commis des erreurs d'appréciation et de conduite, qui ne furent pas sans exercer une fâcheuse influence sur notre entreprise, comme nos lecteurs ont dû s'en convaincre.

Nous l'avons dit déjà plusieurs fois, le général de Courcy était arrivé au Tonkin avec le désir d'entreprendre une campagne nouvelle, et il comptait sur son magnifique corps expéditionnaire pour faire oublier les événements antérieurs d'une expédition qui n'avait pas toujours été heureuse. De là les projets, si peu explicables, qui tendaient à l'abandon du Tonkin et à la conquête de l'Annam; c'est pour ce motif qu'il sembla longtemps se désintéresser des événements survenus dans le delta du Fleuve Rouge, aux portes mêmes de nos places, pour consacrer toute son attention à cette longue et étroite bande de sables qui se nomme l'Annam.

De ses deux lieutenants, le général de Négrier fut seul à exercer quelque influence sur lui : quant au général Brière de l'Isle, il y avait entre lui et son chef immédiat bien des motifs de froissements : le plus important résultait de la situation subordonnée qu'occupait le premier, après avoir longtemps commandé le corps expéditionnaire ; en outre, il n'envisageait pas du même œil que M. de Courcy la politique à suivre vis-à-vis des populations tonkinoises, et son départ arriva sans doute à temps pour empêcher que ses relations avec le général en chef ne prissent un caractère trop tendu.

Le commandant Silvestre, directeur des affaires politiques au Tonkin, était un de nos fonctionnaires les plus au courant des choses du pays. En outre, il jouissait, auprès de la petite colonie française d'Hanoï, d'une grande popularité que le général de Courcy voyait avec déplaisir, car il n'avait rien fait pour en acquérir une semblable, bien au contraire. Il obtint donc, le 1er janvier 1886, le rappel de

M. Silvestre et son remplacement par le commandant Parreau.

Dès le 2, l'ancien directeur des affaires politiques recevait l'ordre de quitter le Tonkin dans le plus bref délai.

D'autres mesures, prises vers la même époque, étaient également fâcheuses : l'état de siège pesait plus lourdement, non sur les Annamites auquel il était indifférent, mais sur la population européenne; l'emploi du télégraphe était à peu près interdit à cette dernière (1).

Le chef d'état-major du corps expéditionnaire, général Warnet, possédait, à un haut degré, le calme et la pondération qui faisaient si complètement défaut à son chef direct; la lourde tâche d'administrer et d'organiser un corps de 30,000 hommes, répartis entre 40 places et 60 postes, sur une immense étendue de pays, lui revenait à peu près entièrement. Avec l'intendant Baratier et le médecin principal Dujardin-Beaumetz, il contribua puissamment à améliorer la situation sanitaire de nos troupes. Mais ses services ne se bornèrent pas là : longtemps il tenta d'user de vieilles relations de camaraderie pour atténuer, dans la mesure du possible, ce que les prescriptions de M. de Courcy pouvaient avoir de trop absolu. Ce rôle le désignait aux sympathies du corps expéditionnaire comme à celles de la population civile, mais tendait aussi à rendre plus difficiles ses rapports avec le général en chef. Vint un moment où ce dernier crut devoir se priver de sa collaboration et, le 5 janvier, sans avoir consulté le gouvernement, il lui donnait l'ordre de se rendre en France, sous le

---

(1) Voir à ce sujet une intéressante correspondance du *Progrès militaire* en date du 7 janvier 1886, publiée dans le n° du 17 février.

prétexte spécieux d'y porter des renseignements sur l'état des troupes et d'y exposer leurs besoins. Le colonel Mourlan devait le remplacer comme chef d'état-major.

Le 16 janvier le général Warnet quittait donc Haï-Phong ; mais à peine le gouvernement apprenait-il son départ du Tonkin, qu'il lui adressait télégraphiquement l'ordre d'y rentrer : en même temps, le rappel de M. de Courcy, déjà décidé en raison de la nomination prochaine d'un résident général civil, était officiellement annoncé, et le général Warnet recevait l'ordre de prendre par intérim le commandement du corps expéditionnaire. En quelques jours, trois de nos généraux s'étaient donc succédé à sa tête (1), instabilité bien faite pour influer d'une manière désavantageuse sur le moral de nos troupes comme sur les dispositions de la population.

Le gouvernement supprimait pour le nouveau commandant en chef les pouvoirs militaires extraordinaires qui avaient été dévolus au général de Courcy, tout en maintenant ses attributions politiques et diplomatiques jusqu'à l'arrivée du résident général.

Un décret depuis longtemps attendu venait en effet de déterminer le régime sous lequel seraient placés l'Annam et le Tonkin (27 janvier 1886).

Dorénavant, ces deux pays constitueraient sous notre protectorat un ensemble ayant ses lois, son budget, ses moyens d'action propres : ils n'auraient avec la métropole d'autres liens que ceux résultant de la nomination de quelques hauts fonctionnaires et de l'allocation d'une subvention que l'on espérait devoir être provisoire.

---

(1) Le général de Négrier avait pris le commandement dans l'intervalle du départ de M. de Courcy et de l'arrivée de M. Warnet.

A la tête du protectorat de l'Annam et du Tonkin serait placé un résident général civil, dépendant uniquement du ministère des affaires étrangères : il présiderait aux relations extérieures de l'Annam, ainsi qu'à tous les rapports entre les autorités françaises et annamites. Il aurait sous ses ordres le commandant des troupes de terre et de mer, celui de la flottille et nommerait à tous les emplois civils, à peu d'exceptions près.

Sa résidence officielle serait à Hué, mais pourrait être portée partout où il le jugerait convenable. Sous ses ordres, deux résidents supérieurs dirigeraient les affaires du protectorat, l'un à Hué, l'autre à Hanoï. Enfin un conseil consultatif de hauts fonctionnaires lui serait adjoint.

Seul, le résident général aurait le droit de correspondre directement avec le gouvernement central. Il pourrait entrer en relations avec le gouverneur de Cochinchine ou le ministre de France à Pékin, mais n'engagerait par lui-même aucune action politique ou diplomatique, en dehors du ministère des affaires étrangères.

D'ailleurs toute opération militaire devrait avoir son assentiment préalable.

A l'exemple de ce qui se passe en Algérie, ce haut fonctionnaire pourrait confier à l'autorité militaire une zone déterminée suivant les besoins, et qui rentrerait sous ses ordres directs dès qu'il le jugerait nécessaire.

Le résident général dresserait le projet du budget de l'Annam et du Tonkin, en conseil du protectorat, sur l'avis des chefs de services intéressés. Ce projet ne deviendrait définitif qu'après avoir été approuvé par un décret rendu en conseil des ministres, c'est-à-dire sans la coopération des Chambres.

Les comptes de chaque exercice seraient soumis à la même approbation.

Enfin, le ministre des affaires étrangères pourrait envoyer des délégués, au Tonkin ou en Annam avec le droit d'investigation le plus étendu : c'était afin de remédier, dans une certaine mesure, à ce qu'aurait pu avoir d'excessif l'indépendance accordée à un fonctionnaire gouvernant, sans contrôle local, un grand pays placé si loin de la France.

Le 31 janvier un nouveau décret désignait M. Paul Bert pour les fonctions de résident général.

En somme, les principales dispositions de la nouvelle organisation de l'Indo-Chine française étaient logiquement conçues ; une seule prêtait à des difficultés sérieuses : celle qui soumettait le protectorat de l'Annam et du Tonkin au ministère des affaires étrangères, tandis que toutes nos autres possessions coloniales, Madagascar et la Tunisie exceptées, étaient du ressort de l'administration de la marine. Ainsi la Cochinchine et le Cambodge dépendaient d'un ministère autre que celui chargé d'organiser l'Annam et le Tonkin, deux pays rattachés à notre colonie de Saïgon par tant de liens de tous genres. Cette séparation, que rien ne justifiait, devait donner lieu à de nombreuses difficultés (1) qu'il eût été aisé d'éviter. A défaut d'un ministère spécial des colonies, dont la création était encore différée par trop d'oppositions intéressées, il aurait été naturel de rattacher le nouveau protectorat au département de la marine. Ce dernier avait seul à sa disposition le personnel nécessaire pour l'organiser. Malheureusement

---

(1) Voir à ce sujet l'exposé des motifs d'une proposition de résolution déposée par M. Blancsubé le 1er juillet 1887.

vingt mois devaient s'écouler avant qu'on adoptât cette combinaison si simple (1).

Quoi qu'il en soit, les résultats de la nouvelle organisation de l'Annam et du Tonkin devaient dépendre, en grande partie, du haut fonctionnaire choisi pour l'appliquer : restait à savoir si Paul Bert justifierait la confiance mise en lui par le gouvernement de la République.

---

(1) Le rattachement du protectorat de l'Annam au ministère de la marine et des colonies a été ordonné par le décret du 17 octobre 1887.

CHAPITRE XVII

Occupation de Thuan-Quan, février 1886. — Réorganisation du corps
expéditionnaire. — Occupation de Lao-Kay, 29 mars. — Assassinat
du capitaine Besson à Tourane. — Administration du général
Warnet. — Arrivée de Paul Bert à Hanoï, 8 avril 1886.

Le début du mois de février 1886 au Tonkin était marqué
par un nouveau pas en avant du corps expéditionnaire : le
général Jamont occupait Thuan-Quan, sur le haut Fleuve
Rouge, après une suite de mouvements habilement conçus.

Avant de quitter Hanoï, il avait dirigé en amont un grand
nombre de sampans et de jonques chargées de vivres et de
munitions : en même temps il constituait quatre colonnes
dont l'effectif total atteignait 3,500 hommes environ.

La première, commandée par le colonel de Maussion,
remonterait la rive droite du fleuve : elle serait suivie du
commandant Béranger, avec la seconde. La troisième dirigée par le commandant Gaudon, suivrait la rive gauche.
Enfin, de Phu-An-Binh, le commandant de Mibielle se dirigerait directement sur Thuan-Quan, de manière à menacer
la retraite des bandes ennemies qui pourraient résister en
aval, dans la vallée du Song-Koï.

Le général Jamais aurait le commandement des troupes opérant sur la rive gauche ; le colonel de Maussion de celles de la rive droite.

Le 1ᵉʳ février le général Jamont s'embarquait à Hanoï, sur le *Jacquin*, avec son chef d'état-major, le colonel Kessler, et il rejoignait la colonne Gaudon. Celle-ci se heurtait, dès le 2 février, à un village fortifié commandant le passage de la rivière Ngaimé. L'ennemi en était promptement chassé par nos obus, sans pertes pour les troupes.

Le même jour le colonel de Maussion avait un engagement semblable, qui lui coûtait quatre blessés. La marche de nos colonnes se poursuivait sans obstacle le 3 février et, dès le soir du 4, le commandant de Mibielle entrait dans Thuan-Quan, après un simulacre de défense par les bandes chinoises. Le général Jamont s'occupait aussitôt d'y créer un dépôt de vivres et de munitions pour les expéditions futures sur le haut Song-Koï. L'occupation de Lao-Kay semblait déjà si prochaine que des marchands chinois demandaient et obtenaient l'autorisation de devancer nos troupes, afin de s'y établir (1).

Le 11 février, un arrêté du général Warnet organisait complètement les troupes indigènes du Tonkin. Elles devaient être portées, dans un avenir très prochain, à 20,000 hommes répartis en 4 régiments d'infanterie, atteignant un effectif

---

(1) Le 10 février se réunissait, en France, un conseil d'enquête appelé à décider si le lieutenant-colonel Herbinger avait encouru la réforme pour inconduite habituelle. La divulgation du rapport du colonel Borgnis-Desbordes, par le *Temps*, avait eu un tel retentissement, que le ministre de la guerre jugeait nécessaire de faire subir au malheureux officier cette nouvelle et terrible épreuve. Dans une séance tenue à huis-clos, conformément aux règlements, le conseil se prononça, dit-on, en faveur du colonel. Ce dernier devait d'ailleurs survivre bien peu de temps à la maladie qui le minait ; il mourait avant la fin de 1886.

de 16,000 soldats, et en 4,000 hommes affectés aux autres armes. De plus une milice serait formée sur les frontières, d'après des règles analogues à celles qui présidaient jadis à la constitution des troupes des Confins militaires, sur les limites de l'Autriche et de la Turquie.

Les Tonkinois originaires des quatre grandes circonscriptions correspondant aux régiments dont nous venons de parler serviraient trois ans dans l'armée active et deux ans dans la réserve. Cette organisation nouvelle devait donner le moyen de renforcer promptement nos troupes, si les circonstances venaient à nous y forcer, sans charger outre mesure le budget du protectorat. Malheureusement la plus grande partie de ces innovations ne devait pas survivre à l'administration du général Warnet.

Vers la même époque, le gouvernement fixait à 14,000 hommes l'effectif des troupes métropolitaines qui allaient demeurer en Annam ou au Tonkin : 8 bataillons, 3 escadrons, 7 batteries devaient cesser d'en faire partie au printemps; le corps expéditionnaire se réduirait à une simple division d'occupation.

Le général de Courcy avait proposé, nous l'avons dit, des réductions presque équivalentes, mais sous la condition de renoncer à l'occupation intégrale du Tonkin. Nous avions abandonné la dernière partie de ce programme : il eut été nécessaire de renoncer également à la première, ou, du moins, d'échelonner le départ de nos troupes sur un intervalle de temps beaucoup plus étendu. La conquête du pays n'était pas terminée : une réduction d'effectif aussi considérable et aussi subite ne pouvait que difficilement s'expliquer dans l'état actuel de nos établissements d'Indo-Chine. Mais le ministère voulait donner satisfaction, s'il était possible, à la partie du parlement et de la presse qui avait toujours été hostile à notre entreprise :

il ne devait pas y réussir, tout en retardant le rétablissement de la paix au Tonkin et en Annam.

Cependant les opérations se continuaient activement, en attendant le départ des troupes qui allaient être rapatriées.

Sur le haut Song-Koï, l'une des colonnes du général Jamont occupait, vers la fin de février, Van-Ban-Cham, l'ancien poste de douane des Pavillons-Noirs, en aval de Lao-Kay : nos troupes continuaient, le 25 mars, leur marche sur cette dernière ville dont soixante kilomètres seulement les séparaient.

Elles étaient réparties en deux colonnes; l'une, celle du colonel de Maussion, opérant sur la rive gauche; l'autre, celle du commandant Berquant, sur la rive droite. Toutes deux étaient fortes d'une compagnie de la légion, d'une compagnie de Tonkinois et de quelques centaines de miliciens; une escadrille portait le convoi.

La colonne de Maussion n'avait pas à brûler une amorce pendant sa marche; celle du commandant Berquant ne perdait qu'un tué et un blessé.

Elles entraient à Lao-Kay le 29 mars, sans coup férir; en dépit des prédictions sinistres au moyen desquelles on avait longtemps empêché nos soldats d'occuper la zone évacuée par les Chinois, nous étions parvenus à nous y installer, presque sans perte. Pendant notre marche sur Lao-Kay les indigènes étaient venus d'eux-mêmes s'atteler à la cordelle pour hâler nos bateaux; ils voyaient dans l'arrivée de nos troupes la fin longtemps attendue de plusieurs années de misère.

Dans une autre région du Haut-Tonkin nos troupes gagnaient également du terrain. Le 16 mars 1886, le 2⁰ bataillon d'Afrique quittait Chu pour occuper définitivement Lang-Son et les points environnants, dans lesquels l'escorte de la Commission de délimitation avait déjà paru au mois de décembre précédent.

L'état-major et deux des compagnies du bataillon s'établissaient à Lang-Son ; les deux autres se répartissaient entre Dong-Dang, Na-Cham et That-Khé.

Le 8 avril, une bande d'un millier d'hommes armés de fusils à tir rapide, entourait le poste de That-Khé, gardé par 31 chasseurs de la 3e compagnie (sous-lieutenant Maigne). Ce dernier se défendait énergiquement et donnait au capitaine Houdaille le temps d'arriver de Na-Cham et de repousser l'ennemi ; nous n'avions que 3 tués ou blessés.

A la suite de cette petite affaire, le commandant Servière quittait Lang-Son avec 2 compagnies et dirigeait sur la porte de Cua-Aï une reconnaissance, après laquelle il regagnait son poste, en traversant une partie de la province de Cao-Bang : cette expédition ne nous coûtait qu'un tué (1).

En Annam, la paix était plus lente à se rétablir : à la fin de février on annonçait de nouveaux massacres dans le Quang-Binh ; à Hang, près d'Au-Son, une chrétienté défendue par un missionnaire, le P. Fabre, était enlevée après la mort de ce malheureux ; neuf cents chrétiens, hommes, femmes et enfants succombaient jusqu'au dernier et une colonne française lancée à leur secours n'arrivait que trois jours après cette horrible boucherie.

Un autre événement grave suivait peu après : vers la fin de février, le capitaine du génie Besson était à Tourane, avec deux sergents de son arme et cinq soldats d'infanterie de marine, pour surveiller la réfection de la route de Hué

-----

(1) Capitaine Bou-Saïd, ouvrage cité.

par le col des Nuages. A Tourane, il occupait une paillotte voisine de celle où son petit détachement était installé.

Le 1er mars, entre onze heures et minuit, trois cents rebelles environ arrivent en sampans dans la baie de Tourane et débarquent silencieusement auprès du village ; aucun habitant ne donne l'éveil. Ils cernent les deux paillottes et pénètrent tout à coup chez le capitaine qui travaille, assis devant une table. A peine a-t-il le temps de mettre la main sur son revolver et d'en brûler une cartouche, qu'il est saisi, jeté à terre et décapité.

Les sept hommes de la paillotte voisine, réveillés par le bruit de la lutte, rejettent à coups de baïonnettes les Annamites déjà entrés chez eux. Mais les rebelles incendient leur fragile abri et les forcent à une sortie désespérée : tous meurent, les armes à la main, après avoir tué quarante-cinq ennemis ; le chef de ces derniers a eu le corps traversé par un coup de baïonnette.

Le même jour, un émissaire de Thuyet affichait sur les murs de la Légation, à Hué, une proclamation annonçant que nos soldats allaient être chassés de l'Annam. Ces provocations restaient sans écho et l'assassinat du capitaine Besson demeurait un fait isolé ; le général Prudhomme pouvait même tenter une opération dirigée contre Thuyet et le roi fugitif, alors aux environs de Traïna. Le commandant Pelletier, avec deux compagnies de Tonkinois, devait leur couper la retraite, tandis que le lieutenant-colonel Metzinger les attaquerait de front. Mais nos deux colonnes ne purent combiner assez exactement leurs mouvements pour que ce plan réussît : le commandant Pelletier n'en parvint pas moins à atteindre la troupe du roi fugitif au fond d'une gorge. Après un vif combat qui nous coûta 17 blessés, dont 5 Français, les Annamites étaient refoulés ;

Thuyct et le roi s'enfuyaient à grand'peine, nous abandonnant chevaux, tentes et bagages.

Vers la même époque, dans la nuit du 14 au 15 mars, des bandes annamites venues du Ha-Tinh se concentraient au Sud-Ouest de Than-Hoa et attaquaient le lendemain la citadelle et la ville. Quatre compagnies d'infanterie de marine qui formaient la garnison les repoussaient d'ailleurs sans difficulté et cette tentative restait isolée.

Dans le courant de mars, la colonne Mignot arrivait enfin à Hué, après cinq mois de marches et d'expéditions continuelles. Son passage au travers de tout l'Annam du Nord, de Nam-Dinh à Hué, avait puissamment contribué à hâter les progrès de la pacification.

Malgré les succès partiels remportés par nos troupes, la situation du pays était encore très troublée; nos garnisons, éparses sur douze cents kilomètres de côtes, ne suffisaient pas à rétablir la tranquillité. En outre, depuis le mois de juillet 1885, les commandants de nos postes réunissaient à leurs fonctions militaires des attributions politiques auxquels tous n'étaient pas suffisamment préparés, et il en résultait des difficultés fréquentes. Le général Warnet dut nommer le capitaine Hector, administrateur des affaires indigènes de Cochinchine, aux fonctions de résident à Hué : il parvint à rendre les rapports plus faciles entre l'autorité militaire française et les Annamites.

La disparition complète du choléra, annoncée officiellement le 20 mars 1886, améliorait puissamment la situation de nos troupes ; malheureusement elle coïncidait avec la réduction d'effectif dont nous avons parlé.

Le général Warnet (1) avait dignement employé le peu de

______

(1) Né le 5 août 1828, à Paris; sorti de Saint-Cyr en 1849 et de

semaines pendant lesquelles il s'était vu à la tête du corps expéditionnaire : 4,000 kilomètres de routes charretières créés sans frais pour le trésor, par la main-d'œuvre locale, douze mille hommes de troupes indigènes encadrés, de nouveaux postes organisés, toutes ces mesures avaient puissamment contribué à rétablir la tranquillité. Elle était si grande déjà que le capitaine Bouinais, membre de la commission de délimitation, pouvait partir de Dong-Dang, le 22 janvier, suivi de quatre chasseurs d'Afrique, laisser sa petite escorte à Than-Moï et arriver le 25 à Haï-Phong avec un seul homme. Combien notre situation s'était-elle améliorée, en moins d'un an, sur cette même route de Lang-Son à Than-Moï que la 2ᵉ brigade avait prise de nuit, en fuyant devant les troupes chinoises !

Mais une sorte de fatalité voulait que la plupart de ceux qui avaient dirigé notre entreprise au Tonkin fussent obligés d'y renoncer avant l'heure, au moment où leur action aurait pu être le plus utile : le général Warnet n'échappait pas à cette loi commune et, le 8 avril 1886, le premier résident général civil, Paul Bert, débarquait à Hanoï. L'ère de la conquête était finie au Tonkin.

------

l'École d'état-major en 1851, dans la promotion des généraux Billot et Haillot, avec le numéro 17 sur 25, le général Warnet était capitaine dès 1854, chef d'escadron en 1868, lieutenant-colonel en 1870, colonel le 1er octobre 1875 et général de brigade le 19 février 1880. Il est divisionnaire du 14 février 1885.

CHAPITRE XVIII

Avant de terminer notre tâche, il nous reste à donner un bref aperçu des événements survenus au Tonkin ou en Annam depuis le mois d'avril 1886, et à dire quelle est, au moment actuel, la situation de ces nouvelles possessions de la France.

Le choix que le ministère fit de Paul Bert pour les organiser fut heureux, quoique le nouveau résident général connût uniquement de l'Indo-Chine ce qu'il avait pu en apprendre par ses lectures. Il est vrai qu'aucune publication la concernant de près ou de loin n'avait échappé à son attention. Cette étude constante, dirigée avec la précision et le soin qu'il apportait à ses travaux scientifiques, servie par sa haute intelligence, devait lui rendre relativement facile la tâche si ardue qu'il avait assumée. Après avoir longtemps et passionnément plaidé au parlement la cause de l'intervention française en Annam, il estima de son devoir de lui consacrer toutes ses forces. Avec une abnégation entière, il sacrifia ses travaux scientifiques, son rôle politique à la Chambre, sa situation de professeur à la Sorbonne et de membre de l'Institut au désir d'être utile à la France. Malheureusement la mort ne devait pas lui permettre d'achever sa tâche et il disparaissait, le 11 novembre 1886, au moment même où il aurait pu rendre le plus de services à notre pays (1).

Arrivé avec beaucoup de préjugés au Tonkin, Paul Bert sut s'en délivrer rapidement ; d'infatigable ennemi du clergé qu'il était en France, il devint le protecteur et l'ami de nos missionnaires au Tonkin. C'était l'application du mot fameux de Gambetta : « La guerre au cléricalisme n'est pas un article d'exportation. »

Aussi, quelques jours avant sa mort, il se rendait encore à Ké-So, pour l'ordination de Mgr Pinaud ; la supérieure de l'hôpital militaire d'Hanoï, sœur Thérèse, devait l'assister dans ses derniers moments. En adoptant cette ligne de conduite, le résident-général faisait preuve d'une indépendance de caractère trop rare aujourd'hui ; il ne craignait pas en effet d'affronter le mécontentement

---

(1) Né à Auxerre le 19 octobre 1833, il y fait ses premières études, puis vient à Paris au collège Sainte-Barbe, pour s'y préparer à l'École polytechnique. Il change ensuite d'intention et suit les cours de l'École de droit ; il va entrer dans la magistrature quand ses idées subissent une nouvelle modification. Il entre au laboratoire des travaux anatomiques du Muséum ; docteur en médecine en 1863, docteur ès-sciences en 1866, Paul Bert professe la zoologie à la Faculté des sciences de Bordeaux, supplée Flourens au Muséum, et enfin remplace Claude Bernard à la Sorbonne en 1869.

La carrière politique s'ouvre pour lui en 1870 : il est alors préfet du Nord et, l'année suivante, député de l'Yonne ; il doit l'être jusqu'à son dernier jour. En 1881, il fait partie du Grand ministère, où il détient le portefeuille de l'instruction publique.

Mort à Hanoï le 11 novembre 1886.

de ces sectaires, si nombreux, qui mettent autant d'intolérance au service de la liberté de penser que d'autres en ont montré jadis dans la défense de leur foi.

Ses rapports avec les autorités militaires ne furent pas toujours très bons, et il ne pouvait guère en être autrement. L'état-major de la division d'occupation avait peine à pardonner au résident général la diminution apportée dans son importance. Quant à Paul Bert, ses études antérieures et sa vie politique ne le rendaient pas apte à comprendre les susceptibilités ou les passions d'un corps d'officiers. Son institution des milices indigènes, dont nous dirons plus loin quelques mots, d'autres mesures, motivèrent entre les commandants de nos troupes et lui de très fâcheux froissements, qui ne furent pas sans influence sur les retards subis par la pacification définitive du Tonkin (1).

Le choix de M. Bihourd pour remplacer Paul Bert s'explique plus difficilement. Pas plus que son prédécesseur, il ne connaissait le Tonkin ; mais la carrière administrative qu'il avait suivie jusque là, le rendait encore moins propre à gouverner un grand pays, situé si loin et différant tellement de la France par ses mœurs et ses lois. En outre, son prédécesseur possédait sur lui l'avantage d'avoir soigneusement étudié, disséqué, suivant son mot favori, toutes les publications parues au sujet de l'Indo-Chine. Il pouvait « juger l'Annamite plus sûrement et beaucoup mieux que tous ceux qui ne l'avaient jamais vu. »

M. Bihourd était bien loin d'apporter avec lui un ba-

____

(1) Voir les *Notes et impressions* publiées par un officier supérieur dans le *National* du 11 novembre 1887, et une conversation de Paul Bert, citée dans le *Figaro* du 12 novembre 1886.

gage semblable : aussitôt arrivé à Hanoï, à peine en présence de la tâche qui avait écrasé Paul Bert, il comprit son infériorité. Il se borna dès lors à un rôle à peu près négatif, ne faisant aucune tentative pour continuer les innovations de son prédécesseur ou améliorer la situation matérielle et morale des pays qui lui étaient confiés : il devait être rappelé en France avant d'avoir pu s'assimiler les premiers éléments de ses délicates fonctions.

Quant au successeur de M. Bihourd, M. Constans, il occupe les fonctions de gouverneur général depuis trop peu de temps pour avoir pu donner sa mesure (1).

De ce qui précède, il résulte que d'avril 1886 à l'heure actuelle (juillet 1888), trois fonctionnaires ont successivement été à la tête de nos possessions d'Indo-Chine. Ce sont là, on l'avouera, de fâcheuses conditions, fort peu propres à assurer le développement régulier de notre entreprise. Malheureusement les hommes n'ont pas été seuls à changer : ces modifications se sont étendues aux idées et aux systèmes d'administration, comme nous en donnerons bientôt la preuve.

Pourtant la situation générale de nos établissements d'Extrême-Orient est moins défavorable qu'on ne pourrait le craindre ; elle se résumait ainsi au commencement de 1888 : au Tonkin, les provinces de l'Est, les parages de la haute Rivière Claire et du Song-Chai sont tranquilles. Dans la vallée du Fleuve Rouge nos troupes viennent de s'emparer de Ba-Khé et y organisent un poste dans une magnifique position naturelle ; elles vont s'étendre du côté de Laï-Chau et se préparent à en finir avec

(1) Sa mission a pris fin en mai 1888 et ne paraît pas devoir être renouvelée.

un des derniers chefs indigènes qui tiennent la campagne, le Bo-Giap. Sur la frontière de l'Annam, le Than-Hoa et le Nghé-An sont à peu près pacifiés, après de longues agitations. Les rebelles réfugiés dans les montagnes ne font plus que de rares apparitions et se dispersent au premier mouvement de nos troupes. Le reste du royaume est également dans une situation rassurante et Dong-Kanh, qui nous doit son trône, paraît être sincèrement attaché à la France.

A l'Ouest de l'Annam, un de nos détachements vient de franchir la ligne de faîte qui sépare ce pays du bassin du Mékong et s'est rencontré avec M. Pavie, notre consul à Luang-Prabang, venu de cette ville ; ce sera peut-être le signal de l'ouverture d'une nouvelle voie commerciale. De plus, M. Gauthier, un voyageur français parti du Siam, a descendu le Mékong, de Luang-Prabang à Khong et a rapporté de son exploration le projet de création de deux lignes de vapeurs ; l'une de Khong à Kemmarat et l'autre de Kemmarat à 6o milles au-dessous de Luang-Prabang. Déjà la Compagnie des Messageries Fluviales de Cochinchine a obtenu de prolonger son service jusqu'à Stung-Treng et elle a l'intention de pousser jusqu'à Khong. On voit que l'importance du Mékong comme grande voie commerciale s'affirme chaque jour davantage.

Enfin, la Cochinchine jouit d'une tranquillité complète ; la pacification du Cambodge, qui a été si lente à s'établir, paraît être entièrement assurée (1).

______

(1) *Débats parlementaires*, Chambre, 13 février 1888, discours de M. F. Faure, sous-secrétaire d'État aux colonies ; *Bulletin de la Société de géographie de Paris*, etc.

Il semble donc que la période militaire soit close, des frontières de la Chine à celles du Siam, dans toute l'Indo-Chine française. Sans doute il y aura encore de petites expéditions, des combats, peut-être des échecs, mais leur importance sera minime, si aucune puissance étrangère n'intervient contre nous ; une colonie ne s'improvise pas en quelques années : nos cinquante années de guerre en Algérie sont là pour le rappeler.

Un grand fait s'est produit dans les derniers mois de 1887 : l'établissement de l'Union indo-chinoise : cette importante mesure, souvent réclamée dans ces derniers temps, a été réalisée par un décret du 17 octobre, suivi de mesures complémentaires. Malheureusement, ces dispositions étaient à peine appliquées, qu'un nouveau décret du 11 juin 1888 venait les modifier entièrement, en réduisant dans de fortes proportions les attributions du gouverneur général et en supprimant le budget commun de nos possessions d'Indo-Chine. C'est là un nouvel et triste exemple de l'instabilité qui règne en ce moment dans toutes nos administrations et qui entraînera notre pays à sa ruine, si on n'y prend garde.

Désormais l'Annam, le Tonkin, la Cochinchine et le Cambodge forment, sous le nom d'Indo-Chine française, un ensemble, administré par un gouverneur général et régi par les mêmes dispositions, en ce qui concerne la direction politique, le commandement des forces de terre et de mer, les services judiciaires, les postes et les télégraphes, les douanes et les régies.

Antérieurement au décret du 17 octobre, l'union douanière avait été déjà réalisée par la loi des finances de 1887, qui établissait un même tarif général pour toutes nos possessions d'Indo-Chine. De même les juridictions françaises de l'Annam, du Tonkin et du Cambodge relevaient déjà de la Cour d'appel de Saïgon.

L'unité du commandement des troupes et de la marine ne s'impose pas moins ; elle seule peut permettre de réduire les dépenses qu'entraînent ces deux services, en faisant varier la répartition de nos forces suivant les besoins. Quant à l'unité politique, elle est rendue nécessaire par la constitution même de nos possessions, habitées par une race identique, sous un climat sensiblement le même, avec des intérêts le plus souvent communs. Jusqu'au 17 octobre 1887, l'attribution au ministère des Affaires étrangères des protectorats de l'Annam ou du Tonkin et à celui de la marine de la Cochinchine et du Cambodge, avait abouti à une dualité d'action et, partant, à des conflits regrettables. Il suffit de rappeler ceux survenus entre le résident général de l'Annam et le gouverneur de Cochinchine, au sujet de la pacification du Binh-Thuan.

En outre, l'union de ces pays sous l'autorité d'un même gouverneur général permettra sans doute d'assurer une meilleure répartition de nos fonctionnaires ; jusqu'en ces derniers temps, la Cochinchine en comptait un nombre beaucoup trop considérable, alors que l'Annam et le Tonkin étaient pourvus du strict indispensable ; ceux envoyés de la métropole dans ces derniers pays manquaient trop souvent de l'expérience et des qualités nécessaires : il n'y aurait eu qu'avantage à remplacer parmi eux les éléments défectueux par d'autres venus de Cochinchine.

Tout en faisant partie d'un même ensemble, chacun des pays de l'Union conserve son autonomie, son budget, son organisation particulière. Nous avons donc tenté de renouveler en Indo-Chine les expériences que les Anglais ont mises si souvent et si heureusement à exécution dans leurs groupes de colonies.

Le gouverneur général est assisté de commandants supérieurs des troupes ou de la marine, d'un chef de service judiciaire, d'un directeur des douanes et régies (1).

Un lieutenant-gouverneur en Cochinchine, un résident général au Tonkin ou en Annam, un résident général au Cambodge représentent, dans chacun de ces pays, l'autorité métropolitaine, sous les ordres du gouverneur général. Avec les chefs de services cités plus haut, ils constituent le Conseil supérieur de l'Indo-Chine, que préside ce haut fonctionnaire et qui devait établir le budget commun de l'Union, sous le régime institué par le décret du 17 octobre 1887.

Enfin le gouverneur général a le droit de correspondre directement avec le ministre de France en Chine, nos consuls et vice-consuls à Batavia, Hong-Kong, Singapour, Bangkok et Luang-Prabang. Il ne peut engager aucune action politique ou diplomatique en dehors du gouvernement métropolitain (2). De plus il est soumis à la direction politique du ministre des affaires étrangères.

Le gouverneur général réside officiellement à Saïgon, mais il peut se transporter partout où les besoins du service l'appellent en Indo-Chine. Cette latitude s'impose, car la situation de Saïgon, à l'une des extrémités de notre nouvelle colonie, est loin d'en faire le point central que doit être une capitale. A ce point de vue le choix de Hué aurait été mieux justifié.

Aux termes du décret du 12 novembre 1887, le gouverneur

----

(1) Le secrétaire général a été supprimé par le décret du 11 mai 1888.

(2) Voir les décrets des 17, 20 et 31 octobre, des 12 et 19 novembre 1887, du 12 avril et du 11 mai 1888. Cette énumération suffit à prouver quelle confusion règne dans nos affaires coloniales.

M. PAUL BERT

général organise les services de l'Indo-Chine et règle leur
attributions par des arrêtés provisoirement exécutoires.
Il nomme à la plupart des emplois civils. Il peut déléguer

tout ou partie de ses droits au lieutenant gouverneur de Cochinchine ou aux résidents généraux. Il a également le pouvoir de soumettre à l'autorité militaire certaines zones déterminées ; elles rentrent sous les ordres des fonctionnaires civils dès qu'il le juge nécessaire.

La situation de l'Indo-Chine française vis-à-vis des peuples voisins est assez rassurante ; les travaux de la commission de délimitation des frontières de l'Annam et de la Chine, commencés dès la fin de 1885, se sont prolongés durant près de deux ans et ont abouti, le 26 juin 1887, à un arrangement définitif d'après lequel nous cédons aux Chinois l'enclave de Paklung, au Sud-Est du Tonkin, et le territoire de Houang-Chan-Pi sur la Rivière Claire, à l'exception de ce point lui-même. Par contre, la Chine renonce à ses prétentions sur les territoires de Phong-To et de Laï-Chan, ainsi que sur la région de Bao-Lac (1). La délimitation du Tonkin est donc terminée sur ses frontières du Nord et de l'Est. A l'Ouest nous confinons aux tribus à demi sauvages du Laos et une exacte détermination de nos limites communes n'est pas encore nécessaire.

Le traité de commerce, signé le 25 avril 1886, à Tien-Tsin, entre M. Cogordan et Li-Hong-Tchang, soumis aux Chambres dans le courant de la même année, a soulevé des objections fondées. Une convention additionnelle, plus avantageuse, assure-t-on, et signée le 26 juin 1887, n'a pas encore été approuvée par les Chambres (2), pas plus,

---

(1) Rapport fait au nom de la commission du budget, ministère des affaires étrangères, exercice 1888, par M. Gerville-Réache, député. (12 novembre 1887, *Documents parlementaires*, Chambre, page 261).

(2) Ces conventions n'ont même pas été publiées officiellement par le gouvernement français, et les rapports les concernant viennent à peine d'être déposés à la Chambre.

du reste, que le traité du 25 avril 1886. Nos relations commerciales avec la Chine sont donc incertaines jusqu'ici. Malgré cet état des choses si désavantageux, les autorités chinoises des frontières paraissent être, dit-on, dans de bonnes dispositions à notre égard.

Enfin une convention signée à Bangkok, le 7 mai 1886, entre la France et le Siam, reconnaît à ce dernier pays ses droits sur la principauté de Luang-Prabang, naguère vassale de l'Annam et nous autorise à y établir un consul (1). Malheureusement, d'après les dernières nouvelles venues d'Indo-Chine, Luang-Prabang est menacée par les Hôs, bandes d'origine chinoise analogues aux Pavillons Noirs et qui habitent le Haut-Laos. Si l'annonce de cette invasion était confirmée, il y aurait à redouter de voir l'accès de la vallée du Mékong complètement interdit au-dessus de cette ville.

Les progrès de la pacification ont permis de réduire, dans de très fortes proportions, l'effectif de nos troupes d'Indo-Chine. Le 1er novembre 1887, l'armée de terre avait au Tonkin ou en Annam 1 bataillon de chasseurs, 3 bataillons de zouaves, 4 bataillons des 1er et 2e régiments étrangers, 2 bataillons d'infanterie légère d'Afrique, 1 compagnie de pionniers de discipline, 3 batteries d'artillerie, 1 compagnie de pontonniers, 2 compagnies du train, des détachements du génie, de secrétaires d'état-major, de commis et ouvriers d'administration, d'infirmiers, de cavaliers de remonte, etc. ; à la même date les troupes de la marine comptaient un régiment de

____

(1) Cette convention, approuvée par le Sénat en 1887, ne l'a pas encore été par la Chambre.

marche d'infanterie (8 compagnies), 3 batteries ; enfin les corps indigènes étaient les suivants : quatre régiments de tirailleurs tonkinois, à quatre bataillons de quatre compagnies (1); un régiment de tirailleurs annamites à deux bataillons, quatre bataillons de chasseurs annamites. Ces derniers et le 4ᵉ tonkinois dépendent du ministre de la guerre ; le reste des troupes indigènes de celui de la marine. Il est presque inutile d'ajouter que cette dualité a de fâcheuses conséquences ; il est surprenant qu'on ne s'occupe pas d'y remédier.

Le 15 novembre 1887, l'effectif de toutes ces troupes s'élevait à 624 officiers et 11,031 hommes de troupes, pour les corps détachés de l'armée métropolitaine ou de celle d'Afrique ; l'infanterie et l'artillerie de marine comptaient 214 officiers et 2,569 hommes en Annam et au Tonkin (2).

Dans le reste de l'Indo-Chine l'effectif des troupes de la marine était à la même date, de 271 officiers et 2,899 hommes. L'ensemble des troupes françaises consacrées à la garde de nos nouvelles possessions atteignait donc le total relativement considérable de 1,109 officiers et 16,499 hommes, dont plus de 11,000 empruntés à l'armée de terre. Toutes les troupes indigènes de l'Annam, de Cochinchine et du Tonkin comptaient 23,584 hommes.

Depuis la fin de 1887, cette situation s'est sensiblement améliorée ; un bataillon de chasseurs, trois bataillons de zouaves, d'autres détachements ont été renvoyés en France. L'armée de terre ne compte guère en Indo-Chine, à l'heure

---

(1) La création d'un cinquième régiment, entreprise à la fin de 1887, a été brusquement abandonnée par raison d'économie.

(2) Dont 123 officiers et 438 sous-officiers des troupes de la guerre et 161 officiers, avec 598 sous-officiers, de celles de la marine, détachés dans les corps indigènes.

actuelle, que des unités (bataillons d'Afrique ou bataillons étrangers) dont l'emploi n'est pas prévu pour une guerre continentale. Leur composition explique cette prudente réserve ; en 1870 on ne mit en ligne quelques-unes d'entre elles que dans la dernière partie de la campagne : il n'y eut pas toujours lieu de s'en féliciter.

Un autre élément des forces militaires de l'Indo-Chine est formé par les milices, dont l'organisation remonte à Paul Bert. Sous ce nom on désigne de petits groupes, fournis par une sorte de conscription dont les communes sont garantes, et qui se répartissent en sections de cinquante hommes dans les points les plus importants. En outre, au chef-lieu de chaque province sont quatre sections, dites d'élite, formant une compagnie encadrée avec un officier et cinq sous-officiers français. Un sous-lieutenant, un fourrier, deux sergents, deux caporaux indigènes encadrent chaque section, qu'elle soit ou non d'élite. Les officiers et sous-officiers français sont détachés de l'armée active ou choisis dans la réserve, l'armée territoriale et parmi les officiers démissionnaires ; les trois dernières catégories contractent un engagement de trois ans.

Les milices sont placées sous les ordres directs des résidents ou des vice-résidents ; elles ont pour mission essentielle de maintenir la tranquillité dans le territoire qui leur est assigné ; plusieurs fois elles ont contribué à réprimer de petites insurrections locales. Pourtant on ne saurait nier qu'en d'autres occasions elles n'aient occasionné de fâcheux froissements entre les autorités civiles et militaires. La situation des officiers ou des sous-officiers français qui y sont détachés est très délicate vis-à-vis des commandants de nos troupes et il faut beaucoup de tolérance réciproque pour qu'il n'en résulte pas des conflits fréquents.

En somme, la création de Paul Bert est un maladroit

pastiche des miliciens de Cochinchine, tels qu'ils ont existé jusqu'au 2 décembre 1879. Nous avions là une sorte de gendarmerie indigène, recrutée sur place, sans cadres européens, connaissant très bien le pays et n'ayant de militaire que le strict indispensable pour l'exécution de sa mission. Elle était utile dans le cas de désordres locaux, sans jamais pouvoir devenir un danger ; les frais qu'elle entraînait étaient minimes et presque tous à la charge des communes. Les 5,000 miliciens que nous a légués Paul Bert coûtent fort cher et ne réunissent pas les mêmes avantages. Ils ne peuvent rendre, en cas de troubles ou d'invasions de bandes armées, les mêmes services que les tirailleurs tonkinois ou annamites ; ces derniers, organisés militairement, bien encadrés, convenablement armés, ont vaillamment tenu leur place dans un très grand nombre d'affaires et les miliciens ne les suppléeront jamais (1).

L'application à l'Indo-Chine du tarif général des douanes a eu lieu à partir du 1er juin 1887, pour l'Annam ou le Tonkin, et du 1er juillet dans la Cochinchine ou le Cambodge. Les marchandises importées de France, d'Algérie et des colonies françaises ne sont assujetties à aucune taxe, sous la condition d'avoir été transportées directement et dans un même navire des ports d'embarquement jusqu'en Indo-Chine. Pour attirer au Tonkin le courant commercial qui se dirige de la mer au Yunnan, un des articles du décret accorde une détaxe de 80 °/° sur les droits d'importation aux marchandises étrangères transitant à travers l'Indo-Chine

L'introduction du tarif général a soulevé de violentes

---

(1) Voir R. B., ouvrage cité.

protestations dans nos possessions et surtout en Cochin-chine, à Singapour et à Hong-Kong ; il ne paraît pas, néanmoins, que le mouvement commercial en ait été très sensiblement atteint ; le montant des importations par mer dans les trois premiers trimestres de 1886 avait été de 16,664,630 francs ; il s'est élevé à 20,260,842 pendant la même période de 1887. Les importations par terre n'avaient atteint que 261,064 francs en 1886 (trois trimestres) ; elles se sont élevées à 1,154,090 en 1887. La plus value totale monte donc à 5,264,445 francs pour les trois premiers trimestres ; sur cette somme 1,126,000 francs s'appliquent au commerce français. Quant à l'exportation des riz de Cochinchine, pour laquelle on redoutait une importante diminution, elle se chiffre par 6,194,000 piculs pendant les 8 premiers mois de 1887, au lieu de 7,500,000 dans toute l'année 1886 (1).

Le mouvement commercial s'est donc accru, malgré la piraterie et surtout l'incertitude de notre politique ou l'établissement du nouveau tarif général. De plus nous avons déjà obtenu une partie du résultat visé : réserver au commerce et à l'industrie française le marché de l'Indo-Chine. Nos maisons de Rouen, de Roubaix, de Saint-Étienne, de Roanne, des Vosges ont reçu pour cette destination des commandes importantes ; une seule maison de Rouen fabriquait, en janvier 1888, 6,000 pièces de cotonnades pour le Tonkin. Si cette amélioration persiste, ce sera au grand profit de l'industrie nationale, dont tous les débouchés tendent à se fermer en Europe. Nous devons souhaiter une progression aussi rapide que celle des impor-

---

(1) Discours de M. F. Faure, *Débats parlementaires*, Chambre, 13 février 1888.

tations anglaises dans les Indes : de 270 millions en 1856
elles ont passé à 780 en 1884, pour une population de
253 millions d'habitants ; sur ces 780 millions, les articles
de coton en représentent 600, c'est-à-dire plus que ne produisent tous les métiers de France (1).

Malgré les résultats obtenus par l'établissement du
nouveau tarif douanier, il semble nécessaire de le soumettre
à une revision entière ; certaines taxes sont exagérées et
nuisent aux intérêts du pays sans servir les nôtres.

Jusqu'ici la valeur des importations au Tonkin et
en Annam dépasse de beaucoup celle des exportations :
28,508,505 francs d'importations contre 9,112,433 d'exportations, en 1886 ; il est à souhaiter que cette
disproportion diminue, car elle ne témoigne pas en
faveur des facultés productrices du pays. La présence du corps expéditionnaire explique d'ailleurs l'importance de certains articles importés, les liqueurs et les conserves alimentaires notamment.

L'ensemble du mouvement commercial se chiffre par
37,620,939 fr. en 1886 contre 29,550,175 en 1885. Il est
vrai qu'une partie de cette augmentation considérable tient
à un service de vérification plus exact. La plus grande partie des échanges se fait par mer : en 1886 il est entré à Haï-
Phong, Tourane et Qui-Nhon 924 navires ou jonques,
jaugeant 252,597 tonneaux, contre 413 et 192,079 en 1885.
Les sorties se sont accrues dans les mêmes proportions ;
mais une partie de cet accroissement doit être attribué
à celui des jonques chinoises, dont le nombre a plus que
quadruplé en quelques mois. On voit que les Célestes n'ont

____

(1) Discours de M. Waddington, *Débats parlementaires*, Chambre,
11 février 1888.

M, BIHOURD

pas à regretter notre établissement au Tonkin, du moins en ce qui concerne leurs intérêts matériels.

Dans ce mouvement d'entrées et de sorties les bâtiments français viennent en tête ; mais c'est surtout aux voyages réguliers des bateaux des Messageries Maritimes, subven-

tionnées par l'État, qu'est due cette importance apparente ;
notre commerce proprement dit est beaucoup moins
actif. En 1886, sur 180 navires entrés dans les trois
grands ports de l'Annam et du Tonkin, 130 appartenaient
à cette Société. Les navires allemands, qui viennent immédiatement après les nôtres, sous le double rapport du
nombre et du tonnage, les dépassent comme valeur de
chargements ; le commerce de leurs nationaux est en progression rapide : 124 bâtiments jaugeant 66,204 tonnes
en 1886, contre 100 et 53,587 en 1885. *Sic vos non
vobis...*

Au contraire, le mouvement commercial sous pavillon
anglais tend à devenir moins actif en Indo-Chine (1). Nous
ne sommes pas seuls, on le voit, à souffrir de la concurrence allemande ; c'est une mince consolation.

Les importations consistent surtout dans les articles
suivants : allumettes du Japon, de Suède ou d'Allemagne ;
bière et bimbeloterie d'Allemagne ; charbon de terre d'Australie, d'Angleterre ou du Japon ; conserves alimentaires et
liqueurs de France ; cotons filés et tissus de coton de
Bombay ou de Manchester ; farine d'Amérique ou d'Australie ; lait concentré d'Angleterre ; huiles d'arachides et

---

(1) Rapport annuel sur les opérations des douanes de l'Annam et
du Tonkin en 1886, *Journal officiel*, 25 septembre 1887.

ENTRÉES EN 1886.

Français..............	180 navires.	122.148	tonnes.
Allemands	124	—	66.204	—
Anglais................	48	—	30.878	—
Danois................	54	—	20.938	—
Chinois et Annamites....	516	—	10.359	—
Américain............	1	—	1.218	—
Hollandais	1	—	850	—

Sur ces 924 navires, 566 sont entrés à Haï-Phong, 254 à Tourane,
104 à Qui-Nhon.

noix d'arec de Chine ; opium de l'Inde ; riz de Saïgon ou de Hong-Kong (1).

Sur le total, 28,5o8,5o5 francs, des marchandises importées en 1886, 6 millions à peine sont d'origine française ; beaucoup d'articles fabriqués aux Indes, en Angleterre ou en Allemagne, arrivent de Saïgon et sont regardés comme étant importés de France. Des 5,884,3o6 francs de cotons filés qui sont comptés dans les importatations de 1886, 85 °/₀ viennent de Bombay ; le reste est originaire d'Angleterre, de Suisse ou d'Allemagne ; ce qui arrive de France est tout à fait sans importance (2).

Quant à l'exportation elle s'opère surtout par Tourane, Hanoï et Nam-Dinh ; la cannelle, le cunao (faux gambier) (3), le coton égrené, la soie grège, les tissus de soie en forment jusqu'ici les éléments les plus importants ; la part de la

---

(1) La majeure partie du riz vient de ce dernier point, mais une bonne part de cette denrée va de Saïgon à Hong-Kong pour être envoyée ensuite au Tonkin ; le fret est ainsi moins cher, malgré la longueur supplémentaire du trajet.

(2) Rapport cité.

Valeur des importations et des exportations par bureau de douane :

En 1886.	IMPORTATIONS	EXPORTATIONS
Lao-Kay....	33.6o3 francs.	109.165 francs.
Ha-Koï................. .	22.251 —	9.859 —
Thaï-Nguyen	55.858 —	3.685 —
Tuyen-Quan.....	671 —	» —
Hanoï.....	131.532 —	1.071.611 —
Haï-Phong........	23.369.972 —	726.232 —
Quan-Yen....,.............	1.916 --	» —
La Cac-Ba......	4.706 —	36.873 —
Nam-Dinh et Phat-Diem...	28.291 —	1.642.652 —
Fai-Foo.........	» —	1.041.883 —
Tourane.................	4 217.142 —	2.708.029 —
Qui-Nhon.......	911.559 —	872.440 —

(3) Bois de teinture.

France et de ses colonies est encore très faible dans ce commerce. Pendant le premier trimestre de 1887, par exemple, elle n'a atteint que 293,409 francs, alors que celle de l'étranger s'élevait à 857,576 francs. Au début de cette année, les exportations à destination de France ou de nos colonies tendaient même à diminuer, tandis que celles pour l'étranger augmentaient sensiblement d'importance. Il est à souhaiter que cette situation s'améliore ; peut-être l'établissement du nouveau tarif douanier sera-t-il avantageux à notre commerce, mais il ne faut pas se dissimuler que nous avons de grands progrès à accomplir pour devancer nos concurrents anglais, allemands ou chinois sur le marché que nos troupes leur ont ouvert (1).

Une question importante, restée longtemps pendante, a été résolue récemment ; celle de la mise en valeur des mines de houille du Tonkin ; la concession provisoire de 15,000 hectares de terrain charbonnier, faite le 28 mars, à M. Bavier-Chauffour, au nom d'une société, est devenue définitive en août 1887. Les conditions imposées aux concessionnaires sont avantageuses pour la colonie : en outre d'un droit de concession s'élevant à 10 francs par hectare, elle prélèvera, par tonne de charbon extraite, une taxe variant de 1 fr. à 1 fr. 75. Mais les avantages indirects que nous recueillerons de cette exploitation seront beaucoup plus importants: la houille fournira un fret de retour assuré aux bâtiments à destination de Saïgon, de

____

(1) La banque de l'Indo-Chine a créé des succursales à Haï-Phong et à Hanoï ; la première, dans sa deuxième année d'exercice, a atteint le chiffre de 19,463,993 francs d'affaires. (*Rapport de la commission de surveillance des banques coloniales, Journal officiel, 18 juin 1888.*)

Singapour, d'Australie ou de Hong-Kong. En cas de guerre
avec une puissance maritime, la présence de gisements
houillers au Tonkin serait pour nous d'une valeur inappré-
ciable, nous l'avons déjà dit. Il est donc à souhaiter que
l'exploitation des houillères de Hon-Gay, d'Ha-Tou et de
Campha, les seules concédées jusqu'ici, puisse commencer
dans le plus bref délai (1), sans mécompte pour les concessionnaires.

Une autre question se rattache à la situation commerciale du Tonkin et de l'Annam : celle des chemins de fer.
Ils auront pour l'avenir du protectorat une importance d'autant plus grande qu'ils permettront seuls d'établir des communications rapides et peu coûteuses entre la frontière
chinoise et le Delta. Les avantages que présente le Fleuve
Rouge, cette voie trop vantée de pénétration en Chine, paraissent avoir été singulièrement exagérés ; si, comme notre
intérêt évident nous y pousse, nous voulons ouvrir une
grande route commerciale du Yunnan à la mer, il faudra
doubler le Song-Koï par une ligne ferrée, au moins dans
la partie supérieure de son cours, là où les rapides créent
de trop fréquents obstacles à la navigation.

La commission, nommée le 18 mars 1887, pour l'étude
des chemins de fer du Tonkin et de toutes les questions
qui s'y rattachent, construction, exploitation ou autres,
a conclu (2) à la nécessité de classer les différentes lignes
projetées et présentant un certain caractère d'urgence
dans l'ordre suivant : 1° Hanoï à la mer, c'est-à-dire à
Quang-Yen et à Port-Courbet, sur la passe entre les baies

---

(1) Voir *Journal officiel*, 14 août 1887.
(2) Rapport de la commission technique des chemins de fer du
Tonkin, *Journal officiel*, 29 août 1887.

d'Hon-Gay et d'Along, par ou près Bac-Ninh, les Sept-
Pagodes et Dong-Trieu (175 kilomètres).

2° Hanoï à la frontière chinoise, par ou près Vietri et
Laokay (305 kilomètres).

3° Bac-Ninh à la frontière chinoise, par ou près Phu-
Lang-Thuong et Lang-Son (125 kilomètres).

De ces trois lignes, les plus urgentes sont celles d'Hanoï
à la mer et d'Hanoï au Yunnan, jusqu'à Vietri ; la commission en recommande l'exécution dans le plus bref délai
possible.

Pour faciliter la construction de ces cinq cents kilomètres
de chemins de fer, qui ne constitueraient, d'ailleurs,
qu'un premier réseau, destiné à être développé plus tard,
la voie étroite a été acceptée en principe. Il n'en est
pas moins évident que cette opération exigerait de lourds
sacrifices, surtout si l'administration de la marine s'en
tenait aux errements qui ont rendu si follement coûteuses les voies ferrées du Sénégal. Dans l'état actuel, le
budget de l'Indo-Chine n'est pas assez riche pour permettre
de pareilles dépenses; quant à la métropole, elle a trop
de peine à réaliser une partie du plan de M. de Freycinet,
pour songer à en entreprendre un second, si loin d'elle.
La mise en exploitation des voies dont nous avons parlé
ne semble donc pas devoir être prochaine.

La situation financière de l'Union Indo-Chinoise est peu
favorable jusqu'ici ; les impôts payés par la Cochinchine,
qui en est la partie la plus riche, ont atteint un maximum
qu'il serait imprudent de dépasser; depuis 1878, ils ont
passé de 20,000,000 à 30,000,000, non compris les taxes
des communes et des arrondissements qui atteignent 8 millions. Notons, en passant, que cet énorme accroissement a
coïncidé avec l'établissement du régime civil ; les gouver-

neurs militaires, si décriés, avaient du moins l'avantage indéniable d'administrer plus économiquement. Malheureusement, le plus clair de ces dépenses est consacré à solder un nombre relativement énorme de fonctionnaires : 1,700, dit-on, sur les 1,900 Français de Cochinchine. On se plaint, parfois, des médiocres résultats que nous obtenons, malgré de lourds sacrifices, en colonisant des pays riches, fortement peuplés, tandis qu'à côté de nous d'autres nations réussissent beaucoup mieux, souvent avec de moindres dépenses. C'est, en grande partie, à notre système administratif qu'il faut imputer cet état de choses. Nous avons paru voir, jusqu'ici, dans nos colonies, non pas de nouveaux débouchés pour notre commerce, non pas un théâtre où nos compatriotes, tentés de s'expatrier, pourraient développer une activité utile à la métropole, mais un prétexte pour introduire outre-mer la nuée de fonctionnaires qui est une des plaies de notre pays. Non seulement ils coûtent cher, mais ils apportent avec eux le formalisme étroit, le culte de la routine bureaucratique, cette tendance obstinée à suivre toujours la même ornière, qui paralysent chez nous les meilleures volontés et les initiatives les plus intelligentes. Au lieu de faciliter les voies à la colonisation libre, d'être un secours pour elle, ils lui imposent des entraves.

D'ailleurs, il faut en convenir, dans ses choix, l'administration coloniale paraît souvent rechercher, non pas si l'homme convient à la fonction, mais si la fonction convient à l'homme. Combien des hauts fonctionnaires nommés par elle dans ces derniers temps ont été pris parmi les déclassés du parlement, du barreau ou de la presse? Comment s'étonner que de pareils représentants, arrivant aux colonies sans la moindre préparation, y commettent des erreurs graves? Ajoutons à cela, que trop souvent ils en partent au moment où l'expérience acquise à nos dépens leur permettrait de rendre des services, et qu'ils sont remplacés dans des conditions identiques.

Les résultats sont navrants; en Cochinchine, par exemple, les travaux publics, personnel compris, absorbent moins de 2,250,000 francs sur un budget de 29 millions environ. Aussi les routes sont-elles dans le plus misérable état. Le canal de Cholon, par lequel passent annuellement 8 millions de piculs de riz, n'a pas toujours 1^{m}20 de profondeur. Un banc de corail existe à l'entrée de la rivière de Saïgon et empêche souvent nos paquebots d'y pénétrer à marée basse : nous ne faisons rien pour y remédier (1).

Mais ce n'est pas seulement en Cochinchine que les dépenses de luxe sont excessives, et celles de toute utilité réduites presque à rien; en 1884, nous avons dépensé, à la Martinique (dépenses métropolitaines et budget colonial compris) 41 francs 49 par tête d'habitant. En revanche, la Hollande dépense à Curaçao, 3,02; le Danemarck, à Sainte-Croix, 1,75, l'Espagne même, à Porto-Rico, 26,26 ; l'Angleterre, qui passe pour ne pas viser aux économies inutiles, consacre, par tête d'habitants, une somme variant de 72,62 pour la Trinité, à 9,10 pour Nevis et Redonda. A la Jamaïque, cette dépense n'atteint annuellement que 24 francs (2).

Aux Antilles comme en Cochinchine, les frais d'administration dévorent la meilleure partie des sommes consacrées à nos colonies : à la Martinique, qui ne dépasse pas l'étendue

---

(1) Discours de M. de Lanessan, *Débats parlementaires*, Chambre, 11 février 1883.

(2) Rapport fait au nom de la commission du budget, par M. Turquet, député. (*Documents parlementaires*, Chambre, décembre 1887.)

M. CONSTANS

d'un département moyen, les dépenses de l'administration
centrale atteignent 261,755 francs. A Saint-Pierre-et-
Miquelon, pour une population de 5,000 habitants, répartie
sur 235 kilomètres carrés, le même chapitre s'élève à
72,884 francs ! A la Guyane, enfin, la direction de l'intérieur

seule entraîne une dépense de 106,000 francs, mais l'entretien de toutes les routes de la colonie ne coûte que 77.000 francs. Aussi sont-elles à peu près équivalentes à rien.

Il est grand temps que nous renoncions, en Indo-Chine comme ailleurs, à ce pitoyable système d'administration. Jusqu'ici, nos exportations aux colonies consistent surtout en forçats, en récidivistes, en soldats et en fonctionnaires, il n'est point surprenant qu'elles coûtent fort cher, sans profit pour nous. Notre budget n'est point assez riche pour supporter plus longtemps des charges de ce genre.

La manière dont sont réparties les dépenses et les recettes de l'Indo-Chine française donne lieu à de sérieuses critiques.

En 1887, M. Constans avait arrêté le projet suivant qui a été légèrement modifié depuis, pour tenir compte du vote des Chambres réduisant de 200,000 francs la subvention métropolitaine (1). Il n'en est pas moins resté exact dans ses grandes lignes :

RECETTES :

Subvention métropolitaine	20,000,000	francs.
Entretien des troupes en Cochin-chine	1,770,000	—
Dépenses des services militaires et civils en Cochinchine	3,136,000	—
Recettes des postes et tétégraphes.	584,000	—
Contingent de la Cochinchine. . .	18,500,000	—
— de l'Annam et du Tonkin	5,000,000	—
— du Cambodge	1,000,000	—
Total.	49,990,150	—

---

(1) *Documents parlementaires*, Chambre, session extraordinaire de 1887, page 376.

On remarquera que la métropole et la Cochinchine fournissent près de 44 millions sur un budget total de 50 environ. Cette charge, déjà très lourde pour le budget français, l'est encore plus pour celui de notre colonie ; il est permis de se demander si elle ne dépasse point ses forces.

DÉPENSES :

Gouvernement général . . . .   500,000 francs.

Troupes de la guerre et de la marine . . . . 29,000,000 fr.   *Effectif prévu : 14,000 Européens et 18,000 Indigènes. En 1887, l'Annam et le Tonkin dépensaient dans le même but : 24,116,000 fr. ; le budget de la marine : 1,700,000 fr. ; celui des colonies : 3 millions 639,869 fr. ; le budget local de la Cochinchine : 2 millions 095,077 fr. ; celui du Cambodge 31,620 fr. Total : 31,052,566 francs.*

Marine . . . . 10,830,000 f.   *Chiffre prévu au projet de budget de 1883 pour l'Annam et le Tonkin seulement. La marine suporte, en outre, l'entretien de la division navale de Cochinchine ; les dépenses de l'arsenal de Saïgon ; la part revenant aux colonies dans les frais de transports réguliers de France en Indo-Chine.*

Douanes et régies. . . . .   5,789,983 francs.
Postes et télégraphes   3,564,950   —

Total des dépenses. . . . .   49,684,933 francs

Les dépenses et les recettes s'équilibrent donc avec un excédent apparent de 305,314 francs.

Il y aurait beaucoup à dire sur la dernière partie de ce projet de budget ; les dépenses de la guerre sont extrêmement élevées ; celles de la marine encore plus, toute proportion gardée. Depuis la fin de 1887, le gouvernement y a, du reste, apporté d'heureuses modifications, en réduisant les traitements des hauts fonctionnaires et l'effectif des troupes métropolitaines. Ces réductions sont encore insuffisantes et il serait aisé de faire plus.

Les budgets locaux de chacune de nos colonies prêtent également aux critiques les mieux fondées. Au Tonkin et en Annam, sur un total de 17 millions de dépenses environ, la part des travaux publics se réduit à 626,000 fr. En revanche, les frais de l'administration civile et indigène, ceux de la police, de la justice et des prisons dépassent 4,300,000 francs. Les milices ne coûtent pas moins de 2,669,820 francs ; l'instruction publique, 147,000 francs seulement.

Les mêmes observations s'appliquent à la Cochinchine : l'administration et la justice coûtent plus de 3,300,000 francs, les travaux publics 2,212,833 francs et les ports 47,000. L'instruction publique, mieux partagée qu'au Tonkin, absorbe pour sa part 1,194,370 francs.

Enfin, au Cambodge, sur un mince budget de 3,059,236 francs, la résidence générale et les résidences absorbent 307,418 francs.

Des considérations qui précèdent, il résulte que des réformes importantes peuvent et doivent être opérées dans l'administration de l'Indo-Chine française. Il importe surtout de restreindre, sous le plus bref délai, la part de ses dépenses mise à la charge de la France ;

toutes sortes de motifs l'exigent impérieusement : la fâcheuse situation de nos finances ; les menaçantes éventualités du temps présent. Pour y arriver, le procédé le plus radical, sinon le plus sûr, serait l'évacuation totale de l'Annam, du Tonkin, et, si nous obéissions à la saine logique, du Cambodge et de la Cochinchine, exception faite de Saïgon. Nous sommes donc conduits, comme conclusion naturelle de cette étude, à rechercher s'il ne serait pas utile, beaucoup disent même indispensable, d'abandonner la plus grande partie de nos possessions asiatiques, pour concentrer toutes nos forces sur le territoire national.

Disons-le nettement tout d'abord : à notre avis, l'idée première de Garnier et de l'amiral Dupré, celle qui, reprise par la dernière Chambre, nous a conduits à fonder un nouvel empire colonial en Asie. cette idée a été inopportune : elle a étendu notre zone d'action hors d'Europe, au risque de nous affaiblir ; elle a rendu plus inextricables les difficultés d'une situation financière déjà compromise ; elle a rendu plus profonds les dissentiments politiques qui nous séparent ; enfin, elle peut exposer nos couleurs nationales à des dangers évidents.

La prise de possession de Saïgon, à mi-chemin entre Singapour et Hong-Kong, en face de l'Australie et des îles du Pacifique, était de nature à renforcer notre situation en Extrême-Orient ; on ne saurait reprocher au régime impérial d'en avoir eu la pensée ; mais la conquête de la Cochinchine actuelle, le protectorat imposé au Cambodge devaient, tôt ou tard, entraîner des complications dans lesquelles notre pavillon serait fatalement engagé.

D'ailleurs nous avions, moins loin de nous, un champ d'action plus étendu, plus profitable à nos intérêts : au lieu de rêver la reconstitution, sur les rives du Mékong, de l'empire colonial que nous avions perdu dans l'Inde, il fallait jeter les yeux sur l'Afrique du Nord. L'Algérie, le Sénégal, aujourd'hui la Tunisie, forment, à quelques heures de nos côtes, de magnifiques domaines dont il ne tient qu'à nous de faire un tout en jetant des postes, peut-être une voie ferrée, au travers du Sahara. Le Maroc, qui les sépare encore, tombe en dissolution et nous aurons probablement à intervenir un jour dans cet empire décrépit, que son admirable situation et ses ressources naturelles appellent à jouer un si grand rôle.

On voit combien d'intérêts vitaux doivent fixer nos regards sur l'Afrique du Nord, le long des côtes méridionales de cette Méditerranée qui a été jadis un lac français ! La conclusion est aisée à tirer : quand, aux portes même de notre pays s'étend, pour nous, un pareil champ d'action, encore insuffisamment exploité, pourquoi en chercher un autre si loin de France, au-delà de tant de mers sur lesquelles notre pavillon ne flotte pas en maître ?

Si ces considérations étaient de quelque poids avant 1870, elles auraient dû peser beaucoup plus lourdement après la guerre, alors que tout nous ordonnait la plus extrême réserve, en face de nos frontières déchirées et de l'étranger menaçant ou hostile. On ne saurait donc trop déplorer la suite d'événements qui eurent pour conséquences la mort du malheureux Garnier et la conclusion des traités de 1874.

Nous avons dit quels dangers résultaient du vague dans lequel ces conventions étaient conçues ; nous devions, presque fatalement, renoncer à les appliquer ou être obligés à envoyer une expédition au Tonkin.

Plusieurs années se passèrent : les difficultés s'annonce-

lèrent et il devint bientôt nécessaire de choisir entre les
deux termes du dilemme indiqué plus haut. Il était encore
possible d'abandonner les prétendus avantages qu'offrait
le protectorat de l'Annam et de retirer nos petites garnisons : le parlement en décida autrement. Dès 188i il votait
un premier crédit, destiné à permettre de renforcer nos bâtiments sur les côtes du Delta; en 188₂, M. le Myre de
Vilers envoyait au Tonkin le commandant Rivière avec
quelques centaines d'hommes; nous étions désormais engagés dans un engrenage, d'où il nous serait impossible
de sortir avant que les événements n'aient abouti à leur
conclusion logique.

Il est bon d'ajouter, une fois de plus, que l'expédition
du Tonkin nous aurait coûté des sacrifices beaucoup
moindres, si elle eût été moins déplorablement conduite.
Une politique à la fois timide et agressive, des opérations
militaires menées de Paris, à travers une foule d'hésitations et d'incohérences, sans ressources suffisantes, voilà,
en quelques mots, le bilan de cette campagne. Le rejet du
projet de traité Bourée, notre irrésolution vis-à-vis de la
Chine ont plus que doublé nos pertes en hommes et en argent; du moins c'est notre conviction profonde.

Quoi qu'il en soit, les soldats et les marins morts sur les
plages de l'Annam, dans les boues du Delta tonkinois ou
les broussailles de Formose, ces nobles victimes des Annamites, des Chinois ou du choléra dorment maintenant leur
dernier sommeil, loin du foyer natal. Il n'est au pouvoir de
personne de les rendre à la France, pas plus que les millions engloutis dans toute cette expédition. Faut-il donc,
maintenant que notre tâche est à peu près terminée, que la
plus lourde part de nos sacrifices est accomplie, renoncer

à tirer le moindre parti de tous ceux faits jusqu'ici ? Après
avoir entraîné la France dans une entreprise aussi importante et sacrifié, sans compter, le sang de nos soldats ou
l'or de notre épargne, le gouvernement de la République
devra-t-il déclarer à la face du Monde qu'il a commis, durant sept années, la plus monstrueuse des fautes ? Rappel-
lera-t-il nos troupes de l'Indo-Chine et n'y laissera-t-il
que des tombes comme souvenir de notre passage ? Nous
n'hésitons pas à répondre : non ! mille fois non !

Non, nous ne devons pas renoncer, sans que rien nous
y oblige, à une entreprise qui a eu, pendant plusieurs années, l'approbation presque unanime des pouvoirs publics.
D'autres l'ont dit avant nous : qu'on y prenne garde, la
France est ainsi faite, avec ses passions chevaleresques et
ses impressions vives, que tout gouvernement qui évacue-
rait le Tonkin tomberait à bref délai sous le mépris public.

On prétend parfois établir une assimilation entière entre
notre situation, si nous prenions cette résolution suprême, et
celle des Anglais abandonnant le Soudan ; mais rien n'est
moins juste : jamais la Grande-Bretagne n'a songé à fonder
une colonie sur le Haut Nil ; elle a été au Soudan pour y faire
une expédition nettement délimitée, qui n'a pas abouti et à
l'issue de laquelle ses troupes se sont retirées comme elles
avaient toujours dû le faire. Il n'y a aucune analogie à établir entre cette campagne et celle du Tonkin.

Nous devons donc rester en Indo-Chine. Est-ce à dire
qu'il n'y ait aucun effort à faire pour réduire nos charges :
rien ne serait plus loin de notre pensée.

Nous l'avons déjà dit, il faut renoncer à notre
coûteuse manie de multiplier les fonctionnaires sans nous

assurer qu'ils sont indispensables. Il faut par contre exiger
d'eux la connaissance du pays qu'ils vont administrer
et ne plus les choisir parmi les déclassés de la mère-
patrie. Il est non moins nécessaire d'éviter les modifications fréquentes dans le personnel administratif de l'Indo-
Chine, comme il n'en a subi que trop ces derniers temps.
Mais il ne faut marchander à ces représentants de la métropole ni l'initiative, ni les égards, ni les avantages matériels qui leurs sont dûs. Peu de fonctionnaires, ayant une
lourde responsabilité, mais largement rétribués, voilà l'une
des causes des succès de nos voisins d'Angleterre en matière coloniale.

Une autre réforme importante serait de renoncer à
l'excès de centralisation qui, joint à la routine bureaucratique, paralyse les meilleures volontés, oppose tant
d'entraves à la colonisation libre et aux progrès de
nos colonies. On connait l'aventure, devenue légendaire,
de ce projet de parc à charbon pour le port de Nouméa
qui fait, depuis plus de vingt ans, la navette entre la Nouvelle-Calédonie et la France, sans qu'il soit encore près
d'être adopté! On pourrait citer d'autres cas tout aussi
significatifs.

Il serait bon d'en finir aussi avec cette éternelle question
de la séparation de la marine et des colonies; nous
croyons cette mesure avantageuse aux deux parties : le
rôle de la marine est assez large pour qu'elle puisse s'en
contenter, en se débarrassant de charges accessoires qui
ne lui apportent aucun élément de force, mais grossis-
sent inutilement son budget. Quant aux colonies, elles y
gagneraient d'être administrées avec un esprit de suite et
une compétence, qui leur ont souvent fait défaut jusqu'ici.

La diminution des charges que nous impose l'Indo-Chine

n'ira pas sans la réduction des dépenses militaires ; celle-ci peut être réalisée sans inconvénients pour la sûreté de la colonie, si nous y procédons suivant un plan rationel. Il faudrait, tout d'abord, faire porter les réductions d'effectif, non sur les troupes indigènes, mais sur celles venant de la métropole ; les tirailleurs tonkinois ou annamites nous ont déjà rendu de très grands services ; ils en rendront d'encore plus considérables, à mesure que leur organisation sera plus complète et que nos gradés, en particulier, connaîtront mieux les habitudes et le caractère de leurs soldats. De plus ces troupes coûtent beaucoup moins cher que celles de la marine ou de l'armée de terre (600 francs, officiers compris, au lieu de 1,300).

Par contre, il faudrait se hâter de renoncer aux milices telles que les a créées Paul Bert ; elles devraient être formées uniquement d'indigènes, mises entièrement à la charge des communes ou des arrondissements, et jouer un rôle intermédiaire entre celui de nos gardes champêtres et de nos gendarmes, sans aucune prétention militaire. Cette réorganisation, seule, allégerait le budget du Tonkin de plus de 2,000,000 de francs.

Quant aux troupes métropolitaines détachées en Indo-Chine, elles devraient être uniquement fournies par la future armée coloniale. Il y a presque unanimité en France pour reconnaître l'injustice criante qui nous fait imposer à certains de nos soldats, uniquement parce qu'il leur est échu un numéro de tirage moins élevé, le séjour des contrées les plus malsaines, avec des risques de mort très supérieurs à ceux qu'ils encourraient s'ils faisaient partie de l'armée de terre ; nous sommes à peu près tous d'accord sur la nécessité de recruter les troupes coloniales parmi des engagés volontaires et surtout des rengagés, attirés par une solde supérieure jointe à certains avantages ;

malgré cette unanimité, la loi sur l'armée coloniale, déjà adoptée une première fois par la Chambre, dort depuis plusieurs années dans les cartons d'une commission, sans qu'on puisse prévoir le jour où elle en sortira! Il faut convenir que si, chez nous, le régime parlementaire présente de sérieux avantages, il n'a pas celui de faciliter les réformes sérieuses, au moins en ce qui touche de près ou de loin à l'armée. Une nation voisine, dont nous nions volontiers les progrès et chez laquelle nous aurions pourtant beaucoup à apprendre, a donné sous ce rapport un exemple instructif; à peine avait-elle commencé la création d'une petite colonie sur les bords de la Mer Rouge qu'elle organisait un corps spécial d'Afrique, (14 juillet 1887) recruté par des engagements et des rengagements volontaires.

Elle y gagnera d'avoir des soldats rendus plus résistants par leur âge et leur constitution, de les relever moins souvent, c'est-à-dire avec de moindres frais, enfin, et surtout, de ne pas faire peser sur le contingent fourni par le service obligatoire la charge de garder ses possessions hors d'Europe. Ces avantages sont assez grands pour que nous cherchions à nous les assurer.

Il va sans dire que l'armée coloniale, telle que nous la comprenons, devrait comprendre des corps comme les bataillons étrangers ou ceux d'infanterie légère d'Afrique, qui nous ont rendu de si grands services pendant la dernière expédition. La part à fournir par les engagements volontaires français serait, en somme, assez faible, et il suffirait d'avantages peu importants pour la garantir. Les quelques milliers d'hommes ainsi recrutés ne nous feraient aucunement défaut en France, pour le cas d'une mobilisation générale. Ce n'est pas aujourd'hui, quand le nombre des combattants à mettre en ligne ne se compte plus par centaines de mille, mais par millions, que l'éloignement d'une fraction aussi faible de nos forces pourrait avoir des conséquences sensibles.

Enfin un corollaire indispensable de la séparation du ministère de la marine de celui des colonies serait le passage de l'armée coloniale au ministère de la guerre. Cette mesure, si souvent réclamée jadis et qui paraît aujourd'hui moins en faveur, n'a pas cessé d'être nécessaire; elle est même devenue indispensable depuis l'accroissement considérable subi par les troupes de la marine et les corps indigènes. N'est-ce pas une bizarrerie sans nom que le ministère de la guerre ait dans ses attributions le 4ᵉ tonkinois et les 4 bataillons de chasseurs annamites, tandis que la marine administre les 3 premiers régiments tonkinois et le régiment de tirailleurs annamites? Cette situation ne peut durer : à chacun ses attributions naturelles, tout en ira mieux. La marine a son rôle; elle en soit pour commander, souvent à leur détriment et au sien, des troupes qui ne diffèrent que par leur nom de celles soumises au ministère de la guerre.

D'ailleurs, le rattachement dont nous parlons ne signifierait pas fusion; il faudrait, au contraire, que les officiers de chacune des armées restassent nettement spécialisés jusqu'au grade d'officier général. Les conditions pour passer de l'une dans l'autre seraient celles d'aujourd'hui; l'armée coloniale gagnerait simplement à ce rattachement un recrutement plus facile, une direction mieux avisée et moins partiale.

Au point de vue politique, il faudrait viser à faire peu à peu, sans secousses, de notre protectorat en Annam ou au Cambodge l'analogue de celui que nous exerçons en Tunisie, avec un succès indéniable. Il y a un double écueil à éviter :

exercer une immixtion trop intime dans les affaires de
ces deux pays, laisser un excès d'indépendance à leurs
souverains.

En ajoutant qu'il y aurait encore à tirer un parti
plus sage des ressources du budget de l'Indo-Chine, à
augmenter dans de très fortes proportions les dépenses
productives, celles des travaux publics et de l'instruction
notamment, nous aurons montré qu'il y a de grandes
réformes à accomplir avant que nous puissions mettre
entièrement en valeur l'immense territoire que nous ont
donné nos expéditions au Tonkin.

Si, comme nous devons l'espérer, la France arrive à
franchir sans violentes secousses la fin de ce xixe siècle,
qui se présente sous des auspices si menaçants pour la
grande cause de la civilisation et de l'indépendance des
peuples, le commencement du xxe verra peut-être l'Indo-
Chine française en pleine prospérité; de puissants courants
commerciaux établis de Saïgon et de Hong-Kong au delta
du Tonkin, d'autres remontant le Mékong ou le Song-Koï
et ouvrant les provinces de la Chine intérieure aux produits
et aux idées de l'Occident. Peut-être, après les premières
hésitations du début, la situation de nos établissements
d'Indo-Chine est-elle destinée à s'améliorer aussi rapidement
que celle de la Tunisie, si décriée naguère et dont la conquête (1) demeurera l'un des faits les plus saillants de notre
époque? Si ces hypothèses se réalisent, si notre bien-aimée
France doit trouver un jour dans ses colonies naissantes
d'Extrême-Orient la juste rémunération de tant de sacrifices,

____

(1) Les revenus de la Tunisie sont montés de moins de 11 millions
en 1883, à 25,852,381 en 1886, malgré d'importants dégrèvements.

elle n'oubliera pas qu'elle a dù leur conquête au dévouement sans bornes, à l'esprit de sacrifice porté à son plus haut degré, à toutes les mâles vertus, dont nos officiers, nos soldats et nos marins ont fait preuve.

Quoi qu'il arrive désormais, les nobles exemples dont sont remplis les récits de nos expéditions au Tonkin resteront indissolublement liés aux fastes de notre histoire nationale. Nous y trouverons toujours des motifs de confiance dans la vitalité et la force de la patrie française.

Paris, Octobre 1886, *Juillet* 1888

INDEX BIBLIOGRAPHIQUE

Des principales publications parues avant le 1er Juin 1888

ET SE RAPPORTANT

Aux Expéditions françaises au Tonkin [1]

Annales de l'Extrême-Orient, années 1878 à 1888.

Archives de médecine et de pharmacie militaires, février 1888.
Analyse des eaux de la 12ᵉ région (Tonkin).

— Septembre 1887. Considérations sur la flore du Tonkin (Cercle de Sontay).

— Novembre 1887. Quelques considérations sur la topographie, le climat et la morbidité du haut Tonkin, à propos du poste de Than-Moï.

G. Aubaret, capitaine de frégate. Code annamite.

— Histoire et description de la Basse-Cochinchine.

Aumoitte. Tong-King. De Hanoï à la frontière du Kouang-Si.

Avenir du Tonkin, années 1883 à 1888.

R. B. L'Union Indo-Chinoise. Création d'une armée autonome en Indo-Chine, 1887.

Le Bailly. Les guerres du Tonkin jusqu'à la mort de l'amiral Courbet, 1886.

Barbié du Bocage. Bibliographie annamite.

Baudens. Lieutenant de vaisseau. Notice sur les typhons des mers de Chine et du Japon. *Revue maritime et coloniale*, 1885.

— Deux années au Tonkin. *Revue maritime et colo niale*, 1887.

---

[1] Les plus importantes sont indiquées par un astérisque.

Ch. de Belval, docteur. De Toulon au Tonkin, 1885.

Bigrel, capitaine de frégate. Carte de la Cochinchine française.

H. de Bizemont. L'Indo-Chine française, 1884.

Blanc. Voyage d'un marchand de bœufs au Laos. *Excursions et reconnaissances en Cochinchine*, 1882.

Blanck, le Père. Le Tran-Nigne à l'ouest du Tonkin. *Bulletin de la Société de géographie de Paris*, 1884.

Blancsubé, député. Lettre à M. Jules Ferry, 26 avril 1884.

A. Bleton. Rapport sur le Tonkin. *Journal Officiel*, 6 septembre 1885.

R. Bonnal. Le Tonkin. *Gazette géographique*, 1885.

— Conférence sur le Tonkin. *Bulletin de la Société des études coloniales et maritimes*, 1885.

G. Bonnet. Les braves du Tonkin, 1887.

P. Bonnetain. L'Extrême-Orient, 1888.

E. Bouchet, député. Rapport sur la pétition du sieur Jean Dupuis, citoyen français, demeurant à Han-Kow, Chine. *Journal officiel*, janvier 1881.

A. Bouinais. La Basse-Cochinchine et les intérêts français en Indo-Chine. *Bulletin de la Société normande de géographie*, 1884.

— Les Français en Indo-Chine. *Bulletin de la Société de géographie de Rochefort*, 1883-1884.

A. Bouinais, capitaine et **A. Paulus,** professeur. Le protectorat du Tonkin. *Bulletin de la Société des études coloniales et maritimes*, 1884.

— La Cochinchine contemporaine, 1884.

— Le royaume du Cambodge, 1884.

— Le protectorat du Tonkin. *Bulletin de la Société des études maritimes et coloniales*, 1884.

— La marine et les troupes coloniales en Cochinchine. *Revue maritime et coloniale*, 1884.

— L'Indo-Chine contemporaine, 1885.

Bouillevaux (l'abbé). L'Annam et le Cambodge, 1874.

E. Boulangier. La colonisation de l'Indo-Chine. *Revue maritime et coloniale*, 1885.

* **P. Bourde.** Du Tonkin à Paris, 1886.

Bourru (docteur). Le Tonkin.

* **Bou-Saïd,** capitaine. Le Livre d'honneur du 2ᵉ bataillon d'Afrique.

P. Branda. Çà et là. Cochinchine et Cambodge. L'âme Khmère. Angkor.

— Le Haut-Mékong ou le Laos ouvert, 1887.

* **Brossard de Corbigny.** Huit jours d'ambassade à Hué.

* **Brugère,** colonel. L'artillerie de terre au Tonkin. *Revue d'artillerie*, 1884-1885 (1).

* **P. Brunat.** Rapport sur le Tonkin. *Journal officiel*, 12 février 1885.

C. Brunoy. Les responsabilités dans l'affaire du Tonkin. *Spectateur militaire*, 1885.

Bulletin du Comité agricole et industriel de la Cochinchine, 1865-1888.

Bulletin de la Société de géographie de Paris. Les ports du Tonkin, 1887.

— Notes sur le Tonkin, 1886.

— Le Laos Tonkinois, d'après les missionnaires, 1884.

Bulletin de la Société bretonne de géographie. Le Tonkin et les invasions chinoises, 1888.

Bulletin de la Société des études coloniales et maritimes, février 1887. De l'organisation de l'Indo-Chine française.

Bulletin de la Société de topographie de France, 1886. Les horizons du delta du Fleuve Rouge.

P. A. C. La guerre du Tonkin. *Journal des sciences militaires,* 1885.

J.-B. Candé (docteur). De la mortalité des Européens en Cochinchine.

De Carné. Voyage dans l'Indo-Chine et dans l'empire chinois.

* **Carteron,** capitaine. Souvenirs de la campagne du Tonkin, *Journal des sciences militaires,* 1888.

Caspari et **Renaud.** Côtes Est de la Cochinchine. Dépôt de la marine, carte.

____

(1) Malheureusement inachevé.

Caspari, Rey, Devic et **Legras**. Golfe du Tonkin. Dépôt de la marine, carte.

— Tonkin, de l'île du Tigre au cap Choumay. Dépôt de la marine, carte.

Castonnet-Desfosses. L'Annam du moyen âge. *Revue libérale*, 1883.

— Les rapports de la Chine avec l'Annam.

Romanet du Caillaud. La France au Tong-King, 1874.

— Les produits du Tonkin.

— Projet d'exploration au Tonkin et au Yunnan. *L'Exploration*, 1876.

— La conquête du Delta du Tonkin. *Le Tour du monde*, 1877.

— Histoire de l'intervention française au Tonkin (1872-1874), 1880.

— Notice sur le Tonkin. *Bulletin de la Société de géographie de Paris*, 1880.

De Chézelles. Notes sur le Tonkin. *Revue de la Société de géographie de Tours*, 1887-1888.

Chabaud-Arnauld, capitaine de frégate. Les combats de la Rivière Min. *Revue maritime et coloniale*, 1885.

M. Chaigneau. Souvenirs de Hué, 1867.

J. Chailley. Paul Bert au Tonkin, 1887.

G. Charmes. La politique coloniale et l'alliance anglaise. *Revue politique et littéraire*, 1884.

A. Cizel (l'abbé). L'amiral Courbet, 1887.

Archibald Colqhoun. Une alliance commerciale anglo-chinoise. *National Review*, 1883.

— The Truth about Tonquin, 1884.

— Autour du Tonkin, la Chine méridionale, 1884 (1).

— England, China and Russia in Asia. *Journal of the Royal United Service Institution*, 1886.

De Contenson (baron). L'art militaire et la diplomatie des Chinois, d'après leurs auteurs classiques, 1886.

Correspondance Havas, 1883 à 1888.

---

(1) Paru en anglais sous le titre de *Across Chrysé*.

H. Cordier. Narrative of the events in Tong-King.

Correo sino-annamita de Manille (année 1874 et suivantes).

Cortambert et **L. de Rosny**. Tableau de la Cochinchine, 1862.

E. Cotteau. Un séjour au Tonkin. *Revue politique et littéraire*, 1883.

Courrier d'Haï-Phong, 1886 à 1888.

G. D. Les colons français au Tonkin. *Revue britannique*, 1885.

P. Deschanel. La question du Tonkin, 1883.

Léonce Détroyat. Possessions françaises dans l'Indo-Chine, 1887.

— La France dans l'Indo-Chine, 1886.

Dévéria. La frontière sino-annamite, 1887.

— Les relations de la Chine avec l'Annam-Vietnam.

Dick de Lonlay. Au Tonkin, 1886.

— L'amiral Courbet et le Bayard, 1886.

— Les combats du général de Négrier au Tonkin, 1886.

— Tuyen-Quan, 1886.

— Carnet d'un torpilleur. *Le Figaro*, 1885.

Un diplomate. L'affaire du Tonkin, 1888.

Ducos de la Haille. Le cours du Song-Koï. *Bulletin de la Société de géographie de Paris*, 1874.

G. Dumontier. Les débuts de l'enseignement français au Tonkin, 1887.

J. Dupuis. L'ouverture du Fleuve Rouge au commerce et les évènements du Tonkin, 1872-1873.

— Mémoire.

— La route commerciale du golfe du Tonkin à la Chine, par le Fleuve Rouge. *L'Exploration*, 1876.

— Voyage au Yunnan, 1877.

— La pacification du Tong-Kin. *Revue de Géographie*, novembre 1886.

A. Duquet. L'armée du Tonkin. *Nouvelle Revue*, 1886.

E. Durand (l'abbé). Conférence sur le Tong-Kin et ses peuples, 1878.

Excursions et Reconnaissances en Cochinchine.

L. Faque. L'Indo-Chine française, 1887.

G. Fillion. L'exploitation du Tonkin.

A. F. de Fontpertuis. La France et l'Indo-Chine, 1884.

E. Fuchs. Une mission dans l'Indo-Chine, 1883.

— Mémoire sur l'exploitation des gîtes de combustible et de quelques-uns des gîtes métallifères de l'Indo-Chine, 1882.

A. G. Les renforts pour le Tonkin, 1885.

E. Ganneron. L'amiral Courbet, d'après les papiers de la marine et de la famille, 1887.

Francis Garnier. La Cochinchine française en 1864 (1).

— Voyage d'exploration dans l'Indo-Chine.

— La question du Tonkin.

— De Paris au Thibet.

J. A. Garnault, pharmacien. Note sur les produits industriels de la Cochinchine, 1868.

— Note sur le climat de la Basse-Cochinchine.

Garreau. La colonisation française au Tonkin, 1887.

* **Gauthier**. Les Français au Tonkin, 1885.

Gazette géographique, 1887. L'ouverture de l'Indo-Chine intérieure.

— 1887. Etude sur la navigation du haut Fleuve Rouge.

E. Genin. J. Dupuis et Francis Garnier au Tonkin.

— De l'importance de la voie commerciale du Song-Koï.

— Les cinq voyages du D$_r$ Harmand en Indo-Chine.

Génie civil, décembre 1887. Les chemins de fer du Tonkin.

Aug. Geoffroy. A travers l'Indo-Chine ; Annam, Cambodge, Laos. *Revue du monde catholique*, 1884.

* **A. Gervais**. Li-Hong-Tchang et le commandant Fournier. *Revue politique et littéraire*, 1884.

— Diplomatie chinoise. *Revue politique et littéraire*, 1884·

— Li-Hong-Tchang et le gouvernement français. *Revue politique et littéraire*, 1884.

— Le Tonkin administratif.

---

(1) Paru sous le pseudonyme de G. Francis.

A. Gervais. La France au Tonkin; un rapport inédit de Francis Garnier. *Nouvelle Revue*, 1885.

— La conquête du Tonkin. *Revue scientifique*, 1885 et 1886.

— L'armée annamite et les forces du protectorat, 1886.

Gervaise. lieutenant de vaisseau. Analyse et traduction d'un ouvrage intitulé : Le Tonkin. *Revue maritime et coloniale*, 1887.

Gicquel. L'arsenal de Fou-Tchéou et ses résultats, 1874.

A. Gouin, lieutenant de vaisseau. L'année agricole dans le Delta. *Bulletin du comité d'études agricoles, industrielles et commerciales de l'Annam et du Tonkin*, 1886-1887.

— Ton-Kin. Les bouches du Song-Ca : le Cua-Lac et Cua-Daï. *Revue géographique internationale*, 1887.

— Carte du Tonkin.

— Le Tonkin, le Haut-Fleuve Rouge et ses affluents. *Bulletin de la Société de géographie* de Paris, 1887.

L. de Grammont. Notice sur la Basse-Cochinchine.

Gros (Jules). Origines de la conquête du Tong-Kin, depuis l'expédition de Jean Dupuis, jusqu'à la mort de Henri Rivière, 1887.

Harmand (docteur). Notes sur l'organisation militaire de l'Indo-Chine.

— Souvenirs du Tong-Kin. *Bulletin de la Société de géographie de Paris*, 1875.

— Rapport sur une mission en Indo-Chine, de Bassac à Hué, 1878.

— De Bassac à Hué, lettre adressée à M. le Président de la Société de géographie de Paris.

— Rapport au ministre de l'Instruction publique. *Archives des missions scientifiques*

— Notes sur les provinces du bassin méridional du Sé-Moun. *Bulletin de la Société de géographie de Paris*, 1877.

— Le Laos et les populations sauvages de l'Indo-Chine. *Tour du Monde*, 1879.

G. Héraud, ingénieur hydrographe. Annuaire des marées de la Basse-Cochinchine et du Tonkin.

Héraud et **Bouillet**. Carte générale du delta du Tonkin, Dépôt de la marine.

L. Huard. La guerre illustrée : Chine, Tonkin, Annam.

* **G. Humbert**, chef d'escadron. L'artillerie au Tonkin pendant les années 1883 et 1884. *Mémorial de l'artillerie de marine*, 1885.

* **De Kergaradec**, lieutenant de vaisseau. Rapport sur la reconnaissance du fleuve du Tonkin. *Revue maritime et coloniale*, 1877.

Koffler (Johannes). Historica Cochinchinæ descriptio in epitomen redacta ab Anselm, 1803.

* **Kreitmann**, capitaine. Le service du génie au Tonkin sous l'administration de la marine, 1874-1885, *Revue du génie militaire*, 1887.

Imbert (Calixte). Le Tonkin industriel et commercial.

Dubois de Jancigny. Japon, Cochinchine, Empire birman, Annam, Siam, Tong-Kin, Ile de Ceylan,

Journal des Débats (correspondances du), 1883 à 1888.

Journal officiel, 1883 à 1888.

* **Julien (Félix)**. Lettres d'un précurseur, Doudart de Lagrée au Cambodge et en Indo-Chine, 1886.

G. de L. Mexique et Tonkin. *Revue contemporaine*, 1885.

Ch. Labarthe. Quin-nhon et la province de Binh-Dinh, *Revue de géographie*, 1883.

— Les environs de Hanoï. *Revue de géographie*, 1883.

De Lanessan. L'expansion coloniale de la France, 1886.

— Rapport sur le projet de loi portant approbation de la convention signée à Paris, le 15 janvier 1885, entre la France et la Birmanie. *Documents parlementaires*, Chambre, 1885.

— L'Indo-Chine française. *Revue générale*, janvier 1888.

F. Laquenan (Mgr.). Du Brahmanisme et de ses rapports avec le Judaïsme et le Christianisme.

Lavollée. Le commerce dans l'Extrême-Orient et la question du Tonkin. *Revue des Deux-Mondes*, 1883.

Ad. Launay (l'abbé). Histoire ancienne et moderne de l'Annam.

— La société des missions étrangères pendant la guerre du Tonkin.

Laurent, colonel. Le Tonkin, conférence aux officiers de Saïgon.

A. Lejeune (docteur). L'hygiène de l'Européen au Tonkin.

P. Lefebvre. Souvenirs de l'Indo-Chine.

Ch. Legrand. Le Tonkin et la Cochinchine. *Revue du monde catholique*, 1884.

P. Lesserteur. Etude sur l'Annam.

Lesserteur (l'abbé). Carte des missions de l'Indo-Chine.

Ch. Lemire. Exposé chronologique des relations du Cambodge avec le Siam, l'Annam et la France.

Lemire. L'Indo-Chine française.

— Cochinchine française et royaume du Cambodge.

Livre Jaune. Affaires du Tonkin, première partie, 1874 décembre 1882, 1883.

— Affaires du Tonkin, exposé de la situation, octobre 1883, 1883.

— Affaires du Tonkin, deuxième partie, décembre 1882-1883, 1883.

— Affaires du Tonkin, convention de Tien-Tsin du 11 mai 1884; incident de Lang-Son, 1884.

— Affaires de Chine et du Tonkin, 1885.

— Affaires de Chine, 1885.

G. Lieussou. Tonkin, notes de voyage, mars 1885. *Revue française*, 1886.

M. Loir, lieutenant de vaisseau. L'escadre de l'amiral Courbet, 1886.

P. Loti (lieutenant de vaisseau Viaud). Sur la mort de l'amiral Courbet. *Revue des Deux-Mondes*, 1885.

E. Louvet. La Cochinchine religieuse.

Luro. Pays d'Annam.

Lux. La question du Tonkin, les objectifs maritimes de la France dans l'Indo-Chine. *Nouvelle Revue*, 1885.

L. Maillot. Le Héros de Bac-Ninh, poésie, 1887.

M. Manen. La Cochinchine française, 1865.

Manen, Vidalin, Héraud. Carte générale de la Basse-Cochinchine et du Cambodge, Dépôt de la marine.

— Royaume de Cambodge et de Khmer, Dépôt de la marine.

G. Marcel. Le Kambodj, 1885.

* **Marjoulet,** lieutenant. Historique du 3ᵉ régiment de zouaves, 1887.

Marini. Delle missioni de' padri della compagnia de Gesu nella provincia del Giappone e particolarmente di quella di Tunkino, 1663.

B. de Maurceley. Le commandant Rivière et la guerre du Tonkin.

— S. E. M. Lemaire, ministre plénipotentiaire. *Revue diplomatique*, 1887.

Ch. Meynard. L'exploration française du Fleuve Rouge au Tonkin. *Revue scientifique*, 1876.

P. Merruau. La politique française en Cochinchine. *Revue des Deux-Mondes*, 1877.

Messier. Étude sur la navigation du haut Fleuve Rouge. *Gazette géographique*, 1887.

P.-L. Michelle. L'amiral Courbet au Tonkin, 1887.

Millot. Le Tonkin. *Revue scientifique*, 1883.

Moniteur du protectorat de l'Annam et du Tonkin, 1886 à 1888.

Moura. Le royaume du Cambodge.

* **Ch. Mouhot.** Voyage dans le royaume de Siam, le Cambodge et le Laos, 1872.

* **Neïs** (docteur). Voyage dans le Haut Laos. *Tour du monde,* 1885.

* **C. B. Norman,** capitaine. Le Tonkin ou la France dans l'Extrême-Orient, 1884.

* **Normand,** lieutenant. Lettres du Tonkin de novembre 1884 à mars 1885, 1886.

Nugent, sir Ch., colonel. Recent colonial acquisition by foreign powers and their commercial and strategiqual aspects. *Journal of the Royal U. S. Institution*, 1885.

G. d'Orcet. Le Tonkin, la Chine et l'Angleterre. *Revue britannique,* 1884.

— Le soldat chinois de la dernière guerre. *Revue britannique,* 1886.

A. Paire. Cambodge et Siam. Itinéraire dans le Sud-Ouest de l'Indo-Chine orientale.

* **D. C. Palanca Gutierrez**, el mariscal de campo. Reseña historica de la expedicion de Cochinchina, 1869.

L. Pallu. Histoire de l'expédition de Cochinchine en 1861.

Lydia Paschkoff. Un hiver à Fou-Tchéou. *Revue scientifique*, 1886.

Paulus. La Cochinchine contemporaine. *Bulletin de la Société de géographie commerciale de Paris*, 1883.

— La Cochinchine contemporaine. *Bulletin de la Société des études commerciales et maritimes*.

— Le développement de l'Indo-Chine française, 1884.

A. Pavie. Cambodge et Siam, carte.

De Peyramond, Etude sur le gouvernement de l'empire d'Annam, 1878.

L. Peyrin. Le commandant Rivière au Tonkin, 1886.

E. Planchut. Le Tonkin et ses relations commerciales *Revue des Deux-Mondes*, 1874.

— Formose et l'expédition japonaise. *Revue des Deux-Mondes*, 1874.

E. Ploix. Plan de la baie de Tourane, dépôt de la Marine.

R. Postel. Les races indigènes de l'Indo-Chine. *Gazette géographique*, 1885.

— L'Extrême-Orient.

Poullin. L'amiral Courbet, sa jeunesse, sa vie militaire, sa mort, 1887.

P. Poulet. Au Tonkin, le combat de Bac-Lé. *Spectateur militaire*, 1884.

— Chine et Tonkin. *Spectateur militaire*, 1883.

— L'annexion du Tonkin. *Spectateur militaire*, 1880.

* **De Poyen Bellisle**, colonel. L'artillerie de marine à Formose. *Mémorial de l'artillerie de marine*, 1887.

R., capitaine. Note sur les routes commerciales vers les frontières chinoises.

— Les Chinois, leurs armées, leurs voies d'invasion dans le Tonkin. *Journal des sciences militaires* 1885.

F. R. Souvenirs du Tonkin. *Bulletin de la société de géographie de Tours*, 1887.

A. Rambaud. La France coloniale.

E. Raoul, pharmacien de la marine. Les gages nécessaires, Formosa la Belle, 1884.

P. Raunay. L'Indo-Chine française. *Revue-gazette maritime et commerciale*, 1887.

Recoing. Géographie des colonies françaises.

E. Reclus. Géographie universelle.

Régis, capitaine. Le Tonkin en 1883. *Revue maritime et coloniale*, 1888.

J. Reinach. Les évolutions de la politique coloniale. *Revue politique et littéraire*, 1884.

Renaud et **Rollet de l'Isle**. Chenaux intérieurs de l'archipel de Faï-Tsi-Long, Dépôt de la marine.

J. Renaud. Les ports du Tonkin, 1886.

— La question des ports du Tonkin, 1887.

Rérolles et **Fargues**. Les ports du Tonkin. *Revue maritime et coloniale*, 1886.

Revue scientifique, 1888. Les aérostiers militaires au Tonkin.

— 1888. L'Indo-Chine française.

— 1887. Le peuplement de l'Indo-Chine et du Tonkin.

— 1887. La population du Tonkin.

— 1887. Le Tonkin et le Fleuve Rouge.

Revue française de l'Étranger et des Colonies, 1887. La situation et le budget de l'Indo-Chine à la Chambre des députés.

— 1888. Le commerce du Laos.

Revue géographique internationale, 1887. Les fleuves et les côtes du Tonkin.

— 1886. Tonkin et Chine, traité de commerce franco-chinois.

Revue du génie militaire, 1887. Emploi des aérostats dans l'expédition du Tonkin.

Revue maritime et coloniale, 1887. Aperçu sur la province de Battambang.

Rey, docteur. Le climat du Tonkin. *Archives de médecine navale*, 1886.

Rheinart et **d'Arfeuille**. Voyage au Laos. *Revue maritime et coloniale*, 1882.

Dutreuil de Rhins. Le royaume d'Annam et les Annamites.

— Notes sur l'Annam, *Bulletin de la Société de géographie de Paris*, 1877 à 1880.

— Carte de l'Indo-Chine orientale.

— Rivière et ville de Hué, Dépôt de la marine, carte.

Rivista maritima, 1887. La Cochinchine française et le Tonkin.

— Notes et impressions sur le Tonkin.

E. Rocher. La province chinoise du Yunnan.

Rossigneux. Étude sur la réorganisation des douanes au Tonkin.

L. de Rosny. Étude asiatique de géographie et d'histoire.

J. de la Roche Poncié. Mers de Chine en 2 feuilles, Dépôt de la marine, carte.

P. Roland. Les mines du Tonkin. *Revue-gazette maritime et coloniale*, 1887.

A. S. Dans les Mers de Chine. *Gazette géographique*, 1885.

A. de Saint-Quentin. L'Expédition japonaise à Formose en 1874. *Revue britannique*, 1884.

Renouard de Sainte-Croix. Voyage commercial et politique aux Indes orientales, aux îles Philippines, à la Chine, avec des notices sur la Cochinchine et le Tonkin, 1810.

E. Sarran. Étude sur le bassin houiller du Tonkin.

• **L. Schillemans**, lieutenant. Notice sur l'Annam, 1885.

J. G. Scott. France and Tong-King, a narrative of the campaign of 1884, and the occupation of Further India, 1885.

' **L. Septans**, capitaine. Les commencements de l'Indo-Chine française, 1887.

Service géographique de l'armée. Carte générale du Tonkin, 1885.

— Carte générale du Tonkin au 1/500,000°, 1887.

— Plans de quelques villes du Tonkin.

— Plan de la citadelle de Hué au 1/7,500°.

J. Silvestre. A propos de l'organisation de l'Indo-Chine française, 1888

L. Simonin. La Corée. *Revue scientifique*, 1885.

— La Chine contemporaine. *Revue scientifique*, 1885.

D. de T. Nos intérêts en Indo-Chine, 1884.

Temps (correspondances du), 1883-1888.

Tonnot. L'armée chinoise, 1881.

De Trentinian. L'avenir de la France au Tonkin.

Trêve, capitaine de vaisseau. Notice sur Francis Garnier.

F. Teissier. En Cochinchine ou les Héros de Rach-Gia, 1867.

Thévenet, ingénieur. Les travaux publics et les voies de communication en Cochinchine.

P. de Tournefort. Au sergent Bobillot, poésie, 1888.

Valbert. La Chine et les Chinois. *Revue des Deux-Mondes*, 1885.

E. Veuillot. Le Tonkin et la Cochinchine, 1884.

Vial. Les premières années de la Cochinchine.

— L'Annam et le Tonkin, 1886.

— Un voyage au Tonkin, 1887.

Vidalin, Héraud. Port de Saïgon. Dépôt de la marine, carte.

A. Vignon. Les colonies françaises, 1886.

P. Vimeux. De l'immigration en Cochinchine.

De Villemereuil. Explorations et missions de Doudart de Lagrée, extraits de ses manuscrits mis en ordre, 1884.

— Voyage des Européens au Mékong, *Bulletin de la société de géographie de Rochefort*, 1881.

Le Myre de Vilers. La politique coloniale. *Nouvelle Revue*, 1885.

— L'expédition du Tonkin : le Passé, le Présent, l'Avenir. *Nouvelle Revue*, 1884.

— La France, l'Annam et la Chine. *Nouvelle Revue*, 1883.

P. de Villeneuve. Les affaires du Tong-King et le traité français. *Le Correspondant*, 1874.

L. Vossion. Etudes sur l'Indo-Chine, la Birmanie et le Tong-King. *Revue nouvelle*, 1880.

G. von Wusthoff. Voyage lointain au royaume de Cambodge et Laotien, 1669.

X.... Notices coloniales publiées à l'exposition d'Anvers, 1885.

— La cavalerie au Tonkin. *Journal des sciences militaires*, 1885.

— Extrait du journal de marche des ambulances du corps expéditionnaire du Tonkin. *Revue du cercle militaire*, 1887.

— Le conflit franco-chinois. *Revue politique et littéraire*, 1884.

— L'amiral Courbet. *Revue politique et littéraire*, 1884.

— Journal d'un mandarin. Lettres de Chine et documents diplomatiques inédits, 1887.

— La route de l'Inde et de la Chine. *Revue britannique*, 1886.

— Die Unternehmungen der französischen Flotten gegen Formosa. *Militär Wochenblatt*, 1885.

— Opérations de l'escadre française dans la rivière Min. *Revue d'artillerie*, 1885.

— Extrait d'un rapport du chef du service des douanes au Tonkin. *Revue maritime et coloniale*, 1877.

— Explorations et aventures des Français au Tonkin, en Chine et en Annam. Histoire illustrée de l'expédition du Tonkin, 1886.

— Tho' Nam' Ky' ou lettre cochinchinoise sur les événements de la guerre franco-annamite, 1876.

— Tho' Thiep Theo Tho' Nam Ky, suite de la lettre annamite. Poème sur la conduite des jeunes annamites après la guerre, 1876.

— Die französische Kriegführung in Tong-King. *Allgemeine militär Zeitung*, 1885.

— Eine französische Stimme über die Kriegführung in Tong-King. *Allgemeine militär Zeitung*, 1885.

— Das Königreich Annam und seine militärischen Verhältnisse. *Allgemeine militär Zeitung*, 1885.

— Das chinesische Heerwesen. *Allgemeine militär Zeitung*, 1885.

— L'expédition du Tonkin, les responsabilités, 1885.

— Les richesses du Tonkin, 1885.

— Die Kriegerische Ereignisse in Tonkin und China, *Militär Wochenblatt*, 1884-1887.

— The French at Fou-Tchou, 1884.

— La Cochinchine française en 1878.

— Etat de la Cochinchine française en 1881.

— Carte de l'Empire d'Annam, d'après celle de Mgr Pallegoix, 1838.

— Souvenirs de la campagne du 3ᵉ bataillon de la lé gion étrangère au Tonkin. *Revue d'infanterie*, 1885.

— Partie des côtes de Chine, golfe du Tonkin et détroit d'Haïnan. Dépôt de la marine, carte.

— Delta du Tonkin, en trois feuilles. Dépôt de la marine, carte.

— Golfe du Tonkin. Dépôt de la marine, carte.

— Carte de la presqu'île de l'Indo-Chine. Dépôt de la marine, carte.

— Toujours le Tonkin. *Nouvelle Revue*, 1887.

— Rapport du résident de la province de Sontay. *Journal officiel*, 18 avril 1885.

— Procès-verbaux de la commission des crédits du Tonkin et de Madagascar. *Documents parlementaires*, Chambre, 1886.

— Notes sur l'Annam et le Tonkin. *Revue militaire de l'Etranger*, 1883.

— Les forces militaires de la Chine, 1880. *Revue militaire de l'Etranger*.

— Les milices chinoises, 1881. *Revue militaire de l'Etranger*.

— Notes sur la Chine, 1883. *Revue militaire de l'Etranger*.

— Les préliminaires de paix avec la Chine. *Revue politique et littéraire*, 1887.

— Rapports du bureau d'informations commerciales d'Hanoï, *Journal officiel*. 26 janvier, 1ᵉʳ mars, 18 avril, 9 août, 27 août 1885

X. X. La politique française au Tonkin. *Nouvelle Revue*, 1883.

TABLE DES GRAVURES

CONTENUES

DANS LE TOME SECOND

PORTRAITS

VUES, TYPES, SCÈNES MILITAIRES ET MARITIMES

CARTES, PLANS, CROQUIS

TABLE DES MATIERES

DU TOME SECOND

LIVRE IV

FOU-TCHÉOU ET TUYEN-QUAN

—

CHAPITRE PREMIER

CHAPITRE II

CHAPITRE III

CHAPITRE IV

LIVRE V

TRAITÉ DE TIEN-TSIN — MORT DE L'AMIRAL COURBET

—

CHAPITRE IV

CHAPITRE V

CHAPITRE VI

CHAPITRE VII

CHAPITRE VIII

CHAPITRE IX

CHAPITRE X

CHAPITRE XVII

CHAPITRE XVIII

TABLE DES GRAVURES

FIN

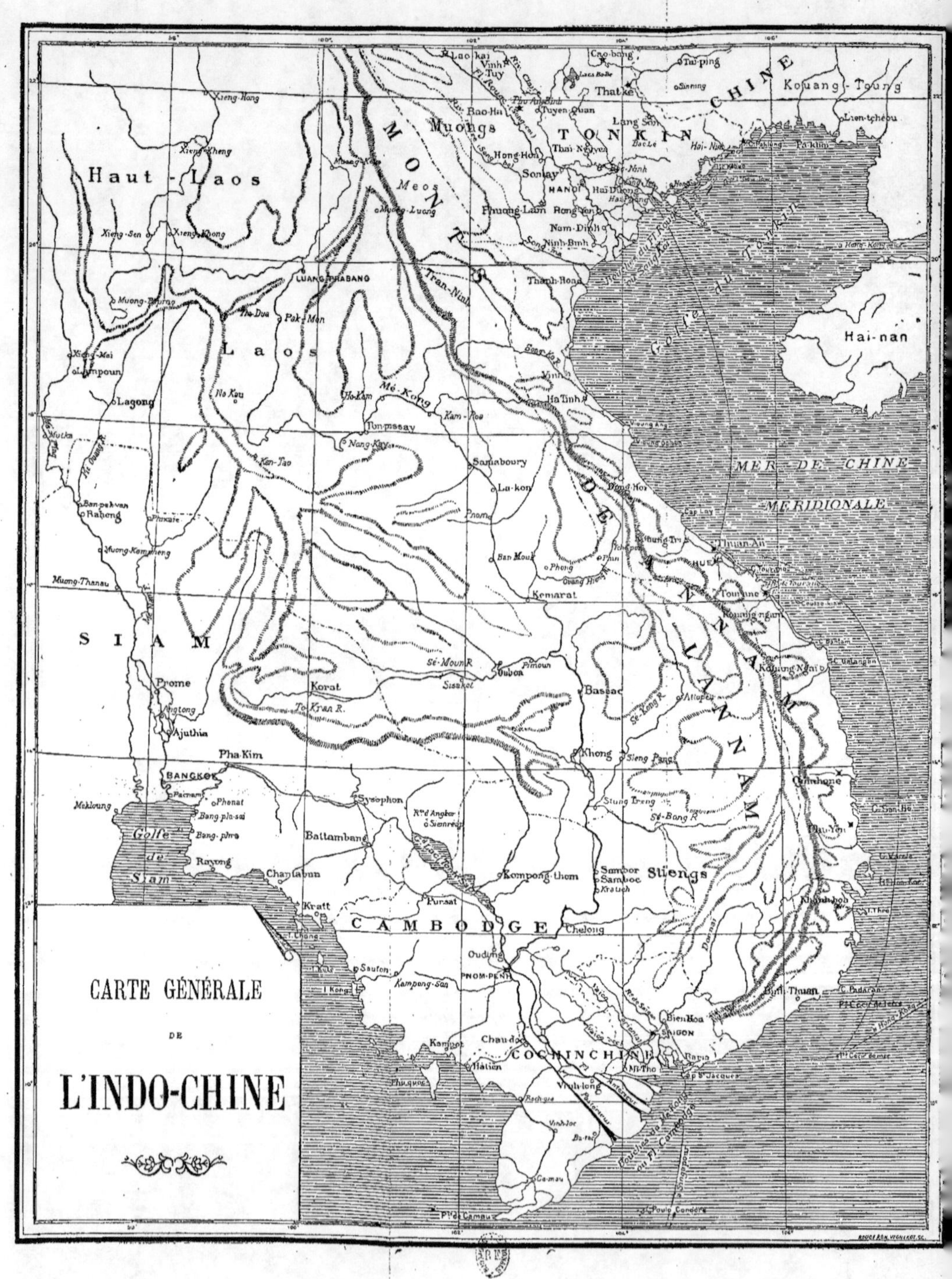

CARTE GÉNÉRALE
DE
L'INDO-CHINE
Haut-Laos
MONTS
Muongs
TONKIN
CHINE
Kouang-Toung
Laos
SIAM
Golfe de Siam
Golfe du Tonkin
Hai-nan
MER DE CHINE MÉRIDIONALE
DE L'ANNAM
CAMBODGE
COCHINCHINE
HANOI
HUÉ
BANGKOK
NOM-PENH
SAIGON

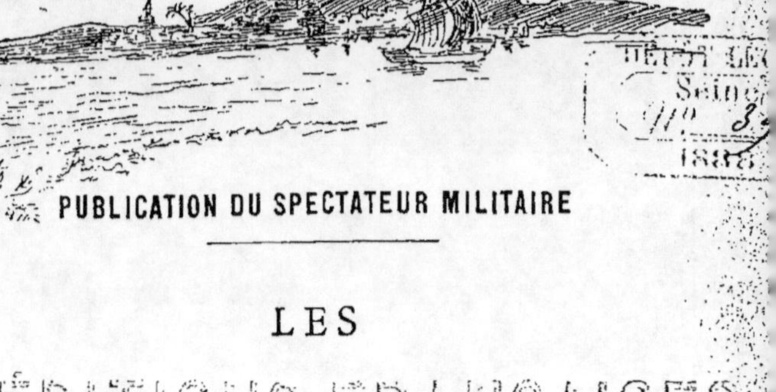

PUBLICATION DU SPECTATEUR MILITAIRE

LES EXPÉDITIONS FRANÇAISES AU TONKIN

PAR

PIERRE LEHAUTCOURT

PAYS D'ANNAM. — DESCRIPTION. — HISTOIRE

PREMIÈRES RELATIONS AVEC LA FRANCE

EXPÉDITION DE FRANCIS GARNIER

LE COMMANDANT RIVIÈRE

LE GÉNÉRAL BOUET. — L'AMIRAL COURBET

LES GÉNÉRAUX
MILLOT, BRIÈRE DE L'ISLE, DE COURCY

FAITS POLITIQUES ET MILITAIRES

L'INDO-CHINE FRANÇAISE

SITUATION ACTUELLE

PARIS

AU JOURNAL LE SPECTATEUR MILITAIRE

39, rue de Grenelle-Saint-Germain, 39

8e Fascicule. — Prix : 50 Centimes.

LE TONKIN

PARIS

29, rue de Grenelle-Saint-Germain

CONDITIONS & MODE DE PUBLICATION

Les Expéditions françaises au Tonkin, de M. Pierre Lehautcourt, paraîtront en 25 livraisons environ à 50 centimes.

La première livraison sera vendue exceptionnellement 25 centimes.

Chaque livraison de 32 pages, protégée par une couverture, comprendra des portraits, des gravures de scènes militaires ou maritimes, des types, vues, plans, cartes, etc.

Il paraîtra régulièrement une livraison le samedi de chaque semaine.

Les Expéditions françaises au Tonkin formeront un magnifique volume in-8° raisin avec couverture, titre, table, répertoire, etc.

Pour faciliter aux lecteurs l'acquisition de cet important ouvrage, en dehors des dépôts qui en seront faits dans les principales villes, il sera reçu des abonnements *servis directement et franco par la poste* aux prix suivants :

UN MOIS	2 fr. 50
TROIS MOIS....	7 fr. 50
SIX MOIS....	14 fr. »

Les demandes d'abonnement doivent être adressées directement, accompagnées d'un mandat-poste ou de timbres-poste, à la Direction du *Spectateur militaire*, 39, rue de Grenelle-Saint-Germain, Paris.

Paris. — Imp H. Noirot, 22, rue de l'Abbaye.